ULLSTEIN

Das Buch

Tom und Octavia Fleming sind attraktiv, reich und erfolgreich. Der PR-Berater und die Agenturchefin führen das, was die Illustrierten als »power marriage« bezeichnen, eine Ehe, in der Privatleben und berufliches Netzwerk untrennbar miteinander verknüpft sind. Doch es ist nicht alles Gold, was glänzt: Wenn Octavia mit ihrem Mann zu Mittag essen möchte, muss sie über seine Sekretärin einen Termin ausmachen – und selbst dann sitzt meist ein potentieller Sponsor für Octavias Agentur oder einer von Toms Klienten mit am Tisch im Nobelrestaurant. Und nicht nur die Ehe, auch ihre kleinen Kinder kommen zwischen Büro und Geschäftsessen gnadenlos zu kurz. Als Octavia entdeckt, dass Tom eine Affäre hat, bricht für sie eine Welt zusammen ...

Die Autorin

Penny Vincenzi begann ihre Karriere bei der berühmten *Vogue*. Später arbeitete sie als Redakteurin in den Mode- und Beauty-Ressorts verschiedener Frauenzeitschriften, bevor sie leitende Redakteurin von *Cosmopolitan* wurde. Mit ihren Romanen stürmt die Autorin regelmäßig die englischen Bestsellerlisten. Penny Vincenzi ist verheiratet und hat vier Töchter.

Von Penny Vincenzi ist in unserem Hause bereits erschienen:
Leonoras Vermächtnis

Penny Vincenzi

Schöner Schein

Roman

Aus dem Englischen
von Anke Grube

Ullstein

Ullstein Taschenbuchverlag
Der Ullstein Taschenbuchverlag ist ein Unternehmen der
Econ Ullstein List Verlag GmbH & Co. KG, München
Deutsche Erstausgabe
1. Auflage 2002

Titel der englischen Originalausgabe: Almost a Crime
(Orion Books Ltd, London)
Übersetzung: Anke Grube
Redaktion: Maria Buchwald
Umschlaggestaltung: Cordula Schmidt, Hamburg
Titelabbildung: Vintage, Jüttner Photoproduction GmbH
Gesetzt aus der Sabon
Satz: hanseatenSatz-bremen, Bremen
Druck und Bindearbeiten: Elsnerdruck, Berlin
Printed in Germany
ISBN 3-548-25422-5

1. Kapitel

ALS OCTAVIA FLEMING ZUM ersten Mal gefragt wurde, ob sie und ihr Mann bereit seien, sich für eine Reportage über Power-Paare interviewen zu lassen, hatte sie lauthals gelacht. Tom und sie seien lediglich zwei überarbeitete berufstätige Leute, hatte sie gesagt, und überhaupt, was solle ein Power-Paar denn sein? Es sei eine Ehe, hatte die Redakteurin der Hochglanzzeitschrift erläutert, die von gegenseitiger Unterstützung geprägt sei, auf beruflicher wie auf privater Ebene – »und damit, unserer Ansicht nach, eine der wichtigsten soziologischen Ikonen der neunziger Jahre«.

Octavia hatte erwidert, sie und Tom hätten ja keine Ahnung gehabt, dass sie soziologisch gesehen so relevant seien.

»Nun«, hatte die Redakteurin erklärt, »Sie sind als Beraterin für Hilfsorganisationen und karitative Einrichtungen tätig, Ihr Mann macht PR fürs Gemeinwohl. Es muss zahlreiche Gelegenheiten geben, wo sich Ihre Pfade kreuzen, wo Sie einander helfen, entweder mit Kontakten oder indem Sie eine Sache zusammen durchsprechen – schließlich wissen Sie, worum es geht. Eine unserer Interviewpartnerinnen«, schloss sie, »hat es als eine Ehe definiert, deren Summe größer ist als ihre Teile.«

»Sie meinen das Gegenteil von ›teile und herrsche‹?«, fragte Octavia. Ja, antwortete die Redakteurin, genau, auch das sei ein gutes Zitat.

Octavia hatte erklärt, sie würde sich mit Tom beraten, und der hatte zu ihrer Überraschung zugestimmt, unter der Voraussetzung, dass er den Artikel vorher zu lesen bekäme. Seine PR-Agentur könne die Publicity gut brauchen, meinte er. Was wohl bewies, dass an der These der Redakteurin etwas dran war, dachte Octavia.

Die Reportage über fünf solche Partnerschaften wie ihre erschien drei Monate später, illustriert mit ein paar recht gelungenen Fotos von Octavia mit ihrer ausdrucksvollen, dunklen Schönheit und Tom mit seiner leicht hageren Eleganz, beide glamourös und mondän. Weitere Artikel folgten, in Hochglanzmagazinen oder auf den Frauenseiten der überregionalen Blätter und der Sonntagszeitungen. Tom und Octavia gewöhnten sich daran, an den Treffpunkten der Schickeria erkannt zu werden. In Insider-Restaurants hielten die Gäste, die Gabel mit Rúcola halb zum Mund erhoben, inne und wiesen einander mit bedeutungsvollen Blicken auf ihr Eintreten hin. Sie erhielten Einladungen zu Partys von Leuten, von denen sie noch nie etwas gehört hatten oder die sie kaum kannten. Allein ihre Anwesenheit trug dazu bei, einer Veranstaltung das richtige Flair von Glanz und Glamour zu verleihen.

Es machte ihnen nichts aus, ganz im Gegenteil, und beruflich profitierten sie zweifellos beide davon.

Was die Auswirkungen auf ihre Ehe anging, war sich Octavia nicht so sicher ...

2. Kapitel

Juni 1997

»Octavia, Tom hat angerufen. Er will wissen, ob Sie es irgendwie einrichten können, ihn heute Abend auf einen Drink zu treffen. Um sechs in der American Bar im Savoy. Es wird nicht länger als eine Stunde dauern, weil er dann zu einem Dinner muss. Ich habe ihm gesagt, das würden Sie wohl kaum schaffen, aber ...«

Wenn Sarah Jane Carstairs, ihre überaus tüchtige Sekretärin, der Ansicht war, sie könne heute Abend nicht um sechs im Savoy sein, dann war dem so.

»Um halb fünf kommt der mögliche Sponsor für CULTIVATE, stimmt's?«

»Ich sag's ihm. Jetzt sollten Sie sich für Ihren Lunch-Termin fertig machen, Octavia. Das Taxi hat gerade angerufen, es wird in fünf Minuten hier sein.«

»Okay. Wo fahre ich eigentlich hin?«

»Zu Daphne's.«

»Gut. Haben Sie die Unterlagen?«

»Ja. Ich hole sie eben ...«

Sarah Jane erschien mit einer dicken Akte.

»Tom hat noch einmal angerufen. Er fragt, ob Sie es bis achtzehn Uhr dreißig schaffen könnten.«

»Könnte ich das?«

»Ich glaube schon. Gut, ich richte es ihm aus. Oh, er wollte auch noch wissen, wann Gideons Sportfest ist. Ich hatte es ihm schon mal gesagt, aber er hat es offensichtlich vergessen.«

»Am zehnten Juli.«

»Gut. Ich faxe es ihm am besten.«

Und dieses Gespräch, dachte Octavia, brachte es wirklich so ziemlich genau auf den Punkt. Was für ein absurdes Leben sie doch führte. Sie und Tom kommunizierten durch ihre Sekretärinnen, versuchten (oft vergeblich), Verabredungen miteinander zu treffen, und fanden nur unter großen Mühen die Zeit, über ganz normale Dinge zu sprechen.

Aber obwohl gemeinsame Stunden zum Luxus geworden waren, schien ihre Ehe in all ihrer hektischen Einzigartigkeit ganz gut zu funktionieren.

Gerade als Octavia ihr Büro verließ und sich innerlich für ihren schwierigen Business-Lunch wappnete, drang ein lautes »Scheiße« aus dem Büro nebenan.

»Was hast du denn diesmal gemacht?«, fragte sie und steckte den Kopf durch die Tür.

»Einen ganzen Bericht gelöscht. Scheiße, wie ich diese verdammten Dinger hasse!«

Melanie Faulks, ihre Geschäftspartnerin, litt unter Technophobie, und gekreischte Obszönitäten gellten durch die Räume, wenn sie mal wieder ihre Voice Mail gelöscht, wichtige Teile von Berichten durch einen falschen Knopfdruck verloren oder eine Datei unter einem Namen gespeichert hatte, unter dem sie nie jemand wieder finden würde.

»Mel, Lucy hat ihn bestimmt gespeichert.«

»Ich weiß nicht, ob sie das getan hat. Und ich brauche ihn bis zum Lunch. O Gott –«

»Mit wem gehst du essen?«

»Mit irgendeiner Tussi vom *Express*. Gütiger Gott, Lucy, wo bist du, bitte, bitte komm und hilf mir ...«

Octavia und Melanie leiteten eine Agentur für Kommunikation und soziales Marketing: Capital C. Sie berieten Hilfsorganisationen und karitative Einrichtungen und halfen ihren Kunden, mehr Mittel zu beschaffen und an Profil zu gewinnen. Die Agentur war nicht groß, gehörte aber zu den Top Ten des Landes, und so wie es aussah, würde der Umsatz noch vor der Jahrtausendwende die 2,5-Millionen-Pfund-Marke überschreiten. Octavia war seit fünf Jahren dabei; sie war Juristin, hatte aber ihre frühere Tätigkeit in einer privaten Anwaltskanzlei als öde und gleichzeitig stressig empfunden und war daher mit Erleichterung zur Unternehmensberatung gewechselt.

Sie hatte Melanie Faulks bei einem Lunch getroffen, und Melanie, die damals bei einer großen Hilfsorganisation beschäftigt gewesen war, hatte am selben Tag noch angerufen und erklärt, sie sei gerade dabei, eine eigene Firma zu gründen, und ob Octavia sich vorstellen könne, dabei mitzumachen.

Octavia hatte ihren Kunden eine in ihrer Bandbreite sehr beeindruckende Liste von Kontakten zu bieten; sie widmete sich unermüdlich der Pflege kleiner, nützlicher Freundschaften (»Octavia leistet die beste Arbeit auf der Damentoilette«, hatte einer ihrer Rivalen einmal bitter bemerkt). Ein Bereich, in dem Capital C als Folge ihres Engagements besonders stark war, war der der Finanzvermittlung – oft gelang es ihnen, Privatpersonen, Unternehmen, Stiftungen, Verbände und Vereinigungen zu überzeugen, beträchtliche Summen für die Hilfsorganisationen ihrer Kunden zu spenden.

Sie leistete erstklassige Arbeit und konnte gut mit der merkwürdigen Mischung aus Zynismus und Sentimentalität umgehen, die den Markt der Gemeinnützigkeit kennzeichnete. »Und ein Markt ist es nun mal, ob es uns gefällt oder nicht«, erklärte sie bei jeder Präsentation und bei jedem Verkaufsgespräch.

Es war ein hartes Geschäft und ein heiß umkämpfter Markt. Octavia, selbst wettbewerbsorientiert, ehrgeizig und ziemlich hart, liebte ihren Beruf.

Margaret Piper saß bereits am Tisch, als Octavia eintraf, und nippte an einem Glas Tomatensaft.

»Wir hatten doch eins gesagt, oder?«, fragte sie.

»Hatten wir«, bestätigte Octavia, blickte auf ihre Uhr und brachte es fertig, die Frau anzulächeln. »Also sind wir beide zu früh dran. Was gut ist, da es viel zu besprechen gibt. Ich nehme ein Mineralwasser«, sagte sie zum herbeieilenden Kellner. »Wollen wir gleich bestellen, Margaret, damit wir uns danach auf das Geschäftliche konzentrieren können?«

»Ja, schön.«

Octavia nahm einen grünen Salat und gedünstete Seezunge und hörte mit einem Anflug von Neid zu, wie Margaret Piper frittierten Mozzarella und Lammkarree orderte.

»Ich habe einen Bericht über die Fortschritte in diesem Jahr vorbereitet.«

»Sehr viele hat es aber nicht gegeben, nicht wahr, Mrs Fleming?«, unterbrach Margaret Piper sie. »Wir haben kaum an Profil gewonnen, und wir sind sehr enttäuscht darüber, dass es Ihnen nicht gelungen ist, einen Sponsor für uns zu finden.«

»Nun, gut Ding braucht bekanntlich Weile. Sie kämpfen um einen Anteil in einem ausgesprochen überbesetzten Markt.«

»Vielleicht, aber jedes Mal, wenn ich eine Zeitung aufschlage, lese ich etwas über die Macmillan-Krankenschwestern. Und Dr. Barnardo's. Und ActionAid –«

»Ja, natürlich, Mrs Piper, aber Sie erwähnen da drei Hilfsorganisationen, die wirklich ganz oben mitspielen. Die Einnahmen jeder einzelnen übersteigen fünfundzwanzig Millionen Pfund jährlich. Sie sind ausgesprochen gut eingeführt, für jedermann ein fester Begriff –«

»Umso mehr Grund, dafür zu sorgen, dass CULTIVATE etwas mehr Publicity erhält«, meinte Margaret Piper. »Dieser neue Verein, NETWORK, bekommt jedenfalls jede Menge. Wie erklären Sie sich das?«

»Also ...« Vorsicht, Octavia, fang nicht an, dich zu rechtfertigen, das bringt nichts, besonders da NETWORK ebenfalls von Capital C vertreten wurde. »Sie arbeiten in einem Bereich, in dem sehr schnell ein hoher Bekanntheitsgrad erreicht wird. Es geht um Hilfe für Eltern, die ein Kind verloren haben, und das stößt natürlich auf große Akzeptanz und Sympathie. Die meisten Leute können sich vorstellen, selbst einmal in diese Lage zu geraten, und viele kennen jemanden, dem das passiert ist. Diese unmittelbare persönliche Erfahrung, das eigene Erleben, ist beim Betätigungsfeld von CULTIVATE nicht gegeben. Und in diesem Sektor gibt es bereits so viele große Hilfsorganisationen, wie Oxfam und ActionAid. Sie stehen da wirklich in einem sehr harten Wettbewerb. Und vielleicht erinnern Sie sich an das, was ich schon bei unserem Erstgespräch sagte: Das Mitgefühl der Öffentlichkeit gilt vor allem Kindern. Dörfern in der Dritten Welt Hilfe zur Selbsthilfe zu geben, ist eine großartige Sache, aber es prägt sich den Leuten nicht so schnell ein. Das ist ein langsamer Prozess, aber wir werden schon –«

»Na schön.« Margaret Piper strich ziemlich grimmig Butter auf ihr zweites Brötchen. »Ich werde wohl glauben müssen, dass wir in der Hand von Experten sind, aber unser Finanzchef hat erklärt, ein weiteres Jahr Ausgaben für Ihre Dienste sei nicht drin. Nicht ohne größere Erfolge.«

»Das ist nur allzu verständlich. Und Sie werden Resultate sehen«, versprach Octavia und sandte ein inständiges Gebet an den Allmächtigen. »Ich glaube, ich habe endlich einen Sponsor für Sie gefunden, und es bestehen gute Chancen, dass nächsten Monat ein großer Artikel im *Guardian* erscheint. Es wird eine Beilage über Hilfsorganisationen in Übersee und –«

»Ich hatte eigentlich auf etwas Exklusiveres gehofft.«

»Ja, sicher, aber das ist auch schon sehr gut.« Octavia winkte dem Kellner. »Mrs Piper, wollen Sie nicht doch noch etwas trinken, während wir auf unser Essen warten?«

»Na ja, vielleicht einen kleinen Gin Tonic.«

Das war ausgezeichnet. Octavia erinnerte sich, dass Margaret Piper sich bei ihrem letzten Arbeitsessen unter dem Einfluss von Alkohol schnell hatte besänftigen lassen. »Lassen Sie uns noch einmal die Zahlen durchgehen. Sie werden sehen, dass es so schlecht gar nicht ausschaut. Und ich muss Ihnen sagen, dass ich immer noch Bedenken wegen des Namens Ihrer Organisation habe ...«

Tom war bereits in der American Bar, als sie hereingestürzt kam – fast eine Viertelstunde zu spät. Er saß an einem der begehrten Ecktische und las die *Financial Times,* scheinbar vollkommen entspannt. Nur eine Hand voll Menschen, Octavia eingeschlossen, wussten, dass Tom niemals entspannt war, nicht mehr als sie. Aber es gelang ihm meisterhaft, diesen Eindruck zu vermitteln, was sehr zu seinem Charme beitrug, denn die Leute fühlten sich in seiner Gesellschaft wohl und gelöst. Er trug bereits seine Smokingjacke; er besaß zwei, eine hing immer im Büro. Tom liebte exklusive Kleidung und gab viel Geld dafür aus. Seine Anzüge waren alle maßgeschneidert und seine Schuhe handgenäht; die Hemden kaufte er meist bei Thomas Pink oder anderen Herrenausstattern in der Jermyn Street, seine Freizeitkleidung stammte zum größten Teil von Ralph Lauren. Er sagte oft, in einem anderen Leben hätte er gern bei einer Modezeitschrift gearbeitet.

Tom stand auf und gab ihr einen Kuss. »Hallo, Liebling, schön, dass du es einrichten konntest. Es war sicher nicht leicht.«

»Ach, für dich tue ich doch alles, Tom. Jedenfalls ist es angenehm, mal kurz abzuschalten.«

»Du siehst müde aus. Schlechten Tag gehabt?«

»Es war ein furchtbarer Tag.«

»Trink etwas. Kann ich dich ausnahmsweise zu einem Drink verführen?«

»Nein, ich nehme nur ein Mineralwasser. Mit viel Eis.«

Octavia trank fast nie Alkohol; sie hasste jeden Kontrollverlust, jede Trübung ihres klaren, kühlen Verstandes.

»Was war so schlimm an deinem Tag?«

»Ach, eine verärgerte Klientin beim Lunch, ein potentieller Sponsor, der dann nicht mehr wollte, beim Tee – wo gehst du heute Abend noch mal hin, Tom? Ich habe es vergessen.«

»Zu einem offiziellen Dinner beim Oberbürgermeister. Hör zu, Octavia, glücklicherweise hat mein Kunde sich verspätet, da kann ich dich noch kurz instruieren.«

»Wer ist es?«

»Michael Carlton. Der Baulöwe.«

»Ach, der, mit dem wir letzten Herbst in der Oper waren.«

»Ja, der. Jedenfalls will er auf unerschlossenem Bauland bauen. Die Anwohner sind dagegen, es hat sich eine große Bürgerinitiative gebildet. Wir haben alles Nötige getan, die Planer und Stadträte umworben, an endlosen Veranstaltungen mit aufgebrachten Bürgern teilgenommen. Und fast wäre das Projekt durchgegangen; aber heute stand ein ausgesprochen unerfreulicher Artikel in der Lokalzeitung, und ich fürchte, bald werden sich auch die überregionalen Blätter der Sache annehmen.«

»Pech für dich und deinen Mr Carlton, Tom«, sagte sie brüsk, »aber was kann ich da tun?«

»Das will ich dir sagen – oh, Mist, da ist er schon. Michael! Hallo. Kommen Sie und setzen Sie sich. Sie erinnern sich doch an meine Frau Octavia?«

»Aber natürlich. Schön, Sie mal wieder zu sehen.«

Octavias Hand wurde kräftig geschüttelt. Sie erinnerte sich jetzt an Michael Carlton. Er war massig, nicht einfach nur übergewichtig, und sehr groß, ungefähr eins fünfundneunzig. Er hatte eine weiße Löwenmähne, auffallend helle grüne Augen und war überraschend gut gekleidet; er trug einen dreiteiligen dunkelgrauen Anzug und eine altmodische goldene Uhrkette spannte sich über seinem dicken Bauch. Neben Tom hätte er grobschlächtig und vulgär wirken können, tat es aber nicht.

Seine Stimme war dröhnend, sein Akzent neutral, sein Lachen laut. Die Einladung zu einer Opernvorstellung war eine von Toms seltenen Fehleinschätzungen gewesen. Als das Licht erlosch, hatte Carlton Octavia im hörbaren Flüsterton gestanden, das *Phantom der Oper* wäre eher sein Stil. Sie erinnerte sich, dass er fast sofort eingenickt war, immer wieder hochgeschreckt war und gegen seine Müdigkeit angekämpft hatte. Sie hatte ihn deswegen sympathisch gefunden.

»Wie nett, Sie mal wieder zu sehen, Mr Carlton. Wie geht es Ihrer Frau?«

Betty Carlton war eine fröhliche Person, mollig, schlecht gekleidet und stets bestrebt, zu gefallen.

»Ach, ganz gut. Sie ist momentan ein bisschen niedergeschlagen, weil alle unsere Kinder das elterliche Nest verlassen haben. Einen großen Wodka Martini bitte«, sagte er zum Kellner, »und eine Riesenschüssel gesalzene Erdnüsse.« Er fischte die restlichen Nüsse aus der Schale auf dem Tisch und verputzte sie.

»Furchtbare Dinger«, bemerkte er zu Octavia gewandt. »Eine Nuss hat ungefähr tausend Kalorien. Aber wissen Sie was? Es ist mir egal.«

Octavia, die in diesem Moment viel dafür gegeben hätte, auch nur eine einzige Erdnuss mit gutem Gewissen verspeisen zu können, zwang sich zu einem Lächeln.

»Erwähnen Sie bloß keine Kalorien, wenn Sie mit Octavia sprechen«, sagte Tom. »Sie ist ganz besessen davon.«

»Absurd«, meinte Michael Carlton. »Bei der wundervollen Figur.«

Das sagten die Leute immer, dachte Octavia, wobei sie offenbar nie eine Verbindung zwischen der Kalorienbesessenheit und der wundervollen Figur herstellten.

»Ich habe Octavia dazugebeten«, erklärte Tom, »weil Ihr Angebot ganz in ihr Ressort fällt, Michael.«

»Tatsächlich?« Octavia starrte ihn an. »Und was schlagen Sie vor, Mr Carlton?«

»Michael schlägt vor, zusätzlich zu dem üblichen Bauentwicklungswert –«

»Entschuldige. Was war noch mal ein Bauentwicklungswert?«

»Etwas, was der Bauunternehmer der Gemeinde zusammen mit dem Rest der Planungen anbietet.« Ein Anflug von Gereiztheit zeigte sich auf Toms Gesicht. »Kann ein Park sein, ein Schwimmbad, irgend so was. Michael bietet ein Begegnungszentrum an – du weißt schon, ein Kulturzentrum, eine Sporthalle, so was in der Art. Und er will zusätzlich Einrichtungen für Behinderte schaffen.«

Offensichtlich ein äußerst sensibles Baugebiet, dachte Octavia zynisch.

»Wo soll dieses Projekt denn entstehen?«

»Oh, an der Grenze zu Somerset, am Avon. Gar nicht so weit weg von unserem Ferienhaus übrigens. Jedenfalls, ich habe Michael von deiner Arbeit erzählt, insbesondere von FOOTHOLD.«

FOOTHOLD war eine gemeinnützige Organisation, die von Capital C beraten wurde. Die Stiftung stellte die Mittel für die Erforschung rheumatoider Arthritis im Kindesalter bereit, finanzierte Rollstühle, Spezialstühle und Ähnliches für die Kinder und Erholungswochenenden für die Eltern.

»Und wir dachten, vielleicht gibt es da unten eine Zweigstelle, die interessiert wäre ...«

»Ich verstehe«, sagte Octavia.

»Das könnte uns sehr helfen. Dadurch könnten wir einige Anwohner auf unsere Seite ziehen und die anderen würden erkennen, dass die Entwicklung keineswegs nur negativ ist – das ist sie nämlich nicht.«

»Nein – nein, wahrscheinlich nicht.«

Plötzlich war Octavia verärgert, aus der Fassung gebracht. FOOTHOLD lag ihr besonders am Herzen, und sie wollte nicht, dass die Stiftung auf diese Weise benutzt wurde.

»Nun, ich könnte mal nachfragen. Natürlich besteht immer ein Interesse an verbesserten Einrichtungen. Aber –«

»Natürlich«, sagte Michael Carlton. »Deshalb will ich ja helfen.«

Ja, dachte Octavia, und eine Bahn durch einen schönen Wald oder eine Wiese schneiden, noch ein Stück Landschaft kaputtmachen. Sie war eindeutig gegen das Zubetonieren der Landschaft und hasste es, wenn Tom auf Seiten der Umweltzerstörer war. Aber sie wollte Carlton nicht vorschnell verurteilen. »Das finde ich großartig von Ihnen«, erwiderte sie. »An die Behinderten zu denken, meine ich. Nun, sicher kann ich mich mal erkundigen. Aber –«

»Das würde sicher unsere Öffentlichkeitsarbeit vor Ort unterstützen«, sagte Tom.

»Na ja, möglich. Ja.«

»Da wir gerade von Publicity sprechen. Tom, was haben Sie eigentlich unternommen, damit die Sache nicht in die überregionalen Zeitungen kommt?«, wollte Michael Carlton wissen. »Ich hoffe, Sie haben das im Griff.«

»Wir tun, was wir können. Ich bekam heute ein paar Anrufe, einen vom *Express* und einen vom *Mirror*. Ich habe die Sache heruntergespielt, es als etwas ohne jeden Nachrichtenwert hingestellt.«

»Sie haben das Gemeindeprojekt nicht erwähnt? Ich dachte, das wäre ...«

»Michael, vertrauen Sie mir. Journalisten sind zynisch. Es ist viel besser, ihnen zu erzählen, dass lediglich mal wieder Sumpfland trockengelegt werden soll. Solche Geschichten langweilen sie allmählich. Eine weitere Medienberichterstattung habe ich damit für den Moment abgewendet, glaube ich.

Aber eben deshalb hielt ich es für eine gute Idee, mit Octavia zu sprechen und sie zu bewegen, für positive Unterstützung aus der Gemeinde zu sorgen. Bist du nicht auch dieser Ansicht, Liebling?«

»Also – ich weiß nicht genau«, sagte sie und war sich darüber im Klaren, dass sie eigentlich begeisterter hätte klingen sollen.

»Octavia!«

»Sie dürfen Ihre Frau nicht bedrängen, Tom«, sagte Michael Carlton plötzlich. »Wenn sie nicht will ...«

»Nein, ich meinte«, fuhr sie hastig fort, »dass ich meinen Kunden, und damit mich, zu diesem Zeitpunkt unmöglich auf etwas festlegen kann.«

»Nein, natürlich nicht. Das verstehe ich. Sagen Sie mir, welche anderen Hilfsorganisationen vertreten Sie, Octavia?«

»Ach, Dutzende«, entgegnete sie leichthin.

»Sie ist ein großer Star in dieser Branche«, warf Tom ein. »Nicht wahr, Liebling?«

»Na, vielleicht ein mittlerer.«

»Meine Frau engagiert sich ehrenamtlich sehr«, bemerkte Michael Carlton. »Steht ständig vor unserem Supermarkt und schüttelt eine Sammelbüchse oder organisiert Lunchs für die Damen. Nimmt einen Großteil ihrer Zeit in Anspruch.«

»Sicher, es ist zeitintensiv«, pflichtete Octavia ihm bei, »aber ohne ehrenamtliche Helfer wie Ihre Frau wären sämtliche karitativen Einrichtungen vollkommen aufgeschmissen.«

»Tatsächlich? Haben Sie auch mit den ganz großen Wohltätigkeits-Galas zu tun? Wo Mitglieder des Königshauses vorbeischauen und so?«

»Manchmal ...«

»Wahrscheinlich würden die Leute alles tun, um da reinzukommen und den Royals die Hand drücken zu dürfen und so.«

»Na ja, in gewisser Weise. Es ist trotzdem nicht leicht.«

»Ach, kommen Sie. Ich wette, Sie könnten einen beliebigen

Preis nennen und ihn noch verdoppeln. Nehmen wir an, Lady Di würde kommen?«

»Ja, na ja. Dann sicher. Aber es ist praktisch unmöglich, sie zu kriegen.«

»Aber genau das ist der Königsweg, oder, Liebling? Damit knackt man den Jackpot«, sagte Tom. »Man muss dafür sorgen, dass eine Hilfsorganisation mit einer wirklich charismatischen Persönlichkeit verbunden wird, dann strömen die Spenden nur so herein. Wie war übrigens dein Meeting heute Nachmittag mit dem potentiellen Sponsor?«

Sie starrte ihn an.

»Octavia sucht einen Sponsor für eine ihrer Hilfsorganisationen«, erläuterte Tom.

»Ach, wirklich? Für welche denn?«

»Hilfe für die Dritte Welt«, sagte sie schnell, überzeugt, dass Michael Carlton daran keinerlei Interesse haben würde. »So eine Hilfe-zur-Selbsthilfe-Sache. Die Hilfsorganisation nennt sich CULTIVATE. Sie liefert Werkzeug, Saatgut, Pumpen, Know-how. Die Leute dort können somit etwas anbauen und sich selbst ernähren.«

»Sehr gute Sache«, meinte Michael Carlton unerwarteterweise. »Genau so sollte es sein. Mein Sohn arbeitet in Äthiopien, wissen Sie, und er sagt, dass das Land gerade erst anfängt, sich von dem Geldof-Effekt zu erholen.«

»Was um alles in der Welt ist das denn?«, fragte Tom.

»Das ganze Land wurde mit kostenlosen Lebensmitteln überschwemmt«, erklärte Carlton. »Nach diesem berühmten Konzert.«

»Ja. Und?«

»Das hat allen einheimischen Bauern das Genick gebrochen. Wer bezahlt schon für Lebensmittel, wenn man sie umsonst kriegen kann?«

»Ja, das war ein schreckliches Beispiel für irregeleitete Wohltätigkeit«, bestätigte Octavia.

»In der Tat – kontraproduktiv. Und Ihre Hilfsorganisation macht also genau das Gegenteil?«

»Ja. Ja, genau.«

»Und nach was für einem Sponsor suchen Sie?«

»Ach, nach jemandem, der nächstes Jahr einige zigtausend Pfund beisteuert ...«

»Und was würde der im Gegenzug erhalten?«

»Einen großen PR-Nutzen. Name und Logo der Firma auf sämtlichem Promotionmaterial – Prospekten, Broschüren, Werbematerial und Pressemitteilungen. Maximale Sichtbarkeit bei Fundraising-Galas und so weiter.«

»Und Sie können keinen finden?«

»Nun«, sagte sie vorsichtig, »einen Sponsor zu finden ist sehr, sehr schwer. Ein Auto oder eine Urlaubsreise für eine Benefiz-Versteigerung lassen sich leicht spenden. Aber ein Sponsor muss schon wirklich Geld lockermachen.«

»Nun, sagen Sie mir, an welche Summe Sie denken, und ich sage Ihnen, wie viel ich aufzubringen bereit bin. Kommen Sie schon«, beharrte er ungeduldig, »es ist ein vollkommen unverbindliches Angebot. Oder vertrauen Sie mir nicht?«

»Doch, selbstverständlich. Das ist es nicht, ich finde nur –«

»Sie glauben, ich verfolge damit meine eigenen Ziele. Ja, in der Tat. Aber gute Publicity ist gute Publicity. Und ich kann ja kaum anfangen, Geld in diese Rheuma-Stiftung zu pumpen, oder? Wäre ein bisschen zu durchsichtig. Außerdem gefällt mir die Idee. CULTIVATE – abartiger Name, sie sollten ihn wirklich ändern. Also, so lautet mein Angebot. Ja oder nein?«

Octavia war jetzt ganz und gar bei der Sache. Margaret Piper hatte keinen Zweifel daran gelassen, dass Capital C am Ende des Jahres der Etat entzogen werden würde, wenn sie keinen Sponsor auftrieben. Das würde nicht nur einen Einkommensverlust bedeuten, sondern auch einen großen Gesichtsverlust. Und sie wusste nicht, wen sie sonst noch ansprechen könnte. Andererseits, wenn sie Carltons Angebot annahm, geriet sie in eine sehr schwierige Position, was die Zweigstelle von FOOTHOLD anging – vorausgesetzt, es gab eine. Sie wäre verpflichtet, sie in Carltons Kampf um die Akzeptanz der Anwohner hineinzuziehen, und das wäre ausgesprochen unethisch. Da war es besser, CULTIVATE zu verlieren.

»Ich fürchte, ich muss das Angebot ablehnen«, sagte sie mit echtem Widerstreben. »Es könnte uns alle kompromittieren, wenn der Eindruck von Mauscheleien entsteht. Findest du nicht auch, Tom?«

»Keineswegs.« Sie merkte, dass er verärgert war. »Ich finde vielmehr, du solltest noch mal darüber nachdenken. Das ist ein sehr großzügiges Angebot, Michael.«

»Ach, Unsinn«, sagte Carlton munter. »Überhaupt nicht. Es könnte mir helfen. Also, was halten Sie von fünfzigtausend, Octavia? Oder wären hunderttausend eher angebracht?«

Ihr wurde leicht schwindelig.

»Wir hatten so an fünfzigtausend gedacht. Das heißt, als Mindest...«

»Gut. Sagen wir fünfundsiebzigtausend. In Ordnung?«

»Nun«, sagte sie, leicht in Panik durch den Druck, der da auf sie ausgeübt wurde, »natürlich muss ich das erst mit meiner Geschäftspartnerin besprechen. Vielleicht könnten wir uns alle mal zusammensetzen und ...«

Tom stand auf. »Tut mir Leid, ich muss aufbrechen. In zehn Minuten muss ich im Mansion House sein. Mein Fahrer wartet. Es sollte nicht allzu spät werden, Liebling. So gegen halb zwölf bin ich zu Hause.«

»Schön. Ich bin bestimmt noch auf, ich habe noch jede Menge Papierkram zu erledigen. Aber morgen muss ich früh los – ein Frühstückstermin.« Sie hob das Gesicht und er beugte sich herab und gab ihr einen Kuss auf die Wange. »Bis dann, Tom. Schönen Abend noch.«

Sie sah ihm nach, und als sie sich wieder Carlton zuwandte, hatte er sich zurückgelehnt und musterte sie mit amüsiertem Blick.

»Ach, die Freuden einer – wie nannte sich das noch mal, was Sie und Tom da führen? Ach ja, einer ›Power-Ehe‹. Erst letzte Woche habe ich einen Artikel darüber in der Zeitung gelesen.«

»Sie sollten nicht alles glauben, was in der Zeitung steht, Mr Carlton.«

»Tue ich auch nicht. Und nennen Sie mich doch bitte Michael. Noch etwas zu trinken?«

»Nein, vielen Dank. Ich muss nach Hause, zu den Kindern.«

»Den Zwillingen? Und ein Baby haben Sie auch, stimmt's?«

»Ja«, sagte sie, überrascht, dass er sich daran erinnerte.

»Im Herbst hatten Sie das Baby gerade erst bekommen, oder? Hat mich tief beeindruckt, dass Sie es geschafft haben, wach zu bleiben. Unsere Sprösslinge haben mittlerweile alle das Haus verlassen und sie fehlen mir. Man sollte wirklich versuchen, was von den Kindern zu haben, solange sie klein sind.«

»Ja. Ich versuche es.«

»Ihnen entgeht so einiges, wissen Sie«, sagte er und sah sie nachdenklich an, »wenn Sie die ganze Zeit arbeiten. Ein Jammer. Kinder werden so schnell groß.«

Verärgerung und Groll stiegen in Octavia auf.

»Mr Carlton, ich glaube nicht, dass es Sie etwas angeht, wie ich mein Familienleben gestalte«, erklärte sie und brachte mit großer Mühe ein Lächeln zustande. »Natürlich habe ich oft Sehnsucht nach den Kindern, aber –«

»Es geht mich etwas an, weil ich Sie mag. Sie sind doch längst nicht so hart, wie Sie sich geben. Wenn Ihre Kinder erst erwachsen sind, werden Sie es bereuen. Ehrlich. Na jedenfalls –

entschuldigen Sie. Natürlich müssen Sie tun, was Sie für richtig halten. Ich muss auch los. Lassen Sie mich wissen, wie Sie wegen CULTIVATE entschieden haben. Mein Angebot war ernst gemeint.«

»Vielen Dank«, sagte sie. Sie war den Tränen nahe. »Ich melde mich, bestimmt. Aber ich glaube wirklich nicht ...« Sie erhob sich, er ebenfalls. Er ragte über ihr auf, und sie fühlte sich seltsam überwältigt, nicht nur von seiner Größe, sondern auch von der Stärke seiner Persönlichkeit. Er würde einen gefährlichen Gegner abgeben, dachte sie. Michael Carlton reichte ihr ihre Aktenmappe und lächelte sie an. Ein väterliches Lächeln voll echter Wärme.

»Ich habe unser Gespräch genossen«, sagte er. »Ehrlich. Kann ich Ihnen ein Taxi besorgen?«

»Nein, das wird der Portier schon übernehmen. Vielen Dank. Auf Wiedersehen – Michael.«

Wieder lächelte er und seine gewaltige Pranke umschloss ihre Hand.

»Auf Wiedersehen, Octavia. Und ich finde, zumindest die Power-Frühstücke sollten Sie sein lassen.«

Sie rang sich noch ein Lächeln ab und ging.

Die Zwillinge waren schon im Schlafanzug und schauten sich im Spielzimmer ein Video an, die Begrüßung fiel entsprechend flüchtig aus. Minty schlief, umringt von einem Berg von Kuscheltieren. Die Decke hatte sie weggestrampelt, der kleine Po ragte in die Luft und die dunklen Locken klebten feucht an ihrem Nacken. Octavia betrachtete ihre kleine Tochter in all ihrer süßen, rosigen Vollkommenheit und versuchte sich vorzustellen, dass sie eines Tages ebenso lärmend und streitlustig wie die Zwillinge sein würde. Es gelang ihr nicht, oder vielmehr, sie schreckte vor dem Gedanken zurück. Was hatte Carlton gesagt? »Man sollte wirklich versuchen, was von den Kindern zu haben, solange sie klein sind.«

Zärtlich deckte sie Minty zu, und als sie sich abwandte und das Zimmer verließ, standen ihre Augen voller Tränen.

Sie wusste, warum, und es lag nicht nur an Michael Carltons Worten.

Caroline, die Nanny, war in der Küche.

»Ach, Octavia. Was ist denn dazwischengekommen?«

»Was wollen Sie damit sagen?«, fragte Octavia scharf. Für noch einen Konflikt fehlte ihr wirklich die Kraft.

»Ich dachte, Sie wollten spätestens um sieben zu Hause sein. Zumindest haben Sie das angekündigt.«

»O Gott!« Sie hatte Caroline versprochen, sie könne sich den Abend freinehmen. »Verzeihen Sie, Caroline. Sie hatten etwas vor, nicht wahr? Aber es ist ja auch erst –«

»Acht. Zu spät, fürchte ich. Wir wollten ins Kino gehen.«

»Caroline, es tut mir Leid. Tom wollte unbedingt, dass ich einen seiner Kunden treffe, und – was soll ich sagen? Ich habe es einfach vergessen. Unverzeihlich. Sind Sie ganz sicher, dass es zu spät ist?«

»Ich fürchte. Ich wollte mich um sieben mit meinem Freund treffen.«

»Sie hätten mich anrufen sollen. Auf dem Handy.«

»Habe ich versucht.«

Ja, natürlich hatte sie ihr Handy im Savoy abgestellt. Sie sah Caroline hilflos an.

»Hören Sie – Sie müssen unbedingt am Wochenende ... nein, dieses Wochenende geht es nicht, wir bekommen Besuch aus den Staaten. Vielleicht nächstes –«

»Nächstes Wochenende wäre schön. Besonders da es schon ausgemacht war, aber das haben Sie vielleicht vergessen.« Die Stimme der Kinderfrau war höflich, aber ihr Gesichtsausdruck war hart. »Ich wollte nämlich wegfahren, es ist alles schon arrangiert und –«

»Nein, natürlich habe ich es nicht vergessen«, versicherte

Octavia eilig. Caroline sollte eigentlich an drei Wochenenden im Monat freihaben und nur an einem arbeiten, aber in letzter Zeit war es eher umgekehrt gewesen. Unter ihrer etwas schroffen Fassade war sie ziemlich gutmütig und sie hatte alle drei Kinder sehr gern, besonders Minty. Aber die Nichteinhaltung eines immerhin schriftlichen Arbeitsvertrags machte sie offenbar wütend. Ohne ein Lächeln wandte sie sich zum Gehen. Octavia spürte die Gefahr (in den acht Jahren seit der Geburt der Zwillinge hatten bereits vier Kinderfrauen gekündigt) und sagte: »Nein, natürlich werden Sie nächstes Wochenende freibekommen. Warum nehmen Sie nicht den Montag noch dazu und machen ein langes Wochenende daraus? Freitag wäre schwierig, da haben wir was vor, aber ...«

»Ach, das wäre wunderbar, Octavia. Vielen Dank. Wenn Sie es schaffen können.«

»Aber ja, natürlich. Wir schulden es Ihnen. Und Caroline, es tut mir Leid wegen heute Abend. Ich möchte mich nochmals entschuldigen.«

»Danke. Übrigens, Ihr Vater hat angerufen. Er hat keine Nachricht hinterlassen, aber er ruft wieder an.«

Mit Sicherheit, dachte Octavia. Vielleicht würde sie das dem Anrufbeantworter überlassen.

»Schön. Danke.«

Caroline drehte sich um und lief die Treppe hinauf. Octavia sah ihr nach und dachte geistesabwesend, was für schöne Beine sie doch hatte, wie hübsch sie war – groß, blond, sportlich –, und fragte sich, warum Caroline wohl ausgerechnet Kinderfrau hatte werden wollen. Ihr Vater war ein gut betuchter Anwalt und sie hatte eine erstklassige Schule besucht, sie besaß die Hochschulreife; sie hätte alles machen können, alle Wege standen ihr offen, aber sie hatte sich dafür entschieden, auf anderer Leute Kinder aufzupassen. Sehr eigenartig, obwohl das Entgelt (zweihundert Pfund die Woche netto, eine eigene Wohnung, ein eigenes Auto) nicht schlecht war. Aber keinerlei sozialer Status, keine Freiheit ... nun, sie sollte ihre Zeit lieber nicht damit verschwenden, darüber nachzugrübeln, dachte Octavia und goss kochendes Wasser auf ihren Pfefferminzteebeutel – sie konnte jede Menge Kalorien sparen, wenn sie das Abendessen ausfallen ließ. Dann kehrte sie ins Spielzimmer zurück, zu ihren Kindern, die wirklich nicht genug von ihrer Mutter hatten.

Die Zwillinge waren das Video leid geworden und hatten sich ihrer Lieblingsbeschäftigung zugewandt: dem Streiten. Von Leuten, die Octavia ablehnten oder, genauer gesagt, sie um ihren Erfolg und ihren privilegierten Lebensstil beneideten, war oft zu hören, es sei ja klar, dass sie Zwillinge hätte bekommen müssen, eine ganze Familie auf einen Schlag, dass sie die Schwangerschaft, das Stillen, die Erschöpfung nach der Geburt und die unvermeidliche Unterbrechung der Berufstätigkeit auf einen Schlag hinter sich bringen würde. Octavia brauchte sich keine Gedanken zu machen, ob oder wann sie die nächste Schwangerschaft in Angriff nehmen sollte, ihre Familie war komplett (es waren sogar ein Junge und ein Mädchen), und zwar mit den geringstmöglichen Ungelegenheiten für sie selbst, ihre Kollegen und auch die Kunden.

Octavia war sich zunächst nicht bewusst gewesen, welche beruflichen Vorteile es mit sich brachte, Zwillinge geboren zu haben, und war verletzt, als sie diese Ansicht zum ersten Mal von einem Außenstehenden hörte. Später stellte sie amüsiert – und leicht schockiert über sich selbst – fest, dass da was dran war.

Das erste Kind einer im Beruf erfolgreichen Frau ist eine Neuheit, interessant für sie selbst und andere – nicht zuletzt wegen der Herausforderungen, die das für ihren Lebensstil und ihr Berufsleben mit sich bringt. Das zweite Kind ist weit weniger interessant, es wird erkannt als das, was es ist, eine notwendige Ergänzung zum ersten Kind, und die Abwesenheit der

Mutter vom Schreibtisch ist weit weniger akzeptabel, ihr Fehlen für Kunden und Kollegen viel ärgerlicher. Octavias berufstätige Freundinnen waren beim zweiten Kind viel schneller aus dem Erziehungsurlaub zurückgekehrt (obwohl sie ihn diesmal nötiger gebraucht hätten), die meisten schon nach zwei Monaten: alle blass, abgemagert und bestrebt, alles übergewissenhaft zu erledigen. Im Gegensatz dazu war Octavia relativ unbeschadet, wenn auch nicht glatt, über den Hindernisparcours gekommen, den jede Frau bewältigen muss, die Beruf und Familie unter einen Hut bringen will, und sie war sich dessen dankbar bewusst. Natürlich galt das nur bis zu Mintys Ankunft ...

Aber so praktisch es auch sein mochte, Zwillinge zu haben, dachte sie, als sie die Treppe hinaufstieg, auf Beinen, die plötzlich bleischwer waren, die beiden waren ungeheuer anstrengend. Sie stritten sich ununterbrochen, für sie war das wie Atmen, und begleitete alles, was sie taten. Octavia hatte gehofft, dass sie friedlicher werden würden, wenn sie auf verschiedene Schulen geschickt wurden – das heißt, als Poppy auf die Mädchenschule Bute House kam, der erste Schritt auf ihrem Weg zur weiterführenden Privatschule St. Paul's Girls School, während Gideon in Hill House eingeschult wurde, wo er auf den Eintritt ins Elitegymnasium Winchester vorbereitet werden würde. Aber das war nicht der Fall. Es war nicht so, dass sie einander nicht mochten, ganz im Gegenteil, aber sie besaßen einfach eine unglaubliche Energie, was dazu führte, dass jeder Konflikt, jede Meinungsverschiedenheit unbedingt bis zum bitteren Ende ausgefochten werden musste. Eine friedliche Lösung kam einfach nicht in Frage.

Beide hatten wildes, widerspenstiges dunkles Haar, tiefblaue Augen und einen wachen Gesichtsausdruck. Sie waren jetzt fast neun und sahen sich sehr ähnlich.

Octavia holte tief Luft, wappnete sich und betrat das Spielzimmer.

»Hallo noch mal. Na, wie war's in der Schule?«

»Grässlich«, sagte Gideon.

»Klasse«, sagte Poppy.

»Okay, und warum grässlich, Gideon?«

»Ich bin rausgeflogen, weil ich im Lateinunterricht gestört habe.«

»Na, das ist ja mal eine Überraschung.«

»Ja, und in die Fußballmannschaft bin ich auch nicht gekommen. Aber dieses Schwein von Johnson, der ist einfach –«

»Besser als du?«, fragte Poppy zuckersüß.

»Halt die Klappe! Natürlich nicht. Er hat heimlich trainiert, das ist es, und sich rangeschleimt –«

»Man kann nicht heimlich trainieren. Heimlich kann man nur Sachen machen, die nicht erlaubt sind. Was für Fußballtraining ganz offensichtlich nicht zutrifft.«

»Wer weiß«, sagte Gideon zweideutig.

»Hör zu«, mischte Octavia sich ein, »Johnson wäre nicht in die Mannschaft gekommen, wenn er nicht gut wäre. Pech für dich, Gideon, aber du kannst es ja nächstes Mal wieder versuchen.«

»Du hast gut reden«, maulte Gideon. »Du machst dir nichts aus Mannschaftsspielen. Du willst ja gar nicht in einer Mannschaft sein.« Das war so unzweifelhaft wahr, dass Octavia einen Augenblick verstummte; dann erholte sie sich wieder.

»Nein, aber ich weiß, wie es ist, wenn man unbedingt irgendwo reinkommen will. Wenn ich gern für eine bestimmte Firma arbeiten würde beispielsweise. Ich weiß, wie es ist, wenn man enttäuscht ist.«

»Arbeit!«, rief Gideon aus. »Du kannst wirklich an nichts anderes denken. Wie kann Arbeit so wichtig sein wie die Fußballmannschaft?«

»Ich finde, es ist durchaus vergleichbar«, erklärte Octavia fest. »Also, Poppy, was war so gut an deinem Tag?«

»Eine ganze Menge! Ich habe die beste Klassenarbeit in Französisch geschrieben *und* ich bin zu Clarissa Bartletts Geburtstagsfeier eingeladen worden. Ihr Vater hat ein Flugzeug gemietet und fliegt mit uns nach Frankreich. Wir sind zwölf. Ich habe hier einen Brief.«

»Großer Gott«, bemerkte Octavia und überflog den Brief (... es wäre schön, wenn du kommen könntest ... neunzehnter Juni ... Le Touquet ... ein Tag an der französischen Küste ... nimm Badezeug mit und formellere Kleidung für das Essen im Restaurant ... bitte doch deine Mutter, mich anzurufen ... Lauren Bartlett).

»Könnte sein, dass ihr im Flugzeug ziemlich hin- und hergeschüttelt werdet«, warf Gideon ein. »Das kommt bei diesen kleinen Maschinen häufig vor. Dir wird bestimmt übel.«

»Ach, halt die Klappe, Gideon. Warum musst du immer alles schlecht machen?«

»Kinder, bitte!«, mahnte Octavia müde. »Hört mal, wollen wir noch was spielen, bevor ihr ins Bett geht?«

»Was denn? Cluedo?«

»Nein, dafür reicht die Zeit nicht.«

»Also was dann?« Poppys Stimme triefte vor Sarkasmus. »Scrabble vielleicht? Oder Memory?«

»Irgend so was, ja.«

»Ö-de«, riefen sie wie aus einem Munde.

Sie sahen sich gemeinsam die ersten zwanzig Minuten von *101 Dalmatiner* an, dann gingen sie ins Bett. Das Letzte, was Octavia auf dem Weg nach unten hörte, war ein Streit darüber, ob das Licht auf dem Flur anbleiben sollte oder nicht.

In ihrem Schlafzimmer zog sie sich Leggins und ein Sweatshirt an und ging dann sehr langsam den Flur hinunter in ihr Arbeitszimmer. Die Tagespost lag auf dem Schreibtisch, von Mrs Donaldson dort deponiert. Sie legte Poppys Einladung oben auf den Stapel und saß dann einfach da und schaute ihn an.

Die Ereignisse des Tages hatten sie seltsam aus dem Gleichgewicht gebracht.

In gewisser Weise hatte Michael Carlton Recht mit dem, was er über die Kinder gesagt hatte. Sie wurden so schnell groß und es entging einem so viel. Sie war nicht da gewesen, als die Zwillinge ihre ersten Schritte gemacht hatten oder als Poppy den ersten zusammenhängenden Satz zustande gebracht hatte (obwohl er sich in ihr Herz und Gewissen fest eingegraben hatte: »Mama ist arbeiten«). Aber – hätte sie wirklich all die Jahre nur mit den Kindern verbringen können, lange, öde Tage, nichts im Kopf als den Haushalt, das Abendessen und die Frage, ob sie dieses Mal die Windpocken kriegen würden? Wohl kaum. Die rastlose, ehrgeizige Octavia hätte sich gelangweilt, Depressionen bekommen und wäre damit zwangsläufig eine schlechte Mutter gewesen. Da war es doch viel besser, wenn die Kinder Spaß mit ihr hatten, sie bewunderten und interessant fanden. Nur – stimmte das nicht so ganz. Ziemlich häufig war sie nämlich nicht interessant oder witzig; sie war zu müde, wenn sie überhaupt da war. Dieses ganze Gerede davon, dass es vor allem wichtig war, wie intensiv man sich den Kindern widmete, und nicht, wie lange man mit ihnen zusammen war, war ein furchtbarer Schwindel, dachte sie. Wenn Kinder einem etwas erzählen wollten, etwas besprechen, sich ausweinen, sparten sie das nicht auf, bis die Mutter wieder da war – sie wollten es sofort machen.

Sie seufzte. Eines Tages, wenn die Geschäftslage es erlaubte, würde sie weniger arbeiten und öfter zu Hause bei den Kindern sein, das hatte sie sich fest vorgenommen. Nur waren die Kunden den Kindern in gewisser Weise nicht unähnlich; sie verlangten wie sie, dass man zur Verfügung stand, wenn sie einen brauchten. Der größte Teil ihres Lebens gehörte ihren Kunden, und bei Tom war es genauso. Manchmal, in einem Augenblick der Verzweiflung, dachte sie, sie wäre nicht sehr erstaunt, wenn sie einmal nachts aufwachen und feststellen sollte, dass zwischen ihr und Tom noch eine dritte Person im Bett lag, ein Kunde, mit ihrem Mann in eine Diskussion über Finanzpläne oder Wirtschaftsstrategien vertieft.

Und manchmal, wenn sie wirklich gedrückter Stimmung war, hatte sie auch schon gedacht, was immer aus ihrer Ehe werden sollte – weder sie noch Tom könnten es sich leisten, aus ihr auszubrechen, so unentwirrbar miteinander verschlungen waren ihrer beider Leben, beruflich und privat.

3. Kapitel

OCTAVIA UND TOM HATTEN sich bei einer Lunchparty kennen gelernt. Sie hatte ihn auf der anderen Seite des Raums stehen sehen und gedacht, wie ungeheuer gut er doch aussah und wie elegant er gekleidet war (klassisches blaues Oxfordhemd, Chinos und sehr schöne Schuhe, braune Brogues mit feinem Löchermuster auf der Kappe; Octavia achtete bei Männern immer auf die Schuhe). Ein Mann, der so aussieht, muss eitel und furchtbar eingebildet sein, hatte sie gedacht. Aber später, als sie ihm vorgestellt wurde (»Octavia, das ist Tom Fleming, er hat irgendwas mit Politik zu tun«), er ihre Hand schüttelte und sie fast schüchtern anlächelte, mit seinen wundervollen dunkelgrauen Augen taxierte und sie sich zu unterhalten begannen, wurde ihr klar, dass er alles andere als eitel oder arrogant war. Im Gegenteil, er schien sogar etwas unsicher zu sein. Zudem besaß er diese besondere Art Charme, die den Menschen, mit denen er zu tun hatte, die Überzeugung verlieh, sie seien weit amüsanter und angenehmer, als sie geahnt hatten. In Toms Gesellschaft wurden schweigsame Menschen gesprächig, Langweiler rissen Witze, nervöse Leute entspannten sich.

Octavia erzählte keine Witze, aber sie entspannte sich, und sie fand es leicht, sich mit ihm zu unterhalten.

Sie gestand, sie hätte noch nie einen Politiker getroffen, und er erwiderte, daran hätte sich nichts geändert, denn er sei alles andere als ein Politiker, Gott sei Dank. »Nein«, erklärte er, »ich arbeite für eines dieser neuen Politikberatungsunternehmen. Das heißt, wir politisieren ein wenig: Wir versuchen, Politiker und die Ministerialbürokratie im Sinne unserer Kunden zu beeinflussen. Macht viel mehr Spaß als die Politik, finde ich. Und was machen Sie so?«

»Ich bin Anwältin. Justitiarin.«

»Klingt sehr beeindruckend«, meinte er lächelnd. »Wie wäre es, wenn ich Ihnen etwas zu essen hole, und Sie erzählen mir etwas von Ihrer Arbeit in der Rechtsabteilung Ihrer Firma.«

»Nur wenn Sie mir etwas über Öffentlichkeitsarbeit erzählen«, erwiderte sie. Später dachte sie, wie prophetisch es doch war, dass sich ihr allererstes Gespräch um die Arbeit gedreht hatte. Und dass sie beide diese Unterhaltung so spannend gefunden hatten.

Einen Monat nach der Party landeten sie zusammen im Bett. Octavia war ebenso sehr von seinem Interesse an ihr und seiner Bewunderung für das, was in ihrem Kopf vorging, verführt worden wie von seinen anfangs zögerlichen körperlichen Annäherungen.

Tom war hochintelligent. Nach dem Besuch eines guten humanistischen Gymnasiums war er nach Oxford gegangen und hatte sein Studium der Geschichte mit Eins abgeschlossen. Doch das befreite ihn nicht von dem absurden Minderwertigkeitsgefühl, das er empfand, weil er keine der berühmten privaten Eliteschulen besucht hatte. Sie hatte das anrührend und verblüffend gefunden, nicht zuletzt, weil er auf der Universität so gut abgeschnitten hatte, und sagte ihm das auch. Er hatte daraufhin gelächelt und entgegnet, niemand, der nicht beim ersten Abendessen in Oxford von einem Eton-Zögling auf die nettest mögliche Art gedemütigt worden sei – »Welche Schule? Ach. Ich glaube, die kenne ich nicht« –, könne verstehen, was für eine große Rolle das spielte. »Es ist albern, ich weiß, aber ich kann es nicht ändern. Ich kann es einfach nicht ertragen, nur der Zweitbeste zu sein.«

Er stammte aus bescheidenen Verhältnissen. Sein Vater war

Versicherungsvertreter gewesen, seine Mutter hatte ihr ganzes Leben ihrem Mann gewidmet. »Ich kam immer nur an zweiter Stelle. Ich glaube, sie wollten überhaupt keine Kinder haben. Geschwister habe ich jedenfalls nicht.«

Beide waren binnen eines Jahres gestorben, an einer Herzkrankheit: »Keine gute Prognose für mich, fürchte ich.«

Octavia war damals vierundzwanzig. Ihre Herkunft als verwöhntes einziges Kind eines vermögenden Bankiers und ihr Bildungsweg (Besuch der Eliteschule Wycombe Abbey, dann Cambridge) beunruhigte ihn zuerst, und als sie ihn das erste Mal mit nach Hause brachte, damit er ihren Vater kennen lernte, war er so nervös, dass seine Hände zitterten, als er sein Sakko zuknöpfte. Natürlich überspielte er das perfekt. Wenn man ihn in dem dunklen, mit schweren Möbeln zugestellten Wohnzimmer in Hampstead zwanglos und respektvoll plaudern sah, wirkte er wie die Verkörperung von Selbstvertrauen und Charme. Erst als sie ihm wahrheitsgemäß versichern konnte, Felix Miller habe ihn als »interessant und beeindruckend« bezeichnet, entspannte er sich.

Als sie sich näher kamen und deutlich wurde, dass Tom einen sehr wichtigen Platz in ihrem Leben einnahm, trübte sich das Verhältnis zwischen ihm und ihrem Vater. Octavia, die das schon mehrmals erlebt hatte, sah mit Schrecken dem voraus, was kommen würde.

Sie war ein Einzelkind: Als sie zwei Jahre alt gewesen war, war ihre Mutter bei der Geburt eines Bruders gestorben, der ebenfalls nicht überlebt hatte. Von diesem Tag an waren sie und ihr Vater alles füreinander gewesen; sie verehrte ihn und betrachtete ihn als Quell aller Weisheit. Ihre ersten Freunde tolerierte er oder vielmehr, er tat sie als unwichtig ab. »Der ist ja noch ein Kind, Schatz«, pflegte er zu sagen. »Er ist wirklich ganz reizend, und natürlich musst du ihn auf diese Party begleiten, es wird bestimmt lustig. Aber er ist nicht annähernd intelligent genug für dich.« Oder: »Wahrscheinlich ist er ganz in Ordnung, seine Manieren schätze ich allerdings nicht sehr. Du hast etwas Besseres verdient.«

Sie sagte dann immer sofort, wenn er etwas dagegen hätte, würde sie eben nicht mit dem Betreffenden ins Kino – oder wohin auch immer – gehen. Daraufhin lachte ihr Vater jedes Mal und meinte: »Mein Schatz, du willst ihn schließlich nicht heiraten, oder? Amüsier dich, man ist nur einmal jung. Geh ruhig.« Sie ging, und sehr oft war das erste Treffen mit dem Jungen auch das letzte. Sie akzeptierte das Urteil ihres Vaters in allen Dingen.

Aber Tom nahm Felix Miller mit dessen starker, manipulativer Eifersucht als Gegner an, und wenn er ihn auch nicht direkt für sich gewann, hatte sich doch allmählich eine erträgliche Form des Zusammenlebens entwickelt. Es hatte eine Zeit gegeben – nach der anfänglichen Harmonie und bevor ihrem Vater klar geworden war, dass ihm nichts anderes übrig blieb, als Tom als Schwiegersohn zu akzeptieren –, in der Octavia fast verzweifelt war. Immer wenn Tom zu Besuch kam, war die Atmosphäre einfach fürchterlich. Ihr Vater war aggressiv, schroff, piesackte ihn, wo er nur konnte, während Tom sich einer bitteren, eisigen Höflichkeit befleißigte. Sobald er gegangen war, setzte Felix ihn herab, kritisierte jede seiner Bewegungen, jede seiner Äußerungen. »Mein Herzblatt, natürlich musst du wissen, was du tust, aber glaubst du wirklich, dass ein Mann, der dich während des Essens sieben Mal unterbricht, Respekt vor dir haben kann?« Oder: »Ich gebe ja zu, dass er sehr witzig sein kann, Octavia, aber bist du sicher, dass er auch Humor hat? Ohne Sinn für Humor ist jede Beziehung zum Scheitern verurteilt.« Und natürlich blieb seine Kritik nicht ohne Einfluss auf sie, und sie fing an, sich über die Unterbrechungen, den mangelnden Humor Gedanken zu machen.

Aber irgendwie schaffte Tom es. Der Tiefpunkt war erreicht, als es zu einer Konfrontation kam, bei der ihr Vater

Toms Fähigkeit in Zweifel zog, für seine Tochter zu sorgen und sich selbst beruflich durchzusetzen. Tom verlor die Beherrschung. Er teilte Felix mit, er sei unerträglich, stand vom Tisch auf und ging hinaus. Das war der Beginn einer widerwilligen Anerkennung. Wie alle Tyrannen hatte Felix Miller Respekt vor Courage. Am nächsten Morgen war Tom mit einem Stapel Bankauszügen, einer Kundenliste und einigen Artikeln aus der *Financial Times* erschienen, in denen der Erfolg und das rasante Wachstum seiner Firma in den vergangenen drei Jahren gepriesen wurden. »Mir geht das auf die Nerven«, hatte er erklärt und Felix finster angeblickt. »Ich hasse Eigenwerbung.« (Das stimmte nicht so ganz, dachte Octavia, als sie später davon erfuhr, hielt aber klugerweise den Mund.) »Aber wenn Sie meinen Aussagen nicht glauben, bin ich gezwungen, Ihnen zu zeigen, wie ich andernorts eingeschätzt werde.«

Miller entschuldigte sich nicht, aber er hörte auf, ihre Beziehung zu torpedieren.

Die Hochzeit war traumhaft. Octavia schritt am Arm eines vor Freude und Stolz strahlenden Felix Miller den Mittelgang hinunter, wenngleich vielen Gästen auffiel, dass sein Gesichtsausdruck beim Verlassen der Kirche merklich weniger heiter war. Der Brautvater hielt eine ausgesprochen sentimentale Rede, in der er seine väterliche Liebe betonte und erklärte, alles, was er wolle, sei das Glück seiner Tochter – mehr war ihm unter den gegebenen Umständen wahrscheinlich nicht möglich gewesen, dachte Octavia. Toms Rede klang ein wenig schärfer, und es gab einen peinlichen Moment, als Toms Trauzeuge den Ausspruch tat, Octavia, bislang Mittelpunkt des Lebens ihres Vaters, würde von jetzt an Mittelpunkt des Lebens eines anderen Mannes sein. Aber im Großen und Ganzen hätte es sehr viel schlimmer kommen können, wie Tom bemerkte, als sie zum Flughafen fuhren, auf dem Weg zu Felix Millers Ferienhaus auf Barbados.

Die Probleme waren damit längst nicht ausgestanden. Felix Millers Entschlossenheit, seinem Schwiegersohn immer wieder Kunden zuzuführen und ihm seine Unterstützung anzubieten, peinigte Tom und Octavia gleichermaßen und gab zu zahlreichen Konflikten Anlass. Für Octavia, die Liebe und Dankbarkeit für ihren Vater empfand und ihm zeigen wollte, dass er ihr immer noch sehr wichtig war, gleichzeitig aber ihrem Mann gegenüber loyal war und wollte, dass er Gelegenheit bekam, sich zu beweisen, war es besonders schlimm.

Felix, erstaunt über eine Haltung, die er als vollkommen irrationalen Stolz interpretierte, und ernsthaft verletzt durch die ständigen Zurückweisungen, rächte sich durch eine Art trotziger Einmischung in das Privat- und Familienleben seiner Tochter – und auch in ihr Berufsleben, denn sie hatte es ebenfalls abgelehnt, Geld von ihm anzunehmen. Das Kapital für ihre Beteiligung an Capital C hatte sie bei ihrer Bank aufgenommen. Octavia ertrug es, weil sie sehr an ihrem Vater hing, aber es war eine Belastung, die nicht leichter wurde ...

»Octavia«, sagte Felix Millers Stimme. »Ich muss mit dir reden. Bitte ruf mich zurück, sobald du nach Hause kommst.«

Sie zuckte zusammen. Sie war so sehr in die Betrachtung ihres Lebens versunken gewesen, dass sie das Läuten des Telefons auf ihrem Schreibtisch gar nicht gehört hatte.

Sie seufzte und wünschte, sie könnte die Unterbrechung ignorieren. Aber sie wusste, dass sie das nicht fertig bringen würde. Die Gewohnheit, ihrem Vater zu gehorchen, ließ sich nicht so einfach abschütteln. Sie drückte auf einen Knopf und hörte zu, wie das Gerät die einprogrammierte Nummer wählte.

»Felix Miller.«

»Hallo, Papa. Entschuldige, ich war gerade im Bad.«

»Wie lange bist du schon zu Hause?«

Wie immer machte sein inquisitorischer Fragestil sie nervös – nervös und ärgerlich.

»Noch nicht lange«, antwortete sie. »Warum?«

»Weil ich deine Nanny gebeten habe, dir zu sagen, dass du mich zurückrufen sollst. Hat sie dir das nicht ausgerichtet?«

»Doch, aber ich hatte noch einiges zu tun. Ich bin erst seit einer knappen Stunde wieder hier, und ich wollte zuerst nach den Kindern sehen und mir eine Tasse Tee machen.«

»Ja, schon gut.« Er mochte solche Ausreden nicht. »Na, wie geht es dir? Du klingst etwas ... komisch.«

»Es geht mir gut«, erwiderte sie hastig. »Natürlich bin ich ziemlich müde.«

»Du arbeitest zu hart. Ich meine nicht in deiner Agentur, aber die ganzen zusätzlichen Kundenpflege-Termine mit Tom ... Er verlangt zu viel von dir.«

»Papa, das ist meine Entscheidung. Ich bin nicht zufrieden, wenn ich nicht arbeiten kann. Nicht schwer zu erraten, von wem ich das habe.«

»Nein, vielleicht nicht. Aber wie wär's mit einem Urlaub? Das könnte helfen. Du könntest mal was mit den Kindern unternehmen. Vielleicht solltest du alleine fahren, ohne Tom. Wir könnten ein paar Tage im Ferienhaus verbringen.«

Das war ein herrliches Haus auf Barbados, direkt am Strand.

»Ehrlich, ich kann nicht. Ich habe zu viel zu tun.«

»Du solltest wirklich mehr auf dich achten. Es nützt keinem was, wenn du völlig ausgepowert bist. Jedenfalls, richte Tom aus, er soll mich anrufen. Es ist dringend. Ich habe möglicherweise ein Projekt für ihn.«

»Und worum geht es?«

»Ein Freund von mir sieht sich einem Übernahmeversuch ausgesetzt. Jemand ist hinter seiner Firma her. Er hätte gern einen Rat, fragt sich, ob er das Kartellamt einschalten kann. Er heißt Cadogan, netter Kerl, wird dir gefallen. Ich habe ihm jedenfalls vorgeschlagen, dass er mal mit Tom redet.«

»Ach, Papa, warum rufst du Tom nicht selbst an, wenn es

so dringend ist.« Die Gereiztheit in ihrer Stimme war nicht zu überhören.

»Du weißt genau warum. Er ist so verdammt empfindlich. Wahrscheinlich würde er mir mal wieder vorwerfen, ich wolle mich nur in seine Agentur reindrängen.«

»Und was ist anders, wenn ich es ihm erzähle?«

»Er kann ja sofort ablehnen. Aber bitte ihn, mich deswegen anzurufen, sei so nett. Es könnte eine große Sache werden.«

Gott, er konnte einen wirklich auf die Palme bringen, dachte Octavia. Jahrelang ging das nun schon so. Felix machte die einfachsten Dinge furchtbar kompliziert. Es gab keinen Grund auf der Welt, nicht einfach seinem Freund Toms Büronummer zu geben. Nur hätte er damit eine Gelegenheit ausgelassen, Octavia mit der Nase darauf zu stoßen, dass ihr Mann jede Hilfe von ihm ablehnte und dass er ihm das übel nahm.

»Schön«, sagte sie. »Tom hilft sicher gern, wenn er kann. Ich werde ihm sagen, dass er dich anrufen soll. Aber heute Abend sehe ich ihn vielleicht nicht mehr.«

»Wo ist er denn?«

»Ach, bei einem Essen der Handelskammer.« Sie seufzte. Gewöhnlich genoss sie es, wenn sie mal einen Abend für sich hatte, was selten genug vorkam, aber heute wünschte sie, Tom wäre hier. Er verstand sich so gut darauf, ihre Ängste und Befürchtungen zu zerstreuen.

»Mein Herzblatt, du klingst so niedergeschlagen. Was ist denn los?«

Plötzlich hatte sie das Bedürfnis, ihm von Michael Carlton zu erzählen, war gespannt auf seine Reaktion, wollte seinen Rat hören.

»Hast du etwas Zeit?«

»Aber selbstverständlich, mein Schatz.«

Sie berichtete ihm alles: dass sie keinen Sponsor für CULTIVATE finden konnte, von dem Bauprojekt, von Carltons Angebot, dass FOOTHOLD möglicherweise mit hineingezogen werden würde.

»Nun, die Sponsorship-Seite der Sache klingt doch ganz gut. Löst das Problem mit einem Schlag, oder?«, sagte er, halb zu ihrer Überraschung. Was sie mit am meisten an ihm liebte, war sein absoluter Pragmatismus – sie konnte darauf bauen, dass er immer ehrlich war.

»Ja, aber damit hat er mich in der Tasche. Wenn ich sein Angebot annehme, muss ich dieses furchtbare Bauvorhaben unterstützen.«

»Das ist gar nicht einzusehen. Mach ihm klar, dass du das nicht tun wirst. Was die Behindertenhilfe angeht, lass sie die Entscheidung selbst fällen. Wahrscheinlich sind sie gegen das Bauprojekt, wenn es direkt vor ihrer Haustür ist, vielleicht aber auch nicht. Weiter brauchst du dich gar nicht hineinziehen zu lassen. Was hält denn Tom davon?«

»Ich weiß nicht. Er ist sofort danach zu diesem Essen gefahren.«

»Ziemlich unfair von ihm, finde ich«, meinte Felix Miller. »Er sollte dich nicht solchem Druck aussetzen. Er verlässt sich viel zu sehr auf dich. Was diesen Carlton betrifft – ist er ein Schurke? Ich glaube, der Name sagt mir was.«

»Nein, ist er nicht, aber rücksichtslos, versteht sich. Und taktlos.«

»Nun, durch übermäßige Sensibilität wird niemand zum Baulöwen. Ich muss jetzt auflegen, Schatz, ich habe noch zu tun.«

»Und du kritisierst mich, weil ich zu hart arbeite! Wie alt bist du, Papa?«

»Ein sehr junger Neunundfünfziger«, sagte er, und sie konnte buchstäblich spüren, wie er lächelte. »Gib auf dich Acht. Sehen wir uns am Wochenende?«

Octavia zögerte. »Ich weiß noch nicht. Wir haben ein paar Amerikaner hier, die unterhalten werden wollen.«

»Schade. Ich habe Ballettkarten. Aber du hast es sicher schon gesehen. *Manon.* Soll eine großartige Inszenierung sein.«

»Ja, wir haben es schon gesehen, und es ist tatsächlich eine großartige Inszenierung. Mit Sylvie Guillem als Manon.«

»Gut. Ich gehe sowieso mit Marianne, vielleicht möchten ihre Kinder ja mitkommen.«

»Hoffentlich.« Marianne war die langjährige Freundin ihres Vaters, und sie und Octavia verband eine Freundschaft, die nicht ohne Spannungen war. »Ist sie da?«

»Nein, nein, ich bin allein.« Ein symbolischer Seufzer hing in der Luft.

Schweigen. Dann sagte sie: »Also, gute Nacht, Papa. Ich richte Tom aus, dass er dich anrufen soll.«

»Warum hast du das gesagt?«, erkundigte sich Marianne Muirhead und sah Felix mit ihren kühlen grünen Augen an. »Ach was, als ob ich da noch fragen müsste.«

»Was gesagt?«, wollte Felix wissen.

»Dass du allein bist. Felix, du bist ein Alptraum. Es ist ein Wunder, dass die arme Octavia nicht noch verkorkster ist, mit dir als Vater.«

»Sie ist nicht verkorkst!«

»Na, neurotisch ist sie zweifellos.«

»Sie ist nervlich überreizt. Und das liegt an dem Leben, das sie führt, nicht an mir.«

»Ich erlaube mir, anderer Meinung zu sein. Sie war offenbar seelisch ein wenig angeschlagen, und das Letzte, was sie brauchte, war dieses emotional befrachtete Zeug über ihren Mann. Oder zu hören, dass du ganz allein wärst, nachdem sie deine Einladung ins Ballett abgelehnt hatte. Die Worte ›einsam‹ und ›vernachlässigt‹ hingen geradezu in der Luft. Also wirklich, Felix!«

»Ich kommentiere deine Erziehungsmethoden ja auch

nicht«, versetzte Felix gereizt, »also sei bitte so nett und misch dich da nicht ein.«

Marianne gab darauf keine Antwort, sondern wandte sich wieder ihrer Zeitschrift zu. Felix drehte die Musik lauter und Bruchs Violinkonzert erfüllte den Raum.

»Felix, nicht ganz so laut, bitte.«

»Ich dachte, du magst Bruch.«

»Tue ich auch. Aber nicht so laut, dass man keinen klaren Gedanken mehr fassen kann.«

»Um Himmels willen, du blätterst in der *Vogue*. Das erfordert wohl kaum viel Konzentration.«

Marianne klappte die Zeitschrift zu und stand auf.

»Vielleicht fahre ich doch lieber nach Hause«, sagte sie. »Ich bin ziemlich müde.«

»Ach, sei doch nicht albern«, erwiderte Felix gereizt. »Wer spielt denn jetzt Spielchen?«

»Felix, ich spiele keine Spielchen. Ich bin müde und ich finde deine Stimmung nicht gerade angenehm.«

Es stimmte, Marianne spielte keine Spielchen. Sie war eine außerordentliche freimütige Frau von kühler Intelligenz und Selbstsicherheit. Sie war neununddreißig, besaß eine blasse, blonde Schönheit, war schlank, elegant, stets perfekt gekleidet. In der *Vogue* war einmal zu lesen gewesen, Marianne Muirhead würde den Trends nicht hinterherrennen, sondern ihren eigenen Trend kreieren – ein mittlerweile berühmt gewordener Ausspruch. Mit den Jahren hatte sie ihren eigenen Stil entwickelt, weder ultra-modisch noch klassisch, den sie einfach an die neuesten Erfordernisse anpasste: eine lange, schmale Silhouette, schwarz mit sparsamen Farbtupfern in einer der Grundfarben, stets hochhackige Schuhe, fast immer einen Hut, Röcke bis knapp oberhalb des Knies. Zu ihrer Garderobe gehörten stets (auch das war schon fast Legende) mindestens dreißig weiße T-Shirts aus jedem nur erdenklichen Material und jeder Stilrichtung. Auf dem Golfplatz, der, wie sie behauptete, ihr natürlicher Lebensraum sei, machte sie eine ebenso gute Figur wie beim Lunch im Caprice oder auf der Tanzfläche bei einer Benefiz-Gala. Eine leichte Tendenz zur Strenge in Erscheinung und Verhalten wurde durch ihr Lachen gemildert, das laut und ausgelassen war.

1975 hatte sie Alec Muirhead geheiratet, einen in London ansässigen amerikanischen Anwalt. Ihr Vater, der im diplomatischen Dienst gewesen war, hatte einen Großteil seines Lebens in Washington verbracht, und sie hatte sich immer halb als Amerikanerin gefühlt. So richtete sie sich zufrieden in einem Leben ein, das die meisten Engländerinnen als schwierig empfunden hätten. Aber 1981, nach der Geburt ihres dritten Kindes, entdeckte sie, dass Alec ihr seit Jahren untreu gewesen war. Da er mindestens die Hälfte des Jahres in New York verbrachte und sie ohnehin eine erhebliche Abneigung gegen ihn entwickelt hatte, litt sie nicht sehr darunter. Sie willigte in eine Scheidung ein, forderte allerdings eine beträchtliche Abfindung und das alleinige Sorgerecht für die Kinder. Nachdem sie beides erhalten hatte, überraschte sie jedermann, indem sie zuließ, dass er die Kinder sehen konnte, wann immer er wollte, und ihr getrenntes Leben mit gutmütiger Großzügigkeit regelte: So bestand sie darauf, dass sie Weihnachten und Thanksgiving gemeinsam feierten und mindestens einmal im Jahr gemeinsam Urlaub machten. Alec, der mittlerweile in New York lebte, hatte nicht wieder geheiratet, obwohl seine Freundinnen immer jünger wurden. Marianne lebte mit den beiden jüngeren Kindern, beides Mädchen, in London, und der Älteste, Marc, war in Yale, hörte Vorlesungen über klassische Philologie und beabsichtigte, einmal Anwalt zu werden wie sein Vater.

Marianne hatte Felix Miller bei einem Fundraising-Dinner im »Royal Opera House« kennen gelernt; beide waren Mitglied des Fördervereins. Fünf Jahre nach ihrer Scheidung war sie bereit für eine neue Beziehung, wenn auch nicht unbedingt für eine neue Liebe. Sieben Jahre später war sie immer noch glücklich mit Felix, obgleich er ein komplizierter Mann war, was sich am deutlichsten in seiner geradezu erschreckend problematischen Beziehung zu seiner Tochter zeigte.

Marianne war eine dieser scheinbar emotionslosen Frauen, die in Wirklichkeit sehr leidenschaftlich waren. Manchmal, wenn sie Felix Miller über den Tisch hinweg ansah, sein dichtes, allmählich silbriges Haar, die unergründlichen, dunklen Augen und den hochgewachsenen Körper, der fast sichtbar vor aufgestauter Energie strotzte, spürte sie ein Aufwallen puren sexuellen Verlangens. Nicht selten verließ das Paar eine Party oder ein Restaurant ziemlich überstürzt, und es war schon vorgekommen, dass sie auf irgendeinem abgelegenen Strand oder an einem einsamen Flecken in der Landschaft wilden Sex hatten. Hätten ihre Kinder davon gewusst, wären sie schockiert gewesen.

Zwei- oder dreimal die Woche verbrachten sie einen gemeinsamen Abend in London und sie machten Urlaub in seinem Ferienhaus auf Barbados oder ihrem Haus in Portugal. Marianne war nicht berufstätig, aber vollauf beschäftigt mit dem ehrenamtlichen Engagement für verschiedene karitative Einrichtungen und ihrem Kunst-Mäzenatentum, dem Golfspiel sowie der Sorge für ihre beiden Töchter, die noch in einem Alter waren – Zoe war achtzehn, Romilly fünfzehn –, in dem sie ihre volle Aufmerksamkeit benötigten.

Die drei wohnten in einer geräumigen Etagenwohnung über drei Ebenen an der Nordseite des Eaton Square. Die Mädchen hatten das oberste Stockwerk für sich, und ein eigenes Schlafzimmer, Wohnzimmer und Badezimmer gab ihnen die Illusion von Freiheit und Unabhängigkeit.

Mariannes Kinder hatten Felix Miller nicht wirklich gern, aber sie schätzten ihn und akzeptierten seine Rolle im Leben ihrer Mutter ziemlich bereitwillig. Er hatte Romilly sehr gern, aber Zoe mit ihrem Temperament, ihrer Schönheit und Erotik, die in fast unheimlicher Weise an ihre Mutter erinnerte, fand er ziemlich problematisch. Zudem begriff er Mariannes tolerante, ungezwungene, fast distanzierte Haltung ihren Töchtern gegenüber einfach nicht.

Er sah sie an, als sie auf ihn zukam, um ihm einen Abschiedskuss zu geben, und fragte: »Bist du sicher, dass du nicht bleiben willst?«

»Ganz sicher. Ich habe morgen ein wichtiges Golfturnier.«

»Ah. Nun, da will ich dich natürlich nicht aufhalten.«

Die Zeit und Energie, die sie für das Golfspiel aufwandte, irritierte ihn, besonders, wenn sie ihn wieder einmal verärgert hatte. Es verblüffte ihn, dass eine Frau von ihrer Intelligenz und Kulturbeflissenheit sich einer so nichtigen Sache verschrieben hatte.

»Du könntest ohne weiteres eine eigene Firma leiten«, hatte er mehr als einmal zu ihr gesagt, woraufhin sie gelacht und erklärt hatte, sie habe keinerlei Ehrgeiz. Sie wolle das Leben genießen, nicht immer nur arbeiten, und wo sie es nun einmal nicht nötig habe, Geld zu verdienen, warum solle sie da einem Beruf nachgehen? Felix, der sein ganzes Leben dem Streben nach Erfolg und der Anhäufung von Geld gewidmet hatte, bemühte sich vergebens, sie zu verstehen. Es erstaunte ihn immer wieder, dass er mit einer solchen Frau so gut auskam.

Aber vielleicht passten sie wirklich nicht zueinander, dachte er, als er ihren Wagen den Well Walk hinunterfahren hörte. Vielleicht sollten sie sich besser trennen. Aber gleichzeitig wusste er, dass er das nicht fertig bringen würde, weil das, was er für Marianne empfand, der Liebe so nahe kam wie nur etwas, was er je für eine Frau empfunden hatte – mit Ausnahme von Octavia natürlich.

Um halb zwölf war Tom noch immer nicht zu Hause, und Octavia beschloss, im Gästezimmer zu schlafen, damit er sie nicht aufweckte, wenn er kam. Sie knipste das Licht aus, konnte aber nicht einschlafen. Sie litt zuweilen unter Schlafstörungen, und heute war es besonders schlimm.

Sie hatte das Licht gerade wieder angemacht, um noch ein wenig zu lesen, als sie auf der Straße das Tuckern eines Taxis vernahm, und dann hörte sie Tom die Haustür aufschließen und leise die Treppe heraufkommen. Sie wusste, was er als Nächstes machen würde: Er würde feststellen, dass sie nicht im Schlafzimmer war, und nach ihr sehen. Es machte ihm nichts aus, wenn sie gelegentlich das gemeinsame Schlafzimmer verließ, er war sehr verständnisvoll, was ihre Schlaflosigkeit anging; aber er ging ungern ins Bett, ohne ihr gute Nacht gesagt zu haben. Sie fand es gleichzeitig anrührend und ärgerlich, dass ihre kostbare Nachtruhe gestört werden musste, damit er »Schlaf gut« sagen konnte.

Sie lächelte ihn an, als er hereinkam, und er setzte sich aufs Bett und gab ihr einen Kuss.

»Tut mir Leid, dass es so spät geworden ist. Bob Macintosh war bei dem Essen und ich habe mich noch ziemlich lange mit ihm unterhalten.«

»Worüber denn?«

Bob Macintosh gehörte zu Toms wichtigsten Kunden; er besaß eine Supermarktkette in den Midlands und Nordengland. Er war in seinem Wesen sehr direkt, dazu rundlich, vorzeitig ergraut und hatte leuchtende, dunkle Augen. Octavia mochte ihn sehr.

»Ach – er ist gerade nicht besonders glücklich.«

»Wirklich? Und was macht Maureen?«

»Maureen ist der Grund. Sie geht fremd. Mal wieder.«

Maureen war eine auffallende Rothaarige, zehn Jahre jünger als Bob, laut, witzig und sehr extrovertiert. Sie hatte Bob gern und sein Geld noch mehr, aber sie war notorisch untreu.

»Ach je. Armer Bob.«

»Und diesmal ist es ziemlich kompliziert. Sie schläft mit einem Parlamentsabgeordneten.«

»Einem Parlamentsabgeordneten! Lieber Himmel, Tom, mit wem denn?«

»Tja, das ist das Problem. Es ist einer der jüngeren Minister. Ziemlich bekannt. Und Mr Blairs blitzsaubere, neue Regierung kann sich schmierige Skandalgeschichten nach Art der Torys nicht leisten. Nicht so bald nach Regierungsantritt. Die Sache soll vertuscht werden, aber die Presse hat Wind davon bekommen, also brauchen sie Bobs Kooperation.«

»Und wieso das, um alles in der Welt?«

»Alastair Campbell, Blairs Pressesprecher, oder vielmehr einer seiner fantasievollen Mitarbeiter, will eine Home-Story machen. Du weißt schon, die ganze Familie glücklich vereint.«

»Beide Familien?«

»Ja. Und Bob weiß einfach nicht, ob er das ertragen kann. Er sagt, bei dem Gedanken dreht sich ihm der Magen um.«

»Kann ich verstehen«, sagte Octavia. »Aber was hat das mit dir zu tun? Abgesehen davon, dass er dein Freund ist. Und natürlich dein Kunde.«

»Also«, Tom seufzte. »Er wollte wissen, was ich davon halte.«

»Und?«

»Tja, ich sagte, das käme ganz darauf an, was er für Maureen empfindet. Ob er ihr noch einmal vergeben kann. Schon wieder.«

»Und, kann er es?«

»Er sagt ja, er liebt sie immer noch – armer Kerl. Er will sie zurücknehmen, aber zu seinen Bedingungen. Und dazu gehört selbstverständlich nicht, dafür zu sorgen, dass für den Liebhaber weiterhin alles prächtig läuft.«

»Nun, er könnte auch aus der ganzen Sache seinen Vorteil ziehen«, erklärte Octavia brüsk.

Tom starrte sie an. »Und wie?«

»Er sollte etwas im Gegenzug bekommen, wenn er sich bereit erklärt, da mitzuspielen. Etwas außer Maureen, meine ich. Ich nehme an, sie will bei ihm bleiben?«

»Aber sicher doch. Jetzt, wo sie in Gefahr ist, Bob, das Geld und dieses monströse Anwesen zu verlieren, findet sie plötzlich, dass er der einzige Mann auf der Welt ist.«

»Du magst Maureen nicht, oder?«

»Nein. Ich kann diese geldgierigen, ausgehaltenen Frauen nicht ausstehen.«

»Aber Lauren Bartlett magst du«, sagte sie unvermittelt.

»Nein, ich finde sie unsympathisch.«

»So benimmst du dich aber nicht gerade. Ich meine mich zu erinnern, dass ihr neulich Abend sehr eng miteinander getanzt habt.«

»Ach, Octavia, fang nicht wieder damit an«, sagte er müde.

»Es war ja nur eine Beobachtung.« Sie hielt inne. Das konnte unangenehm werden. Sie war eifersüchtig, schrecklich eifersüchtig, sie konnte es nicht einmal ertragen, wenn Tom ein wenig flirtete; sie hatte nie gelernt, es mit einem Lachen abzutun, zu erkennen, dass es nichts zu bedeuten hatte. Und er flirtete ziemlich oft, für ihn war das so natürlich wie Atmen.

»Jedenfalls ist das der Rat, den ich Bob geben würde.« Hastig machte sie einen Rückzieher. »Er braucht gar nichts zu tun, scheint mir. Er hält ja alle Karten in der Hand und sollte ein paar ausspielen. Nur frag mich nicht, welche und wie«, fügte sie hinzu und ließ sich in die Kissen zurückgleiten. »Ich bin viel zu müde, ich kann nicht mehr denken.«

Tom schaute sie einen Augenblick ruhig an, dann beugte er sich vor und küsste sie. »Du bist ein kluges Mädchen«, sagte er, »und ich liebe dich. Kannst du nicht einschlafen?«

Sie nickte.

»Soll ich dir helfen, dich zu entspannen? Ich verspreche dir, ich gehe danach ins Schlafzimmer zurück.«

Er sah sie mit seinen dunkelgrauen Augen an, plötzlich ganz ernst, und sie erwiderte den Blick.

»Das würde mir sehr gefallen«, flüsterte sie. Gegen alle Logik, jeden gesunden Menschenverstand – schließlich war es spät, sie hatte morgen früh ein Meeting und würde erschöpft sein – wollte sie ihn plötzlich so sehr. Ein Gefühl regte sich in ihrem Bauch, sie spürte Verlangen in sich aufsteigen. Tiefer in die Kissen hineinrutschend, streckte sie die Arme nach ihm aus, wie ein Kind. Den Blick auf sie gerichtet, zog er sich aus, kletterte ins Bett und begann, sie zu küssen. Sie wollte das Licht ausschalten.

»Nicht«, bat er. »Ich möchte dich ansehen.«

Er sah sie gerne an, streichelte sie, küsste ihre kleinen Brüste, den flachen Bauch, die straffen Schenkel. Und er hatte es gern, wenn auch sie ihn ansah, seinen Körper erkundete und lernte, was er mochte. Anfangs hatte sie das schwierig gefunden, sie war zu unsicher gewesen, zu nervös; sie zog es vor, dass sie sich im Dunkeln liebten. Er hatte sie deswegen geneckt, ihr Hemmungen vorgeworfen, einen Vaterkomplex. Das hatte sie verletzt, sie hatte geweint, war wütend geworden und hatte sich von ihm zurückgezogen. Es hatte lange gedauert, bis sie gelernt hatte, sich im Bett zu entspannen, und im tiefsten Innern wusste sie, dass er Recht hatte: Ihre Sexualität war durch die Beziehung zu ihrem Vater beeinträchtigt. Selbst wenn sie Tom in sich aufnahm und ihre Lust den Höhepunkt erreichte, wusste sie, dass ein kleiner Teil von ihr sich immer noch zurückhielt, sich selbst ängstlich beobachtete, dass sie Angst hatte, sich ganz zu verlieren, etwas zu tun, das sie sich nicht hundertprozentig erlauben konnte.

Aber Tom hatte ihr beigebracht, sich selbst und ihm zu vertrauen, sich zu genießen. Ihr gemeinsames Leben war oft angespannt, voller Druck und hohen Anforderungen, und das, was im Bett passierte, war wichtig für sie beide, eine wohliggemächliche Erkundung des anderen auf jeder Ebene, etwas, auf das sie sich immer noch freuten und das sie genossen. Und es war etwas, das ganz entscheidend zu Octavias Selbstvertrauen beitrug.

Aber heute Nacht gab es keine Zurückhaltung. Er war fast sofort in ihr und beide kamen sie schnell. Es war, als wären sie irgendwie in Eile, als läge hinter der Lust etwas, das sie erreichen mussten, das nicht lange auf sie warten würde. Danach lagen sie nebeneinander, immer noch schwer atmend, lächelnd, aber leicht überrascht über das heftige Begehren, das sie beide überkommen hatte.

Das Letzte, was sie hörte, bevor sie einschlief, war seine Stimme, die sagte, dass er sie liebte; ihr letzter Gedanke war, wie sehr sie ihn doch brauchte ...

Sie hatte nicht erwartet, ihn am Morgen zu sehen. Sie schlüpfte aus dem Bett, nahm eine Dusche, zog sich an und holte die Notizen für ihr Meeting. Aber er war ins Kinderzimmer gekommen, gerade als sie Minty einen Abschiedskuss gab, und folgte ihr die Treppe hinunter, und so konnte sie ihm mitteilen, dass er ihren Vater anrufen solle.

Das Arbeitsfrühstück sollte im Connaught stattfinden. Sie war früh dran, aber Melanie war schon da und trank große Mengen Orangensaft und Kaffee. Wie immer, wenn Octavia sie außerhalb des vertrauten Büro-Umfelds sah, war sie erneut überwältigt von Melanies eigenartiger Schönheit. Sie war groß, über eins achtzig – »Ich sehe auf die meisten Männer herab« war ein Lieblingsspruch von ihr –, mit einem starken, durchtrainierten Körper und langen, kräftigen Beinen. Das dicke, gesträhnte braune Haar fiel ihr gewellt bis über die Schultern, und die Augen, die durch einen überlangen Pony spähten, waren scharf und dunkelblau. Ihre Nase war ziemlich groß, aber sie passte zu ihr, und sie hatte einen breiten, großzügigen Mund. Ihre Stimme war dunkel und leicht heiser, und der jahrelange Kontakt mit Kunden und Geschäftspartnern aus der Mittel- und Oberschicht hatte ihren Südlondonder Akzent abgeschliffen. Sie trug stets lange Röcke, reich bestickte Hemden und an den kraftvollen Handgelenken zahlreiche Silberarmbänder. Gegen Octavias klassische Eleganz wirkte sie wie ein großer exotischer Vogel. Tom Fleming, der Frauen lieber konventionell gekleidet sah, bezeichnete sie oft als »einschüchternd sexy«.

Octavia ließ sich auf den Sitz neben ihr gleiten und nickte dankbar, als der Kellner mit der Kaffeekanne auf sie zukam.

»Du siehst grauenhaft aus«, bemerkte Melanie und beäugte sie kritisch. »Du bist doch wohl nicht schon wieder schwanger?«

»Nein, ich bin nicht schwanger«, erklärte Octavia leicht gereizt. »Ehrlich, Mells, mir geht's gut. Ich bin nur etwas müde.«

»Na gut. Also, ganz schnell, bevor sie kommt. Mrs B. ist entschlossen, einen Weihnachts-Wohltätigkeitsball zu veranstalten. Wir müssen sie davon abbringen. Ohne einen wirklich hochkarätigen Schirmherrn bringt so was gar nichts, wie wir alle wissen, und wir haben keinen.«

»Wie wäre es mit einem Mitglied des Königshauses? Meinte sie nicht, dass Diana möglicherweise kommen würde?«

»Das meinen sie alle. Nein, keine Chance, da habe ich schon vorgefühlt. Na, jedenfalls reicht es nicht, ›bitte keinen Ball‹ zu sagen, wir müssen ihr eine Alternative bieten. Irgendwelche Ideen?«

»Neulich habe ich Neil Balcon getroffen«, sagte Octavia. »Du weißt schon, den vom Fernsehen.«

»Ach, der. Ja. Und?«

»Er hatte gerade eine diese Sonntagabend-Benefizveranstaltungen geleitet, zugunsten von Deaf-Aid. Hat vierzigtausend Pfund eingebracht. Er sagte, wir könnten ihn durchaus mal fragen, er täte so was gern, solange ihm das Anliegen sympathisch sei ...«

»Wirklich? Du lernst ja die glamourösesten Leute kennen, Octavia. Klingt echt gut. Ach, da kommt Kate. Kommen Sie, setzen Sie sich, Kate. Kaffee?«

Als Octavia ins Büro zurückkehrte, wartete eine Nachricht von Lauren Bartlett auf sie. Sie bat Sarah Jane um ein Glas Wasser, nahm zwei Kopfschmerztabletten und wählte die angegebene Nummer.

»Lauren Bartlett.«

Wenn sie schon diese Stimme hörte, ging sie innerlich hoch. »Hallo, hier ist Octavia Fleming.«

»Ach – Octavia. Ja.«

»Sie hatten angerufen. Übrigens, wenn es um die Geburtstagsfeier geht, Poppy würde sehr gerne kommen, vielen Dank für die Einladung.«

»Gut. Ich werde sie auf der Liste abhaken. Übrigens besteht keinerlei Grund, sich Sorgen zu machen. George hat einen sehr erfahrenen Piloten engagiert, zehntausend Flugmeilen, bei ihm gibt's nicht mal eine holprige Landung.«

»Oh, ich habe mir gar keine Gedanken gemacht.« Octavia fragte sich auf einmal, ob das wohl angebracht gewesen wäre.

»Gut. Einige Eltern waren besorgt. Also, Octavia, wie Sie wissen, bin ich im Fundraising-Ausschuss von CHILDREN IN CRISIS.«

Ja, das wusste Octavia. CHILDREN IN CRISIS war eine sehr bekannte karitative Einrichtung; es ging das Gerücht um, dass Prinzessin Diana die Schirmherrschaft übernehmen würde. Der Verein, der ein privat finanziertes Hospiz für aidskranke Kinder und zwei Heime für misshandelte Kinder betrieb, konnte sich über einen Mangel an Aufmerksamkeit der Medien nicht beklagen. Capital C hatte einmal eine Präsentation gemacht, den Etat enttäuschenderweise aber nicht bekommen. Als Aushängeschild wäre CHILDREN IN CRISIS einfach fantastisch.

»Wir planen eine Fundraising-Veranstaltung im September, in Brands Hatch, beim Autorennen. Die Überlegung war, ob wir uns an einen professionellen Fundraiser wenden sollten, und dabei fiel Ihr Name. Aber Ihre Firma ist nicht gerade billig – könnte also sein, dass wir ohne Sie besser wegkommen. Deshalb wollte ich Sie fragen, ob Sie uns vielleicht einen preislichen Nachlass einräumen könnten, da wir ja befreundet sind.«

»Das ist nicht sehr wahrscheinlich«, entgegnete Octavia kühl. »Das ist ein Geschäft, wissen Sie. Aber so ein Spaßtag klingt nach einer großartigen Idee. Sie werden feststellen, dass es sehr ertragreich sein wird. Wir haben letztes Jahr so etwas Ähnliches gemacht, auch auf einer Rennstrecke, in Brooklands, und haben über hunderttausend Pfund für FOOTHOLD zusammenbekommen. Ich konnte einen großen Pharmakonzern dazu bewegen, eine beträchtliche Geldsumme zu spenden.«

»Tatsächlich?« In der schleppenden Stimme blitzte Interesse auf.

»Ja. Also, wenn Sie der Ansicht sind, dass wir uns mal unterhalten sollten ...«

»Aber umsonst würden Sie es wohl nicht machen? Um der alten Zeiten willen?«

»Lauren, das kann ich nicht.«

»Nun gut, wir werden darüber nachdenken. Ich muss sagen, es scheint mir ... nicht richtig zu sein, an Hilfsorganisationen Geld zu verdienen.«

»Lauren, Sie wissen so gut wie ich, dass auch die Bücher einer Hilfsorganisation ausgeglichen sein müssen. Helfen ist teuer. Langfristig sorgen wir für mehr Kostenwirksamkeit.«

»Ja, das Argument kenne ich«, sagte Lauren wegwerfend. »Vielleicht melden wir uns. Ich muss los, Octavia, der Harbour Club wartet. Bis dann. Übrigens, war ein schönes Fest neulich.«

»Freut mich, dass es Ihnen gefallen hat. Bis dann, Lauren.«

»Miststück«, zischte Octavia, als sie den Hörer auflegte.

Erst beim Lunch, mitten in einem schwierigen Gespräch, fiel Tom Fleming wieder ein, dass er seinen Schwiegervater anrufen sollte. Die meisten seiner Mahlzeiten wurden von schwierigen Gesprächen begleitet, eigentlich war unter der Woche jedes Essen ein Arbeitsessen. Sein Tag begann mit einem Frühstück, entweder in einem Hotel oder in irgendeiner Vorstandsetage, dann ging es weiter mit dem Lunch, im Connaught, im Savoy oder im Ritz, und abends folgte, oft nach dem Theater oder der Oper, ein Essen in irgendeinem Restaurant, das gerade en vogue war – im Bibendum, im Quaglinos, im Belle Epoque. Nie war er entspannt, stets blieb er auf der Hut. Teller mit perfekt zubereitetem, ungeheuer teurem Essen wurden vor ihn hingestellt und wieder abgeräumt, manchmal noch fast voll, beste Weine und perfekt gekühlter Champagner wurden eingeschenkt und nicht getrunken, während er, seine Kollegen, Gäste oder Gastgeber in ihrem unablässigen Ringen um Einfluss miteinander wetteiferten.

Auf Partys wurde er immer gefragt, was er denn genau mache, und immer wieder überraschte es ihn, wie schwer es zu erklären war.

»Ich bin nicht direkt in der Politik. Was wir tun, macht viel mehr Spaß«, erläuterte er dann. »Wir sagen unseren Kunden, was sie tun sollten und wie, soweit es die Politik betrifft oder von der Politik beeinflusst wird.« Dann schenkte er ihnen sein berühmtes charmantes, gewinnendes Lächeln und weigerte sich, es weiter auszuführen. »Sonst werde ich noch langweilig und dann wird Octavia böse.«

Die Werbebroschüre der Fleming + Cotterill Agentur (Hochglanz, dick, aufwendig) ging ein wenig weiter: »Wir sind bestrebt, der Öffentlichkeit das Anliegen eines Unternehmens zu vermitteln, und zwar dem normalen Bürger sowie den Bürgervertretern in Westminster oder Whitehall.«

Die PR-Agentur, die mittlerweile bestens lief und einen hervorragenden Ruf hatte, war vor sechs Jahren von Tom und seinem Kompagnon Aubrey Cotterill gegründet worden. Sie waren die Seniorpartner und größten Anteilseigner. Die ersten Zeiten waren, wie Tom es beschrieb, wenn er ein paar Gläschen zu viel getrunken hatte, »eine echte Herausforderung. Wir hatten beide enorme Hypothekenbelastungen und Bankkredite am Hals. Es musste einfach ein Erfolg werden.«

In den ersten Monaten hatte es nicht danach ausgesehen. Sie hatten ein paar Kunden, aber längst nicht genug, um die Fixkosten zu decken: kleine, aber feine Büroräume in Westminster, viele teure Einladungen zur Kundenpflege und dazu noch die hohen Zinsen der frühen neunziger Jahre. Ihre finanzielle Lage war äußerst angespannt. Tom und Aubrey sagten immer, sie wüssten nicht, was damals schlimmer gewesen sei: wenn das Telefon den ganzen Tag nicht klingelte oder wenn es klingelte und irgendein aalglatter Manager ihnen mitteilte, er sei beeindruckt von ihrem Angebot, hätte sich aber trotzdem entschlossen, diesmal eine andere Agentur zu beauftragen ...

Dann erhielten sie innerhalb von zwei Tagen zwei große Etats, einen Radiosender auf der Suche nach weiteren Lizenzen und eine Supermarktkette – beide nach PR-Begriffen traditionell anspruchsvoll. Die Fleming + Cotterill Agentur bewies sofort, was sie konnte: Der Radiosender gewann durch die Abwehr eines Übernahmeversuchs enorme Publicity, und Fleming + Cotterill riet – mit großem Erfolg – dazu, die Personalfreisetzungen auszuschlachten, die nach der Übernahme unweigerlich erfolgt wären, sowie einen hochgradig umstrittenen Discjockey einzustellen. Der Supermarktkette empfahlen sie, den Advocatus Diaboli zu spielen und sich gegen eine Geschäftsöffnung am Sonntag auszusprechen. Der Radiosender gewann die Abwehrschlacht, und die Supermarktkette verlor zwar diese Schlacht, gewann aber den Krieg und ging mit einem positiven Image aus der Sache hervor.

Danach wurde Fleming + Cotterill schnell bekannt und keiner der ersten Kunden war abgesprungen. Einen besseren Beweis für ihre Kompetenz konnte es kaum geben.

Im Mai 1997 schien nach dem überwältigenden Wahlsieg der Labour Party ein neues Zeitalter anzubrechen. Das ganze Land feierte und die Stimmung war berauschend. Die professionellen Lobbyisten, die in den langen Jahren der unangefochtenen Tory-Herrschaft groß geworden waren, engagierten in fieberhafter Eile neue Leute, die sich gut mit den neuen Machthabern verstanden, und versuchten sich als parteipolitisch neutral darzustellen. Kein sonderlich erhebendes Schauspiel. Fleming + Cotterill hatte derlei nicht nötig; zwei der fünf Mitglieder der Agenturleitung waren wissenschaftliche Mitarbeiter jetziger Labour-Kabinettsmitglieder gewesen; ein dritter hatte dem berühmten Nolan-Untersuchungsausschuss angehört und stand somit für eine neue, blütenweiße Zeit ohne Skandale und Korruption. Tom Fleming selbst besaß verschiedene alte Freunde in der neuen Regierung. Sein Stern und der seiner Agentur war eindeutig im Steigen begriffen.

Bei seinem heutigen Arbeitsessen mit Bob Macintosh ging es unter anderem um die Eheprobleme des Unternehmers.

Der leerte eben sein Weinglas und nickte dankbar, als Tom ihm nachschenkte. »Ich bin bereit, Maureen zurückzunehmen, denn ich liebe sie, und ich weiß, dass sie es bereut.« Das bezweifelte Tom doch sehr, aber er hielt den Mund. »Aber dass unsere nagelneue, unbefleckte Regierung durch Skandalgeschichten belastet werden könnte, wie dieser kleine Scheißer es am Telefon ausgedrückt hat, kümmert mich keinen Deut. Wieso sollte ich mich zu so etwas bereit erklären? Es ist so würdelos und für die Kinder ist es hart. Sie sind ja nicht blöd, sie wissen genau, warum die Presse plötzlich Fotos von unserer Familie machen will. Mir gefällt nicht, was wir ihnen damit signalisieren – nämlich dass alles erlaubt ist, solange man nicht erwischt wird. Und erwischt werden macht auch nichts, solange man ruhig weiterlügt.«

»Die andere Partei soll wohl die gleiche Vorstellung bieten?«

»Aber ja doch. Und er ist nur allzu bereit dazu. Er hat seinen großartigen neuen Posten noch nicht mal einen Monat inne, seine reizende Frau genießt das neue Leben, und ihre Kinder sind viel kleiner.«

»Das überrascht mich«, bemerkte Tom. »Ich hätte gedacht, sie hätten sich mittlerweile eine neue Form der Schadensbegrenzung ausgedacht. Jeder weiß, dass solche Fotos im Fall Mellor eher geschadet als genützt haben. Nein, selbstverständlich sollten Sie es nicht machen, wenn es Ihnen widerstrebt. Ich möchte nur zu bedenken geben, dass Sie vielleicht etwas dabei rausschlagen könnten.«

»Ach ja? Und wie? Ich bekomme Maureen zurück, das ist alles, was mich interessiert. An was hatten sie gedacht, Tom?«

»Es war Octavias Idee, sie ...«

Und da fiel ihm sein Schwiegervater ein, der unterlassene Telefonanruf und die unvermeidlichen Konsequenzen: die kaum verhohlene Unterstellung, er hätte wohl gar nicht anrufen wollen, hartnäckige Fragen, ob er das neue Projekt denn bewältigen könne, wenn er ohnehin schon so viel zu tun habe, und zudem Octavias Verärgerung über sein Versäumnis. Er merkte, dass es seine Konzentration beeinträchtigte. Er würde Felix sofort anrufen müssen.

»Bob, würden Sie mich kurz entschuldigen? Ich habe da so eine Idee, aber vorher muss ich noch meine Sekretärin anrufen. Sie wollte mir eine Information besorgen, die ich brauche, bevor ich ins Parlament gehe.«

Das machte immer Eindruck; es klang, als würde er eine Rede vor den Abgeordneten halten, anstatt stundenlang in den Fluren herumzustreichen.

»Aber natürlich. Soll ich noch einen Kaffee bestellen?«

»Ja, gerne. Brandy?«

»Nein. Nein, danke. Ich muss noch arbeiten.«

Tom lief die breite Treppe zu den Herrentoiletten hinunter, zog sein Handy hervor und wählte Millers Privatnummer.

Dessen Sekretärin erklärte, Mr Miller sei leider nicht mehr im Haus und sie könne ihn erst heute Abend erreichen, nach seiner Ankunft in Edinburgh. Ob sie Mr Miller bitten solle, Mr Fleming von dort aus anzurufen? Die Nummer könne sie ihm leider nicht geben, da es ein Privathaus sei, Mr Miller habe es ihr ausdrücklich untersagt.

Tom antwortete, das wäre sehr nett von ihr.

Er kehrte zum Tisch zurück, setzte sich und leerte seine Kaffeetasse. Macintosh blätterte in seinen Akten.

»Und Sie melden sich wegen dieser EU-Normen? Möglichst bald?«

»Ja, ich werde mal mit einem alten Kumpel in Whitehall reden. Unternehmen Sie bis dahin möglichst nichts auf eigene Faust.«

»Na schön. Und Sie finden nicht, dass ich diesen verflixten Fototermin wahrnehmen sollte?«

»Nein, nicht, wenn Sie nicht wollen. Es sei denn ...« Tom hielt inne. Plötzlich wurde ihm kalt, wie immer, wenn er einen Geistesblitz hatte. »Es sei denn, wir machen etwas wirklich Cleveres – das alle zufrieden stellt.«

»Mich auch?«

»Oh ja, Bob, ganz bestimmt. Also, hören Sie ...«

»Fleming!« Melanie steckte den Kopf durch die Tür. »Vielleicht könntest du mal in mein Büro kommen, wenn es nicht zu viel verlangt ist. Wir hatten eine Besprechung angesetzt und ich warte schon seit zehn Minuten.«

»Entschuldige. Ich habe telefoniert, eine schwierige Anfrage –« Octavia wusste nie so genau, ob es an Melanies Persönlichkeit lag oder an einem auf ihre strenge Erziehung zurückzuführenden Gefühl für Hierarchie, jedenfalls hatte sie ständig Angst, sie zu verärgern.

»Schon gut. Also, irgendwelche Fortschritte an der CULTIVATE-Front? Schon ein Sponsor in Sicht? Ich habe einen Brief von Margaret Piper bekommen, sie ist offenbar ziemlich unzufrieden, und –«

»Die alte Kröte! Ehrlich, verglichen mit allen anderen Kunden widme ich ihr am meisten Zeit. Zwei Stunden durfte ich zuschauen, wie sie sich voll gestopft hat, und danach hat sie sich noch nicht mal bedankt.«

»Immer mit der Ruhe, Octavia, ich mache dir doch keinen Vorwurf. Ich weiß, wie schwer es im Moment ist, Sponsoren zu finden. Na ja, schwer ist es immer. Aber ich würde den Etat ungern verlieren, und wenn Lloyds nicht mitspielt, und du meinst ja, dass sie jetzt definitiv nicht wollen, haben wir ein ernstes Problem. Vielleicht sollte ich –«

Octavias Stolz war es, der sie einwerfen ließ, doch, sie habe einen Sponsor für CULTIVATE in Aussicht. Törichter, gefährlicher Stolz ...

Marianne Muirhead hatte einen sehr schönen Tag verlebt. Sie hatte ihr Golfturnier gewonnen, noch dazu auf einem Golfplatz, den sie besonders schätzte, dem Royal Surrey in Richmond. Es war der erste Golfplatz, der eigens für Frauen angelegt worden war, ein ganz entzückender Golfplatz, mit Bäumen und Ziersträuchern, am Rande des Old Deer Park, in der hübschen Ecke zwischen der Themse und Kew Gardens.

Danach war sie über die Sloane Street gebummelt und hatte einen sehr schicken Hosenanzug von Prada erstanden, aus schwarzem Crêpe de Chine, und als sie nach Hause kam, fand sie eine spontane Einladung zum Essen von einer ihrer interessanteren Freundinnen, einer Prozessanwältin, auf dem Anrufbeantworter vor.

Sie machte die Verabredung perfekt und begrüßte dann Romilly, die ganz aus dem Häuschen war, weil sie beim Schulkonzert ein Saxofonsolo spielen sollte.

»Gut gemacht, Schatz! Wie aufregend. Was willst du denn spielen?«

»*Summertime*. Es ist ziemlich schwer, aber –«

»Aber du wirst es großartig machen. Schatz, ich freue mich so für dich. Ich bin stolz auf dich. Wir müssen unbedingt dafür sorgen, dass dein Vater dann in London sein kann – nenn mir am besten sofort das Datum, dann sage ich ihm Bescheid.«

Es war eine von Mariannes Maximen als geschiedene Mutter, dass sie sehr bestrebt war, ihren Exmann am Leben seiner Kinder zu beteiligen.

»Ja. Danke.«

Romilly gab ihrer Mutter einen Kuss. Sie war sehr groß für ihr Alter, so groß wie ihre Schwester Zoe, und noch im Wachstum. Sie war sehr mager und trug Zahnklammern, aber es war offensichtlich, dass sie einmal sehr schön werden würde. Das blonde Haar fiel ihr lang über den Rücken, sie hatte eine klare, helle Haut, die großen grünen Augen ihrer Mutter und ihre vollen Lippen. Sie war schüchtern, ernsthaft, pflichtbewusst und arbeitete viel für die Schule. Zoe, auf die das alles nicht zutraf, fand ihre Bravheit irritierend, zog sie ständig auf und nutzte sie gnadenlos aus – als Dienstbotin, Bankersatz (Romilly hatte immer Geld auf dem Konto, während Zoes Taschengeld schon ausgegeben war, bevor sie es erhielt) und Alibi. Trotzdem betete Zoe ihre kleine Schwester an und trat als energische Beschützerin auf, weit mehr als Marianne. Ständig wachte sie darüber, dass ihre Schwester von unpassenden Freunden und Einflüssen fern gehalten wurde, und kritisierte bei ihr jede Kleidung, die auch nur andeutungsweise als sexy betrachtet werden konnte.

Diese Beschützer-Haltung ärgerte Romilly und amüsierte Marianne, die eher liberal war und behauptete, dass Zoe selbst eine derartige Zensur nie geduldet hätte. Zoe konterte mit einiger Berechtigung, dass sie von Geburt an clever gewesen sei und Gefahren ohne Schwierigkeiten erkennen könne.

»Du musst besser auf sie aufpassen, Mama. Chaucer übersetzen kann sie ja, aber wenn es um das reale Leben geht, ist sie einfach ein hoffnungsloser Fall.«

Aber heute war es Zoe, die Marianne Sorgen bereitete. Sie musste unbedingt noch Alec anrufen. Zoe hatte vor, nach der Schule ein freiwilliges soziales Jahr in Simbabwe zu absolvieren. Marianne fand das ziemlich besorgniserregend und sie war überzeugt, dass der Plan weniger auf Zoes noble Gesinnung und ein soziales Gewissen zurückzuführen war als auf den Umstand, dass ein Junge, zu dem sie sich hingezogen fühlte, ebenfalls nach Simbabwe gehen wollte. Die einzige Hoffnung war, sie mit einem attraktiveren Angebot abzulenken, und Alec hatte vorgeschlagen, mit seiner Schwester in Sydney zu sprechen, einer erfolgreichen PR-Unternehmerin für große Modehäuser, und sie zu fragen, ob sie Zoe nicht als Praktikantin beschäftigen könne. Marianne hatte noch keine Nachricht von Alec erhalten, und Zoe drängte sie bereits, die Papiere zu unterschreiben und eine größere Summe an das Freiwilligenprojekt zu überweisen.

Marianne ging in ihr Zimmer, griff nach dem Telefon neben dem schönen französischen Bett und wählte die Washingtoner Büronummer ihres Exmannes.

Mr Muirhead sei in einer Sitzung, erklärte seine Sekretärin, würde aber zurückrufen. Weniger als eine halbe Stunde später hörte sie Alec Muirheads Stimme – diese schleppende, leicht heisere Stimme, in die sie sich damals törichterweise verliebt hatte.

»Morgen, Marianne. Na, wie geht's?«

»Gut, Alec. Es ist ein wunderschöner englischer Frühlingstag, ich habe ein Golfturnier gewonnen und mir ein sehr kostspieliges Outfit gekauft. Was könnte eine Frau mehr verlangen?«

»Sehr wenig, zweifellos. Und was machen die Mädchen?«

»Denen geht's gut. Ich rufe an wegen –«

»Zoe, ja. Tut mir Leid, dass ich mich nicht eher gemeldet habe, aber ich habe mit meiner Schwester gesprochen, und sie würde sie sehr gern nehmen. Sie könnte eine Praktikantin gut brauchen, meint sie.«

»Wunderbar. Ich glaube, es wäre am besten, wenn die Einladung direkt von Bella käme, findest du nicht auch? Sonst denkt Zoe noch, es wäre eine abgekartete Sache, und zudem wäre der Anreiz weit weniger groß. Und noch etwas: Romilly spielt ein Solo in einem Schulkonzert. In der zweiten Juliwoche. Kannst du da kommen?«

»Aber natürlich. Na, vorausgesetzt, es treten keine größeren Krisen auf. Ich notiere es mir gleich. Gib ihr einen dicken Kuss von mir.«

»Gern. Wenn nur Marc auch kommen könnte«, sagte Marianne und seufzte. Aber ihr Sohn befand sich mit mehreren Freunden auf einer Urlaubs-Expedition durch den Himalaja und würde erst am Ende des Sommers, wenn das Semester wieder anfing, in die Zivilisation zurückkehren. Und Marianne betete ganz ernsthaft jeden Abend, dass es ihm gut gehen möge.

Im Gegensatz zu Marianne Muirhead hatte Sandy Trelawny einen ausgesprochen schlechten Tag gehabt. Aus einer Bestellung, auf die er gehofft hatte, war nichts geworden, auf dem Heimweg von Birmingham hatte sich der Motor seines ziemlich betagten Volvos überhitzt, was zweifellos einen teuren Besuch in der Werkstatt nötig machen würde, und er hatte einen bösen Brief von der Bank bekommen. Sein Kopf tat weh und er freute sich auf einen gemütlichen Fernsehabend im Kreis seiner Familie. Louise hatte gerade ein paar Tage bei ihren Eltern verbracht.

Aber als er ins Haus trat, wurde ihm klar, dass der Tag weiter unerfreulich bleiben würde. Denn Louise war nicht oben, um den fünfjährigen Dickon zu baden, sie las ihm auch nicht vor, wie sie es an guten Tagen tat. In der Küche war sie auch nicht, kein köstlicher Knoblauchduft kündigte an, dass es immerhin einer ihrer leidlich guten Tage war. Sie saß vor dem Fernseher und schaute sich irgendeine Serie an. Das tat sie nur an den schlimmsten Tagen; nein, an den allerschlimmsten sah sie sich Talkshows an. Wenn er Louise wie gebannt auf dieses langweilige Geschwafel starren sah, wusste er, dass es schlimm werden würde.

Er wappnete sich innerlich, ein Reflex aus seinen Zeiten bei der Armee, holte tief Luft und zwang sich, einen fröhlichen Ton anzuschlagen.

»Liebling! Hallo! Wie schön, dass du wieder zu Hause bist. Wie geht es deiner Mutter? Du hast mir gefehlt.«

Louise wandte ihm ihr Gesicht zu. Es war ganz weiß und ihre Augen waren vom Weinen geschwollen. Sandy war geschockt, fast ängstlich. So schlecht hatte sie lange nicht mehr ausgesehen.

»Liebling, was ist denn?«

»Mama hat Krebs«, sagte sie und ihre sonst so samtene, melodische Stimme war rau vor Trauer. »Deshalb sind sie nicht zu Octavias Party gekommen. Sie – sie wird wahrscheinlich sterben.«

Und Sandy, der sie voller Entsetzen anstarrte, fühlte Panik

in sich aufsteigen, nicht nur, weil Anna Madison, so schön und noch so jung, ein Quell von Weisheit und Kraft und ihm so teuer, sterben sollte, sondern weil er nicht wusste, wie Louise diesen neuen Schlag verkraften sollte. Und wie er das ertragen sollte.

4. Kapitel

»DU SIEHST ENTZÜCKEND AUS«, sagte Tom, »und ich schulde dir großen Dank. Du hast Bobs Problem für ihn gelöst. Wegen des Fototermins, du erinnerst dich?«

»Aber natürlich. Was habe ich denn gesagt?«

»Dass er es als Trumpf bei den Verhandlungen einsetzen soll.«

»Was, mit Maureen?«

»Nein, mein Liebling, nicht mit Maureen. Etwas viel Wichtigeres. Siehst du – ah, Jim, da sind Sie ja. Und Susan. Kommen Sie, setzen Sie sich. Wie geht es Ihnen? Wie schön, dass wir uns mal wieder treffen. Sie erinnern sich doch noch an meine Frau Octavia?«

»Aber natürlich.« Jim Draper schüttelte kräftig ihre Hand. »Schön, Sie zu sehen, Octavia. Susan hatte gehofft, dass Sie es schaffen würden. Sie würde sich gern mit Ihnen über Ihre Arbeit mit karitativen Einrichtungen unterhalten, nicht wahr, Schatz? Na, eigentlich würde sie gern wissen, ob Sie ihr bei einer ganz bestimmten Sache behilflich sein könnten ...«

Octavias Stimmung sank.

Die Drapers besaßen eine Kette kostenlos verteilter Zeitungen und waren gerade dabei, einen lokalen Radiosender zu erwerben. Sie waren erfolgreich und ehrgeizig und beide neigten zur Selbstbeweihräucherung. Wie Jim ihnen bei ihrem ersten Drink stolz erzählte, bestimmte Susan Draper als Herausgeberin die Inhalte aller Zeitungen. »Sie war früher Redakteurin der Frauenseite der *Eastern Morning News* und wollte gerade zur Fleet Street gehen, als sie das Missgeschick hatte, mir zu begegnen.«

»Der Verlust der Fleet Street ist Ihr Gewinn«, sagte Tom.

»Ja, aber es ist Susan sehr schwer gefallen, ihren Beruf aufzugeben. Wirklich fabelhaft, dass sie jetzt wieder einsteigen konnte. Sie haben Glück, Octavia, Ihnen ist das ja wohl nie passiert. Obwohl Sie und Ihr Mann wohl sehr eng zusammenarbeiten, so wie wir beide.«

»Nun, nicht direkt«, antwortete Octavia vorsichtig, »aber unsere Pfade kreuzen sich ziemlich häufig.«

»Und wie sieht das genau aus?«, fragte Susan Draper.

»Ach, das ist ein wenig kompliziert. Ich –«

»Nein, bitte, erzählen Sie es mir. Es könnte eine großartige Reportage daraus werden.«

»Also –«

»Hervorragende Idee, Schatz!« Jim Draper strahlte seine Frau stolz an. »Susan würde das Interview selbst machen, bei wirklich wichtigen Sachen macht sie das schon mal. Könnte Ihrer Agentur sicher nicht schaden, Octavia, so ein bisschen Publicity. Na, was halten Sie davon?«

»Also, das – das ist eine sehr interessante Idee.« Octavia gab sich alle Mühe, Begeisterung in ihre Stimme zu legen.

Es wurde ein langer Abend. Die Drapers aßen sich durch die Speisekarte, bestanden auf der Käseplatte und einem Dessert und tranken zudem erhebliche Mengen. Das wird uns Hunderte kosten, dachte Octavia und lächelte Jim Draper über ihr Mineralwasser mit Eis hinweg liebreizend an, als er ihr sagte, sie könne sich wirklich glücklich schätzen, dass sie nicht zunähme. »Für mich ist es ein ständiger Kampf, nicht wahr, Schatz?« Er biss krachend in sein mit viel Butter bestrichenes und dick mit Brie belegtes Weißbrot.

»Ja, das ist es, Schatz. Ach, Octavia, Sie besuchen doch sicher viele Benefizveranstaltungen. Haben Sie je Prinzessin Diana kennen gelernt?«

»Nein, nie. Aber natürlich andere Royals ...«

»Wen beispielsweise?«

»Na ja, die Herzogin von Gloucester ist wirklich ein Schatz und Prinzessin Anne ...«

»Also«, sagte Susan Draper, beugte sich vor und blies Octavia den Rauch ins Gesicht, »Gott, ich sollte wirklich endlich mit dem Rauchen aufhören. Also, ich würde wirklich gern mal einen Artikel über so einen großen Galaabend schreiben. Könnten Sie nicht dafür sorgen, dass ich eingeladen werde? Und einer dieser Damen vorgestellt werde?«

»Das ist schwierig«, erklärte Octavia. Es gab einen Punkt, über den hinaus sie nicht bereit war, irgendwelche Zugeständnisse zu machen. »Es ist ungeschriebener Bestandteil der Vereinbarung, dass die Mitglieder des Königshauses auf solchen Benefizveranstaltungen unbehelligt bleiben. Sonst würden sie schlicht nicht daran teilnehmen.«

»Ja. Ja, das leuchtet mir ein. Aber ich wäre wirklich sehr diskret. Könnten Sie nicht wenigstens mal darüber nachdenken?«

»Ja, sicher. Aber ...«

»Susan, lass gut sein«, warf ihr Mann unerwarteterweise ein. »Du darfst Octavia zu nichts drängen. Sie und Tom waren sehr kooperativ, was den Artikel angeht, wir verdanken ihnen einen wundervollen Abend, und ich fand es absolut faszinierend, was Octavia uns über die Benefizauktionen erzählt hat. Echte Insider-Informationen, würde ich sagen, Octavia! Also, Tom, ich habe das Material studiert, das Sie uns gegeben haben, und ich muss sagen, ich bin wirklich beeindruckt von Ihrer Agentur. Auch Ihr Kompagnon gefällt mir, und der Kundenbetreuer, mit dem wir zusammenarbeiten werden, wie Sie sagen. Alles sehr angenehme Leute. Teuer ist Ihre Agentur ja, aber wir brauchen dringend Beratung, und ich würde so weit gehen zu sagen, dass wir gern mit Ihnen ins Geschäft kommen würden – vielleicht in drei bis sechs Monaten. Faires Angebot, oder? Der Aufsichtsrat muss noch seine Zustimmung geben, das heißt, meine Schwiegermutter und die Katze – nein, kleiner Scherz. Ach ja, einen Brandy könnte ich noch vertragen. Ehe ich mich schlagen lasse ...«

»Mein Liebling, du warst einfach wunderbar«, sagte Tom, als er mit einem erschöpften Seufzer an den Tisch zurückkehrte. »Du hast den Ausschlag gegeben. Wie kann ich dir nur danken?«

»Indem du mich von dem Interview mit dieser Frau befreist.«

»Natürlich, kein Problem. Versprochen.«

»Und indem du mir erzählst, wie du Bobs Problem gelöst hast.«

Als er geendet hatte, sah sie ihn an und lächelte.

»Und das ist mir eingefallen? Wie brillant.«

»Es ist *uns* eingefallen. Und wir *sind* brillant. Ein hervorragendes Team. Willst du nicht zur Feier des Tages doch mal was trinken?«

»Warum nicht. Ein Glas Champagner wäre schön. Ach, ich habe dir noch gar nicht erzählt, dass ich mich entschieden habe, Michael Carltons Angebot anzunehmen. Obwohl die Sache mir immer noch ziemliche Bauchschmerzen bereitet.«

»Das braucht es nicht. Es wird schon gut gehen.«

»Ich hoffe es. Aber dieses Bauprojekt macht mir schon Sorgen. Du weißt, wie sehr ich gegen die Zerstörung der Landschaft bin.«

»Octavia! Es sind doch nur ein paar Häuser. Die Leute müssen schließlich irgendwo leben.«

»Ja, ich weiß. Aber nicht da, wo zuvor Bäume sterben mussten. Ich hasse das und ich will in keiner Weise verantwortlich dafür sein.«

»Musst du ja vielleicht auch gar nicht.«

»Du meinst, vielleicht bekommt er die Baugenehmigung nicht? Doch, da gehe ich jede Wette ein«, sagte sie ernst. »Die bekommen sie immer.«

»Meinst du, wir bekommen den Etat?«, fragte Aubrey Cotterill beiläufig. Er und Tom waren im Sitzungssaal, nach einem Frühstück mit ziemlich hochrangigen Mitgliedern der Ministerialbürokratie, bei dem besprochen worden war, ob eine reale Möglichkeit zur Senkung der Kraftfahrzeugsteuer auf EU-Mindestniveau bestand. Sie zogen in Erwägung, eine Kampagne zu dem Thema zu starten, unter Einbeziehung all ihrer Kunden, die ein ureigenes Interesse daran hatten. So machte die Lobbyarbeit Spaß, wie Tom oft sagte.

»Ja, da bin ich ziemlich zuversichtlich«, erwiderte Tom. »Ich war gestern Abend mit den Drapers essen und sie haben sich so gut wie festgelegt.«

»Bestens. Wir haben schon viel Geld in sie investiert, und ich muss schon sagen, das ist eine Erleichterung. Oder wird es sein, wenn sie unterzeichnet haben. Ich bin ein vorsichtiger alter Knabe, wie du weißt.« Er griff nach der Zigarettendose, zündete sich eine Zigarette an und sog den Rauch ein.

Tom sah ihn nachdenklich an. Aubrey war gewöhnlich der Entspanntere von ihnen beiden, trotz seines beeindruckenden Intellekts. Er war ein Winchester-Stipendiat gewesen, der in Oxford mit Eins abgeschlossen hatte, nach kurzer, unglücklicher Ehe geschieden, rundlich, mit Halbglatze und Babygesicht, aber ungeheurem Charme und erstaunlichem Erfolg bei Frauen. Octavia mochte ihn sehr.

»Wir brauchen diesen Etat, Tom. Unbedingt sogar. Wir sind dabei, die Bodenhaftung zu verlieren. Ich weiß, wir haben eigentlich mehr Kunden, als wir bewältigen können. Aber sie kosten alle so verdammt viel. Und die Gehälter sind in die Höhe geschossen, die Mieten ebenfalls, ganz zu schweigen von den laufenden Kosten. Und dazu kommen noch die Steuernachzahlungen samt Zinsen.«

Vor achtzehn Monaten waren sie zu einem jungen, forschen Steuerberater gegangen, der ihnen vorgeschlagen hatte, einen Teil ihrer enormen Bewirtungskosten (»steuerlich nicht absetzbar, eine Schande, wenn man bedenkt, was ihr Jungs für die Wirtschaft tut«) als Anschaffung technischer Geräte zu deklarieren.

Da sie wie immer dringend Geld brauchten, hatten sie zugestimmt. Im folgenden Jahr hatte das Finanzamt eine Steuerprüfung durchgeführt und die Diskrepanz entdeckt. Sie hatten den Steuerberater gefeuert, aber die Steuernachzahlungen samt Zinsen hatten zu einem ziemlichen Liquiditätsengpass geführt.

»Selbst mit dem Etat der Drapers bleibt unsere Finanzlage noch recht bedenklich«, fuhr Cotterill fort. »Und sie haben noch nicht mal unterschrieben. Ich fürchte, wir werden unsere Honorare erneut erhöhen müssen.«

»Das können wir nicht. Jedenfalls nicht bei den Neukunden, und das sind viele. Wir haben dieses Jahr bislang vier neue Etats gewinnen können. Alle bringen uns fünfzehn Riesen im Monat. Na, außer Carlton, dem berechne ich zwanzig. Und wir haben unser Grundhonorar doch schon im September erhöht. Gut, alle haben es mit Fassung getragen, aber wir können es unmöglich schon wieder machen.«

»Wir kommen nicht umhin, so sieht es aus. Oder wir gewinnen ein paar neue Kunden, ohne dass uns die Akquise was kostet. Sonst ...«, Aubrey zuckte die Achseln, »... sonst könnten wir Probleme bekommen. Kurzfristig. Langfristig könnten unsere Position und unsere Aussichten kaum besser sein. Das alte Cashflow-Problem.«

»Also?«

»Also brauchen wir die Drapers und ihre Pro-Media. Oder einen anderen Etat. Oder wir müssen unsere Kosten senken.«

»Mein Schwiegervater hat da offenbar etwas für mich. Wenn er sich je herablassen sollte, mich zurückzurufen. Das könnte unsere Rettung sein.«

»Hast du mal eine Minute Zeit?« Melanie Faulks blickte Octavia über ihre Halbmondbrille hinweg an. Sie war wahrscheinlich die einzige Frau in ganz London, die damit gut aussah, dachte Octavia: Es passte zu ihrem wildmähnigen Charme.

»Ja, natürlich.«

»Also, wegen dieses Sponsors, den du für CULTIVATE gefunden hast. Ein geschickter Schachzug.«

»Ja. Melanie, ich wollte deswegen sowieso ... das heißt, ich bin deswegen etwas beunruhigt.«

Ihr Durchwahlapparat klingelte und sie zuckte leicht zusammen.

»Entschuldige mich.« Nur drei Leute hatten diese Nummer: Tom, Caroline und ihr Vater. Keinen der drei konnte sie ignorieren.

Es war Tom.

»Hallo. Bitte entschuldige die Störung, aber ich habe gerade mit Michael Carlton gesprochen. Er sagt, er hätte wegen der Sponsorship-Sache noch nichts von dir gehört. Oder von deinen Leuten unten in Somerset. Also –«

»Ja. Ich wollte die Sache gerade mit Melanie besprechen.«

»Ach, gut. Ich will dich ja nicht unter Druck setzen, Octavia, aber –«

»Tom, bitte überlass das doch einfach mir. Entschuldige, Melanie«, sagte sie, nachdem sie aufgelegt hatte.

»Schon gut. Aber ich hoffe doch sehr, dass es was wird. Margaret Piper hat gerade wieder angerufen. Du sagtest eben, du wärst deshalb etwas beunruhigt?«

»Nein, ich glaube nicht, dass er einen Rückzieher machen wird. Obwohl ich mich dringend bei ihm melden muss. Aber Melanie, ich habe dir doch erzählt, dass er ein Kunde von Tom ist, oder? Dieser Mann, der angeboten hat, CULTIVATE zu sponsern?«

»Nein, ich glaube nicht, dass du das erzählt hast«, sagte Melanie langsam. »Nur, dass du ihn durch Tom getroffen hast. Na ja, es spielt wohl keine Rolle. Darf es nicht, die Sache ist einfach zu wichtig. Also, was bereitet dir dann Sorgen?«

»Ach, eigentlich nichts. Das kann warten.« Sie würde ihre Bedenken mit Malanie besprechen, sobald sie ihre Hausaufgaben gemacht und festgestellt hatte, ob FOOTHOLD überhaupt eine Zweigstelle in der Nähe hatte.

»Gut. Wie gesagt, gut gemacht.«

»Na, hoffen wir, er ändert seine Meinung nicht. Soll ich ein Treffen arrangieren?«

»Klar. So bald wie möglich.«

Michael Carlton war nicht im Hause, er würde erst nach fünf zurückkommen, erklärte seine Sekretärin. Octavia hinterließ ihre Nummer, unterdrückte ihr Unbehagen und griff nach der FOOTHOLD-Akte. Bitte, bitte, lieber Gott, betete sie, mach, dass es keine Zweigstelle in Felthamstone gibt.

Es gab eine. Eine große sogar.

Octavia wurde plötzlich ganz übel.

Bob Macintosh, der sich an Toms Rat gehalten und auf Zeit gespielt hatte, erhielt nach dem Mittagessen einen Anruf des Pressesprechers, der den Fototermin vorgeschlagen hatte. Ob er sich bereits entschieden habe, und wenn ja, wann denn der Fototermin angesetzt werden könne? »Der Minister und seine Familie sind nur zu gern dazu bereit.«

Bob Macintosh antwortete, er persönlich sei immer noch ziemlich unglücklich darüber, aber er sei gewillt, es in Erwägung zu ziehen. Er würde es jedoch vorziehen, wenn alles Weitere mit seinen Beratern bei Fleming + Cotterill besprochen werden würde.

Fünf Minuten später rief er Tom an. »Er meldet sich bei Ihnen, hat er gesagt. Ich hoffe wirklich, dass das hinhaut.«

Tom erwiderte, er sei da sehr zuversichtlich, und wartete auf den Anruf aus Westminster.

Der nächste Anruf kam jedoch nicht aus Westminster, sondern von Felix Miller, der maßlos verärgert darüber war, dass Tom nicht sofort zurückgerufen hatte. Die Abneigung gegen seinen Schwiegersohn saß so tief, dass er übersteigert auf alles reagierte, was Tom tat. Beide wussten darum, konnten aber nichts dagegen tun. Sie konnten nur ihre Gefühle verbergen und sich um Höflichkeit bemühen.

»Hallo, Felix. Nett, dass du anrufst. Tut mir Leid wegen gestern, aber ich hatte furchtbar viel zu –«

»Ja, ja, natürlich. Pech, denn jetzt ist es wahrscheinlich zu spät.«

Das war es natürlich nicht, aber er wollte deutlich machen, dass man stets sofort zurückzurufen hatte. Kam man dieser Erwartung nicht nach, war das nicht nur unhöflich, sondern konnte unerwünschte Folgen haben.

»Nun, falls es noch nicht zu spät sein sollte, können wir ja ein Treffen mit dem Kunden vereinbaren.«

»Ich muss erst noch mal mit ihm reden, Tom. Vielleicht will er die Sache gar nicht weiterverfolgen. Wärt ihr denn überhaupt in der Lage, einen neuen Kunden anzunehmen? Oder habt ihr eure Kapazitätsgrenze erreicht?«

»Ja, Felix, wir könnten das Projekt übernehmen.«

»Denn es wäre besser, gleich die Finger davon zu lassen, wenn euch die Arbeit ohnehin über den Kopf wächst.«

»Das tut sie nicht.«

»Das sagst du. Aber wenn du zu beschäftigt bist, um kurz zurückzurufen ...«

»Felix, ich versichere dir, das lag nicht daran, dass unsere Agentur die Kapazitätsgrenze erreicht hat. Ich hatte gestern Vormittag einfach nicht die Zeit, mich persönlich bei dir zu melden. Ich war in einer schwierigen Sitzung nach der anderen, und –«

»Ja, ja, schon gut. Schön, ich werde mich bemühen, ein

Treffen mit Nico Cadogan zu arrangieren. Ich nehme an, du kennst seine Hotelkette. Cadogan Hotels.«

»Sicher. Beachtliches Unternehmen. Obwohl es im Moment nicht besonders gut dasteht.«

»Du hast noch keine Gerüchte gehört? Über ein Übernahmeangebot?«

»Nein«, sagte Tom. »Aber –«

»Ich hätte gedacht, du wärst besser informiert. Jedenfalls, Western Provincial will die Cadogan-Hotelkette ...«

»Na, das wäre ja mal eine interessante Ehe.«

»Aber eine, die Cadogan selbstredend verhindern möchte.«

»Selbstredend«, sagte Tom. »Aber das dürfte schwierig werden. So was zu verhindern ist meiner Erfahrung nach nicht immer möglich.«

Felix ärgerte sich, dass sein Schwiegersohn den Ehe-Vergleich aufgegriffen hatte. Es gelang Tom nicht oft, auf seine Kosten zu glänzen, aber wenn es ihm gelang, genoss er es.

»Nun, es wäre an dir, das zu verhindern«, erwiderte er knapp. »Da wir uns gerade sprechen – geht es Octavia gut?«

»Sicher. Warum?«

»Ach, sie klang vorgestern furchtbar müde. Sie arbeitet einfach zu viel, weißt du. Du solltest sie dazu bewegen, öfters mal auszuspannen.«

»Felix –«

»Sie ist körperlich nicht die Kräftigste, weißt du, das war sie nie.«

»Felix, ich halte Octavia für ziemlich kräftig. Und wenn sie müde ist ...«

»Natürlich ist sie müde. Das wird dir doch sicher aufgefallen sein?«

»Nein, ist es nicht. Ich finde ja auch, dass sie zu viel arbeitet, aber das ist schließlich ihre eigene Entscheidung.«

»Tatsächlich? Ich weiß nicht, ob man das so sagen kann. All die Kundenpflege-Termine, die sie mit dir wahrnimmt ...«

»Ich habe sie nicht –« Tom hielt unvermittelt inne. »Ja, sie kommt oft mit. Natürlich. Aber sie steht auch immer unter Hochdruck.«

»So hätte ich es nicht ausgedrückt. Sie fordert sich selbst sehr stark.«

»Felix, ich verstehe, was du meinst. Und es tut mir Leid, wenn sie erschöpft war. Ich – ich werde mal mit ihr reden, um mich zu vergewissern, dass alles in Ordnung ist.«

Man sollte ihn eigentlich nicht dazu auffordern müssen, dachte Felix. Es war nicht fair.

»Schön. Ich sage Cadogan, er soll dich anrufen. Und ruf diesmal sofort zurück, Tom, ja?«

»Felix, natürlich werde ich ihn sofort zurückrufen. Entschuldige nochmals. Und danke, dass du an uns gedacht hast.«

Als Tom aufgelegt hatte, blieb Felix sitzen und starrte auf das Telefon. Die Wärme in der Stimme seines Schwiegersohnes hatte echt geklungen, seine Entschuldigung aufrichtig. Offenbar brauchte er diesen Etat. Und wenn er Cadogan als Kunden gewann, würde er ihn gut beraten. Felix hegte keinerlei Zweifel an Toms beruflicher Kompetenz, andernfalls hätte er ihn niemals empfohlen. Und er musste zugeben, dass er hochintelligent war, ein äußerst kluger Kopf. Es gab keinen vernünftigen Grund für seine Abneigung gegen Tom, wie Felix einmal Marianne gegenüber eingeräumt hatte. Aber, hatte er hinzugefügt, wenn Tom Octavia je wirklich verletzen sollte, hätte er keinerlei Bedenken, ihn umzubringen. »Genau genommen«, hatte er mit einem eisigen Lächeln erklärt, »könnte mich nichts davon abhalten.«

Der Satz fiel, nachdem sie zusammen anderthalb Flaschen Rotwein geleert hatten, aber Marianne hatte immer das Gefühl gehabt, dass es nichts als die schreckliche Wahrheit war.

Der Tag war fast vorüber, als Tom Bob Macintosh anrief.

»Es gibt Fortschritte«, berichtete er. »Ich habe gerade ein sehr interessantes Gespräch mit diesem Pressesprecher geführt. Man scheint wirklich großen Wert auf Ihre Kooperation zu legen. Versessen wären Sie nicht gerade auf diesen Fototermin, habe ich ihm gesagt, aber ich würde gerne noch etwas anderes mit ihm besprechen. Anfangs schaltete er auf stur, aber dann erwähnte ich, dass unter meinen Bekannten im Finanzviertel schon Gerüchte über ein Toshigate im Umlauf sind.«

»Toshigate?«

»Ja. Tosh wie in Macintosh, Gate wie in Watergate.«

»Ah, verstehe. Ja, wirklich witzig, Tom, muss ich schon sagen.«

»Ja, fand ich auch – es ist auf meinem Mist gewachsen«, erwiderte Tom bescheiden. »Jedenfalls, ungefähr eine Stunde später klingelte das Telefon erneut. Ich glaube, wir haben jetzt die berechtigte Hoffnung, dass die Anliegen des Einzelhandels wegen der EU-Normen aus Brüssel wohlwollend geprüft werden. Zudem könnte es sein, dass es eine parlamentarische Anfrage zum Thema geben wird. Unter diesen Umständen ist ein schneller Fototermin doch durchaus erwägenswert, finden Sie nicht auch?«

»Oh doch, auf jeden Fall«, sagte Bob Macintosh. »Unter diesen Umständen bestimmt. Zweifellos.«

Octavia kam um neun nach Hause. Tom war bei einem Dinner und die Kinder schliefen alle schon. Vorhin hatte sie Hunger gehabt, aber mittlerweile war er verflogen, und das war gut so. Jede eingesparte Kalorie war ein Plus. Sie machte sich einen großen Becher Pfefferminztee und hörte den Anrufbeantworter ab.

Es war nur eine Nachricht darauf, vormittags um zehn hinterlassen: »Hallo, Hexchen. Ich bin's. Ruf mich doch mal an, wenn du Zeit hast. Ich mach nichts Besonderes, wie immer. Scheint Ewigkeiten her zu sein, dass wir uns mal so richtig unterhalten haben. Und ich muss dir etwas sagen.«

Louise. Sie hatte in letzter Zeit häufig an sie gedacht, sie hatte ihr gefehlt. Sie sahen sich wirklich viel zu selten.

Octavia wählte ihre Nummer. Es klingelte eine Weile, dann meldete sich Louises leicht verschleierte, angenehm heisere Stimme: »Hallo? Cheltenham 946712.« Sie klang atemlos und etwas angespannt.

»Louise, ich bin's. Octavia.«

»Oh, Octavia. Wie schön. Hör mal, kann ich dich in zehn Minuten zurückrufen? Nein, sagen wir in einer halben Stunde. Ich bringe gerade Dickon wieder ins Bett – ihm ist schlecht geworden – und zudem habe ich einen hungrigen Gatten zu füttern. Also, bis später, Hexchen.«

Dieser alberne Spitzname. Hexchen, so hatte Louise sie immer genannt, wenn Octavia herrschsüchtig auftrat oder zu wenig Humor an den Tag legte. Was oft der Fall gewesen war, dachte Octavia, und plötzlich sah sie Louise vor sich, wie sie damals gewesen war, das Mädchen, das ihre ganze Jugendzeit hindurch der wichtigste Mensch in ihrem Leben gewesen war. Gleich an ihrem allerersten Tag in Wycombe Abbey war sie auf Louise aufmerksam geworden, erinnerte sie sich. Louise, hochgewachsen, anmutig und blond, war nach dem Ende des Spiels lachend über das Lacrossefeld gelaufen, hatte zwei Mädchen eingeholt und war, den Arm um ihre Schultern, mit ihnen weitergegangen. Wer das wohl ist, hatte sie gedacht, und jemand hatte gesagt: »Louise Madison wird auch mit jedem Tag schöner.« Und Octavia, einsam und ängstlich, wie sie damals war, hatte sie beneidet und sich überhaupt nicht vorstellen können, wie es wohl sein mochte, wenn man so war wie dieses Mädchen.

Während des ersten Halbjahrs hatte sie Louise nur aus der

Ferne beobachtet, ganz fasziniert von ihr. Sie waren im selben Jahrgang, gehörten aber zu verschiedenen Wohnheimen und gingen in verschiedene Klassen, so dass sie wenig miteinander in Berührung kamen. Manchmal lächelte Louise sie an oder sagte sogar »Hallo«, und Octavia erwiderte scheu den Gruß, aber das war auch alles. Louise war unglaublich beliebt, der Star aller Mannschaftsspiele, in allen anderen Fächern hingegen waren ihre Leistungen sehr mäßig. Octavia hatte ein Begabtenstipendium und bekam in allen Fächern beste Noten, außer in Sport, denn sie konnte einen Ball nicht mal fangen, wenn er ihr aus kürzester Entfernung zugeworfen wurde. Nach zwei Monaten im Internat hatte sie sich noch immer nicht eingelebt und litt furchtbar unter Heimweh.

Ihre Freundschaft begann eines Abends nach dem Essen, als sie sich in einem der Waschräume trafen, wo jede sich in einer Toilette eingeschlossen und so leise wie möglich geweint hatte. Octavia, weil keiner sie mochte, Louise, weil die Direktorin ihr schreckliche Folgen angedroht hatte, falls ihre Zensuren nicht besser würden. Sie hatten einander entdeckt und sich verschämt angesehen.

»Alles in Ordnung?«, hatte Louise gefragt.

»Nein, eigentlich nicht«, hatte Octavia erwidert, der viel zu elend zumute war, um noch länger etwas vorzutäuschen. »Und bei dir?«

»Nein, gar nichts ist in Ordnung. Was meinst du, wollen wir darüber reden?« Sie zog jede Menge Papierhandtücher aus dem Spender, reichte Octavia die Hälfte, putzte sich die Nase und nahm ihren Arm. Von diesem Augenblick an waren sie unzertrennlich gewesen. Sie hatten sich ewige Freundschaft geschworen »für alle Zeiten, Amen«.

Octavia hatte Louise lateinische Verben eingebläut, und Louise hatte dafür gesorgt, dass Octavia in die große Gruppe kichernder, klatschender Mädchen aufgenommen wurde, deren Anführerin sie war. Sie hatten sich gegenseitig gebraucht, aber schnell war aus Dankbarkeit Zuneigung und echter Respekt geworden. Die Ferien verbrachten sie abwechselnd in dem schönen, weitläufigen Herrenhaus in Gloucestershire, in dem Louise mit ihren sie abgöttisch liebenden Eltern und zwei jüngeren Brüdern lebte, und der düsteren Pracht von Felix Millers viktorianischer Villa im neugotischen Stil in Hampstead.

Als sie das Internat verließen – Louise, um trotz aller Warnungen Model zu werden, und Octavia, um in Cambridge Jura zu studieren –, hatten sich ihre Wege vorübergehend getrennt. Aber als Octavia wieder in London war, hatten sie den Kontakt erneuert. Sie hatte Louise ins Theater und in Kunstausstellungen geschleppt, während Louise mit Octavia shoppen ging. Auf Partys in Louises großer, sonniger Studiowohnung in der Nähe von Primrose Hill lernte Octavia ihre Freunde kennen, Models, Fotografen, Modeschöpfer, Moderedakteurinnen, exzentrisch gekleidete Leute mit einem Hang zu wüsten Klatschgeschichten, die sie leicht beunruhigend fand. Und Louise wurde zu formellen Dinnerpartys mit drei Gängen in die imposante Eigentumswohnung in der Old Brompton Road gebeten, die Octavias Vater seiner Tochter gekauft hatte, und traf mit Juristen und Octavias alten Studienfreunden aus Cambridge zusammen. Louise hatte mittlerweile eine ganze Reihe von Liebhabern gehabt, Octavia eine ernsthafte Beziehung. Sie erzählten sich intime Einzelheiten aus ihrem Sexleben, standen einander bei, wenn eine Schwangerschaft befürchtet wurde, Liebeskummer angesagt war oder eine berufliche Krise drohte. Und dann ging Louise für fünf Jahre nach Amerika und Octavia lernte Tom kennen und verlobte sich mit ihm.

Louise war entzückt von Tom. »Was für ein Mann«, hatte sie am Tag nach der von Felix ausgerichteten Verlobungsfeier ausgerufen. Sie war eigens dafür hergeflogen. »Unbeschreiblich attraktiv und charmant, aber damit kannst du ja sicher umgehen, oder?«

Octavia hatte erwidert, sicher könne sie das, was wolle Louise denn damit sagen? Überhaupt nichts, gar nichts, hatte ihre Freundin entgegnet, leicht aus der Fassung gebracht, es sei nur so, dass ungemein attraktive und charmante Männer einem ganz schön zu schaffen machen könnten. Octavia hatte erwidert, wenn Louise damit andeuten wolle, Tom würde fremdgehen, habe sie sich geirrt. Sie seien sich einig, dass Treue in einer Liebesbeziehung von größter Wichtigkeit sei.

Zur Hochzeit war Louise erneut angereist, sie war Brautjungfer gewesen. Danach hatten sie sich eine Weile aus den Augen verloren. Dann hatte eines Morgens das Telefon geklingelt und Louises melodische Stimme hatte verkündet: »Hexchen? Ich werde heiraten. Er heißt Sandy und ist einfach göttlich. Genau der Richtige für mich. Du musst ihn unbedingt kennen lernen und mir sagen, dass du ihn magst – oder den Mund halten.«

Octavia hatte Louises Wahl nicht gutgeheißen, und sie hatte nicht geschwiegen, sondern es für ihre Pflicht als Freundin gehalten, ihr die Wahrheit zu sagen.

»Er ist ein wunderbarer Mensch«, hatte sie vorsichtig gemeint, »aber ich glaube, er ist nicht der richtige Mann für dich.«

»Doch, das ist er.« Louises blaue Augen leuchteten vor Ernsthaftigkeit. »Fast alle sagen das, sogar Mama – nur weil er in der Armee ist und kein Fotograf oder so was, aber er ist genau das, was ich will. Er ist so beständig und vollkommen verlässlich und – und englisch. Ich habe genug von dem Leben, das ich in den letzten Jahren geführt habe, Hexchen. Es ist einfach absurd, so exzessiv. Und am Schluss behandeln sie dich alle wie Dreck. Sandy ist – ach, er ist so wunderbar altmodisch. Und romantisch. Er ist – na ja, er ist wie Papa. Papa ist der Einzige, der sich darüber freut. Jetzt hör auf zu nörgeln. Wir werden sehr glücklich zusammen sein, das weiß ich.«

Und Louise hatte Sandy geheiratet, in einer Wolke aus Euphorie und Wildseide. Nach einer Reihe von Stürmen wurde diese Wolke dann zu einer schweren grauen Wolkendecke, die über etwas hing, was in Louises Augen eindeutig eine öde, langweilige Landschaft war.

Louises Enttäuschung, die sie allerdings nie eingestand, machte Octavia traurig und sie entwickelte eine eigene Theorie darüber. Trotz (oder vielleicht gerade wegen) ihrer Erfahrungen in der Modeindustrie mit ihrer laxen Moral, der Oberflächlichkeit, dem Besessensein von Stil und äußerer Erscheinung war Louise äußerst romantisch. Ihre sexuellen Fantasien drehten sich nicht um flüchtige Liebhaber, multiple Orgasmen oder außergewöhnliche Sexualpraktiken. Nein, Louise träumte von Blicken, die sich über einen Raum hinweg trafen, Begegnungen an einem einsamen Strand, leidenschaftlichen Umarmungen vor einem stürmischen Himmel. Für sie war Sex nur in einem solchen Zusammenhang von Bedeutung, Lust um der Lust willen war für sie ohne Reiz. Und Sandy entstammte einer Gesellschaftsschicht, in der Frauen höflich und rücksichtsvoll behandelt wurden – zumindest äußerlich gesehen –, er war sehr wohlerzogen auf altväterliche Weise, so ganz anders als die Männer, die sie aus ihrer coolen Modewelt kannte. Der dunkelhaarige Sandy, dessen Erscheinung sich am besten mit dem altmodischen Adjektiv »stattlich« beschreiben ließ, hatte sehr gute Manieren, er war ein ausgezeichneter Reiter, spielte Polo für sein Regiment und hatte für seinen Einsatz in Bosnien mehrere Tapferkeitsmedaillen erhalten. Aber er war auch ein Mann, der am besten mit Männern zurechtkam und sich in der Gesellschaft von Frauen nicht so recht wohl fühlte. Er war gleichzeitig fürsorglich und leicht herablassend, und Louise, die entzückt war, eine Schulter zum Anlehnen gefunden zu haben, entdeckte seine Neigung zur Gönnerhaftigkeit erst, als es zu spät war.

Er lud sie in teure Restaurants ein, bestand auf wundervoll altmodische Weise darauf, die Rechnung zu bezahlen, sagte ihr immer wieder, sie sei das schönste Mädchen der Welt, schickte ihr Blumen und deutete eine ganze Weile nicht mal an, dass er mit ihr ins Bett gehen wollte. Louise, die in Kreisen verkehrte, in denen Sex bestenfalls ein flüchtiges Vergnügen war, so selbstverständlich wie Essen und Trinken, empfand allein das schon als romantisch. Als sie dann schließlich doch miteinander schliefen, geschah es in einem Landhaushotel, in dem Sandy ein Zimmer mit Himmelbett reserviert hatte; auf dem Toilettentisch standen weiße Rosen und neben dem Bett wartete eisgekühlter Champagner. Die vollkommen überwältigte Louise ignorierte den Umstand, dass der Akt selbst eher mäßig gewesen war. Ungleich wichtiger war es da, dass Sandy danach mit dem Rest des Champagners auf sie anstieß, ihr seine Liebe erklärte und ihr sagte, dass er für eine Frau noch nie so empfunden hätte.

Ein Jahr nach der Hochzeit quittierte Sandy den Dienst und stieg in den Weinhandel ein. Seine kleine Ladenkette bot den Kunden Weinproben, Weinkennerseminare und sogar Reisen zu bestimmten Weingütern an. Louise, erlöst von der lähmenden Langeweile eines Lebens als Offiziersgattin, stellte hochbeglückt fest, dass sie schwanger war. Dickon wurde geboren und dreieinhalb Jahre später die kleine Juliet. Louise ging ganz darin auf, den Kindern eine möglichst gute Mutter und Sandy eine möglichst gute Frau zu sein. In dieser Zeit hatte Octavia sie selten gesehen. Ihre beiden Ehemänner waren nicht gerade beeindruckt voneinander und die gemeinsamen Familientreffen verliefen eher unerfreulich. Nach einigen Versuchen kamen Octavia und Louise überein, es besser sein zu lassen.

Und dann, eines Tages, acht Monate nach der Geburt des kleinen Mädchens, klingelte das Telefon und Louise war dran, die Stimme bleiern, sonderbar, mit einem Unterton von Panik.

»Octavia«, hatte sie gesagt. »Octavia, Juliet ist tot. Bitte komm her.«

Es war ein plötzlicher Kindstod. Als Louise das Baby morgens aus seinem Bettchen heben wollte, hatte sie es »weiß, kalt, ganz still« vorgefunden.

Octavia war sofort hingefahren. Louise war ruhig, geradezu unheimlich ruhig. Sie ertrug das schreckliche Ritual, das vom Gesetz vorgeschrieben wurde – den Besuch der Polizei, die Ausstellung des Totenscheins, die Obduktion, die Planung der Beerdigung. Louises Mutter, Anna Madison, war gekommen, auf ihre liebe Art ungeheuer tüchtig, und Sandy, bleich im Gesicht, lief unablässig im Haus auf und ab. Octavia hatte eine Aufgabe in der Betreuung des kleinen Dickon gefunden, der ganz verstört und verloren war. Sie hatte vorgeschlagen, ihn für ein paar Tage bei sich aufzunehmen, und Louise hatte das Angebot angenommen.

»Das wäre eine große Hilfe. Er liebt die Zwillinge. Du wirst doch zur Beerdigung kommen, nicht wahr? Es würde mich freuen«, sagte sie mit ihrer neuen tonlosen, leisen Stimme.

Octavia, die schon vor dem bloßen Gedanken zurückschreckte, Zeuge eines solchen Schmerzes zu werden, versprach es. Sie fuhr mit Dickon nach London zurück, wo die Zwillinge, die nur halb begriffen, was geschehen war, ihn mit ziemlich ruppiger Freundlichkeit aufnahmen. Abends schlief er in Poppys runden Ärmchen ein.

Aber mitten in der Nacht schreckte er schreiend aus einem Alptraum hoch und wollte unbedingt mit seiner Mutter telefonieren.

»Aber Dickon, mein Schatz, es ist drei Uhr morgens.«

»Aber sie könnte doch tot sein«, rief er. »Bitte ruf an, bitte ...«

Octavia hatte nachgegeben und angerufen, und eine offenbar hellwache Louise hatte sich gemeldet, ihren Sohn getröstet und Sandy geholt, damit er ihn ebenfalls beruhigte. Den Rest der Nacht hatte der Junge in Octavias Bett verbracht, wo er sich ohne Unterlass herumwarf. Nach einer zweiten Nacht, die fast genauso verlief, war sie zutiefst dankbar, als Anna Madison anrief und erklärte, es sei wohl besser, wenn Dickon nach Hause käme, seine Mutter vermisse ihn so. Louise begrüßte Octavia mit der gleichen unheimlichen Ruhe wie zuvor, dankte ihr, dass sie Dickon zu sich genommen hatte, und wiederholte, sie müsse unbedingt zur Beerdigung kommen.

»Louise, natürlich werde ich kommen. Aber bist du sicher, dass es dir einigermaßen geht?«

»Es geht mir gut. Sandy dagegen nicht«, fügte sie fast sachlich hinzu. »Er war gestern Nacht in Tränen aufgelöst. Du musst tapfer sein, habe ich zu ihm gesagt, für Dickon und für mich.«

Das schien seltsam hart, aber man konnte in einer solchen Situation wohl kaum rationales Verhalten erwarten. Als Octavia später zu ihrem Wagen ging, kam Anna Madison ihr nachgelaufen.

»Vielen Dank für alles, Octavia. Ich freue mich sehr, dass du am Freitag kommst.«

»Natürlich komme ich. Aber Louise ist so – seltsam.«

»Ja, sie steht noch unter Schock. Gott weiß, wann die Verzweiflung über sie hereinbrechen wird. Aber diese scheinbare Gefasstheit hilft ihr, diese furchtbare Zeit durchzustehen. Einen Sarg auszusuchen, die Blumen.« Ihre großen blauen Augen, denen von Louise so ähnlich, füllten sich mit Tränen. Octavia, die Anna sehr gern hatte, nahm sie in die Arme.

»Gott sei Dank hat sie ja dich. Ich muss los, aber bitte ruf an, wenn ich irgendwas tun kann.«

»Mach ich, Octavia, mein Schatz. Dank dir.«

Bei der Beerdigung schien Louise ihren Schock noch immer nicht überwunden zu haben. Mit ausdruckslosen Augen schaute sie zu, wie Sandy den winzigen Sarg in die Kirche trug. Sie sang das Kirchenlied mit und lauschte der anrührenden Predigt mit höflicher Aufmerksamkeit. Selbst am Grab brach sie nicht zusammen. Sie kniete nieder, legte einen Brief und eine Blume auf den Sarg und kehrte mit der Familie sowie Octavia und Tom – den einzigen Gästen, die nicht zur Familie gehörten – nach Hause zurück. Obwohl sie sehr still war, schaffte sie es, allen Tee anzubieten und ihnen höflich zu danken, dass sie gekommen waren.

»Wir sehen uns bald«, hatte sie gesagt und sich mit einem Kuss von Octavia verabschiedet. Octavia legte die Arme um die Freundin und wollte sie an sich drücken, aber sie blieb steif, in erstarrter Haltung stehen. Als sie abfuhren, winkte Louise ihnen nach, Dickon an der Hand. Sandy stand hinter ihr.

»Wie tapfer sie ist«, sagte Tom. »Wie unglaublich tapfer.«

»Zu tapfer, finde ich«, sagte Octavia.

In der folgenden Nacht war Louise zusammengebrochen. Sie weinte drei Tage und Nächte fast ununterbrochen und musste schließlich unter Beruhigungsmittel gesetzt werden – und als sie wieder zu sich kam, begann der langsame und schmerzliche Weg durch das Leid hindurch in die Normalität zurück.

»Ich mache mir große Sorgen um alle drei«, hatte Anna gesagt, als Octavia eines Abends anrief, um sich nach Louise zu erkundigen. »Für Louise ist es natürlich furchtbar, sie ist ziemlich labil, weißt du, und der kleine Dickon ist seelisch sehr angegriffen. Aber Sandy trauert auch, und das scheint Louise nicht zu begreifen.«

Danach, fast das ganze letzte Jahr, hatten sie sich kaum gesehen. Louise zog sich vollkommen zurück, wollte keinen Besuch haben und war am Telefon meist wortkarg. Octavia führte häufig besorgte Gespräche mit Anna Madison, die ebenso aus dem Leben ihrer Tochter verbannt worden war, und sprach auch mit Sandy, der offensichtlich ratlos war und es peinlich fand, über die Sache zu reden. »Sie wird schon wieder«, erklärte er, entschlossene Munterkeit in der Stimme. »Das ist nur eine Frage der Zeit.« Zu ihrer Schande musste sich Octavia eingestehen, dass sie aufgegeben hatte. Aber sie war wieder schwanger, was für Louise wohl schwer zu ertragen gewesen wäre. Selbstverständlich schrieb sie ihr einen Brief, in dem sie Mintys Geburt anzeigte, und war fast schockiert, obwohl sie das nicht wahrhaben wollte, als sie nur eine Glückwunschkarte als Antwort erhielt. Dann, letzte Weihnachten, beschloss sie, etwas zu unternehmen. Louise fehlte ihr und sie machte sich Sorgen um sie. Sie selbst war so stark, ihr Leben so ausgefüllt, wie konnte sie da einer Freundin nicht ihre liebevollen Schultern zum Ausweinen anbieten? Sie schrieb ihr einen langen Brief, erklärte, wie sehr sie ihr fehle, und lud sie und Sandy zu ihrer Weihnachtsfeier ein. Louise war früher immer sehr gern gekommen (»So viele Prominente. Wie klug du doch bist, Octavia«).

Louise hatte angerufen, lustig und charmant. »Wunderbar, wir kommen natürlich wahnsinnig gern«, hatte sie gesagt, »ich werde mir ein neues Kleid kaufen.« Als sie zur Weihnachtsfeier erschien, sah sie strahlend schön aus. »Es geht mir wieder gut«, hatte sie versichert und Octavia an sich gedrückt. »Entschuldige, dass ich so ... schwierig war. Wo steckt denn dein Göttergatte? Ich werde ihm einen dicken Weihnachtskuss geben. Und wie ich mich darauf freue, die liebe kleine Minty zu sehen! Ich habe nämlich ein Geschenk für sie. Schau mich nicht so an, Octavia, es geht mir gut. Ehrlich.«

Octavia war ungeheuer erleichtert gewesen, und nicht nur um Louises willen. Die Last ihrer eigenen Schuldgefühle war nun leichter geworden.

Nach Weihnachten besuchten die Trelawnys sie in Somerset, wenn auch nur für einen Tag. Nach dem Mittagessen schlug Octavia einen Spaziergang vor, in der Hoffnung, Tom und Sandy würden ablehnen, aber beide erklärten, das sei genau das, was sie brauchten. Statt ein langes Gespräch mit Louise führen zu können, musste sie also betont munter mit Sandy plaudern, während Louise mit Tom vorausging. Später, als der Besuch gegangen war, fragte sie ihn, worüber sie denn gesprochen hätten. »Ach, über nichts Besonderes«, antwortete er. »Sie hat halt drauflosgeplappert, wie das so ihre Art ist.«

»Hat sie über das Baby gesprochen?«, hatte Octavia gefragt, und er hatte erwidert, nein, sie hätte gesagt, sie wolle nicht darüber reden.

»Sollte sie aber. Es täte ihr gut.«

»Octavia«, versetzte Tom ziemlich kurz angebunden, »man kann nicht alle Leute über einen Kamm scheren.«

Er war in einer sonderbaren Stimmung, die es ihr schwer machte, an ihn heranzukommen; Sandy hatte immer diese Wirkung auf ihn. Octavia wechselte das Thema.

Seitdem hatten sie sich gelegentlich getroffen und oft telefoniert. Soweit Octavia es beurteilen konnte, ging es Louise viel besser, aber sie weigerte sich, über den Tod ihrer Tochter zu sprechen. »Ich weiß, es soll eine therapeutische Wirkung haben, aber es ist einfach zu schmerzlich«, bekannte sie einmal. Jede Andeutung, dass sie ja noch einmal ein Kind bekommen könnte, stieß auf scharfe Ablehnung. »Als ob man Juliet einfach ersetzen könnte.«

»Hexchen, ich bin's. Tut mir Leid, dass ich vorhin nicht reden konnte.«

»Geht es Dickon wieder gut?«

»Was? Oh ... ja. Ja. Nur zu viele Fruchtzwerge, er liebt das Zeug.«

»Und Sandy?«

»Ach, alles bestens«, erwiderte Louise leichthin. »Er hatte nur Hunger. Die Fütterung der Raubtiere, sagt Mama immer ...« Ihre Stimme verlor sich und dann schwieg sie. Octavia runzelte die Stirn.

»Louise, ist etwas passiert?«

Wieder Schweigen. »Ja«, antwortete Louise endlich. »Ich fürchte ja. Deshalb habe ich angerufen. Es ist – es ist wegen Mama. Sie ist krank. Schwer krank.«

»Oh, Louise, nein. Was hat sie denn, wie –«

»Krebs, fürchte ich.« Ihre Stimme klang plötzlich schroff.

»Oh, Louise, das tut mir Leid.« Es war ein furchtbarer Gedanke, dass die schöne, strahlende Anna krank war, Schmerzen erleiden musste. »Was, ich meine, wo –«

»Brustkrebs«, sagte Louise knapp. »Es gibt also vielleicht noch Hoffnung. Es wurde bei der Vorsorgeuntersuchung entdeckt und sie haben eine Biopsie gemacht. Ich habe gestern mit meinem Vater telefoniert. Oh mein Gott. Octavia, es ist einfach unfair, sie ist doch erst siebenundfünfzig.«

»Wie furchtbar. Aber heutzutage kann man doch viel tun, es gibt Behandlungsmethoden –«

»Oh ja, diese schrecklichen, grausamen Behandlungen. Ja. Na, am Wochenende wissen wir mehr.«

»Oh Gott. Louise, du hättest mich früher anrufen sollen. Warum hast du nicht im Büro angerufen?«

»Das wollte ich nicht, du bist doch immer in Hektik.«

Octavia fühlte sich schuldig. War sie im Büro wirklich so gestresst, dass sie nicht einmal mit ihrer besten Freundin über so etwas sprechen konnte? Möglich.

»Es tut mir Leid«, wiederholte sie und meinte ebenso ihre Unachtsamkeit wie Annas Erkrankung. »Und Louise, bitte richte ihr alles Liebe aus. Und auch deinem Vater.«

Danach war sie seelisch so aufgewühlt, dass sie unfähig war, wie geplant liegen gebliebene Dinge zu erledigen. Sie setzte sich ins Fernsehzimmer, sah sich einen unglaublich schlechten Film an und wartete auf Tom. Es würde ihn schwer treffen, auch er hatte Anna sehr gern.

Es traf ihn hart, sehr hart. Er wurde ganz blass im Gesicht und ließ sich schwer neben sie auf das Sofa sinken.

»Wie schrecklich. Wie furchtbar! Die arme Frau. Wie schlimm ist es?«

»Ich glaube, das weiß man noch nicht so genau. Es müssen erst weitere Untersuchungen gemacht werden. Am Wochenende wissen wir mehr.«

»Und Louise hat es dir erzählt?«

»Ja, vorhin.«

»Was für einen Eindruck machte sie auf dich?«

»Es ging ihr nicht gut.«

»Aber es war nicht – na, du weißt schon, nicht so schlimm wie damals, nach der Sache mit dem Baby?«

»Nein.«

»Na, Gott sei Dank. Wann hat sie es erfahren?«

»Vor ein paar Tagen, glaube ich. Warum?«

»Ich habe mich nur gefragt, warum sie es dir nicht eher erzählt hat.«

»Sie sagte, sie wollte mich nicht im Büro anrufen. Ich sei doch immer so in Hektik, wie sie sich ausdrückte. Ich hatte so ein schlechtes Gewissen deswegen.«

Sie begann zu weinen und Tom nahm sie in die Arme.

»Liebling, nicht weinen. Du brauchst dich nicht schuldig zu fühlen. Louise kann von Glück reden, eine Freundin wie dich zu haben.«

»Ja, vielleicht. Aber das gilt andersherum genauso: Sie ist mir auch eine gute Freundin.«

»Ja, nun ja. Vielleicht.« Sie wusste, dass er die Freundschaft als eher einseitig betrachtete, und wie schwer es ihm gefallen war, ihre Besorgnis wegen Louises Nervenzusammenbruch geduldig zu ertragen. Männliche Eifersucht vermutlich.

Sie schaute ihn an, aber er lächelte sehr zärtlich auf sie herunter. »Komm, am besten gehst du ins Bett. Soll ich dir einen Becher warme Milch bringen?«

Er musste wirklich Mitleid mit ihr haben. Ihre Angewohnheit, heiße Milch zu trinken, machte ihn gewöhnlich rasend. Es war ein Relikt aus ihrer Kindheit; ihr Vater pflegte ihr warme Milch ans Bett zu bringen, wenn sie krank oder traurig war. »Warme Milch und Liebe«, pflegte er zu sagen und sie anzulächeln, »genau das, was der Onkel Doktor verordnet hat.« Und dann setzte er sich zu ihr und wiegte sie in den Schlaf. Als sie alt genug war, brachte auch sie ihm heiße Milch, wenn er Migräne hatte. Er sagte immer, das helfe dagegen.

»Leg dich schon mal hin«, sagte Tom. »Ich bringe dir deine heiße Milch. Tu einfach so, als sei ich dein Vater.«

»Sei doch nicht albern«, entgegnete sie und lächelte unter Tränen. Aber sie war hochgradig erstaunt. Ihre Beziehung zu ihrem Vater war für Tom gewöhnlich ein ernstes Thema, über das er keine Witze zu reißen pflegte.

5. Kapitel

NICO CADOGAN HATTE VORGESCHLAGEN, sich ohne Felix zu treffen. »Sonst verzögert sich die Sache um mindestens achtundvierzig Stunden, und ich nehme doch an, dass wir beide es schaffen werden, uns kurz allein zu unterhalten.«

Tom stimmte zu und bot ihm an, die Sache bei einem Drink im Ritz zu besprechen.

Er war ganz aufgeregt über die Aussicht, diesen Etat zu erhalten. Cadogan besaß eine Kette von Mittelklasse-Hotels mit ein paar Schmuckstücken, zu denen insbesondere die drei Cadogan Royals zählten, sehr teure Luxushotels in Edinburgh, Bath und London. Das Übernahmeangebot stammte von Western Provincial, einer Motelkette. George Egerton von Western hatte schon lange ein Auge auf die Cadogan-Kette geworfen, hauptsächlich deswegen, weil er ein Emporkömmling war, der nach dem Gütesiegel von Fünfsternehotels lechzte.

Toms erster Eindruck von Cadogan war, dass es nicht leicht sein würde, mit ihm zusammenzuarbeiten. Er war hochgewachsen, dunkelhaarig, aristokratisch, überraschend jung – Tom schätzte ihn auf ungefähr fünfundvierzig –, mit betontem Oberschichtsakzent und einer etwas hochtrabenden Art.

»Ich habe von Ihrem Schwiegervater schon alles über Ihre Agentur gehört«, unterbrach er Tom, als der anfangen wollte, ihm zu schildern, was Fleming + Cotterill alles für ihn tun könne. »Offenbar sehr solide. Und jeder, der von Felix Miller empfohlen wird, hat mein volles Vertrauen. Aber schnelles Handeln tut Not. Und ich brauche die Zusicherung, dass Sie dazu in der Lage sind.«

»Wie ist der Stand der Dinge?«

»Egerton hat mir mitgeteilt, dass er ein Kaufangebot abgeben wird. Mehr Informationen habe ich zurzeit nicht. Ich hatte schon so etwas erwartet, wir sind ein sehr verlockendes Opfer, und die letzten beiden Betriebsergebnisse waren nicht besonders gut. Die Aktionäre werden jedes Angebot sehr sorgfältig prüfen.«

»Warum waren die Ergebnisse nicht besonders gut?«

»Nun, wir hatten viel in die neuen Cadogan Royals investiert. Aber eigentlich sind es die Cadogans, die uns Geld kosten. Wir hatten einen Überhang an Arbeitskräften und ich habe ein Vermögen für ein neues Computersystem ausgegeben.«

»Sie werden jetzt also Einsparungen vornehmen können?«

»Oh, zweifellos. Aber es dauert seine Zeit, bis sich das auswirkt, und in der Zwischenzeit machen wir nicht allzu viel Profit. Also meint Egerton, er habe leichtes Spiel.«

»Und wieso sollte er das nicht haben?«, fragte Tom. »Entschuldigen Sie, dass ich hier den Advocatus Diaboli spiele, aber das alles klingt nicht sehr positiv.«

»Ich habe einen neuen Geschäftsführer eingestellt. Cleverer junger Bursche, sehr dynamisch, hat jede Menge neuer Ideen. Und ich glaube, wir könnten uns ans Kartellamt wenden. Egertons Mittelklassehotels und meine stehen in direktem Wettbewerb zueinander. Ich brauche Ihnen ja nicht zu sagen, was das für die Preise bedeutet. Es würde den Verbrauchern schaden. Nun, was meinen Sie? Ich brauche also einen Ratschlag, wie man an das Kartellamt herantritt. Können Sie mir da helfen oder nicht?«

»Einfach wird es nicht sein, fürchte ich.« Tom sprach ungezwungen und hatte sein gewinnendstes Lächeln aufgesetzt. »Da gehört schon ein bisschen mehr dazu als ein Gespräch mit dem Kartellamt – und in diesem Stadium kann es noch nicht einmal eingeschaltet werden. Alle Fälle müssen von der Wettbewerbsaufsichtsbehörde an das Kartellamt verwiesen werden, und es gibt keine Garantie, dass das geschehen wird. Wenn wir Sie vertreten sollen, brauchen wir als Erstes vollständige Kenntnisse über Ihr Unternehmen, das Betriebsvermögen, die Aktiva, seine Geschichte, Ihre Zukunftspläne. Erst dann kann ich sagen, ob eine solche Verweisung wahrscheinlich scheint oder nicht.«

»Aber natürlich. Ich bin gern bereit, Ihnen alle Unterlagen zukommen zu lassen.«

»Und es müsste so schnell wie möglich geschehen. Vielleicht ist es nicht kurz vor zwölf, aber bestimmt kurz vor elf.«

»Ja, das ist mir klar. Aus eben diesem Grund will ich Ihre Agentur ja engagieren – um das Verfahren abzukürzen. Können Sie das schaffen?«

»Ich weiß es nicht, ehrlich gesagt. Ich muss abwarten, bis ich mehr Informationen habe. Und wir können das Verfahren nicht abkürzen, sondern nur dafür sorgen, dass es möglichst schnell und effizient abgewickelt wird. Man kann die Legislative nicht umgehen. Whitehall übrigens auch nicht.«

»Also, ich bin schon etwas enttäuscht«, erklärte Cadogan und leerte sein Glas. »Miller meinte, Sie würden die Sache für mich regeln können. Er behauptete, Sie hätten direkten Zugang zu den hohen Tieren.«

»Er versteht nichts von meinem Metier«, erwiderte Tom, »ebensowenig wie ich von seinem verstehe. Und über Wasser gehen kann ich nicht.«

»Verstehe.« Cadogan sah ihn an. »Ich muss sagen, dass ich Ihre Ehrlichkeit bewundere. Ich selbst habe es auch nie geschafft, über Wasser zu gehen. Aber vielleicht könnten wir beide gemeinsam ein Rettungsboot bauen?« Er grinste Tom an. »Wann können Sie anfangen?«

»Montag früh. Als Allererstes.«

»Guter Mann! Dachte ich mir doch, dass Miller Sie nicht falsch eingeschätzt hat. Wie ist er denn übrigens so als Schwiegervater?«

»Oh – ganz in Ordnung«, sagte Tom.

»Wenn wir zusammenarbeiten wollen«, sagte Cadogan nachdenklich, »dürfen Sie mich nicht anlügen. Ich bin sehr diskret, müssen Sie wissen.«

Tom sollte in den folgenden Monaten noch oft an diese Worte zurückdenken ...

»Fleming, so geht das aber nicht. Weinen ist vor Büroschluss nicht gestattet.«

Octavia wischte sich die Tränen ab und versuchte zu lächeln.

»Entschuldige, Mells.«

»Das war doch nicht ernst gemeint.« Melanies Miene wurde weicher. »Und es ist sowieso schon nach Büroschluss, also heul ruhig. Was ist denn los?«

»Louise hat gestern Abend angerufen. Ihre Mutter hat Krebs. Ich habe Anna wirklich sehr gern und es war einfach – ein Schock.«

»Aber natürlich. Die arme Frau.«

»Ja. Sie ist erst siebenundfünfzig. Und Tom fährt heute Abend weg; dabei dachte ich, wir hätten mal ein paar Stunden für uns. Ausnahmsweise. Und – ach, ich weiß, es klingt albern, aber ich bin derart deprimiert ...«

»Wollen wir zusammen essen? Ich hab nichts weiter vor.«

»Nein, das geht nicht, die Kinderfrau hat heute Abend frei. Aber trotzdem danke.«

»Wo fährt Tom denn hin?«

»Nach Birmingham. Er hat einen Kunden dort, der in Schwierigkeiten steckt, und danach muss er zu irgendeiner Vertriebskonferenz in Leamington Spa. Außerdem steht uns ein aufreibendes Wochenende mit irgendwelchen Amerikanern bevor. Darauf könnte ich wirklich gut und gern verzichten.« Sie putzte sich die Nase und lächelte Melanie schwach an.

»Armes Ding. Am besten fährst du nach Hause und gehst früh schlafen. Tut mir Leid wegen deiner Freundin.«

»Danke, Melanie.«

»Schau dir das an«, sagte Tom und wedelte mit der *Mail on Sunday*. »Das ist dein Werk.«

Sie schaute hin und sah ein Foto von Bob Macintosh, der auf dem Sofa in seinem Wohnzimmer saß, einen Arm um Maureen gelegt, den anderen um die Schultern seiner ältesten Tochter. Die jüngeren Kinder hockten mit dem Labrador auf dem Teppich davor.

Die Frau des Millionärs, der Abgeordnete und die Lügen, die Maureen Macintosh rot sehen lassen, lautete die riesige Schlagzeile. Darunter stand ein langes Interview mit Maureen, das die Überschrift trug: »Was mir meine Ehe wert ist ...«

»Klar, ungefähr drei Millionen«, bemerkte Octavia. »Entschuldige, ich muss mich gleich übergeben. Und wieso soll das mein Werk sein?«

»Das ist das Resultat deiner brillanten Idee. Der Handel, du erinnerst dich?«

»Ja-a. Was hat er denn im Gegenzug bekommen?«

»Eine wohlwollende Diskussion über EG-Normen in den Korridoren der Macht.«

»Ich kann mich nicht erinnern, das vorgeschlagen zu haben.«

»Nein, das Kleingedruckte stammt von mir. Sind wir nicht ein gutes Team?«

»Sehr clever«, sagte Octavia und lächelte Tom an, der ausgestreckt auf dem Sofa im Wohnzimmer lag. Die langen Beine steckten in Jeans und ein Kaschmirpullover war über seine Schultern drapiert. Er sieht aus wie ein Bild aus einem Katalog für teure Herren-Freizeitmode, dachte sie, gar nicht wie ein Ränkeschmied von Machiavelli-Format. Ganz plötzlich schoss ihr der Gedanke durch den Kopf, dass sie ungern Opfer einer seiner Intrigen werden würde.

»Sehr erfolgreiches Wochenende«, fuhr Tom fort. »Die Bryants sind tief beeindruckt abgereist.«

»Schön. Wir haben auch hart genug dafür gearbeitet.«

»Aber Liebling! Harte Arbeit kann man das nun wirklich nicht nennen. Theater, Essen in Langan's Brasserie, ein Einkaufsbummel mit Mrs Bryant, Brunch im Connaught –«

»Ja, und dabei musste ich mir von Mrs B. eine Auflistung aller nur denkbaren Verzweigungen ihrer Familie anhören und von Mr B. einen minutiösen Bericht über die ersten, schwierigen Jahre von Bryant & Co ...«

»Na, du warst jedenfalls wunderbar. Und nächstes Mal, wenn ich nach New York fahre, kannst du mitkommen. Versprochen.«

»Was für ein großzügiges Angebot. Ich bin doch wirklich ein Glückskind. Nein, danke.«

»Schön.« Er grinste sie an. »Sag nicht, ich hätte es nicht versucht. Übrigens habe ich diesen möglichen Neukunden, den dein Vater uns zugeschustert hat, eingeladen, nächste Woche mit uns nach Ascot zu kommen. Nico Cadogan wird dir gefallen. Er ist ein sympathischer Kerl, ausgesprochen attraktiv, verströmt Charme. Ach, Liebling, dabei fällt mir ein – was gibt es Neues von Michael Carlton und dem Sponsorship-Deal?«

»Am Freitag ist ein erstes Meeting. Und bevor du fragst, nein, ich habe noch nicht mit FOOTHOLD gesprochen, aber ich werde es tun. Also, Tom, wenn du mir wirklich deine Dankbarkeit beweisen willst, geh mit den Zwillingen in den Holland Park. Oder komm wenigstens mit.«

»Liebling, ich kann nicht. Ich muss eine Rede schreiben. Nächsten Sonntag mache ich einen langen Ausflug mit den Kindern, ich schwör's. Übrigens, ich hatte gehofft, am Dienstagabend nach meinem Geschäftsessen wieder herzukommen, aber ich glaube nicht, dass ich das schaffe. Ich werde vor Tagesanbruch zurückfahren müssen. Ich muss unbedingt ein paar Stunden am Schreibtisch verbringen, bevor wir nach Ascot fahren, also treffen wir uns am besten dort. Bist du damit einverstanden?«

»Sicher. Wo ist denn das Dinner?«

»In Bath. Es –«

Das Telefon klingelte. Es war ihr Vater.

»Hallo, Octavia. Ich wollte nur mal hören, wie es dir geht.«

»Mir geht's gut, Papa. Wie wär's, hast du Lust, mit deinen Enkeln und mir zum Abenteuerspielplatz im Holland Park zu gehen?«

»Kann Tom denn nicht mitkommen?«

»Nein, er muss arbeiten.« Sie biss die Zähne zusammen und blickte auf Tom, der die Augen geschlossen und sich die *Sunday Times* über das Gesicht gelegt hatte.

»Verstehe. Wie schade, dass er nicht mehr Zeit für seine Familie hat. Ja, das klingt verlockend. Es ist schön, dich mal wieder ein bisschen für mich zu haben.«

»Du wirst mich mit den Zwillingen teilen müssen.«

»Es wird mir ein Vergnügen sein.«

»Gut, wir treffen uns dort, in einer Stunde.«

Octavia legte den Hörer auf und seufzte. Was war bloß in sie gefahren? Es wäre einfacher gewesen, allein mit den Zwillingen auf den Abenteuerspielplatz zu gehen. Die Kinder reagierten häufig leicht gereizt auf ihren Großvater, weil der sich immer nur ganz kurz mit ihnen unterhielt und dann seine ganze Aufmerksamkeit Octavia zuwandte. Aber natürlich wusste sie recht gut, warum sie ihren Vater gefragt hatte. Sie hatte Tom ärgern, es ihm heimzahlen wollen.

Felix fuhr quer durch London und dachte hochbeglückt, wie schön es doch sein würde, Octavia ein paar Stunden für sich zu haben. Das war zu einer seltenen Freude geworden. Bevor sie Tom begegnet war, war ihr Vater immer an erster Stelle gekommen. Wenn er sie sehen wollte, weil er sich unwohl fühlte oder auch nur einsam war oder wenn er eine Gastgeberin für den Abend benötigte, brauchte er sie nur zu fragen, und sie ließ so gut wie alles für ihn stehen und liegen.

Einmal, als sie ungefähr zehn war, hatte sie seinetwegen auf einen ganz besonderen Hochgenuss verzichtet. Eine Freundin feierte ihren Geburtstag mit einem Ballettbesuch im Covent Garden Opera House: Fonteyn und Nurejew tanzten *Giselle*. Octavia hatte seit Wochen von nichts anderem mehr gesprochen. Sie wurde nicht allzu oft zu Geburtstagsfeiern eingeladen, sie war in der Schule nicht sonderlich beliebt – sie war einfach zu intelligent, zu reif für die anderen Kinder, hatte kein Interesse an dem ganzen Unfug, der ihnen gefiel, an diesen grässlichen Barbie-Puppen und Popsängern.

Dieser Ballettbesuch begann ihn zu irritieren, als der Tag näher rückte; er hatte es lieber, wenn Octavia die Höhepunkte ihres Lebens ihm verdankte. Und diese Einladung bedeutete ihr sehr viel. Am Abend zuvor aß sie kaum etwas, und er fragte, ob sie sich nicht wohl fühle.

»Doch, bestens«, hatte sie sehr ernst geantwortet. »Ich bin nur so schrecklich aufgeregt wegen morgen. Das wird der schönste Tag meines Lebens.«

Er hatte gelächelt, aber die Eifersucht hatte ihm buchstäblich den Magen umgedreht.

Am nächsten Morgen war er mit Halsschmerzen aufgewacht. Gegen Mittag merkte er, dass es ihm schlechter ging. Er hatte Kopfschmerzen, ein Anzeichen, dass er sich irgendeinen bösartigen Virus eingefangen hatte.

Beim Mittagessen plauderte Octavia in großer Vorfreude über das Ballett. Sie könne kaum glauben, dass sie wirklich hingehen würde, sagte sie. Felix wurde immer nervöser. Er entschuldigte sich und legte sich hin. Seine Kopfschmerzen waren eindeutig schlimmer geworden.

Nach einer Weile hörte er, wie die Tür vorsichtig aufging.

»Papa?«

»Ja, mein Herzblatt.«

»Geht es dir nicht gut? Warum sind die Vorhänge zugezogen?«

»Ach, ich habe ein bisschen Kopfschmerzen. Ist aber nicht so schlimm.«

»Ach je. Soll ich dir ein Aspirin holen?«

»Ach, Schatz, ich habe schon eine viel stärkere Tablette genommen. Es sind richtige Kopfschmerzen, fürchte ich.«

»Doch keine Migräne?«

Er bekam manchmal Migräne, wenn er sich aufgeregt hatte. Es bereitete ihr immer Sorgen, diese starken Schmerzen, unter denen er so offensichtlich litt, das Erbrechen. Sie wusste, dass er Migräne bekam, wenn er überarbeitet war oder sich aufgeregt hatte; und sie war stolz darauf, dass sie die Migräneanfälle abwehren konnte, indem sie ihn am Samstag oder Sonntag dazu brachte, seinen Schreibtisch zu verlassen, um mit ihr spazieren zu gehen.

Er lächelte in ihr besorgtes, kleines Gesicht und sagte nein, nein, keine Migräne, wahrscheinlich eine Grippe. »Mach dir keine Gedanken wegen mir, Püppchen. Solltest du dich nicht langsam fertig machen?«

»Ich – ich will dich nicht allein lassen«, erklärte sie mit ungeheurer Überwindung. »Du bist doch krank.«

»Mein Herzblatt«, sagte er, »mein allerliebster Schatz, du wirst doch nicht wegen deinem alten Vater auf das Ballett verzichten wollen.«

»Wegen dir würde ich auf alles verzichten«, versicherte sie. »Wenn du es willst.«

»Wirklich?«

»Das weißt du doch.«

Um viertel vor sechs, als sie wieder den Kopf durch die Tür steckte, hübsch gekleidet in ein kariertes Taftkleid und mit einer Schleife im Haar, gebunden von Mrs Harrington, der Haushälterin, merkte er, dass es ihm sehr viel schlechter ging.

»Oh, Papa ...« Sie trat ans Bett und legte ihm ihre kleine Hand auf die Stirn. »Papa, du glühst ja!«

»Ein – wenig. Ja.« Natürlich war es verkehrt gewesen, das Fenster zu schließen und die Heizung aufzudrehen, aber vorhin hatte er ein bisschen gefroren. »Aber an erhöhter Temperatur ist noch niemand gestorben. Auch an Grippe nicht.«

»Ich – ich weiß nicht. Aber Mrs Harrington ist ja da. Sie wird sich um dich kümmern.«

»Nein, sie hat sich heute Abend freigenommen, erinnerst du dich? Eigentlich hätte sie morgen freigehabt.«

»Dann bist du also ganz allein.«

»Ja, ich Armer.« Er lächelte sie an. »Aber die paar Stunden werde ich schon zurechtkommen.«

»Ich glaube, ich sollte bei dir bleiben«, sagte sie mit einer ganz kleinen Stimme. »Papa, ich kann dich nicht allein lassen. Nicht, wenn du Fieber hast.«

»Schatz, ich komme allein zurecht« – eine unmerkliche Pause, er hörte es selbst. »Geh ruhig.«

»Nein«, sagte sie langsam und zog sich die Schleife aus den dunklen Locken. »Nein, das ist unmöglich. Ich könnte das Ballett gar nicht genießen, wenn ich mir wegen dir Sorgen machen müsste. Ich rufe schnell Fionas Mutter an und dann setze ich mich zu dir. Ich bringe dir heiße Milch.«

»Das wäre wunderbar.« Undeutlich hörte er sie im Arbeitszimmer nebenan telefonieren, dann lief sie nach unten. Zehn Minuten später war sie zurück, mit heißer Milch auf einem Tablett und einem Buch.

»Ich werde dir etwas vorlesen«, verkündete sie. »Robinson Crusoe, dein Lieblingsbuch.«

Er sah sie an. Sie hatte geweint.

»Mein Liebling«, sagte er. »Ich werde dir nie genug dafür

danken können. Und sobald es mir besser geht, gehen wir zusammen in dieses Ballett. Was hältst du davon?«

»Alle Vorstellungen sind ausverkauft«, erklärte sie munter. »Aber egal, vielleicht nächstes Mal ...«

Bevor er eindöste, schaute er sie an, lauschte ihrer Stimme, und er dachte, wie schön sie doch war und wie süß, wie sehr er sie liebte und wie sehr sie ihn lieben musste.

Am nächsten Morgen ging es ihm sehr viel besser. Offenbar war es ein Vierundzwanzigstunden-Virus gewesen.

Sie hatte Recht gehabt, alle Vorstellungen waren ausverkauft, aber er setzte ein paar Hebel in Bewegung und bekam eine eigene Loge. Dort saßen sie, nur sie beide, und er bestellte eine Flasche Champagner und goss ihr ein wenig davon in ihren Orangensaft; sie nippte daran, lächelte ihn an und sagte ihm, wie lieb sie ihn hätte, und so sei es viel schöner als mit einer ganzen Schar Klassenkameradinnen.

»Wirklich?«, fragte er. »Bist du sicher? Es hätte bestimmt mehr Spaß gemacht.«

»Nein, mit dir macht es mir viel mehr Spaß, ehrlich.«

»Ich fühle mich immer noch schuldig.«

»Das brauchst du nicht.«

Also hörte er auf, sich schuldig zu fühlen.

6. Kapitel

»ALSO. ICH HABE ALLE Unterlagen gesichtet, die Zahlen und so weiter. Noch Kaffee?«

Nico Cadogan, der bereits eine Krisensitzung mit seiner Bank hinter sich hatte, schüttelte den Kopf. George Egerton hatte pro Aktie zwei Pfund fünfzig geboten. »Das Zeug steht mir schon bis hier. Und, was meinen Sie?«

»Nun, das Angebot wird die Aktionäre verlocken, schließlich steht der Kurs im Augenblick bei zwei Pfund. Was können Sie ihnen bieten, damit sie nicht verkaufen?«

»Herzlich wenig. Ich dachte, Sie würden nach einer politischen Lösung suchen.«

»Cadogan, so einfach geht das nicht. Ich meine, es ist schon ein Fall für die Politik, ja. Wir können an den Unterhausabgeordneten von Romford schreiben, wo ja Ihre Hauptverwaltung ist, und erklären, Provincial sei rücksichtslos, die Hälfte der Arbeitsplätze würde verloren gehen. Und wir können unser Anliegen in der Fragestunde im Unterhaus einbringen und einen Initiativantrag stellen. Das ist so eine Art Petition. Dazu sucht man sich einen interessierten Unterhausabgeordneten.«

»Und wie?«

»Aus diesem Grund haben Sie sich ja an uns gewandt.« Tom griente ihn an. »Sie verfassen ein Schreiben, etwa: ›Mit Sorge nimmt das hohe Haus die geplante Fusion zwischen X und Y zur Kenntnis, blablabla‹, und der betreffende Abgeordnete geht damit hausieren und versucht, gleichgesinnte Parlamentarier zur Unterschrift zu bewegen. Dann erscheint es gedruckt in der Tagesordnung, woraufhin hoffentlich noch ein paar mehr Abgeordnete unterschreiben werden. Dieser Initiativantrag hat eine starke moralische Wirkung, sehr viel mehr allerdings nicht. Und dann können wir noch an Margaret schreiben. An Margaret Beckett, Tony Blairs Stellvertreterin, und darauf hinweisen, dass die Hotelpreise mit Sicherheit steigen werden. Wir können uns an die Zeitungen wenden – Sie als Firmenchef würden schon was hermachen – und erklären, Sie hätten ein Familienunternehmen und besäßen einundfünfzig Prozent der Anteile, kümmerten sich wie ein Vater um Ihre Angestellten, all dieser Kram.«

»Klingt gut, finde ich.«

»Ja, aber es gibt da einen Haken, oder?«

Cadogan sah Tom an und seufzte.

»Ja. Ich weiß, was Sie gleich sagen werden. Unsere Pflicht gegenüber den Aktionären.«

»Genau. Denen wird es nicht gefallen, fünfzig Pence pro Aktie zu verlieren, nur damit ein paar Arbeitsplätze erhalten bleiben. Würde mir auch nicht gefallen.«

»Also was machen wir?«

Dieses *wir* gefällt mir, dachte Tom. Zuversicht durchströmte ihn.

»Sie müssen den Aktionären gute Argumente liefern. Erklären Sie ihnen, dass Sie das Unternehmen von Grund auf überholt haben, stellen Sie Ihre aggressiven Expansionspläne vor, Ihren neuen Hauptgeschäftsführer. Sagen Sie, Sie würden noch mehr auf Sparkurs gehen, stellen Sie in Aussicht, dass der Kurs in einem Jahr bei drei Pfund fünfzig stehen wird. Das Argument mit der unzulässigen Einschränkung des Wettbewerbs und der Gefahr eines Preisanstiegs bleibt uns dann immer noch. Wenn der Fall verwiesen wird –«

»Was, ans Kartellamt?«

»Ja. Jedenfalls, wenn der Fall vors Kartellamt kommt, können wir anfangen, auf dem Verlust von Arbeitsplätzen herumzureiten. Das ist ein klassischer PR-Job. Darauf läuft es letzten Endes hinaus. Also, machen Sie mit?«

Nach längerem Schweigen stand Cadogan auf und trat zum Fenster. Tom musterte seine Rückenansicht, das grauschwarze Haar, die breiten Schultern, den gut geschnittenen Anzug, die außergewöhnlich langen Beine. Wenn man ein Casting-Büro bitten würde, die Rolle eines Londoner Unternehmers zu besetzen, würden sie einem jemanden schicken, der genau so aussah, dachte Tom.

»Schön«, erklärte Nico Cadogan und drehte sich um. »Sie sind engagiert. Also, wie hoch ist Ihr Honorar?«

Tom holte tief Luft.

»Zwanzigtausend im Monat«, sagte er.

Es folgte mindestens fünf Sekunden Schweigen.

»Das ist Wucher!«

»Das ist realistisch.«

Wieder Schweigen. »Schön, ich bin stolz auf meinen Realismus. Aber ich will Ergebnisse sehen.«

Sie konnte es nicht länger auf die lange Bank schieben, dachte Octavia. Sie musste die Vorsitzende der Zweigstelle Felthamstone anrufen und feststellen, wie sie zu Michael Carltons Bauprojekt stand. Jemand, offenbar die Putzfrau, teilte ihr mit, Mrs David sei »mit Megan bei der Physiotherapie. Aber sie müsste jeden Moment zurück sein. Soll ich ihr was ausrichten?«

Octavia erinnerte sich jetzt: Mrs David war eine hoch gewachsene, schlanke, erschöpft aussehende Frau, blond und auf eine leicht farblose Art hübsch. Ihre zehnjährige Tochter saß im Rollstuhl.

»Nein, schon gut«, sagte Octavia. »Ich rufe später noch mal an. Könnten Sie ihr nur sagen, Octavia Fleming hätte –«

Sie hörte die Waschmaschine laufen, ein Hund bellte, dann ging die Tür auf und eine Stimme rief nach Barbara.

»Ich komme, Mrs David. Da ist ein Anruf für Sie, eine Dame –«

»Also, ich kann jetzt nicht mit ihr reden, ich muss die Einkäufe reinholen und es fängt an zu regnen. Sagen Sie ihr – ach, kümmern Sie sich um die Einkäufe, Barbara, seien Sie so nett. Ja, hallo, hier ist Patricia David.«

Da habe ich nicht gerade den besten Moment erwischt, dachte Octavia. Kein gutes Omen.

»Mrs David, es tut mir Leid, dass ich zu einem so ungelegenen Zeitpunkt anrufe. Ich kann ohne weiteres später noch mal anrufen. Hier ist Octavia Fleming von Capital C, der Agentur, wissen Sie, die FOOTHOLD berät –«

»Was? Ach so, ja, natürlich. Für FOOTHOLD tue ich fast alles. Man hat da wahre Wunder für uns bewirkt ...«

»Da bin ich aber froh. Wie geht es Ihrer kleinen Tochter?«

»Gar nicht schlecht. Sie war gerade bei der Physiotherapie, im Städtischen Schwimmbad. Sie geht da sehr gern hin, aber natürlich bekommen wir nicht allzu oft einen Termin, das Bad ist immer überfüllt.«

Wie vielversprechend, dachte Octavia. Vielleicht ein neues, modernes Schwimmbad mit einem Krankengymnastikraum ...

»Ich kann mich leider nicht ganz kurz fassen, fürchte ich. Ich würde gern wissen, was Sie von dem geplanten Bauprojekt in Bartles Wood halten.«

»Ach, das ist einfach furchtbar. Was wissen Sie darüber?«

»Nicht besonders viel«, sagte Octavia.

»Also, die Baufirma hat Bartles House gekauft, ein altes Herrenhaus, das derzeit ein Altersheim ist. Das Haus und den Landschaftsgarten. Der Park wird zerstört werden, was an sich schon eine Tragödie ist, aber zu den Anlagen gehört auch ein Waldstück, Bartles Wood. Der Wald ist Privateigentum, war aber immer für die Öffentlichkeit zugänglich, und es gibt da viele Tiere, Libellen und andere Insekten, und außerdem wunderbare Wasserpflanzen. Die Kinder haben dort seit Generationen Kaulquappen gefangen. Es ist wirklich eine Tragödie.«

»Wird das Haus abgerissen?«

»Ja, aber das ist kein großer Verlust.«

»Und die alten Leute?«

»Offenbar sollen sie in irgendeiner modernen Seniorenresidenz auf der anderen Seite der Stadt untergebracht werden. Zweifellos von derselben Baufirma errichtet. Aber wie haben Sie davon erfahren? Sie haben doch hoffentlich nichts mit denen zu tun?«

»Nein, nicht direkt. Aber ich habe gehört, dass der Bauunternehmer ein Begegnungszentrum stiften will. Samt Einrichtungen für Behinderte, und ich habe mich gefragt, ob Sie davon wissen und ob FOOTHOLD das vielleicht begrüßen würde.«

Ein Schnauben kam durch den Hörer.

»Pure Bestechung! Ich werde Ihnen sagen, was passieren wird, Mrs Fleming. Das Haus wird abgerissen, der Wald wird abgeholzt, die Häuser und ein Einkaufszentrum werden gebaut, aber aus dem Begegnungszentrum wird aus irgendwelchen Gründen nie etwas werden. So ist das immer. Es ist eine absolute Schande, dieses ganze Gebaue, und ich jedenfalls habe die Absicht, mich vor den Bulldozer zu legen.«

»Ja. Also, ich sehe schon, ich verschwende Ihre Zeit.« Octavia brachte ein Lachen zustande. »Verzeihen Sie. Holen Sie Ihre kleine Tochter aus dem Auto, bitte. Es war ja nur eine Anfrage. Wie ich schon sagte, habe ich gehört, dass dieses Angebot auf dem Tisch lag, und dachte, Sie würden es vielleicht begrüßen.«

»Entschuldigen Sie, Octavia – ich darf Sie doch Octavia nennen, nicht wahr? Ich bin Pattie. Nein, begrüßen tun wir diese Entwicklung ganz bestimmt nicht. Wir haben eine Bürgerinitiative gegründet und bekommen jede Menge Unterstützung. Auch von unserem neuen Abgeordneten, wie ich hoffe, ein sehr netter junger Mann, obwohl er ein Labour-Mann ist.

Er hat mir privat gesagt, er würde es sehr bedauern, wenn Bartles Wood verschwinden würde. Obwohl er den Advocatus Diaboli gespielt und darauf hingewiesen hat, dass hier in der Gegend durchaus Bedarf an Wohnraum besteht. Jedenfalls, wenn Sie noch Fragen haben, rufen Sie ruhig an. Jederzeit. Vielleicht könnten Sie uns ja sogar bei der Öffentlichkeitsarbeit helfen ...«

»Das ist eher unwahrscheinlich, fürchte ich, da die Sache ja nichts mit FOOTHOLD zu tun hat, aber wir bleiben in Verbindung«, sagte Octavia vorsichtig und verabschiedete sich.

»O Gott«, stöhnte Tom.

»Was ist denn los?« Seine Sekretärin Vanessa Dawson hatte ihm gerade die Post und die Zeitungen gebracht.

»Sehen Sie sich das mal an.« Er schob ihr die *Daily Mail* zu. Auf Seite drei war ein Foto mit einer Gruppe von Frauen und kleinen Kindern in Rollstühlen zu sehen, die Transparente hochhielten, auf denen zu lesen stand »Rettet unseren Wald«. Die Überschrift lautete »Englands neue Armee«.

Die Frauen von Felthamstone, erfuhr Tom, *bereiten sich auf einen langen, schweren Kampf vor: Sie wollen ein schönes Fleckchen Erde retten, Bartles Wood. Der Wald wird von einem Bauunternehmer bedroht, der dort Wohnungen, ein Einkaufszentrum und ein Parkhochhaus errichten will. »Bald wird das ganze Land zubetoniert sein«, fürchtet eine der jungen Mütter. »Wir müssen den Wald für unsere Kinder und Enkel retten, das sind wir ihnen schuldig.«*

»Wenn es sein muss, werden wir uns vor die Bulldozer legen«, erklärt eine andere Frau, deren Tochter im Rollstuhl sitzt. Sie leidet unter rheumatoider Arthritis. Der betreffende Bauunternehmer, Michael Carlton von der Firma Carlton Homes, war nicht zu einer Stellungnahme bereit.

»Oje«, sagte Vanessa.

»Ich dachte, Sie könnten die Geschichte aus den überregionalen Zeitungen heraushalten, Tom.« Michael Carltons Stimme klang gereizt. »Was ist da schief gelaufen?«

Tom seufzte. »Ich habe nicht gesagt, ich könnte es aus den Zeitungen heraushalten. Ich habe gesagt, das Beste wäre, die Sache herunterzuspielen. Meistens ist es das. Hören Sie, ich glaube wirklich nicht, dass andere Zeitungen die Geschichte aufgreifen werden.«

»Ach ja? Erzählen Sie das diesem Reporter vom *Express*. Er hat sich bereits mit mir in Verbindung gesetzt.«

»Wie lästig«, sagte Tom. »Hören Sie, überlassen Sie das mir. Ich rede mit ihm.«

»Ich habe nicht den Eindruck, dass es bislang viel genützt hat, Ihnen irgendwas zu überlassen. Na gut, versuchen Sie, es wieder auszubügeln. Und lassen Sie mich wissen, was der *Express* meint. Ich stehe jederzeit für einen Kommentar zur Verfügung.«

»Gut.« Als Tom auflegte, stellte er irritiert fest, dass seine Hand leicht zitterte.

»Octavia? Hier ist Michael Carlton.«

»Oh – hallo.« Octavia versuchte, erfreut zu klingen.

»Ich nehme an, Sie haben die Zeitung gelesen.«

»Den Artikel über die Bürgerinitiative? Ja.«

»Was für ein monströses Frauen-Regiment. Also, ich rufe an, weil ich wissen wollte, ob Sie schon mit Ihren Kontaktleuten gesprochen haben. Legen Sie ein gutes Wort für uns ein, erzählen Sie ihnen von dem Begegnungszentrum, den Einrichtungen für –«

»Michael, ich fürchte, die Leute dort sind gegen eine Vernichtung des Waldes.«

»Was für ein emotionales Wort. Ich glaube kaum, dass Tom es gern sehen würde, wenn Sie es verwenden, Octavia.«

Sie wurde wütend.

»Ich weiß nicht, wie man es sonst bezeichnen sollte. Sie werden die Bäume abholzen, oder? Und das Gelände planieren. Manche Leute würden das als Zerstörung der Landschaft bezeichnen.«

Er schwieg, dann sagte er: »Sie werden mir also nicht helfen?«

»Ich kann es nicht. Tut mir Leid.«

»Verstehe. Na gut, wir sehen uns ja morgen in Ascot. Vielleicht könnten wir dann noch mal darüber sprechen.«

Octavia zögerte. »Michael, hören Sie – wenn Sie Ihr Angebot zurückziehen wollen ...«

Komm schon, sag, dass du das willst. Das würde alles so viel einfacher und sauberer machen.

»Aber nein, Octavia.« Michael Carltons Stimme klang amüsiert. »Nein, ich würde sehr gern mit Ihrer Agentur zusammenarbeiten. Und mit Ihnen persönlich. Dieses gegenseitige Engagement ist doch äußerst ... vorteilhaft, finde ich. Bis morgen dann.«

Arschloch! Er wusste genau, dass er sie in der Zange hatte. Noch war der Druck gering, aber das konnte sich ändern.

Octavia überlegte, ob sie die Sache mit Melanie besprechen sollte, entschied sich aber dagegen. Das Ganze würde sich schon von selbst erledigen. Natürlich hätte sie erwähnen sollen, dass möglicherweise eine Bedingung an Michael Carltons Angebot geknüpft war, aber um Himmels willen, schließlich war alles mit allem verbunden, wenn man genau genug hinsah. Und zudem hatte Melanie heute wirklich eine Stinklaune.

»Liebling, wir müssen Michael Carlton morgen in Ascot gehörig bearbeiten. Er tobt wegen dieses Artikels in der *Mail*. Die Landschaft ist mir scheißegal, und es schert mich einen Dreck, ob dieser Wald in die Luft gejagt oder platt gewalzt wird. Alles, was mich interessiert, ist, dass Carlton mir gewogen bleibt. Ich verlasse mich ganz auf dich.«

»Tom, wie ich schon sagte, wir haben ein erstes Treffen vereinbart. Am Freitag.«

»Diesen Freitag? Gut. Und Melanie findet die FOOTHOLD-Geschichte nicht bedenklich?«

»Nein, Tom.«

»Gut. Denn deine Zusammenarbeit mit ihm wird uns eine große Hilfe sein. Was würde ich nur ohne dich anfangen?«

»Keine Ahnung. Hör zu, ich muss auflegen. Wir sehen uns morgen. Ich hoffe, deine Rede kommt gut an.«

»Das hoffe ich auch. Danke, mein Engel. Ich liebe dich. Und ich meine es ganz ernst: Ich wüsste nicht, was ich ohne dich täte.«

»Könnte durchaus sein, dass auch ich nicht ohne dich zurechtkommen würde«, sagte sie und lächelte in den Hörer.

»Doch, natürlich würdest du das.«

An diese Worte erinnerte sie sich mit schrecklicher Deutlichkeit, als sie am nächsten Morgen herausfand, dass Tom eine Affäre hatte.

7. Kapitel

Zoe Muirhead stand in der überfüllten U-Bahn und versuchte angestrengt, nicht laut loszuschreien. Jetzt war es so weit: Jetzt rächte es sich, dass sie nie etwas für die Schule getan hatte – oder jedenfalls kaum was. In Englisch würde sie vielleicht gerade mal so eben durchkommen, mit einer Vier oder sogar mit einer Drei, aber in Französisch und Geschichte war es aussichtslos. Sie würde durchs Abi rasseln, in ein Paukstudio gehen und die Prüfung wiederholen müssen. Und auf ihr Jahr in Australien verzichten.

Zoe seufzte. Um sich von ihrem Elend abzulenken, blickte sie dem Mädchen, das vor ihr stand und in einer Frauenzeitschrift las, über die Schulter. Die Zeitschrift hatte einen Modelwettbewerb ausgeschrieben. Zoe fand, dass sie ein gutes Model abgeben würde: Sie war groß, sehr dünn und äußerst fotogen. Sie überlegte, ob sie sich bewerben sollte. Wenn sie einen Vertrag über zigtausende Pfund abschließen konnte, würde es überhaupt keine Rolle spielen, ob sie durchs Abi rasselte. Einen Versuch war es jedenfalls wert.

Das Mädchen stieg an derselben Station aus wie sie und stopfte die Zeitschrift in einen Abfalleimer. Zoe fischte sie wieder heraus. Wenn das Ganze einigermaßen gut klang, würde sie den Bewerbungsbogen noch heute abschicken ...

Octavia saß auf dem Bett und las einen Artikel im *Express,* in dem geschildert wurde, wie wunderbar sie den Alltag ihrer perfekten Ehe managte, als sie das Spitzentaschentuch bemerkte. Es lag ganz oben auf dem Stapel Bügelwäsche, den Mrs Donaldson gerade hereingebracht hatte, und es gehörte da ganz eindeutig nicht hin. Es war nicht ihres und ganz offensichtlich auch nicht Toms, und es sah auch nicht aus wie die Taschentücher, die Caroline benutzte. Es war ein sehr hübsches, besticktes Spitzentaschentuch. Aber sie sollte lieber in die Gänge kommen und nicht hier herumsitzen und sich Gedanken über Taschentücher machen. Sie lief in die Küche, wo Caroline gerade das Frühstücksgeschirr der Zwillinge abräumte.

»Caroline, gehört dieses Taschentuch zufällig Ihnen? Es ist irgendwie in unsere Wäsche geraten, und es wäre doch schade, wenn es verloren ginge, so ein hübsches Stück ...«

Nein, erwiderte Caroline, ihres sei es ganz bestimmt nicht.

Octavia wandte sich an ihre Tochter. »Poppy, hast du dieses Taschentuch vielleicht versehentlich mit nach Hause gebracht?«

»Nee, hab ich noch nie gesehen. Vielleicht gehört es Gideon.«

»Sei nicht albern, Poppy. Nun aber los, mein Schatz. Bis morgen dann, heute fahre ich nach Ascot.«

»Tschüss, Mama.«

Octavia ging nach oben, schaltete den Föhn ein und schaute dann wieder auf das kleine Stück Stoff. Warum machte sie sich bloß solche Gedanken deswegen? Es war schließlich nur ein Taschentuch. Aber – nun ja, Taschentücher tauchten nicht durch Zauberhand auf. Jemand brachte sie ins Haus.

Es klopfte an der Schlafzimmertür und Mrs Donaldson steckte den Kopf herein. »Ist es Ihnen recht, wenn ich die Betten morgen neu beziehe, Mrs Fleming?«

»Ja, natürlich. Äh – Mrs Donaldson, sagen Sie, gehört dieses Taschentuch zufällig Ihnen?«

»Na, so was Schönes hätte ich gerne. Nein, aber ich habe es in der Wäsche gesehen und gedacht, das ist aber schön.«

»Es war also im Wäschekorb?«, fragte Octavia. Was tat sie da nur, warum interessierte sie das so sehr?

»Ja. Montagmorgen, bei Ihren und Mr Flemings Sachen. Er hat offenbar einfach den Inhalt seiner Reisetasche in den Wäschepuff geleert, wie immer. Fünfzig Pence und einen Kugelschreiber habe ich auch gefunden. Ein Glück, dass der nicht in der Maschine gelandet ist!«

»Ja. Ja, wirklich ein Glück.«

Plötzlich verspürte sie eine leichte Übelkeit.

Es war albern, sich so aufzuregen. Vielleicht gehörte es einer der Teilnehmerinnen der Vertriebstagung. Tom könnte es sehr leicht irrtümlich eingesteckt haben. Na ja, relativ leicht.

Vielleicht stammte es von seiner Sekretärin. Sie konnte sich zwar nicht so recht vorstellen, dass die einschüchternd taffe Vanessa Dawson Taschentücher aus alter Spitze benutzte, aber möglich war es immerhin.

Sie fing an, ihr Haar mit dem Lockenstab zu bearbeiten, und versuchte, die ständig wiederkehrende Panik zu unterdrücken. Dazwischen warf sie immer wieder einen Blick auf das Taschentuch und den Artikel im *Express*, und die Kommentare, die sie über ihre Ehe abgegeben hatte, klangen plötzlich ziemlich selbstgefällig ...

»Wenn beide Partner voll im Berufsleben stehen, ist eine Ehe ein wenig wie ein Drahtseilakt ... Solange man nicht hinabschaut, ist alles bestens ...«

Und was war alles vorgefallen, während sie nicht hinabgeschaut hatte? Da unten, direkt unter ihrer Nase?

Ach, das war ja albern. Die Sache ließ sich ganz leicht klären. Sie brauchte nur Tom zu fragen. Beiläufig. Leichthin. Scherzhaft.

»Und wem gehört das Taschentuch in Ihrer Reisetasche, Mr Fleming?«

So etwas in der Art. Nur war sie nicht sehr gut darin, solche

Fragen leichthin und beiläufig zu stellen. Es würde neurotisch klingen, nach Herumschnüffeln, nach ihrer ewigen Eifersucht. Sehr wahrscheinlich würde es Streit geben.

Sie zog das rote Seidenkleid und die Jacke an, die sie für Ascot gekauft hatte. Eindeutig ein Fehlkauf. Es stand ihr nicht. Und der Hut war zu pompös für das Kleid. Na, das ließ sich nicht mehr ändern. Tom gefiel es, hatte er gesagt. Und er log sie nie an. Niemals.

Als sie ihre Schuhe holen wollte, kam sie an dem Taschentuch vorbei. Es war ihr gelungen, eine Weile nicht mehr hinzusehen. Bestimmt hatte sie überreagiert, wie immer. Sie zog sich um, nahm den Hut ab, hängte das Kostüm wieder auf den Bügel unter der Nylonhülle, packte den Hut in die Hutschachtel und trug alles nach unten, um es ins Büro mitzunehmen. Sie fühlte sich elend. Vielleicht sollte sie Tom anrufen. Aber er war nicht da. Gestern Nacht war er nicht nach Hause gekommen. Schon wieder.

Zweimal in einer Woche.

Gestern war er in Bath gewesen, Freitag in Leamington Spa. Freitag, als irgendwie das Taschentuch in seine Reisetasche gelangt war. In welchem Hotel hatte er noch mal übernachtet? Ach ja, im Regency. Sie hatte ihn angerufen, also war er tatsächlich dort gewesen. Nein, nicht unbedingt, denn sie hatte ihn natürlich übers Handy angerufen. Vielleicht ...

Octavia, das ist ja furchtbar. Fahr ins Büro und tu was. Sie steckte den *Express* in ihren Aktenkoffer, um Melanie den Artikel zu zeigen, und dann, einem Impuls folgend, nahm sie das Taschentuch und stopfte es in die Schublade mit ihrer Unterwäsche. Sobald sie herausgefunden hatte, wem es gehörte, würde sie es zurückgeben.

Der Verkehr staute sich bis hinunter zur Old Brompton Road. Octavia rief ihre Sekretärin an und teilte ihr mit, dass sie auf dem Weg war. Und dann hörte sie sich die Auskunft anrufen und nach der Nummer des Regency in Leamington Spa fragen.

Natürlich würde sie nicht dort anrufen. Sie würde Tom doch nicht nachspionieren. Sie wollte nur die Nummer haben, für alle Fälle. Es war ein schönes Hotel.

Sie kritzelte die Nummer auf die Rückseite ihres Stadtplans. Im Büro würde sie sie in ihr Adressbuch übertragen.

Selbstverständlich würde sie nicht im Regency anrufen. So etwas würde sie niemals tun.

»Guten Morgen, hier ist Mrs Fleming. Mrs Tom Fleming. Also, mein Mann hat letzten Freitag bei Ihnen übernachtet. Ja, ja, ganz bestimmt am Freitag. Und er glaubt, er könnte ein Buch bei Ihnen vergessen haben. Was? Ja, letzten Freitag. Den Dreizehnten.«

Freitag, der Dreizehnte. Das Datum war ihr bislang gar nicht aufgefallen.

»Bitte? Sind Sie ganz sicher? Ja, verstehe.«

Octavia legte den Hörer auf.

Sie fühlte sich jetzt ganz anders: getrieben von einem brennenden Bedürfnis, die Wahrheit herauszufinden. Klar im Kopf, fast aufgeregt. Sie bat Sarah Jane, ihr einen Kaffee zu bringen und eine halbe Stunde lang keine Anrufe durchzustellen. Die Vertriebskonferenz war eindeutig in Leamington Spa gewesen. Sie hatte das Faltblatt gesehen, das Tom mitgebracht hatte.

Sie rief wieder im Regency an. Es täte ihr Leid, sie habe einen dummen Fehler gemacht, ob man ihr die Namen vergleichbarer Hotels in der Gegend nennen könne? Ja. Ja, das wäre sehr freundlich. Sie schrieb die Namen auf. Sechs Hotels.

Sie rief die Auskunft an und besorgte sich die Nummern.

Und wählte eine nach der anderen, wobei sie sich als Tom Flemings Sekretärin ausgab.

Jedes Mal, wenn sie hörte, nein, ein Mr Fleming sei nicht bei ihnen abgestiegen, fühlte sie sich beschämt, irgendwie schmutzig. Wie ein schmieriger Privatdetektiv. Es war einfach schrecklich, was sie da machte, eine widerliche Demonstration ihrer ewigen Eifersucht. Aber sie musste es wissen. Unbedingt.

Sie blickte auf die Uhr. Gott, schon fast halb elf. Der Wagen würde in weniger als einer Stunde hier sein. Nur noch einen Versuch. Die restlichen Hotels würden warten müssen.

»Guten Morgen. Carlton Hotel, Leamington Spa.«

»Guten Morgen. Ich bin Tom Flemings Sekretärin, von Fleming + Cotterill. Mr Fleming bat mich, bei Ihnen anzurufen. Soweit ich weiß, haben er und Mrs Fleming am letzten Freitag bei Ihnen übernachtet. Am Freitag den Dreizehnten.«

»Ja?«

Die Stimme klang höflich, unverbindlich.

»Ich versuche, ein Buch aufzuspüren, das Mrs Fleming vergessen hat. Sie glaubt, es könnte bei Ihnen sein. Ein Buch über Antiquitäten.«

»Lassen Sie mich mal sehen ...« Das unvermeidliche, endlose Computergeklicke. »Hören Sie? Ja, Mr und Mrs Fleming haben letzten Freitag hier übernachtet. Nur eine Nacht. Aber ich glaube nicht, dass ein Buch gefunden wurde.«

»Vielen Dank«, sagte Octavia mechanisch. »Schon gut, machen Sie sich keine Gedanken.«

Ihr war heiß. Sehr heiß. Und sie bekam kaum Luft.

Vorsichtig legte sie auf und starrte einen Augenblick lang auf das Telefon. Und dann rannte sie zur Toilette und übergab sich heftig.

»Alles in Ordnung, Octavia?« Sarah Jane blickte auf, als sie, bemüht lächelnd, in ihr Büro zurückkehrte.

»Ja. Ja, es geht mir bestens. Warum auch nicht?«

»Sie wirken ein wenig blass um die Nase.«

Das Telefon klingelte. »Guten Morgen, Sekretariat Octavia Fleming – oh, hallo, Vanessa. Ja, sie ist hier, ich frage sie. Octavia, können Sie schon um viertel vor zwölf dort sein statt um zwölf?«

»Nein«, sagte Octavia brüsk. »Unmöglich.« Es war eine Art Rache, klein, aber wichtig für sie. Was für ein schrecklicher Tag.

Vanessa Dawson, dachte sie. Wusste sie über die Affäre Bescheid? Reservierte sie die Hotelzimmer, kümmerte sich um die Rechnungen, bestellte Geschenke, vielleicht sogar Spitzentaschentücher? Wahrscheinlich wusste es die Hälfte der Angestellten. Und Aubrey Cotterill. Eine Welle des Elends überkam sie, sie fühlte sich unglücklich und gedemütigt.

»Du bist schon ein attraktiver Mann, Cadogan.« Nico Cadogan griff nach dem Glas Champagner, an dem er genippt hatte, während er sich fertig machte, und prostete seinem Spiegelbild zu.

Er freute sich auf den Tag. Er liebte Pferderennen, zumindest die exklusivere Variante. Ihm gefiel das ganze Spektakel, die Atmosphäre, und ganz besonders gefiel es ihm, bei Pferdewetten zu gewinnen. Und er gewann immer.

Zudem freute er sich darauf, Octavia Fleming kennen zu lernen. Heute Morgen hatte er ein Bild von ihr und Tom in der Zeitung gesehen – sie war wirklich bildhübsch – und einen albernen Ausspruch von ihr gelesen, wie gut sie ihr Leben doch im Griff habe. Nicos Erfahrung nach forderten Frauen, die glaubten, ihr Leben im Griff zu haben, das Unheil geradezu heraus.

Und wie trat man seinem Mann gegenüber, fragte sich Octavia, als sie die M3 hinunterraste, wenn man seit der letzten Begegnung herausgefunden hatte, dass er einen betrog? Sollte sie lächeln, ihn küssen, ihn fragen, wie es ihm ginge, so tun, als sei alles so, wie es immer gewesen war? Oder sollte sie vor ihn hintreten, ihn schlagen, etwas nach ihm werfen, ihn anschreien? Und wenn sie nichts dergleichen tat, würde er dann merken, dass sie heuchelte, würde er die Veränderung wahrnehmen, die Wut spüren, die Feindseligkeit riechen, die Angst sehen? Aber wie konnte er es nicht wissen? Schließlich hatten sie zusammengelebt, jede Intimität geteilt, sie hatte Kinder von ihm empfangen, und er hatte zugesehen, wie sie geboren wurden. Den ganzen Vormittag hatte das obszöne Bild von Tom mit einer anderen Frau im Bett in ihrem Kopf herumgespukt und sie hatte es mit wilder, finsterer Entschlossenheit immer wieder unterdrückt.

Eine Weile hatte sie gedacht, sie könnte es nicht ertragen, sich all diesen Leuten zu stellen; sie würde anrufen und behaupten, sie sei krank geworden. Aber plötzlich erschien ihr das schwieriger, als den Tag durchzustehen. Es war unproblematischer und sogar leichter, nach Ascot zu fahren. Es würden so viele Leute dort sein, fröhliche, vergnügte Leute, die sich blendend amüsierten, so dass ihr eigenes Elend bestens getarnt wäre. Sie fühlte sich ohnehin abgetrennt von der Realität, als beobachte sie sich selbst in einem schlechten Film. Ascot mit seinen abgedroschenen Ritualen passte da gut hinein. Eigentlich war sie froh darüber, Tom in aller Öffentlichkeit zu begegnen, fern von häuslicher Vertrautheit, von prüfenden Blicken, sogar vor ihren eigenen Gefühlen. Aber im nächsten Augenblick wäre sie am liebsten davongerannt. In den nächsten Monaten sollten ihr diese emotionalen Achterbahnfahrten sehr vertraut werden.

»Was für ein entzückender Hut.« Nico Cadogan streckte ihr die Hand hin. »Nico Cadogan. Und Sie müssen Octavia sein.«

»Ja, das bin ich. Wie geht's?«

Trotz – oder vielleicht wegen – ihres Unglücks nahm sie ihr Gegenüber sehr deutlich wahr: Vor ihr stand ein äußerst attraktiver Mann. Dunkles, sehr dunkles Haar, mit angegrauten Schläfen, die aussahen wie gemalt, dunkelgraue Augen, eine lange, gerade Nase, eine Miene, die von guter Laune zeugte. Er war sehr groß, gute fünf Zentimeter größer als Tom, schlank und sehr elegant gekleidet.

Er nahm ihre Hand und schüttelte sie, während er sie aufmerksam mit seinen grauen Augen betrachtete, und dann lächelte er, ein nachdenkliches Lächeln, und bemerkte: »Sie sehen Ihrem Vater überhaupt nicht ähnlich, wissen Sie.« Alles an ihm ließ Ungeduld erkennen, das Verlangen, ja geradezu die Erwartung, alle Wünsche sofort erfüllt zu bekommen. Für diesen Mann würde ich ungern arbeiten, dachte Octavia – und hoffte, dass er Tom hart rannehmen würde.

Nico Cadogan war bereits zahlreichen Leuten vorgestellt worden, deren Bekanntschaft zu vertiefen er nicht den leisesten Wunsch verspürte: einem massigen Hünen namens Carlton und seiner Frau Betty; einem stämmigen Mann aus Birmingham namens Bob Macintosh und seiner ziemlich nuttigen, rothaarigen Frau Maureen; Aubrey Cotterill, der natürlich charmant war, dessen Begleitung ihm jedoch nicht gefiel. Es war eine angenehme Abwechslung gewesen, auf dem Balkon der Loge auf Octavia zu treffen.

»Sie haben ja noch gar keinen Champagner. Ich hole Ihnen ein Glas.«

»Nein, noch bleibe ich lieber bei Orangensaft. Ich lasse es langsam angehen, es wird ein langer Tag werden.«

Eine sehr attraktive Frau, dachte er, aber nervös, seltsam vorsichtig, immer auf der Hut. Sie war übertrieben lebhaft, lachte zu viel, und ihre großen braunen Augen, umrahmt von dichten Wimpern, blickten äußerst wachsam. Diese Frau war sicher schwierig im Umgang.

Felix erschien auf dem Balkon und legte den Arm um Octavia.

»Da bist du ja. Morgen, Nico. Wie ich sehe, haben Sie meine Tochter schon kennen gelernt. Octavia, mein Schatz, du siehst hinreißend aus. Sieht sie nicht schön aus, Nico?« Seine dunklen Augen, denen seiner Tochter so ähnlich, hingen mit zärtlicher Liebe an Octavia. »Rot war immer schon ihre Farbe, sogar schon als kleines Kind. Es bringt sie zum Leuchten. Zu Weihnachten habe ihr immer ein rotes Kleid geschenkt.«

Mein Gott, dachte Cadogan, wie er sie liebt. Der Tag würde noch interessanter werden, als er erwartet hatte.

Marianne und Tom traten auf den Balkon.

»Ein wundervoller Tag«, meinte Marianne lächelnd. »Was für ein Glück wir doch haben.«

»In der Tat«, bestätigte Tom, »und die Rennbahn ist in einem hervorragenden Zustand. Irgendwelche Tipps, Felix?«

»Nein«, erwiderte Felix Miller kurz. »Ich wette niemals, wie du weißt.« Cadogan, der die beiden aufmerksam beobachtete, bemerkte, wie sehr Tom das ärgerte; daher zweifellos die scheinbar harmlose Frage. Nun, es grenzte tatsächlich an Unhöflichkeit, Plätze in einer Loge in Ascot zu belegen und dann nicht zu wetten. Wetten war schließlich geradezu eine moralische Pflicht.

»Auf ein Pferd würde ich mein Haus setzen«, bemerkte er. »Eine zweijährige Stute, die im Queen Elizabeth Stakes läuft. Todsicherer Tipp.«

»Das ist mal ein Wort! Und wo liegt Ihr Haus, Nico?«, fragte Marianne lächelnd.

»In Belgrave Mews. Bescheiden, aber mein.«

»Nun«, entgegnete sie leichthin, »dann verlieren Sie eine Menge, wenn das Pferd nicht gewinnt. Ich werde ebenfalls etwas auf Ihre zweijährige Stute setzen. Obwohl ich nicht vorhabe, weitere Hypotheken aufzunehmen.«

»Großartig. Mir gefällt Entschlossenheit bei einer Frau. Wollen wir sofort gehen?«

»Warum nicht?«

Sie lächelte ihn an. Also, diese Frau ist wirklich schön, dachte er, so unterkühlt sexy mit ihren langen Beinen und dem schlanken Körper in dem hocheleganten Trägerkleid aus schwarzem Crêpe de Chine. Auch der Hut, ein breitkrempiger scharlachroter Strohhut mit einer riesigen schwarzen Schleife, war sehr modisch, viel schicker als der Octavias.

Er folgte Marianne hinunter zum Totalisator. Der füllte sich schnell mit gut gekleideten Leuten mit zumeist gepflegter Aussprache, obwohl gelegentlich ein Londoner oder nordenglisches Näseln durch das Stimmengewirr drang. Was für eine großartige Gelegenheit, Kontakte zu knüpfen. Er hatte bereits drei Menschen getroffen, die ihm Glück für seine Abwehrschlacht gegen Egerton wünschten. Ja, er würde den heutigen Tag genießen, sehr sogar, besonders die Gesellschaft von Mrs Marianne Muirhead. Was für eine unerwartete Dreingabe.

»Liebling, alles in Ordnung?« Tom trat auf sie zu, leichte Besorgnis im Gesicht.

»Ja, mir geht's bestens.« Sie staunte darüber, dass sie es fertig brachte zu lächeln, auch wenn sich in ihr alles dagegen sträubte.

Er sah fast unerträglich gut aus, hochmodisch. Hatte *sie* ihn in diesem Anzug gesehen, dachte Octavia, hatte *sie* ihn bewundert, ihm die Manschettenknöpfe angelegt, ihm gesagt, wie gut er aussah? Sie fühlte Wut in sich aufsteigen. Am liebsten hätte sie ihm die Krawatte abgerissen, an seinem Hemd gezerrt. Bis ihr einfiel, dass er sich ja im Büro umgezogen hatte, und mit großer Mühe lächelte sie ihn wieder an.

»Also, Liebling, ich möchte, dass du dich ein wenig um Betty Carlton kümmerst. Sie ist offenbar etwas nervös, und –«

»Tom, ich brauche keine Belehrungen. Ich weiß, wie ich mich als Gastgeberin zu verhalten habe, besten Dank.« Als sie sich abwandte, erfüllte sie der Ausdruck auf seinem Gesicht mit ein klein wenig Befriedigung: Es war eine Mischung aus Verlegenheit und Beunruhigung.

»Nun, wie kommen Sie mit Tom zurecht?«, erkundigte sich Marianne, als sie zu ihrer Loge zurückkehrten.

»Beruflich? Oder privat?«

»Beides.«

»Ich mag ihn. Ich habe allerdings den Eindruck, dass Felix nicht gerade angetan von ihm ist.«

»Aber nur, weil er Octavia einfach abgöttisch liebt. Er findet, dass Tom sie nicht gut genug behandelt.«

»Und – behandelt Tom sie gut genug?«

»Was?« Sie drehte sich um und sah ihn an. »Das ist eine sehr persönliche Frage.«

»Aber ich hätte gern eine Antwort darauf.« Er lächelte sie an.

»Ich weiß es nicht. Mehr kann ich nicht sagen. Wer weiß schon, wie es wirklich in einer Ehe aussieht? Aber ich glaube schon. Ich finde ihn sehr liebevoll.«

»Aber Felix ist nicht zufrieden mit ihm?«

»Ach, das ist eine schwierige Frage. Manchmal glaube ich fast, er würde es begrüßen, wenn es echte Probleme zwischen den beiden gäbe, damit er ihr anbieten könnte, wieder nach Hause zu kommen. Ach, du meine Güte, wie indiskret ich bin. Zu viel Champagner wahrscheinlich – und dabei ist es noch so früh am Tag!«

»Wissen Sie, fast genau dasselbe hat Tom zu mir gesagt«, bemerkte Nico.

»Hat er? Mein Gott, er muss Felix wirklich hassen.«

»Nein, Hass ist es nicht. Ich hatte allerdings den Eindruck, dass er ihn als Schwiegervater etwas schwierig findet.«

»Sind wir das nicht alle?«, versetzte Marianne leichthin.

»Den Eindruck machen Sie aber überhaupt nicht auf mich.«

»Ach, Sie würden sich wundern.«

»Meiner Erfahrung nach werden Frauen schwierig, wenn man sich nicht richtig um sie kümmert.«

»Verstehe. Na, das werde ich mal Felix sagen.«

»Das sollten Sie vielleicht besser lassen.«

Er trat zurück und ließ ihr den Vortritt.

Octavia hatte Tom beobachtet. Er stand unten, direkt vor ihrer Loge, lächelte, plauderte mit den Vorbeikommenden, schüttelte Hände, verteilte Küsschen an die Frauen. Wie macht er das nur, dachte sie, wie kann er das tun, obwohl in seinem Leben doch alles drunter und drüber geht?

War SIE vielleicht eine dieser Frauen? War es möglich, dass auch Octavia sie kannte? Bis zu diesem Augenblick war sie davon ausgegangen, dass es eine Fremde sein musste, die Tom irgendwo außerhalb ihres Kreises getroffen hatte. Aber als sie ihn jetzt mit all diesen hübschen Frauen beobachtete, kam ihr der Gedanke, dass SIE vielleicht eine gute Bekannte war, eine Frau, die ebenfalls in Ascot war und ihr heimliches Wissen genoss, ihr gemeinsames Geheimnis. Und sie fühlte sich von neuem verletzt, so schrecklich eifersüchtig, dass sie ihn vom Balkon hätte stoßen können.

Plötzlich hörte sie Lauren Bartletts Stimme, gefährlich erotisch. »Tom! Hallöchen!« Und dann erblickte Octavia sie, eine blendende Erscheinung in einem blassblauen Seidenanzug und mit einem großen cremefarbenen Strohhut. Die blauen Augen strahlten, als sie Tom ein Küsschen gab, und Octavia sah wütend zu, wie sie ihm etwas ins Ohr flüsterte. Gott, wie sie Frauen verabscheute, die so etwas taten. Sie hasste sie, sie *hasste* sie. Wie konnte sie es wagen, so zu tun, als teilten sie und Tom irgendein aufregendes, intimes Geheimnis. Aber vielleicht traf das ja zu. Vielleicht war es Lauren. O Gott, dachte Octavia, ich ertrage es nicht, ich ertrage es einfach nicht.

Da sie sich nirgendwo sonst verstecken konnte, ging sie zur Damentoilette, wo sie ihr Spiegelbild anstarrte. So würde es also in Zukunft immer sein: Sie würde alle und jede verdächtigen; ihre Welt war durch diese hässliche neue Erkenntnis aus dem Gleichgewicht geraten.

Eine halbe Stunde später fühlte Octavia sich noch schlechter. Sie saßen beim Lunch. Tom hatte sie zwischen Aubrey und Michael Carlton gesetzt und ihr Elend machte sie ungeschickt. Sie hatte bereits ein Glas Wein umgestoßen, und jedes Mal, wenn Carlton sie ansprach, zuckte sie zusammen. Ihr Wissen fühlte sich an wie ein scheußliches Gewächs, das in ihrem Körper wucherte.

»Alles in Ordnung, Octavia?«, fragte Aubrey und schenkte ihr mit ruhiger Höflichkeit nach. »Alles in Ordnung?«, erkundigte sich auch Michael Carlton fast im gleichen Moment.

»Alles prima.« Sie lächelte Aubrey an und sagte eine Spur weniger freundlich: »Ja, danke« zu Carlton.

»Sie sehen großartig aus und das ist ein wunderbarer Ausflug. Sehr nett von Tom, uns einzuladen. Betty ist ganz hin und weg.«

»Es freut mich sehr, dass Sie kommen konnten«, sagte sie und fügte mit pflichtbewusster Höflichkeit hinzu: »Betty sieht hinreißend aus.«

»Ach, kommen Sie. Diese Farben sind im Grunde ein bisschen zu grell für sie. Aber, meine Güte, sie ist halt losgezogen und hat die Sachen gekauft. Was konnte ich da anders tun, als sie zu bewundern?«

Trotz seiner Aufgeblasenheit und seiner Intrigen war er im Grunde ein recht sympathischer Mensch, dachte sie, und zweifellos war er ein guter Ehemann, loyal und seiner Frau eine große Stütze. Dafür musste man ihn mögen.

Sie warf einen Blick auf Tom, der zwischen Marianne und Betty Carlton saß, einem Alptraum in Limonengrün und Zitronengelb. Er lachte gerade herzlich über eine Bemerkung, die Betty gemacht hatte, und schenkte ihr nach. Der perfekte Gastgeber. Schweinehund! Mistkerl. Am liebsten würde sie ihr Glas zerschmettern und mit den Scherben dieses lächelnde, schöne, verräterische Gesicht zerschneiden, sie wollte ...

»Gütiger Himmel, Octavia«, rief Betty Carlton mit einem Lächeln. »Sie haben einen Augenblick ganz grimmig dreingeschaut. Wo waren Sie denn bloß mit Ihren Gedanken?«

»Ach, ich habe nur überlegt, ob ich nicht vergessen habe, meiner Sekretärin etwas Wichtiges aufzutragen«, erwiderte Octavia. »Entschuldigen Sie!«

Sie fing einen Blick ihres Vaters auf, der sie nachdenklich ansah, mit besorgten Augen. Schnell lächelte sie ihn an. Das Letzte, was sie jetzt brauchte, war eine inquisitorische Befragung durch ihren Vater.

Noch vor dem Dessert sahen sie auf dem Bildschirm, wie die königliche Prozession sich in Gang setzte.

»Kommen Sie«, sagte Aubrey und streckte ihr die Hand hin. »Gehen wir schnell hinaus, damit wir eine gute Sicht haben. Ich liebe diese Prozession, Sie nicht auch?«

»Ja.« Sie nahm seine Hand und fand seltsamen Trost darin. »Aber es überrascht mich, dass Sie das sagen.«

»Oh, ich bin überzeugter Royalist. An dem Tag, an dem sie die Queen durch einen Präsidenten ersetzen, werde ich auswandern.«

Die Kutschen waren jetzt im Blickfeld, ganz nahe: die Queen in Gelb, lächelnd – »Gott, wie sie das genießt«, sagte Aubrey, »man kann ihr Lächeln bis hier oben sehen« –, die Königinmutter in Lavendelblau, Margaret, Charles, Philipp, die Gloucesters, die Kents.

»Was für eine Ansammlung«, bemerkte Carlton dicht an ihrem Ohr. »Nur eine, für die ich viel übrig habe, ist nicht hier.«

»Diana?«

»Ja. Ich finde sie großartig. Betty auch, nicht wahr, Liebes?«

»Ich finde sie bildhübsch«, erklärte Betty Carlton. »Und es ist eine Schande, wie sie behandelt worden ist. Charles sollte sich schämen – noch während der Flitterwochen ... Und dabei war sie noch so jung.«

Octavia hörte mit halbem Ohr dieser bekannten Litanei der Diana-Bewunderer zu und wünschte, sie wäre jemand anders, irgendjemand, nur nicht sie selbst, irgendeiner dieser attraktiven, vornehm gekleideten, glücklichen Leute, deren einzige Sorge der Rennverlauf und ihre Hüte waren. Und dann sah sie, wie eine Frau in der daneben liegenden Loge sie anlächelte, und dachte, wahrscheinlich sehen die Leute genau das, wenn sie mich ansehen, eine hübsche, elegante Frau, die sich um nichts Sorgen zu machen braucht.

Es war das zweite Rennen. Nico Cadogan rief aufgeregt: »Mein Gott, seht euch nur dieses Pferd an. Hat jemand schon mal so was gesehen?«

Gleich wird er über die Brüstung stürzen, dachte Octavia. Plötzlich ähnelte er eher einem kleinen Jungen als dem smarten, selbstbeherrschten Menschen, für den sie ihn gehalten hatte. Sie lächelte und bemerkte dann, dass seine Hand auf Mariannes Rücken ruhte. Es war lächerlich, aber sie hätte am liebsten geweint, so unattraktiv, so wenig begehrenswert fühlte sie sich ...

»Na, Fleming + Cotterill ist gerettet«, rief Aubrey mit einem breiten Grinsen. »Ich habe den Gewinn des ganzen nächsten Jahres auf dieses Pferd gesetzt.« Als ob er das jemals tun würde, dachte Octavia, so vorsichtig und besonnen, wie er ist. »Mein Haus ist ebenfalls gerettet«, bemerkte Nico Cadogan. »Gott, was für ein Pferd.«

»Wollen wir zum Sattelplatz gehen?«, fragte Marianne. »Ich liebe das. Octavia, kommst du mit?«

Octavia nickte. Alles war besser, als hier zu sitzen, auf tausend Frauen herunterzuschauen und sich zu fragen, welche es wohl war. Tom war verschwunden, ihr Vater ebenfalls. Nico, Carlton und die beiden anderen Männer waren mittlerweile in ein Gespräch über Geschäfte vertieft. Sie sah Betty Carlton an, die sich mit ihrer Rennkarte Luft zufächelte.

»Möchten Sie mitkommen, Betty?«, fragte sie.

»Nein, lieber nicht. Mir ist ein wenig warm. Ich werde hier sitzen bleiben und eine Tasse Tee trinken.«

Auch sonst wollte keiner mit. Marianne hakte sich bei Octavia ein und sie gingen zum Lift.

»Geht es dir gut?«, fragte Marianne unvermittelt.

»Alles bestens«, erwiderte Octavia und versuchte, nicht so zu klingen, als würde sie sich verteidigen. »Warum?«

»Du wirkst so ... niedergedrückt.«

»Ich bin ein bisschen müde. Du weißt schon, das Leben und überhaupt ...«

»Ja, ich weiß.« Marianne lächelte sie an. Sie ist wirklich nett, dachte Octavia. Ich hoffe, mein Vater weiß sie zu schätzen.

Sie gingen schweigend durch den dunklen Tunnel und traten in die strahlende Helligkeit des Sattelplatzes hinaus, spazierten herum, sahen die Pferde an, die vor dem nächsten Rennen herumgeführt wurden, und beobachteten die Leute.

»Endlich«, sagte Marianne. »Hier unten habe ich endlich das Gefühl, beim Pferderennen zu sein.«

Plötzlich bildete sich eine Gasse und die Royals schritten hindurch, huldvoll lächelnd, auf dem Rückweg zur königlichen Loge. Die Königinmutter, die ganz langsam ging, hatte tapfer auf ihre motorisierte Gehhilfe verzichtet und es gab gedämpften, sehr höflichen Beifall.

Marianne und Octavia spazierten zur königlichen Loge und spähten hinein: Die Atmosphäre dort war weniger ausgelassen, kühler, die Kleider weniger bunt, viel Creme, Beige und zarte Pastelltöne. »Alles Vollblüter«, meinte Marianne lachend. »Komm, wir kehren besser zu unseren eigenen Weidegründen zurück.«

Sie machten sich auf den Rückweg, und dann sah Octavia Tom am Eingang zum Tunnel stehen, ins Gespräch mit einer Frau vertieft, die sie noch nie gesehen hatte, sehr hübsch, relativ jung, Anfang dreißig, in blassem Pink mit einem hohen, rosa Hut. Sie schaute zu Tom auf und plötzlich küsste sie ihn auf die Wange.

Der Schwindel setzte wieder ein, die Panik; sie stand da und starrte die beiden an, fragte sich, ob *sie* es war, fürchtete, sie könnte es sein, und Tränen brannten ihr in den Augen.

»Octavia«, sagte Marianne sanft. »Octavia, was ist, was ist denn los?«

»Nichts!«, stieß sie grimmig hervor. »Gar nichts, ehrlich.«

»Aber du weinst doch!«

»Nein«, sagte sie mit einem tiefen Seufzer und versuchte, sich zu beruhigen. »Nein, es ist nicht – nichts. Es ist eine ganze Menge. Aber ich will nicht darüber reden. Entschuldige, Marianne. Bitte verzeih.«

»Schon gut.« Marianne nahm ihren Arm. »Du brauchst dich doch nicht zu entschuldigen. Es tut mir Leid, dass du so unglücklich bist. Ich will dich ja nicht drängen, aber – na ja, wenn du mal jemanden zum Reden brauchst, ich bin für dich da. Jederzeit. Oh, hallo, Nico.«

»Ich dachte, ich schaue mir die Pferde mal von nahem an.« Er lächelte sie an. »Wollen Sie eine Runde mit mir drehen? Und Sie, Octavia?«

»Nein, danke, ich glaube, ich sollte jetzt besser zurückgehen und meinen Pflichten als Gastgeberin nachkommen.«

»Wir sehen uns später«, sagte Marianne und lächelte sie leicht besorgt an. Octavia gelang es, das Lächeln zu erwidern. Sie hatte keine Erinnerung an ihre Mutter, aber in diesem Augenblick dachte sie, dass sie gern eine Mutter wie Marianne gehabt hätte. Sogar noch lieber als eine Mutter wie Anna Madison.

»Also, was meinst du, soll ich mitmachen?«, fragte Zoe. Sie saß mit ihrer besten Freundin Emilia in einem Straßencafé direkt neben dem Royal Court Theatre am Sloane Square.

»Was? Lass mal sehen. Ach, einer dieser Modelwettbewerbe. Ja, warum nicht? Wenn du willst. Ich finde so was ja ein bisschen affig.«

Zoe wusste, warum sie das sagte. Emilia hatte im letzten Jahr selbst bei einem Modelwettbewerb mitgemacht und war nicht mal in die Endausscheidung gekommen.

»Ich glaube, ich mach es. Und zwar sofort. Bevor ich nach Hause gehe und wegen meinem Abi in Depressionen versinke.«

»Das wirst du auch müssen«, bemerkte Emilia. »Das ist die Ausgabe vom letzten Monat. Siehst du, morgen ist Einsendeschluss.«

»Oh, Scheiße. Na, ich hab ein paar Aufnahmen hier, die meine Mutter im Garten von mir und Romilly gemacht hat. Da steht, ein Schnappschuss tut's auch, solange es ein Ganzkörperfoto ist und man die Beine sehen kann. Ich dachte, vielleicht das hier, und das. Gut?«

»Sehr gut. Ich finde das da am besten, das mit Romilly auf der Schaukel. Du siehst sehr sexy darauf aus.«

»Gut, ich streich sie durch und schreib meinen Namen, mein Alter und meine Adresse auf die Rückseite. Wenn ich gewinne, brauche ich mir nie wieder wegen irgendwelcher Prüfungen den Kopf zu zerbrechen.«

8. Kapitel

TOM WAR MIT DEN Carltons, den Macintoshs sowie Aubrey und dessen Freundin in Langan's Brasserie gegangen, ein gefragtes Insider-Restaurant. Seine Miene war feindselig gewesen, als er sich mit vorgetäuschter Besorgnis wegen ihrer schrecklichen Kopfschmerzen von ihr verabschiedet hatte. Er war wütend auf sie, weil sie sich geweigert hatte, mitzukommen.

Sie hätte unmöglich heute Abend noch ausgehen können, weiter trinken, essen, lächeln, reden. Sie fühlte sich, als sei ihr eine Schicht ihrer Haut abgezogen worden; ihre Muskeln taten weh und ihr Kopf schmerzte.

Als sie nach Hause kam, war Minty glücklicherweise schon im Bett und die Zwillinge sahen in einem Zustand zufriedener Erschöpfung fern. Sie waren bei einer Schwimmparty gewesen und sogar zum Streiten zu müde. Dankbar ging Octavia mit einer Tasse sehr starken Kaffees in ihr Arbeitszimmer, und als sie überlegte, was sie jetzt anfangen sollte, merkte sie, dass sie am liebsten mit Louise sprechen würde. Sicher würde es ihr gut tun, sich mit ihrer besten Freundin auszusprechen.

Louises erste Reaktion war, in Tränen auszubrechen. Hilflose, schmerzliche Tränen. Octavia hörte zu, erst gerührt, dann leicht irritiert.

»Entschuldige, Octavia«, stieß Louise zwischen Schluchzern hervor, »bitte verzeih. Ich ruf dich gleich wieder an. Gib mir ein paar Minuten Zeit.«

Octavia verstand; sie hatte sich ebenso hilflos gefühlt, als

Juliet gestorben war, hatte keine Worte gefunden, nicht gewusst, was sie sagen oder tun sollte. Als das Telefon fünf Minuten später klingelte, klang Louise viel gefasster. »Tut mir Leid, Octavia, aber ich konnte es einfach nicht ertragen, dass noch etwas Schreckliches passiert. Ich kann es nicht glauben, wirklich nicht. Wie kann er dir das antun, ausgerechnet dir, wo du ihm doch immer eine so loyale, perfekte Ehefrau gewesen bist.«

»Wohl kaum«, erwiderte Octavia, erstaunt über die Bitterkeit in ihrer Stimme. »Wohl kaum, wenn er so was macht. Ich muss als Ehefrau ganz schrecklich versagt haben.«

»Das darfst du nicht sagen. Natürlich hast du nicht versagt. Es ist eindeutig seine Schuld. Weiß er – weiß er, dass du es weißt?«

»Nein. Ich konnte ihn ja kaum in Ascot damit konfrontieren, oder?«

»Wirst du es ihm heute noch sagen? Wenn er zurückkommt?«

»Wahrscheinlich. Oh, ich fühle mich ganz schrecklich. Wütend, verletzt, gedemütigt. Ich komme mir so dumm vor.« Jetzt brach Octavia in Tränen aus.

»Octavia, mein armer Schatz, oje –« Louise klang wieder ganz aufgelöst. »Es tut mir so Leid. Ich wünschte, ich könnte irgendwie helfen. Und du hast keine Ahnung, wer es sein könnte?«

»Nein. Das macht es ja so schrecklich, unter anderem ...«

»Ach, Hexchen, wein doch nicht. O Gott, ich komme mir so hilflos vor. Möchtest du, dass ich vorbeikomme?«

»Nein.« Octavia putzte sich die Nase. »Nein, lieber nicht. Vielleicht komme ich am Wochenende mal bei dir vorbei. Ich ruf dich an.«

»Ja, mach das. Ich bin hier. Oder in Rookston. Im Augenblick bin ich ziemlich oft dort. Für Papa ist es sehr schwer.«

»Ja. Ja, natürlich. Einen Augenblick lang hatte ich deine

Mutter ganz vergessen. Es tut mir Leid. Ich muss sie unbedingt mal besuchen. Bis dann, Louise. Vielen Dank fürs Zuhören.«

»Bis dann, Hexchen. Ich denk an dich.«

»Danke«, sagte Octavia. »Louise, sag Sandy nichts davon, hörst du? Noch nicht. Ich kann den Gedanken nicht ertragen, dass irgendjemand außer dir es weiß.«

»Natürlich nicht. Gute Nacht, Octavia, mein Schatz. Alles, alles Liebe.«

Octavia schenkte sich einen großen, sehr starken Gin Tonic ein. Sie trank so selten, dass dieser Drink sie wahrscheinlich umhauen würde, aber das war ihr egal. Dann ließ sie sich ein Bad ein. Das Gespräch mit Louise hatte ihr keineswegs gut getan, ganz im Gegenteil.

Sie stieg in die Wanne, nippte an ihrem Drink und dachte darüber nach, wie ihr Leben von jetzt an aussehen würde, wie sie es bewältigen sollte. Und zum ersten Mal an diesem Tag stieg ein anderes Gefühl in ihr auf, fühlte sie sich nicht nur hilflos und niedergeschlagen.

Natürlich lag das zum größten Teil am Gin, aber nicht nur. Nach dem Ausziehen hatte sie sich fast ängstlich im Badezimmerspiegel gemustert. Was ihren Körper betraf, war sie nie selbstsicher gewesen, sie hatte sich nie als sexy betrachtet. Und wie alle betrogenen Ehefrauen war sie an diesem Tag nicht nur verletzt und unglücklich gewesen, sondern hatte sich hässlich, langweilig und unattraktiv gefühlt. Sie war nur etwas über eins sechzig groß und kämpfte ständig mit ihrem Gewicht. Hätte sie sich gehen lassen, wäre ihr Körper mollig geworden, mit rundem Bauch und vollen Brüsten. Dank ihrer strikten Diät, zweimal die Woche Trainerstunden im Fitnessclub und zusätzlichem Training, wann immer sie Zeit hatte, sah das vollkommen anders aus, aber zu ihrem Selbstwertgefühl trug das wenig bei. Der Gedanke daran, wie ihr

Körper früher einmal gewesen war, ließ sie nicht los; es war eine ständige Bedrohung. Aber als sie sich nun zwang, sich im Spiegel zu begutachten, stellte sie fest, dass ihr Körper eindeutig reizvoll war: kleine, feste Brüste, ein flacher Bauch, unleugbar schöne Beine, zarte Knöchel, schmale Hüften und Schenkel.

Sie lag in der Wanne und dachte über ihren Körper nach, darüber, was sie mit schierer Willenskraft und Ausdauer aus ihm gemacht hatte. Und das wiederum führte zu einer Betrachtung ihrer Persönlichkeit und dem, was sie daraus gemacht hatte. Eigentlich schüchtern und bestrebt zu gefallen – was hauptsächlich auf den Einfluss ihres Vaters zurückzuführen war –, hatte sie gelernt, der Welt eine selbstsichere und kühl unabhängige Fassade zu präsentieren, eine Frau, die bewundert wurde, deren Meinung zählte, eine Frau, »die alles hatte«, wie es in den achtziger Jahren immer so schön geheißen hatte.

Und was würden die Leute jetzt von ihr sagen? Dass sie eine Närrin war, die ihren Mann an eine andere verloren hatte, die sehr wenig hatte. Ihre Freunde würden Mitleid haben; aber nicht nur ihre Feinde, auch die meisten ihrer Bekannten würden an diesen Unsinn von dem perfekten Power-Paar denken und höhnisch grinsen.

Aber – bei dem Gedanken saß Octavia plötzlich aufrecht in der Badewanne – aber angenommen, sie erfuhren es gar nicht? Angenommen, sie behielt es für sich? Angenommen, sie sagte Tom, sie hätte keinerlei Bedürfnis, irgendwelche Details dieser schäbigen Affäre zu erfahren, und dass er ihretwegen machen könne, was er wolle? Wäre das nicht eine viel würdevollere Lösung, bei der es zudem zu keinem Kontrollverlust ihrerseits kommen musste?

Auf diese Weise würde es keine Demütigung geben, keine Schädigung des Ansehens. Das Wissen darum, wie naiv sie gewesen war, wie töricht, als sie angenommen hatte, dass Tom sie noch genauso liebte und brauchte wie früher, hatte viel zu ihrem Elend beigetragen. Er tat es eindeutig nicht. Das tat weh, sehr weh, aber sie würde lernen, damit zu leben. Sicher gehörte mehr zu einer Ehe als sexuelle Treue. Es gab Dinge, die ebenso wichtig waren: finanzielle Sicherheit, gesellschaftliches Ansehen, Erfolg im Beruf.

Je länger sie über diese Lösung nachdachte, desto mehr erwachten ihre Lebensgeister wieder. Natürlich würde es nicht einfach werden, aber sicher einfacher als die Alternative. Sie würde Tom heute noch mitteilen, dass sie Bescheid wusste und welchen Entschluss sie gefasst hatte, und er würde gezwungen sein, sich nach ihren Wünschen zu richten. Oder eine sehr teure Scheidung auf sich nehmen. Er war sich ihrer so sicher, verließ sich so sehr auf ihre emotionale Abhängigkeit von ihm; es würde beinahe Spaß machen, ihm das Gegenteil zu beweisen.

Sie war jetzt fast aufgeregt, Schmerz und Demütigung waren verflogen. Sie wusste nicht mal, ob sie überhaupt noch etwas für Tom empfand; jedenfalls schien es sehr wenig zu sein. Das war gut. Und was *die Andere* anging: damit würde sie fertig werden. Auf diese Weise würde Octavia gewinnen.

Sie stieg aus dem Wasser, zog sich den Bademantel über und ging nach unten, um auf Tom zu warten.

Es war nach eins, als er nach Hause kam. Octavia hörte, wie er ins Schlafzimmer ging, dann ins Gästezimmer, dann in den obersten Stock. Endlich kam er wieder herunter.

Schließlich öffnete sich die Tür, er schaute ins Wohnzimmer und erblickte sie. Er wirkte erschöpft.

»Was machst du denn hier?«

»Ich wollte dich nicht sehen«, sagte sie. Das war die schlichte Wahrheit.

»Und warum nicht? Warum um alles in der Welt nicht?

Und warum zum Teufel hast du dich heute derartig aufgeführt? Warum hast du mich so im Stich gelassen?«

»*Ich* habe *dich* im Stich gelassen! Na wunderbar, Tom, das gefällt mir.«

»Und was bitte soll das nun wieder bedeuten?« Aber als sie den Mund aufmachte, um es ihm in einem Anfall von Mut mitzuteilen, fuhr er fort: »Spar es dir für ein andermal auf, ich bin erschöpft. Ich gehe ins Bett. Schlaf meinetwegen, wo du willst – und im vollen Bewusstsein, welchen Schaden du heute angerichtet hast. Ich hoffe, du bist zufrieden mit dir.«

»Schaden angerichtet? Welchen Schaden soll ich angerichtet haben?«

»Nun, du warst nicht gerade nett zu Michael Carlton, die Macintoshs hast du praktisch ignoriert, du bist nicht mit zum Essen gekommen, womit du Aubrey und mich in Verlegenheit gebracht hast. Muss ich noch deutlicher werden? Also, wenn Fleming + Cotterill den Bach runtergeht, was durchaus möglich ist, falls es dich interessiert, kannst du dir schmeicheln, deinen Teil dazu beigetragen zu haben.«

»Das ist doch lächerlich! Ich würde nie –«

»Gute Nacht, Octavia. Ich gehe ins Bett.«

Er ging und machte die Tür hinter sich zu. Sie sah ihm fassungslos nach, überrascht, dass ihr Mut sie im Stich gelassen hatte, und fragte sich, warum sie solche Angst hatte, ihn zur Rede zu stellen. Es war wirklich fast so, als sei sie der schuldige Teil. Nachdem sie eine Weile zusammengekauert dagesessen hatte, wurde ihr kalt, und sie beschloss, ins Bett zu gehen. Sie war jetzt zu schwach, zu verwirrt, um mit ihm zu reden.

Sehr leise ging sie ins Gästezimmer. Sie hatte schon ein paar Stunden tief geschlafen, als Tom zu ihr ins Bett schlüpfte. Einen kurzen Augenblick lang erinnerte sie sich nicht an das, was gewesen war, sondern wandte sich ihm zu, warm und entspannt. Aber dann kehrte die hässliche Erinnerung mit

Wucht zurück, und es wurde ihr wieder bewusst, wie sehr sie ihn hasste; doch in dem kurzen Moment hatte er sich schon gegen sie gepresst, sie in die Arme genommen, suchte ihren Mund. Sie stieß ihn zurück, empört und entsetzt, aber er flüsterte: »Nicht, bitte nicht. Es tut mir Leid, bitte verzeih, was ich gesagt habe, komm her, komm zu mir, bitte –«

»Nein.« Sie setzte sich auf, atemlos, mit hämmerndem Herzen. Die frühe Morgendämmerung des Hochsommers brach bereits an, und sie konnte sehen, wie er sie ansah, wie er sie anschaute – es war wirklich unglaublich –, dieses reumütige, süße Lächeln ihrer intimen Berührungen, das sie immer so geliebt hatte, dem sie von jetzt an misstrauen musste ...

»Nein«, wiederholte sie, »nein, Tom«, aber er ignorierte ihren Protest, streckte die Hand aus und fing an, sehr sanft mit dem Finger die Spitzen ihrer Brüste zu umkreisen.

»Ich will dich am meisten, wenn du wütend bist«, sagte er, und sie saß da, wollte ihn hassen, wollte sich von ihm abgestoßen fühlen, aber in die Heftigkeit ihres Unglücks, des Schocks und der Wut mischte sich Verlangen. Später war sie beschämt, dass der sexuelle Hunger so stark sein konnte, so verräterisch, aber in diesem Augenblick wusste sie nur, dass sie ihn wollte, ihn begehrte, wild und fiebrig.

Wie kann ich das nur tun, dachte sie noch, als die vertrauten, süßen Empfindungen einsetzten, wie kann ich zulassen, dass er das macht, wie kann ich seine Hände, seinen Mund dulden, wie kann ich wollen, dass er in mich eindringt, wie kann ich spüren, dass ich ihn umfasse, wie kann ich nur, das ist schrecklich, einfach furchtbar, nicht, Octavia, komm nicht! Aber es war nicht schrecklich, es war wunderbar, unwillkommen wunderbar, und sie stieg auf in den Wogen ihrer Lust – höher und süßer und heftiger als seit langer, langer Zeit – und danach blieb sie von ihm abgewandt liegen, vollkommen schockiert, und fragte sich, was für ein Mensch sie bloß war, dass sie mit einem Mann schlafen konnte, der ihr Vertrauen verraten hatte, ihre Liebe, der seine Gelübde gebrochen hatte, dass sie es nicht nur duldete, sondern in höchstem Maße genoss ...

Sie erwachte früh, Tom schlief noch. Vorsichtig glitt sie aus dem Bett, stand lange unter der Dusche und versuchte, es zu erklären, sich zu rechtfertigen. Wahrscheinlich hatte sie sich wieder begehrenswert fühlen wollen, nicht langweilig, nicht geschlechtslos, nicht wie eine Frau, die wegen eines anderen, schöneren, lustvolleren Körpers verschmäht wurde. Oder vielleicht – was weit schlimmer war – hatte sie seinen sexuellen Verrat irgendwie als aufregend, als stimulierend empfunden.

Jetzt war es zu spät, ihm zu sagen, dass sie es wusste, dass sie schockiert und angewidert war, dass sie nicht mehr von ihm wollte als eine Pro-forma-Ehe: Er würde genau wissen, dass es nicht stimmte. Verzweiflung überkam sie, Verzweiflung über ihre Lage, ihre Ehe, am meisten aber über sich selbst.

Ihr Vater rief an, als sie gerade die Zwillinge zur Schule fuhr. Es war unmöglich, gleichzeitig mit ihm zu telefonieren, zu fahren und Gideon davon abzuhalten, Poppy anzuschreien. Sie erklärte, sie würde zurückrufen, was sie auch tat, vor dem Hill House. Er hätte sich Sorgen um sie gemacht, sagte er; ob irgendwas los sei? Nein, erwiderte sie fest, nichts, und war nicht allzu überrascht, als er fragte, warum sie dann gestern in Ascot geweint habe.

»Du würdest es mir doch sagen, wenn du Probleme hättest, nicht wahr?«

»Ja.« Sie dachte fast mit Panik daran, wie er reagieren würde, wenn er erführe, was wirklich geschehen war. »Ja, sicher. Ich war nur müde und ich hatte, na ja, hormonelle Probleme. Du weißt schon, meine Tage.«

»Oh«, sagte er. »Verstehe. Gut, an so etwas – hatte ich nicht gedacht.«

Erst nach dem Gespräch erkannte sie mit unendlicher Erleichterung, dass noch nichts verloren war. Tom brauchte ja nicht zu erfahren – noch nicht –, dass sie es wusste. Sie konnte sich Zeit lassen, ihr angeschlagenes Selbstvertrauen wieder stärken und dann immer noch ihren Plan durchführen.

9. Kapitel

»ICH MÖCHTE EHRLICH ZU Ihnen sein, Mr Madison. Ich weiß, dass Ihnen das lieber ist.«

Duncan Fry war seit fast dreißig Jahren Krebsspezialist, doch Patienten und deren Angehörige über ihre Aussichten, oder besser über ihre mangelnden Aussichten, zu informieren, schmerzte ihn immer noch genauso sehr wie beim allerersten Mal. Und jetzt gerade eröffnete er einem Ehemann mittleren Alters, dass die Frau, mit der er fast vierzig Jahre lang verheiratet war, einen Tumor in der Leber hatte, eine Metastase der Geschwulst, die er aus ihrer Brust entfernt hatte, und dass sie in wenigen Wochen tot sein würde. Charles versuchte, nicht zu weinen, aber es gelang ihm nicht ...

»Octavia, mir geht es furchtbar schlecht. Ich muss gestern Abend was Falsches gegessen haben, ich war in einer Sushibar, echt blöd von mir. Ich muss einfach nach Hause. Es tut mir Leid wegen der Besprechung mit Michael Carlton, aber ...« Melanie sah gespenstisch aus, ihre großen, haselnussbraunen Augen waren umschattet und tief eingesunken, und das ganze Gesicht war von einer fahlen, grünlichen Blässe überzogen.

»Melanie, das ist in Ordnung. Ehrlich. Fahr einfach nach Hause und mach dir keine Gedanken.« Octavia war erleichtert, auch wenn sie ein schlechtes Gewissen dabei hatte. Wenigstens brauchte sie jetzt nicht den Versuch zu unternehmen, Melanie den vertrackten Zusammenhang mit Bartles Wood zu erklären. Noch nicht ...

Die Besprechung verlief recht zufrieden stellend. Margaret Piper war von Michael Carlton offensichtlich sehr angetan, sie zeigte sich liebenswürdig erfreut über das Sponsorenabkommen und stimmte allen seinen Bedingungen zu – dem Carlton-Logo auf dem Briefpapier und den Werbebroschüren, die bei allen Veranstaltungen deutlich sichtbar ausgelegt werden sollten.

Als Mrs Piper gegangen war, schaute Michael Carlton Octavia an und grinste.

»Reizende Frau. Das läuft doch alles sehr gut. Wie wär's, gehen wir zum Lunch? Dabei können wir über die andere Sache sprechen.«

Octavia entgegnete rasch, da gäbe es leider noch nichts zu besprechen und zudem habe sie schon gegessen. Sie bot ihm etwas zu trinken an, aber er lehnte ab.

»Mitten am Tag trinke ich nie. Also, danke für die gelungene Besprechung, Octavia. Oh, entschuldigen Sie mich.«

Sein Handy hatte geschrillt. Er horchte, stieß Jas und Neins hervor, stellte das Gerät schließlich ab und wandte sich triumphierend an sie: »Interessante Entwicklung – in Bezug auf meine Frage von eben. Nächste Woche beginnt das Planfeststellungsverfahren für die Erschließung und Bebauung von Bartles Park. Und es kursiert das Gerücht, dass wir die Baugenehmigung kriegen. Aber ich werde trotzdem Ihre Hilfe benötigen, Octavia. Sie müssen die Einheimischen rumkriegen.«

Als er fort war, saß sie da, starrte aus dem Fenster und malte sich aus, wie Bartles Wood mit Bulldozern vernichtet wurde, dachte daran, dass Tom geholfen hatte, das herbeizuführen, dachte an Carltons felsenfeste Überzeugung, dass er sie zwingen konnte, ihm zu helfen, und war plötzlich sehr wütend.

Sie rief Patricia David an, die ganz verzweifelt war, weil auch sie gerüchtehalber gehört hatte, dass die Erschließungs- und Bauentwicklungserlaubnis erteilt werden würde – und da hörte Octavia sich selbst sagen, falls es eine unauffällige und inoffizielle Möglichkeit zu helfen gäbe, wäre sie in jedem Fall bereit dazu.

In der Redaktion von *Alive!* blätterten die Redakteurinnen der Ressorts Mode und Schönheit und die Chefin der Modelagentur Choice die Endauswahl der zwanzig Mädchen durch, die von den neuntausend, die sich an dem Modelwettbewerb beteiligt hatten, übrig geblieben waren. Doch selbst unter diesen letzten zwanzig waren keine Kandidatinnen mit Starqualitäten.

»Mist«, sagte Annabel Brown, die Moderedakteurin, »hier ist nicht eine dabei, die ich auf meinem Cover haben wollte.«

Ritz Franklyn von Choice seufzte. »Na, vielleicht sind sie in natura besser.«

»Entschuldigung.« Es war Annabels Sekretärin. »Diese Bewerbung ist gerade hereingekommen. Verspätet. Sieht ganz gut aus. Könnte nicht schaden, sie euch zu zeigen, fand ich.«

»Lass mal sehen. Oh ja. Aber hallo! Die hier ist – schau mal, Ritz. Könnte was sein.«

Ritz schaute. Und spürte den Schauer, der sie nur etwa einmal im Jahr überlief, wenn sie ein Mädchen sah, bei dem sie wusste, einfach wusste, dass es einhundertundein Prozent Potential besaß. Nicht das Aussehen, nicht die Figur, einfach – nun, eben das gewisse Etwas.

»Einverstanden. Die könnte es sein. Susie, würdest du sie bitte anrufen? Erklär ihr die Situation. Und wir wollen sie für Mittwoch herbestellen. Gut gemacht, Suze!«

»Danke«, sagte Susie und ging in ihr Büro zurück, um den Anruf zu erledigen. Sie war ziemlich zufrieden mit sich selbst. Als sie das Gesicht – und die Figur – gesehen hatte, hatte sie das Mädchen sofort bemerkenswert gefunden.

»Hallo«, sprach sie auf den Anrufbeantworter, »hier ist Susie Bowman von der Zeitschrift *Alive!*. Sie haben bei unserem

Modelwettbewerb Ihr Foto eingesandt. Könnten Sie mich bitte deswegen anrufen? Möglichst vor sechs. Die Nummer ist ...«

Octavias Telefon klingelte. Es war Louise, die traurig und müde klang.

»Hallo, Octavia. Tut mir Leid, dass ich gestern nicht mehr angerufen habe, wir hatten eine – weißt du, Mama – also, es geht ihr viel schlechter. Es sitzt in der Leber. Uns bleiben nur noch ein paar Wochen. Keine Hoffnung mehr.«

»Ach, Louise!« Plötzlich erschienen Bartles Wood, Michael Carlton und selbst Tom ganz unwichtig. »Was kann ich tun?«

»Hör mir einfach weiterhin zu. Sie würde dich sehr gerne sehen. Wirklich liebend gern. Kannst du kommen? Bald?«

»Wie wär's am Sonntag? Tom hat versprochen, etwas mit den Kindern zu unternehmen. Ich würde ihm das am liebsten ganz überlassen. Ich kann es nicht ertragen, mit ihm allein zu sein.«

»Hast du ... ihn schon zur Rede gestellt?«

»Nein«, erwiderte Octavia kurz.

»Dann bis Sonntag. Mein armer Engel. Ich wünschte, ich könnte dir helfen. Na, wenigstens kann ich dich in die Arme nehmen. Auf Wiedersehen, Octavia, mein Schatz.«

Das Leben war im Moment total öde, fand Romilly. Sie hatte keinen Freund, sie war noch kein einziges Mal in einem richtigen Club gewesen und in der Schule gehörte sie nicht zu der coolen Clique. Als Zoe fünfzehn gewesen war, hatte sie eine wirklich tolle Zeit gehabt und war mit Unmengen von Jungs ausgegangen. Jetzt hatte sie gerade wieder einen Neuen, den Romilly noch nicht kennen gelernt hatte – Ian war Handwerker, und Zoe meinte, Marianne würde sicher etwas gegen ihn haben. Romilly kam es so vor, als würde sie das Leben verpassen.

Das Haus war sehr still; ihre Mutter war nicht da, und Zoe feierte vermutlich irgendwo, dass sie die erste Woche der Abiprüfungen hinter sich gebracht hatte. Es war alles etwas trostlos. Romilly seufzte und ging zum Telefon, um Fenella Thomas, eine ihrer besten Freundinnen, anzurufen.

Der Anrufbeantworter blinkte.

Die erste Nachricht war für Marianne, die zweite war für Zoe und die dritte auch. Für Zoe persönlich: die Sorte Anruf, von der man träumte. Und sie wollten bis sechs von ihr hören. Romilly schaute auf die Uhr. Es war schon halb sechs. Es wäre doch schrecklich, wenn das alles schief gehen würde, nur weil Zoe nicht zurückgerufen hatte. Romilly holte tief Luft, nahm den Hörer ab und wählte.

Tom rief Octavia gegen Ende des Tages an und teilte ihr mit, dass er an diesem Abend sehr spät zurückkehren werde.

»Vielleicht bleibe ich sogar in einem Motel und komme erst morgen früh wieder. Ich sage dir Bescheid. Ich muss für die Drapers eine Präsentation machen. Ganz unerwartet. Hat sich gerade erst ergeben.«

»Ach wirklich?«, bemerkte Octavia. »Schön.«

Unter keinen Umständen würde sie ihm die Befriedigung gönnen, ihn glauben zu lassen, dass sie daran interessiert war, wie spät er wiederkam oder mit wem er zusammen war.

»Alles in Ordnung mit dir?«, fragte Tom.

»Danke. Mir geht's gut. Ach ja, erinnerst du dich, dass du gesagt hast, du würdest am Sonntag etwas mit den Kindern unternehmen? Ich fahre zu Anna Madison. Sie ist sehr schwer krank. Viel schlimmer, als sie gedacht hatten. Daher schien es mir ein guter Tag für einen Besuch zu sein. In Ordnung?«

»Hm, ja«, meinte Tom. Es klang ziemlich betroffen. Gut, dachte Octavia. Je betroffener er war, desto besser.

Anna Madisons Anblick versetzte Octavia einen Schock. Sie schien viel kleiner geworden zu sein und ihre Gesichtsfarbe war erschreckend. Aber sie hatte sich offensichtlich Mühe gegeben, präsentabel auszusehen: Ihr Haar war frisch gebürstet und sie saß aufrecht im Bett, an einen Stapel spitzengesäumter Kissen gelehnt, und trug ein weißes Bettjäckchen aus Batist. »Und Louise hat mir die Nägel gemacht, sieh mal, dir zu Ehren«, sagte sie. »Es ist so lieb von dir, dass du kommst, Octavia, mein Herzchen.«

Octavia legte die Blumen, die sie mitgebracht hatte, neben Annas Bett.

»Ach, wie schön. Alle meine Lieblingsblumen. Louise, könntest du eine Vase holen, Schatz, und wie wäre es mit Tee?«

»Ja, ich hole welchen. Octavia, möchtest du etwas essen?«

Octavia schüttelte den Kopf. Sie fand es fast unerträglich, die Kranke anzusehen. Und plötzlich dachte sie an den Tag, als sie Anna kennen gelernt hatte, als sie das erste Mal bei Louise gewesen war.

Annas Wagen war nicht angesprungen und die Mädchen hatten von Stroud aus ein Taxi nehmen müssen. Sie hatte Octavia auf der Schwelle ihres schönen Hauses begrüßt: eine hoch gewachsene, strahlende Gestalt in einem fließenden Kleid ganz in Blau- und Grüntönen und mit leuchtend blauen Wildlederstiefeln, das blonde Haar ganz aus Wellen und Locken bestehend, die ihr auf die Schultern fielen, die großen blauen Augen, Louises Augen, dick mit Kajal umrandet. Sie hatte Octavia umarmt und ihr gesagt, wie schön es sei, endlich ihre Bekanntschaft zu machen, sie habe so viel von ihr gehört, und sie sei ihr sehr dankbar, dass sie Louise so viel geholfen habe, und dann fasste sie die beiden Mädchen links und rechts unter und führte sie in eine große, warme, unordentliche, sonnendurchflutete Küche mit einer Menge Kannen und Töpfe voller Trockenblumen und Gräser, drei Hunden und mehreren Katzen, forderte sie auf, sich zu setzen und ihr etwas zu erzählen, während sie Mittagessen kochte, und kicherte über Louises witzige Geschichten und streute selbst ein paar belanglose Anekdoten über ihre Nachbarn ein. Octavia versuchte, sich vorzustellen, dass ihr Vater in dieser Weise über seine erwachsenen Altersgenossen sprach, und merkte, dass es ihr einfach nicht gelang.

Am Ende des Tages war Octavia verliebt.

»Es ist so schön, dich zu sehen«, sagte Anna. »Komm her, setz dich hier hin, Herzchen, erzähl mir alles ...«

Pflichtgetreu plauderte Octavia eine Weile, berichtete Anna von diesem und jenem, versuchte, sie zum Lachen zu bringen, immer voller Angst, sie zu ermüden. Louise kam mit Tee und einem Teller mit Keksen zurück, und sie unterhielten sich alle drei ein bisschen über die gute, alte Zeit, als die Mädchen in den Sommerferien zusammen lange, herrliche Wochen in Rookston Manor verbracht und ihre Freiheit genossen hatten.

»Oh, was für wundervolle Erinnerungen, was habe ich doch für ein Glück«, sagte Anna. »Louise, Schatz, würdest du ein paar Fotoalben heraussuchen, ich möchte sie so gern mit Octavia anschauen. Die frühen. Sie sind oben im alten Spielzimmer.«

Louise verließ den Raum und lächelte ihnen im Gehen zu.

»Aber keine Geheimnisse«, sagte sie, »nicht ohne mich.«

»Natürlich nicht.«

Anna sah Octavia an, als die Tür sich hinter ihrer Tochter schloss, und lächelte liebevoll, aber müde.

»Ich möchte mit dir über unser ... Geheimnis sprechen«, sagte sie.

»Natürlich kann sie da nicht hin! Das ist lächerlich. Mama, du darfst sie nicht hingehen lassen.«

Zoe war furchtbar aufgebracht, was Romilly gut verstehen konnte. Ihr Hauptgedanke, nachdem ihre wilde, rasende Freude schließlich nachgelassen hatte, war gewesen, wie traurig und eifersüchtig Zoe sein würde. Trotzdem, es war so wunderbar, nur dieses eine Mal diejenige zu sein, um die sich alles drehte, der Star.

Sie konnte immer noch nicht ganz glauben, was sie gehört hatte. Nein, hatte die junge Frau gesagt, nein, wir wollen nicht Ihre Schwester, wir wollen Sie, Ihre Schwester ist toll, klar, aber wir finden, dass Sie das richtige Aussehen haben. Romilly hatte ewig gebraucht, den Mut aufzubringen, um es Zoe zu sagen. Sie hatte beschlossen, bis Samstagmorgen zu warten, denn Zoe war schlecht gelaunt von ihrer Prüfung nach Hause gekommen und hatte sich dann ungefähr zwei Stunden lang zum Ausgehen fertig gemacht. Romilly hätte gerne mit ihrer Mutter gesprochen, aber Marianne war auch abgelenkt gewesen – sie wollte mit Felix zu einem Benefizdinner. Also hatte Romilly gewartet, bis beide wieder weg waren, und dann Fenella angerufen, die mindestens zehn Mal »O mein Gott, Romilly!« gerufen hatte. Am nächsten Morgen hatte sie es dann ihrer Mutter erzählt. Marianne hatte sich für sie gefreut, aber gesagt, sie glaube wirklich nicht, dass Romilly hingehen könne, sie sei doch viel zu jung und was würde dann mit der Schule? Romilly war in Tränen der Wut und der Enttäuschung ausgebrochen und hatte gefragt, was es denn schaden könnte, wenn sie einfach bis zum Halbfinale mitmachte; sie würde es wahrscheinlich nicht mal bis zur Foto- und Make-up-Session schaffen, die für die besten Sechs stattfinden sollte. Es war wirklich total unwahrscheinlich, dass sie gewinnen würde, und selbst falls das passierte, bedeutete es noch nicht das Ende ihrer Ausbildung; sie konnte ja in den Ferien oder so ein bisschen modeln. »Bitte, Mama. Du musst mir wenigstens erlauben, es zu versuchen.«

Schließlich hatte Marianne sich einverstanden erklärt – aber nur bis zum Halbfinale. »Und jetzt musst du es deiner Schwester sagen«, hatte sie dann verlangt.

Zoe hatte sehr heftig reagiert; sie war aus dem Zimmer gestürmt und hatte die Tür zugeschlagen. Aber eine halbe Stunde später war sie wieder heruntergekommen und hatte sich entschuldigt und gemeint, das sei cool, sie würde sich für Romilly freuen, aber ihrer Meinung nach sollte Marianne sie nicht hingehen lassen.

»Das meine ich ganz ernst, Mama, es ist eine absolut scheußliche, üble Welt, die Mädchen schlafen alle mit den Fotografen und nehmen Drogen und rauchen oder werden magersüchtig und ...«

Ihre Besorgnis war zweifellos echt. Marianne sah zu ihr hinüber. Das war typisch für Zoe. Hinter ihrem Theater und ihren Launen und ihrem pampigen Gehabe war sie liebevoll, fürsorglich und großzügig.

»Zoe, ich weiß deine Sorge um Romilly wirklich zu schätzen. Aber ich glaube, es würde ihr Spaß machen, auch wenn sie nicht weiter kommt als bis zu dem Termin am nächsten Mittwoch. Ich bin nicht total naiv, Zoe. Ich werde Romilly begleiten, und ich habe nicht die Absicht, sie den schrecklichen Dingen auszusetzen, die du aufgezählt hast.«

»Gut, gut«, meinte Zoe. »Sag bloß nicht, ich hätte dich nicht gewarnt, wenn sie nach Hause kommt und nur noch dreißig Kilo wiegt und heroinsüchtig ist. Ich muss jetzt was für die Schule tun.«

Sie sahen ihr nach, als sie das Zimmer verließ.

»Danke, Mama«, sagte Romilly und umarmte Marianne.

»Es tut mir wirklich Leid«, erklärte Anna, »aber sie hat deine Nachricht an mich gesehen, als sie mir vor einigen Wochen geholfen hat, ein paar Sachen auszusortieren. Der Brief ist einfach aus meiner Nachttischschublade herausgefallen. Und Louise wollte wissen, wofür du dich bei mir bedankt hast. Ich wollte es ihr zuerst nicht sagen, aber sie hat sich furchtbar aufgeregt und gemeint, es sei nicht fair, Geheimnisse vor ihr zu haben, du seist schließlich ihre Freundin, und wenn ich es ihr nicht sagen würde, würde sie dich selbst fragen. Da habe ich gedacht, das wäre noch schlimmer, Herzchen, also habe ich es ihr erzählt.«

»Und wie hat sie reagiert?«, fragte Octavia.

»Ach, sie hat es kaum zur Kenntnis genommen. Sie sagte bloß, wie vernünftig es von dir gewesen sei, ich hätte dir genau richtig geraten, und es sei schön, dass für dich alles gut ausgegangen sei. Sie war vielleicht ein wenig traurig, dass du nicht mit ihr gesprochen hast, aber ...«

»Aber du hast ihr erklärt, warum ich das nicht konnte? Warum ich das Gefühl hatte, sie nicht damit belasten zu können?«

»Ja, natürlich. Und sie hat gesagt, wie lieb von dir und wie typisch für dich, und ich glaube ehrlich nicht, dass sie noch weiter darüber nachgedacht hat.«

»Na, vielleicht spreche ich besser jetzt mit ihr darüber. Sonst steht es irgendwie zwischen uns.«

»Ich hoffe, dass es nicht zu Problemen zwischen euch beiden führt.« Annas ausgemergeltes Gesicht wirkte ängstlich. »Ich habe so ein schlechtes Gewissen. Aber ich wollte sie nicht belügen und da ...«

Octavia beugte sich über sie und gab ihr einen Kuss. »Anna, ich bin sicher, dass es keine Rolle spielt.«

»Das hoffe ich. Jedenfalls geht es mir schon besser, weil ich es dir erzählt habe. Aber weißt du, ich bin plötzlich furchtbar müde. Ich möchte ein bisschen schlafen. Komm wieder, Herzchen, tust du das?«

»Ja, natürlich komme ich wieder.«

»Ich habe nicht mehr ... sehr lange«, sagte Anna unvermittelt. »Das weiß ich. Sie ahnen nicht, dass ich es weiß, aber ich bin doch nicht blöd. Sie hätten inzwischen mit der Chemotherapie angefangen, wenn das noch Sinn hätte.«

»Ach, Anna«, flüsterte Octavia und Tränen traten ihr in die Augen, »Anna, ich –«

»Nein«, sagte Anna scharf, »nein, du darfst nicht weinen. Wenn ich tapfer sein kann, dann könnt ihr das auch. Ah, da kommt Louise zurück. Louise, Schatz, ich habe gerade gesagt, dass ich plötzlich ziemlich müde bin. Ich möchte mir die Fotos gerne anschauen, aber ein anderes Mal. Jetzt nimm Octavia mit zu einem Plauderstündchen. Ihr könnt es bestimmt kaum erwarten, ein bisschen Zeit für euch zu haben. Und dein Vater kommt jeden Moment, für den Rest des Tages bin ich also versorgt, doch, wirklich.«

Unten sah Octavia ihre Freundin an.

»Wenn sie dich ein Weilchen nicht braucht, hättest du dann Lust, eine Autotour von ein oder zwei Stunden mit mir zu machen? Ich habe versprochen, mir etwas anzusehen, und ich hätte dich liebend gern dabei.«

»Und wo fahren wir hin?«, fragte Louise, als sie es sich mit einem vergnügten Lächeln in Octavias BMW gemütlich machte. Sie hatte Dickon bei Janet gelassen, Anna Madisons Mädchen für alles.

»Nach Bartles Wood. Ein Wäldchen südlich von Bath. Hast du schon etwas darüber gelesen?«

»Nein. Hätte ich das sollen?«

»Es stand ziemlich viel darüber in der Zeitung.« Octavia schaute Louise an und schmunzelte. »Ich habe vergessen, dass du nie Zeitung liest. Es ist vergleichbar mit der Umgehungsstraße von Newbury. Vermutlich hast du davon gelesen?«

»Das habe ich in den Nachrichten gesehen. Warum interessiert dich das so sehr?«

»Weil England mir am Herzen liegt«, sagte Octavia knapp. »Es macht mir Sorgen, dass das ganze Land zubetoniert wird. Dass die Wälder, Hecken und Wiesen verschwinden. Bloß damit die Autofahrer es bequemer haben.«

»Mir war nicht aufgefallen, dass du häufig mit dem Fahrrad unterwegs bist«, meinte Louise freundlich.

Octavia grinste sie an. »Ja, ja, ich weiß. Aber wenn es sein müsste, würde ich weniger Auto fahren.«

»Und am Wochenende nicht mehr aufs Land rausfahren?«

»Wir könnten den Zug nehmen.«

»Mit den Kindern, dem Gepäck, der Nanny, dem Proviant und –«

»Ist ja schon gut«, unterbrach Octavia sie gereizt.

»Tut mir Leid.« Louise sah ihre Freundin nachdenklich an. »Du bist sehr mager geworden, Octavia.«

»Das wärst du auch, wenn dein Mann etwas mit einer anderen hätte und du nicht wüsstest, wer es ist und wer noch davon weiß.«

»Ja, entschuldige. Natürlich. Hast du ihn schon damit konfrontiert?«

»Louise, das kann ich nicht. Solange er nicht weiß, dass ich es weiß, fühle ich mich auf sonderbare Weise sicher. Klingt das sehr verrückt?«

»Nein, ich glaube, ich kann das verstehen. Meinst du, dass er es schon öfters gemacht hat?«

»Ich habe keine Ahnung«, antwortete Octavia langsam. »Und das ist das Schlimmste, verstehst du? Ich habe das Gefühl, dass ich nichts über ihn weiß. Ich kann nichts von dem glauben, was er sagt ... es ist schrecklich.«

»Octavia, ist er noch mit dir ...« Louise brach ab. »Ich meine, ob er noch mit dir –«

»Wenn du meinst, ob er noch mit mir schläft, ja, das tut er.« Sie konnte selbst die Wut und die Verletztheit in ihrer Stimme hören.

»Entschuldige bitte«, sagte Louise sanft. »Es erschien mir – nun ja, wichtig. Es tut mir wirklich Leid, Hexchen.«

»Du hast vermutlich Recht. Es ist wichtig. Und ich weiß eigentlich auch nicht, wie ich das fertig bringe. Na, ich habe es erst einmal gemacht. Seit ich davon weiß, meine ich. Kaum zu glauben, Lulu, aber ich fand es ziemlich aufregend. Fast als wenn ich diejenige wäre, mit der er ein Verhältnis hat. Klingt das verrückt? Mein Gott, ich glaube wirklich, ich werde wahnsinnig. Ich merke, dass ich falschen Spuren nachgehe und die unmöglichsten Frauen verdächtige.«

»Zum Beispiel?«

»Zum Beispiel Lauren Bartlett, eine Bekannte von uns. Zum Beispiel eine Frau in Ascot mit einem rosa Hut. Ich kann keine Frau mehr anschauen, ohne zu denken, dass sie es sein könnte.«

Louise schwieg, und dann sagte sie sehr sanft: »Octavia, es tut mir so unendlich Leid. Ich wünschte, ich könnte etwas für dich tun.«

»Das kannst du doch. Hör mir einfach weiter zu. Das ist alles, worum ich dich bitte.«

Es war fast sieben, als Louise und Octavia Bartles Wood erreichten. Es war ein goldener, schimmernder Abend.

Der Wald war recht klein, eingebettet in eines der schmalen Täler zwischen Bath und Frome, und oben von den Hügeln aus konnte man deutlich erkennen, dass er die Form eines Kommas hatte. Bartles House war von der Straße aus nicht zu sehen, weil es hinter einem kleinen Gehölz versteckt lag; der Landschaftsgarten bestand aus Rasen und war nicht weiter bemerkenswert. Was man von dem Wald nicht sagen konnte. Octavia konnte verstehen, warum Carlton hier gerne bauen wollte: Es war eine wunderschöne Landschaft, die Hügel bildeten eine natürliche Festung, ein Fluss strömte durch das Tal und in den Wald hinein und auf den Wiesen an den Hängen standen locker verstreut einzelne Bäume. Pferde und Schafe grasten auf diesen Weiden und reglose, kleine schwarze Kleckse, die sich als Kaninchen entpuppten, knabberten im sattgoldenen Sonnenlicht das Gras ab.

Sie fuhren den Hügel hinunter, kurvten in die länger werdenden Schatten hinein und rumpelten über eine Steinbrücke. Auf der anderen Seite stieg die schmale Straße wieder an.

»Da unten können wir spazieren gehen – sieh mal, da über die Wiese, am Fluss entlang bis zum Wald«, zeigte Octavia. Sie parkten an einem Gatter, an das ein in Kunststoff eingeschlagenes Stück Pappe genagelt war, auf dem in ungelenker Schrift stand: »Rettet Bartles Wood«.

»An der Brücke hing auch so ein Plakat«, bemerkte Louise. »Hast du es gesehen?«

»Nein. Oje, das müssen sie aber besser machen.«

Sie kletterten über das Gatter. Ein paar Kühe betrachteten sie neugierig, fanden sie uninteressant und wandten sich wieder ihrem Abendessen zu. Alles war üppig, das Gras am Fluss stand hoch, die Hundspetersilie ging ihnen fast bis zur Hüfte. Es gab einen Pfad, gerade breit genug für eine Person, der unter überhängenden Weiden am Flussufer entlangführte; Mücken tanzten in Schwärmen über dem Wasser, zwei Libellen glitzerten blau. »Guck mal!«, rief Louise. »Guck mal, ein Eisvogel!«

Sie kamen zu einem Zauntritt, der in den Wald führte, und kletterten hinüber, blieben aber nach ein paar hundert Metern stehen und schauten zurück. Die langen, schrägen Sonnenstrahlen über der Flussbiegung verloren allmählich ihre Leuchtkraft. Ein Fisch tauchte auf, dann noch einer, sie durchbrachen die reglose Wasserfläche, und zwei Enten schwammen gemessen näher, gefolgt von einer unbändigen Kükenschar.

»Und was soll hier gebaut werden?«, fragte Louise leise in die Stille.

»Vorstandsvillen und ein Einkaufszentrum«, erwiderte Octavia kurz.

»Das dürfen sie nicht! Wie kann man so was genehmigen?«

»Man nennt das Fortschritt«, sagte Octavia.

»Und kennst du den Menschen, der das macht?«

»Ich kenne den Bauunternehmer. Er ist ein Kunde von Tom. Und ich habe ebenfalls beruflich mit ihm zu tun. Er ist ein Sponsor. Und FOOTHOLD, eine gemeinnützige Stiftung, die ich vertrete, hat hier unten eine Zweigstelle. Sie kämpfen gegen das Projekt und haben mich gebeten, ihnen bei der Öffentlichkeitsarbeit zu helfen.«

»Schwierig.«

Ein langes Schweigen folgte. Dann sagte Octavia: »Nein, Louise, plötzlich finde ich es gar nicht mehr schwierig.«

10. Kapitel

OCTAVIA, DIE SCHLECHT GESCHLAFEN hatte, war furchtbar müde. Tom war erst sehr spät gekommen, und bis sie seinen Wagen gehört hatte, hatte sie sich mit Bildern von ihm mit IHR im Bett herumgequält, hatte sich gefragt, wie SIE wohl im Bett war und wie SIE sich verhielt, bis sie allmählich das Gefühl hatte, einen Pornofilm zu sehen. Um drei hatte sie schließlich eine Schlaftablette genommen und das Aufwachen war ihr fast unmöglich erschienen – mit ausgetrocknetem Mund hatte sie sich aus einem dichten Nebel herausgekämpft und in aller Frühe ein Taxi zur Arbeit genommen, weil sie sich nicht traute, selbst zu fahren.

Sie weinte, als ihr Telefon klingelte. Es war Tom und sie hörte ihre Stimme ganz und gar tränenlos sagen: »Ja?«

»Ich wollte dir nur Bescheid geben, dass ich gerade einen Anruf von Michael Carlton bekommen habe. Er sagte, die Besprechung mit dir sei gut gelaufen. Er klang ganz zufrieden. Also, ich wollte mich bei dir bedanken.«

»Schon gut«, erwiderte sie und legte sanft wieder auf. Nur der Gedanke daran, was sie für Patricia David und Bartles Wood tun würde, hielt sie davon ab, den Hörer so heftig aufzuknallen, dass Tom es hören konnte ...

»Ich habe mich gestern Abend mit Michael Johnson getroffen«, erklärte Tom, »dem Unterhausabgeordneten für Romford North. Er ist sehr interessiert und will uns einen Fragenkatalog vorlegen.«

»Gut. Wir haben die Aktionäre abstimmen lassen«, sagte Nico Cadogan, »und ihnen das verschlankte, neue Unternehmen vorgestellt, ganz wie Sie geraten haben. Jetzt können wir bloß noch beten, nehme ich an.«

»Sie bezahlen mich dafür, dass ich etwas mehr tue als das«, lachte Tom.

»Schon möglich. War übrigens sehr schön, der Renntag in Ascot. Hat mir gefallen. Vielen Dank. Sie müssen mir gestatten, dass ich Sie und Octavia demnächst einmal zum Essen einlade.«

»Das wäre nett. Vielen Dank.«

»Ihre Frau ist sehr intelligent, und schön noch dazu. Sie sind wirklich ein Glückspilz.«

»Das hoffe ich«, erwiderte Tom.

Interessante Antwort, dachte Cadogan.

»Einfach großartig, Octavia!« Patricia Davids Stimme klang atemlos vor Freude. »Wir hätten das nie so gut hingekriegt. Ganz herzlichen Dank.«

»Schon gut. Ich bin hingefahren, zu dem Wald, wissen Sie, und man darf das einfach nicht zulassen. Wenn das Bauprojekt vom Gemeinderat abgelehnt wird, haben Sie Zeit gewonnen. Er, die Gegenseite, wird Widerspruch einlegen, und das wird, mit etwas Glück, Monate dauern. Aber wenn an dem Gerücht, dass es durchkommt, etwas dran ist, wird es schwieriger. Sie müssten es noch diese Woche erfahren, habe ich gehört.«

»Ja. Nach der Sitzung des Bauausschusses. Jedenfalls schicke ich Ihre Presseerklärung sofort an die Lokalzeitungen.«

»Ja, tun Sie das. Und es gibt keinen Grund, es nicht auch bei den überregionalen Blättern zu probieren. Der *Guardian* und der *Independent* haben am meisten für Umweltthemen übrig.«

»Danke, Octavia. Wir haben so ein Glück, dass wir Sie auf unserer Seite haben.«

»Ja, aber denken Sie daran, behalten Sie es für sich«,

mahnte Octavia. »Es würde Ihnen, von mir mal ganz abgesehen, sehr schaden, wenn herauskäme, dass ich da mit drinstecke.«

Lieber Gott, dachte sie, als sie auflegte. Das war wirklich ein Spiel mit dem Feuer. Das Komische war bloß, dass sie sich dadurch viel besser fühlte ...

Lauren Bartlett hatte es eilig.

»Wir geben heute eine große Dinnerparty für Drews Geschäftsfreunde. Ich bin total in Hektik, ich muss noch die Blumen holen und mich frisieren lassen, bevor die Köchin kommt. Also hören Sie. Wir haben beschlossen, Ihre Agentur für die Sache in Brands Hatch zu engagieren. Es ist uns doch eine Nummer zu groß. Vorausgesetzt, dass wir uns über das Honorar einigen können.«

»Also ...« Aber Octavia wusste, dass Melanie die Regeln brechen würde, um diesen Fisch an Land zu ziehen. »Also, wir könnten ... uns darüber unterhalten.«

»Gut. Und noch etwas. Wir zahlen jedes Jahr einen Zuschuss an ein Kinderhospiz, dessen Existenz bedroht ist. Im Grunde braucht es eine neue Unterkunft und viel mehr Geld, als wir aufbringen können. Wir wollen versuchen zu erreichen, dass der Staat die Finanzierung übernimmt, haben da allerdings wenig Hoffnung. Die Sparmaßnahmen, Sie wissen schon. Aber Tom kennt doch diese ganzen Abgeordneten, also habe ich mir Folgendes gedacht: Wir würden gern in Ihre Agentur kommen, um alles zu klären, und vielleicht könnte Tom nachher dazustoßen. Damit wir besprechen können, was er möglicherweise unternehmen könnte.«

Diese Arroganz verschlug einem fast den Atem. Doch Octavia sagte nur: »Gut, ich frage ihn, mal sehen, ob ihm was einfällt.«

»Das genügt leider nicht, Octavia. Ich möchte es mit ihm persönlich besprechen. Könnten Sie ihm das ausrichten?«

»Selbstverständlich. Aber ich kann nicht versprechen –«

»Nein, nein, das ist mir klar. Also, wie wäre es nächste Woche, zum Beispiel am Dienstag? Das würde mir sehr gut passen. Am Montag habe ich wieder eine Dinnerparty und am Mittwoch Theater, deswegen – ja, Dienstag. Wie wäre es um halb fünf?«

Octavia schaute auf ihren Terminkalender, der ärgerlicherweise am Dienstag um halb fünf keinen Eintrag aufwies.

»Ja, das ginge. Ich will nur eben meine Geschäftspartnerin, Melanie Faulks, fragen.«

Melanie hatte ebenfalls Zeit. Octavia biss die Zähne zusammen und kehrte zum Telefon zurück.

»Ja, das geht in Ordnung.«

»Gut. Und Sie sprechen mit Tom?«

Tom erklärte, er könne sich am nächsten Dienstag unter keinen Umständen mit irgendjemandem irgendwo treffen. Er müsse zu einer Besprechung mit Nico Cadogan und seinen Banken und dann habe er noch spät ein Meeting in Oxford. »Wahrscheinlich komme ich an dem Abend nicht zurück.«

»Ginge es dann an irgendeinem anderen Tag?«

»Nein, tut mir Leid«, entgegnete er kurz. »Nächste Woche bin ich ausgebucht.«

»Vielleicht könnten wir dann irgendwann mit den Bartletts essen gehen? Oder etwas trinken?«

»Wenn es unbedingt sein muss. Aber Gott weiß, wie ich das schaffen soll. Mach mit Vanessa einen Termin ab, ich muss los.« Damit legte er auf.

Octavia starrte auf das Telefon und ihr war ganz übel. Ihre Power-Partnerschaft schien allmählich ziemlich kraftlos zu werden.

»Du hast es doch nie bereut, dass du die Schule abgebrochen hast, oder?«, fragte Zoe beiläufig. Alles, was mit Ian Edwards zu tun hatte, faszinierte sie, so fremdartig erschien er ihr im Vergleich zu den Jungen, mit denen sie aufgewachsen war. Sie hatte auch früher schon Jungs aus der Arbeiterschicht kennen gelernt, war aber mit keinem näher befreundet gewesen. Sie waren so viel attraktiver als die Privatschul-Blödmänner, die sie kannte: intelligenter, witziger, schicker – und sexy.

»Spinnst du? 'türlich nicht. Hier, komm hierher, Zoe ...«

Er beugte sich vor und begann, sie zu küssen. Zoe erwiderte seine Küsse mit Begeisterung. Sie mochte seine Art, es überall zu tun, in der Kneipe, in der U-Bahn, und sich nichts daraus zu machen, ob jemand es sah.

»Was machst du heute Abend?«, fragte er, als er sie schließlich freigab.

»Ach, du weißt schon, lernen. Und ich habe versprochen, meiner kleinen Schwester bei ihrer Frisur zu helfen. Sie hat morgen einen wichtigen Termin.«

»Das ist nett, Zoe. Du bist ein nettes Mädchen, wirklich. Überhaupt nicht so, wie ich gedacht hatte.«

»Was hattest du denn gedacht, wie ich bin?«, fragte sie.

»Ach, du weißt schon – verwöhnt, hochnäsig. Aber das bist du gar nicht.«

Sie gingen zusammen die Straße hinab. Er hatte ihr den Arm um die Schultern gelegt und ab und zu glitt seine Hand auf ihre Brust hinunter. Zoe sah ihn an. Er war unglaublich sexy, fand sie; er hatte dunkles, kurz geschorenes Haar und dichte schwarze Augenbrauen, war ziemlich groß, sehr muskulös und von der Arbeit im Freien gebräunt. Er trug ein schwarzes ärmelloses T-Shirt und schwarze Jeans, und sie fragte sich, wie er wohl aussah, wenn er nichts anhatte. Ihr wurde ganz schwach. Er grinste sie an und knabberte an ihrem Ohr. »Was denkst du gerade, Zoe?«

»Ach – was wir Freitag machen könnten.«

»Willst du in einen Club? Und anschließend ... wer weiß?«

Er hatte es bereits angedeutet: Sex. Sie konnte es kaum erwarten. Zoe hatte noch nicht oft mit Männern geschlafen, aber es hatte ihr gefallen, und sie war sicher, dass es ihr mit Ian Edwards auch gefallen würde. Die Frage war bloß, wo? Alle Möglichkeiten, die das Leben in ihren Kreisen normalerweise bot, Partys, sturmfreie Buden, Wochenendhäuschen, waren mit Ian nicht gegeben.

Das Gefühl im Bauch, fast wie ein Schlag in den Magen, das ihr sagte, hier handele es sich um etwas ganz Großes, bekam Ritz Franklyn nicht oft; aber als sie Romilly Muirhead anschaute, die mit ihrer Mutter vor ihr stand, hatte sie es. Sie war höflich, nervös, hatte riesige grüne Augen, üppiges, schimmerndes, aschblondes Haar, das über eine hohe Stirn fiel, ein winziges, herzförmiges Gesicht und ein breites, herrliches Lächeln, dessen Strahlen von der dicken Zahnspange kaum gedämpft wurde. Herr des Himmels, dieses Gesicht bestand nur aus Augen und Mund, jungfräulicher Sex in Person, und die Kleine hatte keine Ahnung davon, überhaupt keine Ahnung ...

»Es war toll«, schwärmte Romilly gegenüber Fenella, »ehrlich, ich kann es dir gar nicht beschreiben. Sie waren so nett, alle, richtig freundlich und aufbauend. Ich musste ein bisschen hin- und hergehen und so tun, als wäre ich auf einem Laufsteg. Ich kam mir schon ein bisschen albern dabei vor, aber sie sagten, ich sollte mich einfach entspannen, sie würden Musik auflegen, das half, und dann haben sie Fotos gemacht und –«

»Wie waren denn die anderen Mädchen?«

»Ach, fantastisch.« Romillys Stimme sackte ein wenig ab. »Viel älter als ich, eher in Zoes Alter. Eine hatte schon mal als Model gearbeitet und eine andere hatte als kleines Kind in einem Werbespot mitgemacht. Sie wussten also, was sie taten. Und da war noch eine, die sah genauso aus wie Naomi Campbell. Ich hab also gar keine Chance zu gewinnen. Oder auch nur zu den sechs Besten zu gehören, denk ich. Aber es war ein wunderbarer Nachmittag und ich darf ein paar von den Fotos behalten.«

»Na, das ist ja wohl einfach«, bemerkte Ritz.

»Ja. Keine Frage. Die Endauswahl ist geradezu eine Farce. Die Kleine ist wunderbar. Und die Beine! Mein Gott, diese Beine.«

»Das einzige Problem ist«, meinte Ritz, »wie viel wir aus ihr herauskriegen werden. Die Mutter ist nicht dumm. Sie wird ihr Küken sehr genau im Auge behalten.«

»Ja, aber das Mädchen wird bald sechzehn. Und wenn sie einmal die mittlere Reife hat, gibt die Mutter wahrscheinlich nach. Ich meine, es kann durchaus sein, dass Christie's sie haben wollen. Für ihre neue junge Serie. Sie suchen dringend ein neues Gesicht. Und überlegen Sie mal, Ritz, da geht es um eine halbe Million. Da können nicht viele widerstehen. Nicht mal Mütter mit Grundsätzen.«

Michael Carlton rief am späten Nachmittag bei Fleming + Cotterill an. Tom sei in einer Sitzung, sagte seine Sekretärin, und sie glaube nicht –

»Sie sollen nicht glauben«, entgegnete Carlton, »Sie sollen mich durchstellen. Es ist dringend.«

Tom rief ihn zurück und hörte sich mit sinkendem Mut an, was Carlton zu sagen hatte. Der Gemeinderat hatte die Baugenehmigung nicht erteilt. Carlton würde Widerspruch einlegen und das bedeutete eine lange Verzögerung und beträchtliche Kosten. Der Bauunternehmer war offenbar der Ansicht, das sei größtenteils Toms Schuld.

»Sie haben behauptet, der Gemeinderat würde vor einem Widerspruchsverfahren zurückscheuen, weil die Gemeinde vielleicht die Kosten tragen müsste. Was ist da schief gelaufen?«

»Ich weiß es nicht, Michael«, entgegnete Tom vorsichtig. »Das passiert manchmal, wenn der Widerstand vor Ort stark ist. Aber letztlich kriegen Sie die Genehmigung, da bin ich mir sicher. Es ist nur eine Frage der Zeit, und –«

»Es liegt an diesen verdammten Zeitungsartikeln, oder? Diese elenden Weiber und ihre Plakate. Überall haben sie die aufgehängt, die ganze Gegend ist voll davon. Ich bin letzte Woche hingefahren, um mir das Gelände noch mal anzusehen. Octavia war auch nicht gerade eine große Hilfe. Also, was machen wir jetzt?«

»Wir legen Widerspruch ein. Eigentlich könnten wir uns erst an die zuständige Planungsaufsichtsbehörde wenden. Mal sehen, was die sagt. Das macht denen Angst, denn es bedeutet Anwälte, und Anwälte kosten Geld. Oder wir legen direkt in Westminster Widerspruch ein und –«

»Tun Sie einfach das, was Ihrer Meinung nach am besten funktioniert. Dafür bezahle ich Sie schließlich. Und nicht zu knapp, wenn ich mich recht erinnere. Im Moment scheinen Sie diese Summe kaum wert zu sein, muss ich sagen. Schönen Tag noch, Tom.«

11. Kapitel

»Oh nein«, rief Romilly und brach in Tränen aus.

»Engelchen, was ist denn?«

»Hier!« Romilly hielt ihrer Mutter einen Brief hin. »*Alive!* will mich für das Finale! Ich bin unter den letzten sechs. Ach, Mama! Ich kann es gar nicht fassen, ich freue mich so!«

»Ich auch, Schatz. Aber sieh mal, du musst heute Abend Saxophon üben. Du kommst mit dem Stück noch nicht richtig klar.«

»Ach, bis zu dem Konzert ist doch noch viel Zeit. Darüber kann ich mir jetzt keine Gedanken machen. Tschüssi!«

Es war nur eine winzige Sache; aber es war eine Veränderung. Eine Veränderung, zwar nicht zum Schlimmeren, aber sicherlich auch nicht zum Besseren. Marianne seufzte.

Das Telefon klingelte: Es war Felix.

»Guten Morgen. Geht's dir gut?«

»Ja, danke. War nett, das Essen gestern Abend. Hat mir Spaß gemacht.«

»Mir auch. Hör mal, ich möchte, dass du mit Octavia redest.«

»Wie bitte? Worüber denn?«

»Über das, was ihr Kummer macht. Ich bekomme einfach nichts aus ihr heraus. Bitte versuch du es doch mal.«

»Felix«, sagte Marianne, »ich habe im Moment wirklich genug Probleme mit meinen eigenen Kindern. Es besteht leider die Chance, dass Romilly diesen elenden Modelwettbewerb gewinnt, Zoe trifft sich wahrscheinlich mit einem Jungen, den ich nicht gutheißen würde – ich kenne die Anzeichen –, und von Marc habe ich buchstäblich seit Wochen nichts gehört.«

»Das tut mir Leid. Aber es ist hauptsächlich deine eigene Schuld. Du hast die Kinder verzogen, sie nach Strich und Faden verwöhnt, und jetzt ...«

»Felix«, unterbrach Marianne ihn, »auf so was kann ich verzichten, aber wirklich. Und ich habe nicht die Absicht, Octavia nach womöglich nicht existierenden Traumata zu fragen. Die ganze Idee ist absurd. Schönen Tag noch.«

Sie legte einfach auf und blieb leicht zitternd sitzen. Das Telefon klingelte erneut, sie nahm ab und sagte wütend: »Ja?«

»Marianne? Sie scheinen nicht gerade erfreut, von mir zu hören.«

Es war Nico Cadogan.

»Doch, sogar sehr«, widersprach sie und meinte es auch so. »Viel erfreuter, als Sie sich vorstellen können.«

»Octavia, ist das nicht wunderbar? Wir haben gewonnen!«

Patricia Davids Stimme klang euphorisch. Octavia lächelte in den Hörer.

»Wie wundervoll. Ja. Aber ist Ihnen klar –«

»Ja, natürlich. Der Bauunternehmer hat schon angekündigt, dass er Widerspruch einlegen wird. Aber wir gewinnen Zeit. Eine Menge Zeit. Unser Abgeordneter meint, es könnte unter Umständen zwei Jahre dauern.«

»Wie heißt er, Ihr Abgeordneter? Vielleicht kenne ich ihn.«

»Oh, er hat einen ganz romantischen Namen: Gabriel Bingham. Wie aus einem Roman von Thomas Hardy. Es ist erstaunlich, dass er der Labour-Partei angehört, muss ich schon sagen.«

Bestimmt spricht er keinen Dialekt, dachte Octavia, und hat gute Umgangsformen.

»Er ist sprachlich sehr gewandt und hat tadellose Manieren«, fuhr Patricia David fort. »Ein noch ziemlich junger Mann, der auf seine etwas ungeschliffene Art sehr gut aussieht. Also, die *Daily Mail* möchte ein Interview mit mir führen. Über die jüngste Entwicklung. Soll ich das machen?«

»Ja. Aber trumpfen Sie wirklich auf, Patricia. Reden Sie nicht nur von dem Wald und wie wunderschön er ist. Erklären Sie, dass Sie einen Berufungsfonds anlegen, dass Sie planen, einen Anwalt einzuschalten und die Sache, wenn nötig, vor den europäischen Gerichtshof zu bringen. Machen Sie klar, dass Sie ernst zu nehmende Gegner sind, nicht nur ein Grüppchen rührseliger Mütter.«

»Ja. Ja, gut. Ich weiß, ich habe das schon mehrmals gesagt, aber wir haben wirklich Glück, Sie auf unserer Seite zu haben, Octavia. Ich wünschte, Sie könnten unseren Mr Bingham kennen lernen – vielleicht könnten Sie ihn überreden, ebenfalls für uns Partei zu ergreifen.«

»Na, das wäre aber wirklich gefährlich für mich«, sagte Octavia lachend. »Ich meine, ihn zu treffen.«

Marianne schaute Nico Cadogan über den Tisch hinweg an und fragte sich, was sie hier eigentlich zu suchen hatte – im *Caprice,* wo die Hälfte der Gäste entweder sie oder ihn kannten und sich fragen würden, was sie zusammen hier machten.

»Das macht Spaß«, meinte er, als hätte er ihre Gedanken gelesen. »Es ist immer gut, etwas nur zum Vergnügen zu tun, finden Sie nicht auch?«

»Unbedingt«, gab Marianne ein wenig zweifelnd zur Antwort.

»Kommen Sie, trinken Sie Ihren Champagner. Ich möchte alles über diese schrecklichen Probleme hören, die Sie mit Ihren Kindern haben.«

Als er heute Morgen angerufen hatte, vorgeblich auf der Suche nach Felix, hatte sie gesagt, sie sei so ungefähr die letzte Person, mit der Felix im Moment zusammen sein würde; er hatte nach dem Grund gefragt und daraufhin hatte sie ihm ziemlich unbesonnen alles erzählt.

»Hört sich an, als fühlten Sie sich vernachlässigt«, hatte er erklärt. »Essen Sie mit mir zu Mittag und ich werde Sie ein Weilchen besser behandeln.«

Nein, hatte Marianne gesagt, unmöglich, und er hatte erwidert, doch, natürlich könne sie, und sie hatte plötzlich einen Blick auf ihr Leben geworfen und gedacht, ja, er hatte Recht, natürlich konnte sie. Und hier saß sie nun, ihm gegenüber, lächerlich nervös und von der suggestiven Macht seiner Aufmerksamkeit mehr als nur ein bisschen verwirrt – emotional und sexuell.

»Ich finde es ziemlich beleidigend«, bemerkte Nico Cadogan und schaute sie über sein Champagnerglas hinweg an, »dass es Ihnen nicht mehr Vergnügen bereitet.«

»Doch, das tut es«, sagte sie und trank noch ein Schlückchen Champagner. Unter finanziellen Sorgen litt Nico Cadogan ganz augenscheinlich nicht.

»Nein, tut es nicht. Sie machen sich Gedanken, dass jemand, den Sie kennen, uns sehen könnte, und Sie machen sich Gedanken darüber, was Felix sagen könnte, wenn er wüsste – oder weiß er es?«

»Nein«, erklärte Marianne, halb belustigt, halb empört über diese Frage. »Ich bin Felix schließlich keine Rechenschaft schuldig – wir sind nicht verheiratet.«

»Und warum nicht? Sie sind doch schon lange zusammen.«

»Wir haben uns entschlossen, nicht zu heiraten«, sagte Marianne bestimmt. »Und ich möchte lieber nicht darüber sprechen. Das geht Sie nun wirklich nichts an.«

»Doch, tut es«, widersprach er.

»Und wieso?«

»Ich finde, da sollten Sie Ihre Fantasie spielen lassen.«

»Ich fürchte, Tom, wir werden uns nach einer zusätzlichen Finanzspritze umsehen müssen«, sagte Aubrey.

»Meine Güte. Ist es so schlimm?«

»Noch nicht. Aber wenn wir auch nur einen einzigen Kunden verlieren, ist es aus mit uns.«

»Wir werden keinen Etat verlieren«, versetzte Tom unbekümmert. »Alles läuft prima.«

»Auch mit Michael Carlton?«

»Ach, den kann ich beruhigen. Er bekommt seine Baugenehmigung schon. Es wird bloß etwas länger dauern. Man könnte argumentieren, dass das auch sein Gutes hat, denn dann kriegen wir länger Honorar von ihm.«

»Schön«, seufzte Aubrey, »wir bleiben dran.«

»Wo warst du denn?«

Marianne schreckte zusammen; sie hatte gedacht, es sei niemand zu Hause.

Zoe saß in der Küche und sah fern.

»Du siehst gut aus. Ein bisschen rot im Gesicht, aber wirklich gut. Cooles Kleid.«

»Danke«, sagte Marianne mit einiger Mühe. Ihr war, als sei ihr ganzer Körper errötet. Sie reagierte immer leicht und nach zwei Stunden mit Nico Cadogan und seinen intensiven sexuellen Aufmerksamkeiten stand ihr Körper vor Verlangen praktisch unter Schock. Nicht, dass Nico sie auch nur berührt hätte: schön, abgesehen vielleicht von einem beiläufigen Abschiedskuss vor dem Restaurant. Und gelegentlich hatte er seine Hand auf ihre gelegt. Und dieses Lächeln – dieses gefährliche, eindringliche Lächeln. Er hatte sie in ein Taxi gesetzt und sich dafür entschuldigt, dass er sie nicht zum Eaton Square zurückbegleiten könne; er habe eine dringende Sitzung. Gott sei Dank dafür, dachte Marianne. Ihre Mutter hatte einmal lachend aus ihrer Jugend erzählt, von jungen Männern, die sie damals als G.I.T. – Gefährlich in Taxis – bezeichnet hatten. In dem Zustand, in dem sie sich befand, wäre sie in einem Taxi selbst keineswegs ungefährlich gewesen, jedenfalls nicht in Gegenwart Nico Cadogans. Es wäre ihr schwer gefallen, nicht den ersten Schritt zu tun und ihn zu küssen. Das durfte sich nicht wiederholen. Es war viel zu riskant.

Vorsichtig lächelte sie Zoe an und fuhr sich mit der Hand durchs Haar. Aber selbst das verwirrte sie, denn Nico hatte das Gleiche getan, seine Hand durch ihr Haar gleiten lassen und bemerkt: »Ich mag es, wenn das Haar einer Frau schlicht frisiert ist.« Und wo waren sie gewesen, als das passiert war? Im Foyer des *Caprice*. Du lieber Gott.

»Ich muss duschen«, sagte sie rasch zu Zoe, »mir ist wirklich furchtbar warm.«

»Okay. Tu das«, meinte Zoe und grinste ihre Mutter verschwörerisch an. Marianne fühlte sich wie ein Teenager in Gegenwart der Mutter.

»Ich würde für Sonntag gern Louise einladen«, sagte Octavia. »Und Sandy natürlich.«

Sie wollten aufs Land fahren, denn sie waren zu einem vierzigsten Geburtstag eingeladen, der am Samstagabend groß gefeiert werden sollte. Aber den Sonntag würde sie allein mit Tom verbringen müssen und diese Aussicht jagte ihr Angst ein.

Sie lagen im Bett. Er war an den letzten drei Abenden spät nach Hause gekommen, und es war ihr gelungen, sich schlafend zu stellen, wenn er ins Zimmer trat. Heute Abend waren sie zusammen ausgegangen und nun lag sie neben ihm im Bett. Tom sah einige Papiere durch und machte sich Notizen.

»Muss das sein?«, fragte er.

»Warum denn nicht?«

»Ich muss jede Menge lesen. Der blöde Sandy will bestimmt Tennis spielen, und –«

»Tom, sie machen gerade eine sehr schlimme Zeit durch. Louises Mutter liegt im Sterben! Ich glaube, sie könnte eine Abwechslung gut brauchen«, erklärte Octavia fest. »Übrigens habe ich sie schon eingeladen.«

»Dann lade sie eben wieder aus. Oder ich fahre mit der Bahn zurück nach London. Ich halte es wirklich nicht aus, mir den ganzen Nachmittag lang Sandys Geschichten aus Bosnien anzuhören.«

»Tom, so schlimm ist er nun auch wieder nicht.«

»Finde ich schon.«

»Wenn er dein Kunde wäre, wäre das was ganz anderes, oder? Wenn er mit einem schönen, dicken Honorar winken würde, müssten wir alle bei jedem Satz über Bosnien an seinen Lippen hängen!«

»Ach, sei doch still«, wehrte er müde ab. »Ich glaube, ich schlafe lieber im Gästezimmer. Ich muss das wirklich noch durcharbeiten. Hast du was dagegen?«

Octavia zuckte nur die Achseln. Er stieg aus dem Bett und sammelte seine Sachen ein.

»Nacht, Octavia.«

»Nacht, Tom.«

Es war beängstigend, wie schnell ihre Beziehung sich verschlechtert hatte, seit sie ihre Entdeckung gemacht hatte. Was ihr Angst einjagte, war die Frage, was geschehen wäre, wenn sie nichts gemerkt hätte. Würde sie dann immer noch vollkommen glücklich mit ihm zusammenleben, mit ihm am gleichen Tisch sitzen, ohne dass ihr übel wurde, Dinge mit ihm besprechen, ohne dass sie am liebsten geschrien hätte, mit ihm ins Bett gehen, ohne vor ihm zurückzuschrecken? Würde er immer noch mit ihr schlafen und würde sie es genießen und seine Zärtlichkeiten erwidern – und würde er die ganze Zeit, beim Essen und bei den Gesprächen und beim Liebesspiel, an SIE denken, sich wünschen, er wäre mit IHR zusammen, seine Ehefrau mit IHR vergleichen? Wie lange ging das schon so und warum, warum hatte es überhaupt begonnen? Was hatte sie getan oder nicht getan, dass er das Bedürfnis verspürt hatte, sich von ihr abzuwenden und Trost, Vergnügen, Sex, oder was auch immer er sich wünschte, bei einer anderen zu suchen?

Zum tausendsten Mal fragte Octavia sich, wie lange sie noch so weitermachen konnte, nichts sagen, so tun, als sei es ihr gleichgültig, ihr eigenes Leben weiterführen ...

»Also, was hältst du davon?« Ians Blick war sehr zuversichtlich, als er Zoe anschaute. »Ich hab da was an der Hand. Eins der Häuser, in denen wir arbeiten. Es ist leer und ich hab einen Schlüssel.«

»Aber wenn wir erwischt werden ...«

»Zoe, die Besitzer sind auf den Malediven. Es ist ein schönes Haus, bequeme Betten und alles. Na los, Zoe, sonst denke ich noch, du willst gar nicht.«

»Okay«, sagte sie. »Klingt cool.«

Das Haus war, was Makler normalerweise als Schmuckstück bezeichneten – eine viktorianische Villa in einer der vornehmeren Gegenden von Brixton. Zoe merkte, dass sie auf dicken Teppichen ging, und fand sich dann im gedämpften Licht einer halbfertigen, offensichtlich teuren, neuen Küche wieder.

»Ganz nett, was? Das meiste davon hab ich selbst eingebaut. Komm mit nach oben, da ist ein geiles Bett, gerade erst geliefert.«

»Ian, ich glaube, wir sollten lieber doch nicht ...«

»Ach, jetzt hör aber auf. Klar sollten wir. Komm schon, Zoe, das Leben ist zu kurz, um sich Sorgen zu machen.«

Zoe benutzte die Toilette und ging dann nach oben. Sie hatte jedes Verlangen nach Sex verloren: Nur ihre Angst, von Ian als Feigling oder noch Schlimmeres beschimpft zu werden, hielt sie davon ab, einfach wegzulaufen.

Ian rief aus dem vorderen Schlafzimmer nach ihr: »Na komm schon, Zoe, was treibst du denn?«

Er saß nackt in einem großen Bett mit Messingkopfteil, unter einer sehr teuer aussehenden weißen Daunendecke, und grinste sie an. »Komm, ich bin fertig und wart auf dich. Guck mal, ich hab was, um dich aufzuwärmen. Oder abzukühlen.«

Es war eine Flasche Champagner.

»Ian! Das ist ja sagenhaft. Wann hast du die denn gekauft?«

»Sie war im Kühlschrank. Wirklich eine sehr noble Marke. Kein Schrott.«

»Ian! Du kannst doch nicht einfach was aus ihrem Kühlschrank nehmen.«

»Ich stelle die Flasche doch zurück. Sie ist bloß geliehen, Zoe. Am Montag, wenn ich zur Arbeit komme, ersetze ich sie.«

Er zog den Korken heraus und es gab einen lauten Knall. Zoe geriet in Panik, weil sie fürchtete, dass die Nachbarn es hören und an die Wand klopfen könnten.

Er hielt ihr die Flasche hin, gab ihr daraus zu trinken und ließ dann etwas Champagner langsam auf seinen Schwanz tröpfeln. Zoe schaute ihn ehrfürchtig an. Er war ungeheuer groß.

»Versuch mal, von da zu trinken«, sagte er lachend. »Na los, er beißt nicht. Und wehe, du beißt ihn.«

Zoe rutschte über das Bett.

Das Taxi setzte sie an der Ecke des Eaton Square ab. Es war fast sechs und schon hell. Zoe fragte sich, was ihre Freundinnen wohl denken würden, wenn sie wüssten, was sie in den letzten Stunden gemacht hatte, dass sie Sex gehabt hatte, und zwar in einem Bett und in einem Haus, wo sie nichts zu suchen hatte, wo man sie wegen Einbruchs hätte verhaften können. Mit einem Freund, der Champagner und Zigaretten aus dem Haus gestohlen hatte. Aber es war wirklich aufregend gewesen. Hatte der ganzen Sache etwas Pikantes gegeben. Und Ian war sehr, sehr gut im Bett. Ohne Frage der beste Sex, den sie je gehabt hatte.

Tom hatte vorgeschlagen, direkt nach dem Frühstück zurückzufahren. »Ich muss wirklich zurück. Wenn du mit den Kindern bleiben willst, kannst du mich nach Warminster fahren. Mir wäre das recht.«

Louise hatte angerufen und abgesagt: Sandy hatte wenig Lust gehabt, den Tag mit »zwei kichernden Frauen zu verbringen, wie er sich ausdrückt. Tut mir Leid, Hexchen. Du weißt ja, wie komisch er sein kann.«

»Na gut. Und wie geht es Anna?«

Die samtene Stimme wurde ernster. »Sehr schlecht. Ich kann kaum glauben, wie schnell es zu Ende geht.«

»Ich würde sie gern noch mal sehen. Wann könnte ich kommen?«

»Ach, mach du einen Vorschlag. Du bist die Vielbeschäftigte.«

Octavia war verletzt.

»So beschäftigt bin ich nun auch wieder nicht. Wie wäre es mit –«, sie schaute in ihren Terminkalender, »– Donnerstagnachmittag? Das könnte ich problemlos machen.«

»Schön. Wenn es problemlos geht.« Ein feindseliger Unterton klang in der Antwort mit. Octavia gab sich Mühe, nicht beleidigt zu sein. Schließlich war das verständlich.

»Doch, ja. Also bis dann, Lulu.«

Sie fuhr Tom nach Warminster zum Bahnhof und nach dem Mittagessen sagte sie gut gelaunt zu den Kindern: »Ich möchte euch etwas zeigen.«

»Was denn? Ein Vogelnest oder so was?«, fragte Poppy mit von Sarkasmus triefender Stimme.

»Es ist ungefähr eine halbe Stunde von hier und es ist mir sehr wichtig.«

»Garantiert ein Vogelnest«, sagte Gideon zu Poppy.

Sie hatte befürchtet, dass ganze Völkerscharen in Bartles Wood picknicken und wandern würden, aber es war kaum jemand zu sehen. Nur eine kleine, glücklich wirkende Familie stand auf der schmalen Steinbrücke und ließ Stöckchen um die Wette schwimmen, und als sie den Wald selbst betraten, Octavia mit Minty auf dem Arm, kam ihnen ein Pärchen entgegen, das sich an den Händen hielt. Das Kleid des jungen Mädchens war ganz zerknittert.

»Die haben geknutscht«, bemerkte Gideon mit der ganzen Weisheit seiner fast neun Jahre. »Also, Mama, wo ist denn diese aufregende Sache?«

»Hier.« Octavia lächelte in das gedämpfte Sonnenlicht hinein. »Das hier ist Bartles Wood. Guck mal, hast du die Libelle da gesehen? Und da ist eine ganze Entenfamilie, sieh doch.«

»Super«, sagte Poppy. »Wahnsinn. Enten.«

»Poppy, sei nicht albern. Es ist herrlich hier, und das Aufregende ist, dass an dieser Stelle Geschäfte und Häuser gebaut werden sollten. Aber dazu wird es jetzt nicht kommen. Na ja, hoffentlich.«

»Was, hier?« Selbst Gideon klang schockiert.

»Ja. Hier. Sie wollten den Wald abholzen, ein großes Herrenhaus abreißen, das oben auf dem Hügel steht, den Fluss umleiten und eine Wohnsiedlung bauen.«

»Das ist ja schrecklich«, rief Poppy.

»Ja, natürlich. Lasst uns ein bisschen weiter hineingehen. Da vorne ist eine kleine Lichtung, seht mal, da können wir uns hinsetzen und Minty kann rumkrabbeln. Sie wird langsam ziemlich schwer.«

Sie gingen unter den Bäumen entlang und schlenderten auf die Lichtung hinaus. Die Zwillinge schauten sich um und stritten darüber, wo die Häuser hingekommen wären und wo die Geschäfte. Octavia beobachtete mit einiger Erleichterung, wie sie in Richtung Fluss verschwanden.

Zwischen dem Farnkraut wuchsen hohe Fingerhüte und eine große Biene summte träge in die Glockenblüten hinein und wieder heraus. Octavia fühlte sich plötzlich glücklich und friedvoll. Minty saß auf dem Boden und schaute sich mit großen, dunklen Augen um, dann griff sie nach oben und presste sich ein Stück Farnwedel ins Gesicht.

»Das würde ich an deiner Stelle nicht essen«, sagte eine Stimme und ein junger Mann betrat die Lichtung. Er lächelte Octavia an und sie lächelte zurück. Er war recht attraktiv, aber auf unordentliche Weise, mit ungestümen braunen Locken und großen haselnussbraunen Augen. Sein Mund war breit, seine Zähne ein wenig schief, eine willkommene Abwechslung von der rigiden kieferorthopädischen Perfektion. Er war groß und dünn und trug Kordhosen, ein kariertes Hemd und schwere schwarze Gummistiefel: offenbar ein Einheimischer.

»Es ist schön hier, nicht wahr?«, sagte Octavia lächelnd.

»Wunderschön.«

»Wir wollen hoffen, dass es so bleibt.«

»Aha! Sie meinen das Bauprojekt? Ich nehme an, Sie haben in der Zeitung davon gelesen«, antwortete er und musterte Octavia (Armani-Jeans, Sonnenbrille von Cutler & Gross, Minty in einer Latzhose von Baby Gap).

»Ja. Und ich habe die Plakate gesehen«, fügte sie rasch hinzu. »Hinten bei der Brücke und beim Gatter. Ich nehme mal an, Sie sind dafür, den Wald zu erhalten. Nicht zu bauen.«

»Nun, ja und nein«, erwiderte der Fremde vorsichtig. »Es wäre eine Schande, hier zu bauen. Aber Wohnraum wird hier in der Gegend dringend benötigt.«

»Das kann doch nicht sein«, entgegnete Octavia scharf. »Es gibt schon viel zu viel Wohnraum, überall in den Stadtzentren stehen Häuser leer.«

»In Bath ist mir das noch nicht aufgefallen«, widersprach er.

»Vielleicht nicht in Bath. Aber in Bristol und Frome und Warminster. Die Stadtzentren veröden.«

»Und Sie würden selbst gern in einem dieser leer stehenden Häuser wohnen? Im Zentrum?«

»Also ...« Octavia zögerte.

»Wo wohnen Sie?«

»In London.«

»Und wir haben ein Ferienhaus in der Nähe von Bath«, warf Poppy ein, die herübergekommen war, um sich den Fremden anzusehen. »Da fahren wir am Wochenende hin.«

»Wie schön für euch.« In den haselnussbraunen Augen lag ein klein wenig Verachtung, als er Octavia ansah. »Na, dann müssen Sie ja alles über die Gegend hier wissen. Und über die Bedürfnisse der Bevölkerung.«

»Schauen Sie«, setzte Octavia an, und am liebsten hätte sie ihm von ihrer Rolle in diesem Kampf erzählt, aber sie traute sich nicht. »So bin ich eigentlich gar nicht.«

»Nein?«

»Nein. Natürlich bin ich der Ansicht, dass die Leute vernünftig wohnen sollten. Aber warum kann man nicht das Brownfield-Gelände nehmen, warum kann man nicht die Stadtzentren verbessern, die Häuser, die dort schon stehen, renovieren? Das würde auch nicht mehr kosten. Wahrscheinlich sogar weniger.«

»Da ist sicher was Wahres dran. Aber die Menschen wollen auf dem Land leben, sie wollen ihre Kinder auf dem Land aufwachsen lassen. Und ich bin der Meinung, dass sie die Wahl haben sollten.«

»Aber bald wird keine Landschaft mehr übrig sein«, versetzte Octavia hitzig. »Es ist doch sicher besser für die Leute, wenn noch Naherholungsgebiete bestehen bleiben, damit sie mal einen Ausflug aufs Land machen können, als wenn jeder Zollbreit mit – mit Vorstandsvillen zugepflastert wird.«

»Und was ist an Vorstandsvillen verkehrt?«, fragte der junge Mann, ließ sich neben Octavia nieder und schaute sie aufmerksam an.

»Na, sie sind protzig. Und scheußlich.« Octavia merkte, dass sie wütend wurde, doch dann lächelte sie plötzlich.

»Aber das ist ja albern. Wir sind uns nur begegnet, weil es uns beiden hier gefällt!«

»Das ist wahr.« Er streckte die Hand aus. »Gabriel Bingham.«

»Ach so«, sagte Octavia. »Sie sind der hiesige Parlamentsabgeordnete, stimmt's?«

»Stimmt. Woher wissen Sie das?«

»Ach, von Freunden, die hier in der Nähe wohnen. Ich bin Octavia Fleming.«

»Hübscher Name. Und arbeiten Sie für Ihren Lebensunterhalt, Octavia Fleming?«

In der Frage schwang eine Spur von Herablassung mit.

»Ja. Ich habe eine eigene Firma«, erklärte sie fest.

»Tatsächlich?« Er war offenkundig überrascht. »Und was ist das für eine Firma?«

»Äh – Marketing«, antwortete sie hastig.

»Marketing! Sehr schick. Also, es war nett, Sie kennen zu lernen. Ich würde unsere Diskussion gerne fortsetzen, aber ich muss zurück.« Sanft schob er Minty fort, die gerade versuchte, auf seine Beine zu klettern, und erhob sich zu seiner ganzen Größe. Octavia schaute zu ihm hoch und stand dann auch auf.

»Zu Ihrer eigenen Familie?«

»Nein, nein. Sie ist eher so etwas wie eine Verlobte auf Probe.«

»Nur auf Probe?«

»Ja, sie ist sich noch nicht ganz sicher, was mich angeht. Jedenfalls noch nicht sicher genug. Aber jetzt muss ich wirklich wieder an die Arbeit. Ich wünsche Ihnen noch einen schönen Tag.«

Er lächelte und streckte die Hand aus. Octavia schaute auf sie hinunter: eine kräftige, braune, sehr große Hand. Octavia ergriff sie und die Hand schloss sich um ihre eigene. Aus irgendeinem Grund bekam sie buchstäblich weiche Knie.

12. Kapitel

ANNA BEKAM JETZT BERUHIGUNGSMITTEL und sie brauchte stärkere Schmerztabletten. Meistens allerdings war sie tapfer und täuschte allen vor, dass es ihr bald besser gehen würde.

Charles sah sie über seine Teetasse hinweg lächelnd an.

»Soll ich dir mal was erzählen? Was Schönes? Ich glaube, Louise ist vielleicht wieder schwanger.«

Annas Blick war erst verwirrt, dann plötzlich wachsam.

»Wie kommst du darauf?«

»Ach, nenn es männliche Intuition. Als sie letzte Woche hier war, hatte sie dieses blasse, dunkeläugige Aussehen. Und Dickon hat mir erzählt, dass sie auf der Fahrt hierher anhalten mussten, weil sie sich übergeben hat. Ich glaube einfach, sie könnte schwanger sein, und es wäre das Beste, was passieren könnte.«

»Da bin ich mir nicht so sicher«, sagte Anna langsam. »Und es ist unwahrscheinlich. Sehr sogar. Schatz, ich habe leichte Schmerzen, ist es nicht wieder Zeit für eine Tablette?«

»Aber natürlich. Schon längst. Du hältst dich gut.«

Sie nahm die Tablette und schaute ihn lächelnd an.

»Ich liebe dich, Charles.«

»Ich liebe dich auch. Aber warum glaubst du, dass es so unwahrscheinlich ist? Dass Louise schwanger ist?«

Doch Anna war schon eingeschlafen, in ihren tabletteninduzierten Frieden hineingedöst.

Am Dienstagmorgen war Tom zum Frühstück zu Hause. Er wirkte hektisch und nervös und machte viel Aufhebens darum, dass er Briefe öffnete und las.

»Du weißt, dass ich heute spät noch einen Termin habe?«, sagte er schließlich und blickte auf.

»Hatte ich vergessen«, erwiderte Octavia kühl. »Und mit wem genau?«

»Ach, ich treffe mich mit einer Gruppe von Umweltschützern, die einen All-Parteien-Ausschuss bilden wollen. Sie haben mich gebeten, an der Sitzung teilzunehmen.«

»Klingt gar nicht nach dir«, bemerkte sie lapidar.

Tom errötete, antwortete aber nicht.

»Und, was machst du heute?«, fragte er.

»Ach, endlose Sitzungen. Unter anderem habe ich einen Termin mit Lauren Bartlett. So, ich muss los, ich muss die Zwillinge in die Schule bringen.«

»Ja, gut. Übrigens, wenn du mit den Bartletts einen Termin für einen Drink ausmachen willst, ist mir das recht. Donnerstag wäre gut, oder nächste Woche Dienstag.«

»Schön. Danke.« Er musste ein furchtbar schlechtes Gewissen haben. »Und, kommst du heute Abend nach Hause?«

Eine Pause, dann: »Möglich. Mal sehen, wie der Tag so läuft. Ich sage dir noch Bescheid.«

»Gut.« Octavia bemühte sich, ihre Stimme gelassen klingen zu lassen. »Wiedersehen, Tom.«

»Wiedersehen, Octavia.«

»Gute Nachrichten, Pattie.«

Meg Browning, die der Bürgerinitiative zur Rettung von Bartles Wood angehörte, legte den Hörer auf und sah zu Pattie David hinüber.

»Das war Gabriel Bingham. Er hat gesagt, er würde heute Abend kommen. Zu unserem Anschlusstreffen.«

»Wirklich? Wunderbar!« Patties hageres Gesicht errötete vor Freude. »Mensch, Octavia würde wohl kaum zu dem Treffen kommen, oder?«

»Du könntest sie ja einladen.«

Patricia David rief an, aber Octavia meinte, so gerne sie auch käme, es wäre sehr unklug.

Lauren hatte zu der Besprechung bei Capital C eine Freundin mitgebracht, eine fürchterliche Frau namens Fiona Mills, die an allem, was Octavia und Melanie sagten, etwas auszusetzen hatte. Sie trug das Geld ihres Mannes auf jedem Zoll ihres Körpers, stellte Octavia fest. Dazu gehörte auch die stark geliftete Haut ihres Kinns.

»Wir sind einigermaßen zuversichtlich, dass eine gewisse Person ihre Teilnahme zusagen wird, nicht wahr, Lauren?«, säuselte sie. »Sie wissen, wen ich meine?«

Melanie warf ein, vermutlich meine sie Prinzessin Diana, und Fiona Mills erwiderte, das sei schon möglich, aber Diskretion sei in diesen Dingen alles.

»Das ist ja großartig«, bemerkte Melanie. »Einfach großartig.«

»Jetzt zur Frage Ihres Honorars«, sagte Lauren. »Leider sehen wir keine Möglichkeit, die angegebene Summe zu bezahlen. Sie ist wirklich sehr hoch. Was würden Sie diesbezüglich vorschlagen?«

»Wie ich schon zu Lauren gesagt habe, können wir unmöglich ...«, setzte Octavia an, aber Melanie warf ihr einen strahlenden, warnenden Blick zu und meinte: »Selbstverständlich können wir Ihnen in puncto Honorar entgegenkommen. Teilen Sie uns doch mit, an was Sie gedacht hatten. Wir werden schon eine Lösung finden.«

Octavia spürte, wie eine Welle der Wut und der Erniedrigung sie überflutete. Melanies sofortiges Zugeständnis hatte Octavia in Laurens Augen mit einem Schlag herabgesetzt. Ich bin hier die Chefin, hatte Melanie damit praktisch gesagt, *ich* treffe die wesentlichen Entscheidungen, mein Wort ist es, das zählt.

»Großartig«, erklärte Lauren und schenkte Octavia ein kurzes Lächeln. »Nun zu den Einzelheiten. Was würden Sie vorschlagen?«

Nachdem die beiden Frauen gegangen waren, kehrte Octavia in ihr eigenes Büro zurück und schloss die Tür. Melanie folgte ihr, ohne anzuklopfen.

»Gut gemacht. Ein wichtiger Etat, den du da reingebracht hast, Octavia.«

»Melanie, warum hast du eingewilligt, dass sie zahlen kann, was sie will, ohne mich auch nur zu fragen? Ich kam mir total dumm vor.«

»Octavia, diese Sache würde ich sogar ganz umsonst machen, wenn ich damit CHILDREN IN CRISIS kriege. Aber jetzt hör mal, du bist schon seit Tagen in einer hochneurotischen Verfassung. Es ist unmöglich, mit dir zusammenzuarbeiten. Ich weiß nicht, was mit dir los ist, aber –«

»Nichts ist los«, sagte Octavia und brach in Tränen aus.

Leise fragte Melanie: »Hat es mit Tom zu tun?«

»Was meinst du damit? Warum sollte es etwas mit Tom zu tun haben?«

»Octavia, irgendwas ist doch passiert. Die plausibelste Erklärung ist, dass es etwas mit Tom zu tun hat. Komm, es hilft dir bestimmt, wenn du darüber sprichst.«

»Ja«, sagte Octavia nach langem Schweigen. »Ja, es ist wegen Tom. Natürlich. Er ... also, er hat ein Verhältnis.«

»Dachte ich mir, dass es so was sein könnte«, meinte Melanie.

Octavia starrte sie an.

»Warum hast du das gedacht?« Sie versuchte, die aufsteigende Panik zu verbergen. Genau davor hatte sie sich am meisten gefürchtet, dass die Leute es wussten, dass sie tuschelten und sie auslachten. »Wie lange denkst du das schon, weiß es sonst noch jemand?«

»Octavia, beruhige dich. Natürlich ist mir der Gedanke gekommen. Es war unvermeidlich, dass –«

»Ach was, tatsächlich? Es war unvermeidlich, dass er eine Affäre haben würde? Warum, weil ich so unattraktiv bin und überhaupt nicht sexy und so verdammt naiv?« Vor Schreck hatte Octavia wieder Tränen in den Augen. Sie hatte sich selbst erschreckt, sie fluchte sonst nie.

»Nein! Unsinn. Ich meinte nur, wenn eine Frau so außer sich ist, wie du das bist, liegt das fast immer an einem Mann. In deinem Fall an deinem Göttergatten. Das ist alles, Herrgott noch mal. Mehr habe ich nicht gemeint.«

Octavia starrte sie an und schwieg. Dann sagte sie: »Aber du hast ... vorher keinen Verdacht gehabt?«

»Nein, natürlich nicht.«

»Ach so, verstehe.« Es war merkwürdig tröstlich.

»Wann hast du es rausgefunden?«, fragte Melanie.

»Letzten Dienstag. An dem Tag, als wir in Ascot waren.«

»Dieses Schwein. Was für ein Arschloch. Weißt du, wer sie ist?«

»Nein, ich habe keine Ahnung.«

»Oh, wie ich Männer hasse«, brauste Melanie auf. »Diese Arschlöcher gleichen sich doch wie ein Ei dem anderen.«

»Und ihre Eier gleichen sich wie ein Arsch dem a-a –«, stotterte Octavia und kicherte los. Sie konnte nicht aufhören zu kichern, dann lachte sie hysterisch und schließlich weinte sie wieder und schrie fast, wirklich ziemlich laut. Mitten in diesem Geheul klingelte ihr Telefon. Melanie nahm ab.

»Ja? Ach, hallo Mr Miller, hier ist Melanie Faulks. Tut mir Leid, sie kann gerade nicht mit Ihnen sprechen. Sie ist ein bisschen ... außer sich. Nein, nichts Ernstes. Ja, natürlich, ich richte es ihr aus. Sie wird zurückrufen.«

»Ach herrje.« Octavias Tränen versiegten plötzlich. Der Name ihres Vaters zeigte eine ebenso durchschlagende Wirkung wie die traditionelle kräftige Ohrfeige. »Hat er mich gehört? Meinen Weinkrampf, meine ich?«

»Glaube ich nicht«, meinte Melanie fröhlich, obwohl sie Mühe gehabt hatte, Felix Miller bei dem Geschrei zu verstehen. »Und wenn schon. Also, was hast du vor? Du lässt dich von dem Scheißkerl scheiden, hoffe ich doch.«

»Melanie, ich weiß es nicht. Ich weiß gar nichts mehr. Ich versuche einfach – na, über die Runden zu kommen. Im Augenblick jedenfalls.« Octavia saß da und fragte sich, was sie wohl als Nächstes fühlen würde. Viel schien nicht mehr übrig zu sein. Aber eins hatte das Gespräch ihr gebracht: Sie war zu dem Schluss gekommen, dass es an der Zeit war, mit Tom zu reden.

Octavia war selbst erstaunt, wie ruhig ihre Stimme klang.

»Tom?«, fragte sie, »Tom, kommst du heute Abend nach Hause?«

»Ich fürchte nicht. Ich habe gerade mit dem Typ gesprochen, er hat ein Hotelzimmer für mich reservieren lassen.«

»Ich verstehe. In welchem Hotel?«

»Das hat er nicht gesagt. Du kannst mich übers Handy erreichen, falls du –«

»Ja, natürlich. Aber Oxford ist doch nicht so furchtbar weit weg. Ich wäre dir dankbar, wenn du zurückkommen würdest. Egal, wie spät es wird. Es gibt etwas, über das ich wirklich gern mit dir sprechen würde.«

Nach einem langen, langen Schweigen erwiderte er: »Nein, tut mir Leid. Ich kann heute Abend wirklich nicht zurückkommen. Wir können uns ja morgen unterhalten. Ich werde ziemlich früh wieder da sein, nicht erst abends.«

»Gut«, sagte Octavia und legte auf.

Patricia David massierte Megan gerade die Beine, als das Telefon klingelte. Sie ging ran und kam lächelnd zurück.

»Das war Mrs Fleming. Weißt du noch, du hast sie mal kennen gelernt, sie hilft uns mit FOOTHOLD. Und jetzt hilft sie uns, den Wald zu retten. Sie kommt heute Abend zu einem ziemlich wichtigen Treffen hier runter. Ich freue mich so.«

»Aus London?«, fragte Megan. »Das ist ein ziemlich weiter Weg, nur für ein Treffen der Bürgerinitiative.«

»Ja, Spatz, den ganzen Weg aus London. Sie sagt, sie würde nur etwa zwei Stunden brauchen. Ich denke, sie hat einen sehr schnellen Wagen.«

»Ist sie reich?«, wollte Megan wissen.

»Ich glaube, ja. Ja, ich bin sicher, dass sie reich ist. Ich glaube, es gibt nicht viel, was Octavia Fleming nicht hat.«

Nach dem Treffen der Bürgerinitiative, überlegte Octavia, könnte sie vielleicht zu Louise fahren.

Der Gedanke an Bartles Wood und das Chaos, das ihr künftiges, sehr öffentliches Engagement für die Rettung des Waldes bei der Agentur Fleming + Cotterill auslösen würde, munterte sie merklich auf. Aubrey tat ihr nur ein kleines bisschen Leid – schließlich musste er wissen, was vor sich ging, er musste es gewusst haben. Jedes Mal, wenn sie an die Leute dachte, die davon Kenntnis haben mussten – und auch von anderen, früheren Affären Toms – und ihr nichts gesagt hatten, an Leute, die sie fast täglich sah und sprach, wie Aubrey und Vanessa und wahrscheinlich alle bei Fleming + Cotterill, hätte Octavia am liebsten sehr laut und lange geschrien. Das Gespräch mit Tom, seine Weigerung, nach Hause zu kommen, obwohl sie ihn ausdrücklich darum gebeten hatte, übte eine ganz merkwürdige Wirkung auf sie aus. Etwas in ihrem Herzen war verschlossen worden und zumindest im Moment spürte sie keinen Schmerz, nur eine heftige, klare Wut. Sie wusste, dass der Schmerz wiederkommen würde, aber die Ruhepause war sehr wohltuend.

Ihr Vater hatte dreimal angerufen, aber sie hatte nicht mit ihm gesprochen – das hätte sie nicht riskieren können –, sondern ihn einfach Nachrichten auf ihre Mailbox sprechen lassen.

Sie lauteten alle gleich. »Octavia, mein Herzblatt. Hier ist dein Vater. Ich weiß, dass dich etwas belastet. Lass mich wissen, wie ich dir helfen kann.«

Ihr war klar, wenn sie heute mit ihm sprach, würde sie es ihm sagen müssen. Und damit konnte sie nicht umgehen. Nicht heute.

»Tom? Hier ist Vanessa. Kann ich sprechen?«

»Ja. Nur zu.«

»Haben Sie Zeit, mit Felix Miller zu reden? Er hat in großer Erregung hier angerufen und gesagt, es wäre furchtbar wichtig.«

»Ach je. Bestimmt irgendein Quatsch wegen Cadogan. Ich halte das nicht aus. Am besten sagen Sie ihm, Sie hätten mich nicht erreichen können.«

»Er hat doch Ihre Handynummer, oder?«

»Verdammt, ja. Hören Sie, ich stelle es um. Ich lasse die Anrufe ins Büro umleiten. Ist das okay?«

»Ja-a. Aber um sieben gehe ich nach Hause.«

»Dann stelle ich es zurück.«

Sobald Octavia Heathrow hinter sich gelassen hatte, begann sie, die Nummer der Madisons zu wählen. Besetzt. Nach dem dritten Versuch gab sie auf. Sie würde Louise später anrufen, nach dem Treffen der Bürgerinitiative. Ihr blieb reichlich Zeit.

13. Kapitel

Gabriel Bingham wünschte sich allmählich, er hätte sich nicht bereit erklärt, zu dieser Veranstaltung zu kommen. Die Frauen, die sie organisierten, betrachteten seine Anwesenheit eindeutig als Zeichen seiner Unterstützung und er fühlte sich bei der ganzen Geschichte wirklich hin- und hergerissen.

»Mr Bingham, eine Tasse Tee?«

»Oh, danke schön, Mrs David. Das wäre sehr nett.«

Der Saal, der zu einer Methodistenkirche gehörte, war nur etwa zu einem Drittel gefüllt, hauptsächlich mit Frauen aus der Mittelschicht, einer Hand voll Ehemänner und einer kleinen Gruppe von örtlichen Grünen, bärtigen jungen Männern in Sandalen und jungen Frauen mit wehenden Haaren und Röcken und einer Menge Silberschmuck. Doch plötzlich wurde er aufgerüttelt, in einen Zustand aufmerksamer, angenehmer Wachheit versetzt, der zur Hälfte sexuellen, zur Hälfte geistigen Charakter hatte, denn im Eingang erschien eine Frau: die Frau, die er vor drei Tagen im sonnenhellen Herzen von Bartles Wood kennen gelernt hatte, die Frau, die einen immerhin so großen Bereich seines Bewusstseins eingenommen hatte, dass er, fast ohne sie anzuschauen, wusste, dass ihr Haar dunkel und schwer war und knapp über ihre schmalen Schultern reichte, dass ihre Augen groß und tiefbraun waren, ihre Kinnlinie außergewöhnlich gut ausgeprägt war und permanente Entschlossenheit auszudrücken schien, sie zierlich und überdurchschnittlich schlank war, dass sie sehr schöne Hände und kleine Brüste hatte – war ihm das wirklich aufgefallen? ja, anscheinend wohl – und ausnehmend schöne Beine, und dass –

»Mr Bingham, darf ich Ihnen Octavia Fleming vorstellen? Sie berät FOOTHOLD, eine gemeinnützige Stiftung, für die ich mich sehr engagiere, und sie interessiert sich für unseren Versuch, Bartles Wood zu retten. Octavia, das ist Gabriel Bingham, unser Abgeordneter.«

»Ja«, sagten beide gleichzeitig, und dann lachte sie und er lächelte. »Ja, wir sind uns schon begegnet.«

»Wo kann sie bloß sein, Marianne? Ich mache mir langsam wirklich Sorgen. Wenn du sie heute Morgen hättest hören können ...«

»Felix, ich habe keine Ahnung. Tut mir Leid. Weiß die Nanny nicht, wo sie ist?«

»Anscheinend nicht. Sie meinte, Octavia wäre weggefahren und würde erst sehr spät zurückkommen.«

»Tja, wenn sie noch wegfahren kann, kann es nicht allzu schlimm um sie stehen.«

»Das ist eine ziemlich naive Annahme, meiner Meinung nach. Sie könnte überall sein, verzweifelt irgendwo herumirren.«

»Und Tom ist nicht da?«

»Nein, der ist in Oxford. Er ist immer weg, nie ist er zu Hause, wenn er gebraucht wird ...«

»Felix, das ist nicht ganz fair. Tom leitet eine Firma und das nimmt ihn sehr in Anspruch.«

»Ich leite ebenfalls eine Firma, die mich sehr beansprucht. Früher sogar noch mehr. Aber wenn Octavia mich brauchte, war ich für sie da. Ich habe ihn heute drei Mal angerufen und er hat meine Anrufe einfach ignoriert. Was geht da vor?«

Marianne vergaß ihre guten Vorsätze.

»Felix, bitte hör auf damit! Octavia ist Toms Frau. Wann wirst du das endlich begreifen? Sie war also ganz außer sich. Bin ich manchmal auch, du ebenfalls, das passiert jedem mal.

Lass sie doch einfach in Ruhe, lass beide in Ruhe. Und weil wir gerade davon sprechen, lass mich auch in Ruhe. Ich wollte mir eigentlich einen friedlichen Abend machen.«

Sie legte auf, ärgerlicherweise den Tränen nahe. Das war gar nicht typisch für sie, dachte Marianne und putzte sich die Nase. Das sah ihr überhaupt nicht ähnlich. Sie schien ihre kühle Selbstbeherrschung verloren zu haben. Sie bemühte sich, nicht zu überlegen, welchen Grund das haben könnte.

»Also«, sagte Octavia schnell, als sie und Gabriel ziemlich verlegen zusammen draußen standen, »ich glaube, ich fahre besser nach London zurück.«

»Wo steht Ihr Auto?«

»Äh – da«, sagte sie etwas kleinlaut.

»Der Luxusschlitten?«

»Ja.«

Octavia sah ihn an. Er lächelte, ein winziges Lächeln, aber sein Blick war hart. Gereiztheit stieg in ihr auf.

»Hören Sie. Ich glaube, Sie sehen mich ganz falsch.«

»Und was glauben Sie, wie ich Sie sehe?«

»Als verwöhntes Luxusgeschöpf aus der Stadt, eine Frau, die die gute Fee spielt und sich eine reizvolle, schicke Sache sucht, für die sie sich engagieren kann. Und dann braust sie zurück nach London, um ihr Society-Leben wieder aufzunehmen.«

»Ja, den Eindruck macht es, das muss ich zugeben.«

»Das ist so ungerecht«, rief Octavia. »Der Wald liegt mir wirklich am Herzen. Und ich arbeite sehr hart, wissen Sie.«

»Wie lobenswert«, versetzte er mit ironischer Höflichkeit.

»Ach, hören Sie doch auf.« Die Anstrengungen des Tages und der Kummer überwältigten sie. »Vielleicht interessiert es Sie in Ihrer aufgeblasenen Selbstherrlichkeit, dass mein Mann Sie als Bollinger-Sozialisten bezeichnet hat. Oberflächlich betrachtet klingt das meiner Meinung nach durchaus zutreffend. Sie waren in Winchester und dann in Durham und das sind wohl kaum Bastionen der Unterprivilegierten. Und jetzt –«

»Woher wissen Sie das?« Gabriel Bingham war ehrlich erstaunt.

»Ich habe nachgeguckt. Nachdem wir uns getroffen hatten. Es ... hat mich interessiert«, erwiderte Octavia, ärgerlich über sich selbst.

»Und warum um alles in der Welt sollte Ihr Mann irgendeine Meinung über mich haben? Was macht er eigentlich?«

»Ach ... er ist im – im Marketingbereich. Und –«

»Octavia! Gute Nacht, und vielen Dank, dass Sie gekommen sind. Ihre kleine Rede war einfach wunderbar, fanden wir. Wirklich wunderbar. So leidenschaftlich. Und, darf ich den Leuten jetzt sagen, dass Sie uns unterstützen?«

Octavia sah erst Pattie David an und dann Gabriel Bingham, der eine höflich-zynische Miene aufgesetzt hatte. Bis zu diesem Moment hatte sie geschwankt. Selbst jetzt noch hätte sie sich vielleicht zurückgehalten, hätte ihr vielleicht der Mut gefehlt. Aber hinter seinem Zynismus, den sie inständig auszuräumen wünschte, erkannte sie etwas anderes – erkannte es und begrüßte es als einen Zug, den sie ebenfalls besaß.

»Ja«, sagte sie fest, »das können Sie. Gute Nacht, Pattie. Gute Nacht, Mr Bingham. Schade, dass wir unser Gespräch nicht fortsetzen können.«

Damit rannte sie fast zu ihrem Wagen, stieg ein, ließ den Motor aufheulen und fuhr los. Sie wollte weg, und zwar schnell. Sie fuhr auf die Straße hinaus, bog scharf links ab – sie war sicher, dass sie von rechts gekommen war –, raste die Straße hinunter bis zu einer Kreuzung und geradeaus darüber hinweg, und dann blickte sie auf ein Schild, auf dem stand »Gewerbegebiet Staughton«.

»Mist«, stöhnte sie, legte den Rückwärtsgang ein und riss das Lenkrad herum, um zu wenden, und dann stellte sie fest, dass ein ziemlich alter Golf die Straße versperrte. Gabriel Bingham stieg aus.

»Gut, dass Sie Servolenkung haben«, bemerkte er und begann zu lachen. »Nein, nein, schauen Sie mich nicht so an. Ich bin Ihnen nachgefahren, um mich zu entschuldigen. Und auch, um Ihnen den richtigen Weg zu zeigen. Ich war furchtbar unhöflich und das war unverzeihlich. Und Mrs David hatte Recht, Ihre Rede war wunderbar. Sie hat selbst mich berührt und ich sollte gegen solche Sachen weiß Gott immun sein. Also, darf ich Sie zu einem Glas Orangensaft oder so was einladen, bevor Sie nach London aufbrechen? Von mir aus auch gern Bollinger, wenn Sie diese Champagnermarke vorziehen, aber Sie müssen ja noch fahren ...«

»Es ist ein widerlicher Ausdruck«, sagte er, stellte ein Glas Tomatensaft vor Octavia hin und setzte sich neben sie. Auf der Bank war nicht viel Platz; sein langer Körper befand sich ziemlich dicht neben ihrem.

»'tschuldigung. Etwas eng hier. Soll ich mich lieber Ihnen gegenüber hinsetzen?«

»Nein, schon gut«, sagte sie und meinte es auch so. »Was ist ein widerlicher Ausdruck?«

»Bollinger-Sozialist. Wir hassen ihn alle. Und er ist wirklich unfair. Für meine Herkunft kann ich nichts, genauso wenig wie Sie. Ich habe nichts weiter getan, als zur Vernunft zu kommen und mich davon weg zu bewegen.«

»Und Sie haben nie Ihre Bildung, Ihren Privatschul-Akzent, Ihr Selbstvertrauen und Ihre Fähigkeit, sich auszudrücken, genutzt, um vorwärts zu kommen?«

»Doch, natürlich.« Er sah sie erstaunt an. »Ich setze es ein, um den Menschen zu helfen, die das alles nicht haben. Darum geht es mir.«

»Und wo wohnen Sie?«, wollte Octavia wissen. »In einer Hochhauswohnung im Zentrum von Bristol? Oder in einem besetzten Haus in Warminster?«

»Als Hausbesetzer in Westminster. Während der Woche. Nein, eigentlich habe ich ein kleines Haus in Bath.«

»Ach tatsächlich? In Bath? Also kein Neubaugebiet. Vielleicht ein georgianisches Haus? Oder eins der berühmten Reihenhäuser?«

»Ein Reihenhaus, ja. Ihr seid schon ein komischer Verein«, fügte er kopfschüttelnd hinzu und lächelte Octavia an, »ihr Torys.«

»Und warum halten Sie mich für eine Konservative? Ich bin Sozialistin. Ich habe Blair gewählt.«

»Das ist doch kein ...«, sagte er und verstummte.

»Kein Sozialismus?« Octavia lachte. »Aber Mr Bingham. Ich hoffe, das war das Bier, das da aus Ihnen sprach. Das muss ich meinem Mann erzählen.«

»Das wollte ich gar nicht sagen«, protestierte er und seine jugendlich-ungestümen Gesichtszüge wirkten plötzlich leicht blasiert. »Tatsache ist, dass wahrscheinlich die Hälfte der Leute, die Labour gewählt haben, in ihrem Innersten Torys sind. Beim nächsten Mal werden sie wieder in den Schoß der Partei zurückkehren. Und Sie ebenfalls, wage ich zu behaupten. Wo wohnen Sie denn?«

»In Kensington. Aber fangen wir nicht wieder davon an. Sprechen wir über Bartles Wood. Was halten Sie wirklich von dem Bauprojekt? Ganz unter uns?«

»Ganz unter uns, ich bin unentschieden.«

»Und was ist die offizielle Parteimeinung?«

»Als Faustregel gilt gewöhnlich, dass eine Baugenehmigung dann erteilt wird, wenn Bedarf besteht. Und das ist normalerweise der Fall.«

»Ach tatsächlich? Und die Umgehungsstraße von Newbury? Alle haben gesagt, eine viel kleinere Trasse hätte es auch getan, und man hätte die Feuchtwiesen retten können. Was ist mit Bath, da –«

»Damals waren die Torys an der Regierung«, fiel Bingham ihr ins Wort. »Freispruch.«

»Gut. Und der Flughafen von Manchester?«

Er lächelte Octavia an. »Das alles liegt Ihnen wirklich am Herzen, was?«

»Ja. Ich habe es Ihnen gesagt, ich habe es in meiner Rede allen gesagt: Ich liebe England, ich liebe die Landschaft, ich liebe Feldwege und Wälder und Flüsse und Hecken. Es ist so ein winziges Land. Wir müssen tun, was wir können, um es zu retten. Und Sie, Gabriel Bingham, Sie könnten so viel tun. Wenn Sie wollten.«

Sie schwieg und sah ihn an. »Wollen Sie?«

»Ich weiß es nicht genau. In der Politik geht es nicht um Gefühle, sondern um Tatsachen.«

»Um Gefühle sollte es aber auch gehen. Um Gefühle und um Leidenschaft.«

»Gefühl kommt der Wahrheit in die Quere. Politik ist eine Naturwissenschaft, keine Geisteswissenschaft.«

»Sie werden also nicht zulassen, dass Ihr Herz über Ihren Kopf bestimmt? Bei einer so wichtigen Sache?«

»Warum glauben Sie denn, dass mein Herz überzeugt ist, man müsse Bartles Wood retten?«, fragte Gabriel Bingham und lächelte sie an.

»Ich weiß, dass es so ist«, erwiderte Octavia schlicht. »Ich habe Sie da kennen gelernt, erinnern Sie sich?«

»Ja, ich erinnere mich.« Die nussbraunen Augen, die den ihren begegneten, waren nachdenklich, nachdenklich und plötzlich sehr ernst. »Ich erinnere mich sehr gut ...«

In der vornehmsten Suite des Hotels Buchan (etwas protzig, sehr luxuriös, am Rande der Cotswolds), mit eisgekühltem Champagner und einer Kette von Tiffany in einer türkisfarbenen Schmuckschachtel neben dem Bett, wartete Tom Fleming auf den Anruf, der ihn darüber informieren würde, dass sein Gast eingetroffen war. Er konnte sich nicht darüber schlüssig werden, ob er sich im Himmel oder in der Hölle befand.

Er schaute auf die mit weißem Geschenkband umwickelte Schachtel von Tiffany. Er fürchtete ein wenig, dieses Geschenk könnte ihn belasten, aber der Anlass, schien ihm, erforderte große Gesten. Und er hatte die Kette bar bezahlt, wie auch alle Hotel- und Restaurantrechnungen. Unter den Umständen war es das Risiko vielleicht wert. Er hoffte bloß, dass alles gut gehen würde ...

Octavia rief Louise doch nicht an. Als sie den Pub und Gabriel Bingham verließ, war es schon fast halb elf. Irgendwie war es ihr schwer gefallen, das Gespräch mit ihm zu beenden.

Seine Denkweise, entschied sie, war ziemlich anziehend: aufrüttelnd und unterhaltsam. Er war überhaupt recht anziehend. Sie hatte ihr Gespräch genossen. Ihm hatte es ebenfalls Spaß gemacht – das hatte er gesagt: Octavia war darüber sehr erstaunt gewesen, hatte es doch so ausgesehen, als würde er sie und alles, wofür sie stand, heftig ablehnen. Aber er hatte gesagt »Ich finde Sie interessant«, als sie bei ihren Wagen gestanden hatten, und als sie gefragt hatte: »Als gesellschaftliche Kuriosität?«, hatte er gemeint, ja, das auch, aber eigentlich finde er, sie sei ein interessanter Kopf, und mit ihr zu sprechen sei eine bereichernde Erfahrung.

Über diese Worte hatte Octavia sich gefreut. Sie wärmten und trösteten sie nach den Schrecken des Tages. Sie war doch nicht ganz dumm, wie es schien, doch nicht vollkommen wertlos. Ein Mann, ein bemerkenswert intelligenter Mann, hatte ihr gesagt, er finde, sie sei ein interessanter Kopf.

»Eigentlich«, hatte er hinzugefügt und sie ganz ernst angesehen, »finde ich Ihre ganze Person interessant.«

14. Kapitel

»ICH MÖCHTE, DASS DU auf den Fotos den Sex eher herunterspielst, Jonty«, sagte Ritz Franklyn. »Ich weiß, sie ist das Nonplusultra an jungfräulicher Sinnlichkeit, und du wirst es auch wissen, sobald du sie siehst; aber ich will die Mutter nicht verschrecken. Sie ist durchaus in der Lage, einen Rückzieher zu machen, wenn sie den Eindruck hat, dass wir ihr kleines Mädchen verderben wollen.«

»Ja. Okay. Geht in Ordnung. Ich wollte sie eigentlich auch nicht auffordern, sich aufs Bett zu legen und mit ihren Brüsten zu spielen. Ein bisschen Feingefühl solltest du mir schon zutrauen, Ritz.«

»Mmm. Und die andere Sache ist, ich will versuchen, jemanden von Christie's zu dem Fototermin einzuladen. Um ihnen den Mund wässrig zu machen und den Preis hochzutreiben. Tu also einfach, als wüsstest du von nichts, wenn sie auftauchen, okay? Ich habe Serena Fox angerufen. Sie hat 'ne Menge Einfluss in dem Laden.«

»Charles? Hallo, hier ist Octavia Fleming. Könnte ich wohl mit Louise sprechen? Ach, ich verstehe. Nichts Wichtiges, ich – nein? Ach, das tut mir wirklich Leid. Grüße sie ganz lieb von mir. Hör mal – das ist bloß eine Frage –, wäre es euch recht, wenn ich morgen runterkäme? Um Anna zu besuchen? Ja? Also, sag Louise, sie soll mich anrufen, wenn das nicht geht. Ach, und sag ihr, dass ich mit Bartles Wood an die Öffentlichkeit gegangen bin. Ich habe eine Rede gehalten. Ja, sie wird wissen, was ich meine. Und grüße Anna auch ganz lieb von mir, ja? Alles Liebe.«

Octavia legte auf und wählte Toms Durchwahlnummer.

»Tom? Hallo. Ich bin's. Ich wollte mich nur vergewissern, dass du heute Abend zu Hause bist. Wir müssen miteinander reden. Es ist sehr wichtig.«

»Ja«, sagte er, »ja, ich bin da. Vielleicht nicht vor halb neun, aber –«

»Halb neun ist gut. Oh, und morgen komme ich erst sehr spät nach Hause. Ich fahre nach Rookston und besuche Anna Madison.«

»Wirklich? Hältst du das für eine gute Idee? Wo sie doch so krank ist?«

»Tom, genau das ist der Grund für meinen Besuch. Sie ist für mich ein ganz besonderer, sehr wichtiger Mensch.«

»Ja, natürlich. Nun, wenn du es für gut hältst ... Wird Louise auch da sein?«

»Ja. Sie wohnt zurzeit praktisch bei ihren Eltern. Obwohl es ihr heute offenbar nicht gut geht. Ich habe gerade mit ihrem Vater gesprochen. Also, bis heute Abend.«

»Schön. Ich werde mich nicht verspäten.«

Tom war gerade erst ins Büro gekommen, als Octavia angerufen hatte. Als er die Mailbox einschaltete und sich die Nachrichten seines Schwiegervaters anhörte, wusste er, dass er sich zu Recht Sorgen wegen des von Octavia gewünschten Gesprächs gemacht hatte.

Felix Miller überlegte gerade, ob er seinen Schwiegersohn noch einmal anrufen sollte, als er Octavia am Telefon hatte. Sie hörte sich vollkommen normal an, fand er: ganz fröhlich und munter.

»Octavia! Wo bist du denn bloß gewesen? Warum hast du mich gestern nicht angerufen? Ich habe mir solche Sorgen um dich gemacht.«

»Aber warum denn?«

»Warum? Weil ich dich am Telefon habe weinen hören, darum, und zwar vollkommen hysterisch. Und weil du mich dann nicht zurückgerufen hast und gestern Abend nicht zu erreichen warst. Geht es dir wirklich gut?«

»Ja, alles bestens. Wirklich. Tut mir Leid, dass du dir Sorgen gemacht hast. Ich hatte einen schlechten Vormittag. Einen sehr schlechten sogar. Und dann musste ich in die Nähe von Bath, zu einer Versammlung.«

»Und warum warst du in einer solchen Verfassung?«

»Ach, ich habe wahrscheinlich einen Kunden verloren, einen wichtigen, und –«

»Octavia, man wird doch nicht hysterisch, weil man einen Kunden verliert.«

»Ich wohl. Gestern jedenfalls. Hör mal, ich kann dir das jetzt wirklich nicht im Einzelnen erzählen. Aber später, das verspreche ich dir. Vielleicht können wir abends mal zusammen essen. Ich würde gerne mit dir über alles sprechen.«

»Natürlich, mein Herzblatt. Heute Abend?«

»Nein, heute Abend muss ich zu Hause bleiben. Und morgen fahre ich nach Rookston und besuche Anna. Wie wär's mit Freitag?«

»Ja, Freitag wäre gut.«

»Möchtest du zu uns kommen? Dann kannst du die Kinder sehen.«

»Wird Tom da sein? Ich habe ihn gestern deinetwegen angerufen und ihm gesagt, wie sehr ich in Sorge bin, aber er hat nicht zurückgerufen.«

»Tom wird nicht da sein, nein«, sagte Octavia. »Er wird ganz bestimmt nicht da sein.«

Sie hatte wirklich gut geklungen, dachte Felix und legte auf. Eigentlich ganz fröhlich und sehr optimistisch. Vielleicht hatte sie einfach einen schlechten Tag gehabt. Trotzdem war es unverzeihlich von Tom, dass er nicht zurückgerufen hatte. Absolut unverzeihlich.

Als Felix sich mit Octavia zum Abendessen verabredete, hatte er ganz vergessen, dass er Marianne versprochen hatte, übers Wochenende mit ihr wegzufahren. Sie müsste dringend mal raus, hatte sie gesagt, ihre Kinder laugten sie aus, und wenn er sich überhaupt etwas aus ihr machte, wenn er auch nur ein bisschen was für sie übrig hätte, würde er sich etwas Schönes ausdenken, um sie abzulenken. Jetzt musste er entweder Octavia absagen oder den Trip nach Paris verschieben. Letzteres wäre einfacher; sie könnten statt Freitagabend am frühen Samstagmorgen fliegen. Octavia meinte vielleicht, es ginge ihr gut, aber das war eindeutig nicht der Fall. Ihr gemeinsames Abendessen war zu wichtig, das konnte er nicht absagen. Sie würde auf ihn zählen.

Felix rief Marianne an, um sie zu fragen, ob sie etwas dagegen habe, ihren Abflug auf Samstagmorgen zu verlegen, und erläuterte ihr den Grund. Er fiel aus allen Wolken und war ziemlich verärgert, als sie erwiderte, sie habe durchaus etwas dagegen, dann würde sie lieber das ganze Wochenende verschieben, und sie finde es allmählich ermüdend und frustrierend, immer erst nach seiner Tochter zu kommen. Dann legte sie auf.

Marianne saß im Fotostudio und sah zu, wie man mit ihrer Tochter den Liebesakt vollzog. Die Tatsache, dass es nur ein Kameraobjektiv war, das sie liebte, sie erregte und ihr ihre Sexualität bewusst machte, half auch nicht besonders. Natürlich waren sie sehr vorsichtig, Marianne war nicht so dumm, das nicht zu erkennen. Ritz Franklyn war die Liebenswürdigkeit in Person gewesen und hatte ihr versichert, dass in Bezug auf Frisur und Make-up nichts geschehen würde, womit Marianne nicht ganz und gar einverstanden war, dass alle Mädchen erst in Jeans und weißem T-Shirt fotografiert würden, bevor sie ein Kleid anzogen – »Und die meisten Kleider sind lang und die kurzen sehen wirklich jugendlich aus.«

Marianne fand eigentlich nicht, dass das Kleid, welches Romilly trug, besonders jugendlich aussah, obwohl es sehr kurz war. Es war aus blassrosa Crêpe de Chine und fast ganz mit sich überlappenden rosa- und silberfarbenen Pailletten bestickt. Und das Make-up war ziemlich ausgefallen, mit riesigen rosa und silbrigen Bögen über den Augen, bis zu den Brauen hinauf, und einer großen silbernen Träne auf einer Wange. Doch das Mädchen hatte so reizend ausgesehen, dass Marianne es nicht übers Herz brachte, Einwände zu erheben. Aber Romillys verändertes Aussehen beeinflusste die Reaktion des Fotografen auf sie und sogar ihre Reaktion auf ihn. Und bildete Marianne sich das ein, oder ging Romilly jetzt auch anders, langsamer, fast lasziv, das konnte doch nicht sein, nicht jetzt schon ...

Marianne konnte es nicht länger ertragen. Sie stand auf und ging zur Toilette.

»Ja, ich hatte eine Affäre.«

Tom schaute Octavia sehr ruhig in die Augen.

»Es tut mir Leid«, sagte er dann, »sehr, sehr Leid.«

Sie hatte Leugnungen erwartet, Rechtfertigungen, sogar Vorwürfe, und seine Reaktion machte sie sehr betroffen.

»Aber es ist vorbei. Aus und vorbei.«

»Vorbei? Aber du warst doch letzte Nacht mit ihr zusammen?«

»Ja. Um es zu beenden.«

»Was du auch getan hast?«

»Ja. Ja, ich habe es beendet.« Sein Tonfall war eigenartig; es wäre unfair gewesen, ihn als selbstgefällig zu bezeichnen, aber es lag eine Spur Befriedigung darin.

Leicht verblüfft sagte Octavia: »Du warst ja immer sehr gut darin, Terminpläne einzuhalten.«

»Deswegen habe ich darauf bestanden – dass ich letzte Nacht nicht hier sein konnte. Weil ich Schluss machen musste. Ich musste es hinter mich bringen.«

»Ich verstehe. Es war eine Tortur, nicht wahr? Etwas, wovor du dich gefürchtet hast?«

»Ja. Natürlich.«

»Und wie war es so, als Tortur, Tom? Wie Torturen so sind?«

»Also, es war – das heißt, ich wusste – na ja, dass es schwierig sein würde.«

»Du Mistkerl«, sagte Octavia ruhig. »Du verdammter Mistkerl. Du hast gedacht, das würde es viel, viel besser machen, was? Damit wäre es in Ordnung, oder? Wenn du es mir beichtest und gleichzeitig sagen kannst, dass es vorbei ist.«

»Schau mal«, sagte er und trank einen Schluck Whisky, »selbstredend habe ich nicht angenommen, dass damit alles wieder gut wäre. Nichts kann das jemals wieder gutmachen. Ich hatte bloß trotz allem gehofft, dass ich es dir nicht erzählen müsste. Dass du es nicht herausfinden würdest.«

»So ein Pech, Tom.«

»Nein, Octavia, du missverstehst mich. Ich hatte gehofft, dass ich dir die Verletzung ersparen könnte.«

»Ach wirklich!«, stieß sie hervor, »du wolltest nicht, dass ich verletzt werde? Warum hast du dann etwas mit ihr angefangen? Ist dir bei eurem ersten Rendezvous nicht in den Sinn gekommen, dass immerhin die Möglichkeit bestand, dass ich verletzt werden könnte? Wie lange ist das übrigens her?«

Tom schwieg.

»Nun, was hast du an dem Tag gedacht? Oder in dieser Nacht? Dass du ungeschoren davonkommen würdest? Dass keine Gefahr bestand? Oder wolltest du sie so sehr, dass es das Risiko wert war? Wer war es überhaupt?«, fragte Octavia und ihre Worte waren wie Peitschenhiebe.

»Das sage ich dir nicht. Das werde ich dir auch nicht sagen. Niemals. Es würde alles nur noch schlimmer machen.«

Ritz und Annabel waren auf den Laufsteg hinausgetreten und hatten die Hände gehoben. Die Musik und die Gespräche brachen ab. Viele Menschen waren da, fand Romilly, viel mehr, als sie erwartet hatte.

»Wir danken Ihnen allen, dass Sie heute Abend gekommen sind«, sagte Annabel. »Ich hoffe, es hat Ihnen gefallen. Uns hat es jedenfalls viel Spaß gemacht. Und ich glaube, Sie stimmen uns zu, dass die Mädchen – unsere Mädchen – ein unglaublich hohes Niveau haben. Wie immer. Das Oktoberheft von *Alive!* wird dem heutigen Abend mindestens vier Seiten widmen, da können Sie die Mädchen dann alle noch mal wiedersehen. Das ist einer unserer Preise, zusammen mit einem Kostüm und den Fotos von heute. Der erste Preis sind natürlich fünftausend Pfund, und der größte Preis für die Mädchen ist, wie ich hoffe, dass die Siegerin auf dem Titelblatt des Novemberheftes zu sehen sein wird.«

»Genug von *Alive!*«, unterbrach Ritz. »Das wirklich Tolle ist ein Jahresvertrag mit uns, der Modelagentur Choice. Choice vertritt die Siegerin nicht nur, sondern bietet auch finanzielle und juristische Beratung und den Kontakt zu unseren Agenturen in Mailand und New York. Aber jetzt will ich Sie nicht länger auf die Folter spannen, Sie und die Mädchen. Wir fangen von hinten an und der dritte Platz geht an ...«

Den könnte ich vielleicht geschafft haben, dachte Romilly, das wäre gerade noch möglich.

»... Jade Morgan. Jade, würden Sie bitte herkommen?«

Das war's dann wohl. Romilly war plötzlich speiübel.

»Der zweite Platz geht an – Tiffany. Tiffany, kommen Sie bitte her?«

»Was für eine Quälerei«, zischte Zoe Marianne ins Ohr. »Die arme, kleine Rom.«

Tiffany glitt den Laufsteg entlang, während ihre großen braunen Augen im Raum umherschweiften. Marianne sah zu ihr hinauf, dachte, wie sexy sie doch war, und fragte sich, wie man Romilly nur hatte bitten können, gegen diese Mädchen anzutreten.

»Gut gemacht, Tiffany. Ich bin sicher, das war nicht das letzte Mal, dass man dich auf dem Laufsteg sieht«, sagte Annabel gerade und küsste das Mädchen links und rechts auf die Wange.

Ein langes Schweigen, dann ein Trommelwirbel.

»Und die Gewinnerin, die unbestrittene Siegerin ist – Romilly Muirhead. Die Jüngste in der Gruppe, erst fünfzehn, aber eine vollkommen einstimmige Entscheidung ...«

»O Gott«, sagte Marianne. »Oh Zoe, was habe ich da nur angerichtet?«

»Tom, ich muss es wissen. Wer war es?«

»Ich meine es ernst, Octavia. Ich werde es dir nicht sagen.«

»Du bist widerlich«, zischte sie. »Mir wird schlecht, absolut speiübel. Ich kann es nicht mehr aushalten, mit dir im gleichen Zimmer zu sein. Und ich will, dass du das Haus verlässt. Vermutlich wirst du jetzt sagen, dass sie dir nichts bedeutet hat. Das sagen Männer immer, immer erzählen sie diese Lüge. ›Ich war betrunken, sie bedeutete mir nichts!‹«

»Nein«, sagte Tom sehr leise, »nein, das wollte ich nicht sagen.«

»Hast du mich schon mal betrogen?«

Er starrte Octavia an, offensichtlich schockiert über diese Frage. Diese Reaktion war ein Trost für sie, wenn auch nur ein schwacher.

»Nein. Niemals. Ich – schwöre es.«

»Deine Schwüre beeindrucken mich nicht sonderlich, Tom. Du hast mir geschworen, mir treu zu sein, bis dass der Tod uns scheidet. Allen anderen zu entsagen. Das habe ich im Kopf behalten. Aus irgendeinem Grund.«

Er stand auf und schenkte sich noch einen Whisky ein.

»Ich habe dich vorher noch niemals betrogen«, sagte er, »das musst du mir glauben.«

»Und selbst wenn ich dir glauben würde, was meinst du, wie ich mich fühle? In der Gewissheit, dass andere davon Kenntnis gehabt haben müssen, dass sie über mich gelacht haben, dass sie mich bedauert haben. Und die ganze Zeit dieser Mist in den Zeitungen, über unsere ach so perfekte, gelungene Ehe. Was glaubst du, wie das auf mich wirkt?«

»Wie hast du es herausgefunden?«, fragte Tom unvermittelt. »Hat es dir jemand erzählt?«

»Nein. Niemand hat es mir erzählt. Es war ein Taschentuch, Tom. Wie bei Desdemona. Es hatte sich in deinen Sachen verfangen und war in der Wäsche gelandet. Und da habe ich angefangen, zwei und zwei zusammenzuzählen.«

»O Gott, Octavia, ich – wann war das, wie lange weißt du es schon?«

»Das spielt doch keine Rolle. Tom, wer war es? Wem gehört dieses Taschentuch?«

»Das sage ich dir nicht«, wiederholte er. »Ich kann es nicht und ich werde es nicht.«

Sein Blick war sehr ruhig, sehr entschieden.

»Ich werde es herausfinden«, sagte sie, »darauf kannst du dich verlassen.«

»Ich hoffe, dass du es niemals herausfindest«, entgegnete er.

Das war eine seltsame Bemerkung, fand Octavia.

»Also, was wollen wir tun?«, fragte Tom leise.

»Ich werde mich scheiden lassen.«

»Bist du sicher?«

»Absolut sicher.«

»Gut«, sagte er mit bedrückter Stimme, »wenn du dir sicher bist, kann ich dich nicht davon abhalten. Ich werde es gar nicht erst versuchen.«

»Willst du dich denn nicht scheiden lassen?«

»Nein«, antwortete er.

Octavia war erstaunt.

»Warum nicht?«

Er schaute sie lange Zeit ruhig an und sagte dann: »Ich ... liebe dich immer noch.«

Octavia verspürte plötzlich Ekel, körperlichen Ekel, der ihr in der Kehle aufstieg und ätzend sauer schmeckte.

»Wie kannst du so was sagen?« Ihre Stimme zitterte vor Wut. »Das erniedrigt dich. Und mich. Mich lieben! Du liebst mich doch nicht. Wenn du mich lieben würdest, hättest du nicht eine andere gebumst. Du weißt gar nicht, was Liebe ist.«

Sie weinte jetzt heftig, schluchzte, wischte sich Augen und Nase am Handrücken ab. Tom stand auf und holte eine Schachtel Kleenex aus dem Bad.

»Erzähl mir bloß nicht, dass du mich liebst«, sagte sie. »Bitte nicht. Das kann ich nicht ertragen. Du kannst mich gar nicht lieben. Du hast Affären, schläfst mit anderen Frauen, belügst mich, betrügst mich, machst mich vor allen Leuten lächerlich.«

»Das lässt dich nicht los, was? Dass die Leute über dich lachen könnten. Es ist dir wirklich wichtig.«

»Natürlich ist es mir wichtig. Um Himmels willen, Tom, versetz dich doch mal in meine Lage. Stell dir vor, du betrittst einen Raum, ein Restaurant, und die Leute tuscheln, seht mal, da ist Tom, seine Frau hat ein Verhältnis, er hat keine Ahnung davon, das arme Schwein ... Willst du etwa behaupten, das wäre dir nicht wichtig?«

»Nein. Natürlich nicht. Aber –«

»Tom, du musst mir sagen, wer es ist! Ich muss es wissen. Ich brauche ein – ein Gesicht. Eine Person. Wer ist es, Tom, wer?«

»Octavia, du brauchst es nicht zu erfahren. Du wirst es nicht erfahren.«

Da stand sie auf, ging zu ihm hinüber und fing an, mit den

Fäusten auf ihn einzuschlagen. Schluchzend schrie sie: »Sag es mir! Sag mir, wer es ist. Du hast kein Recht, es mir zu verschweigen. Wenigstens das bist du mir schuldig!«

Er packte ihre Handgelenke und wehrte sie ab. Auf seinem Gesicht zeichneten sich Reue und noch etwas ab – was? Angst, ja, es war Angst, nackte, erbarmungslose Angst. Sie hörte zu weinen auf und starrte ihn an.

»Lass das«, sagte er. »Bitte lass das. Das hilft doch auch nichts.«

15. Kapitel

»TOM. ALLES IN ORDNUNG?«

»Morgen, Aubrey. Tut mir Leid, dass ich so spät dran bin. War eine etwas heftige Nacht.«

»Das sieht man dir an. Trotzdem – ich fürchte, wir haben ein ernstes Problem.«

»Was ist denn los?«

»Du hast also die *Daily Mail* noch nicht gelesen?«

»Nein. Warum?«

Aubrey ignorierte die Frage.

»Ich fürchte, wir haben Michael Carlton verloren.«

»Was? Warum? Was ist denn passiert?«

»Lies mal das hier.«

Tom las.

»Allmächtiger«, stieß er sehr wütend hervor. »Allmächtiger.«

»Pattie, wie konnte das passieren? Wie konnten Sie mir das antun? Ich weiß, ich habe gesagt, dass ich Sie jetzt offiziell unterstütze, aber das hieß doch nicht, dass Sie über meinen Mann sprechen sollten.«

»Das habe ich auch nicht getan, Octavia! Ich hatte keine Ahnung von der Geschichte. Und ich habe *vor* dem Treffen mit der *Mail* gesprochen. Ich habe Sie mit keinem einzigen Wort erwähnt.«

»Aber wer war es dann? Mein Gott, das muss Bingham gewesen sein. Dieser elende Kerl! Mal sehen, ob ich ihn zu fassen kriege. Wo ist seine Karte?«

»Selbstredend habe ich nicht mit der *Daily Mail* gesprochen«, sagte Gabriel Bingham. »Seit unserer letzten Begegnung habe ich keinen einzigen Journalisten zu Gesicht bekommen.«

»Ach so. Entschuldigen Sie, ich habe Sie falsch eingeschätzt. Aber woher wissen die von meiner Rede?«

»Vermutlich irgendein freier Mitarbeiter vor Ort, der von dem Interview mit Pattie David wusste.«

»Ja, natürlich, das ist es!«

»Ich bin auf dem Weg ins Parlament. Ich werde auf die Pressetribüne gehen und den Artikel studieren, der Ihnen solchen Kummer macht. Ich kann mir gar nicht recht vorstellen, was da drinstehen könnte. Ich rufe Sie an, sobald ich ihn gelesen habe. Vielleicht kann ich etwas Licht in die Sache bringen.«

»Octavia, wenn das deine Rache sein soll, ist sie äußerst destruktiv. Für uns alle.«

»Tom, ich will doch bloß verhindern, dass etwas Schreckliches passiert.«

»Nun, könnte durchaus sein, dass du bei diesem Versuch Fleming + Cotterill den Todesstoß versetzt hast. Das würde ich ebenfalls als ziemlich schrecklich bezeichnen. Wir sprechen uns später.«

»Ich werde nicht ...«, setzte sie an, aber er hatte bereits aufgelegt.

Gabriel Bingham las den Artikel in der *Mail*. Zwei Mal.

»Aha«, sagte er laut, und schließlich: »So, soso.«

Es gibt eine Gnadenfrist (schrieb eine gewisse Jeni Thomas) für Bartles Wood, ein landschaftliches Kleinod in North Somerset. Dank der Bemühungen einer örtlichen Bürgerinitiative hat der Gemeinderat die Baugenehmigung für eine Wohnsiedlung mit Einkaufscenter und Begegnungszentrum verweigert.

»Wir werden uns aber nicht auf unseren Lorbeeren ausruhen«, erklärte Patricia David (Foto rechts, mit anderen Projektgegnern). »Noch ist der Kampf nicht gewonnen. Soweit wir wissen, wird das Bauunternehmen Widerspruch gegen diese Entscheidung einlegen. Wir werden einen Fonds gründen, um uns dagegen zu wehren. Falls es nötig ist, bringen wir die Sache sogar vor den Europäischen Gerichtshof.«

Der Baulöwe Michael Carlton, der hinter dem Projekt steht, hat bereits seine Absicht bekannt gegeben, Widerspruch einzulegen.

Eine überraschende Einmischung kam von der Agenturchefin Octavia Fleming. Sie hat sich der Bürgerinitiative angeschlossen und hielt auf der gestrigen Versammlung eine leidenschaftliche Rede, in der sie ausführte, England und seine »zarte Schönheit« müsse vor den rücksichtslosen Zersiedelungen der Bauunternehmer bewahrt werden. Ihre Agentur, Capital C, berät die Behindertenhilfsorganisation FOOTHOLD, deren örtliche Vorsitzende Mrs David ist. Ironischerweise leitet Octavia Flemings Ehemann Tom eine PR-Agentur, bei der der Baulöwe Michael Carlton Kunde ist.

Der neu gewählte Abgeordnete für North Somerset, Gabriel Bingham, war ebenfalls bei der Versammlung der Bürgerinitiative anwesend. »Ich stehe nicht unbedingt auf der Seite der Projektgegner«, erklärte er, »aber ich wurde zu diesem Treffen eingeladen und ich wollte mir ihre Argumente anhören!«

Jeni Thomas, die für eine Nachrichtenagentur in Bristol arbeitete, war sehr nett, als Octavia sie anrief. Sie selbst sei gar nicht bei der Versammlung gewesen, sondern habe jemand anders hingeschickt, um darüber zu berichten.

»Und woher haben Sie die Information über meinen Mann und dass Michael Carlton sein Kunde ist?«

»Die kam nicht von mir. Es war ein anonymer Hinweis, der direkt an die *Mail* geschickt wurde.«

Plötzlich war Octavia ganz übel.

»Du liebe Zeit«, bemerkte Nico Cadogan und legte die *Daily Mail* hin. »Albernes Geschöpf.« Ein derartig destruktives, fahrlässiges Verhalten hätte er von Octavia Fleming nicht erwartet, obwohl sie ihm in Ascot ziemlich überreizt vorgekommen war. Es machte ihm schon Sorgen, das Ganze. Er fragte sich, was Marianne wohl von der Frau hielt ...

»Also«, sagte Gabriel Bingham, »ich habe den Artikel gelesen. Kein Wunder, dass Ihnen daran lag, Ihre Verbindungen mit dem Projekt zu verbergen. Ihr Mann ist bestimmt nicht sehr erfreut darüber.«

»Nein. Aber das ist mir egal.«

»Ich finde, was Sie da tun, ist sehr mutig«, meinte er plötzlich. »Das wollte ich Ihnen nur sagen.«

Sie war lächerlich erfreut. Er machte nicht den Eindruck eines Mannes, der wahllos Komplimente verteilte.

»Danke.«

»Möchten Sie herkommen und zur Beruhigung ein Glas Bier im Parlament trinken? Oder sogar einen Fingerhut voll Bollinger?«

»Nein«, lehnte Octavia ab, obwohl sie mit der Versuchung kämpfte. »Ich bin auf dem Weg zu einer Freundin, auf dem Land. Aber trotzdem vielen Dank.«

»Schön. Vielleicht ein andermal.«

»Ja. Ja ... vielleicht. Danke.«

»Du findest, dass ich verrückt bin, oder?«, fragte Octavia ihre Geschäftspartnerin.

»Ziemlich, ja. Und wir haben einen Sponsor verloren, was schade ist. Aber du hast es deinem Mann wirklich ganz schön heimgezahlt.«

»Deswegen habe ich es nicht getan. Ich wollte nur plötzlich das tun, was ich für richtig hielt, und –«

»Mein Täubchen«, sagte Melanie, »ich glaube nicht, dass du viele Leute finden wirst, die dir diese Geschichte abkaufen!«

»Octavia.« Sarah Jane schaute mit besorgtem Gesicht zur Tür herein. »Ich habe die Feuilleton-Redaktion der *Times* am Apparat. Sie wollen ein Interview mit dir machen, zum Thema Loyalitätskonflikte. Und der *Express* hat angerufen, bevor du gekommen bist. Sie wollen ein Interview – über so ziemlich das gleiche Thema. Was soll ich ihnen sagen?«

»Wimmle sie ab«, entschied Melanie. »Octavia, am besten fährst du jetzt gleich zu deiner Freundin. Ich sage unserem Freund Mr Carlton und allen anderen, dass du nicht zu sprechen bist. Morgen kannst du dann den Knüppel schwingen. Okay?«

»Okay. Danke, Melanie. Für alles.«

Melanie erwies sich als zuverlässige Freundin, zuverlässiger, als Octavia je erwartet hätte. Besser als Louise, in gewisser Weise ...

Sie war schon in der Tür, als Tom anrief.

»Octavia, ich flehe dich an, bitte rufe Michael Carlton an. Vielleicht hilft das. Es ist so wichtig für mich.«

»Es tut mir Leid, Tom«, sagte sie, »aber ich sehe nicht ein, warum ich das sollte. Oder was es bringen könnte. Und jetzt entschuldige mich, ich fahre zu Anna Madison.«

»Octavia, das ist ein Fehler. Bitte fahr da nicht hin. Du solltest in London bleiben. Es ist – sehr wichtig.«

»Tom, Anna Madison liegt im Sterben. Das ist doch wohl wichtiger als irgendein Etat.«

»Octavia, ich möchte wirklich nicht, dass du …«

»Bis dann, Tom. Ich komme vielleicht erst spät zurück. Ich schlafe im Gästezimmer. Meine Sachen habe ich alle schon rübergeräumt. Bis wir eine dauerhafte Lösung finden. Ach, und Tom –«

»Ja?«

»Mein Vater kommt morgen Abend zum Essen. Du bist doch nicht da, oder?«

»Nein, ich werde nicht da sein«, erwiderte er. »Darauf kannst du dich verlassen. Ich nehme an, du wirst es ihm mitteilen.«

»Nein«, erwiderte Octavia. Den Belastungen eines solchen Gesprächs war sie noch nicht gewachsen. »Noch nicht. Keine Sorge, Tom. Dein böses Geheimnis ist bei mir sicher. Schade, dass es bei dir nicht sicherer war.«

Er seufzte. Und dann mahnte er: »Sei vorsichtig, Octavia. Bitte.«

Das war eine seltsame Bemerkung, fand sie, als sie auflegte.

Marianne saß gerade am Küchentisch und las den Artikel in der *Daily Mail*, als Zoe hereinkam.

»Hi. Ich muss gleich weg. Letzte Prüfung. Ach, du liest das auch gerade? Nette Frau, die Octavia.«

»Zoe«, sagte Marianne, »für Tom ist das etwas problematisch, glaube ich.«

»Nun, hier geht es um Prinzipien.« Zoe lächelte ihre Mutter an. »Ich bin ganz auf ihrer Seite. Wir dürfen nicht zulassen, dass die ganze Landschaft kaputtgemacht wird.«

»Ja, vielleicht. Aber Ehefrauen sollten ihre Männer unterstützen«, verkündete Marianne, fühlte sich dabei allerdings recht unbehaglich. Sie selbst spielte im Moment in Bezug auf Felix keine sehr unterstützende Rolle; im Gegenteil, seine Sorge um Octavia machte sie immer ungeduldiger. Und überflüssigerweise ermutigte sie auch noch einen anderen Mann, ihr

Aufmerksamkeiten zu erweisen, indem sie mit ihm essen ging. Und er war auch noch mit Felix befreundet. Eigentlich sollte sie Nico absagen. Sie würde ihm absagen. Es war noch nicht zu spät.

»Und wie fühlst du dich heute?«, fragte Zoe. »Wegen Romilly? Geschmeichelt? Stolz?«

»Nun ja, ein wenig. Nehme ich an. Aber ich mache mir Sorgen.«

Das Telefon schrillte. Zoe nahm ab.

»Hallo. Ja, klar. Ja, sie ist hier. Augenblick ...«

Sie legte die Hand auf den Hörer und schaute Marianne an.

»Ritz Franklyn.«

Marianne holte tief Luft. »Ritz. Guten Morgen. Danke für – wie bitte? Ach so. Ich verstehe. Du lieber Himmel. Jetzt schon? Also – also, ich weiß wirklich nicht. Ich komme lieber zu Ihnen. Nein, Romilly kommt ganz bestimmt nicht mit. Sie geht doch noch zur Schule, Ritz. Das habe ich ganz deutlich gesagt. Ja, allerdings. Vielleicht morgen? Außerdem muss ich erst einmal mit Romillys Vater sprechen. Ja, ich melde mich wieder.«

Sie legte auf und schaute Zoe an.

»Was ist denn?«

»Eine Kosmetikfirma, Christie's, hat Romilly einen Vertrag angeboten. Beziehungsweise steht kurz davor. Am Montag kommen ein paar Amerikaner rüber und wollen sie kennen lernen, aber das ist eine Formalität, meint Ritz. Es geht um eine halbe Million Pfund! Zoe, das ist einfach furchtbar. Was soll ich bloß machen?«

Octavia saß schon im Auto, als Louise anrief. Ihre Stimme klang sehr müde.

»Octavia, bitte entschuldige, aber ich muss dir absagen. Ich glaube, Besuch wäre zu viel für sie. Verzeihst du mir?«

»Natürlich. Vielleicht irgendwann nächste Woche?«

»Ja. Ja, selbstverständlich. Ich – ich sage dir Bescheid.«

»Geht's dir nicht gut? Du klingst fürchterlich.«

»Ich fühle mich auch ziemlich fürchterlich. Aber wie geht es dir? Ich habe den Artikel in der *Daily Mail* gesehen.« Die verschleierte, angenehm heisere Stimme klang fast amüsiert. »Das hat bestimmt auch nicht gerade geholfen, oder?«

»Nein, um es vorsichtig auszudrücken. Tom hat den Kunden verloren. Den Baulöwen, du weißt schon.«

»Gut«, sagte Louise. Plötzlich klang sie fröhlicher. »Das hat er verdient, findest du nicht?«

»Vermutlich ja«, antwortete Octavia langsam. Nur eine Sekunde lang spürte sie einen Stich, das Gefühl, nicht loyal zu sein; aber dann fand sie, dass Louise vollkommen Recht hatte. Natürlich hatte Tom das verdient.

»Das ist ... ungünstig«, sagte Aubrey. »Wir brauchen sehr schnell Geld. Carltons Honorar hielt uns so gerade über Wasser. Ich werde ein Treffen mit der Bank vereinbaren. Kannst du irgendwann überhaupt nicht?«

»Nein«, entgegnete Tom, »mir passt jeder Termin. Auch mitten in der Nacht, wenn es sein muss.«

»Unwahrscheinlich. Hoffentlich kann der Kundenbetreuer es morgen früh einrichten. Wenn die Bank uns kein Geld gibt, müssen wir mit der Bettelschale rumgehen. Ziemlich schlechte Werbung.«

»Das ist alles verflucht schlecht«, sagte Tom.

Marianne stritt sich gerade mit Zoe, als Nico Cadogan anrief.

»Hallo, Marianne. Ich rufe bloß an, um die Verabredung heute Abend zu bestätigen. Ich habe einen Tisch im Waterside Inn reserviert.«

»Oh. Oh, ich verstehe.« Das Waterside Inn in Bray. Eines der schönsten, romantischsten, teuersten Restaurants, die sie kannte. Indem Nico Cadogan sie dorthin einlud, machte er seine Absichten wirklich sehr deutlich. Sie durfte nicht mitgehen. Sie würde nicht mitgehen.

»Hören Sie, Nico ...«

»Ja?«

»Sehen Sie, die Sache ist so ...«, setzte Marianne ziemlich hilflos an und spürte mit einem Anflug von Ärger, wie sie errötete. Zoe beobachtete sie interessiert.

»Ja?«

»Also, ich habe nachgedacht, und –« Zoe nutzte die Gelegenheit und schlüpfte durch die Tür. Sie winkte, grinste und verschwand. Die Haustür schlug zu.

Marianne fühlte sich töricht und verunsichert. Ein Essen. Nur ein Essen. Was sollte das schon schaden? Und im Restaurant konnte sie ihm leichter sagen, dass es das letzte Mal sein musste, als am Telefon.

»Tut mir Leid, Nico. Häusliche Probleme. Nein, ich wollte bloß sagen, könnten wir vielleicht etwas später losfahren? Ja, halb acht hier wäre gut. Ich werde startklar sein.«

Sie würde vollkommen startklar sein. Vor der Haustür. Das Letzte, was sie wollte, war, dass Romilly mitbekam, wie sie mit einem anderen Mann als mit Felix loszog.

Aber vorher musste sie noch etwas wirklich Unangenehmes hinter sich bringen. Sie musste Alec das von Romilly erzählen.

»Sie wird Riesenprobleme machen«, stellte Ritz Franklyn fest und sah Serena Fox über ihren Schreibtisch hinweg an. »Wir müssen eine Möglichkeit finden, sie zu umgehen. Sonst verlieren wir das Mädchen.«

»Was hat sie denn gesagt?«

»Ach, dass sie ihren Mann angerufen hätte, und ihm sei das gar nicht recht, Romilly wäre viel zu jung, es käme gar nicht in Frage, sie nach New York fliegen zu lassen, und sie müsste sich die ganze Sache noch mal überlegen. Und es ist noch nichts unterschrieben. Aber eine halbe Million Pfund ist eine

Menge Geld. Und Romilly weiß noch nichts davon. Fünfzehnjährige können ganz schön überzeugend sein. Selbst kleine Engel wie Romilly.«

»Ich vermute, die Mutter wird es ihr gar nicht erzählen.«

»Na, dagegen können wir doch was tun ...«, sagte Ritz.

»Unerhört«, rief Nico Cadogan. »Aber ich bin froh, dass Sie es mir erzählt haben.«

»Und warum?«

»Tja, jetzt sehe ich mich veranlasst – oder sogar gezwungen –, an seiner Stelle übers Wochenende mit Ihnen wegzufahren.«

»Nico, das geht auf gar keinen Fall.«

»Warum nicht? Sie sind doch nicht mit Felix Miller verheiratet. Zum Glück für Sie, würde ich sagen. Folglich sind Sie, wenn Sie mit mir wegfahren möchten, durchaus in der Lage dazu. Und ich weiß, dass Sie das gerne möchten.«

Er nahm ihre Hand, die auf dem Tisch lag, und begann, mit dem Daumen ihre Handfläche zu massieren. Marianne hoffte, dass er weder sehen noch spüren konnte, wie das Verlangen langsam und heimtückisch seine Fühler ausstreckte, tief in sie hineingriff und sie aufwühlte und verstörte.

»Schauen Sie mich an«, sagte Nico, »schauen Sie mich an, Marianne, und sagen Sie mir ins Gesicht, dass Sie an diesem Wochenende nicht mit mir wegfahren möchten.«

»Ich möchte an diesem Wochenende nicht mit Ihnen wegfahren«, sagte sie, ohne ihn anzublicken.

»Sie sind eine schlechte Lügnerin.«

Marianne entzog ihm ihre Hand, lehnte sich zurück und schaute hinaus über das Wasser. Es war ein vollkommener Abend, der Himmel leuchtete immer noch in strahlendem Türkisblau, mit dem sich das aufsteigende Violett mischte, und im Blau glänzte in jungfräulichem Weiß der Mond und unter ihm ein Stern.

»›Leise ging er auf‹«, sagte Nico, der ihrem Blick gefolgt war, »›und daneben ein Stern oder zweie.‹ Zwei der schönsten Zeilen in der englischen Sprache. Mögen Sie Gedichte, Marianne?«

»Ja, aber ich bin ziemlich unbelesen, fürchte ich. Meine große Liebe ist die Musik. Mögen Sie Musik?«

»Leider habe ich ein ganz schlechtes Gehör. Ist das sehr schlimm?«

»Das ist schlimm. Ich fürchte, zwischen einem musikalischen Menschen und einem mit schlechtem Gehör ist keine Beziehung möglich.«

»Dann nehme ich Musikunterricht. Sofort. Vielleicht könnten Sie meine Lehrerin sein. Die einzige Musik, die ich mag, sind Opern. Sehr orgasmisch.«

Nach einer Pause fuhr er fort: »Das ist ein so passendes Wort, Orgasmus, finden Sie nicht auch? So onomatopoetisch. Erst das Zusammenziehen, dann die Anspannung, dann die herrliche Explosion des Loslassens. Der Aufstieg und dann der Fall ...« Er hielt inne, lächelte sie an, ergriff wieder ihre Hand und küsste sie sanft. »Ich kann sehr geduldig sein, wissen Sie ...«

16. Kapitel

»DAS KANN ER DOCH nicht machen, oder?«, meinte Tom finster, als sie auf die Lombard Street hinaustraten.

»Aber selbstredend«, versetzte Aubrey. »Der Kerl hat Recht, unsere Ausgaben sind gewaltig, aber das eigentliche Problem ist, dass die Kapitaldecke von Anfang an zu dünn war. Jetzt lass uns was trinken gehen, auch wenn wir uns das eigentlich nicht leisten können. Dabei können wir die Alternativen durchgehen. Nur für den Fall, dass es mit Dunhern nichts wird.«

Octavias Telefon klingelte.

»Octavia Fleming.«

»Mrs Fleming! Ich hatte nicht damit gerechnet, dass ich direkt durchkomme. Hier ist Gabriel Bingham.«

»Oh«, sagte sie. »Hallo, Mr Bingham.«

»Ich habe mich einfach gefragt, wie die kleine, lokale Schwierigkeit für Sie ausgegangen sein mag. Und ob Sie dieses Wochenende vielleicht in Ihrem bezaubernden Landhaus verbringen.«

»Es ist nicht besonders gut ausgegangen«, erwiderte Octavia rasch. »Und wo wir am Wochenende sein werden, weiß ich noch nicht. Ich wusste nicht, dass Sie unser Ferienhaus kennen.«

»Ich kenne es nicht.«

»Dann verstehe ich nicht ganz, wie Sie es als bezaubernd bezeichnen können.«

»Aber das muss es doch sein. Alle Wochenendhäuser sind das. Was hätten sie sonst für einen Sinn? Jedenfalls habe ich Material über das Bartles-Wood-Bauprojekt, das Sie vielleicht interessiert. Ich könnte es Ihnen schicken oder sogar vorbeibringen, wenn Sie möchten. Natürlich könnte ich es auch an Ihren anderen Wohnsitz schicken. Der sicherlich auch bezaubernd ist.«

»Ich melde mich wieder.« Octavia ließ ihre Stimme absichtlich etwas frostig klingen. Gabriel Bingham wurde offenbar leicht zu selbstbewusst.

»Schön. Entschuldigen Sie die Störung. Auf Wiederhören, Mrs Fleming.«

»Auf Wiederhören, Mr Bingham.«

Trotz allem, was geschehen war, lächelte sie, als sie auflegte. Es war wohltuend, mitten in ihrer Verletztheit und Verwirrung zu wissen, dass es jemanden gab, der sie, wenn auch nicht unbedingt attraktiv, so doch wenigstens interessant genug fand, um hinter ihr her zu sein. Wie irritierend und übermäßig selbstbewusst er auch sein mochte.

»Romilly! Was für eine nette Überraschung. Was machen Sie denn hier?«

»Ich gehe hier zur Schule. Gleich da drüben, sehen Sie?«

»Ich hatte keine Ahnung, dass hier eine Schule ist. Ich dachte, in der Harley Street gäbe es bloß Ärzte. Und wie geht es Ihnen jetzt mit der ganzen Sache?«

»Ach, ich versuche, wieder auf den Boden der Tatsachen zurückzukehren. Wissen Sie, es war toll, aber ich kann mir nicht vorstellen, dass jemand mich wirklich unter Vertrag nehmen will, mich fotografieren will oder so was. Jedenfalls noch eine ganze Weile nicht. Mit der Zahnspange und weil ich so mager bin. Ich meine, ich weiß, dass Models dünn sein müssen, aber, na ja –«

»Romilly«, unterbrach Ritz und sie klang ehrlich erschüttert, »hat Ihre Mutter Ihnen denn nichts von dem Vertrag mit Christie's gesagt?«

»Und wo steckt dein Mann heute Abend?«, wollte Felix wissen.

»Ach – du weißt schon. Er ist mit Kunden unterwegs. Wie üblich.« Octavia lächelte ihren Vater an: ein strahlendes, sorgfältig bemessenes Lächeln. Früher oder später würde er es erfahren müssen. Wahrscheinlich eher früher, denn mit Tom unter einem Dach zu leben war zunehmend unerträglich für sie. Octavia konnte es kaum aushalten, ihn anzusehen, ganz zu schweigen davon, mit ihm am gleichen Tisch zu sitzen und eine Unterhaltung zu führen. Sie hätte ihn am liebsten geschlagen, getreten, ihm mit den Fingernägeln das Gesicht zerkratzt, dieses grauenhaft perfekte, wie gemeißelte Gesicht, hätte ihm am liebsten in die Eier geboxt.

Die Zwillinge hatten noch nichts von ihrer Feindseligkeit bemerkt. Während der Woche waren Tom und Octavia selten gemeinsam mit den Kindern zusammen, daher war das relativ einfach gewesen. Aber jetzt stand das Wochenende bevor und etwas musste geschehen. Octavia hatte Tom vorgeschlagen, aufs Land zu fahren, aber er hatte geantwortet, nein, er müsse das ganze Wochenende lang für Aubrey verfügbar sein, und ihr nahe gelegt, stattdessen selbst zu fahren. Das hätte sie auch gern getan, aber am Samstag war Clarissa Bartletts Party und die durfte Poppy nicht versäumen, außerdem hatte Gideon ein wichtiges Kricketspiel. Also mussten sie das Wochenende irgendwie hinter sich bringen. Wenn die Kinder sie beobachteten und ihnen zuhörten, konnten sie unmöglich besprechen, wer was wann tun würde, wer wo leben würde, wer für was aufkommen würde, all die hässlichen, drängenden Probleme, die beim Beenden einer Ehe anstanden. Sie hatten sich Montagvormittag für dieses Gespräch vorgemerkt, wenn die Zwillinge in der Schule waren und Caroline mit Minty beim Schwimmen.

»Ich finde es bemerkenswert, dass du dich nie beklagst«, sagte ihr Vater gerade. »Darüber, dass er nie da ist.«

»Vater, bitte. Nicht jetzt. Wir wollen uns einen schönen Abend machen. Ich habe alles bei Marks und Spencer gekauft, Lachs in Honigkruste, Rucola, und zum Nachtisch Pavlova, alle deine Lieblingsgerichte.«

»Wie lieb von dir, dass du daran gedacht hast, mein Herzblatt«, sagte er und holte zwei Flaschen Wein aus einer Kühltasche. »Und ich habe Wein mitgebracht. Ich hoffe, dass du wenigstens ein Gläschen trinkst. Ich habe ihn gekühlt, bevor ich losgefahren bin.«

Er folgte Octavia in die Küche, öffnete eine der Flaschen und schenkte zwei Gläser voll.

»Auf uns, mein Herzblatt.« Er reichte ihr ein Glas und gab ihr einen Kuss. »Ist das nicht schön, nur wir beide, ganz wie in alten Zeiten?«

»Auf uns«, wiederholte Octavia und ignorierte dabei die zweite Hälfte seiner kleinen Ansprache. »Danke, Papa. Es ist schön, dich zu sehen.«

»Gut. Und jetzt erzähle mir von diesem Kunden, den du verloren hast.«

»Er ist eigentlich gar nicht mein Kunde«, begann Octavia die Geschichte von Bartles Wood.

»Mama, wie konntest du? Wie konntest du bloß?«

»Wie konnte ich was, mein Kind?«, fragte Marianne.

»Mir nicht erzählen, dass eine Kosmetikfirma mir einen Vertrag angeboten hat. Du hattest kein Recht, mir das zu verschweigen!«

»Romilly, du bist erst fünfzehn Jahre alt. Natürlich wollte ich es dir erzählen. Aber ich musste es erst mit deinem Vater besprechen und entscheiden, was für dich am besten ist.«

»Ohne mit mir darüber zu reden? Du sagst doch immer, wir sollten alles miteinander besprechen. Das wäre die einzige Möglichkeit, in einer Familie zu leben. Alles, Ferien, Prüfungen, wo wir vielleicht aufs College gehen wollen. Und plötzlich ist das ganz anders. Warum? Also, ich glaube, ich weiß es«, fuhr Romilly mit einem verächtlichen Ausdruck in den grünen Augen fort. »Du willst nicht, dass ich es erfahre, weil es etwa nicht gut für mich wäre oder so was. Du hast gedacht, du könntest es entscheiden, ohne mir auch nur ein Sterbenswörtchen davon zu sagen. Weil ich es natürlich gerne machen würde. Ist doch ganz klar. Wer wollte das nicht? Ich bin kein Kind mehr, weißt du. In drei Monaten werde ich sechzehn. Ich habe diesen Wettbewerb ganz allein gewonnen. Du hattest nichts damit zu tun. Tut mir Leid. Also musst du mich auch weitermachen lassen. Und wenn du nicht willst, dass ich am Dienstag da hingehe, ist das dein Pech. Ich gehe nämlich auf jeden Fall hin!«

»So«, schloss Octavia. »Das war's. Was meinst du dazu?«

»Ich weiß nicht genau. Es war ein bisschen dumm. Rücksichtslos sogar. Ganz schlecht für Toms Agentur.«

Entsetzt sah Octavia ihren Vater an. Wenn sogar er sie kritisierte, war das, was sie getan hatte, wirklich sehr schlimm. Der Schreck fuhr ihr in die Glieder.

»Und für dich und deine Agentur ist es auch nicht gut, wenn die Leute sehen, dass du handelst, ohne richtig nachzudenken.«

»Aber Vater, das habe ich doch. Ich habe meinen Worten Taten folgen lassen, wenn du so willst.«

»Und Tom damit überfahren, wage ich zu behaupten. Wie hat er es aufgenommen?«

»Er war ziemlich sauer.«

»Kein Wunder. So benimmt man sich im Geschäftsleben auch nicht, Octavia. Aber«, meinte er und vergab ihr rasch, wie immer, »zumindest bewundere ich dich, weil du den Mut besessen hast, aufzustehen und dich dagegen auszusprechen. Vermutlich hast du Carlton als Sponsor verloren?«

»Leider«, räumte sie ein und zuckte selbst im Rückblick noch vor der kalten Wut zurück, die aus Michael Carltons Stimme geklungen hatte, als er sie am Nachmittag informiert hatte, dass er ihre Vereinbarung als ungültig betrachte und nicht wünsche, in irgendeiner Weise, weder in professioneller noch in anderer Hinsicht, je wieder von ihr behelligt zu werden. »Auch wenn Sie anscheinend keinerlei Begriff davon haben, was das Wort professionell bedeutet«, hatte er gezischt und aufgelegt.

»Und was meinte Melanie dazu?«

»Sie war großartig. Sie hat sogar gesagt, sie bewundere mich für das, was ich getan habe.«

»Ja, anscheinend hat Melanie sich neulich sehr kompetent um dich gekümmert. Als du so völlig aufgelöst warst.«

»Ja«, sagte Octavia schnell. »Ja, sie war toll.«

»Also noch ein Kunde. Zwei in einer Woche. Sie muss wirklich sehr – wie hast du sie mal beschrieben? – hartgesotten sein.«

»Zwei? Ich habe sonst keinen Kunden verloren«, erwiderte Octavia, ohne daran zu denken, dass sie damit ihren hysterischen Anfall begründet hatte.

»Das hast du mir aber erzählt.« Ihr Vater sah sie mit seinen strahlenden, dunklen Augen durchdringend an. »Du hast mir gesagt, du hättest deswegen geweint. Wenn das nicht der Grund war, Octavia ...«

Sie geriet in Panik. »Entschuldige, ich habe nicht nachgedacht. Nein, aber das war ja die Sache mit Carlton. Ich kam mir so dumm vor, hab mich so geschämt, ich bin einfach – ausgerastet. Aber lass uns das jetzt alles vergessen ...«

»Wir haben dieses Haus nur noch eine Woche«, erklärte Ian. »Dann müssen wir weiterziehen. Aber ich habe ein anderes für uns. Wirklich sehr schön. Richtung Kennington. Sie sind weggefahren, genau wie die anderen beiden. Rücksichtsvoll von ihnen, was? Schönes, großes Bett. Und ein prima Weinkeller. Da werden wir's uns gut gehen lassen.«

»Oh, fein«, sagte Zoe.

»Noch etwas«, sagte Octavia zu Tom, als sie mit den Kindern frühstückten.

»Ja?« Er sah erschöpft aus, hatte eindeutig nicht geschlafen. Gut.

»Nachher sehe ich Lauren Bartlett. Wenn ich Poppy hinbringe. Sie wird wissen wollen, was mit nächster Woche ist, mit unserem Essen. Was soll ich sagen?«

Octavia hatte erwartet, Tom würde sie bitten, abzusagen, aber er meinte: »Mach es, wie du willst. Ich werde mitkommen, wenn du das möchtest. Es ist ein Geschäftsessen. Hat wenig Sinn, wenn wir beide den Bach runtergehen. Jetzt muss ich aber los. Ich setze Gideon beim Kricket ab, wie gesagt.«

Er erhob sich, küsste sie kurz oben auf den Scheitel, und als sie die Blicke der Kinder spürte, bemühte sie sich, ihn anzulächeln.

Als sie fort waren und Poppy nach oben gegangen war, um sich umzuziehen, rief Octavia Louise in Rookston an. Sie sei nicht da, erklärte Janet, sie sei für ein paar Tage nach Hause gefahren, nach Cheltenham.

Dort ging Sandy ans Telefon.

»Hallo, Octavia. Wie geht's?« Seine Stimme war herzlich, fröhlich wie immer.

»Gut, Sandy, danke. Ist Louise da?«

»Aber sicher. Ich suche sie mal.«

»Danke, Sandy.«

Louise klang sehr müde. »Hallo, Hexchen.«

»Ich wollte nur hören, wie es deiner Mutter geht.«

»Ach, ziemlich schlecht.« Louise seufzte. »Ich fahre morgen wieder hin, wenn ich alles für den armen Sandy organisiert habe. Er ist einfach großartig.«

»Wann ... wann kann ich kommen, Louise? Um Anna noch mal zu sehen? Ich möchte nicht ... du weißt schon, nicht –«

»Versäumen, dich von ihr zu verabschieden, meinst du? Nein, natürlich nicht. Lieber früher als später. Falls du es einrichten kannst.«

Octavia spürte den gleichen Stich der Kränkung wie in der Woche zuvor. Das war ungerecht; es hatte ja nicht an ihr gelegen, dass der Besuch verschoben worden war.

Das sagte sie auch.

»Ich weiß, Hexchen. Entschuldige. Wie wäre es mit Mittwoch oder Donnerstag?«

»Donnerstag«, sagte Octavia. »Ich komme um die Mittagszeit. Wenn es dir passt.«

»Natürlich. Wunderbar. Danke. Sie wird sich so freuen.«

»Wir würden Ihnen natürlich gerne helfen«, sagte David Jackson gerade, »aber wir haben uns in Ihrem Fall wirklich so weit aus dem Fenster gelehnt, wie wir können. Offen gesagt, ich glaube, Sie würden es uns auf lange Sicht auch nicht danken, wenn wir es Ihnen ermöglichen, Ihre Schuldenlast um ein erhebliches Maß zu erhöhen. Zu diesem Zeitpunkt ...«

»Gut«, unterbrach Tom ihn, »wie wäre es mit einer unerheblichen Erhöhung? Sind Sie bereit, überhaupt irgendwelche Zugeständnisse zu machen?«

»Nun, wir sind bereit, Ihnen einen kurzfristigen Kredit von zehntausend Pfund zu gewähren. Das heißt, das zusätzliche Darlehen, das ich vergangenen Freitag bewilligt habe. Aber das ist leider alles. Das sollte Ihnen etwas Luft verschaffen.«

»Ja, natürlich. Aber langfristig gesehen wird es nicht annähernd reichen.«

»Das ist mir klar.« Ein langes Schweigen.

»Irgendwelche Vorschläge?«, fragte Tom.

David Jackson wirkte peinlich berührt. »Tja, eine andere Möglichkeit wäre, einen dritten Partner mit hineinzunehmen. Suchen Sie nach einem strategischen Investor, der Geld in Ihre Agentur investiert, sagen wir mal die fünfzigtausend Pfund, die Sie brauchen, als Gegenleistung für ein Drittel des Firmenwertes. Ich bin sicher, dass es Ihnen nicht schwer fallen dürfte, auf dieser Basis einen Investor zu finden.«

Du Mistkerl, dachte Tom, du verdammter Mistkerl.

»Und was ist mit der Investmentabteilung dieser Bank?«, fragte er und zwang sich, eine Spur Höflichkeit in seine Stimme zu legen. »Oder überhaupt einer Investmentbank? Sehen Sie da Möglichkeiten?«

»Unwahrscheinlich. Es gibt nur noch einen anderen Weg, den zu erkunden vielleicht lohnenswert für Sie sein könnte.«

»Ja?«

»Es gibt – private Investoren. Sie überbrücken die Lücke zwischen den üblichen Banken und den Investmentbanken: Beteiligungsfinanziers. Sie investieren vergleichsweise geringe Beträge – die fünfzigtausend Pfund, die Sie brauchen, sind typisch – gegen einen Anteil an den Gewinnen. Oder natürlich gegen eine Beteiligung an der Firma, den Sie dann, je nach Absprache, eventuell zu einem späteren Zeitpunkt wieder zurückkaufen können. Sofern Fleming + Cotterill die Schwächephase überwindet, und ich persönlich bin überzeugt, dass das der Fall sein wird.«

So überzeugt, dass du nicht bereit bist, uns zu helfen, du Arschloch, dachte Aubrey. Lächelnd beugte er sich vor.

»Gibt es eine Liste dieser Leute?«

»Doch, ja. Sie annoncieren zum Beispiel in der *Financial Times*. Aber auch Ihr Steuerberater ist sicherlich in der Lage, Sie zu beraten. Sprechen Sie mit ihm.«

Als sie auf die sonnenbeschienene Straße traten, sagte Tom: »Aubrey, was sollen wir nur machen?«

»Jetzt lass den Mut mal nicht sinken, Tom. Unsere Hochrechnung stimmt. Wenn wir nur einen, vielleicht zwei neue Kunden kriegen, kommen wir wieder auf die Füße. Wir finden schon jemanden. Vielleicht müssen wir das tun, was du immer geschworen hast, niemals zu tun – nämlich uns an deinen Schwiegervater wenden. Er versucht doch immer, in der Firma mitzumischen, oder?«

»Nur über meine Leiche«, erwiderte Tom grimmig, »oder über seine.«

»Nur ruhig, mein Lieber. War nur ein Scherz. Kommt Octavia übrigens heute Abend mit?«

»Nein«, antwortete Tom scharf, »sie kommt nicht.«

»Schade«, meinte Aubrey.

Natürlich erriet er den Grund; Octavia hatte in Ascot verdammt unglücklich ausgesehen. Was ihm aber noch mehr an die Nieren ging als ein tiefes Mitleid mit ihr und Tom wegen ihrer offensichtlichen Eheprobleme waren die bereits sichtbaren Auswirkungen. Die Flemings waren immer ein Team gewesen, sie hatten zusammen gearbeitet und sich im Berufsleben gegenseitig Kraft gegeben, so dass beide stärker waren, als sie es allein gewesen wären. Ihre Firmen hatten das beide erkannt und ausgenutzt.

Ihre Beziehung war bisher bestechend produktiv gewesen und hatte jahrelang hervorragend funktioniert, auf privater wie auf wirtschaftlicher Ebene. Aber das ganze System beruhte auf gegenseitiger Achtung, auf beruflichem Vertrauen und auf dem Wunsch beider, den anderen erfolgreich zu sehen. Wenn das Fundament zu bröckeln begann, würden die Wände mit beängstigender Geschwindigkeit folgen.

Aubrey sah jetzt zu seinem großen Kummer diesen Prozess beginnen. Und der Zeitpunkt war, sowohl vom beruflichen als auch vom persönlichen Standpunkt aus gesehen, katastrophal.

17. Kapitel

Es war nicht viel, nur eine Hand, die sich in ihre schob, aber Marianne fühlte sich gleich viel besser. Sie drückte die Hand sehr sanft. Romilly schaute sie mit großen, ängstlichen Augen an. Keine der beiden sprach; sie verließen den Aufzug und gingen zu Christie's hinein.

Die Amerikaner waren in Ordnung, besonders Donna Hanson. Sie war etwa in Mariannes Alter und erzählte, dass sie selbst zwei halbwüchsige Töchter habe.

»Ich kann also gut verstehen, wenn Ihnen das hier etwas zu schaffen macht.«

»Ja, ein bisschen schon«, gab Marianne zu.

Die Unterhaltung blieb allgemein; sie forderten Romilly auf, etwas über sich zu erzählen, fragten sie nach ihren Zielen und der Schule, betrachteten die Fotos von ihr und fragten sie, was sie davon hielte, nach New York zu kommen.

»Viel«, erwiderte Romilly und lächelte sie an. »Ich kenne New York, weil mein Vater da lebt. Ich liebe die Stadt.«

»Gut!«, rief Donna Hanson. »Dann könnten Sie bei ihm wohnen.«

»Nun – möglicherweise«, schränkte Marianne ein. »Aber ich würde auf jeden Fall mit Romilly rüberfliegen.«

»Ja, selbstverständlich. Schön. Damit wäre ein Problem aus dem Weg geräumt. Jetzt noch eine kleine Sache: Falls wir uns entscheiden, Sie zu engagieren, Romilly, ist da das Problem mit der Zahnspange.«

»Ich fürchte, daran lässt sich nichts ändern«, mischte Marianne sich ein. »Die muss bleiben. Ich kann nicht zulassen, dass Romillys Zähne ruiniert werden. So sehr wir vielleicht auch alle wünschen würden, dass es etwas wird.«

»Aber Mama, ich muss nächste Woche zum Nachschauen«, sagte Romilly. »Vielleicht sagt er ja, dass die Klammer raus kann.«

»Ganz bestimmt nicht«, widersprach Marianne. »Du trägst sie erst seit sechs Monaten.«

Es klang schroffer, als sie es meinte; das konnte sie an Romillys Blick sehen.

John Bridges, der Generaldirektor von Christie's, lächelte. »Ihre Mutter ist eine sehr vernünftige Frau – Sie haben Glück, Romilly.«

Romilly lächelte ihn an, aber es war ein recht zittriges Lächeln, gar nicht so strahlend wie sonst.

Sie erwiderte nichts auf diese Bemerkung.

Im Wagen, auf dem Weg in die Harley Street, schwieg sie und zupfte an ihrem Rock. Marianne schaute sie an.

»Engelchen, nun sei nicht traurig.«

»Natürlich bin ich traurig. Du warst nicht gerade eine große Hilfe.«

»Schatz, ich opfere deine Zähne nicht für irgendeinen dämlichen Modelvertrag.«

»Aber was hat es für einen Sinn, perfekte Zähne zu haben, wenn niemand sie jemals zu sehen bekommt? Wir sind da. Tschüs.«

Sie stieg aus dem Wagen und schlug die Tür zu.

»Verdammt«, sagte Marianne kaum hörbar. »Verdammt, verdammt, verdammt.«

»Hinreißend«, erklärte Donna Hanson, »einfach hinreißend. Wir müssen das Mädchen unbedingt haben. Die Mutter ist etwas schwierig, das sehe ich wohl. Und die Zahnspange ist ein Problem.«

»Wir können beide umgehen«, versicherte Ritz Franklyn, »keine Sorge.«

»Gut«, meinte John Bridges. »Ich überlasse es Ihnen und Serena, den Vertrag auszuarbeiten. Ich stimme Ihnen zu, sie ist einfach wunderschön. Diese Augen. Sehr, sehr jungfräulich. Es kann nicht mehr viele von der Art geben. Nicht in ihrem Alter.«

»Also, es sieht ganz gut aus, finden Sie nicht?«, fragte Nico Cadogan.

Tom und er waren zum Lunch im Ritz.

»Doch, ich finde das auch.« Die Aktionäre hatten Egertons Kaufangebot mit großer Mehrheit abgelehnt.

»Und kommt es jetzt automatisch vor die Wettbewerbshüter? Oder besteht noch die Möglichkeit, dass das Kartellamt abwinkt?«

»Die Sache ist etwas komplizierter. Jetzt wird erst mal die Wettbewerbsaufsichtsbehörde einen Blick darauf werfen, und wenn sie grünes Licht gibt und keine echte Gefahr der Monopolbildung sieht, dann darf die Politik das nicht in Frage stellen. Aber wir werden weiterhin kräftig Lobby-Arbeit leisten. Und ich gehe mal davon aus, dass es klappt. Unsere Chancen stehen gut, zumal Ihr Abgeordneter uns unterstützt – er hat übrigens eine Anfrage eingereicht.«

»Und das bedeutet?«

»Das bedeutet, dass er darum gebeten hat, das Anliegen in der Fragestunde vorbringen zu dürfen. Es muss jetzt noch vom Speaker genehmigt werden.«

»Und was genau wird er fragen?«

»Ach, etwas wie: Ist dem Minister für Tourismus klar, welche Konsequenzen die beabsichtigte Fusion haben wird, blablabla. Der wird natürlich antworten, es sei ihm nicht klar, aber das wird die Diskussion in Gang setzen und die Sache an die Öffentlichkeit bringen.«

»Gut.«

»Dann wird Ihr Unterhausabgeordneter noch einen Initiativantrag stellen. Er hat offenbar bereits dreißig Unterschriften zusammen. Und ich hab ein paar Journalisten an der Hand, die sich für die Geschichte interessieren. Sieht also alles optimal aus.«

»Hervorragend! Und wenn Sie wetten würden, Fleming, würden Sie Geld darauf setzen?«

»Auf was?«

»Na, dass ich gewinne, ist doch klar. Kommen Sie, jetzt mal ganz unter uns. Ich werde es Ihnen nicht zum Vorwurf machen.«

»Also gut. Ganz unter uns ...« Tom zögerte, dann grinste er. »Unter uns gesagt, ich würde mindestens mein halbes Hemd darauf setzen.«

»Guter Mann! Das höre ich gern.«

Es war ein Gespräch, das keiner von beiden je vergessen sollte.

Octavia vergaß ihren eigenen Kummer und ihre Sorgen, als sie Louise sah. Die Freundin sah schlimm aus: aschfahl, mit großen schwarzen Ringen unter den Augen. Sie war immer schlank gewesen, aber heute wirkte sie fast ausgemergelt.

»Hi«, sagte sie. »Hallo, Hexchen.« Und umarmte Octavia. Ihr Körper fühlte sich merkwürdig substanzlos an.

»Louise, du siehst ...« Octavia unterbrach sich. Es war nicht hilfreich, wenn man gesagt bekam, dass man schrecklich aussah. »Du siehst furchtbar müde aus.«

»Ja, ich bin auch müde. Es ist hart. Aber wir müssen weiterkämpfen.« Sie lächelte, aber ihre Lippen zitterten. »Wie steht's? Mit Tom?«

»Ach, es ist einfach furchtbar. Gestern hatten wir wieder einen Riesenkrach, weil er beim Essen mit dieser Frau geflirtet hat, und –«

»Mit welcher Frau?«, fragte Louise scharf. Octavia starrte sie an.

»Einer neuen Kundin von mir, Lauren Bartlett.« Sie hielt inne, denn sie kam sich plötzlich unloyal vor. Tom hatte sich nur zu dem Dinner mit den Bartletts bereit erklärt, um ihr zu helfen, und seitdem hatte sie kaum etwas anderes getan, als ihn deswegen zu piesacken. Doch dann riss sie sich zusammen und erinnerte sich, weshalb sie gekommen war. »Ach, Louise, was spielt das schon für eine Rolle? Verglichen mit dem, was du durchzumachen hast. Bitte entschuldige. Es tut mir Leid. Wie geht's deiner Mutter?«

»Nicht gut. Aber sie hat keine Schmerzen. Sie weiß, dass du kommst, aber sie ist verwirrt. Sei also nicht gekränkt, wenn sie dich scheinbar nicht erkennt. Und mach dir keine Gedanken wegen irgendwas, was sie sagt.«

»Nein. Nein, natürlich nicht.«

Octavia war schockiert, als sie Anna sah. Ihr Gesicht ähnelte inzwischen einem Totenschädel und die Augen waren leer und trüb. Die vom Krebs befallene Leber wölbte sich unter dem Nachthemd wie ein fünf Monate alter Fötus und selbst das Weiß ihrer Augen war von der Gelbsucht betroffen. Einen schrecklichen Augenblick lang dachte Octavia, sie würde sich übergeben. Dann holte sie tief Luft, lächelte, trat vor und ergriff Annas Hand. Oder das, was ihre Hand gewesen war; Struktur und Form hatten sich verändert, sie war gleichzeitig gewichtslos und schwer geworden. Schon eine Totenhand.

»Anna, ich bin's, Octavia.«

Die blauen Augen bemühten sich, scharf zu sehen, und schauten verwirrt. Dann lächelte sie ganz langsam; ein seltsames Zurückziehen des Mundes, ein Anspannen des Unterkiefers, der nur noch aus Knochen zu bestehen schien.

»Wie schön, dich zu sehen, Herzchen.«

»Es ist schön, dich zu sehen, Anna.«

Ein langes Schweigen folgte. Dann fragte die Kranke: »Die – Kinder?«

»Es geht ihnen bestens. Die Zwillinge sind furchtbar laut, aber sie machen mir viel Freude. Und das Baby ist ein Schatz. Ich wünschte, du könntest Minty noch mal sehen.«

»Das werde ich jetzt nicht mehr, Herzchen.« Wieder das furchtbare Lächeln. »Sieht die Kleine dir ähnlich?«

»Nein, sie ist ... sie ist Tom wie aus dem Gesicht geschnitten.«

»Der liebe Tom. Louise hat neulich von ihm gesprochen.«

»Tatsächlich?«

Sie konnte es ihrer Mutter doch nicht erzählt haben.

»Ja. Sie hat ihn sehr, sehr gern.«

Die Stimme erstarb; die Augen schlossen sich. Octavia war verwundert. Es war schwer, sich vorzustellen, dass Louise am Bett ihrer Mutter saß und ihr erzählte, wie gern sie Tom hatte. Besonders im Moment. Offenbar waren das die Medikamente. Es musste sich um ein länger zurückliegendes Gespräch handeln.

Sie schwiegen sehr lange; Anna war anscheinend eingeschlafen. Leise trat Louise ins Zimmer.

»Mama, wir werden nur kurz was essen. Bis nachher.«

»Komm – wieder, Octavia.«

Annas Stimme war sehr undeutlich.

»Ja. Ja, natürlich«, versprach Octavia. Sie erhob sich und lächelte auf die Kranke hinunter. »Ich komme wieder. Sehr bald.«

»Ach, Louise. Bevor ihr geht, Schatz. Etwas – macht mir Sorgen, ich vergesse immer – diese elenden – elenden – etwas, wobei ich deine Hilfe brauche ...«

»Natürlich, Mama. Octavia, ich bin sofort bei dir.«

Als Octavia die Tür schloss, hörte sie Annas Stimme, die plötzlich klar und deutlich war und sagte: »Dein Vater darf nichts davon erfahren, er wäre sehr wütend!«

Als ob Charles jemals wieder wegen irgendetwas auf seine Frau wütend sein würde.

Sie fühlte sich total ausgelaugt. Dabei war sie nur zehn Minuten bei Anna gewesen. Wie musste es sein, die eigene Mutter sterben zu sehen, Tag für Tag, vor den eigenen Augen? Zu sehen, wie sie litt, Schmerzen ertrug, sich um Tapferkeit bemühte? Kein Wunder, dass Louise so furchtbar ausschaute.

Jetzt kam sie in die Küche und schenkte Octavia ein schwaches Lächeln.

»Wollen wir uns in den Garten setzen?«

»Gern. Wo ist denn Dickon?«

»Mein Vater macht einen Ausflug mit ihm«, sagte Louise. »Das tut sicher beiden gut.«

»Und du? Ist mit dir alles in Ordnung?«

»Ach – du weißt schon. Ja, ich glaube wohl.« Ihr Mund bebte, als sie zu lächeln versuchte.

»Arme Louise!«

»Nein, mein armer Vater. Mir geht's gut. Ehrlich.«

»Was war denn das Problem?«, fragte Octavia in dem Versuch, die Stimmung ein wenig aufzuhellen. »Weswegen würde dein Vater wütend sein?«

»Ach, vor Jahren, als wir noch ganz klein waren, hatten die Eltern meiner Mutter einen alten Caravan. Er steht irgendwo auf einer Wiese und wir sind ein paar Mal hingefahren. Jedenfalls, als sie gestorben sind, hat mein Vater gesagt, sie müsste ihn verkaufen, und das konnte und wollte sie nicht. Jetzt hat sie schreckliche Angst, dass er es rauskriegt. Sie will, dass ich mich darum kümmere. Zurzeit regt sie sich über solche Sachen furchtbar auf.«

»Weiß er denn von dem Caravan?«

»Ich glaube eigentlich nicht, nein. Oh – hallo, Janet.«

»Möchten Sie etwas essen, Louise? Sie und Miss Octavia?«

Für Annas Haushaltshilfe würden sie beide immer Schulmädchen bleiben, dachte Octavia. Und sie wünschte sich leidenschaftlich, dass sie es noch wären.

»Ja, Octavia würde gern was essen, oder, Hexchen? Ich selbst weiß nicht so recht.«

»Aber Sie müssen etwas essen, Louise«, rief Janet. »Sonst stehen Sie das nicht durch. Auch wenn alles wieder hochkommt. Wie geht es Ihnen denn heute?«

»Ach, gut«, erwiderte Louise schnell. »Besser.«

»Dann mache ich einen Salat. Möchten Sie hier draußen essen?«

»Nein, dazu ist es nicht warm genug. Wir gehen rein. Danke, Janet.«

Octavia sah Louise an.

»Was ist denn los? Fehlt dir etwas?«

»Nein, mir geht's gut«, erklärte Louise fest. »Aber so reagiere ich immer auf Stress, mir wird übel.«

»Also, ich –«

»Mama! Mama, hallo.«

Dickon zerrte seinen Großvater an der Hand hinter sich her. Der Junge wirkte keineswegs mehr traumatisiert, fand Octavia; er hatte Farbe bekommen und lächelte.

»Dickon, mein Schatz. Drück mich! Und Octavia auch.«

Dickon umarmte seine Mutter und Charles Madison trat auf Octavia zu und küsste sie.

»Lieb von dir, dass du gekommen bist. Anna hat sich so darauf gefreut.«

»Es ist das Mindeste, was ich tun konnte.«

»Nun, nicht jeder würde das tun. Und Louise hat sich auch sehr gefreut, nicht wahr, Liebes?«

»Ja«, sagte Louise, »natürlich.« Sie schien sich plötzlich unbehaglich zu fühlen. »Ihr seid früh zurück. Gegen drei, hattest du doch gesagt.«

»Nein, das hattest du gesagt. Als du mir den Ausflug befohlen hast.« Er zwinkerte ihr zu.

»Vater, ich hab dir gar nichts befohlen!«

»Na gut. Du hast mich gebeten, mit Dickon loszuziehen, ich weiß, aber Dickon wollte unbedingt zurück. Er meinte, er müsse mit Derek im Garten arbeiten. Aber darf ich deine Freundin denn nicht sehen? Sie gehört zu meinen Lieblingspersonen, das weißt du doch.«

Octavia lächelte ihn ziemlich unsicher an. Louise hatte behauptet, ihr Vater habe mit Dickon einen Ausflug machen wollen. Was sollte das denn jetzt? Wahrscheinlich brachte die anstrengende Situation alle ein wenig durcheinander.

»Und, weißt du es schon, Octavia?«

»Nein, was denn?« Octavia blickte Louise fragend an.

»Louise ist schwanger. Nicht wahr, mein Schatz? Einfach wunderbar, findest du nicht auch, Octavia? Ein neues Leben in der Familie. Da sieht doch alles gleich rosiger aus. Auch wenn sie sich wirklich scheußlich fühlt.«

»Oh Louise!« Octavia umarmte ihre Freundin und küsste sie. »Ich freue mich so, ich freue mich so sehr. Kein Wunder, dass du so furchtbar aussiehst!«

»Besten Dank«, versetzte Louise ein wenig mürrisch.

»Du weißt genau, was ich meine. Wann soll es denn kommen?«

»Im Januar. Ungefähr.« Louises Stimme klang merkwürdig freudlos. Octavia wunderte sich. Aber dann fiel ihr ein, dass Louise unzählige Male gesagt hatte, sie würde nach Juliet nie wieder ein Baby bekommen; ein Kind ließe sich nicht einfach ersetzen. Sie würde das Risiko nie wieder eingehen, hatte sie immer gesagt. Also hatte sie jetzt schon Angst, furchtbare Angst. Das war vollkommen verständlich. Octavia fragte sich, welche plötzliche Anwandlung von Mut Louise zu dieser Schwangerschaft befähigt hatte und was Sandy davon hielt. Alles Dinge, die sie nicht fragen konnte.

»Also, ich freue mich sehr«, wiederholte sie, »ich freue mich so sehr für dich. Was meint denn deine Mutter dazu?«

»Sie hat es noch nicht ganz erfasst«, erklärte Charles Madison. »Ich hoffe, dass sie es noch aufnimmt, bevor ...«

Octavia war erstaunt. So verwirrt war ihr Anna nun auch wieder nicht erschienen.

»Das Essen ist fertig«, verkündete Janet, die gerade in der Tür erschien.

Octavia war in Annas Zimmer zurückgekehrt, um sich zu verabschieden: wahrscheinlich zum letzten Mal. Irgendwie schaffte sie es, Anna anzulächeln und ihre Hand zu nehmen.

»Ich muss jetzt fahren«, sagte sie, während sie mit den Tränen kämpfte. »Aber es war schön, dich zu sehen. Und ich komme bald wieder.«

»Tu das, Herzchen. Aber ich werde nicht mehr hier sein. Natürlich nicht.«

»Anna ...«

»Nein, Herzchen, widersprich mir nicht. Aber Louise wird dich brauchen. Sie ist so ... zerbrechlich. Und Charles hat dich sehr gern.«

Octavia lächelte Anna an.

»Es ist schön, nicht wahr? Das mit dem Baby?«

»Mit welchem Baby?«

»Louises Baby. Ich habe mich sehr darüber gefreut. Es ist so mutig von ihr.«

»Ich wünschte, ihr würdet alle aufhören, von Louises Baby zu sprechen«, sagte Anna ungehalten. »Es gibt kein Baby. Es kann gar kein Baby geben. Das ist unmöglich. Ich muss es Charles noch mal erklären. Herzchen, Gott segne dich dafür, dass du gekommen bist.«

Octavia beugte sich herunter und gab ihr einen Kuss. Plötzlich sah ihr Gesicht nicht mehr hässlich oder verzerrt aus, sondern es war wieder Annas liebes Gesicht, und die blauen Augen suchten ihre, zärtlich und besorgt.

»Pass auf dich auf. Adieu, Octavia. Gott segne dich.«

»Adieu, Anna. Danke für – alles.«

Damit drehte sie sich um, verließ blind vor Tränen das Zimmer und lief hilflos weinend in die Küche hinunter. Sie sah, dass Louise sie anschaute, streckte ihre Hand nach der Freundin aus, wollte sie trösten, sich selbst Trost holen – und hielt schockiert inne.

Denn Louises Gesichtszüge waren keineswegs kummervoll, sondern ihre Miene wirkte seltsam leidenschaftlich, fast triumphierend.

»Du musst Tom von meinem Baby erzählen.« Das war alles, was sie sagte. »Er wird sich freuen. Ich bin sicher, dass er sich freuen wird.«

»Ja.« Octavia war zu traurig, um sich zu fragen, was sie da eigentlich sagte. »Ja, bestimmt.«

18. Kapitel

»Hexchen? Ich bin's.«

Ihre Stimme klang brüchig, brüchig und schwach.

»Sie ist gegangen. Meine Mutter ist von uns gegangen ...«

»Ach Louise, liebe Louise, es tut mir so Leid.«

»Mir nicht.« Die Stimme der Freundin klang jetzt kräftiger, grimmig, zornig. »Ich bin froh. Froh, dass es vorbei ist. Es war so – so furchtbar für sie.«

»War sie ... war es –«

»War ihr Tod friedlich? Am Ende ja. Sehr friedlich. Nur mein Vater war bei ihr. Er war einfach da, hatte sie lieb, hielt ihre Hand. Er hat gesagt – ach Hexchen – er hat gesagt, er hat zugesehen, wie sie fortgegangen ist, wie sie einfach von ihm weggedriftet ist, er hat gesagt, er konnte sehen, wie sie ihn verlassen hat. Und er hatte bloß noch den Wunsch, mit ihr zu gehen, ihr zu folgen. Mein armer Vater, er hat sie so sehr geliebt.«

»Wie geht es ihm jetzt?«

»Er ist ziemlich ruhig, fast heiter. Vermutlich der Schock. Und natürlich die Erleichterung.«

»Ja. Ja, natürlich. Möchtest du, dass ich zu euch komme? Ich könnte –«

»Nein. Ehrlich nicht. Ich sage dir noch Bescheid wegen der Beerdigung, sobald ich das Datum weiß. Du kommst doch, oder?«

»Ja, natürlich komme ich!« Octavia war entsetzt, dass Louise auch nur einen Augenblick lang daran zweifeln konnte.

»Gut. Es wird mir besser gehen, wenn du da bist ...«

Am frühen Abend rief Louise wieder an. »Die Beerdigung ist am Mittwoch, Octavia. Um zwölf. In der Dorfkirche.« Dann sagte sie: »Ich weiß, es klingt merkwürdig, aber – aber könntest du Tom bitten, auch zu kommen? Meine Mutter mochte ihn sehr gern, und ich würde mir sehr wünschen, dass alle kommen, ihretwegen. Und mein Vater mag ihn auch sehr, er hat gesagt, er hofft, dass er mitkommt. Also – wenn du es über dich bringen könntest ...«

»Aber natürlich. Natürlich werde ich das für dich tun. Ja, ich frage ihn. Selbstverständlich.« Der Gedanke löste Entsetzen in ihr aus, obwohl sie nicht hätte sagen können, warum eigentlich.

»Danke. Ich danke dir sehr. Und, Octavia: Wenn du zur Beerdigung kommst, sprich mit Sandy nicht über das Baby. Er ist ein bisschen komisch deswegen, er bejaht es noch nicht richtig. Er wird es sich schon noch anders überlegen, aber im Moment rührt man am besten nicht daran. Meinen Vater habe ich auch gebeten, nichts zu sagen.«

»Ja, klar«, meinte Octavia. »Das verstehe ich gut.«

Tom kam kurz nach zehn zurück. Er sah erschöpft aus. Octavia, die gelesen hatte, sagte: »Tom, ich muss etwas mit dir besprechen.«

Er setzte sich und begann, seine Krawatte zu lockern.

»Bitte keine Szene, Octavia. Ich bin fix und fertig. Ich habe den ganzen Abend versucht, herauszufinden, wie wir Fleming + Cotterill retten können.«

»Wirklich? Na, ich bin sicher, dass ihr es schafft.«

»Ich beneide dich um deine Zuversicht. Octavia.«

»Tom, bitte. Jetzt nicht. Hör mal, Anna Madison wird am Mittwoch beerdigt. Weiß Gott, warum, aber Louise ist sehr daran gelegen, dass du auch kommst.«

Er schwieg einen kleinen Augenblick lang und erklärte dann: »Ich kann nicht. Ich habe den ganzen Tag Besprechungen.«

»Und die sind natürlich wichtiger, was?« Zorn stieg in Octavia auf. »Die Beerdigung einer alten Freundin ist im Vergleich dazu völlig nebensächlich, was? Anna Madison mochte dich sehr gern. Noch als ich neulich ... zum letzten Mal bei ihr war, hat sie gesagt, dass sie dich so gern hat. Und wie sehr Louise dich mag. Was mich wirklich erstaunt hat, wenn man bedenkt, dass du meistens nicht mal besonders höflich zu ihr bist.«

»Ja, nun ja. Sie ist deine Freundin. Das sind alles deine Freunde.«

Erneut empfand Octavia heftige Wut.

»Tom, diese Menschen trauern unvorstellbar. Louise hat sich gerade erst von dem Tod ihres Kindes erholt und sie ist schwanger. Sie hat mich gebeten, dir das zu sagen, weiß Gott, warum, sie wollte anscheinend, dass du es erfährst; jedenfalls finde ich, dass das sehr mutig von ihr ist. Sie fühlt sich offensichtlich scheußlich. Ich glaube also wirklich nicht –«

»Sie ist schwanger?« Toms Stimme klang seltsam, angestrengt. »Louise ist schwanger? Bist du sicher?«

»Natürlich bin ich mir sicher. Warum sollte ich mir nicht sicher sein?«

»Entschuldige.« Seine Stimme zitterte fast. Also war er betroffen. Gut. »Natürlich, warum solltest du dich irren. Ich war nur ... überrascht, das ist alles.« Nach einer Pause fuhr er fort: »Vielleicht hast du Recht. Gut, ich werde versuchen, es einzurichten. Ich ... ich gehe jetzt ins Bett. Gute Nacht.«

An der Tür angekommen, drehte er sich um und sah sie an. Sein Gesicht war außergewöhnlich abgespannt und neue, tiefe Furchen schienen sich eingegraben zu haben. Eine Welle der Angst erfasste Octavia. Vielleicht war Fleming + Cotterill ja tatsächlich in ernsten Schwierigkeiten.

Einen kurzen Augenblick lang stiegen Schuldgefühle in ihr auf, doch Octavia unterdrückte sie. Wenn der Verlust eines einzigen Kunden die Firma in den Ruin zu treiben vermochte, konnte sie wohl kaum eine solide Basis gehabt haben. Das wollte und konnte Octavia sich nicht zum Vorwurf machen lassen. Es war nicht fair.

Tom betrat Aubreys Büro.

»Wir haben möglicherweise einen Investor. Donnerstagmorgen, acht Uhr dreißig, treffen wir uns. Passt dir das?«

»Gut. Sehr gut. Wollen wir hoffen, dass wir einander mögen.«

»Das werden wir wohl müssen«, erwiderte Tom bedrückt. »Er will ein Drittel der Firmenanteile. Also, ich muss los. Ich bin mit Cadogan zum Lunch verabredet. Im Savoy.«

»Das lässt sich gut an, oder?«

»Scheint so«, sagte Tom. »Bis dann, Aubrey.«

Er wunderte sich, dass es ihm gelang, so heiter und normal zu erscheinen. Bei allem, was er am Hals hatte.

»Louise, hier ist Octavia. Wie geht's dir?«

»Ach, nicht allzu schlecht. Etwas müde.«

»Kein Wunder. Du Arme, und noch dazu das ganze Elend mit der Übelkeit. Du bist sehr tapfer. Also, ich wollte nur Bescheid sagen, dass Tom am Mittwoch auch kommt.«

»Ach, Hexchen, das freut mich. Ich weiß, für dich wird es schwer sein, aber ich bin wirklich dankbar dafür. Bitte sag ihm das.«

Gleich lässt sie ihm noch alles Liebe ausrichten, dachte Octavia halb gereizt, halb amüsiert.

»Ja, natürlich.«

»Und, gibt's neue Entwicklungen?« Louises Stimme war wachsam, vorsichtig. »Ich hab noch gar nicht gefragt, entschuldige.«

»Nun ja. Wir hatten eine Aussprache. Ich kann jetzt gerade nicht reden, ich bin im Büro. Aber es ist vorbei, und ich will, dass er auszieht.«

»Wann – wann war dieses Gespräch?«

»Louise, was spielt das für eine Rolle? Mittwoch, glaube ich. Ja, an dem Tag, bevor ich euch besucht habe.«

»Und er ist einverstanden?«

»Bleibt ihm wohl nichts anderes übrig.«

»Ich dachte, du wüsstest noch nicht genau, ob du dich scheiden lassen willst.«

»Doch, jetzt schon. Sehr sicher.«

Nach einer langen Pause sagte Louise: »Gut. Ich bewundere dich, Hexchen. Du bist so stark.«

»Na, ich stehe ja noch am Anfang. Am schlimmsten wird sein, es meinem Vater zu erzählen. Davor hab ich einen richtigen Horror. Er wird Tom in der Luft zerreißen.«

»Tatsächlich?«

»Ja, tatsächlich. Er wird versuchen, ihn in jeder nur möglichen Weise zu vernichten, und das wird mir gar nicht gut tun. Also muss ich es ihm ganz vorsichtig beibringen.«

»Ob er am Mittwoch vielleicht auch kommen würde?«, fragte Louise. Es klang wehmütig. »Ich mag deinen Vater. Mein Vater schätzt ihn auch sehr, und ich erinnere mich, dass meine Mutter mal gesagt hat, er sei sehr attraktiv.«

»Wirklich? Bist du sicher, dass du ihn dabeihaben willst? Er gehört wohl kaum zum engeren Kreis.«

»Ja«, erwiderte Louise langsam. »Ich bin sicher, dass ich ihn dabeihaben will. Ganz sicher. Würdest du ihn für mich fragen?«

»Aber natürlich«, versprach Octavia.

»Und wenn er Marianne mitbringen möchte, wäre das schön. Sie hat mir nach Juliets Tod einen so lieben Brief geschrieben.«

Octavia fand das etwas rätselhaft. Louise schien das Begräbnis ihrer Mutter wie eine Cocktailparty anzugehen.

»Romilly«, sagte Clementine Bowden, Musiklehrerin der Queen Anne's School und verantwortlich für das Schulkonzert, »Romilly, ich kann mich des Eindrucks nicht erwehren, dass du seit letztem Donnerstag überhaupt nicht geübt hast.«

Romilly war nahe daran, in Tränen auszubrechen. Ihr Kopf tat weh, ihre Periode, die von einem Pickel im Gesicht angekündigt wurde, hatte noch nicht eingesetzt, und sie fühlte sich aufgeschwemmt, ja fast dick, und war furchtbar aufgeregt, weil ihr Vater am nächsten Tag ankommen würde und das Gespräch mit ihm über ihre Zukunft als Model entscheiden würde. Ihre Mutter hatte schon angekündigt, dass er der ganzen Sache sehr ablehnend gegenüberstand.

»Nun?«, sagte Clementine Bowden.

»Ich – habe nicht sehr viel geübt. Nein.«

»Nun, Romilly, ich bin sehr versucht, dich aus dem Konzert herauszunehmen und stattdessen Primrose zu bitten, ein Solo zu spielen.«

Wenn ihr Vater nicht eigens zum Konzert hätte kommen wollen und seine Zustimmung nicht so entscheidend gewesen wäre, hätte Romilly erwidert, das sei ihr gutes Recht. So aber brach sie in Tränen aus.

»Es tut mir Leid«, sagte sie, »es tut mir furchtbar Leid, Miss Bowden. Mir – mir ging es nicht sehr gut.«

»Nun, ich werde meine Entscheidung auf morgen Vormittag vertagen. Nachdem du noch einmal vorgespielt hast.«

Romilly ging zum Mittagessen in die Schulkantine und suchte Fenella.

»Hi, Rom. Dein Leben muss ja im Moment absolut wundervoll sein.«

»War es. Ungefähr fünf Minuten lang. Jetzt ist meine Mutter total dagegen, dass ich irgendwas mache, was auch nur im Geringsten der Mühe wert ist. Und Miss Bowden droht, mir mein Solo wegzunehmen, und dabei kommt mein Vater extra aus New York, um mich zu hören. Und außerdem ist er auch dagegen, dass ich als Model arbeite. Fen, steht mein Bauch vor?«

Fenella musterte ihn. »Also, verglichen mit einem Brett vielleicht. Ein ganz kleines bisschen. Heute. Am Samstag ist es mir nicht aufgefallen.«

»O Gott«, stöhnte Romilly. »Das ist meine Periode, sie kommt zu spät, ich werde einfach dicker und dicker, bis sie anfängt. Und am Mittwoch muss ich vielleicht wieder in die Agentur. Und dann noch dieser Pickel. Sie werden den Vertrag rückgängig machen. Fen, was soll ich bloß machen?«

»Nichts«, meinte Fenella beruhigend. »Sie wird schon kommen. Geh heute Abend joggen. Das hilft manchmal.«

»Ja, das mache ich. Und ich esse nichts, bis sie anfängt.«

»Rom, nun sei nicht albern. Wenn du nicht aufpasst, werden sie alle denken, du wirst magersüchtig, und dann erlauben sie es dir niemals.«

»Ja. Nein, du hast Recht. Gut, aber wenigstens lasse ich das Mittagessen ausfallen. Das müsste ein bisschen helfen. Und – ach, ich weiß, was ich machen kann. Ich könnte doch ein Abführmittel nehmen, oder?«

»Romilly, ich glaube, das ist überhaupt keine gute Idee.« Fenella wurde langsam nervös. »Damit machst du dich bloß krank, und verglichen mit den meisten von uns ist dein Bauch absolut flach.«

»Nein, ist er nicht. Und es ist ja bloß bis Mittwoch. Ich hole mir auf dem Heimweg was in der Apotheke.«

Fenella sah ihre Freundin besorgt an. Alle Models wurden magersüchtig, das hörte man immer wieder. Nur passierte es bei Romilly in erschreckendem Tempo. Fenella seufzte.

»Iss wenigstens ein bisschen. Einen Apfel oder –«

»Ja, okay«, willigte Romilly ein und griff nach dem kleinsten Apfel in der Schüssel. »Aber nun fang du nicht auch noch an, Fen. Du bist doch meine Freundin.«

»Ich weiß«, sagte Fenella mit einem Seufzer.

In New York hatte gerade einer von Alec Muirheads größeren Mandanten angerufen, um ihm zu sagen, er wolle einen Geschäftsabschluss, mit dem er ursprünglich frühestens in zwei Monaten gerechnet hatte, jetzt so schnell wie möglich durchziehen. Das würde mehrere Tage intensiver Arbeit erfordern, doch das Honorar allein würde in diesem Jahr die Hälfte der laufenden Kosten bei Muirhead & Templeman decken. Alec Muirhead sah ein, dass er sich unter diesen Umständen unmöglich ein paar Tage freinehmen konnte, um nach London zu fliegen. Nach einem winzigen Zögern hob er den Hörer ab, um Marianne zu bitten, Romilly die schlechte Nachricht mitzuteilen ...

Auf der Schachtel stand, man solle vor dem Schlafengehen ein oder zwei Abführpillen nehmen; Romilly schluckte vier. Um fünf wachte sie mit fürchterlichen Krämpfen auf und verbrachte die nächste Stunde auf der Toilette. Aber als sie, nachdem sie ihr Solo noch einmal durchgespielt hatte, duschte und sich anzog, stellte sie zu ihrer großen Befriedigung fest, dass ihr Bauch wieder absolut flach war.

»Romilly, Engelchen, ich möchte etwas mit dir besprechen. Es ist schlimm für dich, ich weiß, aber –«

»Sie wollen mich nicht«, unterbrach Romilly sie. Ihre Augen füllten sich mit Tränen. Die ganze Quälerei war umsonst gewesen.

»Was? Wer will dich nicht?«

»Die Amerikaner.«

»Engelchen, es hat nichts mit den Amerikanern zu tun. Es geht um das Konzert. Es tut deinem Vater furchtbar Leid, aber er hat irgendein Riesengeschäft abzuwickeln und kann nicht kommen. Er schickt dir ganz liebe Grüße und –«

»Ach so«, sagte Romilly, »das ist okay. Ist doch bloß ein läppisches Schulkonzert.«

»Das hat vor einigen Wochen aber noch ganz anders geklungen. Jedenfalls ist es sehr lieb und reif von dir, dass du die Enttäuschung so tapfer hinnimmst. Und jetzt hol deine Sachen, ich fahre dich zur Schule. Stars sollten nicht mit der U-Bahn fahren müssen.«

Als Romilly in die Schule kam, spielte sie Miss Bowden ihr Solo vor. Die meinte, das sei wirklich schon wesentlich besser und sie dürfe spielen wie vereinbart. Und als Romilly Fenella davon erzählte, spürte sie einen vertrauten, dumpfen Schmerz in Bauch und Rücken: Ihre Periode hatte endlich eingesetzt. Sie betrachtete im Garderobenspiegel ihr Gesicht und stellte fest, dass der Pickel praktisch verschwunden war. Beim nächsten Mal würde sie wissen, was sie zu tun hatte; das war ja wirklich kinderleicht gewesen.

19. Kapitel

Octavia stand in der kleinen Dorfkirche, den Blick auf Annas Sarg gerichtet, der mit einem Berg weißer Rosen und Lilien bedeckt war, und zwang sich, nicht zu weinen. Wenn Louise tapfer sein konnte – und sie war furchtbar tapfer, sie war in der Kirche zu ihr und Tom herübergekommen und hatte sie beide geküsst, sich bedankt, dass sie gekommen waren, und sie dabei fast strahlend angelächelt –, dann konnte sie das auch. Charles Madison stand neben seiner Tochter, stocksteif, den Blick starr geradeaus gerichtet, und der kleine Dickon, der ziemlich zittrig zu ihr herüberlächelte, saß zwischen seinen Eltern.

Annas Söhne, Benjy und Dominic, und ihre hübschen Frauen, die aussahen, als seien sie einem Gemälde von Sloane entsprungen, hatten in der Bank hinter ihnen Platz gefunden, und die kleine Kirche war sehr voll.

Sie hatten bereits ein Lied gesungen, und der Vikar hatte die Lesung gehalten, den unvermeidlichen dreiundzwanzigsten Psalm. Und dann verkündete er: »Und jetzt wird Louise Madison aus dem Brief des heiligen Paulus an die Korinther lesen.«

Octavia war verblüfft. Louise, die gestern am Telefon noch außer sich vor Gram gewesen war, erhob sich vollkommen gefasst. In ihrem schwarzen, langärmeligen Seidenkleid und mit dem hellen Haar, das wie ein Heiligenschein unter dem schwarzen Strohhut schimmerte, war sie wunderschön anzuschauen, und sie lächelte alle ringsherum in der Kirche an, bevor sie zu lesen begann. Ihre Stimme war fest und melodiös, leicht verschleiert und mit der angenehmen Heiserkeit, die sie so unverwechselbar machte. Octavia erinnerte sich, wie Louise einmal lachend bemerkt hatte, sie würde niemals einen Mann, der sie kenne, anonym anrufen können, weil ihre Stimme unverkennbar sei.

Im Rhythmus der Sätze hob und senkte ihre Stimme sich wie Musik: »Wenn ich mit Menschen- und mit Engelzungen redete – wir sehen jetzt durch einen Spiegel in einem dunklen Wort –« Und Octavia spürte in diesem Augenblick genau, wo es war, ihr Herz, oder jedenfalls das symbolische Herz, welches das Zentrum ihrer Gefühle bildete, so schwer war es und so heftig schmerzte es. Und als Louise endete, als sie den schönen Schluss erreichte: »Nun aber bleibt Glaube, Hoffnung, Liebe« – eine lange Pause –, »aber die Liebe ist die größte unter ihnen«, da blickte Octavia auf und sah durch einen Tränenschleier, dass Louise lächelte, dass sie sich mit einem allerliebsten, heiteren Lächeln in der Kirche umsah, und dass der Blick, dieser intensive Blick aus den großen blauen Augen sie erreichte und dann weiterglitt, nur ein Stückchen weiter, und schließlich auf Tom ruhen blieb.

Einen langen, langen Moment stand Louise in der sonnendurchfluteten Stille der Kirche. Octavia sah Tom an und erkannte, dass er ebenfalls tief bewegt war. Er schaute auf seine Hände nieder, flocht seine Finger ineinander, und für einen Augenblick vergaß sie alles, seinen Betrug, ihren Hass, und wusste nur, dass sie ihn immer noch liebte und brauchte. Aber dann war es vorbei, Louise trat hinter dem Lesepult hervor und die Stimme eines kleinen Jungen erscholl aus der Dunkelheit des Chorgestühls; sie sang *God be in my Head,* anschließend kamen Gebete, und dann war es zu Ende und sie trugen den Sarg hinaus. Octavia schaute ihn an und dachte: »Der glücklichste Teil meiner Kindheit liegt da, da drin, bei Anna«, aber dann fand sie, dass das ihrem Vater gegenüber unloyal war, und sie schaute lächelnd zu ihm auf. Ganz kurz fürchtete sie, er könne ihre Gedanken gelesen haben. Sein Gesicht war düster, wurde aber weicher, als er ihren Blick erwiderte. Marianne sah lieb und traurig aus und in ihren grünen Augen standen Tränen. Sie konnte schwerlich um Anna weinen, schließlich hatte sie die Verstorbene kaum gekannt. Aber Beerdigungen ließen anderen Kummer wieder aufleben, lockten Tränen wegen anderer Schmerzen hervor. So war es auch Octavia ergangen – sie hatte nicht nur um Anna geweint, als man den Sarg hineingetragen hatte ...

Vor der Kirche ging Louise von Gruppe zu Gruppe, wurde geküsst, ließ sich die Hand schütteln, tätscheln, halten, immer noch eigenartig ruhig, und als sie zu der Gruppe aus London gelangte, küsste sie die vier der Reihe nach und bedankte sich noch einmal, dass sie gekommen waren.

»Kommt noch mit zu uns, ja? Wir werden wohl noch ein Weilchen brauchen, die – die Beerdigung findet da drüben auf dem Friedhof statt, nur die Familie, mein Vater wollte es so. Aber wir sehen uns danach.«

»Sie ist bemerkenswert gefasst«, meinte Marianne. »Das überrascht mich, ich hatte mir vorgestellt, dass sie ganz aufgelöst sein würde. Ach je, seht mal den armen, kleinen Kerl, er wirkt so verloren, ich hätte ihn nicht mitgebracht, wenn er – Octavia, ist alles in Ordnung?«

»Ja. Ja, danke.« Octavia versuchte zu lächeln, aber plötzlich wurde sie von ihren Tränen überwältigt und weinte heftig. »Entschuldigt bitte.«

»Komm doch mit uns«, sagte Felix und legte den Arm um sie. »Unser Wagen steht gleich da drüben und euren sehe ich nicht. Tom kann ihn holen und dann später zu uns stoßen.«

Dankbar, dass sie nicht mit Tom zusammen sein musste, während sie so außer sich war und voller Furcht, was ungefilterte Gefühle aus der Kluft zwischen ihnen machen würden, nickte Octavia schweigend.

Als Octavia im Haus der Madisons an einem Glas Champagner nippte, sah sie plötzlich Dickon in den Garten hinauswandern, ganz allein. Er war bei Janet gewesen, aber die hatte viel zu tun und eilte mit Tabletts voller Cocktailhäppchen umher.

»Dickon«, sagte Octavia, die ihm nachgegangen war. »Dickon, Schatz, ist alles in Ordnung?«

Der kleine Junge schaute sie an und nickte, aber sein Mund bebte. Octavia bückte sich und nahm ihn in die Arme.

»Komm mal her. Bist du traurig wegen deiner Omi?«

Er nickte wieder. »Mama hat gesagt, ich soll das nicht. Sie hat gesagt, es ist verkehrt, wenn man traurig ist, weil es Oma jetzt ja besser geht und sie bei Juliet ist. Stimmt das?«

»Oh ja, ganz bestimmt«, sagte Octavia. »Sie ist im Himmel bei Juliet, wahrscheinlich spielt sie gerade mit ihr. Aber du bist natürlich traurig und du wirst deine Omi vermissen. Und ich bin auch traurig. Niemand kann das ändern. Deine Mama ist sehr traurig, das weiß ich, und –«

»Wenn sie wieder ein Baby kriegen würde, würde das auch sterben?«, fragte Dickon unvermittelt.

Octavia starrte ihn an. Ihr war übel.

»Nein, natürlich nicht«, versicherte sie schließlich.

»Bist du ganz sicher?«

In seinem kleinen Gesicht arbeitete es und die dunklen Augen, Sandys Augen, sahen sie unverwandt an.

»Ja«, erwiderte sie fest und schickte ein Gebet zu einem Gott hinauf, an den sie nicht glaubte. »Was Juliet zugestoßen ist, war einfach ein tragischer Unfall. Das passiert nicht noch einmal.«

»Vielleicht doch«, sagte der Junge, und Octavia spürte, wie er zitterte. »In unserer Familie stirbt dauernd jemand. Und vielleicht kriegt sie noch ein Baby, weißt du, und ich habe Angst ...« Und er begann zu weinen.

Die Familie war noch auf dem Friedhof. Louise, sein Vater, sein Großvater.

»Dickon, mein Schatz, komm, wir gehen zu der kleinen

Brücke hinunter. Wir können Stöckchen ins Wasser werfen. Nur bis deine Eltern zurückkommen.«

»Wo steckt denn Octavia?«, fragte Felix zerstreut. »Sie war ja vollkommen aufgelöst, ich hoffe, sie ist nicht allein irgendwohin.«

»Felix, und wenn, bin ich sicher, dass sie das wollte«, sagte Marianne rasch. »Sie ist doch kein kleines –«

Sie unterbrach sich gerade noch rechtzeitig. Wie oft hatte sie das schon zu Felix gesagt? Jetzt war nicht der richtige Moment dafür.

»Wahrscheinlich ist sie aufs Klo gegangen. Soll ich mal nach ihr sehen?«

»Ja. Ja, bitte, wenn es dir nichts ausmacht. Ich mache mir immer noch Sorgen wegen dieses hysterischen Weinkrampfs neulich. So was sieht ihr gar nicht ähnlich. Irgendwas stimmt nicht, da bin ich mir ganz sicher.«

Octavia war auf keiner der Toiletten. Marianne lief die Treppe wieder hinunter und aus der Haustür hinaus, bevor Felix sie sehen konnte, und ging schnell die Auffahrt entlang. Charles Madison näherte sich gerade mit seinen Söhnen und einer der Schwiegertöchter dem Haus und ein Wagen, mit Sandy am Steuer, fuhr sehr langsam hinter ihnen her. Von Louise war nichts zu sehen.

In diesem Fall war sie wahrscheinlich bei Octavia. Das war gut; das würde sie beide trösten. Marianne konnte zurückgehen und Felix Bericht erstatten.

Plötzlich merkte sie, dass sie dringend eine Zigarette brauchte. Felix hatte keine Ahnung, dass sie rauchte, wenn auch nur gelegentlich. Niemand wusste es, ihre Kinder schon gar nicht. Sie würde sich ein Weilchen ins Auto setzen, mit geöffneten Türen, und sich eine Zigarette gönnen. Also ging sie zum Parkplatz hinunter, ließ sich auf dem Fahrersitz nieder und kramte in ihrer Handtasche. Sie bewahrte ihre Zigaretten in einem festen Behältnis für Tampons auf und lächelte in sich hinein, als sie jetzt eine herausnahm. Wirklich, sie benahm sich wie ein ungezogenes Schulmädchen.

Sie gab sich mit dem Zigarettenanzünder des Wagens Feuer und fand dann, dass sie eigentlich nicht riskieren konnte, im Wagen zu rauchen, denn Felix hatte eine außergewöhnlich feine Nase. So stieg sie aus und spazierte zu einem Gatter hinunter, das auf eine kleine Wiese führte. Es war, wie sie nun erkannte, eine Abkürzung zum Friedhof. Auf diesem Weg mussten sie zurückgekommen sein.

Und dann sah sie Louise. Sie war unverkennbar, selbst aus dieser Entfernung, mit ihrem leuchtenden blonden Haar, jetzt ohne Hut, und dem schwarzen Seidenkleid. Allerdings war Octavia nicht bei ihr. Tom war bei ihr. Und er hielt sie mit ausgestreckten Armen von sich weg. Sie schlug auf ihn ein, mit beiden Fäusten, und über die Wiese hinweg konnte Marianne in der stillen Luft ihre Stimmen hören, ohne aber die Worte zu verstehen, und schließlich ein lauteres Geräusch, das hysterische Weinen einer Frau; und dann sah Marianne, wie Tom sie grob wegstieß und sich über die Wiese entfernte.

Marianne drückte ihre Zigarette aus und lief schnell zum Haus zurück.

Lucilla Sanderson ließ sich mit einem erleichterten Seufzer in dem Korbsessel nieder. Das war das Beste am Tag, der späte Vormittag, wenn die Schmerzen des frühen Morgens nachließen, sie Kaffee und Kekse zu sich genommen, gründlich die Zeitung gelesen und ein wenig Radio gehört hatte und dann ihr Zimmer verließ. Sie war ein paar Mal stehen geblieben, um mit Leuten auf dem Flur und in der großen Eingangshalle zu plaudern, hatte den Kopf kurz in den großen Aufenthaltsraum gestreckt, wo die armen Alten, die wirklich nichts mehr mitkriegten, vor dem Fernsehgerät saßen und schon wegdösten, während Richard und Judy – nein, zurzeit war es nur Richard, Judy war wegen irgendeiner Operation im Krankenhaus – während Richard also wieder einmal eine berühmte Persönlichkeit interviewte und dieses merkwürdige, wilde Geschöpf über Kleider redete. Lucilla fand es nicht richtig, vor sechs Uhr abends fernzusehen. Der Tag gehörte dem Radio, dem Lesen und dem Briefeschreiben. Das war der große Unterschied zwischen Bewohnern wie ihr, die noch im Besitz aller Fähigkeiten waren, und den bedauernwerten Pflegefällen, die schon morgens in das Fernsehzimmer gingen oder, genauer gesagt, hingebracht wurden. Das war das Wunderbare an Bartles House: Es bot eine Fülle von Möglichkeiten.

Lucilla, die in Wiltshire in einem über zweihundert Jahre alten Herrenhaus aus der Zeit Queen Annes aufgewachsen war, war vom ersten Augenblick an von Bartles House bezaubert gewesen. Natürlich, das Haus war von außen ziemlich hässlich, mit seinen lächerlichen Türmchen und den Fenstern mit den gemauerten Sprossen, aber es hatte Charme und Persönlichkeit. Und innen war es mit den hohen Decken, den offenen Steinkaminen, der Holzvertäfelung und den Friesen sehr schön. Als Lucilla Bartles House zum ersten Mal gesehen hatte, hatte sie das Gefühl gehabt, dass es – eben gerade – ein Zuhause werden könnte. Auch der Park war herrlich; die Gartenanlagen waren natürlich vernachlässigt worden, aber die kleine, abfallende Wiese, die hinunter zum Wald führte, und das reizende, kleine Wäldchen waren bezaubernd. Gelegentlich, wenn Lucilla sich sehr fit und kräftig fühlte, ging Margaret mit ihr bis zum Waldrand, und dann standen sie da und schauten in sein dunkles Blätterherz hinein. Mehrmals hatte Lucilla Spechte herausfliegen sehen, die heute so selten waren, und es gab Eichelhäher und Drosseln, und im Sommer lag sie nachts oft wach und horchte auf den süßen, schluchzenden Gesang der Nachtigallen.

Nun setzte sie sich in ihrem Sessel zurecht, nahm den *Daily*

Telegraph zur Hand, um das Kreuzworträtsel zu lösen, gestattete sich aber vorher noch fünf Minuten, um einfach die Augen zu schließen. Es war ein herrlicher Tag und die Sonne schien warm auf ihr Gesicht. Die Luft war voller Vogelgesang und das Sonnenlicht tanzte auf den Baumwipfeln in Bartles Wood. Über das kleine Tal hinweg konnte sie die großen Lämmer blöken hören. Sie plagten ihre Mütter immer noch, wie Kinder in der Pubertät ...

Was hatte sie doch für ein Glück: Was für ein Privileg war es, an diesem wahrhaft schönen Ort den Lebensabend verbringen zu dürfen. So dachten sie alle. Lucilla und ihre Reisegefährten, wie sie sich nannten, sagten oft, wenn sie Bartles House verlassen müssten, würden sie sich einfach auf die Zufahrt legen und die Möbelwagen über sich hinwegfahren lassen. Natürlich war es unwahrscheinlich, dass es dazu kommen würde. In den Zeitungen hatte irgendwelcher Unsinn gestanden, aber Mr und Mrs Ford hatten beide versichert, dass sie unter gar keinen Umständen jemals auch nur im Traum daran denken würden, das Anwesen zu verkaufen. »Dies ist unser Zuhause, genauso wie das Ihre. Machen Sie sich keine Gedanken deswegen.«

Das taten sie auch nicht.

In seinem kleinen, ordentlichen, quadratischen Büro im Planungsamt in Tollgate House in Bristol verfasste John Whitlam einen Bericht über seinen Besuch in Bartles House. Er habe das Anwesen, sprach er in sein Diktiergerät, in sehr schlechtem Zustand vorgefunden; das Haus sei kalt, zugig und renovierungsbedürftig, die Heizkosten offensichtlich immens, und insgesamt sei das Haus für seine derzeitige Nutzung ungeeignet. Die Bewohner wären, wie Mr und Mrs Ford selbst betont hätten, in einem modernen, für diesen Zweck errichteten Gebäude, wie es bereits auf der anderen Seite von Bath vorgesehen sei, in jeder Hinsicht viel besser untergebracht. Das Haus besitze keinerlei architektonischen Wert, und es sei für niemanden ein Verlust, wenn es abgerissen würde.

Der Landschaftsgarten sei verwahrlost und zugewachsen, das Wäldchen sei klein und nicht besonders schön. Es gebe keine Naturschutzauflagen für die Bäume auf dem Anwesen, abgesehen von einem einzigen, der stehen bleiben könne, wenn man die Pläne ein klein wenig anpasse.

Er komme zu dem Schluss, sagte John Whitlam, dass eine Erschließungs- und Bauentwicklungserlaubnis ohne weitere Verzögerungen erteilt werden könne.

Die Beerdigung war vorüber; das Allerschlimmste war vorbei. Oder vielleicht auch nicht. Sandy nahm ein Glas Champagner vom Tablett, schüttete es hinunter und nahm sich ein zweites. Auch bei Juliets Tod war Louise erst nach der Beerdigung wirklich zusammengebrochen. Das konnte sich wiederholen. Obwohl es ihr schon gestern anscheinend viel besser gegangen war. Heute in der Kirche hatte sie wunderschön gelesen und am Grab hatte sie unbefangene, natürliche Tränen geweint. Als sie nach dem Begräbnis gesagt hatte, sie wolle einen Augenblick mit ihrer Mutter allein bleiben, hatte sie einigermaßen ruhig geklungen. Nicht wie das hysterische, angespannte Geschöpf, vor dem er sich so fürchtete.

»Bitte, Sandy«, hatte sie gesagt und mit Tränen in den Augen ein Lächeln hervorgebracht, »ich möchte mich von meiner Mutter verabschieden. Allein. Bitte. Geh du und kümmere dich um Dickon.«

»In Ordnung«, hatte er gesagt und er wollte auch wirklich zu Dickon zurück; er machte sich Sorgen um das Kind. Aber im großelterlichen Haus erklärte Derek, der Junge sei mit Octavia zum Bach hinunter gegangen.

Das war gut. Dickon vergötterte Octavia, die Louise immer eine gute Freundin gewesen war. Ja, die beiden waren gut zueinander – sehr loyal. Sandy sprach kurz mit einigen Gästen, die meisten waren ihm vollkommen fremd, und dann sah er, wie Octavia und Dickon über den Rasen zurückkamen. Sein Sohn winkte ihm fröhlich zu.

»Papa, wir haben Stöckchen ins Wasser geworfen! Wo warst du?«

»Ach, ich habe das Auto geholt. Und Tante Rosemary zurückgebracht.«

»Wo ist Mama?«

»Sie kommt gleich. Es dauert nicht mehr lange.«

»Geht es ihr gut?«

»Ja. Ja, ihr geht's gut.«

»Sandy«, sagte Octavia leise, »Sandy, könnte ich wohl kurz mit dir sprechen?«

»Wie bitte? Ja, natürlich. Jetzt?«

»Wenn es geht. Aber ...« Sie deutete mit den Augen auf Dickon.

»Ach so – gut. Dickon, alter Junge, hast du Lust, Janet zu suchen? Sie hat gesagt, sie braucht jemanden, der ihr hilft, das Essen auf Teller zu verteilen. Meinst du, du kannst das?«

»Klar kann ich das!«

Er zog los; Octavia blickte zu Sandy auf.

»Sandy, ach je, das ist furchtbar schwierig. Und du möchtest wahrscheinlich gar nicht darüber reden. Aber ich habe mit Dickon gesprochen. Er hat ... na ja, Angst. Er hat gesagt, in seiner Familie stirbt dauernd jemand. Und seine Mutter habe ihm erzählt, dass es seiner Oma jetzt besser gehe und sie bei Juliet sei. Ich ... also, ich wollte es Louise eigentlich nicht sagen, nicht ausgerechnet heute, es ist eine so heikle Geschichte, deswegen habe ich gedacht, ich könnte mit dir darüber sprechen.«

»Ja, ja, selbstverständlich«, sagte Sandy verlegen.

»Ich weiß, sie wollte ihn trösten, aber es ist nach hinten losgegangen. Er sieht, dass alle Menschen, die er liebt, sterben und ihn verlassen. Er ist wirklich sehr traurig. Und er hat furchtbare Angst, dass es sich wiederholen könnte. Verstehst du?«

»Dass sich was wiederholen könnte?«

»Nun ja«, Octavia zögerte. »Also, er hat mich gefragt, wenn Louise wieder ein Baby bekäme, ob das dann auch sterben würde. Und zu Juliet gehen würde. Es war so – so schrecklich. Zu sehen, welche Angst er hatte.«

»Oje«, sagte Sandy, »der arme kleine Kerl. Octavia, danke, dass du mir das erzählt hast. Ich werde mit ihm sprechen. Mal sehen, ob ich ihn beruhigen kann. Es ist ja nicht so, dass es weitere Babys geben könnte. In gewisser Hinsicht ist das schade, aber unter diesen Umständen ist es für ihn sicher –« Er hielt inne. Octavia sah ihn so sonderbar an.

»Stimmt was nicht?«

»Weißt du, Louise könnte es sich doch anders überlegen. Sie könnte beschließen, dass sie doch noch ein Kind haben möchte.«

»Äh – ja. Schon. Aber es würde einfach nicht klappen, das ist die Sache. Ich weiß, warum du dir Sorgen machst, Octavia. Ihre Übelkeit und so weiter. Aber ehrlich, das waren bloß die Nerven. Die Möglichkeit, dass Louise ein weiteres Kind bekommt, ist gleich null. Nach Juliets Tod hat sie von mir verlangt, dass ich mich sterilisieren lasse. Sie hat gesagt, sonst würde sie sich nie sicher fühlen können.«

Octavia stand da und starrte Sandy an. Plötzlich war sie ganz blass geworden, fiel ihm auf. Sehr blass sogar, und sie wirkte beinahe – ja, wie? Ängstlich.

Aber sie sagte nur: »Das hat Louise mir nicht erzählt.«

20. Kapitel

»Ich muss mit dir sprechen«, sagte Tom. Sie saßen im Taxi und kamen von einer Party im Unterhaus zurück. Sie hatten sich geeinigt, dass sie ihren gemeinsamen Verpflichtungen vorläufig gemeinsam nachkommen würden; das war einfacher.

Octavia wandte den Kopf und sah ihn an. Seine Miene war sehr entschlossen, und er schaute aus dem Fenster, ohne etwas wahrzunehmen.

»Und worüber?«, fragte sie kalt. »Wo du wohnen wirst? Wie bald wir einen Anwalt aufsuchen können? Das sind die einzigen Dinge, über die ich mit dir sprechen möchte.«

»Nein«, sagte er, »es hat nichts mit uns persönlich zu tun. Die Agentur ist ernsthaft in Schwierigkeiten, finanziell, meine ich. Carlton zu verlieren, war eine Katastrophe für uns.«

»Das tut mir Leid«, sagte sie. »Und es tut mir Leid, dass ich dazu beigetragen habe.«

»Ach, es war nicht nur das«, antwortete Tom müde, was sie überraschte. »Es steht seit über einem Jahr auf Messers Schneide. Aber die Bank gibt uns kein Geld mehr, wir haben wieder eine Hypothek auf das Haus aufgenommen, wie du weißt, und im nächsten Monat werden wir nicht mal die Gehälter der Mitarbeiter zahlen können.«

»Ach so ...« Octavia war elend zu Mute. »Also, was –«

»Wir stehen in Verhandlungen mit einem privaten Investor. Und es ist absolut notwendig, dass kein Wörtchen davon bekannt wird. Ich habe zwei potentielle Kunden, die beide kurz davor sind, einen Vertrag mit uns abzuschließen. Sie würden sehr wahrscheinlich abspringen, wenn sie von unserer finanziellen Misere wüssten. Und Leute wie Nico Cadogan würden sich wahrscheinlich fragen, ob sie nicht bei einer anderen Agentur besser aufgehoben wären. Jedenfalls, Octavia, ich bitte dich, sprich um Gottes willen mit niemandem über diese Sache.«

»Das würde ich nie tun«, sagte sie ehrlich empört.

»Tatsächlich?« Sein Blick war sehr kalt.

»Ja, tatsächlich. Ich kann meinen Mund halten. Bartles Wood war ein Ausrutscher, und es war einfach Pech, dass die *Daily Mail* die Geschichte gebracht hat. Besonders, dass Carlton ein Kunde von dir ist.«

»Ich sehe das nicht ganz so. Es war nicht bloß Pech. Es war nicht gerade schwer rauszukriegen, anonymer Hinweis hin oder her.«

»Aber dieser anonyme Hinweis kann nicht gerade hilfreich gewesen sein.«

»Nein, natürlich nicht.«

»Hast du irgendeine Idee, wer es gewesen sein könnte?«

»Überhaupt keine. Übrigens darf auch dein Vater nichts davon erfahren. Nichts würde ihn glücklicher machen, als zu sehen, wie ich zur Strecke gebracht werde.«

»Tom, er betrachtet dich vielleicht nicht als den idealen Schwiegersohn ...«

»Würde er irgendjemanden als idealen Schwiegersohn betrachten, frage ich mich?«

»Na, in Bezug auf dich hatte er doch Recht, oder? Ich hätte auf ihn hören sollen, als er sagte, ich würde einen Fehler machen, du wärst nicht der Richtige für mich und ich würde es bereuen.«

»Erstaunlich, dass du noch nicht zu ihm gerannt bist«, sagte Tom bitter. »Papas kleines Mädchen. Und ihn gebeten hast, dich zu trösten und wieder aufzunehmen.«

»Das ist gemein.« Die Tränen brannten Octavia in den Augen. »Du weißt, wie hart ich daran gearbeitet habe, mich nicht von ihm manipulieren zu lassen, nicht mein Leben von ihm bestimmen zu lassen. Ich habe ihm verschwiegen, was du getan hast, weil ich die Beschuldigungen nicht hören wollte, die Rechtfertigungen, das ›Ich hab's dir ja gleich gesagt‹, die emotionale Erpressung, wieder nach Hause zu ziehen –«

»Gut«, sagte Tom, »ich wäre dir dankbar, wenn du meine berufliche Perfidie vor ihm geheim halten könntest. Ebenso wie meine persönliche. Bis ich es geschafft habe, klarzukommen.«

»Ja, ist gut«, versprach Octavia. Sie schwiegen; das Taxi hatte ihr Haus erreicht. Octavia ging in das kleine Arbeitszimmer, um auf den Anrufbeantworter zu schauen und auf den Block, auf dem Caroline Nachrichten über die Kinder hinterließ. Tom folgte ihr.

»Hat jemand angerufen?«

»Nur Louise. Sie bedankt sich, dass wir zur Beerdigung gekommen sind.« Octavia drehte sich plötzlich um und sah Tom an. »Hast du gestern überhaupt mit ihr gesprochen?«

»Nein«, sagte er. Seine Stimme klang plötzlich unendlich erschöpft. »Hätte ich das tun sollen?«

»Nein, wohl nicht. Aber Louise – also, ich will mal sagen, im Moment bin ich nicht gerade gut auf sie zu sprechen.«

»Ach so?« Nach kurzem Schweigen fragte Tom fast widerwillig: »Und warum nicht?«

»Sie hat – ach, ist ja egal. Ich will nicht darüber reden. Gute Nacht, Tom. Und keine Sorge, ich sage nichts über die Firma. Zu niemandem. Du hast mein Wort.«

»Danke. Tut mir Leid, dass ich dich darum bitten muss, Octavia. Es tut mir Leid, dass alles so gekommen ist.«

Und dann war er fort.

21. Kapitel

Sie erkannte die Stimme natürlich. Erstaunt registrierte sie, wie schnell sie diese Privatschulvokale heraushörte, die absichtlich undeutlich ausgesprochen wurden: sehr erotisch, diese Stimme. »Mrs Fleming?«

»Ja. Wie geht's, Mr Bingham?«

»Ich dachte, dieses Stadium hätten wir hinter uns. Bitte, nennen Sie mich Gabriel. Also, warum kommen Sie nicht zu der Versammlung am Freitag? Wo sie doch eigens so gelegt wurde, dass sie nicht mit meinen Pflichten im Parlament kollidiert, damit ich daran teilnehmen kann. Ich hatte mich darauf gefreut, Sie wiederzusehen.«

»Ah«, meinte sie, überrascht, dass er etwas so – ja, was? Schmeichelhaftes? Charmantes? sagte. »Besten Dank.«

»Ja. Ich finde, Sie sind ein höchst befriedigender Sparringspartner.«

Sie kam sich plötzlich dumm vor, linkisch, unbeholfen.

»Vielleicht interessiert es Sie, Mr Bingham ...«

»Gabriel.«

»Vielleicht interessiert es Sie, Mr Bingham, dass ich neben meiner Arbeit und ... meinen Interessen noch andere Verpflichtungen habe. Da sind meine Kinder. Und – und mein Mann.«

»Dann muss ich wohl ohne Sie auskommen. Schade. Falls Ihr Terminkalender sich plötzlich leeren sollte, rufen Sie mich doch an. Ich lade Sie anschließend wieder auf ein Bier ein. Wenn Sie das nicht lockt, weiß ich auch nicht.«

»Da ist nichts zu machen, fürchte ich. Auf Wiederhören, Mr Bingham.«

»Auf Wiederhören, Mrs Fleming.«

Sie konnte die Belustigung in seiner Stimme hören und war den ganzen Vormittag lang gereizt.

Vor allem, weil das gesamte Wochenende in ihrem Terminkalender frei war.

Charles Madison zwang sich zu der schmerzhaften Aufgabe, Annas ganz persönlichen Besitz durchzusehen. Er versuchte zu entscheiden, was er behalten oder irgendwo verwahren sollte und was er fortzuwerfen vermochte. Dieser Prozess des Auswählens erwies sich als sehr bedrückend; ihre Haarbürste, noch mit einigen ihrer goldenen Haare darin, das Parfüm, mit dem sie sich selbst am letzten Tag noch besprüht hatte, das Buch, das er ihr vorgelesen hatte – Gerald Durrell, doppelt schmerzlich, weil sie ihre Flitterwochen auf einer griechischen Insel verbracht hatten, all die Briefe und Karten, die liebevolle Freunde ihr geschickt hatten, ihre Handtasche mit ihrem Terminkalender, ihr Scheckbuch ...

Louise trat ein.

»Hallo. Alles in Ordnung?«

»Ja. Ja, danke. Schon schlimm, dieser Vormittag, ich sortiere die Sachen deiner Mutter aus. Was mache ich nur mit – ach, das elende Telefon!«

»Soll ich rangehen?«

»Nein, ist schon gut. Hallo? Ja. Ach, hallo, Octavia. Wie geht's? Schön. Ja, also, ich hoffe, es war so ... gelungen wie möglich. Es war schön, dich zu sehen, und lieb von Tom, deinem Vater und Marianne, dass sie gekommen sind. Wirklich eine nette Frau. Ja, mir geht's gut. Wie bitte? Ach, ich sortiere Annas Sachen aus. Ich weiß nicht, was wir mit ihrer Sammlung von Spitzentaschentüchern machen sollen; manche davon sind so schön, dass es schade ist, sie wegzupacken und nie wieder zu benutzen. Vielleicht möchtest du ein paar haben? Ich weiß, dass das in ihrem Sinne wäre. Ja, natürlich. Ich suche ein paar aus. Jetzt möchtest du sicher Louise sprechen – gerade war sie noch hier. Ich suche sie, warte mal eben, Octavia.«

Er legte den Hörer hin, ging in die Diele und rief laut nach Louise. Aus dem Badezimmer drang ein ziemlich schwaches Stimmchen.

»Ich bin hier. Tut mir Leid. Ich weiß, Octavia ist dran, könnte ich sie zurückrufen?«

Charles ging wieder zum Telefon.

»Octavia? Tut mir Leid, meine Liebe. Sie fühlt sich nicht besonders wohl. Aber sie ruft dich zurück.«

Alecs Stimme am Telefon war sehr kalt und er sprach abgehackt. »Bedaure, Marianne, ich bin nicht bereit, diesen Quatsch zu dulden.«

»Ich finde, wir sollten wenigstens darüber nachdenken.«

»Marianne, erst muss sie die Schule fertig machen. Und es wird sie mit zweifelhaften Leuten in Kontakt bringen.«

»Woher weißt du das? Ich habe Freundinnen in der Modebranche, sehr verantwortungsvolle Menschen.«

»Marianne, bitte! Zwischen Frauen in deinem Alter, die Moderedakteurinnen bei der *Vogue* sind, und der zügellosen Meute, die sich in Fotostudios herumtreibt, besteht ein gewaltiger Unterschied. Ganz egal, was dieser Modelvertrag einbringen würde, ich möchte nicht, dass Romilly dem ausgesetzt wird.«

»Alec, vielleicht sollten wir akzeptieren, dass keiner von uns weiß, worüber wir sprechen. In diesem besonderen Fall. Ich versichere dir, ich sehe das Ganze vollkommen unvoreingenommen.«

»Und ich versichere dir, dass ich voreingenommen bin. Mein Entschluss steht fest. Jetzt muss ich los. Mach's gut.«

Marianne legte auf. Sie zitterte. Es war jetzt zwölf Jahre her, dass sie Alec verlassen hatte, und ganz gelegentlich hatte sie sich gefragt, warum sie ihn als Ehemann eigentlich so unerträglich gefunden hatte. Vorfälle wie dieser erinnerten sie mit einer Wucht daran, die schwer auszuhalten war. Eines jedenfalls hatte das Gespräch gebracht: Es hatte dafür gesorgt, dass sie selbst entschlossen war, der ganzen Sache offen gegenüberzustehen. Sie würde sich nicht von Alec befehlen lassen, was sie zu tun hatte.

»Hexchen, hallo, ich bin's. Entschuldige, dass ich vorhin nicht mit dir sprechen konnte.«

»Schon gut. Und wie geht es dir heute?«

»Gut. Du klingst irgendwie komisch. Was ist denn los?«

»Ich fühle mich auch ziemlich ... komisch, wie du es ausdrückst. Oder eher dumm. Louise, was soll das?«

»Ich – weiß nicht, was du meinst.«

»Wirklich nicht? Dann hör mir mal gut zu. Ich spreche mit deinem Mann über Dickon, weil der Junge sich Sorgen macht, weil alle sterben und er überlegt, was wäre, wenn du wieder ein Baby bekommen würdest, ob das auch sterben würde. Und dein Mann sagt, ach, keine Angst, sie wird keine Kinder mehr bekommen. Und ich will gerade sagen, was ist dann mit dem, das deine Frau gerade kriegt, und er unterbricht mich gerade noch rechtzeitig, gerade eben noch rechtzeitig, möchte ich betonen, und erzählt mir, dass er sich hat sterilisieren lassen. Vielen Dank, Louise. Ganz reizend, dass du mich alle meine Probleme hast ausplaudern lassen und dabei deinen eigenen kleinen Seitensprung ganz unerwähnt gelassen hast. Und dass du von einem anderen Mann ein Kind kriegst, weiß Gott von wem. Komische Art, eine Freundschaft zu pflegen.«

»Ach, Hexchen. Ach je. Das tut mir so Leid. Meine einzige Verteidigung ist, dass meine Mutter im Sterben lag.«

»Entschuldige, Louise, aber das nehme ich dir nicht ab. Wessen Kind ist es? Von wem bist du schwanger?«

»Ich bin nicht schwanger.« Die Stimme klang sehr traurig und plötzlich sehr unsicher.

»Wie bitte?«

»Ich bin nicht schwanger. Es war alles – nur in meiner Fantasie. Octavia, ich glaube wirklich, dass ich in den letzten Wochen ein bisschen wahnsinnig war.«

»Aber – aber Louise, du hast doch gesagt ... dein Vater hat gesagt ...«

»Ich weiß. Ich dachte, ich wäre schwanger, ich habe es ehrlich geglaubt. Aber ich bin's nicht. Ich habe einen Test gemacht. Negativ. Ich fühle mich ... ziemlich mies.« Ihre Stimme zitterte.

»Oh!« Octavia war völlig durcheinander. »Oh, ich verstehe. Aber warte mal, wenn Sandy sich hat sterilisieren lassen, wie konntest du dann überhaupt auf den Gedanken kommen? Das begreife ich nicht.«

»Es klappt nicht immer. Ich meine, das Verhältnis ist eins zu einer Million, aber – tja, offenbar wünsche ich mir dringend ein Baby, denn ich habe es geschafft, mir einzubilden, dass Sandy doch noch fruchtbar ist. Ich bedauere mittlerweile, dass ich ihn zu der Sterilisation überredet habe. Sogar sehr. Aber damals habe ich gedacht – na, du weißt ja, was ich gedacht habe.«

»Ja, das weiß ich. Entschuldige, Louise. Es macht mich traurig, dass du immer noch so wegen – wegen Juliet leidest. Mir war nicht klar, dass du dir die Sache anders überlegt hast. Dass du doch noch ein Kind möchtest. Aber, Lulu, kann man das nicht rückgängig machen? Die Sterilisation? Ich hab erst neulich was darüber gelesen. Ja, es war in der *Mail.* Ich sehe mal, ob ich es finde.«

»Könntest du das tun, Hexchen? Menschenskind. Was für eine großartige Idee!«

»Freu dich lieber nicht zu früh. Ach, du Arme. Was für eine scheußliche Zeit du gehabt hast. Arme Louise.«

»Wir haben beide viel durchgemacht, oder? Und wie steht es um dich?«

»Schlecht«, erwiderte Octavia kurz. »Ich glaube, Tom

hofft immer noch, dass ich es mir anders überlege. Und ihm verzeihe. Der ganze Mist.«

»Keine Chance?«

»Keine Chance.«

»Dein Vater weiß es noch nicht?«

»Nein, zum Glück.«

»Und Tom hat dir noch nicht erzählt, wer es ist?«

»Nein. Er vermeidet es, über die ganze Sache zu sprechen. Ich glaube, zum Teil liegt das daran, dass – ach, ich sollte dir das nicht erzählen. Ich habe geschworen, mit niemandem darüber zu reden. Es hat mit Toms Agentur zu tun.«

»Hexchen, wem sollte ich es denn weitersagen? Wo ich doch in diesem Provinznest lebe.«

»Du darfst nicht einmal mit Sandy darüber sprechen. Also gut. Ich muss es irgendwie loswerden. Fleming + Cotterill ist in Schwierigkeiten. Wenn sie nicht schleunigst frisches Kapital auftreiben, können sie den Laden dichtmachen.«

»Mein Gott. Tatsächlich?«

»Ja.«

»Aber warum die Heimlichkeiten? Das verstehe ich nicht.«

»Das ist die Sache mit dem Dominoeffekt. Wenn die Kunden, die er hat, oder auch nur einer dieser Kunden, erfahren würde, dass die Agentur auf der Kippe steht, könnte noch einer aussteigen. Und dann wäre es wirklich aus mit ihm.«

»Oje. Ja, ich verstehe. Aber er kann doch sicher irgendwo Geld auftreiben, das ist nicht schwer. In London ersticken sie im Geld, sagt mein Vater immer. Soll ich ihn fragen? Vielleicht könnte er helfen.«

»Nein!«, rief Octavia entsetzt. »Louise, du darfst es niemandem gegenüber auch nur erwähnen. Bitte.«

»Gut, ich sage nichts. Das verspreche ich dir. Also, hast du mir verziehen?«

»Was denn? Ach ja, natürlich hab ich das. Ich glaube, ich sollte dich ebenfalls um Verzeihung bitten. Es tut mir Leid, dass ich dir misstraut habe. Es tut mir Leid, dass du so unglücklich bist, Louise.«

»Ach ja«, meinte Louise seufzend, »eines Tages komme ich bestimmt darüber hinweg ...«

Romilly hörte ihrer Mutter sehr aufmerksam zu, als diese ihr erzählte, dass Christie's mitgeteilt habe, sie wollten Romilly tatsächlich für ihre neue Werbekampagne einsetzen, sie würden einen Vertrag schicken, damit Marianne ihn begutachten und mit ihrem Anwalt darüber sprechen könne, und dass Ritz Franklyn sie außerdem gebeten hatte, in die Agentur zu kommen, um alles mit ihnen zu bereden. Romilly stimmte zu, dass das nicht vor Montag geschehen konnte, weil sie übers Wochenende wegfuhr, und sie erklärte sich auch einverstanden, Ritz klar zu machen, dass sie bis zu ihrem Schulabschluss nur zeitweise zur Verfügung stehen würde, nämlich in den Schulferien.

Ihr Vater sei immer noch sehr dagegen, fuhr Marianne fort, und falls sie die Sache weiter vorantreiben würden, sei es sehr wichtig, seine Befürchtungen zu zerstreuen.

»Welche Befürchtungen hegt er denn genau?«, wollte Romilly wissen.

»Ach, er will, dass du deine Ausbildung zu Ende machst. Und hat Angst, dass jemand dir wehtun könnte. Auch andere Gefahren ...«

»Was denn, Drogen und das ganze Zeug? Befürchtet er, dass ich mir in der Garderobe Koks spritze?« Sie lächelte ihre Mutter an und gab damit zu verstehen, dass das ein absurder Witz war. »Und du brauchst es gar nicht zu sagen. Er denkt, ich könnte magersüchtig werden.«

»So deutlich hat er das nicht gesagt, aber ...«

»Na, das ist natürlich Quatsch. Du weißt doch, wie gern ich esse. Und dass ich mich freiwillig übergeben würde – also echt, du weißt doch, wie eklig ich das finde.«

»Stimmt.« Marianne lächelte sie an.

»Also, meinst du, wir können das machen? Ich möchte ihn nicht aufregen.«

»Doch, ich glaube schon. Du bist wirklich sehr vernünftig, Schatz. Das beeindruckt mich.«

»Ja«, erwiderte Romilly ernst, »es ist ein hartes Geschäft. Da muss ich vernünftig sein. Also, Montag fahren wir hin und sprechen mit ihnen, ja?«

»Ja.«

Romilly ging nach oben. Sie konnte sich nicht erinnern, jemals so glücklich gewesen zu sein. Glücklich und voller Selbstvertrauen. Alles würde gut werden. Alle würden einwilligen. Sie musste nur vernünftig und geduldig sein – ihre Eltern beeindrucken, ihnen zeigen, dass sie ihren Standpunkt verstand. Sich nicht wie ein Baby aufführen. Ritz Franklyn hatte so etwas gesagt, als Romilly sie am Vortag in der Mittagspause in Tränen aufgelöst angerufen und gefragt hatte, ob es etwas Neues gebe.

»Aber sagen Sie nicht, dass das von mir kommt, Romilly. Zeigen Sie ihnen, dass Sie alles selbst durchdacht haben, dass Sie erwachsen genug sind, um das alles zu bewältigen. Denn ich weiß, dass Sie das sind.«

Octavia fragte sich gerade, wie sie ein weiteres Wochenende voller Feindseligkeiten durchstehen sollte, als das Telefon klingelte. Es war Lauren Bartlett.

»Hallo, Octavia. Hören Sie, wie wäre es mit nächstem Mittwoch für unser Meeting? Und wenn Sie und Tom am Sonntag Zeit haben, würde ich Sie gerne einladen. Nur ein zwangloser Lunch mit ein paar alten Freunden. Unter anderem einem Freund von Geoffrey, der gerade eine Drogeriekette gekauft hat. Er ist auf der Suche nach einer PR-Agentur. Ich habe ihm erzählt, dass ich Tom kenne, und er schien interessiert und will ihn gern kennen lernen.«

Octavia überlegte rasch. Wenn Tom einen neuen Kunden bekommen könnte, würde er wieder festeren Boden unter den Füßen haben, und das würde ihr Gewissen erleichtern; und dann würde es viel einfacher sein, alles zu regeln.

»Das wäre schön«, sagte sie. »Ich rufe Tom an und frage ihn, ob er –«

»Gut. Also gegen eins. Ganz zwanglos, bequeme Kleidung.«

Octavia wusste, was bequeme Kleidung bei den Bartletts bedeutete: nicht ganz neue Jeans von Armani, JP Tods der letzten Saison, ein leicht ausgewaschener Pullover von Joseph. Und ein zwangloses Essen für ein paar alte Freunde hieß ungefähr zwanzig Leute, die alle wie wild Kontakte knüpften ... Sie wurde müde, wenn sie bloß daran dachte, aber – sie nahm den Hörer auf und rief in Toms Büro an.

»Er ist leider nicht da, Octavia. Ist nach Birmingham gefahren. Große Besprechung mit Bob Macintosh. Den ganzen Tag, bis spätabends. Kommt erst morgen wieder. Sie könnten versuchen, ihn dort anzurufen.«

Octavia rief Bob Macintoshs Sekretärin an und fragte, ob Tom bei ihm sei.

»Das kann ich nicht so genau sagen, Mrs Fleming. Möchten Sie mit Mr Macintosh sprechen?«

Bob Macintosh, freundlich und gesprächig, fragte nach ihrem Befinden. »Es geht mir gut«, antwortete Octavia, »danke. Ob ich wohl mit Tom sprechen könnte? Hier hat sich etwas ergeben ...«

»Tom ist schon weg, vor etwa einer Stunde. Es war nur eine kurze Besprechung. Er sagte, er hätte noch einen anderen Termin.«

»Ach so«, sagte Octavia langsam. Plötzlich war ihr sehr elend zumute. Sie konnte sich vorstellen, was dieser andere Termin war. Und er hatte gesagt, es wäre vorbei.

Als sie auflegte, zitterte sie leicht. Sie würde ganz bestimmt nicht zu irgendeiner grauenhaften Lunchparty gehen, nur um Fleming + Cotterill zu unterstützen. Sie rief Lauren an und sagte, es täte ihr furchtbar Leid, aber Tom sei an dem Wochenende nicht in London. Lauren machte einen recht halbherzigen Versuch, so zu tun, als sei Octavia auch ohne ihn willkommen, war aber eindeutig erleichtert, als sie sagte, sie glaube nicht, dass sie es einrichten könne.

Und jetzt dehnte das Wochenende sich vor ihr aus, leer, einsam, nichts als peinigender, eifersüchtiger Kummer. Sie konnte nicht einmal zu ihrem Vater fahren und mit ihm zusammen sein. Das wäre viel zu schwierig gewesen. Also nur sie und die Kinder. Und zu viel Zeit zum Nachdenken.

Es sei denn ... Spontan wählte sie Pattie Davids Nummer und erklärte, sie könne doch zu der Versammlung kommen, müsse aber die Kinder mitbringen. Ob Pattie irgendwie helfen könnte?

Pattie war begeistert. Natürlich konnte sie das: Die Zwillinge und Megan konnten sich zusammen ein Video anschauen. »Und Barbara, meine Haushaltshilfe, wird da sein. Sie wird sich mit Vergnügen um die Kleine kümmern. Wie schön, dass Sie es einrichten können, insbesondere, weil Gabriel Bingham auch kommt.«

»Ach ja«, meinte Octavia unbestimmt, »das hatte ich ganz vergessen ...«

Julie Springer, die neue Kundenbetreuerin, die bei Fleming + Cotterill für die Pressearbeit zuständig war, war recht zufrieden mit sich. In den drei Wochen seit ihrer Einstellung war in ihrer Abteilung wenig los gewesen, daher war der Anruf einer Journalistin vom *Independent*, die fragte, wer denn die wichtigsten Kunden der Agentur Fleming + Cotterill seien, besonders willkommen. Die Journalistin erzählte, sie recherchiere bei Firmen wie Fleming + Cotterill, um einen großen Bericht über Tony Blairs erste Monate im Amt zu machen. Sie war höflicher als die meisten Journalisten, bedankte sich bei Julie für ihre Hilfe und warnte sie, dass sie vielleicht noch einmal anrufen müsse.

Lächelnd legte Julie auf. Tom und Aubrey würden sich freuen.

Julie beschloss, die Informationen, die sie der Frau gegeben hatte, in einem Brief zu bestätigen. Sie adressierte ihn an die Journalistin, deren Name Diana Davenport war, und brachte ihn selbst in die Poststelle hinunter, um dafür zu sorgen, dass er mit der nächsten Sendung hinausging.

»Das war doch sehr befriedigend, oder?«, meinte Gabriel Bingham. »Ihre Ausführungen über die Umgehungsstraße von Newbury haben mir ausgesprochen gut gefallen. Sehr einfallsreich.«

»Das war nicht einfallsreich«, versetzte Octavia gereizt. »Es ist die Wahrheit. Dort wird jetzt mehr geplant und gebaut, einfach weil es diese neue Straße gibt.«

»Ja, ja. Ich habe zugehört. Jedenfalls hoffe ich, dass Ihre Mitstreiter jetzt in geordneter, professioneller Weise vorgehen. Als eine Horde grüner Weltverbesserer angesehen zu werden, wird ihnen überhaupt nichts nützen.«

»Ich glaube, die – wir – wissen das«, antwortete Octavia. »Und Sie haben es uns ja wirklich gründlich eingehämmert. Mehrmals.«

»Meine Absicht war eher, es klar zu machen. Einhämmern ist ein unschönes Wort.«

»Ja. Aber sehr bildhaft.«

Er sah sie an und grinste unvermittelt.

»Wollen wir diese höchst intellektuelle Diskussion bei dem Glas Bier fortsetzen, zu dem ich Sie eingeladen habe?«

»Leider kann ich nicht«, erwiderte Octavia kühl. »Meine Kinder sind bei Patricia David, ich muss sie abholen. Wir übernachten in unserem Ferienhaus.«

»Aha. Sie haben also einige Mühen auf sich genommen, um heute Abend kommen zu können. Einfach vorbildlich. Nun, ich darf mich nicht zwischen eine Frau und ihre mütterlichen Pflichten stellen. Und was ist mit Ihren ehelichen?«

»Bitte?«

»Wo ist Ihr Gatte? Ist er unterwegs, donnert gerade die M4 runter, in einem BMW, natürlich unverbleites Benzin, grüne Gummistiefel und den Jagdstuhl hinten drin?«

»Nein.« Plötzlich brannten in ihren Augen Tränen. »Nein, nein. Er ...« Sie hörte, wie ihre Stimme kippte, und wandte sich ab.

»Entschuldigen Sie«, sagte er sehr sanft. »Ich wollte Sie nicht traurig machen. Es war nur Spaß.«

»Ja.« Octavia traute sich nicht, ihn anzuschauen. »Vielleicht sollten Sie Ihre Ziele etwas sorgfältiger wählen. Also, ich muss los. Entschuldigen Sie mich. Oh, hallo, Pattie, ich bin hier. Ich muss jetzt wirklich zu den Kindern zurück. Haben Sie was dagegen, wenn wir losfahren?«

Octavia bemühte sich, es nicht zu tun, doch als sie die Autotür zuzog, schaute sie zu ihm auf. Er stand recht nah am Wagen und blickte mit besorgter Miene auf sie hinunter, während er sich mit der Hand durch sein ungebändigtes Haar fuhr.

»Ein lieber Kerl, oder?«, sagte Pattie, als sie mit einem heftigen Ruck anfuhr.

»Das ist nicht ganz das Adjektiv, das ich gewählt hätte«, erwiderte Octavia.

22. Kapitel

»MAMA, DA IST EIN Mann an der Tür.«

»Ich komme.«

Octavia war in einen Artikel über das Fest vertieft gewesen, das Prinz Charles zu Camilla Parker Bowles' fünfzigstem Geburtstag gegeben hatte. Sie kämpfte sich in die Wirklichkeit zurück und hoffte, dass es Bill Dunn war, der das Gras mähen sollte, denn das war dringend nötig. Aber es war nicht Bill.

»Oh, hallo«, sagte sie.

»Hallo, Mrs Fleming. Ein kleines Versöhnungsgeschenk. Leider kein besonderer Jahrgang, aber es ist Bollinger.«

»Ja, das sehe ich. Ehrlich, Sie hätten wirklich nicht ...«

»Ich fand wohl. Ich habe ein ziemlich schlechtes Gewissen wegen Freitagabend.«

»Ach, das war ganz unwichtig. Bitte, kommen Sie herein. Ich wollte gerade Tee machen. Poppy, das ist Mr Bingham. Schätzchen, würdest du Wasser aufsetzen?«

»Ich erinnere mich an Sie«, rief Poppy. »Wir haben Sie in diesem Wald getroffen.«

»Eigentlich nicht im Wald«, korrigierte Gideon, der gerade an der Tür erschien. »Es war eine Lichtung. Mama, Minty weint. Ich hab sie im Garten gehört.«

»Ich hole sie. Das war ja ein kurzes Schläfchen.«

»Mir war gar nicht klar, dass Familienleben so anstrengend ist«, bemerkte Gabriel Bingham.

Als Octavia zurückkam, folgte er Gideon gerade in den Garten.

»Er wirft für mich«, erklärte Gideon.

»Gideon, Mr Bingham ist nicht den ganzen Weg hier heraus gekommen, um mit dir Kricket zu spielen!«

»Es ist kein Spiel, es ist bloß, damit ich das Schlagen üben kann. Und er hat gesagt, ich soll ihn Gabriel nennen.«

Gabriels und Octavias Blicke trafen sich über Gideons Kopf hinweg. Er lächelte sie an, wandte sich dann um und folgte dem Jungen.

»Das war sehr nett von Ihnen«, sagte sie viel später, als sie beim Tee saßen.

»Purer Eigennutz. Ich liebe Kricket. Hab in der Schulmannschaft gespielt.«

»Wirklich?«, fragte Gideon mit leuchtenden Augen, »toll.«

»Meine Sternstunde war, als wir eine andere Schule geschlagen haben und ich neunundachtzig Punkte gemacht habe, kein Aus.«

»Welche andere Schule denn?«

»Harrow. Eigentlich nicht schwer zu schlagen.«

»Und wo sind Sie zur Schule gegangen?«, fragte Gideon.

»Äh – Winchester.« Gabriel Bingham wich Octavias Blick aus.

»Winchester und Harrow. Was für eine höchst egalitäre Angelegenheit das gewesen sein muss«, bemerkte Octavia milde. Aber sie lächelte ihn an; und er erwiderte ihr Lächeln.

»Ich gehe auch nach Winchester. Hoffe ich. Man muss echt was auf dem Kasten haben, um da angenommen zu werden. Was arbeiten Sie?«

»Ich bin Abgeordneter im Parlament.«

»Mama, darf ich das Planschbecken voll machen, es ist so heiß«, fragte Poppy. »Das würde Minty Spaß machen.«

»Vielleicht auch nicht«, widersprach Gideon.

»Doch, natürlich.«

»Woher willst du das wissen?«

»Gideon, hör auf«, griff Octavia müde ein. »Ich stimme

Poppy zu, das würde Minty wahrscheinlich großen Spaß machen. Jetzt geh und hilf Poppy, das Planschbecken rauszuholen und zu füllen, bitte.«

»Aber Mama ...«

»Gideon, bitte tu, was ich dir sage. Sonst gibt es auf dem Rückweg nach London keinen Hamburger.«

»Wie ich sehe, sind Sie eine strenge Mutter«, konstatierte Gabriel Bingham.

»Ich bin nur ziemlich konsequent.«

»Sie haben sehr nette Kinder. Und außerdem ist das ein sehr hübsches Haus, das Sie hier haben.«

Er schaute sich um; sie saßen auf einer kleinen, gepflasterten Terrasse vor der Küchentür, auf der ein Holztisch und Stühle standen und die durch ein mit Kletterrosen und Geißblatt überwachsenes Spalier begrenzt war. Vor ihnen lag der mit Gänseblümchen übersäte Rasen, den eine dichte Weißdornhecke umschloss, und dahinter war die wellige, baumreiche Landschaft Somersets zu sehen.

»Und ein nettes Dorf? Freundlich? Sind sie Ihnen gegenüber aufgeschlossen?«

»Oh ja, ich finde schon. Ich meine, wir bemühen uns wirklich, uns einzubringen.«

»Zum Dorffest gehen, im Dorfladen einkaufen, all so was? Sehr lobenswert.« Sein Blick war amüsiert, aber in seiner Stimme lag eine gewisse Schärfe.

»Schauen Sie«, sagte Octavia, »dieses Haus hatte dreißig Jahre leer gestanden, als wir es kauften, es war baufällig, also ...«

»Beruhigen Sie sich.« Er lächelte. »Ich wollte Sie nur necken. Ich bin sicher, dass das Dorf sich glücklich schätzen kann, Sie hier zu haben. Übrigens, wo ist denn der Gatte? Allmählich glaube ich, dass er gar nicht existiert.«

»Ach, er arbeitet. In London.« Nach einem Schweigen fügte Octavia hinzu: »Woher wussten Sie überhaupt, wo ich bin?«

»Ich habe die nette Mrs David gefragt. Ich laufe normalerweise nicht rum und bringe Menschen zum Weinen.«

»Eigentlich«, räumte Octavia ein, »waren es nicht nur Sie, der mich aus der Fassung gebracht hat. Ich hatte ... eine harte Woche.«

»Und was heißt für Sie eine harte Woche? Zu viele Verabredungen zum Lunch? Zu wenig dankbare Kunden? Viel Verkehr auf der M4?«

»Ach, halten Sie doch den Mund«, sagte Octavia mit zitternder Stimme. »Was habe ich Ihnen denn getan, warum müssen Sie die ganze Zeit so – so grob sein?«

»Octavia.« Er legte ihr die Hand auf den Arm. Sie entzog sich ihm.

»Nein! Fassen Sie mich nicht an!«

»Jetzt habe ich Sie schon wieder verletzt, was? Ach je. Ich habe Sie doch bloß ein bisschen geneckt. Wie empfindsam Sie sind, Mrs Fleming.«

»Und nennen Sie mich nicht Mrs Fleming!«

»Ich dachte, Sie mögen es nicht, wenn ich Octavia zu Ihnen sage?«

»Mir ist egal, was Sie zu mir sagen.« Octavia brach in Tränen aus.

Er war sehr nett, sehr ruhig. Er rutschte auf den Stuhl neben ihr, reichte ihr ein Taschentuch, schenkte ihr noch eine Tasse Tee ein und rührte zwei Löffel Zucker hinein.

»Hier«, sagte er sanft, »trinken Sie das.«

»Ich will keinen Tee.« Octavia putzte sich wütend die Nase.

»Es wird Ihnen gut tun. Meine Nanny hat immer gesagt, süßer Tee macht alles wieder gut. Da, jetzt ist es heraus. Jetzt habe ich Ihnen verraten, dass ich eine Nanny hatte. Fühlen Sie sich jetzt besser? Da Sie nun wissen, was für ein Heuchler ich bin?«

»Ein wenig.« Octavia lächelte widerstrebend.

»Mir wäre es lieber, wenn sich das nicht im Parlament rumsprechen würde. Erzählen Sie es nicht Ihrem Mann.«

»Dem erzähle ich im Moment überhaupt nichts«, schnaubte sie. Und dann erstarrte sie. »Das hätte ich nicht sagen sollen.«

»Keine Sorge.« Gabriel Binghams Gesicht war sehr sanft. »Wenn Sie nichts von meiner Nanny erzählen, erzähle ich nichts von Ihrem Mann. Versprochen. Schwierige Phase? Nein, tut mir Leid, das hätte ich nicht fragen sollen. Ignorieren Sie es einfach.«

»Nein, schon in Ordnung. Und man könnte es so nennen, ja.«

»Ehen bestehen, soweit ich das sehen kann, aus einer langen, schwierigen Phase, die von wenigen, sehr kurzen guten Abschnitten unterbrochen wird.«

»Sind Sie deshalb nicht verheiratet?«, fragte Octavia.

»Ja, zum Teil. Aber vielleicht doch eher, weil mich niemand heiraten wollte.«

»Dann haben Sie also gar keine Verlobte? Weder probeweise noch sonst wie?«

»Nein. Sie hat mir gerade den Laufpass gegeben, will jemand anders heiraten, der nicht alle fünf Minuten nach London loshetzt.«

»Das tut mir Leid.«

»Ach, das hat schon seine Richtigkeit. Ich glaube, wir wussten beide schon seit Monaten, dass es vorbei war. Wir haben einfach weitergemacht, weil es praktisch war.«

»Insbesondere für Sie«, sagte Octavia schroff.

»Wie bitte?«

»Na, ich meine, Sie müssen doch jemanden haben, oder? Sonst denken die Leute, Sie wären – na ja ...«

»Schwul? Nein, das war nicht der Grund, weswegen ich mit ihr zusammen war«, erklärte Gabriel Bingham und sein Gesichtsausdruck war jetzt weniger freundlich. »Sie scheinen mich als Heuchler großen Stils zu betrachten, was ziemlich schade ist. Ich hatte das Gefühl, wir würden allmählich Freunde. Jetzt bin ich mir dessen nicht mehr so sicher.«

»Mr Bingham – Gabriel, ich wollte Sie wirklich nicht –«

Octavia geriet plötzlich in Panik und fror. »Es tut mir Leid«, sagte sie hilflos. »Das war taktlos von mir.«

»Ja, das war es.« Er erhob sich. »Überhaupt, ich muss jetzt los. Es war ein sehr schöner Nachmittag. Auf Wiedersehen, Mrs Fleming.«

»Gehen Sie weg?«, fragte Gideon, der angerannt kam. »Das ist schade, ich wollte Sie noch was wegen meiner Bowltechnik fragen.«

»Leider ja. Ich muss arbeiten. War schön, dich kennen zu lernen, Gideon. Du wirst bestimmt ein guter Schlagmann. Für Winchester, oder wo du auch hingehst. Tschüs, Poppy.«

Und er war fort.

»Der ist wirklich nett«, sagte Poppy.

»Ja.« Octavia hörte, dass ihre Stimme traurig klang. »Ja, er ist wirklich nett.«

»Louise, bist du sicher, dass du nicht lieber zum Arzt gehen solltest?«

Es war am frühen Montagmorgen. Louise war schon dreimal ins Bad gegangen, um sich zu übergeben, war wieder zurück ins Bett gekrochen, hatte zitternd neben ihm gelegen und sich jedem Versuch, sie zu trösten, entzogen.

Jedes Mal, wenn Sandy seine Frau anschaute, verspürte er eine tiefe, nagende Angst, die sein logischer Verstand verzweifelt zu leugnen trachtete. So sah sie nur aus, unter dieser Übelkeit litt sie nur, wenn sie schwanger war. Aber eine Schwangerschaft, so hatte man ihm versichert, war vollkommen unmöglich. Seine Sterilisation war über zwei Jahre her, und die Anzahl seiner Spermien, hatte der Doktor ihm vergnügt erklärt, war gleich null. Er hatte diese verdammte Operation nicht machen wollen, aber er hatte es für Louise getan, weil er sie so sehr liebte, weil er sie trotz ihrer düsteren Stimmungen liebte, obwohl sie immer so ungeduldig mit ihm war, trotz seiner Angst, sie könnte ihn überhaupt nicht mehr lieben ...

Sie drehte den Kopf auf dem Kissen und sah ihn an, die großen blauen Augen dunkel umrändert vor Kummer, offenbar aufrichtig verwundert über die Frage.

»Warum sollte ich denn zum Arzt gehen?«

»Liebling, du übergibst dich ständig, du hast abgenommen, und es kann doch nicht – ich meine, es kann doch sicher nicht ...«

»Nicht was?«, fragte sie scharf, und weil er Angst hatte, sie damit zu konfrontieren, sich selbst mit den schrecklichen Worten zu konfrontieren, sagte er schwach: »Es kann doch nicht nur die Trauer sein.«

»Natürlich ist es die Trauer, Sandy.« Louise begann wieder zu weinen, heftige, wütende Tränen. »Ich habe meine Mutter verloren. Sie ist gestorben. Sie ist tot, weg. Ich werde sie nie wieder sehen. Wie kannst du so unsensibel sein und denken, dass das nicht ausreicht, um mich krank zu machen. Wie ist das möglich?«

Sandy stand schweigend auf und verließ das Zimmer und das Haus. Nach Juliets Tod war es genau das Gleiche gewesen. Louise hatte ihn nicht in ihre Nähe gelassen, weder körperlich noch emotional, hatte ihn allein mit der Kraft ihres Schmerzes abgewehrt. Er konnte nichts anderes tun, als sich von ihr fern zu halten. Und versuchen, nicht solche erbärmliche Angst zu haben.

»Herzlichsten Dank!« Toms Stimme bebte vor Wut.

»Was?«

»Wie nett, dass du Lauren Bartlett erzählt hast, ich wäre am Sonntag nicht da. Obwohl du wusstest, dass sie einen Kontakt für mich hatte, obwohl du weißt, wie schlimm es um uns steht. Mein Gott, Octavia, die Drapers, mit denen wir fest gerechnet hatten, haben nicht unterschrieben. Es steht wirklich auf Messers Schneide, kapierst du das denn nicht?«

»Tom, wenn ich deinen unflätigen Wortschwall unterbrechen darf«, sagte Octavia, »ich habe am Freitag versucht, dich zu erreichen. Ich wollte dir von dem Lunch bei den Bartletts erzählen und dir sagen, dass Lauren einen Kontakt für dich hatte. Ich war durchaus bereit, zu diesem Lunch zu gehen. Und wo warst du? Nicht bei Bob Macintosh in Birmingham, sondern bei einem mysteriösen Termin, von dem niemand etwas wusste. Wahrscheinlich warst du bei deiner Geliebten. Weißt du, so sonderbar es klingt, Tom, aber danach sah ich mich einfach nicht mehr in der Lage, geschäftliche Kontakte für dich zu knüpfen. Bedaure.«

Octavia stand in der Weite der Eingangshalle des Unterhauses und fühlte sich lächerlich nervös. In dem Raum drängte sich eine bunte Mischung von Menschen: Zwischen den Touristengruppen eilten müde aussehende Leute mit Namensschildchen und Bergen von Papieren und Akten hindurch, die eindeutig zum Personal gehörten; weniger müde wirkende Personen schritten dahin, häufig zu zweit oder zu dritt, und steckten die Köpfe zusammen – die Parlamentsmitglieder. Octavia erkannte einige: Austin Mitchell, Harriet Harman, Virginia Bottomley und den Earl of Longford, der so alt aussah, dass man sich wunderte, wie er überhaupt noch am Leben sein konnte, und der höflich zurücktrat, um eine Gruppe Schulkinder vorbeizulassen. Dazu kamen die Türhüter in ihren weißen Uniformen mit Fliege und Frack. Der Lärmpegel in dem großen, widerhallenden Raum war sehr hoch. Es herrschte eine Atmosphäre völliger Unordnung, fand Octavia, die an einen riesigen Marktplatz erinnerte ...

Julie Springer hatte den ganzen Vormittag in einer Konferenz verbracht. Als sie in ihr Büro zurückkam, sagte ihre Mailbox ihr, die Feuilleton-Redaktion des *Independent* bitte um Rückruf. Gut. Das würde nett werden. Noch einmal Diana Davenport.

»Hallo«, sagte sie zu der Frau am Telefon, »hier ist Julie Springer. Könnte ich mit Diana Davenport sprechen?«

»Eine Diana Davenport gibt es hier nicht.«

»Ach so. Vielleicht ist sie freie Mitarbeiterin. Könnte ich dann mit jemand anders sprechen? Ich habe eine Nachricht vorgefunden, dass ich Sie anrufen soll.«

»Wer ist da bitte?«, fragte die Stimme.

»Julie Springer. Von Fleming + Cotterill.«

»Augenblick. Bleiben Sie dran.«

Ein langes Schweigen. Dann: »Ja. Es geht um Ihren Brief. An diese Davenport. Hören Sie, tut mir Leid, aber wir haben noch nie von ihr gehört. Wahrscheinlich eine Freie, die versucht hat, Sie zu täuschen. Bei uns ist kein Beitrag über das Thema geplant, tut mir Leid. Soll ich die Liste zurückschicken?«

»Ach nein, lieber nicht«, sagte Julie. Der älteste Trick der Welt – und sie war darauf hereingefallen. Jetzt hielt man sie beim *Independent* für eine Idiotin, und wenn es bei Fleming + Cotterill herauskam – aber wieso sollte es herauskommen? »Nein, werfen Sie die Liste einfach weg.«

»Ein kleines Versöhnungsgeschenk«, sagte Octavia. Sie hielt ihm eine lange, schmale Schachtel hin. »Kein besonderer Jahrgang, aber es ist –«

»Bollinger? Mrs Fleming! Wie freundlich von Ihnen. Und das bei Ihrem so vollen Tagespensum.«

In seiner Stimme lag eine gewisse Schärfe, aber sein Blick war weich und nachdenklich.

»Ach, ich hatte das Gefühl, ich schulde es Ihnen«, erklärte

sie rasch. »Es tut mir so Leid wegen neulich. Was ich gesagt habe ...«

Er lächelte auf sie hinunter.

»Hören Sie, wollen wir etwas essen gehen? Oder wartet ein Tisch voller Power-Frauen im Ritz auf Ihre Ankunft?«

»Ich lunche nie im Ritz«, sagte sie und merkte dann, wie absurd das klang. Sie lächelte zögernd.

»Und werden Sie sonst irgendwo erwartet?«

»Nein.«

»Gut. Dann essen Sie mit mir zu Mittag? Wir können zur Pressekantine hinaufgehen. Bloß dass ich um drei wieder im Sitzungssaal sein muss, also ...«

»Nein, wirklich, ich muss ins Büro zurück. Ich habe um halb drei einen Termin.«

»Aber es ist erst viertel vor eins. Wo ist denn Ihr Büro?«

»South Kensington«, erwiderte sie, und ihr wurde klar, wie voraussagbar auch das klingen musste. Er grinste sie an.

»Natürlich. Wo sonst. Wir wär's mit einem Drink? Auf unserer berühmten Terrasse? Kommen Sie, Mrs Fleming, nur ein Gläschen Mineralwasser. Das trinken Damen wie Sie doch zum Lunch, oder?«

»Ich bin keine Dame, die zum Lunch geht«, versetzte sie gereizt.

»Nun, Sie müssen doch gelegentlich einen Tropfen Flüssigkeit zu sich nehmen. Offenbar keine feste Nahrung, so bewundernswert schlank, wie Sie sind. Kommen Sie. Ganz still und heimlich, wie man so sagt.«

»Also ...« Octavia zögerte, und dann sagte sie: »Ja, in Ordnung. Das wäre ... sehr nett.«

»Wunderbar.«

Sie gingen hinauf auf die berühmte, schöne Terrasse. Die Themse strömte überraschend tief unter ihnen dahin und zu ihrer Linken spannte sich der Bogen der Westminster Bridge.

»Da ist ein freier Tisch, sehen Sie mal. Besetzen Sie ihn schnell. Heute ist viel Betrieb.«

»Ja, ich weiß.«

»Sie wissen das?«

»Doch, natürlich.« Octavia war irritiert. »Die Steuerdebatte, oder? Und der IWF. Deswegen – deswegen bin ich gekommen. Weil ich mir gedacht habe, dass Sie heute mit großer Wahrscheinlichkeit hier sein werden.«

»Allmächtiger«, sagte er und musterte sie. »Es muss Ihnen ja viel daran gelegen gewesen sein, mich aufzustöbern.«

»Nun – ja. Ist daran irgendwas verkehrt?«

»Nein, natürlich nicht. Seien Sie nicht gleich beleidigt. Es war sehr lieb von Ihnen, herzukommen«, meinte er und das Wort war irgendwie überraschend. »Ich weiß das wirklich zu schätzen.«

»Ach, ich hatte so ein schlechtes Gewissen. Das war gemein, was ich gesagt habe.«

»Na, ich habe Ihnen ja auch ein paar Gemeinheiten an den Kopf geknallt. Wir sind also quitt.«

»Das hoffe ich.«

Sie schwiegen; Octavia schaute ihn an. Er trug einen Anzug. Es war keineswegs ein guter Anzug, sondern ganz offensichtlich Massenware. Prinzipien wahrscheinlich. Und dazu ein sehr unpassendes Hemd, dünne Wolle mit Karomuster, und einen gestreiften, ziemlich ramponierten Schlips. An den Füßen braune Hush Puppies. Und das zu einem dunkelblauen Anzug. Ein Alptraum. Aber sonderbarerweise mochte sie ihn deswegen.

»Was denken Sie?« Er schaute sie an.

»Ach, eigentlich gar nichts.«

»Doch, Sie haben was gedacht. Na los.«

»Ich habe über Ihre Kleidung nachgedacht«, gestand sie. »Dass ich Sie noch nie im Anzug gesehen habe.«

»Bewundern Sie meinen Anzug? Ich habe ihn im Frühling

gekauft, einfach für den Fall, dass ich gewählt werde. Und was halten Sie von den Schuhen? Ken-Clarke-Stil, politisch sehr korrekt.«

Octavia lachte. »Aber die falsche Partei.«

»Na ja, man kann nicht alles haben. Auf solchen kleinen Dingen beruht der politische Erfolg. Ich mache nur Witze.«

»Das merke ich wohl«, sagte sie scharf.

»Herrje, Sie sind aber wirklich empfindlich«, meinte er. »Wo kommt das nur her, warum gehen Sie immer sofort in die Defensive?«

»Das hat mit meinem Vater zu tun«, antwortete sie ohne Nachdenken.

»Haben Sie Geschwister?«

»Nein, es gab bloß mich und meinen Vater.«

»Sehr klaustrophobisch. Und wie hat er reagiert, als Sie ihm gestohlen wurden?«

Octavia starrte ihn an. »Wie bitte?«

»Von Ihrem Mann gestohlen. So muss er es doch empfunden haben.«

»Natürlich nicht.« Octavia war beunruhigt, fast fühlte sie sich bedroht, weil er ihre Situation so rasch erfasst hatte.

»Dann muss er ein Heiliger sein. Ihr Vater.«

»Nein, nein«, wehrte sie lachend ab. »Nein, ein Heiliger ist er nicht.«

»Es ist schön, wenn Sie lachen«, sagte Gabriel Bingham plötzlich. »Sie lachen viel zu selten. Es steht Ihnen ...«

»Dickon, ich muss heute Nachmittag für ein paar Stunden weg«, sagte Louise. »Ich habe verabredet, dass du mit Timmy spielen kannst. Ich muss zum Zahnarzt.«

»Du bist aber doch nicht krank, oder?«, fragte Dickon und seine großen dunklen Augen schauten sie besorgt an.

»Natürlich nicht. Mir geht's gut.«

»Können wir schwimmen gehen, wenn du zurückkommst?«

»Ja, in Ordnung.«

»Das sind aber viele Briefe.«

»Ja, Geschäftsbriefe für Papa. Ich muss sie zur Post bringen, wenn ich zum Zahnarzt fahre, und später gehen wir vielleicht zu McDonald's.«

»Au ja!«, sagte Dickon. »Du bist lieb, Mama.«

»Ja, ich fühle mich auch so. Im Moment jedenfalls.«

»Du bist etwas rot im Gesicht«, bemerkte Melanie. »Was hast du gemacht?«

»Ach, nichts Besonderes.«

»Schön. Das freut mich sehr.«

»Was freut dich?«

»Dass du zum Lunch verabredet warst.«

»Ich war nicht zum Lunch verabredet«, versetzte Octavia gereizt.

»Wie du meinst.«

Octavia ging in ihr Büro. Sie war ziemlich beschwipst. Sie hatte zwei Gläser Wein getrunken, sie, die niemals etwas trank, und schon gar nicht um die Mittagszeit. Sie fühlte sich süß verwirrt, glücklich verstört; das Gefühl von Schmerz und Demütigung, das Toms Verhalten ausgelöst hatte, schien betäubt worden zu sein durch den unvermittelten Wechsel von Interesse, Amüsiertheit und Schlagfertigkeit, der Gabriel Binghams Spezialität war, durch seine plötzliche Wärme und seine noch plötzlichere Sanftheit. Durch den Umstand, dass ihr Kopf ganz voll von ihm war. Sie dachte an ihn, an seinen Blick, der auf ihr ruhte, zunehmend nachdenklich, an seinen langgliedrigen Körper, der sich, während sie sich unterhielten, langsam dichter an sie herangeschoben hatte, so dass er sich am Ende der Flasche Wein und der Mittagsstunde gegen sie gedrückt hatte, wie zufällig, aber sehr fest. Wenn sie sich bewegte, leicht wegrutschte, hatte auch er sich bewegt, war ihr gefolgt, und als sie diese Tatsache zur Kenntnis nahm, indem sie ihm in die Augen schaute, hatte er sie angelächelt und es ebenfalls zur Kenntnis genommen. Da hatte etwas in ihr einen Satz gemacht, etwas halb Vergessenes, ein Funke sexueller Erregung, sinnlicher Bereitschaft. Und von all diesen Dingen fühlte Octavia sich sehr zart und überraschend bewegt ...

Ihr Telefon klingelte; es war Louise.

»Hallo, Hexchen. Ich wollte dich einfach mal anrufen. Hören, ob's dir gut geht.«

Und weil es Louise war, ihre beste Freundin, sagte Octavia: »Ich hatte gerade ein kleines, unerlaubtes Tête-à-Tête. Ich habe im Parlament Wein getrunken. Auf der Terrasse. Mit einem sehr attraktiven Mann.«

»Was, mit einem Abgeordneten?«

»Ja. Er heißt Gabriel Bingham, er ist Abgeordneter für North Somerset und ich habe ihn über die Sache mit Bartles Wood kennen gelernt. Es ist bloß Spielerei und es führt mit Sicherheit nirgendwo hin, aber –«

»Warum denn nicht? Warum solltest du keine Affäre haben, wenn du das willst?«

»Louise, daran habe ich nicht einmal im Traum gedacht«, sagte Octavia wahrheitsgemäß, halb amüsiert, halb überrascht.

»Ist er attraktiv? Sexy?«

»Ja. Sehr. Ich meine, er sieht nicht gut aus, aber ... ja. Sehr sexy. Irgendwie linkisch und herausfordernd. Du weißt ja, dass ich diese glatten, geschniegelten Typen nicht mag.«

»Und wirst du diesen linkischen Menschen wiedersehen?«

»Ach, das glaube ich nicht. Es war einfach ein Lunch, Louise. Mehr nicht.«

»Nun, viele der besten Affären fangen mit einem Lunch an«, stellte Louise fest. »Wie geht's übrigens Tom?«

»Ganz gut. Warum?«

»Ach, hat mich einfach interessiert. Mit der Firma und so.«

»Na ja, das ist sehr heikel. Können wir bitte über was anderes reden? Ich habe diesen Artikel über die Refertilisierung nicht vergessen, meine Sekretärin sucht gerade alle Zeitungen danach durch.«

»Das ist sehr freundlich von ihr«, sagte Louise. Ihre Stimme war merkwürdig scharf. Octavia war gekränkt.

»Louise! Hör auf! Es ist doch viel vernünftiger, dass meine Sekretärin das macht, und dir kann es schließlich egal sein. Wie fühlst du dich überhaupt?«

»Beschissen«, sagte Louise.

23. Kapitel

WENN ER EINE PISTOLE gehabt hätte, dachte Tom, hätte er dieses saublöde, verdammte, unfähige Weib erschossen. Wie konnte sie nur? Wie konnte jemand nur so dämlich sein? Dann riss er sich zusammen. Es war nicht ihre Schuld.

Bob Macintosh hatte angerufen: Tom sollte, meinte er, von einem Brief wissen, den er heute Morgen erhalten habe. Er würde ihn sofort faxen. »Aber schenken Sie sich besser erst mal einen steifen Brandy ein.«

Und Tom hatte zugesehen, wie die Maschine etwas ausspie, das er sofort als absolute Katastrophe erkannte.

Ein Memo auf weißem Papier, mit dem Computer geschrieben und an Bob Macintosh adressiert.

> »Fleming + Cotterill steckt in ernsthaften finanziellen Schwierigkeiten«, wurde er informiert. »Ein wichtiger Kunde hat die Firma verlassen, und die Auswirkung dieses Ereignisses auf den Umsatz hat die Inhaber gezwungen, weitere finanzielle Unterstützung zu suchen. Bei dem derzeitigen Zustand der Firmenfinanzen und dem extravaganten Lebensstil der Inhaber könnte sich das als schwierig erweisen. Es könnte für die Kunden ratsam sein, zu anderen, zuverlässigeren Agenturen zu wechseln.«

Das Schriftstück war nicht unterzeichnet, aber im Verteiler hieß es »An alle Kunden von Fleming + Cotterill«.

Tom war eine Zeit lang unfähig, sich zu rühren; dann nahm er das Blatt und ging in Aubreys Büro.

»Ausgerechnet heute«, sagte er und reichte es ihm.

Aubrey wusste, was er meinte. Heute sollten sie von Terence Foster, ihrem potentiellen Investor, hören.

Ein kurzer, vorsichtig formulierter Rundruf hatte bestätigt, dass all ihre Kunden diesen Brief erhalten hatten. Tom und Aubrey hatten die Angestellten zusammengerufen und befragt. Julie Springer – mit rotem Kopf, in Tränen aufgelöst und todunglücklich – hatte zugegeben, die gesamte Kundenliste samt Adressen telefonisch dem *Independent* durchgegeben zu haben. »Jedenfalls habe ich geglaubt, dass es der *Independent* war.«

»Julie, nun weinen Sie nicht«, sagte Aubrey sanft. »Die Kundenliste ist nicht vertraulich. Das sind Informationen, die jedem zugänglich sind.«

Tom sagte nur: »Ja, du hast Recht. Julie, hören Sie, gehen Sie an Ihren Schreibtisch. Befassen Sie sich mit den Anrufen, die kommen, sagen Sie, dass alles ein Irrtum ist und wir im Laufe des Tages eine lückenlose Erklärung versenden werden. Obwohl ich keine Ahnung habe, was ich da reinschreiben soll. Dieser verfluchte Briefschreiber hat völlig Recht.«

Woher wusste er von ihrer Situation, dieser Dreckskerl, der das verfasst und abgeschickt hatte? Niemand wusste davon, auch in der Agentur nicht. Niemand außer Aubrey und ihm selbst.

Nur ein einziger Mensch kannte die Situation, nur eine Person außerhalb der Firma. Sie musste es gewesen sein: eine kranke, absurde Rache. Er griff zum Telefonhörer.

»Wie kannst du es wagen?« Octavias Stimme zitterte vor Feindseligkeit. »Wie kannst du es wagen, so etwas auch nur anzudeuten? Natürlich habe ich nicht über deine Firma und ihre Probleme geredet. Mit niemandem. Ich habe niemandem davon erzählt, überhaupt niemandem. Mir wird speiübel bei dem Gedanken, dass du mich derart verdächtigen kannst. Ich bin tief gekränkt. Es tut mir sehr, sehr Leid für dich, Tom, aber dieses Gespräch macht mich ganz krank. Bitte sorge dafür, dass Aubrey nicht den gleichen widerlichen Verdacht hegt, ja? Es wäre mir sehr unangenehm, wenn er so schlecht von mir denken würde, wie du es offenbar tust.«

Sie legte auf. Dieses Schwein! Dass er es wagen konnte, auch nur anzudeuten, dass sie ... Sie hasste ihn.

Derek Illingworth, der taktvoller befragt wurde als Octavia, erklärte, aus seinem Büro wäre kein Wort über die finanzielle Situation der Agentur Fleming + Cotterill gedrungen.

»Ich würde doch nie im Leben etwas sagen. Sonst wäre es mit meiner beruflichen Reputation vorbei. Verdammt merkwürdig. Gibt der Poststempel keinen Hinweis?«

»Leider nicht«, sagte Tom. »Der Einzige, den ich gebeten habe, nachzuschauen, ist Bob Macintosh, und seine Sekretärin hatte den Umschlag schon in den Reißwolf getan.«

»Meinen Sie nicht, dass Sie noch einen Ihrer anderen Kunden fragen könnten?«

»Ich wollte kein Theater darum machen.«

»Aber vielleicht bekommen Sie so einen Hinweis. Jedenfalls werde ich die Fühler ausstrecken und mich vergewissern, dass es hier keine komischen Anrufe oder so was gab.«

»Von Foster haben Sie noch nichts gehört?«, fragte Tom.

»Nein. Hoffentlich erfährt er nichts von dieser Geschichte, aber ...«

»Das ist ein großes Aber«, sagte Tom.

Eine halbe Stunde später rief Illingworth zurück. Es hatte wirklich einen merkwürdigen Anruf gegeben, von einem der Finanzblätter. Es war nach privaten Investoren gefragt worden und wen sie vielleicht empfehlen würden.

»Die Frau, die den Anruf entgegennahm, hat gesagt, wir würden derartige Informationen nie herausgeben. Aber es ist eigenartig, wenn man die andere Sache bedenkt. Sie machen sich doch nicht allzu große Sorgen, oder?«

»Ist der Papst katholisch?«, fragte Tom düster zurück.

Mittags kam ein Anruf von dem einzigen potentiellen Kunden, der noch übrig geblieben war und auf den sie die größten Hoffnungen gesetzt hatten: eine Restaurantkette. Man hätte sich für eine andere Agentur entschieden, wurde ihnen mitgeteilt. »Nichts Persönliches, wir hätten bloß gern das Gewicht einer größeren Firma hinter uns.«

»Ja, natürlich«, sagte Tom. »Sehr verständlich.«

Er versuchte nicht einmal, einen Streit vom Zaun zu brechen. Er wusste, dass es keinen Sinn hatte.

Octavia fiel es sehr schwer, sich zu konzentrieren; sie saß zusammen mit Melanie und Lauren Bartlett in der Besprechung über den Benefiztag in Brands Hatch, und Lauren war in einer sehr schwierigen Stimmung, stellte jeden Punkt in Frage, nörgelte an den Kosten herum und kritisierte die Suite, die sie vorläufig reserviert hatten: »Ich glaube wirklich nicht, dass sie groß genug ist, es kommen mindestens dreihundert Personen.« Das Programm, das sie aufgestellt hatten, war ihr nicht recht: »Das ist zu männerorientiert. Die Männer werden alle eine Runde drehen wollen, aber die Hälfte der Frauen wird furchtbare Angst haben. Und es sind doch die Frauen, auf die wir es vor allem abgesehen haben.«

»Aber Lauren«, sagte Melanie mit gefährlich glitzernden Augen, »Sie haben ausdrücklich gesagt, Sie wollten die Männer dazuholen. Weil die das Geld geben, haben Sie gesagt.«

»Tatsächlich? Nun, vielleicht habe ich mich geirrt. Ich finde, wir sollten mehr einen Familientag daraus machen. Mehr Gokart-Fahren und solche Sachen.«

»Ich dachte, Sie wollten Glanz und Glamour«, meinte Octavia müde. »Und außerdem ist es der falsche Tag für so was.

Am siebten September finden die Oldtimer-Rennen statt. Wir hatten uns doch ganz bewusst für diesen Tag entschieden, weil wir uns einig waren, dass die Oldtimer das so genannte ›Tweed und Perlen‹-Publikum anziehen würden. Schließlich wollen Sie nicht nur bei den geladenen Gästen Geld sammeln, oder? Wir nehmen die übrigen fünfundachtzigtausend Besucher ebenfalls ins Visier.«

»Ja, ja, sicher, aber ich will Spaß für die ganze Familie. Und damit wir Publicity von der Art bekommen, wie Sie es uns versprochen haben, müssen wir mehr bieten als ein paar Rennen, Infostände und eine Möglichkeit für die Männer, ein paar Runden zu drehen. Wir brauchen etwas ... Aufregendes. Etwas, worüber man spricht. Ich hoffe immer noch, dass die Prinzessin von Wales kommt. Und ihre Jungen mitbringt. Aber die kommen natürlich nur, wenn –«

»Wie wär's, wenn wir einen Nostalgietag daraus machen?«, schlug Melanie vor. »Für Ihre Gäste, meine ich. Alle kommen in Kostümen der zwanziger und dreißiger Jahre. Den Frauen würde das gefallen. Wir könnten auch die Kellner entsprechend kostümieren, es gibt Cocktails, vielleicht eine Jazzband, überall Poster von damals. Und für die Kinder könnte man einen Preis für das schönste Kostüm vergeben, und –«

»Ja.« Lauren lächelte Melanie gnädig an. »Ja, die Idee gefällt mir sehr. Hören Sie, wären Sie so gut, das Ganze auf dieser Basis neu zu überdenken und mir in – lassen Sie mal sehen –«, sie konsultierte ihren kleinen schwarzen Hermès-Terminkalender, »– in einer Woche Bescheid zu geben?«

»Eine Woche ist zu kurz«, wandte Octavia ein. »Wir müssen schließlich alles mit Brands Hatch klären und das Programm, die Einladungen und die ersten Pressemitteilungen neu gestalten. Könnten wir nicht –«

»Das schaffen wir schon«, unterbrach Melanie sie rasch. »So problematisch ist das nun auch wieder nicht.«

Octavia schaute ihre Geschäftspartnerin an. Ihr Gesicht

war lebendig, ihre Augen strahlten, ihre Adlernase sog die Luft ein. Es war eine hervorragende Idee; aber Octavia ärgerte sich. Es hieß, dass sie von nun an in beängstigender Hektik würden arbeiten müssen, und Lauren Bartlett und CHILDREN IN CRISIS würden höchstwahrscheinlich kein bisschen mehr dafür bezahlen. Melanie ging es einzig und allein darum, dass Capital C an Profil gewann. Wenn Octavia nicht so elend zumute gewesen wäre, hätte sie vielleicht einen Streit vom Zaun gebrochen.

An diesem Abend erklärte einer von Fleming + Cotterills Kunden, der Besitzer von mehreren, kleinen Lokalzeitungen, er habe mit großem Bedauern beschlossen, auf ihre Dienste zu verzichten. »Nichts gegen Sie persönlich, aber die Zeiten sind hart und jeder Penny zählt.«

Kurz darauf rief Derek Illingworth an und sagte, Terence Foster habe ihr Angebot, sich an der Firma zu beteiligen, abgelehnt.

»Jemand da oben mag uns nicht«, sagte Aubrey müde und schenkte sich noch ein Glas von dem steifen Brandy ein, den Bob Macintosh schon am Vormittag empfohlen hatte.

»Oder da draußen.«

»Wie bitte? Ach ja, ich verstehe, was du meinst. Hast du eine Idee, wer das gewesen sein könnte, Tom? Oder warum?«

»Überhaupt keine. Meinst du, wir hätten versuchen sollen, die Poststempel zu überprüfen? Vielleicht hat der Unbekannte noch mehr kleine Überraschungen für uns auf Lager. Gibt es nicht jemanden, den wir fragen könnten? Mike Dutton beispielsweise?«

»Wäre einen Versuch wert. Und schau mal – ich sage das nur ungern, aber es gibt jetzt nur noch eine einzige Person, an die wir uns wenden könnten. Und du weißt, wer das ist, oder?«

»Ich fürchte, ja«, antwortete Tom.

»Und wie läuft es mit Tom?«, fragte Felix. Sie saßen mit den Zwillingen, die Big Macs und Erdbeer-Milkshakes verschlangen, bei McDonald's; Octavia lächelte ihren Vater zärtlich an. Heute war Gideons Sportfest gewesen und Tom hatte sich unter dem Vorwand großer Arbeitsbelastung, »oder vielmehr dem drohenden erzwungenen Müßiggang«, entschuldigt, und so hatte Felix Octavia und die Kinder begleitet.

Er hatte sich mit Ruhm und Ehre bedeckt, indem er beim Wettlaufen der Väter Dritter geworden war (nachdem er eine spezielle Teilnahmegenehmigung bekommen hatte), und Poppy hatte sogar noch mehr Ruhm eingeheimst, denn sie hatte beim Wettrennen der Schwestern gesiegt. Gideon hatte keinen Wettkampf gewonnen, aber in einer Vorführung in der ersten Elf gespielt, und so war es ihm egal.

»Tom geht's gut«, sagte Octavia kurz. »Du warst heute Nachmittag einfach wunderbar. Nicht viele Großväter hätten das fertig gebracht.«

»Ach, ich weiß nicht«, meinte Felix bescheiden.

»Ich erinnere mich noch, wie du damals in Wycombe Abbey den Wettlauf der Väter gewonnen hast. Ich war so stolz auf dich. Und Louise sagte, du wärst nicht nur der schnellste Vater, sondern auch der schönste.«

»Tja, sie hat immer gerne Komplimente verteilt. Wie geht's ihr übrigens?«

»Nicht besonders gut. Die arme Louise – und der arme Charles. Ich habe neulich mit ihm gesprochen. Er räumte gerade Annas Zimmer aus. Er war so traurig und dabei so tapfer.« Diese Bemerkung rührte an etwas, etwas Unangenehmes, etwas, das sie halb vergessen hatte. Was war es nur?

Tom trank einen sehr großen Whisky und tätigte dann zwei Anrufe. Als Erstes rief er Mike Dutton von Dutton Distilleries an und sagte, sie suchten nach jedem möglichen Hinweis auf den Absender der Briefe: Würde es sehr große Umstände machen, wenn seine Sekretärin mal nach dem Poststempel sehen könnte? Dutton erbot sich, selbst eben schnell in den Papierkorb zu schauen, meldete dann aber, die Putzfrauen hätten die Papierkörbe bereits ausgeleert.

»Tut mir Leid, Tom. Das macht Ihnen wirklich zu schaffen, was?«

»Ach, nicht allzu sehr. Es ist ein Riesenhumbug. Aber Gefahr erkannt, Gefahr gebannt und so weiter.«

»Ja, klar. Na, dann tschüss. Ach, und Tom ...«

»Ja?«, sagte Tom und spürte, wie seine Gedärme sich in Wasser verwandelten.

»Denken Sie bitte nicht, dass wir auch nur die geringste Notiz von diesem Schreiben nehmen werden. Wir kämen ohne Sie nicht klar und das wissen wir.«

»Mike«, sagte Tom, »Sie sind ein Goldstück.«

Das Gespräch hatte den Gedanken an den nächsten Anruf erträglicher gemacht: Tom wählte die Nummer von Felix Millers Büro ...

»Mrs Fleming?«

»Ja, Mr Bingham.« Octavia lächelte in den Hörer.

»Ich rufe an, weil ich hören wollte, ob Sie dieses Wochenende nach Somerset kommen.«

»Nein, ich glaube nicht. Die Kinder haben Termine und ich muss arbeiten.«

»Schade. Falls Sie's sich noch anders überlegen, rufen Sie mich doch an. In Bath.«

»Ja. Ja, das tue ich.«

»Auf Wiedersehen, Mrs Fleming.«

»Auf Wiedersehen, Mr Bingham. Schönes Wochenende.«

»Die Chancen dafür ständen besser, wenn Sie hierher kämen«, sagte er und legte auf. Octavia saß da und lächelte einige Augenblicke lang dümmlich das Telefon an. Der Gedanke an ein Wochenende auf dem Land reizte sie. Sie könnte eventuell am Samstagabend fahren, wenn die Zwillinge beide ihre Geburtstagsfeiern hinter sich gebracht hatten. Damit hätte sie den Sonntag dort. Das wäre nett. Sie wollte bloß nicht, dass er dachte, sie wäre hinter ihm her. Aber vielleicht konnte sie jemand anders dazu einladen. Louise und Dickon zum Beispiel. Sandy war in Frankreich auf einer seiner Weinreisen. So würde die Einladung weniger berechnend wirken. Überhaupt schien es Ewigkeiten her zu sein, dass sie und Louise sich gesehen hatten. Und Louise hatte gesagt, sie könnte es gar nicht erwarten, Gabriel kennen zu lernen. Ja, sie würde Louise fragen. Sie wählte ihre Nummer. Louise war nicht da, aber die Putzfrau sagte, sie würde ihr ausrichten, dass sie zurückrufen solle.

»Sie ist beim Zahnarzt. Oh, Augenblick, Dickon möchte Sie sprechen.«

Octavia war gerührt.

»Hallo, Schatz. Wie geht es dir?«

»Ganz gut. Mama ist wieder zum Zahnarzt gefahren. Neulich war sie schon mal da.«

»Ach, die Arme. Hat sie Zahnschmerzen?«

»Ja, aber sie ist nicht krank.«

»Natürlich nicht. Zahnschmerzen sind keine Krankheit. Ich dachte, ihr würdet uns vielleicht am Sonntag gerne besuchen kommen. In unserem Ferienhaus. Was meinst du? Die Zwillinge werden auch da sein. Und Minty.«

»Ja!«

»Also, sag deiner Mama, sie soll mich anrufen, wenn sie zurückkommt. Und wir wollen versuchen, das zu organisieren.«

»Gut, Octavia. Tschüss.«

»Tschüss, mein Schatz.«

Er war ein so lieber kleiner Junge, dachte Octavia, und offenbar immer noch sehr besorgt, was Krankheiten anging. Es war wirklich traurig.

Mike Dutton rief Tom Fleming an, wurde aber informiert, dass er gerade ein anderes Gespräch führe: ob er warten wolle?

»Nein, ich habe es ziemlich eilig. Könnten Sie ihm einfach etwas ausrichten? Sagen Sie ihm, dass meine Sekretärin fündig geworden ist. Der Poststempel war Swindon. Er wird wissen, was das heißt.«

Vanessa Dawson versicherte, selbstverständlich würde sie die Nachricht weitergeben.

Tom kam kurz nach Mittag in Nico Cadogans Penthouse-Büro an. Er sah jämmerlich aus: erschöpft, bleich, schwerlidrig. Außerdem hatte er abgenommen. Seit ihrer ersten Begegnung gute drei Kilo, schätzte Cadogan.

»Macht Ihnen dieses Memo zu schaffen?«, fragte Cadogan knapp.

»Was? Ach ja, ein wenig. Ein paar Kunden sind abgesprungen. Aber die meisten scheinen sich auf unsere Seite zu stellen.«

»Das mit dem Liquiditätsengpass stimmt nicht?«

»Meine Güte, nein.«

»Gut. Kaffee?«

»Ja, gern.«

»Der Aktienkurs hat sich stabilisiert«, verkündete Cadogan, »und, was recht erfreulich ist, einige Aktien sind gekauft worden.«

»Tatsächlich? Das ist gut. Offenbar haben einige Investoren Vertrauen zu Ihnen. Also, ganz unter uns, ich habe heute Morgen gehört, dass eine Verweisung ans Kartellamt wahrscheinlich ist. Ihr Anliegen wurde in der Fragestunde eingebracht, es gibt zahlreiche Unterschriften auf dem Initiativantrag, und es gibt jede Menge eifrige neue Unterhausabgeordnete, die sich profilieren wollen. Und die Regierung ist sehr erpicht darauf zu zeigen, was in ihr steckt. Das Individuum unterstützen, solche Sachen. Was Großkonzerne angeht, machen die sich natürlich nicht mehr Sorgen als ihre Vorgänger, aber sie stellen es gern so dar.«

»Kann ich das im Interview sagen?«

»Auf gar keinen Fall! Das würde fast mit Sicherheit zur gegenteiligen Entscheidung führen. Aber ich glaube, Sie können sich etwas entspannen. So, wenn wir jetzt kurz die Liste –«

»Entschuldigen Sie die Störung, Mr Cadogan. Ein dringender Anruf für Mr Fleming. Eine Mrs Cornish ...«

Nico Cadogan neigte nicht zu klischeehaftem Denken, aber als er in diesem Augenblick Tom Flemings Gesicht sah, erschien ihm der Ausdruck »jegliche Farbe war daraus gewichen« vollkommen angemessen. Tom stellte mit etwas unsicherer Hand seine Kaffeetasse ab und räusperte sich.

»Nico, würden Sie – mich entschuldigen? Für einen Moment?«

»Sicher. Wollen Sie ungestört sprechen? Ich gehe solange raus.«

»Nein, nein, ich rufe zurück. Von meinem Handy aus.«

»Natürlich. Das Besprechungszimmer nebenan ist frei.«

»Danke.«

Als er nach ein paar Minuten wiederkam, sah er zwar immer noch furchtbar aus, hatte sich aber wieder in der Gewalt.

»Entschuldigen Sie. Eine potentielle Kundin. Also, wenn wir jetzt eben die Liste der möglichen Fragen durchgehen könnten ...«

Dass diese Mrs Cornish eine potentielle Kundin war, dachte Cadogan, war ungefähr so wahrscheinlich wie die Behauptung, dass Fleming + Cotterill eine solide finanzielle Basis besaß.

»Ja, in Ordnung«, sagte Felix, »ich kann dich am Montag einschieben. Reicht das?«

»Äh – ja, sicher.« Wahrscheinlich konnte er die Bank übers Wochenende hinhalten. Und er wollte Felix nicht drängen.

Das wäre kontraproduktiv. Und dieser Aufschub gab ihm immerhin die Gelegenheit, mit Octavia darüber zu sprechen. Das würde nicht leicht sein.

»Ja, Felix. Montagmorgen wäre prima. Danke. Also, bis dann.«

»Ja. Verspäte dich nicht.«

»Ich werde es versuchen«, meinte Tom müde.

Als er auflegte, war ihm speiübel. Er kam zu Felix Miller gekrochen. Bat ihn um Hilfe. Die er wahrscheinlich nicht bekommen würde. Bestenfalls würde er einen kräftigen Tritt in den Arsch kriegen. Und falls Felix von seinem – Benehmen – erfahren hatte – ach, es war ein Wunder, dass er noch nichts davon gehört hatte. Tom verstand immer noch nicht so recht, warum Octavia es ihrem Vater nicht erzählt hatte. Er vermutete, dass die ganze Sache – ihrem Empfinden nach – auf merkwürdige Weise auf sie zurückfiel, sie sich als Versagerin sah. Schließlich war ihre Einschätzung falsch gewesen und ihre Leistung als Ehefrau erschien zweifelhaft. Obwohl Felix das nicht so sehen würde. Nein danke! Tom lenkte seine Gedanken von der Vorstellung ab, dass Felix es überhaupt irgendwie sehen würde, und entschied, dass er besser die Bank anrufen sollte. Er klingelte nach Vanessa und trug ihr auf, ihn mit David Jackson zu verbinden.

»Klar. Ach, Tom, und da ist eine Nachricht von ...«

»Vanessa, ich will jetzt keine Nachrichten hören. Das kann warten. Was immer es ist. Es sei denn, die Bank von England würde mit hundert Riesen winken.«

»Tut sie nicht«, sagte Vanessa knapp.

»Schön. Dann also später.«

»Ich glaube wirklich«, verkündete Felix, »dass die Schuld ganz allein bei dir liegt. Du hast zugelassen, dass deine Kinder dir auf der Nase herumtanzen, du hast sie ermutigt, einfach zu tun, was sie wollen, und jetzt –«

»Entschuldige, Felix«, sagte Marianne, »aber ich glaube nicht, dass ich mir das weiter anhören möchte. Bedaure.«

»Wie du willst. Jetzt hör mal, was das Wochenende angeht ...«

»Ich glaube, über das Wochenende will ich auch nicht sprechen. Nicht jetzt. Auf Wiederhören, Felix.«

Sie legte auf und starrte auf das Telefon und plötzlich verschwamm es vor ihren Augen. Sie fühlte sich leidgeprüft. Zoe war in einer sonderbaren Verfassung, schreckhaft und reizbar, und verheimlichte ihr Kommen und Gehen noch mehr als üblich, besonders an den Wochenenden. Die finanzielle Lage des Mädchens war katastrophal und Marianne hatte weitere Zuwendungen abgelehnt; sie wusste aber, dass Zoe sich von ihrer Schwester Geld lieh.

Das eigentliche Problem jedoch war Romilly. Bei dem Treffen in der Modelagentur Choice hatte Marianne sich damit einverstanden erklärt, dass Romilly während der Schulferien als Model arbeitete, was Alec (redete sie sich ein) vorerst eigentlich nicht zu wissen brauchte. Was Marianne zu überhören versuchte, war eine kleine, gefährlich ehrliche Stimme, die ihr sagte, dass sie juristisch gesehen zwar vielleicht im Recht sein mochte, moralisch aber nicht.

Romilly selbst ging mit einer Miene umher, die distanziertes Selbstvertrauen und eine ganz leichte, aber unverkennbare Überlegenheit erkennen ließ; Marianne staunte, dass das Kind sich so sehr und so schnell verändert haben sollte.

Aber das größere Problem war der Vertrag mit Christie's. Das Shooting war für Anfang September angesetzt, und das hieß, dass es bis in den Schuljahresbeginn hinein dauern würde. Die Termine überschnitten sich nur für ein oder zwei Tage, aber es war gefährlich, einen derartigen Präzedenzfall zu schaffen. Und es war eine große Kampagne, die Romilly schnell bekannt machen würde. Eine langsam wachsende Panik setzte sich in Mariannes Magen fest; bisher war es ihr geglückt, das Treffen mit Serena Fox, bei dem Nägel mit Köpfen gemacht werden sollten und sie an Romillys Stelle den Vertrag würde unterschreiben müssen, hinauszuzögern; aber sie wusste, dass es nur eine Frage von Tagen war. Sie hatte die ganze Sache mit Felix besprechen und sein stets vernünftiges, unvoreingenommenes Urteil hören wollen, und stattdessen ...

»Marianne? Nico Cadogan. Warum haben Sie auf meine Anrufe nicht reagiert?«

»Nico, ich –«

»Hören Sie, was machen Sie am Sonntag? Wollen wir essen gehen?«

»Nico, nein. Wirklich. Ich kann nicht.«

»Warum nicht?«

»Also, ich ...« Sie hielt inne. Sie hatte Karten für die letzte, für die Galavorstellung im Covent Garden Opera House, bevor das Theater wegen der Renovierungsarbeiten schloss. Sie hatte Felix mitnehmen, ihn damit überraschen wollen. Plötzlich ging ihr auf, dass er das gar nicht verdiente. Und was machte sie? Sie ließ den einzigen Menschen, der ihr im Moment nicht offen feindselig gegenübertrat, abblitzen.

»Ich weiß ja, dass Sie Opern mögen«, sagte sie, »aber wie wäre es einmal mit einem Ballett?«

»Leidenschaftlich gern«, sagte Nico.

»Ich kann es einfach nicht fassen. Ernsthaft. Meinen Vater um Geld zu bitten. Nach dem, was du mir angetan hast.«

»Octavia, hörst du mir bitte mal zu?« Sie waren zu Hause, im Wohnzimmer. »Fleming + Cotterill steht kurz vor dem Bankrott. Die Bank will uns den Kredit kündigen. Wir haben bereits zwei wichtige Kunden verloren und wahrscheinlich werden wir wegen dieses Memos noch mehr verlieren. Wir haben noch nicht einmal mehr genug Geld, um die laufenden Rechnungen zu bezahlen, Miete und Ähnliches, oder die Gehälter für die Angestellten. Aubrey und ich haben uns für diesen Monat kein Gehalt ausgezahlt.«

»Mir blutet das Herz.«

»Meine Güte, Octavia! Wenn die Firma den Bach runtergeht, werde ich mit ziemlicher Wahrscheinlichkeit Konkurs anmelden müssen. Unser Haus wird –«

»Tom, ich will die Scheidung. Mir ist egal, was mit unserem Haus passiert.«

»Sei doch nicht so verflucht begriffsstutzig! Wir werden kein Geld mehr haben, verstehst du das denn nicht? Nicht für die Kinder, nicht für dich, für gar nichts.«

Sie zuckte mit den Achseln. »Ich habe mein eigenes Einkommen. Ich kann selbst für die Kinder sorgen.«

»Octavia, bei allem Respekt, dein Gehalt wird kaum für Lebensmittel und Kleidung reichen. Und ganz sicher nicht für eine angemessene Wohnung, ganz zu schweigen vom Schulgeld.«

»Wir könnten ...« Sie unterbrach sich.

»Bei deinem Vater wohnen? Ja, das könntet ihr natürlich. Ohne mich. Und was glaubst du, wie das auf die Kinder wirken würde? Was für eine Botschaft es ihnen vermitteln würde?«

»Jedenfalls wäre sie nicht so schlimm wie die Botschaft, die dein Verhalten ihnen vermittelt.«

»Nun, ob sie es erfahren, hängt ganz allein von dir ab.«

»Du willst, dass ich sie belüge? Dass ich so tue, als wärst du immer noch der perfekte Vater, nur dass wir eine Weile in getrennten Häusern wohnen?«

»So etwas in der Art, ja. Sieh mich nicht so an, Octavia. Ich denke dabei nur an die Kinder. Was immer ich auch getan haben mag, hast du wirklich vor, es ihnen unter die Nase zu reiben? Sie brauchen es nicht zu erfahren.«

»Dass du lügst und betrügst?«

»Nein, das sollten sie nicht erfahren«, erklärte Tom. »Die Trennung ihrer Eltern wird ihnen schon genug Kummer bereiten. Ich finde, wir sollten ihnen sagen, dass wir uns nicht mehr so gut vertragen, dass wir aber Freunde bleiben und eben nur glauben, dass wir glücklicher sind, wenn wir getrennt leben.«

»Ja, das wäre viel angenehmer für dich, nicht wahr?«

»Mein Gott, bist du eine Zicke.« Er sah sie mit solchem Abscheu an, dass es sie eisig durchfuhr. »Natürlich habe ich mich entsetzlich benommen. Ich bin nicht besonders stolz darauf, weißt du. Ich schäme mich und fühle mich erbärmlich. Aber ich habe versucht, es wieder in Ordnung zu bringen. So gut ich kann. Die Kinder sollten sich nicht meinetwegen schämen müssen. Wenn du sie dazu zwingst, wird das ein Eigentor für dich, Octavia.«

»Daran hättest du eher denken sollen.«

Er seufzte und wandte sich ab. »Also gut. Tu, was du für richtig hältst. Aber für die Kinder ist es das Beste, wenn so weit wie möglich alles beim Alten bleibt. Wenn sie weiter im gleichen Haus wohnen, auf die gleichen Schulen gehen, die gleichen Freunde besuchen. Ich ziehe aus, wenn du das willst, aber wir sollten die Kinder nicht mehr verletzen als unbedingt nötig. Das wäre nicht fair.«

Octavia starrte ihn an.

»Ich kann nicht fassen, dass ausgerechnet du von Fairness redest.«

Aber er hatte etwas in ihr berührt, einen Kern von gesundem Menschenverstand. Was die Kinder anging, hatte Tom Recht. Sie verdienten es, beschützt zu werden. Vor dem Hässlichen. Wenn sie die Kinder liebte, durften sie nicht erfahren, was ihr Vater getan hatte. Es war entsetzlich ungerecht. Aber ihr blieb keine Wahl.

Octavia sah ihren Mann an und dachte, wie sehr sie ihn doch hasste. »Also gut, Tom. Sprich mit meinem Vater. Ich werde es dir nicht noch schwerer machen. Aber früher oder später wird er es herausfinden – und dann gnade dir Gott.«

24. Kapitel

»Ich weiss nicht, wie du mich das fragen kannst!« Louises große blaue Augen blickten schockiert. »Selbstverständlich solltest du dich von ihm scheiden lassen. Und ihm das Leben so unangenehm wie möglich machen. Dieser Scheißkerl! Er verdient dich nicht, Octavia, wirklich nicht.«

»Ich weiß, aber es stimmt, was er über die Kinder gesagt hat. Sie haben keine Schuld, sie sollten darunter nicht leiden müssen.«

»Und was ist mit dir?«

»Mit mir! Ach, Lulu, es ist doch nie nur einer von beiden schuld, oder? Ich muss etwas falsch gemacht haben, sonst wäre Tom mir nicht untreu geworden. Ich meine, ich ...«

Sie zupfte nervös an einer Ranke des Geißblatts, die auf den Tisch hinunterbaumelte; sie saßen auf der Terrasse und sahen zu, wie Poppy geduldig mit Dickon Fangen spielte.

»Octavia, hör auf«, sagte Louise. »Das ist doch Unsinn. So kannst du nicht denken, das darfst du nicht. Tom ist ein untreues Schwein!«

»Nun«, Octavia seufzte, »ich muss sagen, ich hoffe, dass diese Frau, wer auch immer sie ist, ihm gehörig die Hölle heiß macht.«

»Wie steht es denn mit seiner Agentur?«

»Ganz schlecht. Aber was ich dir noch erzählen wollte, er hat meinen ...«

»Mama, dürfen wir mit Dickon spazieren gehen? Es wird so heiß.«

»Noch nicht, Mäuschen. Mr Bingham kommt.«

»Warum?«

»Wie bitte? Ach, wir haben zu tun, er und ich.«

»Was habt ihr zu tun?«

»Ach – zu arbeiten. Es ist sehr kompliziert.«

»Das sagst du immer«, nörgelte Poppy, »wenn du uns was nicht erzählen willst. Also, wie lange dauert das noch? Dickon und ich langweilen uns, oder, Dickon?«

Dickon, der von einem fünfzehn Meter hohen Gebäude hinuntergesprungen wäre, wenn Poppy ihm zugeredet hätte, nickte heftig.

»Ich hole euch was zu trinken«, sagte Octavia. »Oder wie wäre es mit einem Eis?«

»Oh ja, bitte.«

»Louise?«

»Nein, danke«, lehnte Louise lachend ab. »Davon tun mir die Zähne weh.«

»Wie geht's deinen Zähnen überhaupt?«

»Wie bitte?«

»Warst du nicht Freitag beim Zahnarzt?«

»Ach – ja. Allerdings nur zur Kontrolle.«

»Aber vorher hattest du Zahnschmerzen«, sagte Dickon.

»Nein, mein Schatz.«

»Doch. Als du davor zum Zahnarzt gefahren bist. Als du die ganzen Briefe zur Post bringen musstest. Und dann sind wir zu McDonald's gefahren und –«

»Ach, ja. Ja, das hatte ich vergessen.« Louise lächelte Octavia zu. »Ich habe eine Füllung verloren. Das ist immer schrecklich unangenehm, nicht?«

»Sehr unangenehm«, bestätigte Octavia. »Ich würde das nicht so schnell vergessen.«

»Ist schon Ewigkeiten her«, meinte Louise.

»Nein, ist es nicht«, widersprach Dickon hartnäckig, »es war gerade neulich.«

»Dickon, das stimmt nicht.«

»Doch. Ich weiß noch ...«

»Mrs Fleming. Guten Tag.«

Octavia sprang lächelnd auf und fühlte sich unangemessen nervös. Aber da war auch noch etwas anderes, etwas, das sie nicht richtig einordnen konnte. Etwas beunruhigte sie. Irgendwas war sonderbar ...

»Hexchen! Willst du mich deinem Freund nicht vorstellen?«

Louise erhob sich strahlend und streckte Gabriel Bingham die Hand hin. »Louise Trelawny. Eine alte Freundin von Octavia.«

»Ja, das hat sie mir erzählt. Sie sind zusammen zur Schule gegangen, stimmt's?«

»Ja. Die glücklichste Zeit unseres Lebens, oder nicht, Hexchen?«

»In gewisser Weise, ja«, sagte Octavia langsam. »Möchten Sie Tee, Gabriel?«

»Ja, bitte. Und wo ist mein Kricketpartner? Ich hoffe, dass er mich nicht hängen lässt.«

»Ich fürchte, er tut es nicht.« Octavia lachte. »Er ist drinnen und schaut sich das Testspiel an. Mich wundert, dass er Sie nicht gehört hat. Ich sage ihm, dass Sie da sind.«

Während Octavia darauf wartete, dass das Wasser kochte, versuchte sie, herauszufinden, was sie beunruhigt hatte – was konnte es nur sein? Aber als sie den Tee aufgegossen, sich noch einmal mit Poppy über den zukünftigen Spaziergang gestritten und Gideon ein Zeitlimit für sein Krickettraining gesetzt hatte, hatte sie es vollkommen vergessen.

»Ich mag Ihre Freundin«, sagte Gabriel Bingham. Louise und Dickon waren fort, und er schaute von dem Becher Kaffee auf, den Octavia ihm gerade gemacht hatte, und lächelte sie über den Küchentisch hinweg an. »Bildhübsch. Etwas neurotisch, aber –«

»Neurotisch? Ich würde Louise nicht als neurotisch bezeichnen«, versetzte Octavia. »Sie regt sich leicht auf und sie hat eine schreckliche Zeit hinter sich – ihre Mutter ist vor ein paar Wochen gestorben und ihre kleine Tochter etwa vor zwei Jahren. Und die Ehe ist auch nicht gerade glücklich.«

»Ach herrje. Was für eine tragische Geschichte. Aber ich bleibe bei meiner Meinung – sie ist neurotisch. Sie ist schreckhaft. Wachsam. Besonders was den kleinen Jungen angeht. Und sie achtet zu sehr darauf, was sie sagt.«

»Louise? Sie gerät ständig in Schwierigkeiten, weil sie gerade nicht darauf achtet, was sie sagt.«

»Ich glaube kaum. Wirklich. Und ich versichere Ihnen, ich kann Charaktere sehr gut beurteilen. Zum Beispiel hatte ich Sie sofort richtig eingeschätzt. An dem Tag in Bartles Wood habe ich Sie angesehen und mir gedacht: Die Frau ist leicht reizbar. Und wollen Sie wissen, was ich sonst noch gedacht habe?«

Die nussbraunen Augen, die sie anschauten, leuchteten amüsiert.

»Ach, hören Sie doch auf.« Octavia stand auf, nahm ihren Kaffeebecher und ging zum Spülbecken.

»Ich habe es so satt, dass Sie ständig an mir herumnörgeln. Als ich –«

»Oje«, sagte er, und sie hörte ihn aufstehen, sah sich aber immer noch nicht um, aus Angst, dass er die Tränen sehen würde, die in letzter Zeit so verflixt leicht kamen; und dann plötzlich war da ein Arm um ihre Schultern, ein Kopf dicht neben ihrem.

»Möchten Sie wissen, was ich sonst noch gedacht habe? Die Frau ist sexy, habe ich gedacht. Und schön. Und außerdem furchtbar nett, wenn ich mich nicht sehr irre. Und wie sich herausgestellt hat, habe ich mich nicht geirrt«, fügte er leicht selbstgefällig hinzu.

»Oh«, sagte Octavia. »Oh, ich verstehe.«

Sie kam sich ziemlich blöd vor, weil ihr keine Antwort einfallen wollte.

»Octavia«, sagte er unvermittelt, »ich weiß nicht, was mit Ihrer Ehe los ist. Ich bitte Sie auch nicht, es mir zu erzählen. Und ich möchte Ihre Probleme ganz bestimmt nicht noch vergrößern. Aber wenn Sie nicht verheiratet wären oder nicht mehr verheiratet wären oder wenn auch nur abzusehen wäre, dass Sie bald nicht mehr verheiratet sein werden, würde ich Sie gerne besser kennen lernen. Eine hochromantische Liebeserklärung, nicht wahr?«

»Nicht – nicht schlecht.« Sie lächelte ihn durch die Tränen hindurch ziemlich unsicher an.

»Und könnten Sie – könntest du dir vorstellen, sie anzunehmen?«

»Ich, also ...« Sie hätte wahnsinnig gern ja gesagt. Aber etwas hielt sie davon ab. Angst, vermutete sie, wusste aber nicht, wovor.

»Entschuldigen Sie«, sagte er und zog sich wieder zurück. »Ich habe zu viel gesagt. Dumm von mir.«

Seine Stimme war jetzt kühler, reservierter.

»Nein«, sagte Octavia, »nein, bestimmt nicht. Es ist einfach, dass ich – na ja, sehen Sie ...«

Sie hatte kein Selbstvertrauen mehr, das war es; sie war sehr unsicher. Wie sehr, das war ihr bis zu diesem Augenblick nicht klar gewesen, wie verletzt, wie zittrig Toms Betrug sie gemacht hatte. Ihr war nicht klar gewesen, dass sie sich geprüft und sich Sorgen gemacht hatte, wegen ihres Aussehens, ihrer Figur, ihrer Ausdrucksweise, ihrer Leistungen bei der Arbeit, zu Hause, bei Einladungen und vor allem im Bett. Was war, wenn das der Grund war? Wenn Tom deswegen das Interesse an ihr verloren hatte? Sie hatte, von ihm abgesehen, so wenig Erfahrung; sie konnte sich durchaus vorstellen, dass sie im Bett langweilig und hoffnungslos war, dass nichts mit ihr anzufangen war. Und falls sie mit Gabriel ins Bett ging, dann würde diese hoffnungslose Langweiligkeit zum Vorschein kommen und Octavia würde sich nur noch schlechter fühlen, noch verzweifelter ...

»Mama! Gideon hat sich in den Fuß geschnitten. Komm schnell, es blutet.«

»O Gott.« Sie rannte aus der Küche, gefolgt von Gabriel. Gideon saß draußen vor dem Tor auf dem Boden und schaute mit entsetzter Faszination auf seinen Fuß. Octavia konnte eine gezackte Glasscherbe herausragen und das Blut unaufhörlich hervorquellen sehen. Poppy zeigte nicht auf den Fuß, sondern auf die Glasscherbe.

»Mama! Das ist furchtbar. Schnell, zieh es raus!«

»Nein«, sagte Gabriel scharf, »nicht anfassen. Wir müssen ihn ins Krankenhaus bringen. Sofort. Dummer kleiner Kerl, ohne Schuhe draußen rumzulaufen.«

»Er weiß, dass er das nicht darf«, brachte Poppy unter Schluchzen hervor.

»Sei still«, zischte Gideon. Er war kalkweiß.

»Ich fahre.« Gabriel bückte sich und hob Gideon auf. »Können wir Ihren Wagen nehmen? Er ist schneller.«

»Ja, natürlich. Ich muss Minty holen. Poppy, steig hinten ein und schnall dich an. Keine Angst, Mäuschen, er wird wieder gesund.«

»Bringen Sie ein paar Handtücher mit«, rief Gabriel, als Octavia ins Haus eilte.

Es folgten drei alptraumhafte Stunden. Der Sonntagabendverkehr setzte gerade ein, und sie brauchten über eine Stunde, um zum Krankenhaus in Bath zu gelangen. Die Notaufnahme war voller Leute mit Schnitten, Stichen und kleineren Knochenbrüchen. Octavia schaute Gideons Fuß an, der nicht mehr blutete, aber um die Scherbe herum hässlich geschwollen war, und wilde Ängste vor Sepsis, Faulbrand und Amputation befielen sie. Warum dauerte es so lange?

Endlich schaute der Arzt sich den Fuß an und meinte, er müsse genäht und gesäubert werden, er könne das aber mit lokaler Betäubung machen. Octavia hatte auf eine schöne Operation hinter verschlossenen Türen und in Vollnarkose gehofft, nach der man ihr Gideon dann sauber verbunden zurückbringen würde. Sie hatte nicht damit gerechnet, dass dieses grausige Ereignis vor ihren Augen stattfinden würde. Und vor Gideons.

»Er wird überhaupt nichts spüren. Das hier ist Valium«, erklärte der Arzt Octavia, während er eine Nadel in eine Vene an Gideons Arm gleiten ließ. »Wirkt sehr schnell. Und anschließend wird er sich an kaum etwas erinnern.«

Das ist auch gut so, dachte Octavia. Sie stand neben Gideons Liege, hielt seine Hand und sah voller Entsetzen zu, wie sie das Glas herausschnitten, die Wunde säuberten und sie dann vernähten. Als es vorbei war und sie wieder im Flur standen, schlief Gideon friedlich in einem Rollstuhl, während Octavia plötzlich schwindlig wurde und sie fast auf einen Stuhl fiel.

»Ach herrje«, hörte sie Gabriel Binghams Stimme aus weiter Ferne sagen. »Um wie viele Invaliden muss ich mich denn heute noch kümmern?«

Er drückte ihr den Kopf zwischen die Knie herunter, bat eine Krankenschwester, ihr etwas Wasser zu holen, und saß ruhig bei ihr, bis sie sich besser fühlte.

»Tut mir Leid«, sagte sie und lächelte ihn schwach an. »Ich hab heute insgesamt nicht besonders gut abgeschnitten, was?«

»Sie haben ganz schön gut abgeschnitten.« Er erwiderte ihr Lächeln und schob ihr eine Haarsträhne aus dem Gesicht. »Ich finde, wir sollten jetzt nach Hause fahren.«

Octavia schaute zu ihm auf; er hatte Minty auf dem Arm und Poppy, die an ihrem Daumen lutschte, lehnte sich gegen ihn.

»Was ist denn das da auf Ihrem Hemd?«, fragte sie.

Er schaute auf einen großen, dunklen Fleck hinunter. »Ach, ein Geschenk von Ihrer Jüngsten. Ich glaube, ihre Windel war durch. Macht nichts.«

Octavias Herz machte einen Satz.

»Sie waren so nett«, sagte sie, als alle drei Kinder schließlich schliefen und sie zu ihm nach unten kam. »Nein – das ist nicht das richtige Wort. Nicht nett. Einfach, also ...«

»Großartig?«, meinte er grinsend. »Das fand ich auch.«

»Ernsthaft, ich –«

»Ich meine es durchaus ernst. Ich war großartig. Das waren wir alle. Aber ich glaube, ich würde jetzt gern was trinken. Whisky, wenn Sie welchen haben.«

»Meine Güte«, rief Octavia erschrocken, »wie gedankenlos von mir. Ja, natürlich, und Sie müssen etwas essen. Bestimmt haben Sie großen Hunger.«

Octavia machte einen Salat, fand Käse und frisches Brot und brachte alles ins Wohnzimmer.

»Gut so?«

»Es ist hervorragend. Und der Whisky hier ist sehr gut.«

»Mein Mann trinkt Whisky«, sagte sie und schwieg dann verlegen.

»Ja? Hören Sie mal, es geht mich ja nichts an, aber sollten Sie ihn nicht anrufen und ihm erzählen, was passiert ist?«

»Ja, ich denke schon.«

»Tun Sie das. Ich glaube, ich wasche mich erst mal, wenn das geht.«

»Natürlich. Ach, und ich suche Ihnen ein sauberes Hemd heraus. Das da ist so eklig.«

Octavia sah die Kleiderstange mit Toms Hemden durch, Ralph Lauren, Lacoste, Brooks Brothers – welche Marke würde die wenigsten Kommentare provozieren? Schließlich fand sie ein altes, gestreiftes Baumwollhemd von LLBean und drehte sich um, um es Gabriel nach unten zu bringen. Er stand hinter ihr in der Tür zum Schlafzimmer und schaute ihr zu.

»Sehr hübsch«, stellte er fest und betrachtete das Etikett. »Eine Marke, die ich nicht kenne.«

»Ach, eine ganz unbekannte amerikanische Firma«, erwiderte Octavia rasch. »Nichts Schickes.«

»Das bezweifle ich. Ihr Mann ist zweifellos immer superb angezogen. Nach dem Anblick dieses Kleiderschranks zu urteilen.«

Octavia rief zu Hause an; niemand da. Sie hinterließ eine Nachricht, teilte mit, wo sie waren, berichtete in Kürze, was passiert war, und versuchte es dann mit Toms Handynummer. Das Handy war ausgeschaltet.

»Mistkerl«, sagte sie laut und knallte den Hörer wieder auf die Gabel. »Du Mistkerl.«

»Ihr Mann?«, fragte Gabriel Bingham.

»Ja.« Octavia brach in Tränen aus.

»Ich habe das alles sonst niemandem erzählt«, sagte sie später und rutschte auf dem Sofa ein Stück von ihm ab. Er hatte sie neben sich gezogen, ihr den Arm um die Schultern gelegt, bei ihr gesessen, während sie gesprochen hatte, und ihr Taschentücher gereicht, von denen er einen unerschöpflichen Vorrat zu besitzen schien. »Na ja, niemandem außer Louise.«

»Louise? Ah ja, die beste Freundin. Ja, natürlich, ihr Frauen besprecht ja immer alles mit euren besten Freundinnen.«

»Während ihr Männer nie über Privates mit euren Freunden redet, oder?«, meinte Octavia schniefend, plötzlich froh über die Ablenkung.

»Nein, nicht oft. Also, ich glaube, die ganz jungen Kerle tun das. Für mich ist das leider nichts.«

»Wie alt sind – wie alt bist du denn?«, fragte Octavia.

»Neununddreißig. Weiß gar nicht, wie das passiert ist, gestern erst war ich noch neunzehn. Aber so geht's. Und du?«

»Ich war siebzehn«, sagte sie, »gestern erst, meine ich. Jetzt bin ich sechsunddreißig.«

»Ein sehr schönes Alter für eine Frau. Schau dich doch an. Schön. Klug. Erfolgreich. Sexy.« Er grinste sie an.

»Du hast doch keine Ahnung, ob ich sexy bin oder nicht«, versetzte sie nervös.

»Doch, natürlich. Du bist unglaublich sexy.«

»Wenn ich das wäre«, sagte sie, zu ausgelaugt, um anders als ganz direkt zu sein, »hätte mein Mann mich nicht verlassen.«

»Aber das ist nun wirklich lächerlich. Frauen können noch so sexy sein und werden trotzdem von ihren Männern verlassen. Guck dir die arme Marilyn an. Oder die törichte Prinzessin Diana.«

»Findest du sie töricht?«

»Sehr. Und neurotisch. Und gefährlich. Aber umwerfend. Sie hat unglaublichen Charme und ein hinreißendes Kichern. Deine Freundin Louise hat mich an sie erinnert.«

»Ich glaube nicht, dass man Louise als gefährlich bezeichnen könnte.«

»Auch gut«, erwiderte Gabriel Bingham leichthin.

Sie hatten einen Tisch am Fenster. Der Blick vom Oxo-Tower war unvergleichlich, auf den Fluss, auf die Stadt und flussaufwärts auf die Brücken Londons, und neben dem Tisch stand eine Flasche Champagner auf Eis.

»Wie herrlich«, sagte Marianne und schaute in die Dunkelheit hinaus.

»Ja, nicht wahr?«, meinte er zufrieden. Sie lächelte ihn an.

»Warum das Lächeln?«

»Sie klingen so selbstzufrieden. Als hätten Sie das erschaffen. Den Ausblick, meine ich. Das fand ich komisch.«

»Ich wusste, dass das genau richtig für Sie sein würde. Und das ist es auch. Darauf bilde ich mir etwas ein. Führt Ihr anderer Freund Sie denn nie hierhin aus?«

»Nein. Er mag konventionellere Restaurants.«

»Wie dumm von ihm. Weil das eindeutig nicht zu Ihnen passt. Schadet nichts, ich werde alles viel besser machen. Also lassen Sie uns bestellen. Ich empfehle die Lachspastete und das Kalbfleisch, aber Sie müssen selbst entscheiden. Übrigens, habe ich Sie einmal während des Konzerts weinen sehen?«

»Ja.«

»Weinen Sie immer so leicht?«

»Nein. Nein, sonst nicht. Normalerweise bin ich ziemlich ... selbstbeherrscht. Meistens jedenfalls.«

»Ist etwas passiert? Was Sie aus der Fassung gebracht hat?«

»Also – ach, das wollen Sie doch nicht hören.«

»Doch, doch. Sehr gern.«

»Ich habe mich in ein ziemliches Chaos hineingeritten«, erklärte sie nachdenklich und nippte an ihrem Champagner.

»Das kann ich mir gar nicht vorstellen, muss ich zugeben. Sie scheinen sich viel zu gut in der Gewalt zu haben, um in ein Chaos hineinzugeraten.«

»Nun, das Wort Chaos ist vielleicht ein wenig stark. Ich will Sie nicht langweilen. Familiengeschichten.«

»Da ich keine Familie habe, finde ich so etwas durchaus nicht langweilig. Erzählen Sie es mir.«

»Nein, wirklich. Es würde Sie anöden.«

Aber dann erzählte sie ihm doch alles; von Romilly und ihrem Modelvertrag und Alecs wütendem Widerstand dagegen. Nico hörte aufmerksam zu. Dann sagte er: »Ich finde, das klingt gar nicht so schlecht. Sie wird viel Spaß haben. Und ich bin sicher, dass Sie Ihre Tochter nicht der bösen Welt ausliefern werden. Das würde Ihr Gewissen gar nicht zulassen. Zudem sind Sie Ihrem Mann noch viel zu hörig. Sind Sie noch in ihn verliebt?«

»Nein, natürlich nicht«, erwiderte Marianne erschrocken. »Alec neigt zu Wutanfällen, er war mir untreu, er –«

»Das spielt nicht unbedingt eine Rolle. Frauen ertragen meiner Erfahrung nach alles, Untreue, sogar physische Gewalt, wenn sie verliebt sind.«

»Das ist absoluter Quatsch«, brauste sie auf, »patriarchalischer, reaktionärer, männlicher, chauvinistischer Quatsch.«

»Nein, ich glaube das ja auch nicht. Na ja, nicht richtig. Ich habe es nur gesagt, um Sie wütend zu machen.«

»Und warum wollen Sie mich wütend machen?«

»Weil«, er streckte die Hand aus und berührte ihre Wange, »weil man eine Frau, die man wütend machen kann, auch sexuell erregen kann. Gleiches Reaktionsmuster.«

»Das ist ebenfalls Quatsch«, rief Marianne, von seiner Berührung und ihrer Reaktion darauf gleichermaßen verwirrt. »Sind Sie denn noch in Ihre Exfrau verliebt?«

»Ach du großer Gott, nein.« Nico nahm die Hand fort und griff nach seinem Glas. »Sie war sehr unfreundlich zu mir.«

»Und warum? Waren Sie kein besonders guter Ehemann?«

»Doch, ich war ein sehr guter Ehemann. Ich war ihr nicht einmal untreu. Streng genommen jedenfalls nicht.«

»Was meinen Sie denn damit?«

»Ich meine, ich bin nie mit einer anderen ins Bett gegangen – während wir zusammen waren.«

»Aber Sie sind mit jeder zum Lunch gegangen, vermute ich mal?«, fragte Marianne.

»Wie ›mit jeder ins Bett gegangen‹? Schöner Ausdruck, gefällt mir. Ja, mehr oder weniger. Aber sie war nicht besonders nett zu mir. Auch vor den Lunchorgien nicht. Ich habe sie in den Schatten gestellt und das hat ihr nicht gepasst. Sie war eine ziemliche Langweilerin, trotz ihrer großen Schönheit. Unsere Bekannten, besonders die Frauen, haben mich vorgezogen. Ich bringe sie zum Lachen und das mochte meine Frau nicht. Sie hat ständig auf mir rumgehackt.«

»Warum haben Sie sie dann geheiratet?«

»Weil sie außerordentlich schön war. Und weil sie netter wirkte, als sie war. Jetzt hat sie einen furchtbar aufgeblasenen neuen Ehemann, der deutlich weniger attraktiv ist als sie. Daher ist sie sehr glücklich.«

»Sie sind grässlich«, lachte Marianne.

»In der Tat. Und was ist mit Ihnen? Habe ich Sie etwas aufgeheitert?«

»Ja«, sagte sie überrascht, »ja, das haben Sie.«

»Gut. Ich glaube, das Einzige, was Sie tun sollten, ist, Romilly vor den Gefahren zu warnen, die auf sie lauern könnten. Man sollte Menschen immer warnen, wenn sie in Gefahr sind. Sie nicht zu warnen heißt, sich vor seiner moralischen Verantwortung zu drücken, wie unangenehm das auch sein mag. Aber jetzt Schluss mit diesem ernsthaften Gespräch. Viel zu ernst für ein Dinner mit einer schönen, jungen Frau.«

»Jung wohl kaum.« Marianne lachte wieder. »Ich bin neununddreißig!«

»Das ist ganz schön jung. Und schön sind Sie auf jeden Fall. Also, gehen Sie heute Abend mit mir nach Hause?«

»Selbstverständlich nicht. Ich –«

»Ich finde wirklich, dass Sie das sollten.« Er nahm ihre Hand, drehte sie um und küsste ihre Handfläche. Ein leichter Schauer überlief sie; sie konnte nichts dagegen tun.

»Das habe ich gespürt.«

»Was haben Sie gespürt?«

»Ach, egal.« Nico ließ ihre Hand los und lehnte sich lächelnd zurück, weil der erste Gang kam. »Sie wissen es genauso gut wie ich. Ich bin ein sehr geduldiger Mann. Nun, ziemlich geduldig. Ich kann warten. Na ja, ein bisschen. Aber da fällt mir ein, ich habe doch noch ein ernsthaftes Thema. Was ist mit dem jungen Fleming? Sagt Ihnen der Name Cornish etwas? Im Zusammenhang mit ihm, meine ich.«

»Nein, ich glaube nicht. Warum?«

»Am Freitag, als er bei mir im Büro war, hat eine Mrs Cornish angerufen. Ich habe selten einen Mann gesehen, dem der Schock so tief in die Knochen fuhr.«

»Wahrscheinlich bloß eine schwierige Kundin.«

»Die Reaktion war deutlich heftiger als in einem derartigen

Fall. Aber es ist unwichtig. Wichtiger ist, dass am Donnerstag ein außergewöhnlicher Brief auf meinem Schreibtisch landete. Ein Memo, das im Grund besagte, dass ich meinen Vertrag mit seiner Agentur kündigen sollte.«

»Tatsächlich?«, rief Marianne. »Von wem war es?«

»Ich habe keine Ahnung.«

»Sie meinen, es war anonym?«

»Ja. Und es war kein Geschäftsbrief. Auch wenn der Verfasser versuchte, diesen Eindruck zu erwecken.«

»Wie sonderbar«, sagte Marianne langsam.

»Das fand ich auch. Sehr sonderbar. Also, ich habe es überprüft. Und es stimmt, wissen Sie. Seine Firma ist in finanziellen Schwierigkeiten. Oder wird es bald sein. Er hat nach weiteren Geldmitteln gesucht und zwei Kunden verloren. Einen davon natürlich durch die unseligen kleinen Spielchen, die seine hochneurotische Ehefrau so spielt.«

»O Gott. Sie glauben also, dass es ... eine Art Rache war?«

»Ja, ganz genau. Jemand will ihm Böses ...«

Tom rief Octavia um halb zwei an. Sie lag bei Gideon im Bett und griff sofort nach dem Telefon, damit das Kind nicht geweckt wurde.

»Octavia, ich bin's. Was ist denn bloß los?«

»Ich gehe nach unten«, sagte sie leise in den Hörer und glitt aus dem Bett.

Schon auf dem Weg die Treppe hinunter verwandelte sich die Sorge um ihn in wilden Zorn.

»Wo bist du gewesen? Bei ihr? Bestimmt bei ihr.«

»Nein«, sagte er. »Ich war mit Aubrey zusammen. Du kannst ihn anrufen und das kontrollieren, wenn du mir nicht glaubst.«

»Ach, und der wird mir die Wahrheit sagen, was? Dein alter Freund und Partner. Dem sicherlich daran liegt, mich zu besänftigen, weil er ja auch um Geld bitten will. Um Geld von meinem Vater.«

»Octavia, bitte. Wie geht es Gideon?«

»Er ist mit acht Stichen genäht worden und hat starke Schmerzen, aber es wird nichts zurückbleiben.«

»Und wie ist es passiert?«

»Er hat mit Poppy im Garten Kricket gespielt.«

»Mit bloßen Füßen?«

»Ja. Frag mich nicht, warum. Und dann ist er übers Tor geklettert, um den Ball zu holen, und jemand hat auf dem Seitenstreifen eine kaputte Flasche liegen lassen. So einfach war das. Er hat eine Tetanusspritze bekommen und Antibiotika und weiß Gott was und ...«

»Wo hast du ihn hingebracht, in welches Krankenhaus?«

»Nach Bath. Wir fanden ...«

»Wir?«

»Ja. Ich war – nicht allein.«

»Ach ja«, sagte Tom, »natürlich, Louise. Aber in Bristol ist doch das Nuffield, warum seid ihr nicht –«

»Tom, das Nuffield hat keine Notfallambulanz. Außerdem warst du nicht da, ich habe das alles geregelt, und es geht Gideon gut. Also fang jetzt bitte nicht an, mich zu kritisieren.«

»Entschuldige. Wann kommst du nach Hause?«

»Morgen vielleicht, oder Dienstag. Ich rufe dich morgen früh an und sag dir, wie es ihm geht.«

»Ja, schön. Grüß ihn lieb von mir. Geht's Poppy gut?«

»Ja. Es hat sie natürlich sehr mitgenommen, aber jetzt ist alles wieder in Ordnung.«

»Und bist du sicher, dass die Behandlung ausreichend war? Dass der Fuß nicht geröngt werden muss, dass sonst nichts verletzt ist, keine Bänder oder –«

»Tom, wenn du hier gewesen wärst, hättest du dich um all das kümmern können. Weil du nicht hier warst, musste ich das tun. Gideon wird wieder ganz gesund. Gute Nacht. Wir sprechen morgen früh miteinander.«

Sie trug das Telefon in die Küche und füllte den Wasserkessel. Dieser Schweinehund! Wie konnte er es wagen, ihre Wahl des Krankenhauses zu kritisieren und anzudeuten, dass die Behandlung, die Gideon erhalten hatte, irgendwie unzureichend war? Wo sie ihn doch nicht hätte erreichen können, selbst wenn sie das gewollt hätte ...

»Mistkerl«, sagte sie laut. »Du Mistkerl!«

»Meinst du wieder deinen Mann?« Gabriel Bingham war in der Tür erschienen. Er trug das Baumwollhemd und anscheinend nichts weiter. Octavia lächelte ihn unsicher an.

»Ist schon gut«, sagte er, »ich habe ganz feste Boxershorts an. Kein Grund zur Beunruhigung.«

»Ich war nicht beunruhigt. Ich mache gerade Tee, möchtest du eine Tasse?«

»Das wäre sehr schön. Ich habe ohnehin nicht geschlafen, ich habe gelesen. Ich leide unter Schlafstörungen.«

»Tatsächlich? Ich auch.«

»Das wundert mich überhaupt nicht.« Er ließ sich am Küchentisch nieder, die langen Beine ausgestreckt. Es waren, wie ihr auffiel, sehr wohlgeformte Beine.

»Was wundert dich nicht?«

»Du bist nicht besonders entspannt, oder?« Er grinste sie an. »Ich stelle mir vor, dass du einen großen Teil der Nacht damit verbringst, dir über den nächsten Tag Gedanken zu machen, über den vergangenen Tag, über die jeweilige Nacht, und dann machst du dir Sorgen, weil du nicht schläfst. Sie haben eine unausgeglichene Persönlichkeit, Mrs Fleming.«

Genau in diesem Moment fühlte sie sich extrem unausgeglichen – beunruhigt durch Gabriel, durch Tom und durch noch etwas; und sie bekam nicht heraus, was es war.

»Aber das ist sehr anziehend«, fuhr er fort. »Das gehört mit zu dem, worüber ich vorhin gesprochen habe. Dass du sexy bist. Ruhige Gelassenheit kann natürlich auch sexy sein. Aber das ist sehr selten.«

Octavia erwiderte nichts.

»Mir ist jedenfalls deine Art lieber. Deine Art, sexy zu sein, meine ich.«

»Gut«, entgegnete sie leichthin. Sie wusste überhaupt nicht, wie sie auf ihn reagieren sollte. Sie wusste es nie; in emotionaler Hinsicht überrumpelte er sie ständig. Sie war ein wenig betroffen gewesen, als er, nachdem sie akzeptiert hatte, dass es nach zwei großen Gläsern Whisky und drei Gläsern Wein logisch war, dass er blieb, nur mit einem knappen »Gute Nacht« hinauf ins Bett gegangen war. Das war einer der Gründe für ihre Schlaflosigkeit gewesen.

Sie lächelte ihn strahlend an.

»So, ich gehe wohl besser wieder ins Bett. Ich bin ziemlich müde.«

»Ja«, sagte er und seine Stimme klang plötzlich ganz anders, fast kalt, »das ist wahrscheinlich eine gute Idee.«

Sie spürte plötzlich Mut in sich aufsteigen.

»Gabriel –«

»Ja?« Aber seine Stimme war immer noch kalt und distanziert.

Octavia wandte sich ab. Sie kam sich blöd vor und hatte panische Angst, dass er denken könnte, sie wolle ihm vorschlagen, mit ihr ins Bett zu gehen.

»Nichts«, meinte sie. »Tut mir Leid.«

»Ich finde, ich sollte mich entschuldigen, weil ich dich offensichtlich in Verlegenheit gebracht habe. Ich bin anscheinend zu lange in der Politik gewesen und habe mir eine dicke Haut zugelegt. Du hast ganz deutlich gemacht, mehrere Male, dass du mich nicht im Geringsten attraktiv findest, und ich habe einfach immer weitergeredet, mache lächerliche Bemerkungen.«

»Gabriel, das ist doch Unsinn.«

»Ich glaube nicht«, sagte er schwerfällig. »Du weinst, ich versuche, dich zu trösten, du rückst von mir weg, ich sage dir, dass du sexy bist, du springst auf, fängst an, Kissen aufzuschütteln, oder bietest mir eine schöne Tasse Tee an –«

»Gabriel, bitte ...«

»Ach, geh ins Bett«, sagte er müde. »Ich glaube, ich riskiere es und mache mich auf den Weg.«

»Sei doch nicht albern! Überleg doch, was das für deine Karriere bedeuten würde. Wenn sie dich schnappen.«

»Ach.« Sein Gesichtsausdruck wurde noch kälter. »Weißt du, einen Moment lang habe ich gedacht, du fändest etwas anderes albern. Idiotisch von mir. Gute Nacht, Octavia.«

Sie folgte ihm langsam, den Tränen völliger Verzweiflung nahe. Über sich selbst, über Tom, über Gabriel; dass es so weit mit ihr hatte kommen können, dass sie so vollkommen darin versagt hatte, das zu sein und zu tun, was sie wollte.

Im Mondlicht, das durchs Fenster fiel, sah sie, dass Gideon sich quer über das Bett ausgestreckt hatte. Wenn sie versuchte, ihn zur Seite zu schieben, würde er vielleicht aufwachen. Octavia seufzte. Da blieb nur das Sofa. Jetzt würde sie bestimmt nicht mehr schlafen, also konnte sie sich auch aufs Sofa legen und lesen. Sie trat wieder auf den Flur und ging zurück zur Treppe. Als sie das Gästezimmer erreichte, kam Gabriel heraus, vollständig angekleidet. Er schaute sie an, offenbar erschrocken, und stand dann einen Augenblick ganz still und betrachtete sie von oben bis unten. Wie gebannt von dieser Reglosigkeit schaute Octavia ihn ebenfalls an und fürchtete sich fast zu atmen. Dann grinste er, ein breites, fröhliches Grinsen.

»Was hat dich aufgehalten?«, fragte er.

Was sie in dieser Nacht mit ihm erlebte war anders als alles, was ihr je begegnet war – ein Konglomerat aus so vielen Dingen: der Lösung der Anspannung, der Befreiung von den Ängsten des Tages, der Wiederherstellung ihres Selbstwertgefühls, der Freude darüber, dass er sie wollte, und der körperlichen Lust ihrer Reaktion auf ihn. Er war geduldig und zärtlich, wartete auf sie, und dann plötzlich, noch bevor sie gedacht hatte, dass sie so weit war, kam es, das helle, durchdringende Leuchten, das nicht nur ihren Körper, sondern auch ihren Kopf erfüllte, ihn mit Bildern ausfüllte, mit seltsam kraftvollen Mustern, und dann schließlich ihr Herz erreichte und es mit Frieden füllte.

Und dann lag sie da und schaute Gabriel an, halb lachend, halb weinend, von ihm geschwächt und befreit.

»Dein Mann muss verrückt sein.« Das war alles, was er sagte.

25. Kapitel

»Und wo bitte warst du gestern Abend?«

Seine Stimme klang rau, erzürnt. Er reizte sie, dieser Ärger.

»In der Oper«, sagte Marianne.

»Um Mitternacht?«

»Nein, da war ich beim Dinner.«

»Allein?«

»Nein, mit einem Freund. Hör zu, Felix, es tut mir Leid, aber ich bin furchtbar beschäftigt. Ich habe keine Zeit für ein Verhör.«

»Ich habe mir Sorgen um dich gemacht«, sagte er unvermittelt. »Meistens erzählst du mir, was du vorhast.«

Für ihn kam das einer Entschuldigung gleich und plötzlich empfand sie Reue, Reue und Schuldbewusstsein. Felix liebte sie, auf seine schwierige Weise, das wusste sie. Und sie liebte ihn, oder etwa nicht? Und sie waren beide zu alt für solche Spielchen.

»Tut mir Leid, Felix«, sagte sie. »Vielleicht könnten wir ja heute Abend ...«

»Heute Abend geht es nicht. Mein Terminkalender ist voll.«

»Nun, dann vielleicht –«

»Marianne, ich habe jetzt keine Zeit, in einer Viertelstunde kommt Tom. Ich ruf dich morgen an.«

»Kommt er wegen der Agentur?«

»Wahrscheinlich.«

»Es gibt da etwas, was du wissen solltest –«

»Entschuldige, Marianne, ich muss auflegen. Ich hoffe, dein Tag wird nicht allzu stressig.«

Die Leitung war tot. Sie starrte das Telefon an und überlegte, ob sie seinem Zorn trotzen, seine Nummer wählen und ihm sagen sollte, was sie von Nico erfahren hatte. Sie entschied sich dagegen. Solange er in dieser Stimmung war, hatte es ohnehin wenig Sinn.

»Wo warst du denn gestern Abend? Ich habe versucht, dich anzurufen, aber –«

»Ich war hier, Louise. Ich bin noch im Ferienhaus. Gideon hatte einen Unfall, er hat sich in den Fuß geschnitten. Ziemlich schlimm. Wir haben den Abend im Krankenhaus verbracht.«

»Oh nein! Hexchen, wie schrecklich. Geht es ihm jetzt wieder besser?«

»Ja und nein. Die Wunde ist mit acht Stichen genäht worden, es tut ziemlich weh. Und er steht noch unter Schock.«

»Das tut mir Leid. Und dann musstest du auch noch ganz allein damit fertig werden.«

»Nein, Gabriel ist mitgekommen, er war mir eine große Hilfe.«

»Gabriel! Er ist sehr sexy, Octavia. Könnte mir auch gefallen.«

»Hände weg«, versetzte Octavia, ohne nachzudenken. »Er gehört mir.«

»Hexchen, als ob ich dir je den Mann wegnehmen würde. Jedenfalls, er ist verrückt nach dir, das merkt man.«

»Mama! Mein Fuß tut weh!«

»Ich komme, Gideon. Glaubst du wirklich, dass er mich mag? Gabriel, meine ich.«

»Das ist nicht zu übersehen. Und er ist genau das, was du brauchst.«

»Ja.« Octavia lächelte töricht in den Hörer. »Ja, das ist er. Genau das, was ich brauche. Aber –«

»Mama! MAMA! Mein Fuß tut furchtbar weh!«

»Lulu, ich muss auflegen. Ich ruf dich zurück, ich muss unbedingt mit dir reden. Über – etwas. Nein, eigentlich über alles.«

»Ich bin hier.«

Felix schaute Tom an. Er neigte dazu, das volle Ausmaß seiner Abneigung gegen seinen Schwiegersohn zu vergessen, bis sie miteinander allein waren.

»Wie geht's Octavia?«, fragte er abrupt. »Ihr seid übers Wochenende weggefahren, oder?«

»Nur Octavia. Ich musste arbeiten. Gideon hatte leider einen Unfall.«

»Einen Unfall? Was für einen Unfall?«

»Oh, er hat sich in den Fuß geschnitten, es musste genäht werden. Acht Stiche. Aber offenbar geht es ihm ganz gut.«

»Was willst du damit sagen? Hast du ihn denn noch nicht gesehen?«

»Also, nein. Es ist im Ferienhaus passiert, in Somerset.«

»Und Octavia musste ganz allein damit fertig werden? Wo sie sich zudem noch um das Baby kümmern musste? Oder war die Nanny mit?«

»Nein. Aber ich glaube, eine Freundin war bei ihr. Jedenfalls, sie ist ...« Er zögerte.

Felix wartete. Zweifellos würde Tom jetzt irgendwelche Rechtfertigungen vorbringen. »Sie ist sehr gut in der Lage, so etwas allein zu bewältigen.«

»Muss sie wohl auch. Ist der Junge im Krankenhaus?«

»Nein, er ist in der Notaufnahme behandelt worden.«

»Wie schrecklich. Und heute? Du hast nicht vor, nach Somerset zu fahren?«

»Felix, ich habe furchtbar viel um die Ohren, und –«

»Dann sollte ich vielleicht hinfahren und ihr helfen. Sie kann schließlich nicht ganz allein mit drei Kindern fertig werden, von denen eins auch noch verletzt ist.«

»Ich habe vorgeschlagen, dass die Nanny hinfährt. Octavia meinte, sie bräuchte sie nicht, sie kämen sehr gut allein zurecht.«

»Ich rufe sie trotzdem gleich mal an. Vielleicht kann ich ja doch was tun. Du entschuldigst mich einen Augenblick. Ich wünschte, du hättest es mir gestern Abend erzählt, ich –«

»Felix, es war nach Mitternacht.«

»Glaubst du wirklich, das hätte mich gestört?« Blinde Wut erfüllte ihn. Dieser Kerl hatte wirklich keine Ahnung, was Liebe war. Felix wäre mit Freuden um drei Uhr morgens nach Somerset gefahren, wenn Octavia ihm gesagt hätte, dass sie ihn brauchte. Wenn sie es doch nur getan hätte ...

»Octavia? Octavia, hier ist dein Vater. Tom hat mir gerade erzählt, was passiert ist. Meine Süße, es tut mir so Leid. Wie geht es Gideon? Ja? Richte ihm meine Grüße aus. Tapferer kleiner Kerl. Hör zu, Tom sagt, er hätte keine Zeit, zu euch zu kommen. Hättest du gern, dass ich komme? Es wäre überhaupt kein Problem und du kannst doch unmöglich ganz allein – was? Gut, mein Herzblatt, du kannst es dir ja noch mal überlegen. Ich könnte in ein paar Stunden bei euch sein. Gut, aber versprich mir, dass du mich anrufst, wenn du deine Meinung änderst, ja? Du kannst jederzeit anrufen, ganz egal, wie spät es ist. Tom sagte, er hätte es erst nach Mitternacht erfahren, aber ich wäre natürlich sofort gekommen, wenn ich es gewusst hätte. Bis dann, mein Herzblatt. Wir sehen uns bald.«

Er legte den Hörer auf.

»Einfach erstaunlich, wie sie das alles meistert«, sagte er. »Also, weshalb wolltest du mich sprechen?«

»Zoe hat gesagt, Octavias Freundin Louise war mal Model.« Romilly trat einen Schritt zurück und musterte sich in dem großen Spiegel, der im Schlafzimmer ihrer Mutter hing. »Soll ich diese Hose für das Casting anziehen, was meinst du, oder lieber Jeans?«

»Vielleicht solltest du Ritz fragen«, schlug Marianne mit einiger Mühe vor.

Romilly lächelte sie an. »Gute Idee, ich ruf sie gleich mal an. Wie hieß Louise, als sie noch gemodelt hat? Ich könnte es Ritz erzählen.«

»Louise Madison. Sie hatte ziemlichen Erfolg in den Staaten.«

»Ob ihr das jetzt wohl fehlt? Hat sie einen reichen Mann geheiratet?«

»Nein«, sagte Marianne lächelnd, »aber er ist sehr nett. Er heißt Sandy. Sandy Trelawny.«

»Trelawny. Schöner Name.«

»Ja. Ja, nicht wahr? Ich glaube, er ist cornisch.«

Sie hielt mitten im Satz inne und starrte Romilly an. Plötzlich war ihr heiß, heiß und ganz übel. Cornisch ... *Sagt Ihnen der Name Cornish etwas? Ich habe selten einen Mann gesehen, dem der Schock so tief in die Knochen fuhr ...* »O mein Gott«, flüsterte sie. »Gütiger Gott.«

»Er denkt darüber nach«, berichtete Tom. »Er will alle Zahlen sehen. So bald wie möglich. Ganz ehrlich, ich weiß nicht, wie er sich entscheiden wird, Aubrey. Er ist hin- und hergerissen. Einerseits möchte er ablehnen und mich leiden lassen, andererseits will er nicht, dass seine Tochter ins Elend gerät. Und er will diese Agentur in die Finger kriegen. Gott, ich weiß nicht, ob es nicht besser wäre, Konkurs anzumelden. Wenn er tatsächlich bei uns einsteigt, wird das grauenhaft. Ich musste mir schon jetzt einen halbstündigen Vortrag über extravagantes Wirtschaften, schlechtes Management und mangelnden Weitblick anhören. Was für eine Scheiße, was für ein Alptraum ...«

Marianne konnte sich nicht erinnern, sich je so mies gefühlt zu haben. Immer wieder sah sie Louise vor sich, wie sie nach der Beerdigung wie eine Furie auf Tom eingeschlagen hatte. Mit aufgestauter sexueller Energie, wie sie jetzt erkannte. Sie hörte Nicos Stimme ... »Jemand will ihm Böses ...«

Es musste Louise sein. Aber was sollte sie denn jetzt machen? Sie konnte doch unmöglich Octavia anrufen, oder Tom. Was sollte sie denn sagen?

Wenn Tom eine Affäre hatte, war das seine Angelegenheit. Vielleicht sollte sie gar nichts unternehmen. Das wäre das Einfachste, aber war es auch anständig? Wieder hörte sie Nico sagen – Gott, war das erst gestern gewesen? –, dass Leute gewarnt werden sollten, wenn sie in Gefahr waren. »Sie nicht zu warnen heißt, sich vor seiner moralischen Verantwortung zu drücken.«

Der Gedanke gefiel Marianne nicht sonderlich. Rasch, bevor sie sich anders besinnen konnte, wählte sie Toms Büronummer.

»Wirklich schön geworden«, sagte das Mädchen von *Marie Claire* und gab Romilly ihre Fotos zurück. »Toll, dass du diesen Modelwettbewerb gewonnen hast. Gut, Romilly, nett, dass du vorbeigekommen bist.« Und damit war sie entlassen.

Romilly brachte ein Lächeln zustande und bedankte sich. Sie mochten sie nicht, sie wollten sie nicht. Niemand würde sie wollen, das hätte sie sich denken können. Es war schon ihr dritter Termin heute, und alle hatten nur einen flüchtigen Blick auf die Aufnahmen geworfen und ihr dann praktisch gesagt, sie solle sich verpissen. Es war einfach furchtbar gewesen ... und ihr standen noch zwei Termine bevor, bevor sie nach Hause gehen konnte. Ihre Augen füllten sich mit Tränen.

Tom war außer Haus, als Marianne anrief. Er würde heute nicht mehr ins Büro kommen, erklärte Vanessa Dawson. Sollte sie etwas ausrichten, oder –

»Nein, nein«, sagte Marianne hastig, zutiefst erleichtert über diesen Aufschub. »Nein, ich melde mich wieder.«

»Also, was ist los, Prinzessin? Du bist doch nicht etwa schwanger, oder?«

»Nein! Nein, es ist nur, dass – also, ich brauche dringend Geld. Heute Morgen habe ich einen Brief von der Bank bekommen, und ...«

»Kannst du denn keins von Mutti oder Papi kriegen?«

»Nein. Mein Vater sagt, mein Taschengeld sei völlig ausreichend. Dabei reicht es gerade, um aus den Miesen rauszukommen, und meine Mutter gibt mir auch nichts.«

»Ziemlich kleinlich von ihnen. Ich meine, sie sind ja nicht gerade knapp bei Kasse.«

»Nein. Aber sie sind knauserig, da hast du ganz Recht. Soll wohl gut für mich sein. Erzieherische Maßnahme.«

»Wollen wir in das Haus gehen?«

»Nein«, sagte Zoe. »Mir ist im Moment nicht danach.«

»Gut.« Ian stand auf.

»Wo gehst du hin?«

»Nach Hause. Wenn du in dieser Stimmung bist, bringt das echt keinen Spaß. Da bin ich ja mit meiner Mutter und einem Video besser bedient.«

»Dann verpiss dich doch. Ist mir nur recht.«

Er verließ die Kneipe und Zoe schaute seinem muskulösen Rücken mit einer Mischung aus Widerwillen und Bedauern hinterher. Zurzeit sorgte er für das einzige Vergnügen, das sie kriegen konnte: Alle ihre Freunde waren weg, sie konnte sich nur auf lausige zwei Wochen Urlaub mit ihrem Vater in Martha's Vineyard freuen, ihre Mutter ging ihr im Moment echt auf den Keks, und Romilly jammerte pausenlos, weil keine Zeitschrift sie wollte. Zoe hatte die Schnauze gestrichen voll. Noch nicht mal irgendwo hingehen konnte sie, mit gerade mal fünfzig Pence in der Tasche. Freitag würde ihr Taschengeld auf dem Konto sein, aber dann war sie gerade mal mit zehn Pfund im Plus.

Sie stand auf. Noch einen Abend mit ihrer angespannten Mutter und der selbstgefälligen Romilly würde sie nicht ertragen. Ian stand vor dem Pub und telefonierte.

»Hi! Ian! Tut mir Leid wegen eben. Lass uns in das Haus gehen, gute Idee.«

»Okay.« Er grinste sie an. »Ich hab was zum Rauchen dabei. Wir werden uns einen richtig netten Abend machen.«

Das Telefon klingelte.

»Hexchen! Du wolltest doch zurückrufen. Wie geht es Gideon?«

»Unverändert. Ich fahre heute noch nach London zurück.«

»Was wolltest du mir denn sagen?«

»Oh –« Octavia zögerte. »Ach, es ist einfach schrecklich. Um Toms Agentur steht es so schlecht, dass er meinen Vater um Geld bitten will.«

»Was! Und dein Vater weiß es noch immer nicht?«

»Nein! Wenn er das wüsste, würde er bestimmt nichts rausrücken. Er würde toben wie ein Berserker.«

»Octavia«, erklärte Louise, »du musst eine Heilige sein, wirklich.«

Tom war zu Hause, als Octavia und die Kinder ankamen. Als er heraustrat, um sie zu begrüßen, sah er genauso erschöpft aus, wie sie sich fühlte.

Die Zwillinge begrüßten begeistert ihren Vater. Als Octavia wieder herunterkam, nachdem sie die schlafende Minty an Caroline übergeben hatte, erzählte Poppy gerade: »Also habe ich der Krankenschwester geholfen ...«

»Gar nicht wahr«, rief Gideon.

»Doch.«

»Wann denn?«

»Als sie den Rollstuhl holte. Und Gabriel meinte –«

»Gabriel?«, fragte Tom.

»Ja. Gabriel Bingham, er war bei uns«, erklärte Octavia, leichthin, unbekümmert, und schenkte sich ein Glas Wein ein.

»Was, der Unterhausabgeordnete?«

»Ja.«

»Was um alles in der Welt hatte der denn bei dir zu suchen?«

»Er hat kurz vorbeigeschaut, um über ... Angelegenheiten des Wahlkreises zu sprechen. Und –«

»Einen Augenblick«, sagte Tom. »Gabriel Bingham wollte mit dir über Angelegenheiten des Wahlkreises sprechen. Worüber denn genau, bitte?«

»Den Wald«, erläuterte Poppy. »Du weißt schon, den Wald, den sie zubauen wollen. Wir haben ihn da mal getroffen.«

»Und er ist ins Ferienhaus gekommen, um mit dir darüber zu sprechen?«

»Ja«, sagte Octavia. Tom sah so zornig aus, dass sie direkt Angst bekam.

»Verstehe. Darüber unterhalten wir uns später.«

»Jedenfalls, er war echt nett«, fuhr Poppy mit ihrem Bericht fort. »Er ist mit Mamas Auto ins Krankenhaus gefahren, total schnell, und hat dafür gesorgt, dass sofort ein Doktor kam, und dann ...«

»Ein echter Held«, kommentierte Tom trocken.

»Und dann, für den Fall, dass Mama noch mal ins Krankenhaus musste –«

»Es tut weh«, jammerte Gideon. »Es tut furchtbar weh. Ich brauche noch mehr von diesen Dingern, Mama.«

»Er bekommt sie in den Po geschoben«, kicherte Poppy.

»Sei still, Poppy«, schalt Octavia. »Das ist überhaupt nicht komisch. Komm, Gideon, wenn Papa dich hochträgt, gebe ich dir ein Zäpfchen.«

Natürlich bedauerte sie, dass Gideon Schmerzen litt, aber sie war doch ungeheuer erleichtert, dass er sich gerade diesen Augenblick ausgesucht hatte, um sich darüber zu beklagen. Noch eine Sekunde, und Tom hätte erfahren, dass Gabriel Bingham bei ihnen übernachtet hatte. Natürlich gab es überhaupt keinen Grund, es ihm zu verheimlichen, unter den gegebenen Umständen, aber es war trotzdem einfacher, wenn er es nicht wusste.

Eine Stunde später saß sie an ihrem Schreibtisch, auf dem sich die Einladungen türmten. Einladungen zu Partys, privaten Filmvorführungen, Restauranteröffnungen, Buch-Lancierungen, Benefizauktionen, alle adressiert an Mr und Mrs Fleming. Ein paar Sachen würden bestimmt Spaß machen, aber sie konnte den Gedanken nicht ertragen, mit Tom irgendwo hinzugehen. Und ohnehin wollte niemand Octavia allein sehen, oder Tom, sie wollten sie beide, als Paar – das erfolgreiche, strahlende Power-Pärchen. Wenn das Scheitern ihrer Ehe bekannt wurde, würde es ein sehr öffentliches Scheitern sein, das Auswirkungen auf ihrer beider unternehmerischen Erfolg oder Misserfolg hätte.

Tom trat herein, das Gesicht angespannt, die Lippen weiß. Sie wusste, was das bedeutete. Wut. Blinde Wut und Gegenbeschuldigungen.

»Kann ich mal was klarstellen?«, fragte er.

»Ja, natürlich.«

»Besten Dank. Nicht zufrieden damit, dass du einen meiner wichtigsten Kunden vergrault hast, treibst du das Engagement für diesen dämlichen Wald noch weiter. Sehe ich das so weit richtig?«

»Durchaus«, sagte sie und atmete tief durch, um ihre Stimme ruhig zu halten. »Ja, durchaus.«

»Bis zu dem Grad, dass du dich mit dem Abgeordneten des Wahlkreises einlässt?«

»Ja.« Das traf es ganz gut: sich einlassen. Mit dem Kopf, dem Herzen, dem Körper. Ihr ganzes Sein hatte sich wundervoll, freudig auf ihn eingelassen. »Was ist daran falsch?«

»Falsch? Gar nichts. Geradezu kriminell dämlich ist es vielleicht, unglaublich egoistisch, lächerlich destruktiv. Aber nicht direkt falsch, nein.«

»Tom, ich weiß nicht, wovon du redest.«

»Carlton ist für mich verloren, aber begreifst du denn nicht, dass es Firmen gibt, die vielleicht erwägen, zu uns zu kommen? Oder aber auch Kunden, die erwägen, zu einer anderen Agentur zu wechseln, in Anbetracht der ziemlich unglückseligen Ereignisse der letzten Tage?«

»Ja, und?«

»Oh, nun ja, die könnten vielleicht den Umstand, dass meine Frau weiter öffentlich gegen mich mobil macht, als nicht gerade Vertrauen erweckend empfinden. Herrgott noch mal, Octavia, manchmal frage ich mich, ob du überhaupt einen Funken Verstand besitzt.«

»Ach ja? Wie interessant, Tom. Ich meine, es ist ja wirklich schrecklich, was ich da tue. Ich will einen Wald retten, einen kleinen Teil der Landschaft davor bewahren, zubetoniert zu werden. Viel schlimmer, klar, als eine Affäre zu haben, mich anzulügen, mich zu betrügen ...«

»Ach, halt doch den Mund. Zumindest habe ich den Anstand, zuzugeben, dass ich mich falsch verhalten habe, ich habe mich reuig gezeigt. Ich gebe es nicht als Idealismus aus.« Seine Augen funkelten feindselig. »Ist dir eigentlich klar, was du da tust, Octavia? Du zerstörst mich, beruflich und finanziell, und unsere Familie und ihre finanzielle Grundlage zerstörst du dabei gleich mit. Warum um alles in der Welt kannst du nicht –«

»Ich finde, *du* solltest den Mund halten«, zischte sie. »Ich gebe mir die größte Mühe, dich nicht zu zerstören. Ich habe mich befleißigt, dafür zu sorgen, dass mein Vater nichts von deiner erbärmlichen kleinen Affäre erfährt, weil er sonst vielleicht seine Meinung ändern und dir kein Geld leihen könnte. Gütiger Himmel, Tom, glaubst du etwa, das ist mir leicht gefallen?«

»Dieses Thema sollten wir wohl besser nicht vertiefen«, sagte er. »Ich sehe wenig Sinn darin, dieses Gespräch weiterzuführen. Wenn du mich zerstören willst, Octavia, nur zu. Ich gehe nach oben, ich muss arbeiten. Aber sei nicht überrascht, wenn es mit deinem ach so bequemen, verhätschelten Leben plötzlich vorbei ist.«

Auf der Autobahnraststätte Reading hielten Mick Rice und seine Freundin Jackie an, um das Motorrad aufzutanken, einen Kaffee zu trinken und Pommes zu essen.

»Wo sollte der Brief noch mal hin?«, fragte Jackie.

»In die City. EC4. Danach können wir gleich in die Clubszene abtauchen. Ich werd echt gut bezahlt dafür. Ist unheimlich dringend, meinte sie. Klasse Frau. Sie tat mir richtig Leid.«

»Wieso?« Jackies Stimme klang undeutlich, da sie gerade den Mund voller Pommes hatte. »Hat sie dir was erzählt?«

»Nee«, sagte Mick. »Musste sie auch nicht. Sie hat furchtbar geheult.«

26. Kapitel

»O MEIN GOTT«, SAGTE Octavia und legte auf. »Gütiger Gott.«

Sarah Jane, die bei ihr im Büro gewesen war, als das Telefon klingelte, sah sie bestürzt an. »Alles in Ordnung, Octavia? Sie sind ja ganz bleich. Ist etwas mit Gideon?«

»Nein«, antwortete sie mit großer Anstrengung. »Nein, dem geht's gut. Aber – ich muss zu meinem Vater. Wir treffen uns im Hyde Park Hotel. Könnten Sie Melanie Bescheid sagen?«

»Selbstverständlich.«

Charles Madison hatte endlich daran gedacht, gefütterte Umschläge zu kaufen. Nach dem Frühstück ging er in Annas Zimmer, wählte die hübschesten Stücke aus ihrer Taschentuchkollektion aus, ein halbes Dutzend, steckte sie in einen Umschlag und schrieb eine Karte an Octavia dazu. Obwohl er natürlich nicht weniger trauerte, ging es ihm etwas besser. Sicher würde er bald wieder ins Büro gehen können.

Auch Louise schien es besser zu gehen. Sie sah ganz rosig aus, begann aufzublühen. Dieses Baby war wirklich ein wahrer Segen.

»Also, ich frage dich noch einmal, Octavia. Ist es wahr?«

»Ja. Ich fürchte, ja.«

»Am liebsten«, sagte Felix Miller ganz ruhig, »würde ich ihm bei lebendigem Leibe die Haut abziehen.«

»Papa, ich –«

»Dich auf so gemeine Weise zu betrügen. Und dann zu mir zu kommen und um Geld zu bitten. Es ist widerwärtig. Nun, ich muss sagen, überraschen tut es mich nicht.«

»Nein?« Sie sah ihn mit matten Augen an. Genau davor hatte sie sich am meisten gefürchtet, vor dieser entsetzlichen Selbstzufriedenheit. Jetzt würde er sich in der Gewissheit sonnen, dass er im Recht gewesen war: Sie hatte einen Fehler gemacht, Tom war nicht gut genug für sie, Tom taugte nichts. Es war eine Sache, zu wissen, dass er sie betrogen hatte, dass er ein Lügner war und sich diesem Wissen in ihrem tiefsten Inneren zu stellen, aber etwas ganz anderes, es gesagt zu bekommen, es ausgesprochen zu hören. Und das ausgerechnet von ihrem Vater, der sie für vollkommen hielt. Und jetzt würde er erkennen, dass der Rest der Welt diese Ansicht nicht teilte, dass ihr eigener Mann sie so unvollkommen fand, dass er außerhalb der Ehe nach Ablenkung suchte, mit einer anderen Frau schlafen wollte, die intime Gesellschaft einer anderen Frau suchte. Es war eine frische und sehr schmerzliche Demütigung. Sie fühlte sich herabgewürdigt, eine Enttäuschung auf der ganzen Linie.

»Mein Herzblatt.« Er legte seine Hand auf die ihre. »Wie lange weißt du es schon?«

»Ein paar Wochen.«

»Wochen! Und du hast weiter so getan, als wäre alles bestens, sogar mir gegenüber?«

»Ich wollte dich nicht beunruhigen.«

»Aber mein liebes Kind! Dafür bin ich doch da, dir die Sorgen abzunehmen. Dafür bin ich doch immer da gewesen. Der Gedanke ist mir unerträglich, dass du all das allein durchgestanden hast. Ich fühle mich besser, wenn ich dir helfen kann, dich trösten. Alles wieder in Ordnung bringen.«

»Papa, du kannst nicht immer alles für mich in Ordnung bringen.«

»Aber ich kann es versuchen. Erinnerst du dich, damals, als deine Mitschülerinnen so gemein zu dir waren? Du hast gesagt, es würde alles nur noch schlimmer machen, wenn ich zur Direktorin ginge. Du hattest Unrecht. Danach wurde es doch besser, nicht wahr?«

»Oh. Ja.« Sie schauderte bei der Erinnerung. Natürlich war es nicht besser geworden. Die betreffenden Mädchen hatten sich furchtbar gerächt, allen verboten, auch nur ein Wort mit ihr zu wechseln, Feiern organisiert, zu denen alle eingeladen wurden außer ihr. Sie hatten ihr Briefe mit der Post geschickt, die sie für Einladungen halten musste, und wenn sie sie mit zitternden Händen öffnete, las sie nur: »Nächsten Samstag findet eine Party statt. Pech, Fettkloß, aber du bist nicht eingeladen.«

»Ich habe dir doch immer geholfen, nicht wahr?«, sagte ihr Vater, und sie schaute ihn wie betäubt an, aus der Erinnerung an vergangenes Elend in ihr heutiges Elend zurückgerissen. »Ja, natürlich. Ja, du hast mir immer geholfen.«

»Das werde ich auch jetzt tun. Ich werde dich für alles entschädigen. Aber zuallererst werde ich mal ein Wörtchen mit Tom wechseln.«

»Vater, bitte nicht. Das sollst du nicht.« Das Herz schlug ihr bis zum Hals.

»Octavia, wenn du glaubst, ich lasse das unkommentiert, irrst du dich aber gewaltig. Ich bin empört, dass er mich um Geld angegangen ist, obwohl er dich betrügt. Und damit mich. Der Mann hat keinerlei Moral. Und kein Ehrgefühl. Ich nehme an, er wohnt noch bei euch? Oder hat er den Anstand besessen, auszuziehen?«

»Nein, aber –«

»Genau das, was ich von ihm erwartet hätte. Gütiger Gott, wenn ich bedenke ...« Er hielt unvermittelt inne. »Wusstest du es schon, als wir in Ascot waren? Warst du deshalb so unglücklich?«

»Ja.« Octavia schauderte bei der Erinnerung. »Ja.«

Er seufzte und sah sie an. »Weiß noch jemand Bescheid? Irgendjemand?«

»Nein«, sagte sie rasch. »Niemand. Und ich will auch nicht, dass sonst jemand es erfährt. Ich könnte es einfach nicht ertragen.«

»Und du weißt nicht, mit wem ...«

»Nein. Und er will es mir nicht sagen.«

»Na, irgendeine vulgäre, kleine Nutte vermutlich. Natürlich willst du die Scheidung.«

»Das weiß ich noch nicht«, erwiderte sie und stellte zu ihrer Überraschung fest, dass das stimmte.

»Aber das ist doch lächerlich! Selbstverständlich wirst du dich scheiden lassen. So bald wie möglich. Mach dir keine Gedanken wegen der Kosten, dafür komme ich schon auf. Gott, wie gern ich den Mann an den Bettelstab bringen würde.«

»Aber er sagt, es ist vorbei, und –«

»Und du glaubst ihm? Octavia, du musst ihm die Stirn bieten. Lass alle sehen, dass du –«

»Aber genau das ist doch der Punkt! Ich will nicht, dass alle es erfahren. Begreifst du denn nicht, wie demütigend das für mich ist? Ich fühle mich wie eine Versagerin, eine erbärmliche, elende Niete ...«

Sie begann zu weinen, an der Bar des Hyde Park Hotels, und ihr Vater legte den Arm um sie, wischte ihr zärtlich die Tränen ab, tröstete sie in ihrem Schmerz.

»Na, na, komm«, sagte er. »Ich bin ja hier, ich werde deine Kämpfe für dich ausfechten. Dein alter Vater macht das schon. Komm, putz dir die Nase, so ist's gut. Braves Mädchen.«

Er genießt das, dachte Octavia, er genießt es, mich zurückzuhaben, der weiße Ritter zu sein, der den Drachen für mich tötet. Unter anderem wegen dieser Reaktion hatte ihr so davor gegraut, dass er es erfuhr. Und dann wurde ihr mit Schrecken klar, dass sie eine ganz entscheidende Frage noch gar nicht gestellt hatte. Ihre Tränen versiegten und sie fragte: »Papa, woher weißt du es? Wer hat es dir erzählt?«

Zoe betrachtete den Umschlag, in dem die hundert Pfund lagen. Sie hatten in der Küche nach einem Büchsenöffner gesucht (für eine Dose Pfirsiche, die, wie Ian sagte, sehr gut zu der Eiscreme mit Rum und Rosinen passen würden, die sie in der Gefriertruhe entdeckt hatten). Zoe, die nach ihrem extrem verausgabenden Liebesspiel erschöpft und hungrig gewesen war, hatte ebenfalls Appetit darauf gehabt. Ziemlich bekifft war sie auch gewesen, nach dem echt guten Dope, das sie geraucht hatten.

In der Küchenschublade hatte ein Umschlag gelegen, auf dem »Mrs Kendall« stand, und darin waren hundert Pfund in Zehnpfundnoten. Der Umschlag war noch nicht mal zugeklebt gewesen. Auf einem Zettel stand: »Das sollte für die drei Wochen reichen, aber wenn Sie Putzmittel kaufen müssen, legen Sie es erst mal hiervon aus. Vielen Dank. Josie.«

»Ehrlich«, bemerkte Ian, der ihr über die Schulter blickte, »ihr Typen habt echt mehr Geld als Verstand.«

»Was meinst du mit ›uns Typen‹?«, wollte Zoe wissen.

»Ihr piekfeinen Typen. Leute, die Putzfrauen und so haben. Man stelle sich das vor – ihr einfach zu vertrauen. Gibt ihr alles im Voraus. Wir haben diese Putzfrau nicht ein einziges Mal zu Gesicht gekriegt.«

»Sicher ist sie nicht gekommen, solange die Handwerker hier waren.«

»Nee, sie haben gesagt, es kommt jemand, um zu bügeln, die Blumen zu gießen und so. Leg es lieber zurück, Zoe.«

Aber sie hatte es nicht zurückgelegt. Sie hatte es heimlich in ihre Handtasche gesteckt. Es war schließlich nur ein Darlehen. Freitag würde ihr Taschengeld auf dem Konto sein und ihr finanzieller Engpass wäre überwunden. Null problemo.

»Du hast einen anonymen Brief bekommen? In dem stand, dass Tom eine Affäre hat?«

Noch ein anonymer Brief. Gütiger Gott. Aber warum sollte sie es Felix erzählen, was sollte das bringen?

»Marianne, ich finde deine Reaktion ein wenig verwirrend«, bemerkte Felix. »Ich hätte gedacht, der Inhalt des Briefes sei wichtiger als die Form.«

»Nein, eigentlich nicht. Ich meine, natürlich ist es eine ernste Sache, wenn Tom eine Affäre hat – aber Felix, wer tut denn so was? Warum sollte jemand dir diese Information zukommen lassen?«

»Marianne, ich bin Octavias Vater. Das geht mich schon etwas an, findest du nicht? Ich fühle mich schon den ganzen Tag ganz elend. Sie tut mir so Leid.«

»Ja, natürlich«, erwiderte Marianne ruhig. Er sah schrecklich aus, ganz mager und verfallen, als sei er derjenige, der gedemütigt und betrogen worden war. Nun, bestimmt würde er es auch so empfinden.

»Wissen wir, wer es ist? Wer sie ist?« Vielleicht war es mittlerweile bekannt, vielleicht wurde sie ja aus ihrem moralischen Fegefeuer erlöst.

»Nein. Tom will es Octavia nicht sagen. Will wohl die Frau schützen. Und weißt du was? Er hatte doch tatsächlich die Stirn, zu mir zu kommen und um finanzielle Unterstützung zu bitten. Für seine Agentur. Obwohl er meine Tochter betrogen hat. Unglaublich.«

Tom musste in einer absolut verzweifelten Lage sein, dachte sie, wenn er Felix um Geld bat.

»Es ist also wahr«, sagte sie, ohne nachzudenken.

»Was denn?«

»Oh, dass seine Agentur in Schwierigkeiten steckt.«

»Woher zum Teufel weißt du das?« Felix starrte sie an.

»Ich – ich war mit Nico Cadogan essen.«

»Du warst mit Nico Cadogan essen? Und warum, wenn ich fragen darf?«

»Er hat mich eingeladen.«

»Verstehe. Und du hast die Einladung angenommen. Ohne mich vorher zu fragen?«

»Felix, ich hatte ja keine Ahnung, dass ich um Erlaubnis

bitten muss, bevor ich eine Einladung zum Mittagessen annehme.«

»Marianne, spiel keine Spielchen mit mir.«

Sie machte den Mund auf, um zu sagen, dass sie keine Spielchen spielte, schwieg aber. Natürlich tat sie das, und es war eine Beleidigung für ihn, etwas anderes vorzugeben.

»Verzeih«, sagte sie ruhig. »Ich hätte es dir sagen sollen.«

»Ja, das hättest du. Aber darüber will ich jetzt gar nicht reden. Was ich nicht begreife, ist, wieso ihr euch ausgerechnet über Tom Flemings PR-Agentur unterhalten habt.«

»Nico ist ein Kunde von Tom.«

»Ja. Ich muss dafür sorgen, dass sich das schleunigst ändert.«

»Felix! Das kannst du nicht machen! Was Tom Octavia auch angetan haben mag, seine Kunden sind seine Sache. Wenn er sie gut berät, ist es doch wohl an ihnen, zu entscheiden, ob sie bei ihm bleiben wollen oder nicht.«

Felix starrte sie an.

»Ich kann es kaum glauben, dass du für möglich zu halten scheinst, irgendein Freund von mir würde jetzt noch etwas mit Tom Fleming zu tun haben wollen. Nach allem, was er meiner Tochter angetan hat. Selbstredend wird Cadogan zu einer anderen Agentur wechseln.«

»Ich glaube, da irrst du dich. Aber es spielt ja keine Rolle, was ich denke.«

»Aber natürlich spielt es eine Rolle. Ich finde deine Sichtweise ziemlich bestürzend.« Felix' Miene hatte sich verfinstert. »Nun, jedenfalls, wie hat Nico denn erfahren, dass die Agentur Probleme hat?«

»Nico hat gestern Morgen eine Art Memo bekommen, genau wie alle übrigen Kunden von Tom. Darin stand, die Agentur stehe kurz vor dem Bankrott und sie wären gut beraten, zu einer anderen Agentur zu wechseln. Das Memo war ebenfalls anonym. Es scheint also ...«

»Und das hast du mir nicht erzählt?«

»Felix, ich wollte ja. Aber du hast aufgelegt, praktisch mitten im Satz. Ich war davon ausgegangen, dass Tom es dir bei eurem Gespräch erzählt hat. Und seitdem haben wir uns nicht mehr gesehen. Du hast mich in letzter Zeit nicht gerade mit Aufmerksamkeit überschüttet.«

»Gütiger Gott«, stieß Felix hervor. »Der Mann begeht nicht nur Ehebruch, er ist auch noch ein Schwindler. Versucht, mir Geld aus der Tasche zu locken, obwohl – Herrgott noch mal! Und wieso hat Cadogan mir kein Wort davon gesagt? Ein derartig illoyales Verhalten hätte ich ihm nie zugetraut.«

»Aber Felix, Nico ist Toms Kunde, nicht deiner. Tom hat ihm gute Dienste geleistet.«

»Du scheinst ja ziemlich viel über Nico Cadogans Geschäfte zu wissen. Offenbar hat er die ganze Sache mit dir durchgesprochen. In aller Ausführlichkeit.« Felix starrte sie an. »Wie viel hast du gewusst, Marianne? Und mir verschwiegen?«

»Ach Felix, nun mach dich doch nicht lächerlich! Du tust ja gerade so, als wäre es eine Verschwörung.«

»Genau so kommt es mir vor. Wie eine Verschwörung. Gegen mich. Gegen mich und meine Tochter. Aber ich werde dafür sorgen, dass Tom dafür bezahlt. In jedem Sinn des Wortes. Und mit seiner Agentur fange ich an.«

»Oh, Felix, bitte sei vorsichtig. Das klingt sehr ... destruktiv.«

»Destruktiv? Aber selbstverständlich. Ich habe vor, Tom Fleming zu zerstören, mit allen Kräften.«

»Auch seine Ehe?«

»Marianne, das hat er selber erledigt.«

»Nicht ganz.« Marianne stand auf und griff nach ihrer Handtasche. »Misch dich da nicht ein, Felix. Es geht dich nichts an, es geht dich überhaupt nichts an. Octavia ist mit Tom verheiratet. Nicht mit dir. Sie ist eine erwachsene Frau, Felix, wann wirst du das endlich begreifen? Sie ist kein Kind mehr, sie ist nicht länger dein Eigentum. Lass sie in Ruhe. Sie und ihre Ehe. Um Gottes willen, lass sie doch endlich in Ruhe!«

Aubrey ging in Toms Büro. Er hatte zwei Gläser und eine Flasche Chivas Regal dabei.

»Komm, alter Junge. Wird dir gut tun. Wird uns beiden gut tun.«

Toms Augen waren gerötet und er sah erschöpft aus. Erschreckt wurde Aubrey klar, dass er geweint haben musste.

»Aubrey, es tut mir Leid. Es tut mir so Leid.«

»Ach komm, Tom, mit Selbstgeißelungen ist niemandem gedient. Es ist doch nicht deine Schuld.«

»Doch, natürlich ist es meine Schuld. Ich habe alle im Stich gelassen, die Firma, dich, Octavia, die Kinder. Ich bin ein Trottel, ein erbärmlicher, gottverdammter Trottel. Was habe ich nur getan, Aubrey, wie konnte ich nur so blöd sein?«

»Dich auf diese Affäre einzulassen, meinst du?«

»Ja«, sagte Tom ruhig. »Mich auf diese Affäre einzulassen. Diese abscheuliche Affäre. Er war so gemein, so unflätig. Felix Miller, meine ich. Ich habe es verdient, ich weiß, aber es war einfach unsagbar. Er würde uns kein Geld leihen, hat er gesagt, ich hätte überhaupt kein Recht, ihn darum zu bitten. Habe ich wohl auch nicht. Aber dann legte er los. Er hat mir alle erdenklichen Schimpfwörter an den Kopf geworfen. Der Mann muss das Wörterbuch bei Ehebruch aufgeschlagen haben. Gott, mir war physisch übel, als ich das hörte. Ich habe aufgelegt, als er behauptete, ich sei kein passender Umgang für meine Kinder. Das war eine Beleidigung zu viel. O Gott, Aubrey, was soll ich nur tun?«

»Ich weiß es nicht«, sagte Aubrey schlicht. »Möchtest du darüber reden?«

»Ich kann nicht. Es ist zu abscheulich. Es wäre nicht fair dir gegenüber.«

Und dann erzählte er ihm alles, detailliert und mit einiger Ausführlichkeit.

Als Marianne nach Hause kam, war eine Nachricht von Nico Cadogan auf dem Anrufbeantworter.

Sie rief ihn zurück. Und nahm nicht nur seine Einladung zum Essen an, sondern stimmte zu, am Samstag mit ihm aufs Land zu fahren und ein Haus in der Nähe von Marlborough anzusehen, das er eventuell kaufen wollte. »Und dann könnten wir dort zu Abend essen. Wie finden Sie das?«

Marianne, die wusste, wie das enden würde, sagte, das müsse sie sich noch überlegen; aber das Haus würde sie sich sehr gerne ansehen.

»Na, ich werde für alle Fälle einen Tisch reservieren.«

»Nico, ich ...«

»Ja?«

»Ach, nichts.«

Sie hatte ihn vor Felix warnen wollen, ihm sagen, wie wütend er wegen Tom war, in was für einer gefährlichen Stimmung er sich befand, aber sie konnte ihre Gedanken und Ängste in keine logische Ordnung bringen. Und Nico war zweifellos ein Mann, der auf sich selbst aufpassen konnte. »Nein«, sagte sie, »nein, es ist nichts.«

»Na gut, rufen Sie mich an, wenn Sie es sich anders überlegen. Gute Nacht, Marianne.«

Octavia machte sich gerade eine Tasse heiße Milch, als Toms Taxi vorfuhr. Er kam in die Küche und ließ sich auf einen Stuhl niedersinken. Er sah erschreckend aus. Offenbar hatte er getrunken, aber er wirkte seltsam ernst und nüchtern.

»Ich habe es ihm nicht erzählt«, sagte sie. »Ich möchte, dass du das –«

»Ich weiß. Er hat einen Brief bekommen.«

»Ja. Du weißt nicht, wer den geschickt haben könnte?«

»Darüber will ich nicht reden.«

»Nein, ich habe mich nur gefragt, ob – na ja, die anderen Briefe, die Memos, ob die vielleicht ebenfalls ...«

»Nein«, versetzte er scharf. »Das ist unmöglich. Jedenfalls war dein Vater nicht gerade zufrieden mit mir«, fügte er hinzu und der Schatten eines Lächelns flog über sein Gesicht. Sie fand es seltsam anrührend, dass er Witze darüber machen konnte.

»Nein, das kann ich mir vorstellen.«

»Du hast also mit ihm gesprochen?«

»Ja, heute Vormittag.«

»Hat er dich aufgefordert, hier auszuziehen? Nach Hause zurückzukehren?«

»Er – hat es vorgeschlagen«, sagte sie mit einem schwachen Lächeln.

»Und?«

»Natürlich werde ich das nicht tun. Hier ist mein Zuhause.«

»Ich bin froh, dass du das so siehst«, sagte er und plötzlich vergrub er den Kopf in den Armen und begann zu weinen.

Octavia sah ihn bestürzt an. Bestürzt, weil er so außer sich war – und weil sie bei seinem Anblick Zärtlichkeit, Traurigkeit und Mitleid empfand. Wieso diese Reaktion? Wie konnte sie bloß den Wunsch haben, die Arme um ihn zu legen, ihn zu trösten, seine Tränen zu trocknen? Was auch immer der Grund sein mochte, sie konnte nicht anders: Sie stand auf, legte ihm die Hand auf die Schulter und küsste ihn auf den gebeugten Kopf.

»Es tut mir Leid«, sagte er, bedeckte ihre Hand mit seiner und blickte zu ihr auf, das Gesicht zermartert. »Es tut mir so Leid. Alles. Ich schäme mich so.«

»Er hat dir kein Geld gegeben, nehme ich an.«

»Octavia, er hat keinen Zweifel daran gelassen, dass er alles daransetzen wird, mich zu vernichten.«

Sie schwieg, stand nur da und blickte auf ihn hinunter.

»Wir sind zahlungsunfähig«, fuhr er nach einer Weile fort. »Wir werden einen Insolvenzantrag stellen müssen. Dein Vater war die letzte Hoffnung. Ich – ich weiß nicht genau, wie du gestellt sein wirst. Du und die Kinder. Das Haus wird zwangsversteigert und ich werde vollkommen mittellos sein. Ich habe nirgendwo mehr Kredit. Das sind die Fakten.«

Sie fühlte sich ganz krank, entsetzt über die Rolle, die sie in dieser kleinen, traurigen Geschichte gespielt hatte. Sie hatte Rache nehmen wollen und ihre Rachsucht als Prinzipientreue ausgegeben. Nicht schön, gar nicht schön.

»Es tut mir Leid«, sagte sie. »Wegen Michael Carlton und allem ...«

»Ach, wir hatten schon lange vorher die Bodenhaftung verloren. Ich kann nicht behaupten, dass dein Verhalten sonderlich hilfreich war. Aber – Schnee von gestern, wie Aubrey sagen würde.«

»Wie geht es Aubrey?«

»Er war einfach großartig. Kein Wort des Vorwurfs.«

»Aber Tom, es kann doch nicht allein deine Schuld sein.«

»Nein, war es nicht. Aber zum größten Teil schon, fürchte ich.«

Plötzlich blickte er zu ihr auf, die Augen voller Gefühl.

»Ich liebe dich immer noch, weißt du«, sagte er. »Ich bitte dich nicht, mir zu vergeben, ich kann noch nicht einmal verlangen, dass du mich anhörst. Aber – ich liebe dich.«

»Bitte sag das nicht. Bitte sag nicht, dass du mich liebst. Es tut furchtbar weh. Weil es einfach nicht wahr sein kann, Tom. Deshalb klingt es ... schrecklich für mich.«

»Ja, ich verstehe«, sagte er.

Danach ging sie ins Bett, lag lange wach und versuchte zu entscheiden, wie viel vergeben werden konnte, wie stark eine Ehe sein musste, um so einen furchtbaren Schlag zu überleben, wie Tom ihn ihr versetzt hatte, ob Liebe, die in Hass umgeschlagen war, je wieder zu Liebe werden konnte. Sie schlief ein, bevor sie auch nur andeutungsweise eine Antwort gefunden hatte.

27. Kapitel

»WAS HABEN SIE DA gesagt?«

Vanessa Dawson blickte ihren Arbeitgeber erschreckt an. Er war ganz rot im Gesicht, eine Ader pochte auf seiner Stirn, er war weiß um die Lippen und sein Atem ging sehr schnell.

»Gloucester? Der Brief wurde in Gloucester abgestempelt? Warum zum Teufel haben Sie mir das nicht längst gesagt?«

»Tom«, sagte Vanessa und ihre Besorgnis verflüchtigte sich rasch, »das habe ich ja versucht. Gleich nach Mr Duttons Anruf. Sie sagten, Sie wollten jetzt nicht gestört werden, es sei denn, die Bank von England würde mit hundert Riesen winken. Jeden Morgen habe ich eine Liste mit Telefonnotizen auf ihren Schreibtisch gelegt, die ich jeden Abend unter Papierbergen begraben vorfand. Es ist wohl kaum meine Schuld, wenn Sie sich heute zum ersten Mal seit Freitag herablassen, das Wort an mich zu richten.«

»Ja, schon gut, schon gut. Verbinden Sie mich jetzt bitte mit Mike Dutton.«

Mike Dutton sagte, ja, der Brief sei eindeutig in Gloucester abgestempelt. »Ich habe den Umschlag aufbewahrt. Sie können ihn haben, wenn Sie wollen.«

»Äh, ja. Ja, bitte, schicken Sie ihn her, wenn es Ihnen nichts ausmacht. Vielen Dank.«

Vanessa hörte, wie er ein zweites Telefonat führte. Er sprach sehr leise und eindringlich. Dann stand er in der Tür. »Vanessa, ich muss weg. Es kann etwas dauern.«

Normalerweise war Octavia schon lange im Büro, wenn der Postbote kam, aber heute war Gideon mürrisch und reizbar,

Poppy nölte und Minty schrie ununterbrochen. Caroline war eindeutig kurz davor, selbst loszuheulen. Octavia sah sie an. Einen Zusammenbruch ihrer Kinderfrau konnte sie jetzt überhaupt nicht gebrauchen.

»Hören Sie, Caroline, ich bleibe noch und lese Gideon etwas vor. Gehen Sie doch mit Poppy und Minty zu Sainsbury und besorgen Sie uns etwas Nettes zum Mittagessen.«

Sie war mitten im ersten Kapitel des *Kleinen Hobbit*, als es an der Tür klingelte. »Die Post, Mrs Fleming«, rief Mrs Donaldson. »Ein Päckchen, Sie müssen unterschreiben.«

»Ich komme.«

Das Päckchen, eine eingeschriebene Sendung, war an sie adressiert. Handschriftlich.

Sie öffnete den Umschlag und zog eine Karte von Charles Madison heraus. Natürlich, jetzt erkannte sie seine ordentliche, altmodische Handschrift. Und dann schlug sie das Seidenpapier auseinander. Sechs Taschentücher. Sehr hübsche Spitzentaschentücher, manches schöne, alte Stück dabei. Annas Taschentücher. Annas. Anna, die ...

Vollkommen reglos stand Octavia da und starrte die Taschentücher von Louises Mutter an. Und dachte an das Taschentuch, das diesen so sehr glich, sagte sich wieder und wieder, dass es nichts zu bedeuten hatte, dass es einfach nichts zu bedeuten haben konnte ...

Es war eine Erleichterung, ins Büro zu fahren. In ihr normales, geordnetes Büro mit seinen festen Regeln. Sie war naturgemäß mit der Arbeit im Rückstand, auf ihrem Schreibtisch stapelten sich Akten- und Postberge, größtenteils mit erklärenden Notizen von Sarah Jane. Keine Zeit, über Taschentücher nachzugrübeln, über ihren Vater, keine Zeit, an Gabriel Bingham zu denken.

Marianne erwachte mit einem Gefühl böser Vorahnung. Sie

lag im Bett und dachte über die Tom-und-Octavia-Affäre nach, betrachtete die Sache von allen Seiten. Sie musste etwas unternehmen. Als Erstes würde sie die Verabredung mit Nico absagen. Von allem anderen mal abgesehen – Felix würde sie in den nächsten Wochen brauchen. Sie würde ihn trösten müssen. Und bremsen. Sie schauderte bei dem Gedanken, was er anrichten könnte, wenn niemand ihn zurückhielt. Vielleicht würde sie nicht viel erreichen können, aber versuchen musste sie es zumindest.

Nico war nicht da. Sie hinterließ eine Nachricht und beschloss dann, Octavia zu besuchen. Sie rief sie im Büro an, aber ihre Sekretärin sagte, Mrs Fleming hätte heute einen Termin nach dem anderen, auch zum Lunch, doch sie würde ihr bestimmt ausrichten, dass Mrs Muirhead angerufen hätte. Und ja, sie würde betonen, dass es dringend sei.

Zwei Stunden später hatte Octavia noch immer nicht zurückgerufen. Offensichtlich hielt sie Marianne für nicht so wichtig wie ihre Termine. Da sie auch von Felix, den sie angerufen hatte, einen ziemlich mickrigen Olivenzweig im Schnabel, eine Abfuhr kassiert hatte – »Tut mir Leid, Marianne, aber ich kann jetzt unmöglich mit dir reden« –, hatte sie von der Familie Miller genug. Und empfand eine schuldbewusste Erleichterung, weil sie die Verabredung mit Nico noch nicht abgesagt hatte.

Das Telefon klingelte. Es war Felix.

»Marianne? Hör zu, wir waren ja heute zum Essen verabredet, aber das muss ich absagen. Ich habe einen Termin bei meinem Anwalt, wegen Octavia.«

»Felix, bitte, engagier dich da nicht zu sehr ...«

»Entschuldige, Marianne, aber ich bin deine Einstellung in dieser Sache mittlerweile ziemlich leid. Ich habe noch kein einziges Wort des Mitgefühls für Octavia von dir gehört, kein Wort der Loyalität. Ich finde das erschreckend.«

»Felix –«

Aber er hatte bereits aufgelegt. Sie war tief verletzt.

Gegen fünf hatte Octavia das Gefühl, bereits eine ganze Woche durchlebt zu haben. Bevor sie nach Hause fuhr, beschloss sie, Louise anzurufen, um ihr Gewissen zu beruhigen. Es war albern, schließlich wusste Louise nicht, welchen abscheulichen Verbrechens Octavia sie verdächtigt hatte. Sie hatte versucht, Marianne zurückzurufen, aber die war nicht zu Hause. Offenbar doch nicht so dringend.

Louise war irgendwie sonderbar, ziemlich überdreht.

»Hexchen, hallo. Ich bin froh, dass du anrufst. Ich fahre für ein paar Tage weg, mit Dickon. Nach Frankreich. Sandy hat gerade angerufen und gefragt, ob wir nicht hinkommen wollen, und ich dachte, warum eigentlich nicht?«

»Das wird dir sicher gut tun. Mal für ein paar Tage wegzukommen.«

»Ja, das Gefühl habe ich auch. Weg von dem ganzen Druck. Und, ist mit dir alles in Ordnung?«

»Ja. Ja, alles bestens, danke.«

»Wie geht es Tom?«

»Furchtbar schlecht.«

»Gut«, sagte Louise kurz. Es ließ Octavia fast frösteln, dieses kurze Wörtchen.

»Und, irgendwas Neues vom Engel Gabriel?«

»Äh – nein.«

»Bist du in ihn verliebt?«

»Ich glaube nicht, dass ich schon so weit bin. Gestern Abend, als ich mit Tom über seine Probleme gesprochen habe, fühlte ich mich schrecklich schuldig. Ich habe eindeutig dazu beigetragen, seiner Agentur den Todesstoß zu versetzen.«

»Mit dieser Bartles-Wood-Sache, meinst du?«

»Ja. Und jetzt ist es noch schlimmer. Ich meine, wenn er wüsste, dass ich – na ja, du weißt schon ...«

»Dass du mit dem Abgeordneten des Wahlkreises geschlafen hast! Den du in Bartles Wood getroffen hast! Tolle Geschichte, Hexchen.«

»Louise, ich habe nicht gesagt, dass ich mit ihm –«

»Aber du hast mit ihm geschlafen, oder? Komm schon, mir kannst du doch nichts vormachen.«

»Louise, ich – ja, habe ich. Aber, hör mal, das bleibt doch unter uns, oder?« Warum sagte sie das jetzt? Warum nur?

»Was willst du damit andeuten?« Die samtene Stimme klang plötzlich härter, direkt empört. »Du wirst doch wohl nicht glauben, dass ich das weitererzählen würde. Ich dachte, wir sind Freundinnen. Beste Freundinnen, für alle Ewigkeit, Amen.«

»Ja. Ja, natürlich sind wir das. Verzeih. Ich fühle mich nur so – verwundbar. Und schuldig. Unter anderem wegen Gabriel.«

»Das solltest du nicht. Tja, leb wohl, Hexchen. Und versuch, nicht zu vergessen, wie gern ich dich habe.«

Ein irgendwie sonderbarer Satz, fand Octavia.

Sie las Gideon gerade etwas vor, als Tom nach Hause kam.

»Da ist Papa«, meinte sie zu Gideon. »Bestimmt wird er gleich dieses vermaledeite Computerspiel mit dir ...«

Tom stand in der Tür, totenbleich im Gesicht, die Augen matt, erfüllt mit etwas Dunklem und Hässlichem.

»Ich will mit dir reden. Komm nach unten, Octavia. Sofern du dich von deinen ach so geliebten Kindern losreißen kannst. Gideon, ich spiele später mit dir, das verspreche ich.«

»Ich bitte Caroline, dir ein Video zu holen«, erklärte sie rasch. Plötzlich verspürte sie eine tiefe, herzbeklemmende Angst.

Charles Madison beendete gerade ein frühes Abendessen, als es klingelte. Fluchend ging er zur Tür. Louise stand davor, ihren kleinen Sohn an der Hand.

»Papa«, sagte sie, »Papa, verzeih, aber ich fühle mich ganz furchtbar. Ich kann es einfach nicht länger ertragen. Ich weiß, ich sollte stark sein, um deinetwillen, aber –«

»Ach, mein Schatz. Kommt doch rein. Dickon, geh schon mal zu Janet in die Küche, sie hat einen leckeren Apfelkuchen gebacken.«

»Ist Mama ...« Dickon war sehr bleich.

»Deiner Mama fehlt nichts. Sie ist nur müde und ein bisschen traurig, wegen Oma. Natürlich könnt ihr ein paar Tage bleiben. Es wird ihr im Handumdrehen wieder besser gehen.«

Er brachte seine Tochter nach oben.

»Leg dich hin, Liebes, ich hole den Arzt.«

»Nein. Nein, ehrlich, das ist nicht nötig. Ich brauche nur etwas Ruhe und Frieden. Wenn jemand anruft, sag doch bitte, dass ich nicht hier bin. Sag, ich sei in Frankreich bei Sandy.«

»Ja, gut, Liebes.«

»Auch wenn Octavia anruft. Sie deprimiert mich. Sie redet nur ständig über ihre Arbeit und darüber, wie schrecklich viel sie doch zu tun hat.«

»Ja, natürlich. Aber ich rufe jetzt besser Dr. Hodgen. Du siehst vollkommen erledigt aus. Du musst schließlich an das Baby denken.«

»Ja. Ja, ich weiß. Das habe ich schon den ganzen Tag getan, an das Baby gedacht ...«

»Ich wollte dich nur eins fragen.« Sie und Tom standen sich in seinem Arbeitszimmer gegenüber. »Hattest du vor zwei Jahren eine Abtreibung oder nicht?«

Es überlief sie kalt und ihr Magen schien sich umzudrehen.

»Ja, das hatte ich.«

»Und – wessen Kind war es?«

»Deins natürlich.«

Er hob die Hand und schlug ihr hart ins Gesicht.

Sie spürte es nicht, sie spürte gar nichts. Dann sagte sie: »Also sie war es. Es war Louise.«

Sie drehte sich um und lief aus dem Zimmer, aus dem Haus, und stieg in ihren Wagen.

Denn jetzt wusste sie mit absoluter Sicherheit, mit wem Tom sie betrogen hatte. Es kam ihr so vor, als hätte sie es die ganze Zeit gewusst. Er hatte seit Monaten eine Affäre mit Louise. Mit ihrer besten Freundin.

28. Kapitel

Das Haus in Cheltenham war dunkel. Octavia hämmerte gegen die Tür und rief Louises Namen. Nichts. Sie blickte auf die Uhr: gerade mal halb zehn. Wie war sie hierher gekommen? Sie konnte sich an nichts erinnern, an gar nichts, seit sie aus dem Haus gerannt war.

Was war mit ihrem Vater? Vielleicht war Louise bei ihm. Einen Versuch war es jedenfalls wert. Sie ging zum Wagen zurück und rief Charles Madison an.

»Nein, Octavia, sie ist nicht hier«, sagte er unbeholfen.

»Charles, sind Sie ganz sicher?«

»Ja. Sie ist nach Frankreich gefahren, zu Sandy.«

Die Dämmerung war hereingebrochen, das ultraklare Halblicht, das späten Sommerabenden eigen ist. Das Ganze kam ihr surreal vor, fast hatte sie das Gefühl, sich selbst in einem Film zu sehen, ohne eine Vorstellung davon, was geschehen würde, weshalb sie hergekommen war, was sie damit erreichen wollte. Sie wusste nur, dass sie Louise sehen musste, ihre Stimme hören, ihr Gesicht sehen, jetzt, wo sie mit Sicherheit wusste, dass sie mit ihrem Mann geschlafen hatte. Sex mit ihm gehabt, ihn gevögelt hatte. Louise, ihre beste Freundin, für alle Ewigkeit, Amen, Louise, die stets einen besonderen Platz in ihrem Herzen gehabt hatte, ihre Vertraute, Hüterin privater, intimer Geheimnisse. O Gott, was würde Louise mit dem letzten, gefährlichen Geständnis anfangen ... Ja, ich habe mit Gabriel geschlafen ...

Wie konnte Louise ihr so ruhig zuhören, ihr Fragen stellen, obwohl sie doch mit Tom gefickt hatte, ihn geküsst, sich mit ihm zusammen bewegt, ihn in ihren schönen, langen, schlanken, orgastischen Körper aufgenommen, vor Lust geschrien ... mit dieser einschmeichelnden, samtenen, giftigen Stimme ... Die Galle kam ihr hoch und gerade noch rechtzeitig erreichte sie die Hecke und übergab sich.

Endlich stieg sie wieder in den Wagen, lehnte müde den Kopf gegen das Lenkrad und fragte sich, ob sie die Kraft hatte, weiterzumachen, oder ob sie nicht doch lieber nach London zurückfahren sollte, um Tom gegenüberzutreten, sich allem zu stellen.

Das schrille Klingeln des Autotelefons ließ sie zusammenfahren.

»Ja?«, meldete sie sich müde.

»Wo bist du?«

Es war Tom.

»In Gloucestershire.«

»Octavia, fahr nicht zu ihr. Es wäre Wahnsinn. Bitte glaub mir ...«

»Tom, ich bin bereits zum Wahnsinn getrieben worden. Schlimmer kann es ja kaum werden.«

Sie legte auf und schaltete das Telefon aus.

»Warum hast du das getan?«, fragte Octavia. Sie saßen in ihrem Auto, sie und Louise, auf der Landstraße unterhalb von Rookston. Louise war ihr an der Haustür entgegengekommen und zumindest dafür bewunderte Octavia sie. Sie sah schrecklich aus.

»Ich konnte nichts dagegen machen«, sagte sie schlicht. »Ich habe mich in ihn verliebt. So habe ich noch nie empfunden. Es war –«

»Sag nicht, es war stärker als ihr. Herrgott, Louise, wie alt bist du eigentlich?«

»Sechsunddreißig. Genauso alt wie du. Das ist ja der Punkt. Die Zeit vergeht, nicht wahr? Wir haben nicht mehr viel Zeit, oder?«

»Oh, die biologische Uhr. Die alte Leier. Als Nächstes wirst du mir erzählen, du wolltest unbedingt noch ein Baby haben.«

»Nun, es stimmt. Das auch.«

»Aber du bist nicht schwanger? Von Tom? Bitte sag mir, dass zumindest das nicht wahr ist.«

Louise sah sie an. Ihre blauen Augen blickten matt und trübe. »Nein, ich bin nicht schwanger«, sagte sie endlich.

Trotz allem, trotz des Schmerzes, wurde ihr irgendwie leichter.

»Woher weißt du – dass ich es war?«, fragte Louise.

»Er wusste von der Abtreibung. Davon hatte ich nur einem einzigen Menschen erzählt: deiner Mutter. Und sie hat mir neulich gesagt, dass du es herausgefunden hast. Also musstest du es sein. Warum hast du ihm das erzählt? Warum noch ein Verrat?«

»Weil es so ungerecht war. Ich hatte Juliet verloren, mein warmes, lächelndes, atmendes kleines Mädchen war eiskalt und tot. Ich musste sie in einen Sarg legen, ich habe sie selbst hineingelegt, weißt du, ich habe sie geküsst und ›gute Nacht, schlaf schön‹ gesagt, wie immer – und was machst du? Du hast ein Baby einfach weggeworfen. Es entsorgt wie Biomüll. Ach, dieses Baby will ich nicht, es ist nicht ganz perfekt, holen Sie es doch bitte raus und schmeißen Sie es weg, aber bitte schnell, ich habe nachher noch eine Sitzung. Es war sicher in deinem Bauch, Octavia, sicher und warm. Es hat dir vertraut. Es war lebendig. Mein Baby war tot. Du hattest eine Wahl, ich nicht.«

»Das ist es, nicht wahr?«, sagte Octavia langsam. »Du warst so voller Zorn, du warst eifersüchtig auf mich und deshalb wolltest du mich verletzen. Mir das Liebste nehmen.«

»Aber nein.« Louise lächelte sie an, ihr süßes, sanftes Lächeln. »Nein, wir haben schon lange vorher miteinander geschlafen. Bevor ich das von deinem Baby erfuhr. Damals, als meine Mutter krank wurde und ich diesen Brief fand. Wie süß, dass du zu ihr gekommen bist, um dir Rat zu holen. Warum hast du das eigentlich getan? Wieso hast du nicht mit Tom darüber gesprochen?«

»Tom war gerade in den Staaten. Er wusste nichts von meiner Schwangerschaft. Er war schon seit Wochen ständig hin- und hergeflogen, wegen eines neuen Kunden. Ich wollte es ihm sagen, aber dann haben wir uns gestritten, wegen irgendeiner blöden Kleinigkeit, und er ist weggefahren und ich habe diese Untersuchung machen lassen. Den Rest kennst du.«

»Wenn jemand zu mir gesagt hätte: ›Ihr Kind hat Spina bifida‹, glaubst du, es hätte mir etwas ausgemacht? Glaubst du, ich hätte es weggeworfen, es in einen Verbrennungsofen gesteckt, nur wegen einer angeborenen Querschnittslähmung? Das tun sie nämlich mit diesen Babys. Den abgetriebenen Babys. Sie verbrennen sie, sie ...«

»Halt den Mund!«, stieß Octavia hervor. »Halt den Mund. Das lässt sich doch überhaupt nicht vergleichen. Juliet war ein Kind, ein fertiger Mensch, sie war neun Monate alt. Mein Baby war nur – ein befruchtetes Ei.«

Das hatte sie sich immer wieder gesagt, es ist ja nur ein befruchtetes Ei, kein Baby, noch nicht, kein Kind, das in ihr wuchs, von ihr genährt wurde. Das sie verraten hatte.

»Warum hast du es Tom nicht gesagt? Es war auch sein Kind. Vielleicht hätte er anders empfunden, vielleicht hätte er es behalten wollen, für es sorgen ...«

»Ich hielt es für das Beste«, erwiderte Octavia sehr ruhig. »Krankheit, jede Form von Missbildung ekelt ihn an, mit so etwas kann er überhaupt nicht umgehen. Für Tom muss alles attraktiv sein, perfekt, sauber, gesund. Ein behindertes Kind hätte er nie behalten.«

»Aber du weißt es nicht mit Sicherheit. Du hast ihm keine Gelegenheit gegeben, es in Erwägung zu ziehen.«

»Ach, halt doch die Klappe«, zischte Octavia. »Halt den Mund, halt den Mund, HALT DEN MUND. Fang jetzt nicht an, mir Moralpredigten zu halten. *Du* hast mit meinem Mann geschlafen. Du. Meine beste Freundin. Und dann hast du so getan, als hättest du furchtbares Mitleid mit mir, hast mich gefragt, ob ich wüsste, wer die Frau sei. Ob wir noch miteinander schlafen, hast du gefragt, um Himmels willen. Das war Verrat, gemeiner, schändlicher Verrat. Ein Verrat unserer jahrelangen Freundschaft, von Zuneigung und Vertrauen und – oh Gott, ich kann deine Gegenwart nicht mehr ertragen. Steig aus meinem Auto aus, Louise. Steig aus und geh zu Fuß zurück. Ich fahre nach Hause. Ich verabscheue dich. Und das schmerzt mehr, als ich sagen kann. Weit mehr als Toms Untreue. ›Versuch, nicht zu vergessen, wie gern ich dich habe‹, das hast du heute Nachmittag am Telefon zu mir gesagt. Ausgerechnet du. Du hast doch keine Ahnung, was Liebe ist. Raus hier. Verschwinde. Und komm mir nie wieder unter die Augen.«

Louise stieg aus, ging zum Haus ihres Vaters zurück, lächelte ihn an und sagte, der kleine Spaziergang mit Octavia hätte ihr gut getan. Dann ging sie nach oben, las Dickon eine Geschichte vor, ließ sich ein Bad ein und lag lange Zeit in dem heißen Wasser. Sie betrachtete ihre Beine und stellte fest, dass sie dringend rasiert werden mussten, suchte einen Rasierer und rasierte sich sorgfältig die Beine. Dann cremte sie sich mit ihrer bevorzugten Hautlotion ein, bürstete sich das Haar und zog ein Nachthemd an, eines ihrer Lieblingsnachthemden aus weißem Batist, mit Spitze besetzt. Sie ging in die Küche, machte sich einen heißen Kakao, füllte eine Karaffe mit Wasser und las dann im Bett Zeitschriften, bis sie einnickte. Ein paar Stunden später wachte sie erschrocken auf und blickte auf die Uhr. Schon halb drei. Sie hatte viel Zeit verloren.

Sie setzte sich im Bett auf und griff nach dem Vorrat an Schlaftabletten, den sie im Medizinschränkchen ihrer Mutter gefunden hatte. Von Dr. Hodgen hatte sie noch vier. Sie schluckte sie herunter, sehr bedacht, eine nach der anderen ...

29. Kapitel

MARIANNE HATTE SEHR SCHLECHT geschlafen, was ungewöhnlich war. Gegen sechs stand sie schließlich auf und machte sich eine Tasse Kamillentee. Sie wollte gerade wieder ins Bett klettern, als das Telefon klingelte. Es war Felix und er hörte sich furchtbar an. »Marianne, Octavia ist verschwunden.«

»Felix, was um alles in der Welt willst du damit sagen?«

Zweifellos eine Übertreibung.

»Ich meine, dass sie verschwunden ist. Keiner weiß, wo sie ist.«

»Felix, woher weißt du das, wer hat dir gesagt –«

»Tom. Er hat mich angerufen, vor ungefähr einer Viertelstunde.«

»Tom?« Dann war die Sache ernst. Tom musste außer sich vor Sorge sein, wenn er sich bei Felix gemeldet hatte. »Aber wieso denn?«

»Er hat einen Anruf von Charles Madison bekommen. Louise hat eine Überdosis Schlaftabletten geschluckt. Sie ist im Krankenhaus, und Charles scheint anzunehmen, dass Octavia wissen könnte, warum sie es getan hat.«

»Oh mein Gott«, sagte Marianne langsam. »Oh Felix, das ist ja furchtbar.«

Octavia erwachte, als Licht durch die Gardinen ihres Motelzimmers sickerte. Sie lag vollständig angezogen auf der dicken Tagesdecke. Laut dem Radiowecker auf dem Nachttisch war es halb sieben. Halb sieben. Minty würde bald aufwachen, die Zwillinge würden aufstehen, nach ihr sehen, sich fragen, wo sie steckte. Sie würden sich Sorgen um sie machen. Die Kinder waren schuldlos, das hatten sie nicht verdient. Sie wollte vom Zimmer aus anrufen, aber der Apparat war tot, und der Akku ihres Handys war leer. Verdammt. Sie würde das Autotelefon nehmen müssen. Als sie aufstand, erhaschte sie einen Blick auf ihr Spiegelbild: verschmierte Mascara unter den Augen, das Haar zu bizarren Formen zerdrückt. Fast hätte sie gelächelt. Wer würde in dieser Gestalt die durchgestylte Octavia Fleming wiedererkennen?

Sie rief zu Hause an. Caroline meldete sich.

»Octavia! Wo sind Sie? Tom hat es schon überall versucht, er hat sogar schon die Polizei angerufen. Er möchte mit Ihnen sprechen. Und Ihr Vater macht sich schreckliche –«

»Ich habe nicht viel Zeit«, sagte sie hastig. »Sagen Sie Tom, ich rufe nachher noch mal an. Und richten Sie meinem Vater aus, dass es mir gut geht. Und den Kindern, dass ich vermutlich gegen Abend zurück sein werde.«

»Octavia, bitte sprechen Sie mit Tom. Er ist –«

»Ich kann nicht. Bedaure.« Sie knallte das Telefon auf die Halterung, schaltete es aus und kehrte ins Motel zurück.

Wahrscheinlich sollte sie nach Hause fahren. Aber sie konnte sich nicht dazu überwinden. Am liebsten wäre sie fortgerannt, verschwunden, wäre niemandem, der sie kannte, je wieder unter die Augen getreten. Am liebsten hätte sie neu angefangen, mit einer neuen Identität, einem neuen Leben.

Da das unmöglich war, fuhr sie eine Stunde später auf die M4, in Richtung Somerset, zum Ferienhaus.

Auch Tom war auf der M4. Er war auf dem Weg nach Gloucestershire und dem Krankenhaus, in dem Louise lag. Die halb wahnsinnige, schöne, strahlende Louise. Er war gefährlich nahe daran gewesen, sie zu lieben, und nun fürchtete er sie mehr als alles andere, ihm graute vor ihr. Was er mittlerweile für Louise empfand, hatte keinen Namen: Hass war dabei, sicher, aber auch Zärtlichkeit, Bedauern, Reue, Abscheu und Begehren. Immer wieder sah er ihr Gesicht vor sich, als er die Wagentür zugeknallt hatte und fortgefahren war: verzerrt vor Jammer, weil er sie erneut zurückgewiesen hatte, ihr nicht das gegeben hatte, was sie wollte. Und gleichzeitig war ein hässliches Hochgefühl davon abzulesen gewesen, weil sie ihn endlich getroffen, ihn endlich verletzt hatte, mit der Geschichte von Octavia und dem abgetriebenen Baby.

»Lass mich in Ruhe«, hatte er gebrüllt. »Verschwinde aus meinem Leben.« Und hatte hinzugefügt, sehr langsam: »Ich – liebe – dich – nicht. Begreif das doch endlich, um Gottes willen.«

Um Gottes willen. Amen. Was würde er als Nächstes zu ihr sagen? Oder vielmehr zu ihrem Sarg? Lag sie im Sterben, war sie tot? Und wenn sie tot war, war es dann seine Schuld? Oder konnte er die Schuld zumindest mit den Dämonen teilen, mit denen sie lebte, die in ihren schönen Körper eingedrungen waren und ihre Seele marterten? Hätte er sich um Hilfe für sie bemühen sollen, als er begann, um ihre geistige Gesundheit zu fürchten? Oh ja, er wusste sehr gut, dass er das hätte tun sollen. Feigheit hatte ihn davon abgehalten, Angst vor den Konsequenzen. Feigheit und Hoffnung. Hoffnung, dass sie es überwinden würde, es endlich akzeptieren, es endlich einsehen.

Angefangen hatte es mit einem süßen, intensiven Flirt bei einem Tanz auf einer Party, fortgesetzt bei einem Lunch, wilden, beschwingten Nachmittagen in Hotelzimmern, magisch schönen, gestohlenen Tagen und Nächten. Aber dann hatte es sich verdüstert; es war zu Tränen gekommen, Abhängigkeit, Forderungen, Liebesbeteuerungen und schließlich zu Hass und Racheschwüren. Und jetzt die ultimative Vergeltung: Er würde schuld sein an ihrem Tod.

Das Autotelefon klingelte. Es war Vanessa Dawson.

»Tom, wo zum Teufel stecken Sie? Sie haben einen Termin

mit Bob Macintosh. Jetzt. Er ist extra von Birmingham hergekommen und ...«

»Aubrey soll das übernehmen. Ich kann jetzt nicht zurückfahren. Eine häusliche Krise. Bitte sagen Sie das allen Anrufern, außer meiner Frau. Wenn die anruft, finden Sie heraus, wo sie steckt, und bewegen Sie sie, mich anzurufen. Unter dieser Nummer oder auf meinem Handy. Sonst will ich mit niemandem sprechen.«

Sandy trank gerade genüsslich eine Schale Milchkaffee und bereitete sich auf das Meeting mit dem Manager einer Kette von Autoroute-Cafés vor, als sein Handy klingelte. Wenn er den Auftrag bekam, würde er sich ein paar der Dinge leisten können, von denen er geträumt hatte, ein schöneres Haus, ein anständiges Auto. Und er würde mit Louise verreisen können, in irgendein sonniges, luxuriöses Urlaubsparadies, in die Karibik oder auf die Bahamas. Ein paar Wochen in der Sonne, ein Umzug, die Aussicht, sich wieder als Innenarchitektin betätigen zu können – das würde sie sicher im Handumdrehen aufmuntern.

Vielleicht war es ja Louise. Lächelnd griff er nach dem Telefon.

»Sandy Trelawny.«

Dickon saß auf Janets Schoß, als sein Vater anrief. Er hatte den ganzen Tag kaum ein Wort gesagt. Der Morgen war schrecklich gewesen: Er hatte gesehen, wie sein Großvater seine Mutter in den Armen hielt wie eine schlaffe Puppe und versuchte, ihr Wasser einzuflößen; und dann war der Krankenwagen gekommen, mit heulenden Sirenen, die Männer waren die Treppe hochgerannt und ganz schnell wieder heruntergekommen, so schnell, dass sie zu fliegen schienen. Mit seiner Mutter, die auf einer Tragbahre lag. Sie schoben sie in den Krankenwagen und fuhren davon, unter Sirenengeheul, das langsam verklang.

Sein Großvater hatte sich in sein Auto geworfen und war davongefahren, das Handy am Ohr. Es war einfach furchtbar gewesen, wie ein ganz böser Traum. Und jetzt hatte er Angst, dass seine Mama auch sterben würde, wie Juliet und seine Oma. Alle Menschen, die er liebte, schienen zu sterben.

»Du meinst, du hast es gewusst? Du hast einen Verdacht gehabt und kein Wort gesagt?«

»Felix, ich fand nicht, dass ich es dir hätte sagen sollen. Zum hundertsten Mal, es geht dich nichts an. Mich übrigens auch nicht.«

»Da bin ich anderer Ansicht, Marianne. Wenn du etwas gesagt hättest, hätte ich vielleicht etwas unternehmen können.«

Marianne sah ihn an und dachte, was für ein erschreckendes Gefahrenpotential doch in diesem Mann lauerte. Er marschierte in ihrem Wohnzimmer auf und ab, angetrieben von Wut und Sorge, und kaute an seinen Fingerknöcheln.

»Ach wirklich?«, sagte sie, erstaunt über ihren eigenen Mut. »Und was hättest du unternommen?«

»Ach, zum Teufel. Ihr zumindest einen Teil des Schocks erspart.«

»Du bist sicher, dass sie es weiß?«

»Oh ja, das hat Tom mir gesagt. Lieber Himmel, der Mann hat eine Menge zu verantworten.«

Marianne dachte an Louise, die im Krankenhaus lag, dem Tode nahe; an Octavia, doppelt verletzt durch diesen neuen Verrat; an drei – nein, vier Kinder, die furchtbar darunter zu leiden hatten, Dickon am meisten; an Charles Madison, der doch nun bestimmt genug durchgemacht hatte; an Sandy, der das ebenfalls nicht verdient hatte, und stimmte ihm zu. Tom hatte in der Tat einiges zu verantworten.

»Felix.« Sie legte ihm die Hand auf den Arm. »Felix, lass uns versuchen, ganz ruhig zu überlegen, wo sie sein könnte. Anstatt darüber nachzudenken, was wir hätten tun sollen.«

»Was du hättest tun sollen, meinst du.« Er schüttelte ihre Hand ab und sah sie fast hasserfüllt an. »Marianne, wir vergeuden wertvolle Zeit. Ich finde, wir sollten zur Polizei gehen.«

»Das können wir nicht. Das muss Tom tun, er ist ihr nächster Verwandter.«

»Was immer das wert sein mag. Wie dem auch sei, Tom ist auf dem Weg nach Gloucester. Er scheint sich mehr Sorgen um seine Geliebte zu machen als um seine Frau.«

»Felix, das ist unfair.«

»Das ist nicht unfair!«, brüllte er, »und mir reicht es jetzt. Ich habe es satt, ständig von dir verurteilt zu werden. Ich finde deinen Beitrag, oder vielmehr deinen fehlenden Beitrag, absolut unbegreiflich. Ich glaube, in Zukunft solltest du dich besser ganz raushalten. Ich fahre jetzt ins Büro, Octavia könnte mich dort anrufen. Bitte benachrichtige mich, wenn du irgendwas hörst.«

Er schubste sie so heftig beiseite, dass sie fast gestürzt wäre.

»Wie kannst du es wagen!«, zischte sie, die Stimme leise und voller Wut. »Wie kannst du es wagen, dich so aufzuführen. Wo ich versuche –«

»Du versuchst gar nichts, soweit ich das ausmachen kann«, sagte Felix. »Außer meine Bemühungen zu torpedieren, meiner Tochter zu helfen.«

»Felix, das ist nicht wahr. Ich stelle nur deine Methoden in Frage, weil ich deine Einmischung für gefährlich halte. Und wie auch immer du mein Verhalten beurteilst, du hast kein Recht, so grob mit mir umzuspringen. Bitte geh jetzt. Und komm erst zurück, wenn du dich in der Lage fühlst, dich bei mir zu entschuldigen.«

»Meiner Ansicht nach bist du es, die sich entschuldigen sollte. Bei Octavia, und bei mir. Dein Verhalten ihr gegenüber war von fast krimineller Verantwortungslosigkeit und –«

»Das ist ein widerwärtiger Vorwurf. Verschwinde, Felix. Wenn ich irgendwas von Octavia höre, benachrichtige ich deine Sekretärin oder deine Haushälterin. Ich verspüre keinerlei Wunsch, mit dir zu sprechen. Weder heute noch sonst irgendwann.«

Er stand einen langen Augenblick da, ganz weiß im Gesicht, rasend vor Zorn. Dann drehte er sich um, und sie hörte, wie er die Treppe hinablief und die Haustür hinter sich zuknallte.

»Was ist denn bloß los?«, fragte Nico Cadogan. »Niemand will mit mir reden. Ich rufe bei Tom im Büro an, mit der Bitte, mich umgehend zurückzurufen, und höre, dass er in dringenden Geschäften unterwegs ist. Ich rufe bei Ihnen an und höre von Ihrer Tochter, dass Sie nicht ans Telefon kommen können. Ich versuche es bei Felix und werde abgeschmettert. Werde ich von ganz London geschnitten? Soll ich mich in mein Schwert stürzen?«

Marianne lächelte zum ersten Mal an diesem Tag. »Ach Gott, Nico, ich weiß gar nicht, wo ich anfangen soll. Bitte entschuldigen Sie, dass ich vorhin nicht ans Telefon kommen konnte, aber ich war zu ... aufgewühlt.«

»Weswegen denn?«

»Ach, wegen allem. Oh Nico, es wäre so schön, Sie zu sehen. Bleibt es bei unserem Lunch?«

»Natürlich, deswegen rufe ich ja an. Ich habe einen Tisch im Ritz reserviert. Um halb eins. Wissen Sie übrigens, wo Tom steckt?«

»Wahrscheinlich in Gloucester, in der Notaufnahme des Krankenhauses«, sagte Marianne ernst.

»Was machen Sie denn hier?«

Charles Madison sah Tom mit trüben Augen an, als er in den Warteraum der Notaufnahme trat. Tom erwiderte den Blick wachsam. Wie viel wusste er?

»Ich konnte Octavia nicht erreichen, also bin ich gekommen.«

»Sehr nett von Ihnen, Tom. Wirklich sehr anständig.«

Also wusste er es nicht. Gott sei Dank. Natürlich würde er es erfahren müssen, aber nicht jetzt ...

»Wie geht es ihr?«

»Sie können noch nichts sagen. Armes, armes Kind. Tom, warum hat sie das bloß getan? Wo sie doch schwanger war, wo langsam alles wieder ins Lot kam. Gestern Abend schien sie – fröhlicher. Sie hat mich besucht, wissen Sie, und Octavia hat vorbeigeschaut. Louise wollte sie zuerst nicht sehen, ich weiß nicht, warum, aber dann stand Octavia einfach vor der Tür, und danach schien Louise fröhlicher. Sie hatte vor, nach Frankreich zu fahren, zu Sandy. Armer Kerl, es war ein furchtbarer Schock für ihn.«

»Haben Sie schon mit ihm gesprochen?«

»Oh ja, er ist auf dem Weg. Sollte am späten Nachmittag hier sein. Er ist wirklich ein guter Mann. Er tut mir so Leid.«

Toms Magen drehte sich um.

»Ja.«

»Haben Sie schon mit Octavia gesprochen?«

»Nein. Aber sie wollte offenbar in unser Ferienhaus. Ich habe dort eine Nachricht für sie hinterlassen.«

»Ihr Vater war in einem schrecklichen Zustand, als ich mit ihm gesprochen habe. Haben Sie ihm Bescheid gesagt?«

»Ja.«

»Ah, gut. Ich habe dort auch eine Nachricht auf Band gesprochen, für alle Fälle.«

Gütiger Himmel. So würde Octavia es erfahren, von einem Anrufbeantworter. Dass ihre beste Freundin, die ein Verhältnis mit ihrem Mann gehabt hatte, eine Überdosis Schlaftabletten genommen hatte. Wenn er sie nicht vorher zu fassen bekam.

»Entschuldigen Sie mich einen Augenblick«, sagte er und rannte fast den Flur hinunter, während er sein Handy hervorzog.

»Das klingt wie eine dieser griechischen Tragödien«, bemerkte Nico und lächelte Marianne über sein Glas hinweg an. »Nur nicht so stilvoll. Aber Sie trinken ja gar nichts. Kommen Sie, den Champagner haben Sie jetzt dringend nötig.«

»Nico! Wie können Sie in einem solchen Zusammenhang über Stil sprechen?«

»Verzeihen Sie. Ich nehme Ihre Familientragödie nicht ernst genug. Was hat sie denn genommen, diese junge Frau?«

»Schlaftabletten.«

»Ach, dann bestand keine Gefahr. Sie wollte nur alle mal gehörig aufscheuchen. Die wollte nicht sterben.«

»Nico, woher wollen Sie das wissen?«

»Ach, ich bin da bestens informiert. Meine Mutter war Ärztin.«

»Tatsächlich?«

»Ja. Gucken Sie nicht so erstaunt. Ihr Amerikaner denkt immer, ihr hättet die Frauenemanzipation erfunden.«

»Ich bin nur halb amerikanisch und ich denke das keineswegs«, versetzte Marianne gereizt. Und fügte hinzu: »Oh Gott, jetzt breche ich auch noch einen Streit mit Ihnen vom Zaun.«

»Hatten Sie Streit mit Felix?«

»Ja.«

»Gut. Das ist die beste Nachricht, die ich heute höre.« Er lehnte sich zurück, einen Ausdruck großer Befriedigung im Gesicht. »Aber lassen Sie uns nicht länger von Felix sprechen. Wir befinden uns da beide auf leicht unsicherem moralischem Terrain. Aber was machen wir jetzt mit dem armen alten Tom?«

»Ich finde eigentlich nicht, dass er großes Mitgefühl verdient hat«, sagte Marianne.

»Ich bin anderer Ansicht. Seine Firma steckt in ernsten Schwierigkeiten, kaum durch sein Verschulden, und da Felix entschlossen scheint, ihm den Rest zu geben, besteht wenig

Hoffnung für die Agentur. Und dann noch diese furchtbare Verstrickung ...«

»Nico, ich bitte Sie! Er hat sich verabscheuungswürdig verhalten. Octavia ist eine wunderbare Ehefrau, loyal und klug, und sie hat ihn immer unterstützt.«

»Aber ich könnte mir vorstellen, dass sie ziemlich anstrengend sein kann. Betrachten wir die Sache doch mal von Toms Standpunkt aus. Er ist seit zehn Jahren verheiratet, wird beruflich stark gefordert, immer nur Stress und Anspannung. Er hat einen Alptraum von Schwiegervater, dem er nichts recht machen kann. Und dann kommt diese reizende, ausgesprochen hübsche junge Frau daher, flirtet mit ihm, sucht nach einer Abwechslung vom Ehealltag. Er ist geschmeichelt, sie gefällt ihm, er schlägt vor, doch mal zusammen essen zu gehen, er geht einen Schritt weiter, nur einen – und er ist geliefert. Weil sie offenbar vollkommen plemplem ist.«

»Glauben Sie?«, fragte Marianne ernst.

»Aber natürlich. Bedenken Sie doch nur, was sie alles angerichtet hat.«

»Aber Nico, sie ist Octavias beste Freundin.«

»Ich weiß. Das ist schlimm. Verstehen Sie mich nicht falsch, Octavia tut mir sehr Leid. Aber ich finde, sie hätte ruhig ein wenig Verständnis für Toms Lage aufbringen können. Und jetzt plant Felix Miller, seinen Kopf auf der Tower Bridge aufzuspießen. Oh doch, Tom hat mein vollstes Mitgefühl.«

Er lehnte sich zurück und sah sie an.

»Jedenfalls«, sagte er, »würde ich ihm gerne helfen. Ich hatte den Eindruck, ich müsste das klarstellen, damit Sie wissen, wo ich stehe. Aber jetzt wollen wir keine Zeit mehr damit verschwenden, über andere Leute zu reden. Ich kann Ihnen gar nicht sagen, wie sehr ich mich auf Samstag freue ...«

Octavia stand gegen den Schreibtisch gelehnt und dachte, sie würde nie wieder einen Anrufbeantworter ansehen können, ohne dass ihr schlecht wurde.

Die Nachricht, mitgeteilt von Charles Madisons vornehmer Stimme, hatte sie zutiefst erschüttert. Louise hatte Schlaftabletten geschluckt und war im Krankenhaus. Im allerersten Augenblick war Louise für sie nicht die verräterische Feindin, sondern die loyale, liebevolle Freundin, und sie sah ihr Gesicht nicht scheußlich verzerrt vor Qual und Rachsucht, sondern liebreizend, großzügig lächelnd.

Dann erinnerte sie sich, nicht nur im Kopf, auch im Herzen, verrechnete das neue Entsetzen mit dem neuen Hass und stellte erstaunt fest, dass sie immer noch voller Zorn war, immer noch empört.

Sie dachte an Sandy, den armen, unschuldigen Sandy, an Charles, der jetzt einen doppelten Verlust zu tragen hatte, an Dickon, der in seinem traurigen jungen Leben schon so viel hatte durchmachen müssen. Und Tom. Wie würde er darauf reagieren? Würde er trauern, war er erschüttert? Ach, was kümmerte es sie.

Das Telefon schrillte. Sie nahm ab.

»Octavia Fleming.«

»Octavia? Hier ist Tom.«

»Ach ja? Was Neues von Louise?«

»Nein. Sie – lebt noch.«

»Wo bist du?«

»Im Krankenhaus.«

»Verstehe. Ja.«

»Octavia, ist alles in Ordnung?«

»Oh, alles bestens. Klar. Zuerst finde ich heraus, dass mein Mann eine Affäre mit meiner besten Freundin hatte, und dann erfahre ich, dass sie versucht hat, sich das Leben zu nehmen.«

»Was hast du gestern Abend zu Louise gesagt?«

»Das geht dich nichts an. Melde dich, wenn es etwas Neues gibt. Ich bleibe heute Abend hier.«

»Du würdest nicht vielleicht – hierher kommen? Ins Krankenhaus?«

»Nein.« Ihre Stimme klang sehr hart und entschieden. »Nein, ganz bestimmt nicht.«

30. Kapitel

GEGEN FÜNF KAM SANDY endlich im Krankenhaus an. Im Flur traf er auf Charles, der schrecklich aussah.

»Charles! Wie geht es Louise?«

»Oh, Sandy! Schön, dich zu sehen, mein Junge. Tja, sie wird wohl wieder gesund werden, sie – ah, da kommt der Arzt. Doktor, das ist mein Schwiegersohn.«

»Ah«, sagte der Arzt. »Es geht ihr so weit gut. Aber ich fürchte ...« Sandy hatte schon oft den Ausdruck »sein Herz stockte« gehört und ihn für absurd gehalten, aber in diesem Augenblick geschah eben das: Er fühlte, wie sein Herz stolperte und dann kurz zu schlagen aufhörte. »Ich fürchte, sie hat das Baby verloren. Es tut mir Leid.«

»Das – Baby?«

»Ja. Um ganz ehrlich zu sein, vielleicht war das sogar besser. In diesem Stadium der Schwangerschaft können viele Medikamente die Barriere der Plazenta durchdringen. Vielleicht ist das im Moment ein geringer Trost, aber tja, so steht es. Sie können zu ihr, wenn Sie wollen. Sie wird bald in die Gynäkologie verlegt.«

Sandy setzte sich. Er fühlte sich wie isoliert in einer Art versiegelter Kapsel, alles war plötzlich ganz verschwommen, ganz gedämpft. Sie war schwanger gewesen. Aber –

Tom Fleming kam durch die Schwingtüren. Er sah Sandy und zögerte. Nur einen kurzen Augenblick lang, aber das reichte. Wenigen wäre das Zögern aufgefallen, aber Sandy war darin geschult, den Feind zu beobachten. Er sah Tom lange schweigend an. Dann fragte er: »Was zum Teufel hast du hier verloren?«

Das war es also: Das war das Ende. Das Ende des Babys, das Ende der Affäre. Louise lag im Bett und starrte die Krankenschwester an, die ihr mitteilte, sie könne nichts gegen die Schmerzen bekommen, ihr Körper könne im Augenblick keine weiteren Medikamente verkraften, und erwiderte höflich, das verstehe sie. Und fragte: »Was war es?«

»Was war was?«

»Das Baby. War es ein Mädchen oder ein Junge?«

»Ach, darüber sollten Sie sich jetzt keine Gedanken machen«, sagte die Krankenschwester.

»Ich soll mir keine Gedanken deswegen machen?« Sie hörte ihre eigene Stimme, laut und zornig. »Natürlich mache ich mir Gedanken. Ich muss es wissen. Ich habe ein Recht, es zu erfahren.«

»Mrs Trelawny ...«

Louise packte die Schwester am Arm. »Gehen Sie und finden Sie heraus, ob es ein Mädchen oder ein Junge war. Kommen Sie erst zurück, wenn Sie es mir sagen können. Und versuchen Sie nicht, mir vorzuschreiben, was ich wissen wollen sollte und was nicht.«

Eine andere, offenbar höherrangige Krankenschwester erschien und blickte Louise streng an.

»Mrs Trelawny ...«, begann sie.

Louise unterbrach sie. »Hören Sie, ich will nur wissen, ob mein Baby ein Junge oder ein Mädchen war, das ist alles. Sie müssen das doch wissen.«

»Mrs Trelawny, wir ... das heißt – es ist ganz unmöglich ...«

»Wo ist es?«, schrie Louise. »Wo ist mein Baby?«

»Mrs Trelawny ...«

»Sie haben es weggeworfen, nicht wahr?« Blinde Wut verlieh ihr Kraft. »Es einfach weggeworfen. Ich weiß es, lügen Sie mich nicht an. Sie hatten kein Recht, das zu tun, überhaupt kein Recht, das war doch kein Müll, das war mein Baby. Es ist gegen das Gesetz, was sie da getan haben ...«

Und dann hörte sie ein seltsames, hohes Kreischen und merkte, dass sie es war, die da schrie, und dann erschien ein Arzt und gab ihr eine Spritze, und sie sank in eine leere Dunkelheit, von der sie inständiger denn je hoffte, dass es der Tod war.

Sandy hielt den weinenden Dickon auf dem Schoß, strich ihm über das dunkle Haar und versuchte, ihn zu beruhigen. Fast hätte er selbst geweint. Er war schrecklich müde, so müde, dass er sich nicht vorstellen konnte, sich je wieder zu bewegen. Auch gut. So stark wie sein Zorn war, wäre er sonst womöglich losgegangen, um Tom Fleming umzubringen.

Er hatte es sofort gewusst. Das brutal offene Geständnis war gar nicht nötig gewesen. Plötzlich passte alles zusammen. Tom, der brillante, charmante, attraktive Tom, der Louise zum Lachen brachte, der das Leben führte, das sie gern geführt hätte, der die schicken Londoner Restaurants, Clubs und Szenetempel, in denen sie vor ihrer Ehe verkehrt hatte, wie seine Westentasche kannte, Tom mit seinem Geld und seinem Stil, Tom, der noch Kinder zeugen konnte ...

»Louise hatte einen Nervenzusammenbruch«, berichtete Tom. »Es ist die Rede davon, sie in eine psychiatrische Klinik zu bringen. Irgendwo in Bath.«

Sie saßen im Wohnzimmer ihres Hauses in Kensington, beide mehr als leicht erstaunt, sich trotz aller Erschütterungen hier wiederzufinden, in ihrem normalen Leben, obwohl nach den letzten vierundzwanzig Stunden nichts mehr so zu sein schien wie zuvor.

»Du musst erleichtert sein«, bemerkte Octavia mit eisiger Höflichkeit, dachte an diese letzte Lüge, diesen letzten Akt des Verrats (»Nein, ich bin nicht schwanger«) und fragte sich, wie viel sie wohl noch ertragen sollte.

»Ja. Ja, natürlich war ich erleichtert.«

»Das war klug von ihr«, fuhr Octavia fort. »Wahrscheinlich dachte sie, wenn sie schwanger wird, wirst du mich verlassen müssen.«

»Ein wenig komplizierter war das schon, glaube ich. In Anbetracht der Tatsache, dass sie um unser Baby wusste.«

»Unser Baby«, wiederholte sie und sah ihn unverwandt an. »Tom, ich möchte, dass du das verstehst, das Baby war – wäre behindert gewesen, es hatte Spina bifida, und du warst nicht da, du hattest so viel um die Ohren, also habe ich entschieden – also ... es tut mir Leid.«

Es war sonderbar, plötzlich diejenige zu sein, die im Unrecht war, die sich entschuldigen musste.

Er starrte sie lange schweigend an, totenbleich im Gesicht. »Ach so. Ich verstehe«, sagte er. »Aber trotzdem hattest du kein Recht dazu. Es war furchtbar, was du da getan hast. Nicht die – nicht die Abtreibung an sich, wahrscheinlich hätte ich zugestimmt. Aber dass du die Entscheidung ganz allein getroffen hast. Ohne mich in irgendeiner Form zu konsultieren. Das war nicht richtig.«

»Ich weiß, ich sehe das jetzt ein. Es tut mir Leid. Sehr, sehr Leid. Ich dachte, es wäre – es wäre so am besten.«

»Und du hast keinen Gedanken darauf verschwendet, was ich dazu sagen könnte?« Er hielt inne und schaute sie an, wie aus einer großen Entfernung. »Schließlich war es auch mein Kind.«

»Nein«, sagte sie sehr ruhig. »Ich bin davon ausgegangen, dass du es nicht haben wollen würdest.«

»In mancher Weise bist du deinem Vater sehr ähnlich«, stellte er fest.

Sie schwieg. Sie hasste ihn für diese Bemerkung, wusste aber, dass sie es verdient hatte.

»War er informiert?«

»Natürlich nicht«, rief sie schockiert aus. »Nur Anna wusste es, sie – na ja, ich habe mir bei ihr Rat geholt. Sie war großartig, sie hat mir sehr geholfen.«

»Ein Jammer, dass du nicht zu mir gekommen bist.«

»Tom, du warst nicht da, du hattest furchtbar viel zu tun, und es wäre so schwierig gewesen, es am Telefon zu besprechen –«

»Und du glaubst wirklich, ich wäre nicht nach Hause gekommen? Bei einem solchen Anlass? Großer Gott, wie weit ist es bloß mit uns gekommen!«

»Wenn dich das tröstet«, brachte sie mühsam hervor, »ich wäre fast verrückt geworden vor Elend und Schuldbewusstsein.«

»Glaubst du das wirklich? Dass mich das tröstet? Glaubst du nicht, ich fühle mich ebenso elend, ebenso schuldig? Wegen dem, was ich dir angetan habe?«

Sie sah ihn an und rang darum, es zu akzeptieren, ihm zu glauben.

»Ich weiß es nicht. Ich weiß nicht, was du empfindest. Ich weiß auch nicht, was ich empfinde. Was ich denken soll.«

»Ich glaube«, sagte er vorsichtig, »du musst versuchen zu akzeptieren, dass Louise – nun ja, halb wahnsinnig ist.«

»Halb wahnsinnig? Vollkommen verrückt. Oder ist sie gar nicht verrückt, sondern nur unmoralisch und gemein?«

»Nein, nein, sie ist kein schlechter Mensch, das glaube ich nicht.«

»Sie war sehr clever, für eine Wahnsinnige. Und sie hat schreckliche Dinge getan. Diese Briefe zu verschicken, um deine Agentur zu ruinieren, das war fast ein Verbrechen.«

»Ja. Ja, das war es«, sagte er langsam. »Fast ein Verbrechen.«

Nach einem längeren Schweigen fuhr er fort: »Louise hat mir noch etwas erzählt. Und ich würde gern wissen, ob es wahr ist.«

Sie wusste, was er meinte. Gabriel. Natürlich hatte Louise es brühwarm weitererzählt. Entgegen aller Logik fühlte sie sich schuldig.

»Du kannst dir sicher vorstellen, was ich meine.«

»Ich – ja, das kann ich.«

»Ist es wahr? Du hast etwas mit ihm? Mit diesem Mann?«

»Wenn du meinst, ob ich mit ihm geschlafen habe, ist die Antwort ja.« Wut stieg in ihr auf und das Bedürfnis, ihn zu verletzen.

»Verstehe.«

Sie sah Schock, Verletztheit und Zorn in seinem Gesicht, und – am erfreulichsten – Eifersucht. Vollkommen unlogisch, diese Gefühle, allesamt, sogar empörend, aber unleugbar vorhanden. Was für eine süße Rache.

»Nun, ich kann mich wahrscheinlich nicht beklagen.«

Aber trotz Schock und Eifersucht hatte ihn die Abtreibung ganz offensichtlich viel mehr beschäftigt als ihre Beziehung zu Gabriel Bingham. Wider Willen mochte sie ihn deswegen.

»Willst du immer noch die Scheidung?«, fragte er, und sie erwiderte, ja, ganz bestimmt, aber im Augenblick könne sie sich nicht damit befassen, es gebe dabei so viel zu bedenken, beruflich, mit den Kindern, sie müssten sich Zeit lassen, den besten Weg finden.

»Es ist also – ernst? Mit diesem Mann?«, fragte er, und sie antwortete, darüber wolle sie nicht reden. Aber später, als sie im Bett lag, fragte sie sich, ob es ihr ernst mit Gabriel war. Und Gabriel mit ihr.

31. Kapitel

»SCHÖN. WUNDERBAR.« SERENA FOX lächelte Marianne und Romilly an, zog den Vertrag an sich und steckte die Kappe auf ihren Mont-Blanc-Füller. »Lassen Sie uns auf eine hoffentlich glückliche Geschäftsverbindung anstoßen. Josie, bringen Sie den Champagner!«

»Meine Güte«, rief Romilly. »Champagner, wie aufregend.«

»Für mich nicht«, sagte Marianne. »Ich trinke tagsüber nie.«

Sie sieht nicht gerade glücklich aus, dachte Romilly. Wie gemein von ihr, einen solchen Schatten auf meinen Erfolg zu werfen. »Mama! Komm schon! Sei keine Spielverderberin!«

»Na schön.« Marianne nahm das Glas, lächelte, offensichtlich nicht ganz mühelos, und nippte vorsichtig daran. Romilly war irritiert.

»Also«, erklärte Serena, »Donna Hanson kommt in zehn Tagen rüber, mit dem Fotografen. Er wird ein paar vorläufige Shots von Romilly machen, wegen der Publicity und so. Sie kommen am Montag, den elften August, an. Passt Ihnen der Dienstag oder der Mittwoch für die Session?«

»Wunderbar!«, rief Romilly. »Ich werde mir die Haare waschen.«

Alle lachten. Sie schaute sich in Serenas Büro um. Alle lächelten sie an, sie, Romilly, lachten über ihre Witze, waren bestrebt, einen Termin in ihren Schulferien zu finden. Sie stand im Zentrum der Aufmerksamkeit. Es war schön, dachte sie, so wichtig zu sein. Die Hauptperson. Mit jedem Tag fühlte sie sich weniger schüchtern, weniger unsicher.

Erst als Romilly später ihren Taschenkalender zückte, wurde ihr klar, dass sie am zwölften August ihre Tage bekommen würde. Spätestens. Aber diesmal wusste sie ja, was zu tun war ...

»Ja, mir geht's gut, danke«, sagte Tom. »Bitte entschuldige, dass ich das sinkende Schiff verlassen habe.«

Er lächelte Aubrey vorsichtig an. Und Aubrey, der nicht dazu neigte, seine Gefühle offen zu zeigen, wäre am liebsten zu ihm hingegangen und hätte ihn in die Arme genommen, so bleich war er, so abgehärmt, so offenkundig und buchstäblich erschüttert.

Da er nun aber nicht dazu neigte, seine Gefühle zu zeigen, stand er lediglich auf, legte die Hand auf Toms Schulter, schenkte ihm Kaffee nach und meinte: »Ich finde, du hast das alles mit verdammt viel Fassung getragen.«

»Ich hatte kaum eine Wahl. Und Mitgefühl habe ich bestimmt nicht verdient. Aber reden wir lieber über Fleming + Cotterill.«

»Tja, im Wesentlichen gibt es drei Möglichkeiten: Entweder wir tun gar nichts, wurschteln uns noch ein wenig länger durch, versuchen die Bank zu überreden, die Gehälter und die Miete und so weiter zu überweisen. Damit gewinnen wir höchstens eine Woche. Oder wir entscheiden uns für eine Fusion. Dritte Möglichkeit, wir melden Konkurs an. Das wäre vielleicht das Beste, dann hätten wir es wenigstens hinter uns.«

»Wahrscheinlich sollten wir es mit einer Fusion versuchen«, sagte Tom. »Aber ich kann gar nicht sagen, wie mies ich mich deswegen fühle.«

»Nicht so mies wie unsere Mitarbeiter, wenn ihr Gehaltsscheck platzt.«

»Aubrey, wir müssen irgendwie die Gehälter für diesen Monat aufbringen. Ich könnte ein oder zwei Bilder verkaufen. Wie steht's bei dir?«

»Ich könnte Bernadettes Verlobungsring verkaufen«, meinte Aubrey nachdenklich. »Ich habe ihn mir nach der Scheidung zurückgeben lassen, weißt du. Er hat meiner Großmutter gehört. Ein kleiner Sieg. Ich hatte ihn für die nächste Mrs Cotterill aufbewahrt, aber die ist sowieso noch nicht in Sicht.«

»Schön, machen wir es so. Aber lass uns bis Montag mit der endgültigen Entscheidung warten.«

»Ian, können wir heute Abend in das Haus gehen?«, fragte Zoe.

Sie hatte ihn gegen Mittag auf seinem Handy angerufen. Sie hatte das Geld von der Bank geholt und wollte es unbedingt loswerden. Dann wäre sie zwar schon wieder blank, aber das war es wert.

»Nee, heut nicht, Kleines. Ich geh mit den Kumpels einen heben. Wie wär's mit morgen?«

»Oh – ja. Ja, gut.«

Sie wünschte, sie hätten heute hingehen können, aber das ließ sich nicht ändern. Und auf einen Tag mehr oder weniger kam es schließlich nicht an.

Louise, die schwach und elend im Krankenhaus lag, benommen vor Schmerzen und durch die Medikamente, dachte über alles nach, was sie verloren hatte, und über das Leben, das sie hinter sich hatte lassen wollen. Und langsam wurde ihr bewusst, dass sie noch etwas anderes als Verzweiflung empfand. Nämlich Zorn, einen weiß glühenden, blinden Zorn. Sie klammerte sich daran: Er gab ihr Kraft und Hoffnung. Die Hoffnung, dass sie doch noch bekommen könnte, was sie wollte. Irgendwie. Es war noch nicht vorbei.

Octavia besuchte ihren Vater, um ihm zu versichern, dass es ihr gut ging, und dabei erzählte sie ihm, unter anderem, von Gabriel Bingham. Sie wollte, dass er aufhörte, sie zu bemitleiden, sie wollte nicht mehr die betrogene Ehefrau sein. Das war nun wirklich keine glänzende Rolle. Natürlich erzählte sie ihm nicht alles, nur dass sie einen Mann getroffen hatte, der ihr sehr gefiel, einen Unterhausabgeordneten, und dass sie sich in seiner Gegenwart sehr wohl fühlte. Felix Millers Reaktion war erstaunlich wohlwollend ausgefallen.

»Mein Herzblatt, ein wenig Glück hast du nun wirklich verdient.«

Gabriel hatte ihr gerade an dem Tag ein Dutzend roter Rosen geschickt. Auf der Karte stand: »Von Mr Bingham, mit großer Bewunderung«. Sie war in Tränen ausgebrochen und hatte sich dann geradezu lächerlich darüber gefreut.

»Klingt, als sei er ein interessanter Mann. Ich freue mich schon darauf, ihn kennen zu lernen.«

»Papa, so weit sind wir noch nicht.«

»Wieso? Ich freue mich immer auf eine Begegnung mit deinen Freunden. Aber natürlich eilt das überhaupt nicht. Wenn dir danach ist, ihn mitzubringen, ist er mir willkommen. Nun, ich hoffe, Tom ist klar, was er da angerichtet hat, was er einer ganzen Reihe von Leuten angetan hat. Ich muss leider sagen, dass ich das eher bezweifle.«

»Aber Papa, natürlich ist es ihm klar. Er bereut das alles sehr.« Um Himmels willen, warum verteidigte sie ihn?

»Nun, lass uns von etwas anderem reden. Du brauchst dringend Urlaub, du siehst ganz erschöpft aus. Mein Angebot steht noch. Du kannst das Ferienhaus gern haben.«

»Im Moment geht das leider nicht. In letzter Zeit habe ich meine Arbeit schleifen lassen, Kunden verärgert, Leute im Stich gelassen. Ich muss jetzt wirklich ran.«

»Ist Tom denn mittlerweile ausgezogen? Wäre höchste Zeit. Und wir sollten uns noch mal über die Scheidung unterhalten. Ich habe Bernard Moss schon vorgewarnt, dass wir ihn demnächst aufsuchen könnten.«

Ärger stieg in ihr hoch und sie hörte Tom sagen: *Ich fürchte, in manchen Dingen bist du deinem Vater sehr ähnlich.*

»Das hättest du nicht tun sollen«, versetzte sie scharf. »Das ist nun wirklich nicht deine Angelegenheit.«

»Octavia!«

»Entschuldige, Papa. Entschuldige. Aber ich will das auf meine Art erledigen. Wenn ich so weit bin. Und ich will nicht, dass es öffentlich bekannt wird. Nicht, bevor ich – so weit bin.«

»Na, ich hoffe ernsthaft, du weißt, was du tust«, erwiderte Felix Miller.

»Hört mal zu«, sagte Marianne. »Es könnte sein, dass ich morgen Abend nicht nach Hause komme.« Sie fühlte sich furchtbar schuldig, nicht nur, weil sie die Mädchen allein ließ, sondern weil sie loszog, um sich zu amüsieren – und das nach den entsetzlichen, dramatischen Ereignissen der letzten Tage. Aber schließlich ging es Octavia gut, Louise ebenfalls, Felix redete nicht mehr mit ihr und sie spürte ein ungeheures Verlangen nach Normalität in sich.

Ihre Töchter sahen sie an. Marianne spürte, wie ihr die Röte ins Gesicht stieg, stand hastig auf und stellte den Wasserkessel an. »Was habt ihr zwei denn vor?«

Offenkundig amüsiert, versicherten sie ihr, dass sie verplant waren. Zoe wollte mit Freunden in einen Club und Romilly war mit Fenella verabredet.

»Wohin führt er dich denn aus?«, fragte Zoe.

»Wer?«

»Felix natürlich.«

»Oh – nein, ich gehe nicht mit Felix aus. Ich treffe mich mit Freunden. Zum Essen, irgendwo auf dem Land.«

»Klingt cool.«

Sandy ging nach oben. Wie sollte er das durchstehen, wie sollte er den Schmerz ertragen? Jedes Mal, wenn er Louise vor sich sah, wie sie mit Tom im Bett lag, kam ihm die Galle hoch. Es war obszön, es war abscheulich. Und dann sein Kind,

Toms Kind, in ihrem Körper zu nähren. Wo sie doch damals gesagt hatte, nie wieder, ich könnte es nicht ertragen, Sandy, bitte verlang nicht von mir, das Risiko einzugehen, ich will nicht wieder schwanger werden ... All diese Lügen: »Ich besuche meine Mutter; ich würde gern dort übernachten, nur für alle Fälle; mir ist übel, weil der Tod meiner Mutter mich so mitgenommen hat.« Ein so schönes, liebreizendes Gesicht und dahinter solche Hässlichkeit, solche Fähigkeit zu Täuschung, Hinterlist und Falschheit. All die Lügen, mit dieser sanften, samtenen Stimme erzählt.

Wenn Dickon nicht gewesen wäre, hätte er sich umgebracht.

»Nett«, sagte Ian. »Echt schön, gefällt mir.«

Sie hatte sich mit den paar Pfund, die von ihrem Taschengeld noch über waren, ein neues Kleid gekauft, schwarzes Lycra, sehr kurz, sehr tief ausgeschnitten. Die Hälfte der Männer im Pub war verstummt, als sie durch die Tür getreten war und Ian voll auf den Mund geküsst hatte. Das hatte sich gut angefühlt. Zoe war sich ungemein sexy vorgekommen.

»Lass uns hier was trinken und dann ins Ministry gehen. Was willst du, Kleines?«

»Ach, Wodka-Cola. Danke.«

»Ich hab echt guten Stoff dabei«, erklärte er und klopfte auf seine Lederjacke. »Wir werden Spaß haben. Prost, Kleines. Auf einen richtig netten Abend.«

»Stößchen«, sagte Zoe.

»Komm«, sagte Nico. »Es wird wirklich langsam Zeit, dass du es zugibst.«

»Was denn?«, fragte Marianne lachend.

Sie war jetzt schon leicht angeheitert, obwohl sie noch auf ihren Tisch warteten. Mehrere Gläser Champagner, auf der entzückenden Terrasse des Swan in Marlborough getrunken, während der Himmel langsam dunkel wurde, waren ihr köstlich zu Kopf gestiegen.

Sie hatten den ganzen Tag zusammen verbracht und sich wunderschöne und sehr große Häuser angesehen. Zu groß für eine Person, fand Marianne, und das hatte sie auch gesagt. Nico hatte gelacht und gemeint, das Haus sei auch nicht für eine Person gedacht, sondern für zwei, und aus diesem Grund sei es auch so wichtig, dass es ihr gefiel. Sie habe nicht vor, in irgendeinem Haus mit ihm zusammen zu wohnen, schön oder nicht, hatte sie erwidert.

»Es ist an der Zeit, dass du zugibst, dass du mit mir schlafen willst.« Er nahm ihre Hand und strich leicht mit den Fingerspitzen über die Handfläche. »Du willst mich doch fast so sehr, wie ich dich will.«

»Was das heißt, kann ich nicht beurteilen.« Sie versuchte, seinem Blick auszuweichen, da sie wusste, was sie in seinen Augen lesen würde.

»Ich kann mich nicht erinnern, je eine Frau so begehrt zu haben.« Ihre Blicke trafen sich und er hob ihre Hand an seine Lippen. »Du hast mir das Herz genommen mit einem einzigen Blick deiner Augen«, sagte er lächelnd. »Aus dem Hohelied Salomos. Aber das kennst du natürlich.«

»Nein.« Marianne starrte ihn an. »Ich fürchte nicht.« Sie hatte ihn nicht für den Typ Mann gehalten, der Lyrik zitierte. Es war ein seltsam erotischer Augenblick.

»Meiner bescheidenen Meinung nach die schönsten Worte der Weltliteratur.«

»Nico, keine deiner Meinungen ist bescheiden«, lachte Marianne.

»Stimmt. Und ich auch nicht. Jetzt komm aber, lass uns essen. Mit leerem Magen kann man sich schlecht lieben, meiner Erfahrung nach.«

»Scheiße«, stöhnte Ian.

»Was ist denn?«

»Ich hab mein Geld vergessen. Und das bei den gesalzenen Eintrittspreisen im Ministry. Wie blöd von mir. Hast du Geld, Kleines?«

»Nein«, sagte Zoe hastig.

»Ich dachte, du hast diese Woche dein Taschengeld bekommen?«

»Ja, habe ich auch. Aber ...«

»Na, dann können wir doch an den Geldautomaten gehen. Komm schon, Zoe, das eine Mal kannst du doch wohl bezahlen.«

»Ich –« Der Automat gab ihr kein Geld mehr, sie hatte es schon probiert.

»Ach, Scheiße«, rief Ian. »Ich kann geizige Mädchen nicht leiden. Verdammt, Zoe, ich habe immer bezahlt, vom ersten Tag an. Schön, gehen wir eben nach Hause. Also echt.«

Er war aufrichtig empört.

»Warte«, sagte sie und legte ihm die Hand auf den Arm. »Bitte entschuldige. Ich habe Geld dabei. Ich – wollte es Marc zurückzahlen, er hatte es mir geliehen. Aber ich kann ja neues ziehen. Komm, ich bezahle.«

Sie konnte ja babysitten oder so was. Ian sah sie an. »Okay«, das war alles, was er sagte.

Sie musste einen Zehner Eintritt für jeden hinblättern, dann bestellte sie ihm noch ein paar Wodka mit Red Bull, was er immer im Ministry trank, und für sich auch, und damit waren schon vierzig Pfund flöten.

Aber mittlerweile war es ihr sowieso egal. Sie fühlte sich fantastisch. Die Musik war erste Sahne und Ian hatte wirklich einen Klassekörper. Zoe dachte an die Freuden, die vor ihr lagen, und ihr wurde schon ganz schwach.

Marianne, die in dem Riesenbett in der Suite des Swan lag, befand sich in einem Zustand akuter sexueller Erregung. Letztendlich hatte sie einfach zugestimmt, mit Nico hier zu übernachten, was ihr natürlich längst klar gewesen war. Sie begehrte ihn, er begehrte sie und alles andere schien keine Rolle zu spielen.

Nico saß im Bademantel auf dem Bett, bestellte Frühstück und die Zeitungen und betonte nachdrücklich, dass keine Anrufe durchgestellt werden sollten. Er lächelte sie an, legte den Hörer auf, erhob sich und legte den Bademantel ab. Er war sehr schlank und ausgesprochen fit. Wider Willen fiel ihr Felix' schwergliedriger Körper ein, seine kraftvolle Sexualität und seine Fähigkeit, ihr Lust zu bereiten; und sie erkannte, wie unloyal es war, was sie da machte. Sie war schockiert über sich selbst, es war abscheulich, aber gleichzeitig fand sie es seltsam erregend.

Nico schlug die Decke zurück und sah sie an. »Mein Gott, wie schön du bist. Ich habe das schon sehr lange zu keiner Frau mehr gesagt, aber ich liebe dich.« Und dann bewegte sein Körper sich langsam und mit überraschender Sanftheit und Zärtlichkeit auf ihr und in ihr, und so intensive Lustgefühle ergriffen Besitz von ihr, dass sie über sich selbst erstaunt war.

32. Kapitel

»ALSO, BESCHREIBEN SIE, WIE Sie sich fühlen. Lassen Sie sich Zeit, es hat keine Eile.«

Louise sah ihn an. Wenn sie nicht so erschöpft gewesen wäre, hätte sie ihn geschlagen. Wie sollte man beschreiben, wie es war, wenn man sterben wollte, wenn man versuchte zu sterben und dann buchstäblich ins Leben zurückgesogen wurde, indem sie einem einen Schlauch in den Hals steckten und der Mageninhalt langsam und Ekel erregend in einen Eimer tröpfelte. So war sie erwacht, obwohl sie doch gedacht hatte, sie hätte es endlich hinter sich. Und dann kam der Schmerz, der furchtbare, wilde Schmerz, und durch den Nebel aus Elend und Übelkeit hatte sie die Blutung einsetzen fühlen. Sie bekam mitgeteilt, dass sie eine Fehlgeburt hatte, dass sie nichts gegen die Schmerzen bekommen könne, und dann, als es vorbei war, als es auch für dieses Baby keine Hoffnung mehr gab, als sie weinte, um ihr Kind trauerte, bekam sie zu hören, sie würde gleich in den OP gebracht, für eine Ausschabung, »nur um sicherzugehen, dass keine Stückchen hängen geblieben sind«.

Nachdem sie wieder zu sich gekommen war, verwirrt und wund, lag sie den ganzen Tag in ihrem Krankenhausbett und dachte, dass sie ihr das Geschlecht des Kindes nur deshalb nicht verraten wollten, weil sie es fortgeworfen hatten, in den Mülleimer. Und da war der Zorn gekommen.

Sie antwortete nicht, das war sicherer. Sie saß nur da und starrte ihn an.

Er wartete geduldig und schließlich sagte er: »Sie sind noch nicht so weit, nicht wahr?« Er lächelte sie an, ein schrecklich herablassendes Lächeln. »Na, macht nichts. Wir warten einfach noch ein, zwei Tage und dann unterhalten wir uns weiter. In Ordnung?«

»Nein«, sagte Louise. Denn gar nichts war in Ordnung. Alles war ganz schrecklich. Und das einzige gute Gefühl, das sie im Moment hatte, stark und fast tröstlich, war der Zorn. Der Zorn, der langsam ihr Freund wurde.

»Ich glaube, ich entscheide mich für den Weg des geringsten Widerstandes«, erklärte Tom. »Wenn du keine Einwände hast.«

»Überhaupt nicht, alter Knabe«, erwiderte Aubrey. »Zu dem Schluss bin ich auch gekommen.«

Sie lächelten einander an, zwei Engländer, die Haltung bewahrten und eher wirkten, als würden sie übereinkommen, eine Golfpartie abzusagen, als das endgültige Aus für ihre einzigartige, erfolgreiche Agentur zu beschließen, die sie durch ihre ureigene Mischung aus Talent, Mut und Engagement aufgebaut hatten.

»Also, was machen wir zuerst? Reden wir mit den Angestellten, informieren die Kunden?«

»Wir müssen den Insolvenzantrag beim Konkursgericht einreichen. Ich finde, es ist einfacher, es allen zu erzählen, wenn es bereits eine vollendete Tatsache ist. Dreihundertfünfzig Pfund kostet der Spaß, sagtest du?«

»Ja. Ob die Bank uns die wohl leihen wird?« Tom brachte ein Lächeln zustande.

»Oh mein Gott«, sagte Octavia. »Oh mein Gott.«

»Nein«, versetzte Gabriel Bingham bescheiden. »Nein, nur ich. Mr Bingham. Sie werden mich doch nicht schon bereits vergessen haben?«

Er lächelte sie an und sie lächelte zurück.

»Es ist schön, dich zu sehen«, sagte sie und meinte es so.

»Tja, ich dachte, ich komm mal vorbei und schau mir deinen bescheidenen Arbeitsplatz an. Keine Sorge, ich bleibe nicht lange.«

»Garantiert nicht«, bemerkte Melanie Faulks, die gerade hereinkam. »Sie hat sehr viel zu tun. Hallo. Sie müssen der Engel Gabriel sein. Ich bin Melanie. Schöne Rosen, die Sie da am Freitag geschickt haben. Sie hat geweint, wissen Sie.«

»Sie hat geweint?« Er war verblüfft. »Warum denn, um Himmels willen?«

»Ach, so ist sie nun mal. Sehr labil. Ich habe immer viel Stress mit ihr.«

Octavia fühlte einen Stich der Verärgerung. Natürlich war das alles sehr lustig, dieses Geplänkel, aber so verletzlich und verwundbar, wie sie sich im Augenblick fühlte – vielleicht in der Tat labil –, fiel es ihr schwer, weiter ein lächelndes Gesicht zu zeigen. Sie hatte ein schwieriges und einsames Wochenende mit den Kindern hinter sich, und schon am Samstagabend hatte sie sich nach der Gesellschaft eines Erwachsenen gesehnt, nach jemandem, mit dem sie reden konnte. Gabriel hatte mehrmals angerufen, aber sie fühlte sich einfach noch nicht bereit, eine neue Beziehung einzugehen. Langsam ging ihr auf, was sie mit Louise verloren hatte. Was für eine furchtbare Ironie. Louise, die immer zugehört hatte, die sie immer verstanden hatte, mit ihr gefühlt, ihr Ratschläge erteilt, sie geneckt hatte, die immer auf ihrer Seite gewesen war. Es war nicht nur Verrat, das erkannte sie jetzt; es war wie ein Todesfall, einer, von dem sie sich nie erholen würde.

»Ich habe mich nur gefragt«, bemerkte Gabriel, immer noch an Melanie gewandt, »ob sie mich wohl meidet. Ich habe am Wochenende dreimal angerufen, aber sie wollte nicht mit mir sprechen.«

»Also«, sagte Octavia, lächelte gequält und versuchte, fröhlich und besonnen zu klingen. »Ich bin anwesend, weißt du. Ich kann reden. Du könntest mich selbst fragen.«

»Das habe ich getan. Das ganze Wochenende.«

»Hat er«, bestätigte Melanie.

Octavia brach in Tränen aus.

Nachdem Melanie gegangen war – (»Sie haben zehn Minuten, Gabriel, dann komme ich und leere einen Eimer kaltes Wasser über euren Köpfen aus; wir müssen wirklich arbeiten«) – und sie einen starken Kaffee getrunken hatte, erklärte sie: »Es tut mir Leid. Ich war das ganze Wochenende in einer jämmerlichen Verfassung. Es gibt so viel, was ich dir noch nicht erzählt habe. Es ist so – ach, ich weiß nicht. Entschuldige. Aber es ist schön, dich zu sehen.«

»Es macht nichts, ich verstehe das. Glaube ich wenigstens. Aber wann können wir uns sehen? Vielleicht heute Abend?«

»Das wäre schön«, sagte Octavia. »Ja, wir könnten was essen gehen. Aber ich habe nicht viel Zeit, ich muss noch ...«

Sie und Tom hatten vereinbart, sich heute Abend zusammenzusetzen, um zu entscheiden, was sie mit ihrem Leben anfangen wollten. Oder vielmehr dem, was davon übrig war.

»Abgemacht. Ich hol dich hier ab. Wann?«

»Um sechs?«

»Gut.«

Sie gab ihm einen Kuss und gerade in dem Augenblick ging die Tür auf.

»Zehn Minuten, habe ich gesagt«, bemerkte Melanie. »Sarah Jane, einen Eimer kaltes Wasser.«

»Ich gehe ja schon«, protestierte Gabriel.

Er verschwand. Die ungebügelten Hosen und das karierte Flanellhemd wirkten in den schicken Büroräumen ganz fehl am Platz. Octavia blickte ihm lächelnd nach. Er war so ...

»Er ist sehr nett«, konstatierte Melanie. »Und sehr sexy. Genauso sexy wie seine Stimme. Genau das, was du brauchst, Fleming. Also los, wir müssen was tun.«

Nico Cadogan hatte sich schon des Öfteren als Connaisseur von Pleiten, Pannen und Peinlichkeiten bezeichnet. »Selbst Unheil anrichten würde ich natürlich nie, aber ich erkenne ein schönes Beispiel, wenn ich es sehe. Wie einen guten Wein, ich kann es riechen.«

Und jetzt sah er sich mit einem wunderbaren Beispiel konfrontiert. Was für ein Spaß, wenn auch leicht unorthodox, einem Mann zu helfen, den er mochte und bewunderte, beruflich und persönlich, und der zudem von seinem eigenen Rivalen um die Hand der Dame, die er umwarb, verabscheut und angegriffen wurde. »Das, Cadogan«, sagte er am Montagmorgen lächelnd zu seinem Spiegelbild, »ist wirklich vom Feinsten.«

Es stimmte, was er am Samstag zu Marianne gesagt hatte: Er war verliebt in sie. Sie schien ihm die Frau zu sein, nach der er seit Jahren gesucht hatte: schön, intelligent, charmant und – vielleicht am erstaunlichsten – nett. Sehr nett. Ihre Gewissenskonflikte wegen Felix fand er anrührend. Trotz ihres Humors und ihrer Lustigkeit war sie ein ernsthafter Mensch. Sie dachte gründlich über alles nach und fällte keine leichtfertigen oder gar willkürlichen Urteile. Und er liebte sie auch für ihre intensive Sorge um ihre Kinder.

Und dann war sie so leicht zufrieden zu stellen, eine seltene Eigenschaft bei einer so kultivierten Frau. Sie genoss gutes Essen, Wein, Kleider, gute Gespräche, ihr verflixtes Golfspiel und, wie es schien, Sex. Er war noch ganz erschüttert von ihrer wunderbaren, leidenschaftlichen Hingabe.

Gerade als er das dachte, klingelte das Telefon. Es war Felix.

Nico Cadogan war kein Schurke. Schuldbewusstsein durchzuckte ihn.

»Morgen, Felix.«

»Hören Sie, ich möchte, dass Sie mir einen Gefallen tun. Überlegen Sie, ob Sie nicht Fleming + Cotterill Ihren Etat entziehen wollen.«

Das Schuldbewusstsein ließ nach.

»Bedaure, Felix, aber das habe ich nicht vor.«

»Hören Sie, dem Mann kann man nicht trauen. Ich persönlich würde ihm keinen Viertelpenny anvertrauen. Jetzt nicht mehr.«

»Aber warum denn nicht? Was hat er getan?«

»Er hat seine Ehe zerstört.«

»Das hat mit seinem geschäftlichen Urteilsvermögen doch wohl nichts zu tun.«

»Da bin ich anderer Meinung. Ein Mann, der lügt und betrügt, ist kein Mann, mit dem man Geschäfte machen möchte.«

»Felix, die City ist voller Leute, die lügen und betrügen. Was keinerlei Einfluss auf ihren Geschäftssinn hat.«

»Hören Sie, es ist schlimmer, als Sie denken. Weit schlimmer. Er hat –«

»Nehmen Sie es mir nicht übel, aber ich will keine grausigen Details aus seinem Eheleben hören. Guten Morgen.«

Jedes Schuldbewusstsein war verschwunden. Felix war ein Ungeheuer. Und stand in Gefahr, sich zum Narren zu machen. Er war ein brillanter Kopf, aber wenn es um Octavia ging, war es, als würde sein Verstand aussetzen. Es war fast beängstigend.

Marianne rief an und er berichtete ihr kurz von Felix' Anruf.

»Oh Gott. Armer Felix. Ich muss unbedingt mit ihm reden. Nico, was habe ich nur getan?«

»Was jeder vernünftige Mensch getan hätte. Der Mann ist verrückt. Jetzt fang bloß nicht an, dich schuldig zu fühlen. Er hat schließlich Octavia.«

Ich habe schließlich noch Octavia, dachte Felix und legte mit zitternden Händen auf. Plötzlich war ihm schwindelig und er fühlte sich ganz schwach.

Er konnte kaum glauben, was er da eben gehört hatte. Solange er diesen Rachefeldzug gegen Tom führte, hatte Marianne gesagt, könne sie sich unmöglich weiter mit ihm treffen. Und als er sie gefragt hatte, woher sie denn davon wisse, hatte sie es ihm gesagt. Von Nico Cadogan.

»Und wieso erzählt er dir so was? Seht ihr euch öfters?«

Und sie hatte tief Luft geholt und ja gesagt.

»Du wirst mir wahrscheinlich nie vergeben, das ist mir durchaus klar. Aber ich muss unsere Beziehung beenden. Es geht einfach nicht, solange du dieses – wahnsinnige Verhalten in Bezug auf Octavia beibehältst.«

»Welches wahnsinnige Verhalten?«, hatte er entgegnet. »Ich versuche doch nur, sie zu beschützen, ihr zu helfen, diesen – diesen Kerl aus ihrem Leben zu entfernen, damit er ihr nicht noch mehr wehtun kann.«

»Du kannst sie nicht beschützen«, hatte sie eindringlich gesagt. »Sie ist erwachsen, Felix. Sie ist sechsunddreißig. Lass sie doch einmal in Ruhe, nur ein einziges Mal. Lass sie die Sache selbst regeln.«

»Ich bin empört darüber, wie du dich benimmst«, hatte er schlicht erwidert. »Empört und verletzt. Das wäre sie auch, wenn sie davon wüsste, wie du sehr wohl weißt.«

Er war weitaus empörter und verletzter um Octavias willen als um seinetwillen.

»Ich gehe für eine Stunde weg«, sagte Tom knapp zu Vanessa. »Danach haben Aubrey und ich eine Besprechung. Ich will von niemandem gestört werden.«

»Tom, Nico Cadogan hat angerufen. Schon zweimal. Es ist sehr dringend, sagt er.«

Tom konnte den Gedanken nicht ertragen, ausgerechnet Cadogan zu erzählen, dass für Fleming + Cotterill das endgültige Aus gekommen war.

»Sagen Sie ihm, ich sei nicht in London. Sagen Sie ihm, ich rufe heute Nachmittag zurück.«

Dann würde es getan sein. Der Insolvenzantrag wäre gestellt. Ein Zurück gab es dann nicht mehr.

Das Getuschel hatte eingesetzt. Niemand wusste etwas Genaueres, aber wilde Geschichten waren im Umlauf: Tom hätte eine Affäre mit der wissenschaftlichen Mitarbeiterin eines Unterhausabgeordneten, Octavia mit einem Redakteur, Tom war mit einer Schauspielerin gesehen worden, Octavia mit einem Unternehmer. Und zu den Leuten, die ganz bestimmt nicht traurig darüber waren, gehörte Lauren Bartlett.

Sie hatte schon eine ganze Weile auf eine Gelegenheit gewartet, Tom Fleming zu bearbeiten. Er war eindeutig einer der attraktivsten Männer, die sie kannte. Ausgesprochen sexy. Vielleicht sollte sie sich zum Lunch mit ihm treffen, unter dem Vorwand, ihm einen neuen Kunden vermitteln zu wollen. Zumindest würde sie dabei bestimmt herausfinden, ob es eine andere Frau gab. Sie könnte den Freund mit dem Etat vorschieben, den mit der Drogeriekette. Wahrscheinlich war es längst zu spät, aber sie konnte ja noch mal vorfühlen. Und Tom war offenbar verzweifelt auf neue Kunden angewiesen.

Ja, das wäre eine Möglichkeit. Sie würde Tom gleich mal auf dem Handy anrufen ...

Er meldete sich sofort.

»Tom? Hier ist Lauren. Lauren Bartlett. Ich habe noch mal mit diesem Freund von mir gesprochen, Sie wissen schon, den, der eine PR-Agentur sucht.«

»Ach ja?« Sehr begeistert klang das nicht gerade.

»Tja, es könnte eventuell noch hinhauen. Wenn Sie Interesse haben, wäre ich gerne bereit, ein Treffen zu arrangieren.«

»Wirklich? Hören Sie, Lauren, ich kann jetzt schlecht reden. Kann ich Sie zurückrufen?«

»Ja, natürlich. Vielleicht könnten wir die Sache ja bei einem Drink besprechen. Was halten Sie davon, wenn ich ihn anrufe und versuche, etwas auszumachen?«

»Ja, vielleicht. Bitte entschuldigen Sie, aber im Augenblick ist alles ein wenig schwierig.« Er gab sich offenbar alle Mühe, nett zu sein.

»Sicher, das verstehe ich doch. Ich rufe Sie im Büro an.«

»Vielen Dank, Lauren.«

»War mir ein Vergnügen. Wir sehen uns. Ich freue mich darauf.«

Sie lächelte ins Telefon und wählte die Nummer von Oliver Nichols' Pharmaceuticals PLC.

»Ich würde gern mit Mr Nichols sprechen«, sagte sie. »Hier ist Mrs Bartlett. Es ist dringend.«

Um halb zwei war Tom wieder im Büro. Vanessa Dawson sah ihn aus ziemlich trüben Augen an.

»Ich wünschte, Sie würden mir das nicht antun. Ich habe hier ein Dutzend Anrufe, alle brandeilig. Wollen Sie nicht wenigstens die wichtigsten ...«

»Vanessa, ich kann erst am Nachmittag Anrufe entgegennehmen, das habe ich Ihnen doch gesagt.«

»Was ist mit Nico Cadogan? Er hat schon wieder angerufen. Zweimal.«

»Nein, tut mir Leid. Noch nicht.«

»Und Mrs –«

»Vanessa, ich habe nein gesagt. Bitte.« Er schaute sie an. »Geht es Ihnen nicht gut?«

»Nein. Ich glaube, ich bekomme eine Grippe. Ich fühle mich einfach furchtbar.«

»Warum gehen Sie dann nicht einfach nach Hause? Setzen Sie jemanden ans Telefon. Ich bin für niemanden zu sprechen. Außer für Cadogan, in – sagen wir, einer Stunde. Und für Mrs Bartlett. Sie versucht, mir einen Gefallen zu tun. Alles andere kann warten.«

»Gut. Vielen Dank, Tom.«

Es war weder Vanessa Dawsons noch Toms Schuld, dass die Aushilfe aus der Buchhaltung Mrs Octavia Fleming mitteilte, sie habe strikte Anweisung, niemanden durchzustellen außer Mr Cadogan und Mrs Bartlett.

»Dieses Schwein!«, rief Octavia und starrte fassungslos auf das Telefon. »Dieses Dreckschwein.«

»Sprichst du von deinem Mann?«

»Was? Ja, Mells. Von wem wohl sonst? Er hat Anweisung gegeben, nur Anrufe von Nico Cadogan und Lauren Bartlett durchzustellen. Himmel, er hat was mit ihr angefangen. Und das so kurz nach Louise. Ich begreife es einfach nicht, Melanie, ich begreife es nicht.«

»Bei einem Mann bin ich ja im Allgemeinen nicht für die Unschuldsvermutung, aber besteht nicht die Möglichkeit, dass da etwas durcheinander geraten ist? Es klingt ziemlich unwahrscheinlich, finde ich. Jedenfalls, ich bin nur reingekommen, weil ich die Kostenaufstellung für den Tag in Brands Hatch habe. Kannst du es ertragen, sie durchzusehen?«

»Natürlich«, versetzte Octavia leicht gereizt. »Was schert es mich, wenn sie was mit meinem Mann angefangen hat. Meinetwegen kann sie ihn haben. Gib her, Mells. Ich bin schließlich ein Profi, oder?« Sie brachte ein ziemlich schwaches Lächeln zustande.

»Brav so. Und du hast schließlich den Engel Gabriel, vergiss das nicht.«

»Nein«, meinte Octavia nachdenklich. »Das werde ich nicht vergessen. Nicht noch einmal.«

»Das war's dann wohl«, sagte Tom, schob seinen Stuhl zurück und reichte Aubrey das Formular, mit dem das Insolvenzverfahren eingeleitet wurde, zum Unterschreiben. »Ich fahre zum Konkursgericht. Bringen wir es hinter uns. Gib mir den Scheck, Aubrey.«

»Da. Wollen wir noch mal unsere Gläser erheben? Auf Fleming + Cotterill?«

»Ich glaube, das machen wir lieber, wenn ich zurück bin. Das wird mir den Mut geben, die nächste Phase durchzustehen: es allen mitzuteilen.«

»Hören Sie«, sagte Nico Cadogan. »Es ist mir egal und wenn er eine Sitzung mit Gott hat. Ich will mit ihm sprechen. Es ist außerordentlich wichtig. Würden Sie mich jetzt bitte durchstellen?«

»Das kann ich nicht, Mr Cadogan. Er hat gerade das Haus verlassen.«

»Verdammt. Ist Mr Cotterill da?«

»Ja.«

»Sie sind doch offenbar ein kluges Mädchen. Wenn Sie gefeuert werden, weil Sie mich durchgestellt haben, können Sie bei mir arbeiten. Ist das ein Angebot? Kommen Sie«, fügte er hinzu. »Leben Sie gefährlich.«

Sie stellte ihn durch.

Kaum zwei Minuten später sah sie erstaunt, wie Mr Cotterill durch den Empfangsbereich rannte und die Treppe hinuntereilte.

»Ich weiß, es ist nur ein Fliegenschiss«, erklärte Nico Cadogan bescheiden, »aber Sie können es haben. Die Gehälter für fünf Monate, im Voraus. Hunderttausend. Nützt Ihnen das was?«

Einen schrecklichen Augenblick lang dachte Aubrey Cotterill, er würde zusammenbrechen. Dann fasste er sich, griff nach der Flasche Chivas Regal und goss drei große Whisky ein.

»Sehr viel«, sagte er. »Und ich habe keine Ahnung, warum Sie das machen.«

»Das ist leicht erklärt. Herausragende Leistungen beeindrucken mich. Und Sie erbringen sie. Prost!«

»Kommen Sie, Mrs Fleming. Kommen Sie her und lassen Sie sich knuddeln. Ganz altmodisch.«

Sie schaute ihn an. Er saß auf dem ziemlich durchgesessenen Sofa im Wohnzimmer seiner Wohnung in Pimlico.

»Ach ...«

»Das ist schon in Ordnung. Ich werde nicht versuchen, dich zu verführen. Ich habe mich damit abgefunden, dass unsere erste und ziemlich umwerfende sexuelle Begegnung unsere letzte bleiben wird.«

»Gabriel ...«

»Gut, vielleicht nicht ganz. Aber für den Moment. Komm, ich möchte dir etwas sagen. Ich glaube, das wird diesen hilflosen, gedrückten Ausdruck von deinem Gesicht wischen.« Sie ging zum Sofa und er legte die Arme um sie. Es war beruhigend, tröstlich, angenehm, es erinnerte sie an ihre Kindheit.

»Also«, sagte Gabriel. »Ich habe nicht viel Erfahrung mit derartigen Gesprächen, du musst also Geduld mit mir haben. Aber ich ... also, ich stelle fest, dass ich mich sehr zu dir hingezogen fühle. Ich kann nicht aufhören, an dich zu denken. Meine letzte Verliebtheit ist schon ein Weilchen her, aber jetzt könnte ich es sein, glaube ich. Verliebt, meine ich. Aber ich weiß, du machst gerade eine furchtbare Zeit durch und weißt wahrscheinlich gar nicht, was du denken sollst.«

»Das stimmt. Die Hälfte der Zeit weiß ich überhaupt nicht, was ich tue. Meine eigene Telefonnummer fällt mir nicht mehr ein, und als ich heute Morgen ins Auto stieg, konnte ich mich nicht erinnern, wo ich den Schlüssel hinstecken sollte. Buchstäblich. Und ich finde es furchtbar, ich finde es einfach furchtbar, nichts mehr im Griff zu haben. Alles, was mir wichtig war, dessen ich mir so sicher war, meine Ehe, mein Beruf, meine ... meine beste Freundin – alles weg. Und der andere wichtige Mensch in meinem Leben ...«

»Ich?«, fragte Gabriel hoffnungsvoll.

»Also –«

»Schon gut. Ich weiß, ich bin eine neue Errungenschaft. Dein Vater? Dein omnipotenter Vater?«

»Ja. Immer konnte ich zu ihm gehen, wenn ich Rat und Hilfe brauchte. Jedenfalls wusste ich, dass ich es hätte tun können, verstehst du. Und jetzt wage ich es einfach nicht. Er würde Tom umbringen, wenn ich auch nur andeute, dass das mein Wunsch ist. Und er will seine Agentur ruinieren.«

»Kann er das?«

»Zumindest kann er alles ziemlich schwierig für ihn machen.«

»Und das macht dir etwas aus?«

»In gewisser Weise wäre es eine Genugtuung, Tom am Boden zu sehen. Aber andererseits – es wäre keine Hilfe für die Kinder. Und für mich auch nicht. Und – oh Gott, ich weiß nicht. Ich ...« Sie weinte schon wieder. »Entschuldige, Gabriel. Bitte verzeih.«

»Ich wollte damit nur sagen«, fuhr Gabriel fort, »für die absehbare Zukunft bin ich für dich da, wenn du das willst. Und wenn nicht, haue ich ab. Ist das ein Angebot?«

»Ein ziemlich gutes«, entgegnete sie lächelnd. »Dank dir.«

Sie gab ihm einen Kuss. Es war so schön, ihn zu küssen, er war so sanft, so behutsam, ging auf sie ein. Einen kurzen Moment lang wollte sie mehr, aber nur einen Moment. Es war zu früh – zu früh und zu verwirrend.

33. Kapitel

»VIELLEICHT KÖNNEN WIR DIE Agentur doch noch retten«, sagte Tom. »Eine kleine Chance gibt es. Wir haben ein paar ziemlich greifbare Solidaritätsbekundungen erhalten.«

»Sehr schön.«

»Octavia, die Macintoshs sind morgen in London. Sie haben uns zum Essen eingeladen.«

»Tom, ich kann nicht glauben, dass wir dieses Gespräch führen. Selbstredend werde ich nicht mit dir und den Macintoshs zum Essen gehen. Es ist *vorbei.* Du wirst dir eine andere Begleitung suchen müssen. Wie wär's mit Lauren Bartlett?«

»Sei nicht so verdammt albern«, zischte Tom. »Ich kann Lauren Bartlett nicht ausstehen.«

»Warum hast du dann deine Sekretärin angewiesen, sie durchzustellen und mich nicht?«

»Herrgott noch mal, das war ein dämlicher Fehler. Könnten wir vielleicht beim Thema bleiben? Es ist furchtbar wichtig. Kannst du nicht morgen mit zum Essen kommen, Bob Macintosh hat dich so gern und –«

»In dem Fall wird er sicher verstehen, warum ich nicht mitkomme.«

»Octavia!« Tom sprang auf und hieb mit der Faust auf ein Tischchen. Sie zuckte zusammen und starrte zu ihm hoch.

»Würdest du mir bitte mal zuhören?« Mit einem wilden Ausdruck in den Augen fuhr er fort: »Ich kann mir ja vorstellen, wie du dich fühlst. Aber kriegst du nicht in deinen Schädel hinein, dass ich ums Überleben kämpfe? Gestern war ich beim Konkursgericht, um einen Insolvenzantrag einzureichen. Meinen Bankrott zu erklären. Das schien die einzige Möglichkeit zu sein, die uns noch blieb. Wenn es so gekommen wäre, hätten wir alles verloren. Das Haus, unseren persönlichen Besitz, alles, für das wir gearbeitet haben. Nico Cadogan hat uns gerettet.«

»Nico Cadogan!«

»Ja. Er hat uns ein Darlehen über hunderttausend Pfund angeboten.«

»Warum denn das, um alles in der Welt?« Octavia war aufrichtig erstaunt.

»Weil er der Ansicht war, dass wir es wert seien. Jedenfalls hat er das gesagt.«

»Mein Gott. Ob mein Vater das wohl weiß?«

»Keine Ahnung. Interessiert mich auch nicht sonderlich. Wenigstens, für den Augenblick sind wir gerettet, aber es steht immer noch auf Messers Schneide. Wir brauchen ein paar neue Etats und vor allem dürfen wir keinen Kunden verlieren. Jedenfalls, Bob hat sich als absoluter Fels in der Brandung erwiesen. Und das Essen morgen ist kein Geschäftsessen. Er hat angerufen und gemeint, das wäre sicher alles sehr hart für uns gewesen und er wollte uns einen netten Abend machen. Ich würde ihm seine Freundlichkeit ungern so vergelten.«

»Tom, ich glaube kaum, dass er sich eine andere PR-Agentur suchen wird, wenn ich nicht mitkomme.«

»Nein. Aber es wäre alles einfacher und schöner, wenn du mitkämst. Ich will ihn nicht verletzen, ihn nicht vor den Kopf stoßen. Herrgott noch mal, Octavia, ich führe diese Firma doch für uns alle, für die Kinder, für –«

»Nein, das tust du nicht. Du führst sie zu deiner eigenen Befriedigung. Es ist ein reiner Egotrip.«

Das hatte gesessen, sie spürte es sogar in ihrem Schmerz und ihrer Verletztheit.

»Schön«, sagte er nach einer kurzen Pause. »Mach, was du willst.«

Und verließ den Raum.

Octavia rührte sich lange nicht von der Stelle. Sie fühlte sich ganz krank. Und ihr war unbehaglich zumute, fast hatte sie ein schlechtes Gewissen.

Sie stand auf und blickte sich um. Sie liebte dieses kleine Wohnzimmer, in das Gäste niemals geführt wurden. Es gehörte der Familie, der ganzen Familie. Ein großer Fernseher stand hier; Spiele stapelten sich auf den Regalen und Bücher, von Bilderbüchern bis Roald Dahl und den gebundenen Ausgaben der Klassiker, die sie aus dem Haus ihres Vaters mitgebracht hatte. Das Zimmer, in sämtlichen Schattierungen von Rot und Rosa gehalten, war warm und behaglich. Es hingen Hunderte von Fotos an den Wänden, im Winter brannte ein richtiges Feuer in dem hübschen Kamin, und wenn es warm genug war, wurden die schmalen Flügeltüren geöffnet, die in den Garten hinausgingen. Wenn die Kinder Gesellschaft suchten, Hilfe brauchten oder Trost an den Abenden, kamen sie hierher. In diesem Raum wurden Familienangelegenheiten geregelt, die Ferien geplant, Zeugnisse gelesen, Weihnachtsgeschenke eingepackt. Ein glücklicher Raum. Jedenfalls war er das gewesen.

Nun, vorbei war vorbei. Zurückblicken hatte keinen Sinn. Toms Verhalten hatte das Vergangene ebenso zerstört wie die Zukunft und es konnte nie wieder so werden, wie es gewesen war.

Langsam stieg sie die Treppe hinauf. Das Licht in Toms Arbeitszimmer brannte, aber es war kein Laut zu hören. Vielleicht war er zu Bett gegangen und hatte das Licht angelassen. Sacht schob sie die Tür auf und sah, dass er am Schreibtisch eingeschlafen war, den Kopf in den verschränkten Armen vergraben. Wie eine größere Version von Gideon sah er aus mit seinem dunklen Lockenschopf, dem schmalen Nacken und den langen, mageren Händen. Er regte sich nicht, als sie zum Schreibtisch trat, so erschöpft war er. Auf dem Schreibtisch lag ein handgeschriebener Brief an Bob Macintosh, den er morgen faxen wollte.

»Bob: wegen morgen. Dinner wäre großartig, genau das, was wir brauchen. Octavia wird es allerdings nicht schaffen, sie muss« – hintereinander hatte er »zum Elternabend«, »arbeiten« und »zu ihrem Vater, ihm geht es nicht gut« geschrieben und wieder durchgestrichen. Und dann hatte er mit einer neuen Version angefangen. Etwas regte sich in ihr, ein schmerzliches, unwillkommenes Gefühl, dem sie nichts entgegenzusetzen hatte. Sie konnte es nicht benennen, aber es bewog sie, sich ein Blatt Papier zu nehmen und in ihrer ordentlichen Handschrift zu notieren: »Tom, ich komme morgen doch mit.«

Das Gerücht, dass John Whitlam keinen Grund sah, das Bauvorhaben in Bartles Wood nicht zu genehmigen, erreichte am Mittwochabend die Redaktion des *Staughton Advertiser*. Der verantwortliche Redakteur für Titelgeschichten, der noch nach einer guten Story für die Wochenendausgabe suchte, telefonierte herum und erhielt die Antwort, von einer Erteilung der Baugenehmigung könne keine Rede sein, es sei noch nichts entschieden. Dann versuchte er es im Seniorenheim Bartles House. Mrs Ford, die Heimleiterin, erklärte, sie würde wohl die Erste sein, die es erführe, wenn es wahr wäre, und sie wisse nichts davon. Der Redakteur, dessen Spitzname nicht umsonst »Bulldogge« lautete, rief daraufhin die Kontaktperson der Bürgerinitiative an, die sich ganz bestimmt äußern würde, und bat sie um einen Kommentar. Mrs David enttäuschte ihn nicht.

Octavia zog gerade ein schwarzes Kleid an – das tief ausgeschnittene, das Tom nicht leiden konnte –, als Pattie anrief, um ihr die Neuigkeit mitzuteilen.

»Pattie, es tut mir Leid, ich habe jetzt keine Zeit. Aber ich komme am Wochenende runter, dann können wir alles besprechen. Kommen Sie doch in unser Ferienhaus. Bringen Sie Megan ruhig mit. Ja, natürlich. Also, bis dann.«

»Wie wär's mit einem Wochenende in Venedig?«, meinte Nico Cadogan. »Nein, vergiss es, grauenhafte Idee. Da ist es heiß, es wimmelt von Touristen, es riecht schlecht. Wir fahren lieber im Frühling. Ich sag dir was, fahren wir doch nach Glasgow. Es gibt da ein entzückendes Hotel, das ich dir gerne zeigen würde, und ich liebe Glasgow. Großartige Architektur. Kennst du die Stadt?«

»Nein, Nico, ich war noch nie in Glasgow. Und ich kann dieses Wochenende nicht weg. Ich ...«

»Warum denn nicht?«

»Also ...«

»Schön, ich reserviere uns ein Zimmer.«

»Nein!«

»Dann nächstes Wochenende?«

»Nein. Ich kann wirklich nicht.«

»Aber natürlich kannst du. Ich kümmere mich um alles. Wir sehen uns dann ja morgen, zum Essen, in Ordnung?«

»Also – ja, gut, Nico. Schön.«

»Wollen wir mal übers Wochenende wegfahren?«, fragte Donald Ford, »wenn das alles vorbei ist? Irgendwohin, wo es schön ist, vielleicht nach Venedig? Wir werden es uns leisten können und –«

»Oh, Donald, im Moment kann ich an nichts anderes denken, ich will die Sache nur durchstehen. Ich weiß nicht, wie wir es ihnen beibringen sollen, wirklich nicht. Ich wünschte nur, es wäre schon vorbei.«

»Das wird es noch lange nicht sein, Schatz. Finde dich besser damit ab.«

»Danke, Octavia«, sagte Tom. »Vielen Dank, dass du mitgekommen bist.«

Sie waren gerade von dem Essen mit den Macintoshs nach Hause gekommen und er war ziemlich betrunken. Bob Macintosh hatte sich die Sache was kosten lassen und sie ins Connaught eingeladen. Es war nicht leicht gewesen, aber sie hatten es durchgestanden. Nur für diesen einen Abend, durch eine gewaltige Willensanstrengung, war ihre Ehe nach außen hin wieder heil gewesen, eine positive, konstruktive Sache. Obwohl er Octavia dankbar war, fand Tom es verwirrend, sogar verstörend, dass Hass, Misstrauen und Verzweiflung so vollständig verborgen werden konnten.

»Danke«, wiederholte er.

»Schon gut. Ich hoffe, es hat was genützt.«

Er stand im Flur und beobachtete sie. Als sie auf dem Weg in die Küche an ihm vorbeikam, stieg ihm wieder das blumige Parfüm in die Nase, mit dem sie sich heute betupft hatte und das er überhaupt nicht mochte. Sie war leicht gebräunt und ihre Brüste, die aus dem vulgären Kleid quollen, wirkten voller und schwerer als sonst. Sie bemerkte seinen Blick, runzelte die Stirn und eilte an ihm vorbei.

Tom seufzte und stieg die Treppe hinauf. Er war in seinem Arbeitszimmer, als er sie vorbeikommen hörte.

»Gute Nacht«, sagte er. Sie schwieg.

Später kam er auf dem Weg ins Schlafzimmer am Gästezimmer vorbei. Das Licht brannte noch und die Tür stand einen Spaltbreit offen. Sie saß im Bett und las. Sie war nackt, aber die Decke war hochgezogen und bedeckte ihre Brüste. Er schaute hinein.

»Alles in Ordnung?«

»Ja, danke«, erwiderte sie kalt.

Plötzlich schrie oben Minty. Sie schaute ihn an, stand auf und warf einen Baumwollbademantel über.

»Du entschuldigst mich.«

Er sah ihr nach, hörte, wie sie das Baby beruhigte und leise mit Caroline sprach; dann war Stille. Er war schon halb ausgezogen, als ihm das Buch einfiel, nach dem er vorhin eigentlich hatte suchen wollen. Er klopfte an die Tür des Gästezimmers, aber niemand antwortete und er trat ein. Als sie kurz darauf hereinkam, durchstöberte er gerade das Bücherregal. Ihr Bademantel war offen und sie stand entblößt vor ihm, er sah ihre Brüste, ihren Bauch, ihre Schenkel ...

Er konnte sich nicht rühren, er konnte den Blick nicht abwenden. Er sollte es tun, das war ihm klar, aber er konnte nicht. Weil er sie mehr begehrte als je zuvor. Er stand da wie ein Ertrinkender, vor dessen innerem Auge sein eigenes Leben abläuft, und sah all die anderen nackten Octavias, die er geliebt hatte, die Octavia, die er verführt hatte, die er geliebt hatte, voller, jünger als heute, unsicher, lachend, nervös; das selbstsichere Geschöpf, zu dem sie in ihren Flitterwochen geworden war, trunken vor Lust, vor Freude, vor Sonne und Liebe; den geschwollenen, reifen Körper der Frau, die seine Kinder getragen hatte, unendlich begehrenswert und schön; die schlanke, angespannt sinnliche Frau, die sie geworden war. Und jetzt die neue Octavia: von ihm verletzt, von ihm zerstört, immer noch schön, immer noch begehrenswert, unwiderruflich verloren für ihn. Und offenbar in einen anderen Mann verliebt.

Schließlich stammelte er: »Entschuldige« und hastete aus dem Zimmer. Als er sich umdrehte, um die Tür zu schließen, sah er, dass sie sich nicht von der Stelle gerührt hatte. Und in ihren Augen war ein Ausdruck, den er nicht einmal ansatzweise deuten oder begreifen konnte.

Ian hatte immer noch nicht angerufen und dabei war schon Freitag. Zoe spürte, wie sie langsam nervös und gereizt wurde. Aus zwei Gründen: Sie wusste nicht mehr genau, wann die Leute vom Carey Square aus dem Urlaub zurückkamen, aber es musste jetzt ziemlich bald sein; und wenn sie feststellten, dass Geld fehlte, würde Ian bald spitzkriegen, wer es genommen hatte. Nicht, dass sie die hundert Pfund jetzt gehabt hätte. Sie hatte alles ausgegeben und einmal Kinder gehütet, was ihr genau fünfzehn Pfund eingebracht hatte, wovon zehn bereits ausgegeben waren. Aber vielleicht konnte sie die Bank überreden, ihr einen kleinen Kredit zu gewähren. Oder was von ihrer Mutter leihen, oder sogar von Romilly. Aber darüber konnte sie sich immer noch Gedanken machen, wenn sie ins Haus kam, um es zurückzulegen. Das war die Hauptsache und ohne Ian ging das nicht. Sie wählte seine Nummer und ließ es klingeln.

»Ja?« Gott, sie wurde geil, wenn sie nur seine Stimme hörte.

»Hör mal, ich hab einen Ohrring verloren. Hast du ihn zufällig? Eine Creole aus Silber.«

Er schwieg, dann sagte er: »Du weißt, dass ich keinen Ohrring von dir habe, Zoe. Oder?«

»Wenn ich es wüsste, hätte ich dich doch nicht angerufen.«

»Klar doch.« Sie konnte ihn lächeln hören. »Am Wochenende fahr ich weg«, fuhr er fort. »Da geht's also nicht. Aber nächstes Wochenende wär gut. Übrigens die letzte Gelegenheit, in das Haus am Carey Square zu kommen. Mitte der Woche kommen sie zurück. Ich ruf dich an.«

Jetzt musste sie nur noch die hundert Pfund beschaffen.

»Wollen wir nicht die Zwillinge besuchen?«, fragte Dickon. »Am Wochenende. Du hast gesagt, wir könnten hin. Bitte.«

Sandy zögerte. Aus irgendwelchen Gründen, die er selbst nicht ganz nachvollziehen konnte, widerstrebte ihm der Gedanke, Octavia gegenüberzutreten. Es war albern, schließlich waren sie in dieser abscheulichen Geschichte die unschuldigen Parteien. Vielleicht empfand er die Schuld als irgendwie ansteckend. Oder lag es daran, dass er und Octavia die Trottel waren, die betrogenen Narren? Wie dem auch sei, es war fast unerträglich. Andererseits, er musste es ja ohnehin irgendwann überwinden.

»Wenn Octavia Zeit hat«, stimmte er zögernd zu.

»Ruf sie an. Frag sie. Bitte.«

Octavia reagierte erfreut. Sie sagte, ein Freund von ihr würde vorbeikommen. »Und jemand wegen dieser Waldgeschichte. Du weißt schon, das Waldgebiet, das bebaut werden soll. Ja, kommt doch zum Tee, Sandy. Die Zwillinge werden sich freuen.«

Die Zwillinge schienen in der Tat erfreut. Poppy eilte wichtig zum Auto und half, Dickon loszuschnallen.

»Komm«, drängte sie, »Gabriel ist hier, er spielt Kricket. Gideon muss springen. Es ist echt komisch ...«

»Wer ist Gabriel?«

»Ein Freund von Mama.« Ihr Gesicht zeigte einen leicht wachsamen Ausdruck.

»Dein Vater ist nicht hier?«

»Nee. Er muss dieses Wochenende arbeiten.«

Sandy fragte sich, wie viel sie wohl mitbekommen hatte, obwohl den Kindern sicher eine gründlich gereinigte Version der Geschehnisse präsentiert worden war.

»Hallo, Sandy, komm doch rein.« Octavia gab ihm einen Begrüßungskuss, leicht verlegen, mit entschlossener Munterkeit. »Wie – wie geht es dir?«

»Nicht schlecht, wenn man bedenkt ... Du weißt schon.«

»Ja. Ja, ich weiß.« Sie lächelte ihn an, drückte ihn plötzlich an sich und gab ihm noch einen Kuss, herzlicher, entspannter. »Ich bin so froh, dass du gekommen bist. Wir können es beide brauchen. Jetzt kommt herein. Das ist eine Freundin von mir, Pattie David. Und das ist ihre Tochter Megan. Und das ...«, sie wies auf einen ziemlich sonderbar aussehenden Mann in ausgebeulten Khakishorts und altmodischen Turnschuhen. Er schleuderte Gideon mit gestrecktem Arm den Ball entgegen, und der versuchte, ihn mit seinem Schläger zu treffen. »Und das ist Gabriel Bingham, der hiesige Abgeordnete – und Kricket-trainer. Setz dich doch, wir sprechen gerade über den Wald.«

Sandy wusste nichts von einem Wald und es interessierte ihn auch nicht, aber er war froh über das neutrale Thema. Er setzte sich neben Pattie David.

»Hallo.« Sie lächelte ihn an. Sie hatte ein nettes Lächeln und war recht hübsch, wenn sie auch ausgelaugt wirkte. »Werden Sie uns helfen?«

»Mit dem Wald? Ach, das ist nicht so mein Ding, Proteste und so was.«

»Was ist denn Ihr Ding?«

»Ich bin im Weinhandel. Davor war ich in der Armee. Ich bin ziemlich gut darin, durchs Unterholz zu kriechen, das könnte ich gerade noch schaffen.«

»Das könnte doch sehr hilfreich sein. Wir ziehen in Erwägung, zu Guerillataktiken überzugehen. Sie könnten uns bei den Tunneln helfen. Das war nur ein Witz! Mein Vater war auch in der Armee«, fügte sie hinzu.

»Wirklich? In welchem Regiment?«

»DCLI.«

»Nein! Mein Vater war bei den Somersets.«

»Gütiger Himmel. Dann haben sie einander wahrscheinlich gekannt. Wann haben Sie Ihren Abschied genommen?«

»Vor ungefähr drei Jahren. Nach zwölf Jahren bei der Truppe.«

»Fehlt es Ihnen?«

»Mehr als ich sagen kann.« Es kam nicht oft vor, dass Sandy das zugab, weil die meisten Leute es nicht verstanden. Er begriff nicht so recht, warum er es jetzt getan hatte.

Pattie David lächelte ihn an. »Das überrascht mich nicht«, sagte sie.

Pattie hatte einen Anruf von einer Mrs Lucilla Sanderson bekommen.

»Sie lebt in Bartles House. Arme alte Seele, sie klang völlig aufgelöst. Sie hatte den Artikel in der Zeitung gelesen und wollte wissen, ob es wahr sei. Sie sagte, die Heimleiterin wiederhole ständig, es stimme nicht, aber sie glaubt ihr nicht. ›Hier ist doch unser Zuhause‹, hat sie immer wieder gesagt, ›wir lieben das Haus, wir wollen nicht umziehen.‹«

»Arme alte Leutchen. Glauben Sie, es stimmt? Oder ist es nur ein Gerücht?«

»Natürlich hoffen wir inständig, dass es nur ein Gerücht ist«, erklärte Pattie, »aber der Mann vom *Advertiser* sagte, soweit ihm bekannt sei, wären alle Einwände vom Tisch. Und offenbar hat der Bauunternehmer angeboten, noch sechs kleine Häuser zu bauen. Ich weiß nicht, warum das so wichtig ist, aber –«

»Es ist eine Art Handel«, erklärte Octavia. »Zehn Prozent der gebauten Wohnungen müssen auch für Leute mit geringerem Einkommen erschwinglich sein.«

»Wir dürfen das nicht zulassen!«, rief Megan. »Wir müssen es verhindern!«

Was für ein liebes kleines Ding, dachte Sandy, so hübsch, zerbrechlich und ruhig. Sie saß in ihrem Rollstuhl und schaute lächelnd zu, wie die anderen Kinder herumtobten.

»Was schlägst du vor?«, fragte er sie sanft.

»Na, da sind Bäume. Vielleicht könnten wir sie – unter Schutz stellen lassen.«

»Das wäre einen Versuch wert«, meinte Octavia. »Gute Idee, Megan.«

»Und das Herrenhaus. Das Land nützt ihnen nichts, wenn sie das Haus nicht abreißen können, oder, Mama? Es sieht sehr interessant aus. Vielleicht können wir es unter Denkmalschutz stellen lassen.«

»Schatz, das glaube ich nicht. Es ist kein altes Haus.«

»Es muss nicht alt sein«, warf Gabriel ein. »Nur – besonders. Einzigartig. Na ja, außergewöhnlich.«

»Das ist es bestimmt«, lachte Octavia. »Gotik der zwanziger Jahre.«

»Wurde das versucht? Das Haus unter Denkmalschutz zu stellen?«

»Wir haben ein bisschen recherchiert. Es ist so gut wie ausgeschlossen. Theoretisch. Aber versuchen können wir es ja.«

»Ich glaube, das sollten Sie.«

Pattie schaute ihn an. »Heißt das, dass Sie jetzt eindeutig auf unserer Seite sind, Mr Bingham?«

»Aber nein. Nein.«

»Dein Hintern muss doch schon ganz wund sein«, bemerkte Octavia brüsk. »So lange, wie du schon auf dem Zaun hockst.«

Er grinste sie träge an. »Ich muss an meinen Ruf denken. Und an meine politische Zukunft. Bartles Wood könnte zwischen mir und dem Amt des Premierministers stehen.«

»Ein ungleicher Kampf«, bemerkte Octavia.

Sie kamen überein, dass Pattie versuchen sollte, mit der Heimleitung zu sprechen, und dass jemand erkunden sollte, ob die Möglichkeit bestand, das Haus unter Denkmalschutz zu stellen.

»Das übernehme ich«, erklärte Sandy. »Meine Eltern haben ihr Haus unter Denkmalschutz stellen lassen. Womit sie den Fortschritt in Form eines Supermarktparkplatzes aufgehalten haben. Ich – tja, ich habe im Augenblick ein bisschen Zeit. Dickon und ich könnten uns darum kümmern. Nicht wahr, alter Knabe?«

»Das wäre wahnsinnig nett von Ihnen«, sagte Pattie David.

»Vielen Dank für euren Besuch«, sagte Octavia, als Sandy und Dickon nach dem Tee aufbrachen.

»Nein, Octavia, ich danke dir. Es war eine große Hilfe. Dickon hat lange nicht mehr so viel Spaß gehabt.«

»Nein, für ihn war das Ganze bestimmt nicht leicht. Ich wollte euch übrigens noch einladen. Zu einem großen Benefiztag in Brands Hatch, den wir im September veranstalten. Es finden Oldtimer-Rennen statt und alle unsere Gäste kleiden sich im Stil der dreißiger Jahre. Und bringen ihre Kinder mit. Meine drei kommen auch. Wenn du Lust hast, ihr seid herzlich eingeladen. Dickon würde es bestimmt gefallen.«

»Ja, bestimmt. Ich überlege es mir und sage dir Bescheid.« Er schnallte gerade Dickon auf seinem Kindersitz an und sie konnte sein Gesicht nicht sehen. So fiel ihr die Frage leichter.

»Hast du sie schon besucht?«

»Nein.« Er drehte sich um, und sie sah, dass es ihm ebenso schwer fiel wie ihr, sich der hässlichen Sache zu stellen, die zwischen ihnen stand. »Nein, noch nicht. Ich fahre morgen.«

»Ich hoffe, es läuft einigermaßen.«

»Das hoffe ich auch. Um Dickons willen.«

Octavia fühlte sich plötzlich unbehaglich, als alle außer Gabriel gegangen waren und nur sie zurückblieben, eine falsche Familie.

Sie ging nach oben, badete Minty, gab ihr ihre Milch und forderte die Zwillinge auf, ihrer Schwester einen Gutenachtkuss zu geben. Sie sahen kaum von dem Kartenspiel auf, das Gabriel Gideon mitgebracht hatte.

Octavia deckte Minty zu und blieb bei ihr sitzen, während das Kind einschlummerte, das Gesichtchen wundervoll gelöst. Sie blickte in den Garten hinunter. Die Sonne schien noch, aber die Schatten auf dem Rasen wurden länger. Gabriel wirkte vollkommen entspannt, ein Bild von – ja, von was? Welche Rolle spielte er in ihrem neuen, seltsamen, unvertrauten Leben, dessen Strukturen sich erst langsam herauszubilden begannen? Würden sie zusammenbleiben? Oder hielt er nur ihr Leben – und sie – zusammen, während die neuen Formen allmählich stärker wurden?

Später aßen sie alle Pasta und um neun gingen die Zwillinge widerstrebend in ihr Zimmer.

Octavia räumte auf, schenkte sich ein Glas Wein ein und

setzte sich mit einer Zeitschrift aufs Sofa. Gabriel konnte erstaunlich gut mit den Kindern umgehen, er war so geduldig und so lustig, die Kinder mochten ihn sehr, sie ...

»Mama.«

Es war Poppy, das kleine Gesicht seltsam angespannt und wachsam.

»Ja, Mäuschen?«

»Ich kann nicht schlafen.«

Sie blieb unten, nuckelte an ihrem Daumen, an Octavia gekuschelt, plötzlich wieder ein kleines Baby, während Octavia und Gabriel die Nachrichten sahen.

»Komm, Mäuschen, ich bring dich nach oben.«

»Ich will das sehen.«

»Nein, das glaub ich nicht. Komm schon, du schläfst doch schon fast.«

»Wann fährt Gabriel?«, fragte Poppy, die sich große Mühe gab, ihn nicht anzusehen.

»Ach, bald«, entgegnete er. »Wenn die Nachrichten vorbei sind.«

Das Kind nickte und ging ziemlich bedrückt nach oben. Octavia folgte ihr und deckte sie zu.

»Er bleibt doch nicht hier, oder?«, fragte Poppy. »Diesmal ist es doch nicht nötig, oder?«

»Nein, natürlich bleibt er nicht.«

»Es tut mir Leid«, sagte sie vorsichtig zu Gabriel, als sie endlich miteinander allein waren. »Ich kann dich nicht hier übernachten lassen.«

»Schon in Ordnung.« Aber sie spürte seine Enttäuschung.

»Kann ich dann noch ein bisschen bleiben?«

»Also ...« Octavia zögerte.

»Gut.« Er deutete ihr Schweigen richtig. »Ich verstehe. Aber sag mir nur eins, das würde es für mich einfacher machen. Willst du, ich meine ...«

Octavia beugte sich vor und küsste ihn fest und sehr bewusst auf den Mund.

»Oh, Gabriel. Ja, ich will.«

»Sie ist immer noch ziemlich – verwirrt«, sagte die Oberschwester zu Sandy. »Also erwarten Sie nicht zu viel. Aber sie freut sich auf Ihren Besuch.«

Er hatte nicht gewusst, wie er auf sie reagieren würde, obwohl er Kälte, Widerwillen oder Wut erwartet hatte. Das Gefühl totaler Unwirklichkeit, das ihn überkam, als er sie auf einem Stuhl am Fenster sitzen sah, lächelnd, sehr blass und dünn, aber angekleidet, in Hosen und einem blassrosa Hemd, das Haar gewaschen und gebürstet, wieder Louise und nicht eine elende Hülle, die in einem Wegwerfnachthemd in einem Krankenhausbett lag, überraschte und erstaunte ihn.

Sie streckte die Arme aus und Dickon flog auf sie zu.

»Mama, du siehst viel besser aus! Wann kommst du nach Hause?«

»Noch nicht, mein Schatz, ich bin noch ein bisschen wacklig auf den Beinen. Du siehst prima aus, Papa kümmert sich offenbar gut um dich. Was habt ihr denn so gemacht?«

»Ach, jede Menge. Gestern haben wir die Zwillinge besucht.«

»Die Zwillinge! Ach ja? Wie geht es ihnen? Und ihrer Mutter?«

Sie zeigte keine Spur von Anspannung, von Wachsamkeit. Es war außerordentlich.

»Ganz gut. Megan war da, ein Mädchen in einem Rollstuhl, sie war nett. Und Gabriel, der Mann, der Kricket spielt.«

»Ach, wirklich?« Sie drückte Dickon fester an sich und verfiel in Schweigen.

Endlich trafen sich ihre Blicke.

»Wie geht es dir, Sandy?«

»Ach – ganz gut.«

»Schön. Setzt euch doch.« Sie wies auf einen zweiten Stuhl. »Sie bringen gleich Tee. Ich habe Schokoladenkekse für dich bestellt, Dickon.«

»Klasse!«, rief er.

Es war außerordentlich. Sie hatte sich die Nägel lackiert, sogar Lippenstift aufgelegt. Es war, als wäre sie eine enge Freundin, die sie zu einer netten nachmittäglichen Teeparty eingeladen hatte, und nicht – ja, was?

Sie streckte die Hand aus und legte sie ihm auf den Arm. Sandy blickte auf sie hinunter. Louise hatte schöne Hände; das war ihm gleich aufgefallen, als er sie kennen gelernt hatte. Jetzt erschien sie ihm hässlich, diese Hand, hässlich und auf seinem Arm fehl am Platz. Er musste sich zwingen, sie nicht abzuschütteln.

»Wie geht es dir, Sandy?«, wiederholte sie.

»Ganz gut«, wiederholte er. »Ja, doch. Du weißt schon.«

»Es muss schwierig für dich sein. Für Dickon zu sorgen und alles.«

»Ach, ich habe mir ein paar Tage freigenommen, aber nächste Woche kommt er zu deinem Vater; ich muss dann wirklich mal wieder zur Arbeit.«

»Aber natürlich. Mein Vater wird mich morgen besuchen. Hast du ihn schon gesehen?«

»Nein. Nein, noch nicht.«

»Ich komme bald wieder nach Hause«, erklärte sie fest. »Ich habe dem Arzt gesagt, dass ich zu Hause gebraucht werde. Ich muss mich schließlich um euch zwei kümmern. Aber er meinte, das ginge frühestens in ein, zwei Wochen.«

Sandy sah sie an. Was konnte er sagen? Dass er sie nicht in seinem Haus wollte, nicht in seiner Nähe, nie wieder? Er stand auf und trat ans Fenster.

»Ich glaube, ich gehe mal kurz raus, damit du und Dickon ein bisschen plaudern könnt.«

Draußen gewann er ein wenig Abstand von dem Alptraum. Er marschierte in flottem Tempo durch den Park, wobei er den Blicken der Leute auswich. Er trat durch das Tor und ging ein paar Schritte die Straße hinunter, eine breite Allee. Die Privatklinik befand sich in den Außenbezirken von Bath. Das war noch besser: ganz gewöhnliche Leute waren auf der Straße, die ein geordnetes, ganz gewöhnliches Leben lebten, keine verrückten, verlogenen Fantasien. In einem Zeitungsladen kaufte er eine Rolle Pfefferminzdrops und aß alle auf. Sie waren seltsam erfrischend. Dann kehrte er zum Tor zurück, schritt zielstrebig darauf zu. Aber als er davor stand, blieb er stehen und musste sich zwingen, es zu durchschreiten. Zurück in den Wahnsinn ...

34. Kapitel

»O GOTT! O NEIN! Was soll ich nur tun?«

Lautes Schluchzen drang aus dem Badezimmer, heftiges, herzzerreißendes, gepeinigtes Schluchzen. Zoe hämmerte gegen die Badezimmertür.

»Romilly, was ist denn? Was ist passiert?«

Sehr langsam ging die Tür auf und ein tränenüberströmtes, weißes Gesicht spähte heraus. »Sieh doch ...«

Romilly wies auf ihr Kinn, wo unter der zarten, durchscheinenden, seidenglatten Haut unleugbar eine Auswölbung entstanden war. Zoe musterte sie mit großem Ernst.

»Ein Pickel?«

»Ja. Da kommt ein Pickel, oder? In zwei Tagen ist er riesig.«

Riesig nicht, aber er würde da sein. Zoe begriff. Und fühlte mit ihrer Schwester. »Und Freitag ist deine Session, oder? Oh, Rom, was für ein Pech. Bekommst du deine Tage?«

»Ja, es müsste demnächst losgehen. Guck dir doch meinen Bauch an, ich bin richtig dick.«

»Klar doch.« Zoe musterte den flachen, fast konkaven Bauch ihrer Schwester. »Rom, das wird langsam zwanghaft.«

»Das ist überhaupt nicht wahr!«

»Tja, es wäre kaum überraschend, wenn es so wäre«, bemerkte Zoe. »Nun, du wirst was sagen müssen, finde ich. Soll ich Ritz für dich anrufen?«

Romilly starrte sie an. »Aber was willst du sagen?«

»Die Wahrheit. Dass du einen Pickel bekommst und ob das was macht.«

»Und was dann?«

»Na, dann liegt es bei ihnen. Sehr wahrscheinlich können sie die Bilder retuschieren, so dass man es nicht sieht. Aber sagen solltest du es ihnen.«

Ritz war sehr nett. Natürlich verstehe sie, sagte sie, es sei sehr freundlich von Zoe, es ihnen mitzuteilen, das wäre sehr hilfreich. »Bekommt sie ihre Tage?«

»Ja.«

»Das ist oft ein Problem bei sehr jungen Mädchen. Wir hätten sie wirklich fragen sollen.«

»Gott, sie wäre gestorben vor Scham.«

»Ich fürchte, daran wird sie sich gewöhnen müssen.« Ritz' Stimme klang plötzlich härter.

»Verstehe.« Auch Zoes Stimme musste wohl anders geklungen haben, denn Ritz fügte hastig hinzu: »Entschuldigung. Das kam ganz anders heraus, als es sollte. Ich meinte nur, sie wird sich daran gewöhnen müssen, uns Bescheid zu sagen. Und heute ist ja auch erst Montag ...«

»Ja. Vielen Dank, Ritz.«

»Schon gut.«

Romilly nahm die Nachricht, dass sie am Mittwoch zu einem Probe-Shooting erscheinen sollte, »damit sie es selbst beurteilen können«, in einem Zustand völliger Panik entgegen. Sie setzte sich mit ihrem Kalender hin und rechnete. Es müsste hinhauen, sie bekam ihre Tage immer ein wenig früher.

Sicherheitshalber – schließlich war da noch der aufgeblähte Bauch – griff sie in das große Puppenhaus, das immer noch in einer Ecke ihres Zimmers stand, und zog ihren versteckten Vorrat an Abführmitteln heraus. Sie schluckte vier Tabletten. Vor dem Zubettgehen würde sie noch vier nehmen, das sollte reichen. Gott, es musste einfach helfen. In irgendeiner Zeitschrift hatte sie gelesen, dass Mädchen, die Abführmittel schluckten, um abzunehmen, viel Sport treiben sollten. Also zog sie ihre Laufschuhe an und ging in den Park.

Felix Miller sah sich zu der Erkenntnis gezwungen, dass es ihn tief schmerzte, Marianne verloren zu haben. Noch schwerer fiel es ihm, allmählich zu akzeptieren, dass er keineswegs ganz schuldlos daran war. Er hatte sie schlecht behandelt, das wusste er. Er war nicht auf ihre Bedürfnisse und Sorgen eingegangen, hatte feindselig reagiert. Aber dazu war er getrieben worden, sagte er sich. Zumindest teilweise war sein Verhalten wohl gerechtfertigt. Marianne war seiner tiefen Sorge um Octavia mit vollkommenem Unverständnis begegnet und hatte sich geweigert, irgendwie einzugreifen. Aber das war auf ihre Sanftmut und ihren nicht-autoritären Erziehungsstil zurückzuführen; das war ihm mittlerweile klar.

Und jetzt hatte er sie verloren.

Als doppelt schmerzlich empfand er es, dass sie ihn wegen Cadogan verlassen hatte, einem Mann, der seine Freundschaft in so vieler Hinsicht verraten hatte. Wie er es sein ganzes Leben lang getan hatte, suchte er nach einem Sündenbock, und es fiel ihm nicht schwer, einen zu finden. Es gab einen Menschen, der ihn bewogen hatte, Marianne zu vernachlässigen, blind gegenüber ihren Bedürfnissen zu sein, der sie empfänglich für Cadogans Annäherungsversuche gemacht hatte: Tom Fleming. Die Abneigung, die er stets gegenüber seinem Schwiegersohn empfunden hatte, wurde zu einem angewiderten Hass, den er fast physisch fühlen konnte, einem Eiterherd tief in sich. Es war unerträglich. So konnte es nicht weitergehen.

Lauren Bartlett traf sich im Pont de la Tour mit Tom und Oliver Nichols. Sie hatte alles sorgfältig geplant: Tom würde um halb eins kommen, Nichols um viertel nach eins. Theoretisch, damit sie Tom über alles Nötige informieren konnte, praktisch, um herauszufinden, wie es zwischen ihm und Octavia stand. Schrecklich sieht er aus, dachte sie. Er hatte abgenommen und wirkte blass und erschöpft, war aber makellos gekleidet wie immer. Cremefarbener Leinenanzug und schwarzes Seidenhemd. Er lächelte sie an und küsste sie zur Begrüßung.

»Sie sehen entzückend aus«, sagte er.

»Ach, kommen Sie. Ich habe seit letzter Woche mindestens fünf Pfund zugenommen. Drew und ich waren bei Freunden auf dem Land. Wir haben praktisch das ganze Wochenende mit Essen und Trinken verbracht. Seitdem habe ich den Fitness-Club kaum noch verlassen. Diana war heute Vormittag da. Sie sah einfach fantastisch aus.«

»Diana?«

»Ja. Die Prinzessin.«

»Oh.«

»Ja. Ich habe den Eindruck, dass dieser Mann sie glücklich macht. Dodi Fayed, meine ich. Verdient hat sie es wirklich, sie hat eine Menge durchgemacht. Also, was möchten Sie trinken? Champagner?«

»Oh – nein, ich glaube, ich bleibe fürs Erste bei Wasser.«

»Wie enttäuschend. Ich hatte geplant, Sie zu süßer Trunkenheit zu animieren.«

»Nicht beim Lunch, Lauren. Bedaure.«

Da er sie anlächelte, nahm sie es als Ermutigung.

»Tja, dann werde ich Sie wohl mal zum Dinner ausführen müssen. Und wie geht's Octavia?«

»Gut.«

Also nicht gewillt, irgendwas zuzugeben.

»Sie und ihre Geschäftspartnerin haben großartige Dinge für unseren Benefiz-Tag geplant. Aber Sie haben sicher schon alles darüber gehört.«

»Nein. Ich hatte in letzter Zeit wenig Gelegenheit, mit Octavia zu sprechen.«

Das war ermutigend. »Tja, es wird in Brands Hatch stattfinden. Anfang September. Ich hoffe, dass Diana kommen wird. Mit den Jungs. Sie sind wirklich ganz reizend, die beiden, besonders der kleine Harry. Ein echter Charmeur. Ich hoffe, Sie ebenfalls dort zu sehen.«

»Ach, ich glaube kaum.« Er lächelte sie an und nippte an seinem Wasser. »Erzählen Sie mir etwas über Ihren Freund, Lauren.«

»Ach ja, natürlich.« Mit dem intimen Geplauder würde es offenbar nichts werden. »Also, er hat gerade eine Drogeriekette gekauft. Unter anderem gehört ihm ein Pharmaunternehmen. Ein Minenfeld, das brauche ich Ihnen ja nicht zu sagen. Er braucht einfach Beratung, über effektive Öffentlichkeitsarbeit, erlassene Gesetze und so weiter.«

»Aber ich dachte, er hätte schon eine andere Agentur beauftragt.«

»Es ist noch nichts unterschrieben und offenbar sind ihm Zweifel gekommen. Sie sind also wieder im Rennen. Aber er kann erst um viertel nach eins kommen, das hatte ich Ihnen doch gesagt, oder?«

»Nein«, erwiderte Tom. »Ich glaube nicht.«

»Tut mir Leid. Tja, wir werden die Zeit schon irgendwie rumkriegen ...«

»Mrs Trelawny beteiligt sich überhaupt nicht an der Gruppentherapie«, sagte die Schwester.

»Wirklich?« Dr. Brandon runzelte die Stirn. »Ich dachte, das hätte sie überwunden. Sie ist kommunikativer geworden, seitdem das Prozac zu wirken begonnen hat.«

»Nun, sie kommt natürlich zu den Sitzungen. Aber sie sagt kaum ein Wort.«

»Sie ist keine Beziehungen eingegangen?«

»Nein. Keine.«

»Was für einen Eindruck hatten Sie von ihrem Mann?«

»Er schien mir sehr nett zu sein. Und der kleine Junge war wirklich süß. Sie hängt offenbar sehr an dem Kind.«

»Tja. Nun, sie beharrt darauf, dass es keine Eheprobleme gibt. Sie sagt, sie seien sehr glücklich miteinander.«

»Das stimmt wahrscheinlich. Die Sache hat ihn offensichtlich recht mitgenommen. Vermutlich war einfach alles zu viel für sie: der plötzliche Kindstod, die Krebskrankheit ihrer Mutter, die Fehlgeburt. Arme Frau.«

»Ja. Ich habe sie noch nicht dazu bewegen können, über das Baby zu sprechen. Vor dem Thema schreckt sie noch zurück. Ich werde mal mit ihrem Mann reden. Vielleicht unterstützt er sie nicht so sehr, wie sie behauptet. Ein Raubein, was? Wahrscheinlich nicht besonders sensibel.«

»Vermutlich«, sagte die Schwester.

Es lief alles bestens. Oliver Nichols schien Gefallen an Tom zu finden und die letzte Stunde hatten die beiden Lauren so gut wie ignoriert. Das machte ihr nichts aus. Sie saß dabei und lächelte sie von Zeit zu Zeit nachsichtig an. Es war nach drei, als sie in den Sonnenschein hinaustraten. Die Themse, auf der alle möglichen kleinen Boote herumschipperten, sah richtig nach Ferien aus. Lauren hakte beide Männer unter und lächelte zu ihnen auf.

»Wunderschön hier am Fluss, nicht wahr? Direkt schade, dass wir los müssen. Also, mein Taxi wartet. Kann ich jemanden ins West End mitnehmen?«

»Danke«, sagte Oliver. »Ich muss in die City zurück.«

»Und ich nach Westminster, fürchte ich«, sagte Tom. Ziemlich hastig, dachte sie.

»Na, das ist doch praktisch West End. Ich kann Sie absetzen. Ich muss dringend einkaufen, wir fahren in einer Woche in die Toskana.«

»Wie schön.«

»Ich wünschte, ich könnte mitkommen«, seufzte Oliver.

»Das wünschte ich auch. Und Sie ebenfalls, Tom. Haben Sie schon irgendwelche Pläne für den Sommer?«

»Noch nicht.«

»Wie schade. Also, Camilla würde es sehr gefallen, mit Poppy zusammen Ferien zu machen. Es ist sonst kein Mädchen ihres Alters dabei. Also, wenn Sie sie mitbringen möchten ...«

»Nun –«

Es war eine dieser Launen des Schicksals, die Fortunas Entschlossenheit zeigen, sich in die Angelegenheiten der Menschen einzumischen, dass Oliver Nichols an diesem Abend zu einem Dinner im Mansion House ging und neben Felix Miller zu sitzen kam, den er flüchtig kannte. Er erzählte ihm, er sei heute mit seinem Schwiegersohn zum Lunch gewesen. »Netter Kerl, dieser Tom Fleming, wirklich beeindruckend. Wir haben ein paar höchst angenehme Stunden im Pont de la Tour verbracht.«

»Ach ja? Ich bin überrascht, dass er sich das leisten kann. Seine Agentur steckt in ernsten finanziellen Schwierigkeiten, wissen Sie.«

»Wirklich?« Nichols sah ihn scharf an. »Den Eindruck hat er nicht vermittelt. Aber er hat die Rechnung auch nicht bezahlt, sondern ich. Das Treffen hat eine gemeinsame Freundin organisiert, Lauren Bartlett, wirklich eine tolle Frau. Sie kennen Sie vielleicht? Gleicht der Prinzessin von Wales aufs Haar. Als ich ging, schienen sie und Tom gerade einen gemeinsamen Urlaub zu beschließen. Natürlich nicht zu zweit. Irgendeine Villa in der Toskana. Ihre Töchter sind befreundet, glaube ich.«

Felix lag den größten Teil der Nacht wach, hin- und hergerissen zwischen dem Wunsch, Octavia über Toms anscheinend schnell erblühende Freundschaft mit Lauren Bartlett zu informieren, und dem Wunsch, ihr weiteren Schmerz zu ersparen. Schließlich beschloss er, es ihr zu sagen. Letztendlich geschah es ja zu ihrem Besten.

Auch Marianne hatte eine schlaflose Nacht verbracht, aber nicht, weil sie Sorgen hatte. Sie lag wach und lächelte töricht in die Dunkelheit, überwältigt von – ja, was? Liebe? Es war noch zu früh, es so zu nennen. Verknallt war sie, das kam der Sache schon näher.

Romilly taumelte endlich aus dem Badezimmer. Offenbar hatte sie zu viele Abführtabletten geschluckt. Es war eine Qual gewesen, sie hatte den Eindruck, die halbe Nacht auf der Toilette verbracht zu haben. Mit schrecklichen Krämpfen. Aber keine Menstruation. Es war einfach nicht fair. Gott, es war einfach nicht fair. Sie zog sich langsam an, wobei sie sich öfters hinsetzen musste. Einmal befürchtete sie, gleich ohnmächtig zu werden. Etwas trinken würde sie doch sicher können. Nur nichts essen. Essen durfte sie erst nach der Session. Kein Bauch, das war eine Grundvoraussetzung für Models. O Gott, warum kam nur ihre Blutung nicht?

»Sie sehen viel besser aus«, sagte Dr. Brandon.

Louise erwiderte nichts, sondern lächelte nur.

»Wie fühlen Sie sich?«

»Besser«, antwortete sie pflichtbewusst. Langsam begann sie Spaß an diesem Spiel zu finden. Sie erzählte ihnen einfach, was sie hören wollten. Viel besser als diese blöden Psychopharmaka, die sowieso nicht zu helfen schienen ...

Romilly hatte Fotos von Alix Stefanidis in *Vanity Fair* gesehen. Er hatte sie alle fotografiert: Nicole Kidman, Cindy Crawford, Naomi, die Prinzessin von Wales ... Er war groß und blond, unglaublich attraktiv, mit braunen Augen und einem Hundert-Volt-Lächeln. Er beugte sich über Mariannes Hand, drehte sich dann zu Romilly um und nahm ihre Hand.

»Also du bist das berühmte neue Gesicht«, sagte er lächelnd. »Was bin ich doch für ein Glückspilz, als Erster mit dir arbeiten zu dürfen.«

Romilly lächelte ihn unsicher an.

»Also«, rief er, an Serena und Donna gewandt, »sie ist sooo viel hübscher, als ihr gesagt habt. Wunderbare Augen. Und diese Haut!«

»Ich habe einen Pickel«, sagte Romilly unvermittelt. Alles lachte und sie wäre am liebsten in Tränen ausgebrochen.

Nach einem Kaffee erklärte Alix Stefanidis: »Also, kleines Baby, fangen wir an. Erst ein paar Polaroids, damit du dich an die Kamera gewöhnst und ich mich an dich. Diese Fotos sind nur für uns. Unsere ganz speziellen Fotos.«

Romilly lächelte etwas befangen. Es gefiel ihr nicht sonderlich, »kleines Baby« genannt zu werden, aber wahrscheinlich lag es nur daran, dass er kein Engländer war.

»Gut«, sagte sie.

»Na los. Komm.«

»Ritz, wann soll ich Romilly abholen?«, fragte Marianne.

»Ach, ich weiß nicht. Können wir sie nicht einfach in ein Taxi setzen, wenn wir fertig sind? Die Session kann den ganzen Tag dauern oder eine Stunde, bei Alix weiß man das nie.«

»Aha – hör zu, Romilly, ruf mich an, wenn du mich brauchst, ich lass mein Handy eingeschaltet.«

»Mutter! Ich kann mir ja wohl allein ein Taxi nehmen! Wir sehen uns nachher.«

Später wurde Marianne bewusst, dass Romilly sie zum ersten Mal nicht wie ein kleines Mädchen »Mama« genannt hatte.

Von Alix fotografiert zu werden, war ganz anders, als von Jonty fotografiert zu werden.

Anfangs lief es ganz gut. Er setzte sie auf einen Hocker, ließ sie sich entspannen, lächeln, nachdenklich sein, sich umsehen, und dann machte er ein paar Polaroids, die er lange schweigend am Fenster studierte. Endlich warf er alle auf den Fußboden und drehte sich mit einem abwesenden Lächeln wieder zu ihr um. Sein Assistent Tang, ein japanischer Junge, ganz in Schwarz gekleidet, sammelte die Polaroids auf und trug sie ehrfurchtsvoll zu einem niedrigen Tisch, wo er sie sehr präzise in Reihen anordnete.

Romilly kam sich immer weniger vor wie das neueste berühmte Gesicht. Sie war nicht geschminkt, sie wusste genau, wie blass sie war, und sie konnte den Pickel nicht vergessen. Zudem fühlte sie sich immer noch ein bisschen komisch.

Alix legte Musik auf, die sie nicht kannte, und abgesehen von seinen zunehmend schroffen Instruktionen sprach er kaum mit ihr, beriet sich nur gelegentlich mit Tang in einer Sprache, die Romilly für Japanisch hielt, während beide sie konzentriert musterten.

Nach einer Stunde drehte er sich zu Ritz und Serena um und sagte ihnen, sie sollten hinausgehen.

»Bei so vielen Leuten kann sich ja kein Schwein konzentrieren. Donna, Sie können noch ein wenig dableiben, ich will noch mal das Layout durchgehen.«

Alix kam näher und seine Linse erforschte ihr Gesicht.

»Du hast wunderbare Augen«, sagte er zu ihr. »Weit öffnen. Jetzt senk den Blick. Ja. Gut. Schön. Wunderbar. Jetzt sieh mich an, als wäre es das erste Mal.«

Sie nahm an, sie solle interessiert dreinschauen, überrascht. Sie versuchte es.

»Nein, nein, kleines Baby. Du weißt schon, was ich meine. Wie beim ersten Mal. Beim allerersten Mal.«

Romilly errötete; ja, sie wusste, was er meinte. Wieder senkte sie den Blick, ganz automatisch, dann schaute sie ihn an: schüchtern, verlegen.

»Ein wenig besser. Noch mal. Versuch, es mehr zu zeigen. Ja. Noch mehr. Noch mehr, schau mich an, jetzt, ja, und jetzt, stell dir vor, Romilly, stell dir vor ...«

Sie hörte ein Hüsteln hinter sich und sah Donna unmerklich den Kopf schütteln. Alix nahm keine Notiz davon.

»Alix, kann ich mal kurz mit Ihnen sprechen?«

»Nicht jetzt, Süße, ich arbeite.«

»Alix, bitte.«

»Donna, so kann ich nicht arbeiten, wirklich nicht. Ich glaube, es wäre besser, wenn Sie auch hinausgingen.«

Die Spannung im Raum stieg und Romillys Magen krampfte sich zusammen.

»Romilly, sind Sie damit einverstanden?«, fragte Donna.

»Natürlich. Klar.«

»Braves Mädchen. Noch Kaffee?«

»Ja, Kaffee wär gut«, sagte Alix. »Und ich brauche dringend eine Zigarette, vielleicht könnten Sie dafür sorgen, dass ich eine bekomme. Romilly, rauchen Sie?«

Sie schüttelte den Kopf.

»Natürlich nicht.« Wieder das berühmte, hinreißende Lächeln. »Keine Laster. Noch nicht. Also, Süße, entspann dich, es muss ganz locker wirken. Versuchen wir's mal auf dem Boden, setz dich auf den Boden – nein, Baby, so nicht. Streck dich aus und jetzt ganz ungezwungen rekeln ...«

Sie wurde immer nervöser. Je lockerer sie sein sollte, desto verkrampfter wurde sie. Sie konnte seine Anspannung spüren, seine Ungeduld.

»Gut«, sagte er endlich. »Also, das wird der letzte Film fur heute. Jetzt will ich, dass du ... mal sehen. Dein Haar ist wundervoll, machen wir mal was damit. Senk den Kopf, Baby, schüttel ihn. Nein, nein, stärker, als würdest du dir die Haare waschen.« Sie senkte gehorsam den Kopf und fuhr mit den Händen hindurch, als würde sie Shampoo verteilen.

»Nein, nein«, brüllte er mit echter Wut in der Stimme. »So doch nicht. Dämliches Geschöpf. Nein. Geh und bürste dein Haar und dann noch mal.«

Sie bürstete sich das Haar, rot im Gesicht, den Tränen nahe.

»Gut. Also, beug dich vor, so dass dein Haar glatt herabhängt, über das Gesicht. Und jetzt schnell zurückwerfen, dass die Haare fliegen. Ja! Ja, das ist besser. Aber diesmal mit weit geöffneten Augen. Noch mal. Weiter auf. Und noch mal.«

Plötzlich wurde ihr schwindelig. »Ich muss mich setzen«, sagte sie und sank hilflos auf den Boden. »Mir ist schwindelig. Verzeihen Sie.«

Sie hörte ihn ungeduldig nach Donna rufen und sagen: »Es ist sehr schwierig. Sie wirkt nicht locker. Und es geht ihr nicht gut. Schwindelgefühle, meint sie. Wahrscheinlich hat sie ihre Tage oder so was. Diese sehr jungen Mädchen, immer dieselben Probleme, die Hormone, so unzuverlässig. Wir sollten für heute Schluss machen. Die Haut ist sowieso nicht gut genug. So kann ich nicht mit ihr arbeiten.«

Als Serena und Donna hereinkamen, hatte Romilly das Gesicht in den Händen vergraben und weinte leise vor sich hin.

»Es tut mir so Leid«, rief Serena. Donna war hinter Alix hergelaufen, um ihn auszuschelten. »So ein Schwein! Ich wollte ja einen anderen Fotografen, aber der Kunde hat auf Alix Stefanidis bestanden.«

»Nein, nein«, widersprach Romilly schniefend. »Es ist meine Schuld. Ich bin unbegabt, und es stimmt, ich habe einen Pickel, ich habe es Ihnen ja gesagt.«

»Ja, aber bis Freitag wird er weg sein. Wir könnten das Shooting allerdings auch auf Samstag verschieben, was halten Sie davon?«

Romilly dachte schnell nach. Samstag. Damit wäre ein

ganzer Tag gewonnen. Bis Samstag würde sicher alles wieder in Ordnung sein.

Sie lächelte Serena an. »Ja, das wäre gut. Ich scheine mir irgendeinen Virus eingefangen zu haben.« Gott, Serena war wirklich furchtbar nett.

»Und wie wäre es jetzt mit einer schönen, heißen Schokolade in einem netten Café?«

»Oh, das wäre schön.«

»Der Himmel steh uns bei«, sagte Ritz zu Donna und sah den beiden nach. »Ich hoffe, es ist nicht das, was ich denke.«

35. Kapitel

MEGAN DAVID WAR AN diesem Nachmittag allein zu Haus. Ihre Mutter hatte angefangen, gelegentlich ohne sie wegzugehen, und Megan gefiel das; es vermittelte ihr das Gefühl, allein zurechtzukommen, nicht immer einen Aufpasser zu brauchen. So fühlte sie sich normaler, weniger als Behinderte. Sie liebte es, die Küche für sich zu haben, sich eine extra Cola einzugießen, nach Keksen zu suchen, ein Eis aus der Gefriertruhe zu klauen. Unschuldige, verbotene Freuden, die für die meisten Kinder selbstverständlich waren. Als sie gerade die unteren Küchenschränke nach den Mini-Keksen durchwühlte, die ihre Mutter heute Vormittag gekauft hatte, klingelte das Telefon. Sie wendete den Rollstuhl, fuhr zu dem kleinen Tischchen neben dem Küchensofa, wo das Telefon stand, und nahm triumphierend den Hörer ab. »Hallo. Staughton 6721. Megan David am Apparat.«

»Oh«, sagte eine leicht zittrige, aber sehr vornehme Stimme. »Spreche ich mit Mrs David?«

»Nein, das ist meine Mutter. Ich kann ihr aber was ausrichten.«

»Es ist sehr wichtig.«

»Ich kann wichtige und unwichtige Dinge ausrichten. Das ist dasselbe, wissen Sie.«

Ein tiefes Lachen kam durch den Hörer, kehlig und ansteckend.

»Natürlich. Wie dumm von mir. Tut mir Leid.«

»Macht nichts. Mit wem spreche ich denn? Ich habe einen Zettel und einen Schreiber hier.«

»Mein Liebes, du sprichst mit Mrs Lucilla Sanderson. Ich wohne in Bartles House.«

»Oh«, rief Megan. »Geht es um den Protest?«

»Um *meinen* Protest, ja. Ich will diese Bebauung um jeden Preis verhindern.«

»Es ist auch mein Protest. Ich will den Wald retten. Na ja, alles natürlich, aber hauptsächlich den Wald. Wir hatten vorgestern eine Besprechung. Ich hatte ein paar gute Ideen«, fügte sie bescheiden hinzu.

»Großartig. Freut mich, dass jemand gute Ideen hat. Könntest du deine Mutter bitten, mich anzurufen? Ist dein Vater auch in der Bürgerinitiative?«

»Äh – nein. Er ... also, er wohnt nicht hier.«

»Oh, Liebes, das tut mir Leid. Wie taktlos von mir.«

»Schon gut, Sie konnten es ja nicht wissen. Es ist sowieso schon Ewigkeiten her.«

Er war gegangen, als die Belastungen des Lebens mit einem behinderten Kind und einer abgekämpften Frau ihm zu viel geworden waren.

»Verstehe. Also ...«

»Ich werde meiner Mutter sagen, dass sie Sie anrufen soll«, sagte Megan.

Die alte Dame klang sehr nett, fand sie. Vielleicht konnten sie sie ja mal besuchen und das Haus besichtigen. Das würde ihr gefallen.

Octavia unterdrückte einen Seufzer, als sie die Stimme ihres Vaters erkannte.

»Geht es dir gut, mein Herzblatt?«

»Ja. Ja, alles bestens, danke. Ich habe allerdings sehr viel zu tun, deshalb –«

»Ja, natürlich, ich will dich auch nicht aufhalten. Ich wollte nur mal fragen, ob du nicht doch einen Kurzurlaub in der Karibik einschieben willst.«

»Vater, ich kann die Kinder jetzt wirklich nicht allein lassen, und –«

»Ach? Aber ich dachte – ich habe gehört … Na ja, muss ein Irrtum gewesen sein.«

»Was hast du gehört?«

»Dass Tom mit den Kindern in Urlaub fahren will. Ich habe jemanden getroffen, dem er das erzählt hat.«

»Wen denn?«

»Einen gewissen Oliver Nichols. Netter Kerl übrigens. Er überlegt wohl, zu Toms Agentur zu gehen. Ich war überrascht, gewöhnlich hat er ein sehr gesundes Urteilsvermögen. Jedenfalls, er ist ein Freund deiner Kundin – wie hieß sie gleich noch mal, die Frau, die aussieht wie die Prinzessin von Wales?«

»Lauren Bartlett?«

»Ja, genau. Oliver Nichols erzählte, sie wären zusammen beim Lunch gewesen, und diese Lauren Bartlett und Tom hätten einen Urlaub in der Toskana geplant. Mit den Kindern.«

Es tat furchtbar weh, wie ein physischer Schlag. »Vater, wann war das?«

»Ach, gestern, glaube ich. Ja.«

Gestern. Als sie und Tom gemeinsam mit den Kindern zu Abend gegessen und sich sehr angestrengt hatten, um der Kinder willen höflich zueinander zu sein. Als alle schliefen, war er zu ihr gekommen und hatte gesagt: »Ich will es versuchen, Octavia. Ich will versuchen, zumindest ein paar Sachen wieder in Ordnung zu bringen, ehrlich.«

Dabei versuchte er, eine andere Frau ins Bett zu kriegen. Schon wieder.

Sie war so wütend, dass die Konsequenzen ihr egal waren. Sie griff nach dem Telefon und wählte seine Durchwahlnummer.

»Tom?«

»Oh – hallo. Ich bin gerade in einer Besprechung, also …«

»Tut mir furchtbar Leid, wenn ich dich unterbrochen habe. Nimmt Mrs Bartlett auch an der Sitzung teil?«

»Bitte?«

»Ich habe dich gefragt, ob Mrs Bartlett an der Sitzung teilnimmt. Geht es dabei vielleicht um die Planung eines gemeinsamen Urlaubs? Tom, beantworte mir nur eine Frage: Hast du mit Lauren Bartlett über einen gemeinsamen Urlaub gesprochen oder nicht? Mit den Kindern?«

»Tut mir Leid«, sagte er. »Ich kann das jetzt wirklich nicht mit dir ausdiskutieren.« Und legte auf.

Die Cadogan-Aktien stiegen weiter. Nicht rasant, aber sie stiegen unleugbar, Tag für Tag, Punkt für Punkt. Philip Thorburn, Nico Cadogans Finanzberater, war beunruhigt. Es war – sonderbar. Sicher, die Firma war ein heißer Übernahmekandidat, aber es war nicht auszuschließen, dass der Fall vors Kartellamt kommen würde. Und dann würde der Kurs fast mit Sicherheit wieder fallen. Also was ging hier vor? Jemand erwarb Anteile an der Firma. Aber warum? Er konnte keinen Sinn darin erkennen.

Es war verrückt, sie wusste es, würdelos, dumm, der reine Wahnsinn. Aber sie rief trotzdem bei Lauren an.

»Lauren? Hier ist Octavia.«

»Oh, hallo, Octavia. Wie geht's denn so?« Die kehlige Stimme klang heute besonders selbstsicher.

»Ach, gut. Die Sache ist die, ich kann Tom nicht erreichen, und Poppy hat mir da gerade etwas erzählt, über einen Urlaub. Mit Ihnen. Kann das sein?«

»Oh – ja. Hat Tom es ihr gegenüber erwähnt? Oder Ihnen gegenüber? Gut. Ja, wir haben gestern darüber gesprochen. Sie wissen, dass ich versucht habe, ihm einen Kunden zu vermitteln? Wir hatten Lunch zusammen, wir drei, und Tom erwähnte, dass Sie noch keinen Urlaub geplant hätten. Ich wäre einfach entzückt, wenn es klappen würde. Wir alle wären entzückt.«

»Ja. Ja, davon bin ich überzeugt. Wie aufmerksam von Ihnen, Lauren. Ich – tja, wir telefonieren wieder.«

Sie legte den Hörer auf und brach in Tränen aus. Dann, ebenso unvermittelt, hörte sie auf zu weinen und wählte Gabriel Binghams Nummer.

»Gabriel«, sagte sie, »Gabriel, hättest du Lust, ein paar Tage auf Barbados zu verbringen?«

Zoe schob ihre Karte in den Geldautomaten. Ihr war eine Idee gekommen. Wenn sie immer nur zehn Pfund abhob, an verschiedenen Stellen, würde es vielleicht klappen. Hundert würde sie nie kriegen, aber ihr Konto war schließlich nur um siebzig Pfund überzogen, also vielleicht ... Nein.

»Melden Sie sich bei Lloyds Bank«, stand auf dem Bildschirm.

Scheiße. Was sollte sie jetzt nur machen?

»Aubrey, es gibt doch einen Gott.« Tom marschierte in Aubreys Büro und sank auf einen Stuhl. »Die Drapers sind wieder da. Einfach so.«

»Was!«

»Ja. Sie haben noch eine Provinzzeitungskette aufgekauft und brauchen Beratung. Nächste Woche habe ich einen Termin mit ihnen. Der Vertrag ist schon unterschrieben. Unglaublich.« Er hielt inne und grinste. »Wenn sich jetzt noch Oliver Nichols für uns entscheidet, sind wir gerettet. Mann! Soll ich Nichols anrufen, was meinst du, solange das Schicksal offenbar auf unserer Seite ist?«

»Überlass ich dir, alter Knabe.«

»Ich rufe an«, erklärte Tom.

Oliver Nichols war nicht im Haus. »Er hat einen Außentermin, Mr Fleming. Aber ich kann ihn auf seinem Handy erreichen.«

»Oh nein, tun Sie das nicht, vielen Dank«, antwortete Tom. »Es kann warten.«

»Nein, er sagte ausdrücklich, wenn Anrufe kämen, sollte ich ihn anrufen. Gewöhnlich ist er um diese Zeit im Büro.«

»Gut, wenn es wirklich okay ist ...«

Fünf Minuten später meldete sich die Sekretärin wieder. Oliver Nichols sei im Connaught, in der American Bar. Tom solle doch dazukommen, Mr Nichols würde gern noch ein paar Punkte mit ihm besprechen.

»Er meinte, ich solle Ihnen seine Handynummer geben, Mr Fleming, damit Sie ihn selbst anrufen können.«

Das war gut, das war sehr gut. Jemand, der noch kein Kunde war, gab ihm seine Handynummer. Tom fühlte sich emporgehoben von der großen Woge, die ihn den ganzen Nachmittag getragen hatte.

Er wählte Nichols' Handynummer. Im Hintergrund hörte er Bargeräusche.

»Oh, Tom, hallo. Ja, kommen Sie vorbei, wenn Sie möchten. Ich habe – ach, tut mir Leid, ich muss Schluss machen. Der Oberführer hier hat mich gerügt. Ja, ich schalte das Handy ja schon aus. Bis gleich, Tom.«

Als Tom in die American Bar trat, entdeckte er Oliver Nichols in der hintersten Ecke, auf dem Sofa neben der Bar. Lauren Bartlett war bei ihm.

»Gin Tonic! Zu dieser Tageszeit. Was macht dein neuer Freund nur mit dir?« Zoe grinste ihre Mutter an und holte sich eine Dose Cola aus dem Kühlschrank.

»Welcher neue Freund?«, fragte Marianne. »Außerdem ist es nur Mineralwasser.« Sie versuchte, nicht so zu klingen, als würde sie sich rechtfertigen.

»Mama! So blöd sind wir ja nun auch wieder nicht. Du siehst fantastisch aus, er scheint dir gut zu tun. Viel mehr als Felix. Schöne Uhr! Ein Geschenk?«

»Äh – ja. Ja.«

»Tiffany«, sagte Zoe zu Romilly und klopfte sich bedeutungsvoll auf die Nase. »Ein reicher Mann. Das ist gut. Schön, was, Rom?«

»Sehr schön«, erwiderte Romilly höflich. Sie sieht blass aus, dachte Marianne mit plötzlicher Beunruhigung. Vielleicht war ihre Tochter krank, vielleicht sollte sie doch lieber nicht wegfahren.

»Romilly, Engelchen, geht es dir gut?«

»Aber ja. Ich wünschte, die Leute würden aufhören, mich wie eine Invalidin zu behandeln. Ich fühle mich bestens.«

»Immer noch nervös wegen der Session morgen?«

»Ich bin überhaupt nicht nervös. Alix Stefanidis ist sehr zufrieden mit den Fotos. Ritz hat angerufen, um mir das zu sagen.«

»Schön. Also, ich würde gern mit euch über das Wochenende reden.«

»Fährst du mit ihm weg? Wohin denn diesmal? Paris? Venedig?«

»Nein, nach Glasgow.«

»Glasgow! Also echt!«, rief Zoe.

»Glasgow ist eine sehr schöne Stadt«, erklärte Marianne. »Sie würde dir gefallen, jede Menge Architektur von Charles Rennie Mackintosh. Die schottische Variante des Jugendstils, du weißt schon. Aber ich werde nur fahren, wenn ich die Gewissheit habe, dass ihr mich nicht braucht.«

»Ich werde feiern, hoffe ich. Morgen bekommen wir unsere Prüfungsergebnisse. Gott, bist du eine schlechte Mutter. Das hattest du ganz vergessen, stimmt's?«

»Oh, Zoe. Wie schrecklich von mir, bitte verzeih, Schatz, wann wirst du –«

»Wir treffen uns gegen Mittag. Mit ... na ja, mit Lucy und so. Dann machen wir die Stadt unsicher. Du wirst mich für längere Zeit nicht zu sehen kriegen. Wie immer meine Noten auch aussehen.«

»Romilly, Engelchen, was ist mit dir?«

»Ach, ich bin mit Fenella verabredet. Sie hat mich übers Wochenende eingeladen, weil ihre Großmutter kommt. Toll, was?«

»Zumindest muss ich mir keine Sorgen um dich machen. Ihr habt also beide nichts dagegen, dass ich fahre?«

»Natürlich nicht«, sagte Zoe. »Und, bekommen wir jetzt was über deinen neuen Typen zu hören?«

»Er ist sehr nett, und ich glaube, ihr werdet ihn mögen. Mehr braucht ihr nicht zu wissen.« Marianne lächelte ihre Töchter an und fühlte, wie ihre Anspannung nachließ.

»Tom. Setzen Sie sich.« Oliver Nichols strahlte. »Einen Drink? Wir trinken trockenen Martini, sie mixen hier den besten in ganz London. Normalerweise bin ich um diese Zeit im Büro, aber Lauren und ich haben uns zu einem kleinen Stelldichein verabredet. Erzählen Sie das bloß meiner Sekretärin nicht, sie ist sehr streng. Nächste Woche hat Jodie Geburtstag und ich brauchte Hilfe bei der Auswahl des Geschenks. Es ist ein runder Geburtstag, sie wird vierzig, also musste es schon was Besonderes sein. Lauren hat mich zu Tiffany's geschleppt.« Er wies auf die kleine Einkaufstüte neben sich. »Ein Goldherz an einer Kette, vielleicht haben Sie die Dinger schon mal gesehen. Wirklich sehr hübsch.«

Tom sah die unverkennbare, türkisfarbene Einkaufstüte, erhaschte einen Blick auf das Päckchen darin, ebenfalls türkis, mit weißem Geschenkband umwickelt – und mit schrecklicher, atemberaubender Geschwindigkeit wurde er an jenen Abend zurückversetzt, an dem er Louise gesagt hatte, dass er Schluss machen würde. Er hatte ihr genau so ein Goldherz geschenkt, in genau so einer Schachtel, mit weißem Geschenkband umwickelt, in genau so einer Einkaufstüte. Er sah Louises schönes Gesicht vor sich, hörte ihre kleinen Freudenschreie, als sie die Kette auspackte, sah sie die Kette um den langen, schlanken Hals legen, spürte die Küsse, mit denen sie ihm dankte, roch ihr Parfüm, und dann, o Gott, kam das nächste Bild: Louise, nackt außer dem Goldherzen, auf dem Bett liegend, sie streckte die Arme nach ihm aus, ihr schöner, leidenschaftlicher Körper wunderbar, süß bereit für ihn. Und dann ihr Gesicht, hässlich jetzt, angeschwollen vor Tränen, die Stimme halb erstickt, gebrochen vor Kummer, sie könne es nicht ertragen, sagte sie, sie würde es nicht ertragen, er müsse –

»Tom? Alles in Ordnung, alter Junge?«

»Oh. Ja. Entschuldigen Sie.« Ihn schwindelte. »Ich habe noch nichts gegessen.«

»Dann sollten Sie vielleicht doch besser keinen Martini trinken«, sagte Lauren energisch. »Michael, könnten wir ein Mineralwasser haben?«

»Es geht mir gut.« Tom gelang es, sie anzulächeln. »Ich will meinen Martini. Ich nehme einfach ein paar von diesen Chips.«

»Trotzdem sollten Sie erst das Wasser trinken. Hier. Sind Sie sicher, dass alles in Ordnung ist?«

»Vollkommen, danke. Ja. Danke. Tut mir furchtbar Leid. Nein, wirklich sehr hübsch, diese Goldherzen. Ihre Frau wird entzückt sein.«

»Will ich doch hoffen. Ja, Sie sehen schon viel besser aus, nicht wahr, Lauren?«

»Er sieht großartig aus.« Laurens Augen glitten über sein Gesicht, seinen Körper. »Wie immer.«

Oliver Nichols grinste sie an. »Lauren, ich will Sie nicht aufhalten, Sie haben sicher viel um die Ohren. Ich muss noch ein paar Details mit Tom besprechen, also –«

»Ich habe eigentlich nichts weiter vor.« Lauren schlug ein langes braunes Bein über das andere und lächelte die beiden Männer an. »Ich würde nur zu Hause sitzen und Däumchen drehen, wenn ihr zwei nicht wärt. Also, darf ich bleiben? Ich werde auch ganz brav sein und euch nicht stören. Ich liebe es, wenn Männer über Geschäfte reden, es ist so sexy.«

Oliver Nichols lachte und wandte sich an Tom. »Wir werden sie enttäuschen, aber versuchen wir es. Also, Ihre Vorschläge haben mir gut gefallen und ich fand Ihren Geschäftspartner sympathisch. Nur zwei Fragen noch. Erstens, ich fürchte, es könnte wegen Axfords zu einem Interessenkonflikt kommen und ...«

»Es wird keinen Interessenkonflikt geben«, sagte Tom ohne Umschweife. »Axfords ist zu einer anderen Agentur gewechselt.«

Nichols' Blick war forschend und sehr direkt. »Und warum?«

»Es gab Meinungsverschiedenheiten.«

»Verstehe. Das führt mich zu der zweiten Frage. Ich habe gehört, und zwar von Ihrem Schwiegervater, dass Ihre Agentur in finanziellen Schwierigkeiten steckte. Noch steckt. Können Sie mir versichern, dass dem nicht so ist?«

Tom nahm einen Schluck von seinem Martini. Er war plötzlich sehr ruhig, sehr beherrscht.

»Das kann ich«, sagte er. »Wir haben gerade heute einen neuen Etat gewonnen, einen großen Etat, der Vertrag ist bereits unterschrieben. Und wir haben kürzlich eine Finanzspritze erhalten. Ich gebe Ihnen gerne die Referenzen unserer Banken. Und ich würde niemals zulassen, dass ein Kunde bei uns unterschreibt, wenn ich nicht vollkommen sicher wäre, seine Interessen bestmöglich vertreten zu können.«

Ein bisschen wacklig fühlte er sich schon noch. Vielleicht sollte er ein paar Chips essen. Er merkte, wie Lauren ihn beobachtete, und stellte fest, dass sie seinen Bedürfnissen zuvorgekommen war und ihm nicht nur die Chips, sondern auch die Käsecracker zugeschoben hatte. Sie sagte nichts, sondern lächelte nur, ein schnelles, fast distanziertes Lächeln. Er fühlte Dankbarkeit in sich aufsteigen. Sie war wirklich großartig.

Nach einem Schweigen erklärte Nichols: »Gut. Also, ich würde wirklich gern mit Ihnen zusammenarbeiten. Ich möchte noch weitergehen: Ich freue mich außerordentlich auf unsere Zusammenarbeit. Vielleicht könnten wir uns Anfang nächster Woche mal zusammensetzen und die Einzelheiten ausarbeiten.«

»Ja«, sagte Tom. »Ja, das wäre ausgezeichnet. Großartig.« Er streckte die Hand aus und Nichols ergriff sie. »Danke, Oliver.«

»Ich danke Ihnen. Aber jetzt muss ich wirklich los. Lauren, mein Schatz, nochmals vielen Dank. Ich lass dich wissen, wie Jodie ihr Geschenk fand.«

Er stand auf, gab Lauren ein Küsschen zum Abschied und schüttelte erneut Toms Hand. »Trinken Sie ruhig aus. Und bestellen Sie sich ein Club-Sandwich oder so was. Ich will schließlich nicht, dass mir mein neuer Image-Berater unter den Händen wegstirbt.«

»Werde ich nicht«, versprach Tom.

»Dafür sorge ich schon«, sagte Lauren.

Sie sahen Oliver Nichols nach. Tom hatte das Gefühl, er würde schweben. Er hatte es geschafft. Er war kein Versager mehr, kein Bankrotteur, er war wieder erfolgreich, hatte wieder Geld, er war wieder er selbst, smart, elegant, ein Überflieger. Dieses Gefühl würde er genießen, es ganz auskosten. Einen kurzen Augenblick lang würde er sich erlauben, seine Schuldgefühle wegen Louise zu vergessen, er würde vergessen, dass er Octavia verloren hatte und ihm eine scheußliche Scheidung bevorstand. Er lächelte Lauren an und sie erwiderte das Lächeln. Sie trug ein schwarzes Leinenkostüm mit extrem kurzem Rock. Ihre Augen waren sehr blau und sie hatte ein Muttermal auf dem Brustansatz. Es war ihm nie zuvor aufgefallen. Plötzlich erschien ihm seine Abneigung ihr gegenüber vollkommen ungerecht. Sie hatte sich sehr ins Zeug gelegt, um ihm zu helfen, und er war ihr dankbar und ausgesprochen zufrieden mit ihr.

»Sie sind eine tolle Frau«, erklärte er. »Das habe ich ganz allein Ihnen zu verdanken. Ich schulde Ihnen eine Flasche Champagner – allermindestens.«

»Für den Anfang würde mir das reichen«, sagte sie.

36. Kapitel

Eigentlich absurd, dass drei Zahlen das Ende aller hochfliegenden Zukunftspläne bedeuten konnten.

»Zoe! Ist das dein Abizeugnis? Was hast du bekommen?«

»Vier, vier, fünf«, sagte Zoe sehr schnell.

»Ah«, sagte Romilly.

Zumindest tat sie nicht so, als wäre es nicht so schlimm.

»In welchem Fach hast du die Fünf?«

»In Geografie.«

»Also eine Vier in Englisch.«

»Ja. Scheiße, Rom, wenn ich nur ein bisschen was getan hätte. In Englisch hätte ich eine Zwei kriegen können. Warum habe ich es bloß nicht gemacht? Wieso habe ich nur gedacht, dass es keine Rolle spielt?«

Sie weinte jetzt, Tränen der Panik, nicht des Jammers.

»Was soll ich nur tun? Wie soll ich es Mama beibringen? Sie wird sich furchtbar aufregen. Und Papa erst.«

»Sag es ihnen einfach. Sie ist sowieso ganz von der Rolle, wegen ihrem Wochenende und allem. Sag ihr, es täte dir Leid, du würdest die Prüfung wiederholen, sag ihr, du wüsstest, dass es dumm von dir war ...«

»Ja. Ja, du hast sicher Recht.«

»Ich glaube, ich kann doch nicht mitkommen«, sagte Marianne mit leicht zitternder Stimme. Nico, daran gewöhnt, dass sie stets die Fassung bewahrte, war beunruhigt.

»Wieso nicht? Was ist denn passiert?«

»Zoes Abizeugnis ist eine einzige Katastrophe und sie ist völlig aufgelöst. Ich fühle mich einfach erbärmlich und ...«

»Umso mehr Grund, dir eine kleine Pause zu gönnen.«

»Nico, ich muss hier bleiben. Alec wird rasen vor Wut, wenn er es erfährt, und –«

»Wird er auf dich wütend sein?«

»Oh ja«, erwiderte Marianne. »Alles meine Schuld. Weil ich nicht besser auf Zoe aufgepasst, sie nicht zum Arbeiten angehalten habe.«

»Was für ein Unsinn«, erklärte Nico. »Ich habe zwar keine Kinder, aber Patenkinder. Zoe ist ein eigensinniges, faules, törichtes Mädchen, das nichts für die Schule getan hat. Sie in ihr Zimmer einzusperren, hätte daran nichts geändert. Du hast die Klugheit besessen, sie wie eine Erwachsene zu behandeln, und jetzt hat sie ihre Lektion erhalten. Ich denke, sie ist noch jung genug, um etwas daraus zu lernen. Und, sind noch andere Probleme aufgetaucht?«

»Ja. Romillys Fotosession ist auf Samstag verschoben worden. Ich sollte wirklich –«

»Marianne, Romilly hat doch wohl Beine und eine Zunge abgekriegt. Sie kann sich ein Taxi rufen und ins Fotostudio fahren. Ihre Schwester könnte sie begleiten, als kleines Zeichen ihrer Zerknirschung – falls du dir wirklich Sorgen um die Kleine machst. Also jetzt geh bitte und stopf ein paar Sachen in eine Reisetasche. Ich schicke dir um fünf den Wagen, wie verabredet.«

Marianne stimmte zahm zu und legte ohne ein weiteres Wort auf. Es war schade, dass Nico Cadogan keine Kinder hatte. Er wäre ein sehr guter Vater gewesen, und mehr noch, ein Vater ganz nach ihrem Herzen ...

»Ich fliege für ein paar Tage nach Barbados«, erklärte Octavia. »In unser Ferienhaus. Du fährst ja mit den Zwillingen in die Toskana, wie ich gehört habe. Mit Mrs Bartlett.«

Tom drehte sich zu ihr um. Er war sehr bleich und auf seiner Stirn prangte ein Bluterguss.

»Octavia, ich wünschte, wir könnten darüber reden.«

»Ich glaube kaum, dass es da noch etwas zu bereden gibt. Wenn wir beide zurück sind, unterhalten wir uns ausführlich über die Zukunft. Wann fahrt ihr?«

»Heute Abend!«, rief Poppy. Ihre Augen leuchteten und sie schleppte einen Rucksack herum. »Lauren – Camilla sagt, wir sollen ihre Mutter Lauren nennen – meinte, wir sollten gegen sechs bei ihnen sein. Ist es nicht aufregend, nachts zu fahren?«

»Ja, bestimmt.« Octavia verließ den Raum.

Tom sah ihr hilflos nach. Er hätte versuchen können, ihr alles zu erklären, aber der Grad an emotionaler Erschöpfung, den er mittlerweile erreicht hatte, machte es ihm unmöglich.

Er war gestern Abend sehr dumm gewesen. Ausgesprochen töricht. Aber irgendwie hatte es so gut getan, mal wieder Spaß zu haben, einmal nicht in einer höllischen, außer Kontrolle geratenen Achterbahn aus Elend, Schuldbewusstsein, Angst und Furcht zu sitzen ...

Sie hatten die Flasche Champagner im Connaught geleert, er und Lauren, und sie war wirklich süß gewesen, hatte ihm geschmeichelt, aber auf nette Art, keineswegs übertrieben; und taktvoll war sie auch gewesen, sie hatte nicht versucht, ihn wegen Octavia auszuhorchen. Erst als sie sagte, er müsse jetzt sicher zu seiner Frau zurück, hatte er es ihr erzählt. Nicht die Details natürlich. Nur, dass er eine Affäre gehabt und Octavia es herausgefunden hatte.

»Tja, damit müssen wir alle leben«, hatte Lauren leichthin erwidert. »Ein Partner für das ganze Leben, das ist doch wohl kaum realistisch, oder? Ich meine, natürlich sollte man bei der Familie bleiben ...« Sie sah ihn an und ihre blauen Augen waren plötzlich sehr ernst.

»Das werden Sie doch, oder? Bei Ihrer Familie bleiben?«

»Ich will schon. Ich würde sehr gern.«

»Das ist es, was zählt. Das andere ist – tja, ich finde immer, es ist wie Shopping.«

»Shopping!«, rief Tom. Ihre Bemerkung war so absurd, dass er in Lachen ausbrach.

»Wie nett«, sagte sie. »Sie können ja lachen.«

»Tut mir Leid. War ich ein so langweiliger Gesellschafter?«

»Nein, aber auch nicht der Tom Fleming, den ich kenne. Aber zurück zum Shopping. Ich meine, ich führe ein schönes Leben, ich wohne in einem schönen Haus, ich habe einen netten Mann und großartige Kinder, und das ist ja auch alles wunderbar, aber manchmal so ... öde, ohne Überraschungen. Also gehe ich einkaufen. Ich ziehe los und kaufe mir was. Wahrscheinlich gebe ich mehr für mich aus, als ich sollte. Aber danach fühle ich mich ganz anders. Kein Groll mehr, weil ich tun muss, was Drew und die Kinder wollen, oder weil ich ständig seine uninteressanten Kunden bewirten muss. Ich komme mit meinen Einkaufstüten nach Hause, schaue mir an, was ich mir gegönnt habe, und fühle mich wieder wie etwas Besonderes. Zu allem bereit. Eine Weile. Klingt ziemlich verrückt, was?«

»Nein, eigentlich nicht.« Welten trennten diese Lebensphilosophie von Octavias asketischer, fast puritanischer Weltanschauung. Es hatte unleugbar einen gewissen Charme.

»Na, jedenfalls, so mache ich es. Und wenn ich mit einem gut aussehenden Mann zu Mittag esse, verleiht mir das dasselbe Gefühl. Ich finde es ... sehr wohltuend.«

»Verstehe.«

»Das Problem ist nur«, fuhr sie vorsichtig fort, »die Sache kann furchtbar leicht außer Kontrolle geraten. Das Einkaufen. Ich meine, manchmal kaufe ich mehr, als ich wollte.«

»Und die Essen mit den gut aussehenden Männern ebenfalls?«

»Tja, manchmal. Eben flirtet man noch und plötzlich ist es – tja, gefährlich. Ernst. Ein Riesending.«

»Ja. Ja, stimmt genau.«

»Aber Spaß macht es trotzdem. Man fühlt sich trotzdem danach besser.«

Er schwieg.

»Habe ich Recht, wenn ich annehme, dass Ihnen das passiert ist?«, fragte sie. »Dünnes Eis und all das?«

»Ja. Ja. Sehr dünnes Eis.«

»Tom«, sagte Lauren. »Ich finde, Sie sind ein wirklich großartiger Ehemann. Sie unterstützen Octavia in ihrem Beruf. Welcher Mann tut das schon? Sie waren ihr unglaublich treu, und –«

»Nein.« Zu seinem Entsetzen standen Tränen in seinen Augen. »Sprechen Sie nicht von Treue, Lauren. Ich weiß nicht mal, was das Wort bedeutet.«

»Doch, natürlich. Sie sind nur ein bisschen ausgerutscht. Auf dem Eis. Sie würden sich jetzt nicht so elend fühlen, wenn Sie nicht im Grunde loyal und treu wären. Hören Sie, wissen Sie, was ich jetzt gern täte? Ich bin beschwipst und mir ist furchtbar heiß.«

»Nein, weiß ich nicht.« Er lächelte sie an.

»Ich würde gern schwimmen gehen. Im Harbour Club. Da ist es wunderschön. Kommen Sie doch mit. Und danach nehmen wir vielleicht noch einen Drink und kehren dann zu unseren Familien zurück. Was halten Sie davon?«

Tom hörte sich sagen, das klinge sehr verlockend.

Sie waren in den Harbour Club gefahren und er lieh sich eine Badehose. Er kam gerade rechtzeitig, um zu sehen, wie sie ins Becken tauchte: Der schlanke Leib und die langen Beine bildeten einen perfekten Bogen. Sie tauchte wieder auf und kraulte gekonnt zu ihm herüber.

»Kommen Sie, das Wasser ist himmlisch.«

Er schwamm eine Weile. Sie hatte Recht gehabt. Sein Schwips hatte sich verflüchtigt und er fühlte sich gleichzeitig nüchtern und in Hochstimmung. »Das war eine großartige Idee«, bemerkte er.

»Ich habe viele gute Ideen.«

»Scheint mir auch so.«

Lauren zog sich am Beckenrand hoch. Ihr Körper war unglaublich reizvoll, schlank, aber kraftvoll, die Brüste mit dem verlockenden Muttermal voll und hoch, der Bauch flach, die Haut glatt und gebräunt. Es war ein verwöhnter Körper, auf dessen Pflege viel Zeit und Geld verwandt worden war, ein Körper, der dazu da war, angeschaut und bewundert zu werden. Gerade das machte ihn noch erotischer. Sehr viel erotischer.

Danach tranken sie eine Weißweinschorle. »Fast harmlos«, meinte Lauren lächelnd. »Wie unser gemeinsamer Abend.« Und er hatte erwidert, mit entschlossen fester Stimme: »Ja. Ja, stimmt genau.«

Sie hatte die Schuhe weggekickt und ein Bein untergeschlagen. Ihr Rock war wirklich sehr kurz, und Tom stellte fest, dass es ihm schwer fiel, nicht hinzusehen.

»So«, erklärte sie schließlich und setzte ihr Glas ab. »Genug Shopping für einen Tag. Ich muss los.«

Er war überrascht; überrascht und erleichtert. Er hatte kein Bedürfnis nach mehr. Aber es war eine wunderbar wohltuende, belebende Begegnung gewesen.

Sie trennten sich am Eingang mit einem leichten Kuss, einem ganz leichten, aber ihr Mund war sehr warm und einladend. Es fiel ihm schwer, den Kuss nicht zu verlängern. Als sie sich abwandte, zog er sie plötzlich an sich und umarmte sie. Nur eine kurze, brüderliche Umarmung.

»Vielen Dank, Lauren«, sagte er. »Für alles. Sie haben mich gerettet. Sie sind wirklich eine tolle Frau.«

Gegen neun war er zu Hause gewesen. Octavia hatte ihn mit eisiger Abneigung angesehen und sein Wohlgefühl verging.

»Wo bist du gewesen? Wahrscheinlich bei Mrs Bartlett. Habt ihr euren gemeinsamen Urlaub geplant?«

»Nein«, verwahrte er sich. »Natürlich nicht.«

»Mit wem warst du dann zusammen?«

»Ich –«

»Tom, es ist mir scheißegal, aber es wäre hilfreich gewesen, wenn du es mir vorher mitgeteilt hättest. Ich habe versucht, dich zu erreichen. Aubrey meinte, als er dich zuletzt gesehen hätte, wärst du auf dem Weg ins Connaught gewesen.«

»Großer Gott! Ich hatte eine geschäftliche Besprechung. Mit Oliver Nichols.«

»Ah. Mrs Bartletts Freund.«

»Ja.«

»Und, war sie auch da? Bitte lüg mich nicht an.«

»Ja«, sagte er sehr ruhig. »Ja, sie war auch da.«

»Und danach?«

»Um Himmels willen, Octavia! Das ist doch lächerlich!«

»In gewisser Weise, ja, da stimme ich dir zu. Lächerlich und sogar amüsant. Ich kann noch gar nicht glauben, dass du so bald schon etwas mit einer anderen anfängst, aber –«

»Octavia, ich fange mit niemandem etwas an, wie du dich auszudrücken beliebst. Ich versuche, unser Leben wieder in den Griff zu bekommen.«

»Ich habe nicht die Absicht, weiter mein Leben mit dir zu teilen. Und das Thema Lauren Bartlett finde ich langsam ziemlich ermüdend.«

»Du hast damit angefangen. Sie hat mir nur geholfen. Wir haben es größtenteils ihr zu verdanken, dass Fleming + Cotterill wieder einigermaßen auf festen Füßen steht. Und heute Abend waren wir –«

»Ja? Ihr wart was? Zusammen?«

»Ach, fahr doch zur Hölle!« Plötzlich sah er Lauren vor sich, lächelnd, warm, sexy, wie sie Entschuldigungen für ihn fand. Und er schaute seine Frau an, mager, unglücklich, zänkisch, die ihn in das Fegefeuer zurückschickte, dem er gerade für ein paar Stunden entronnen war, und er wollte ihr wehtun.

»Ja, wir waren zusammen. Zumindest ist sie nicht der Ansicht, dass ich der Teufel in Person bin. Zur Abwechslung sehr angenehm, muss ich schon sagen.«

»Freut mich für dich.« Ihre Stimme klang angeekelt. »Muss ja wirklich furchtbar sein, sich mal nicht wie der Größte vorzukommen – was für abscheuliche Dinge man auch getan haben mag. Echt fantastisch, Tom. Ich muss sie unbedingt anrufen und ihr danken. Ganz bestimmt werdet ihr in dieser Villa in der Toskana sehr glücklich sein. Die Kinder sind schon ganz aufgeregt. Zu schade, dass ich nicht mitkommen kann.«

»Octavia, ich werde nicht ...« Er ergriff ihren Arm, aber sie hob die Hand und schlug ihn hart ins Gesicht. Es tat weh, denn die Wut verlieh ihr Kraft. Tom ließ sich auf einen Stuhl niedersinken, verwirrt von dem stechenden Schmerz, der sein pochendes Kopfweh noch verschlimmerte. Sie sah ihn an, griff nach einem Buch und schlug nochmals zu.

»Ich hasse dich«, stieß sie hervor. »Wegen allem, was du mir angetan hast, aber vor allem hierfür. Es ist einfach widerwärtig. Ich wünsche dir viel Glück mit ihr, Tom. Sobald ich aus Barbados zurück bin, nehme ich die Kinder und ziehe zu meinem Vater. Er hat zumindest einen gewissen Ehrenkodex.«

Das langte. Das machte ihn so wütend, dass er unfähig war, noch ein einziges Wort mit ihr zu wechseln.

»Ach verdammt«, stöhnte Lindsay Forbes, als sie das Rollo ihres Zimmers im Loew's Harbour Cove Hotel auf Paradise Island hochzog. »Es regnet schon wieder. Schüttet wie aus Kübeln. Tim, wollen wir nicht heute schon zurückfliegen? Es war ja wunderschön, aber drei Wochen Bahamas reichen wirklich. Ich will in mein schönes, frisch renoviertes neues Haus. Bitte, Mausbär.«

Tim Forbes sagte, er würde sehen, was sich machen ließe.

Gabriel Bingham war sich nicht so sicher, ob er wirklich nach Barbados fahren wollte. Er wollte mit Octavia zusammen sein, ja, und der Gedanke, sie mal ganz für sich zu haben, ohne Kinder, Beruf, Haushalt, Kunden und ihren Mann, war ausgesprochen verlockend. Er hatte es irgendwie geschafft, sich in sie zu verlieben, obwohl er sie kaum kannte. Und er begehrte sie.

Das Problem war Barbados.

Gabriel mochte die Sonne nicht besonders, und er hatte überhaupt keine Lust, auf weißen, palmengesäumten Stränden zu liegen. Er unternahm gern etwas, und er mochte es, im englischen Wind und Regen zu wandern, in einem Pub zu sitzen, im Garten zu arbeiten, am Kaminfeuer zu lesen.

Und die einzigen Stücke seiner Garderobe, die für einen Urlaub in heißem Klima geeignet waren, waren die ziemlich ausgeleierte Badehose, die er schon in der Schule angehabt hatte, und seine ausgebeulten Khaki-Shorts. Ferner besaß er noch ein paar T-Shirts und seine alten Turnschuhe. Keineswegs ausreichend, das war klar.

Gabriel ging ungefähr so gern einkaufen wie andere Leute zum Zahnarzt. Er seufzte, schwang sich auf sein Fahrrad und machte sich auf zu Marks and Spencer.

An diesem heißen Augusttag gab es nicht mehr viele Sommersachen. Er kaufte zwei Badehosen in Grellrot und Grellgelb, braune Ledersandalen, die ihm zwar nicht gefielen, aber passten, und ein paar kurzärmelige Hemden in knalligen Farben. Weiße T-Shirts, die einzigen, die ihm wirklich gefielen, waren nicht da, aber er fand ein beiges und ein türkisfarbenes. Langsam begann er Gefallen an dieser Beschäftigung zu finden. Er erwarb noch einen Panamahut zum Schutz vor der Sonne.

Zwar war er etwas zu groß, aber in seiner Größe war keiner vorrätig. Und es gab nichts Schlimmeres als einen zu kleinen Hut.

Sie würden Samstagmittag von Heathrow abfliegen, teilte Octavias Sekretärin ihm mit. »British Airways. Express-Check-in, Sie brauchen also nicht ganz so früh da zu sein.«

»Wie kommt das?«, fragte Gabriel.

»Ach, eine der Vergünstigungen der Businessklasse.«

Gabriel spürte, wie sein Magen sich zusammenkrampfte.

»Ich – wann erwarten Sie Octavia zurück?«

»In ungefähr einer Stunde. Soll sie Sie anrufen?«

»Ja, bitte.«

Sie meldete sich um halb vier.

»Hallo«, sagte sie.

»Octavia, es tut mir Leid, aber Businessklasse kann ich mir nicht leisten. Ich fliege Touristenklasse.«

»Geht nicht. Keine Plätze mehr.«

»Na, dann kann ich nicht mitkommen, tut mir Leid. Ich kann nicht mal eben zweieinhalbtausend Pfund für fünf Tage Urlaub ausgeben.«

»Gabriel, ich bezahle.«

»Nein! Nein, bedaure, Bollinger-Sozialist hin oder her, aber bezahlen lasse ich mich nicht.«

Sie seufzte. »So war das doch nicht gemeint. Nein, hör zu, mein Vater hat ein Ferienhaus auf Barbados, und er sieht es gern, wenn das Haus genutzt wird. Wenn ich hinfliege, besorgt seine Firma mir einfach die Flugtickets. Es kostet ihn kaum was, es – na ja, betrachte es als eine Art Steuertrick.«

»Ich billige Steuerhinterziehung nicht. Wie du dir wohl vorstellen kannst.«

Sie schwieg.

»Es wäre was anderes, wenn die Flugtickets für deinen

Mann oder deine Kinder wären. Aber so ... Ich glaube, ich komme besser nicht mit.«

»Ach, Scheiße, Gabriel.« Sie klang fast ängstlich. »Aber du musst mitkommen! Bitte. Bitte, sei nicht albern. Mein Vater hat so viel Geld, dass er gar nicht weiß, wo er damit hin soll. Diese Flugtickets – für ihn ist das so, als würde er eine Packung Kleenex kaufen. Sieh es doch mal so: Du nimmst einfach was von seinem Kleenex.«

»Ich benutze nie Kleenex«, sagte er. »Tut mir Leid.« Und legte auf.

Zehn Minuten später klingelte das Telefon. Es war Melanie.

»Nun sei kein Arschloch«, sagte sie.

»Bitte?«

»Octavia unglücklich zu machen, nur wegen irgendwelchen dämlichen Prinzipien. Schluck sie einfach runter. Ihr Alter ist ein bösartiger, manipulativer Scheißkerl. Und reich wie Krösus. Wenn er einmal im Leben was Gutes für sie tun will, dann lass ihn doch, um Himmels willen. Sei nicht so verdammt ... männlich.«

Für sie war das ganz offensichtlich die größte vorstellbare Beleidigung. Gabriel musste lächeln.

»Gut«, sagte er nach einer Pause. »Gut. Gib sie mir.«

Nachdem er sich entschuldigt hatte, ein bisschen kurz allerdings, und sie verabredet hatten, sich morgen am Flughafen zu treffen, empfand er erstmals leichtes Mitgefühl für Tom Fleming.

Octavia blickte auf die Uhr. Schon nach fünf. Selbst wenn sie sofort losfuhr, konnte sie von Glück sagen, wenn sie um sechs zu Hause war, und um sechs wollte Caroline die Kinder zu den Bartletts bringen. Mist! Sie würde es nicht mehr schaffen. Sie würde sich nicht von den Zwillingen verabschieden können. Vielleicht, wenn ...

»Also, wäre das eine Möglichkeit, Mrs Fleming?« Margaret Pipers Stimme drang in ihr Bewusstsein.

»Aber ja. Ja, ganz bestimmt, Mrs Piper. Unbedingt.«

»Gut. Ich würde ungern nochmals so enttäuscht werden. Mr Carltons Absage war ein harter Schlag. Also, ich habe die Finanzplanung für nächstes Jahr dabei. Warum gehen wir sie nicht kurz durch, und –«

»Ich würde sie gerne mitnehmen, Mrs Piper, um sie gründlich zu prüfen.«

»Ich sehe keinen Grund, warum wir das nicht hier und jetzt erledigen sollten, Mrs Fleming. Ich bin nicht in Eile.«

»Ja, selbstverständlich. Äh, würden Sie mich eine Sekunde entschuldigen?«

Sie rannte aus ihrem Büro und steckte den Kopf durch Melanies Tür.

»Mells! Könntest du vielleicht Mrs Piper übernehmen? Sie will die Finanzpläne für nächstes Jahr jetzt gleich durchgehen, und –«

»Das ist ja wohl kaum zu viel verlangt«, sagte Melanie. »In Anbetracht der Scheiße, die wir in letzter Zeit gebaut haben.« Ihr Gesichtsausdruck war hart und Octavia zuckte zusammen.

»Ja, natürlich. Aber meine Kinder fahren doch heute weg. Ich habe versprochen, mich von ihnen zu verabschieden. Ich würde auch –«

»Jetzt hör mir mal zu, Octavia. Ich akzeptiere, dass du familiäre Pflichten hast. Ich weiß, dass du eine schwere Zeit durchmachst. Deshalb habe ich mich auch einverstanden erklärt, nächste Woche ohne dich auszukommen. Aber ich möchte darauf hinweisen, dass der CULTIVATE-Etat an einem seidenen Faden hängt. Es ist dein Etat, und es ist deine Schuld, dass wir ihn fast verloren hätten. Also beweg gefälligst deinen Arsch da rüber und mach deine Arbeit.«

Octavia starrte Melanie in versteinertem Schweigen an.

»Ja, natürlich«, sagte sie und rief Caroline an, um ihr mitzuteilen, dass sie versuchen würde, zu den Bartletts zu kommen, um sich zu verabschieden. Sie sollten schon mal losfahren. »In Ordnung«, sagte Caroline. Ihre Stimme klang ebenso kalt und feindselig wie die Melanies. Und Gabriels. Mit ihren Sozialkontakten war sie im Moment nicht sonderlich erfolgreich, dachte Octavia, als sie in ihr Büro zurückkehrte und sich an Mrs Pipers Finanzpläne setzte. Wenn sie sich nicht zusammenriss, würde ihr bald gar nichts mehr bleiben.

»Bis dann«, sagte Zoe, als ihre Mutter mit ihrer Gladstone-Tasche die Treppe herunterkam. »Amüsier dich gut.«

»Danke, Schatz. Bitte hab morgen ein Auge auf Romilly. Du bringst sie doch zu ihrer Fotosession?«

»Versprochen.«

»Dank dir.« Es klingelte. »Das wird der Wagen sein. Bis Sonntagabend dann, Zoe. Meine Nummer in Glasgow hast du?«

»Ja. Mama, könntest du – könntest du mir vielleicht hundert Pfund leihen? Bitte.«

Zoe hatte ihre Mutter selten wütend erlebt, das war nicht ihr Stil. Aber jetzt wurde sie wütend.

»Ich kann nicht glauben, dass du das gesagt hast, Zoe. Natürlich werde ich dir keine hundert Pfund leihen. Noch nicht mal zehn. Höchste Zeit, dass du ein wenig Selbstdisziplin lernst. Du bist durchs Abi gerasselt, weil du keine Spur davon besitzt. Dein Taschengeld ist vollkommen ausreichend, und sogar dir wird doch wohl klar sein, dass es absolut nichts zu feiern gibt. Also, bis dann.«

Und damit ging sie, ohne Zoe auch nur einen Abschiedskuss zu geben.

Zoe brach in Tränen aus.

»Also, Mausi«, sagte Tim Forbes. »Wir fliegen morgen früh. Heim ins sonnige, alte England. Offenbar sind da über dreißig Grad. Gegen Mitternacht sind wir daheim. Na, klingt das nicht gut?«

Octavia wählte die Nummer der Bartletts. Eine ausländische Stimme antwortete. Natürlich hatte Lauren, das ausbeuterische Miststück, eine philippinische Haushaltshilfe. Typisch.

»Hier ist Mrs Fleming. Mrs Tom Fleming. Ich würde gern mit Mrs Bartlett sprechen.«

»Oh, tut mir Leid, Mrs Bartlett ist weg. Und die Kinder.«

»Zum Flughafen?«

»Ja, Flughafen. Sie spät dran, Taxi kam nicht. Aber Mr Fleming. Vater der Kinder, ja?«

»Ja. Ja, das ist richtig.«

»Mrs Fleming, er gekommen und alle sind weggefahren. Also keine Probleme mehr.«

»Nein. Nein, verstehe. Nein, alles klar. Vielen Dank.«

Wie Zoe bekam Octavia einen Weinkrampf.

»Hallo, Tom!«

Bob Macintosh stand vor ihm. Tom war selten so froh gewesen, jemanden zu sehen. Er hatte den Kindern, die sich kaum umgedreht hatten, in der Abflughalle nachgewinkt und fühlte sich jetzt furchtbar allein. Die Aussicht, einen Abend nur in Gesellschaft der eisigen Octavia zu verbringen, war alles andere alles verlockend. Das einzig Positive daran war: Sie würde gezwungen sein, zuzugeben, dass er nicht mit Lauren Bartlett in der Toskana war.

Er ergriff Bobs ausgestreckte Hand wie ein Ertrinkender, der einen Holzstamm umklammert. »Bob! Wie schön, Sie zu sehen.«

»Was machen Sie denn hier?«

»Ach, ich habe die Kinder verabschiedet.«

»Wo ist denn Octavia?«

»Sie muss noch arbeiten.«

»Na, großartig. Essen wir doch zusammen, ich bin heute auch Strohwitwer. Maureen ist bei irgendeiner dämlichen Frauenfeier, eine Freundin von ihr heiratet morgen. Wir sind im Berkeley abgestiegen. Wir könnten dort essen. Verdammt gutes Restaurant. Na, klingt das nicht gut?«

»Einfach wunderbar«, sagte Tom.

»Vater, könnte ich heute bei dir essen?«

Sie sollte nach Hause fahren, sie wusste es. Aber sie war so müde, so entmutigt, und der Gedanke, einen Abend nur in Gesellschaft der eisigen Caroline zu verbringen, war ihr grässlich. Minty schlief längst, und außerdem wollte sie ihrem Vater vorschlagen, CULTIVATE zu sponsern. Und er lud sie so gern zu sich zum Essen ein.

»Aber natürlich, mein Herzblatt!«

Es war wirklich eine Schande, dachte Caroline. Octavia hatte versprochen, sich von den Kindern zu verabschieden, war aber nicht gekommen. Poppy hatte es besonders getroffen. Zudem hatte sie versprochen, früh nach Hause zu kommen und sich um Minty zu kümmern. Das arme Kind hatte seine Mutter seit Tagen kaum gesehen und war sehr quengelig, als Caroline es ins Bett brachte.

Sie hatte keine Ahnung, wann Tom nach Hause kommen würde. Das Ganze gefiel ihr überhaupt nicht. Ihre vorigen Arbeitgeber hatten sich scheiden lassen, und es war unverkennbar, dass es mit der Ehe der Flemings im Augenblick nicht zum Besten stand.

Das Telefon klingelte. Caroline seufzte und ging ran. Es war ihre Mutter.

»Na, mein Schatz. Wie geht's dir?«

»Ach, ganz gut. Ich bin ganz allein hier, mit der Kleinen.«

»Hab ich mir gedacht. Warum kommst du nicht mit ihr übers Wochenende her, wenn Mrs Fleming nichts dagegen hat? Mir würde es Freude machen und dein Vater ist auf einem Segeltörn. Na, wie wär's?«

»Was für eine wunderbare Idee. Natürlich hätte Octavia nichts dagegen.« Sie hatte Minty schon öfters ins Haus ihrer Eltern im New Forest mitgenommen. »Ich frage sie und fahre morgen früh gleich los.«

»Großartig. Ich erwarte dich also am späten Vormittag, wenn ich nichts Gegenteiliges höre. Ich freue mich auf die Kleine.«

Sie wählte Octavias Handynummer, wo sich die Mailbox meldete, und bei Felix Miller sprang der Anrufbeantworter an. Caroline hinterließ bei beiden die ziemlich kurz angebundene Nachricht, dass sie Minty gern zu ihrer Mutter mitnehmen würde. Wenn sie nichts Gegenteiliges höre, würde sie morgen früh gegen neun losfahren.

Wie schön, dachte Felix, lächelte seine Tochter über den Tisch hinweg an und häufte ihr Meeresfrüchtepastete auf den Teller. Ihre ganze Kindheit hindurch war das ihr Lieblingsgericht gewesen, wenn es etwas zu feiern gab.

An dem Abend, an dem Octavia, errötet vor Aufregung und Freude, nach Hause kam und ihrem Vater erzählte, dass sie sich in Tom Fleming verliebt hätte, hatte es das Gericht nicht gegeben. Eigentlich seitdem nie mehr.

Es war ein ganz spezielles Rezept, von Mrs Harrington über die Jahre hinweg verfeinert: Schellfisch in Weißwein pochiert, blanchierte Kammmuscheln, mit Krabben unter einer knusprigen Teigkruste gegart, stets serviert mit neuen Kartoffeln und Octavias Lieblingsgemüse, grünen Bohnen.

Als sie klein gewesen war, hatte sie ihre Portion immer gierig verschlungen und nach mehr verlangt. Später, bedacht auf ihre schlanke Linie, hatte sie sich auf halbe Ration gesetzt. Diese Veränderung hatte Felix traurig gemacht. Er hatte es gern gesehen, wenn sie ordentlich zulangte. Das angespannte junge Mädchen, das Krabben auf dem Teller hin- und herschob, sich Bohnen auf den Teller gehäuft und die Kartoffeln abgelehnt hatte, war ihm fremd geworden, und er hatte sich Sorgen um sie gemacht.

Heute aß sie mehr, als er erwartet hatte. »Ich bin am Verhungern«, rief sie aus, als sie sich am Tisch niederließen. »Ich habe seit dem Frühstück nichts mehr gegessen.«

»Octavia, das ist doch Wahnsinn. Wer so hart arbeitet wie du, muss auch was essen. Du bist viel zu mager.«

»Ach, man kann nie zu reich oder zu dünn sein, das solltest du doch wissen. Schon gut, war nur ein Witz. Nein, aber in letzter Zeit – ach, es war alles so schwierig. Und ich habe mich furchtbar über diese Toskana-Geschichte aufgeregt. Aus irgendeinem Grund ist das wie ... wie der letzte Tropfen, der das Fass zum Überlaufen bringt.«

Felix fand es ermutigend, dass sie endlich solche Worte fand. Er hatte solche Angst gehabt, dass sie Toms Verhalten hinnehmen und bei ihm bleiben würde.

»Es ist einfach so gemein, so niederträchtig von ihm. Ich glaube, wenn er hier geblieben wäre, wenn wir über alles hätten reden können –« Sie lächelte ihren Vater schwach an.

»Verzeihen Sie, Bob«, sagte Tom Fleming leicht lallend, beugte sich vor und legte seine Hand auf die Bobs. »Tut mir Leid, dass ich Sie in eine so peinliche Lage gebracht habe. Verzeihen Sie.«

»Tom«, sagte Bob Macintosh und gab dem Kellner durch ein Zeichen zu verstehen, er solle die Rechnung bringen, »Sie haben mich nicht in eine peinliche Lage gebracht. Nicht im Mindesten. Ich wünschte nur, ich könnte mehr tun.«

»Sie haben doch schon so viel getan. War mir eine große

Hilfe, mit Ihnen zu reden. Wir sind nicht gerade gut im Reden, wir Männer, was, Bob? Gott, was bin ich nur für ein Trottel. Octavia ist eine so wunderbare Frau und ich geh hin und tu ihr das an. Wissen Sie, Bob, ich liebe sie doch noch so sehr.«

Octavia lag in ihrem alten Zimmer im Bett. Es war ein merkwürdiges Gefühl. Sie schaute sich um und lächelte, so vertraut war ihr alles, so absurd unverändert. Sie kuschelte sich ins Bett, das wunderbar weich war – sie hatte vergessen, wie weich –, und griff nach dem Buch, das sie aus dem Bücherschrank genommen hatte. All ihre alten Lieblingsbücher waren natürlich noch da, aber ihr Vater sorgte dafür, dass auf dem obersten Regal stets die neuesten Bestseller standen.

Sie hatte gerade die neueste Maeve Binchy aufgeschlagen, als es an der Tür klopfte. Ihr Vater trug ein Tablett, auf dem ein weißblauer Becher stand.

»Ich habe dir heiße Milch gebracht. Ich dachte, das könntest du jetzt brauchen. Ich habe ein wenig Whisky reingetan und viel Honig. Und es ist richtige Milch, keine entfettete.«

»Vater, ehrlich. Ich werde noch zuneh...« Ihr wurde klar, dass sie das Falsche gesagt hatte, und sie verbesserte sich hastig. »Ich werde morgen früh nicht rechtzeitig aufwachen. Und ich muss doch noch packen.«

»Kein Problem, ich fahr dich nach Hause. Dann kannst du ein Taxi zum Flughafen nehmen, wenn du das vorziehst. Ach, übrigens, da war eine Nachricht von deiner Nanny auf dem Anrufbeantworter. Sie meinte, sie würde gern mit Minty übers Wochenende zu ihrer Mutter fahren, wenn du nichts dagegen hast. Sie hat eine Nummer hinterlassen.«

»Gute Idee«, sagte Octavia.

»Schön. Trink aus, mein Herzblatt, bevor es kalt wird. Ach übrigens, könntest du auf Barbados etwas für mich erledigen? In Kürze ändert sich die Gesetzgebung für Grundbesitz, der von einem Offshore-Trust gehalten wird. Wir müssten Mussaenda neu in Barbados ins Grundbuch eintragen lassen und es fällt eine Grundsteuer an. Verdammt ärgerlich und wahrscheinlich teuer, lässt sich aber nicht ändern. Ich wollte dich also bitten, mal mit Nicholas Greenidge zu sprechen und dich näher zu informieren. Sag ihm, dass ich mir den ganzen Papierkram gern mal ansehen würde. Würde dir das was ausmachen?«

»Aber natürlich nicht. Es ist das Mindeste, was ich tun kann. Vielen Dank, dass du der Sponsorship-Sache so positiv gegenüberstehst. Du bist so gut zu mir. Nacht, Vater.«

»Gute Nacht, mein Herzblatt. Es ist so schön, dich mal wieder zu Hause zu haben.«

37. Kapitel

CAROLINE BLICKTE AUF DIE Uhr: erst halb sechs. Minty war die ganze Nacht unruhig gewesen, wegen der Schwüle, und zudem zahnte sie. Aber so frühmorgens war es noch schön kühl und es herrschte wenig Verkehr. Schade, dass sie nicht sofort nach Hampshire aufbrechen konnten, um diese Zeit würden sie nur knapp anderthalb Stunden brauchen.

Sie hörte einen leisen Wimmerlaut von Minty, die frisch aus dem Schlaf erwacht war, und ging in ihr Zimmer. Das Kind stand aufrecht im Bettchen, noch den Abdruck des Kopfkissens auf dem kleinen Gesicht. Die Seite, auf der der Zahn durchbrach, war ganz gerötet.

Minty schaute Caroline an und streckte die Ärmchen nach ihr aus. »Arm«, sagte sie gebieterisch.

Caroline hob sie hoch und ließ ihr ein Bad ein. Wieder ganz zufrieden, saß die Kleine in der Wanne und füllte Wasser in einen Plastikbecher, ihr momentanes Lieblingsspielzeug.

Draußen gurrten die Tauben und es wehte eine leise Brise. Es wäre wirklich ideal, jetzt aufzubrechen.

Und dann wurde Caroline klar, dass ja gar nichts dagegensprach. Octavia hatte sich nicht gemeldet, also fühlte sie sich auch nicht verpflichtet, auf sie zu warten. Tom war ebenfalls nicht nach Hause gekommen, wahrscheinlich war er bei seiner Freundin. Warum also warten?

Caroline zog Minty an, gab ihr eine Banane und etwas zu trinken, packte eine kleine Reisetasche für sie beide und schrieb einen höflich gehaltenen Zettel für Octavia. Sie war schon lange auf der M3, als Octavia in Hampstead losfuhr.

Serena Fox hatte kaum geschlafen. Ihre Beziehung mit einem jungen Mädchen aus ihrem Pariser Büro lief ziemlich schlecht, und Marie France hatte keinen Zweifel daran gelassen, dass das an Serenas besitzergreifender Art lag. In ein paar Wochen würde es endgültig vorbei sein, Marie France würde eine andere haben und Serena wieder allein sein. So kam es immer. Und sie war nicht gern allein, die Einsamkeit machte ihr Angst.

Na, zumindest würde der heutige Tag eine nette Ablenkung bringen. Ritz und sie würden an der Fotosession mit Romilly teilnehmen und Ritz hatte sogar ein gemeinsames Essen danach vorgeschlagen. Trotz ihres regen heterosexuellen Liebeslebens machten ihr solche ruhigen Abende mit viel Klatsch erstaunlich viel Spaß. Und eines hatte sie mit Serena gemeinsam: Sie hatte eine sehr geringe Meinung von Männern im Allgemeinen und von Alix Stefanidis im Besonderen.

In einem von Glasgows schönsten Hotels, dem Number One Devonshire Gardens, lag Marianne lächelnd in Nicos Armen. Ihr Gesicht war gerötet, vor Liebe, sexueller Erlösung, Triumph. Glückseligkeit durchströmte sie und sie fühlte sich leicht wie ein Vogel.

»Meine Liebste, ich liebe dich. Gott, wie ich dich liebe.« Er stützte sich auf den Ellbogen und betrachtete sie. »Du bist wunderschön. Und so sehr, sehr – jung.«

Sie streckte die Arme aus, zog ihn zu sich herunter, lachte und küsste ihn. »Nico, du darfst gern sagen, wie sexy ich bin, und ich habe wirklich nichts dagegen, schön genannt zu werden. Aber ich kann nicht zulassen, dass du mich als jung bezeichnest. Es entwertet den Rest.«

»Meine Liebste, du bist jung. Noch nicht mal vierzig. Praktisch noch ein Kind.«

»Ach, sei doch nicht albern. Und rede nicht so, als seist du ein alter Mann, du bist doch gerade mal – wie alt warst du noch mal genau?«

»Sechsundvierzig. Ich bin gekränkt, dass du dich nicht erinnerst.«

»Entschuldige. Jedenfalls, natürlich bin ich kein Kind. Ich habe drei erwachsene Kinder.«

»Und genau deswegen empfindest du dich nicht als jung. Nur weil du absurderweise geheiratet hast, als du noch nicht mal achtzehn warst. Heutzutage bekommen viele Frauen in deinem Alter ihr erstes Kind. Du hast den Körper einer Zwanzigjährigen und ein Gesicht, um das dich deine Töchter zweifellos beneiden ... Ich liebe dich. Sag mir, dass du mich liebst, Marianne. Bitte sag, dass du mich liebst. Oder zumindest, dass du anfängst, dich in mich zu verlieben. Das ist doch sicher nicht zu viel verlangt.«

Und endlich begann sie, sich von ihrer schwierigen Vergangenheit mit Felix zu lösen. »Ja, Nico, ich glaube, ich fange an, mich in dich zu verlieben«, sagte sie.

Tom erwachte um halb acht. Er fühlte sich grässlich. Wo zum Teufel war er? Zu Hause jedenfalls nicht. Vielleicht in irgendeinem Hotelzimmer – ja, es war ein Hotelzimmer. Mann, er musste dringend pinkeln. Er schwang die Beine über die Bettkante und schloss die Augen, als sich alles um ihn zu drehen begann.

Das Schwindelgefühl verstärkte sich. Besser, er machte die Augen wieder auf. Entschlossen öffnete er die Augen und schaute in das freundlich besorgte Gesicht von Bob Macintosh ...

»Verdammt, ich muss nach Hause«, stöhnte er zwanzig Minuten später. »Sonst denkt Octavia noch, ich wäre wirklich mit dieser Frau in die Toskana gefahren.«

Es war fast acht, als er endlich zu Hause anrief. Bob Macintosh hatte ihn überzeugt, dass es unter den gegebenen Umständen nicht nur unklug, sondern praktisch unmöglich war, sich persönlich dort hinzubegeben. Felix Miller meldete sich.

»Felix? Felix, hier ist Tom.«

»Tom? Ach, wirklich. Von wo rufst du an?«

»Aus dem Berkeley.«

»Ach? Ich dachte, du wärst in der Toskana.«

»Selbstredend bin ich nicht in der verdammten Toskana! Ich habe nie in Erwägung gezogen, in die Toskana zu fahren, und das will ich auch Octavia sagen. Also, kann ich mal mit ihr sprechen?«

»Unmöglich, Tom. Sie ist bereits auf dem Weg zum Flughafen. Sie fliegt nach Barbados, weißt du. Mit diesem Gabriel Bingham. Der wesentlich mehr Respekt vor ihr zu haben scheint als du, wenn ich das mal anmerken dürfte. Ich kann dir gar nicht sagen –«

»Ja, Felix, ich weiß. Gut, dann probiere ich es eben auf dem Handy.«

Er knallte den Hörer auf die Gabel.

»Vater! War das das Taxi? Ich bin so weit fertig. Oh, verdammt, jetzt hätte ich fast meine Sonnenbrille vergessen. Also, was wollte ich sagen ... ach ja, war das das Taxi?«

»Ja«, sagte Felix Miller. »Das war das Taxi. Es wird gleich hier sein.«

»Ich hole nur schnell meine Sonnenbrille. Meinst du nicht, ich sollte doch noch mal versuchen, Caroline anzurufen, bevor ich fliege? Ich habe so ein schlechtes Gewissen, weil ich mich nicht von Minty verabschiedet habe.«

»Nein, finde ich nicht. Komm, mein Herzblatt, lass das Taxi nicht warten. Hier, deine Tasche. Gute Reise. Schick deinem alten Vater mal eine Postkarte.«

»Mach ich. Lass dich umarmen.«

Als sie gegangen war, spülte Felix Miller sorgfältig die Kaffeetassen aus, überprüfte, ob die Alarmanlage eingeschaltet und das Gas abgedreht war, und verließ das Haus. Octavias Handy, das er zehn Minuten zuvor in eine Küchenschublade geschoben hatte, unter die Küchenhandtücher, klingelte immer noch, als er in seinen Wagen stieg und losfuhr.

38. Kapitel

Zoe blickte auf die Uhr: höchste Zeit, dass sie losfuhren. Sie ging zum Fuß der Treppe und rief nach Romilly.

»Ich komme.«

Romilly erschien. Sie trug ein weißes, sehr tief ausgeschnittenes Top, neue, hautenge Satinhosen und Turnschuhe mit Plateauabsätzen. Das Haar hatte sie hochgesteckt. Sie hatte dick Lidschatten aufgetragen, die Lippen mit einem matten Rot geschminkt und die Konturen dunkel nachgezogen. Sie wirkte älter, weniger frisch. Zoe fand, dass sie einen Fehler machte, schwieg aber. Romilly war schon nervös genug.

Ritz und Serena warteten im Empfangsbereich des Studios auf sie. Zoe mochte Ritz; was Serena anging, war sie sich nicht so sicher. Vertrauen tat sie keiner von beiden, aber Ritz war irgendwie korrekt.

»Hallo, Zoe, wie nett, dass Sie mitgekommen sind«, sagte Ritz. »Gütiger Himmel, Romilly, sehen Sie aber erwachsen aus.«

Ihr Tonfall verriet, dass ihr nicht sehr gefiel, was sie sah.

»Das ist nur, weil ich nicht meine Schuluniform trage.«

»Ja. Ja, natürlich. Nun, wir haben eine Visagistin hier, also werden wir an dem Make-up wahrscheinlich noch was ändern.«

Mit einem ganz leichten Anflug von Gereiztheit sagte Romilly: »Das ist mir klar. Ist Alix schon da?«

»Nein, noch nicht. Aber wir werden schon mal anfangen, Sie zu stylen. Jodi, die Visagistin, wird in einer Minute zurück sein. Möchten Sie vielleicht einen Kaffee oder eine Cola?«

»Also«, sagte Zoe, »ich muss noch einiges erledigen, ich

komme später wieder. Romilly will sicher sowieso nicht, dass ich hier rumhänge, oder? Oder soll ich warten?«

»Nee«, sagte Romilly. »Ich ruf dich auf dem Handy an, wenn wir fertig sind. Es wird sicher Stunden dauern.«

Sandy sah Louise zweifelnd an. Doch, es schien ihr besser zu gehen. Sie hatte ein bisschen zugenommen und wieder etwas Farbe bekommen, und sie redete ununterbrochen darüber, dass jeden Freitag ein Friseur kam, wirklich angenehm, und montags eine Kosmetikerin. Louise würde sich eine Massage und eine Gesichtsbehandlung gönnen.

»Vater meinte, das würde er mir spendieren. Er war einfach großartig, diese Woche war er schon dreimal hier. Du hast mir gefehlt, Sandy.« Ihre Stimme klang vorwurfsvoll.

»Entschuldige. Aber ich habe eine Firma zu leiten und muss auf einen kleinen Jungen aufpassen. Und von Cheltenham bis hier ist es eine ziemliche Strecke.«

»Sandy! Das weiß ich doch. Aber ich habe mich so einsam gefühlt.«

»Ja«, sagte er. »Ja. Entschuldige.«

Wie konnte sie nur so mit ihm reden, nach dem, was sie getan hatte, wie konnte sie so tun, als sei alles in bester Ordnung, als hätte sie nur eine Operation gehabt oder so was. Er verspürte das Bedürfnis, ihr zumindest ansatzweise begreiflich zu machen, wie schwierig das Leben im Moment für ihn war, hielt sich dann aber zurück. Er durfte nicht vergessen, was der Arzt gesagt hatte: So schwer es ihm auch fallen möge, ihm müsse klar sein, dass seine Frau sehr krank gewesen sei, ja, immer noch war. Er müsse Geduld haben, müsse versuchen zu begreifen, was in ihrem armen, verwirrten Kopf vorging.

Der Arzt hatte leicht reden. Er hatte Louise ja nicht geliebt, hatte nicht geglaubt, von ihr geliebt zu werden. Er musste nicht mit ihrer Untreue fertig werden und damit, dass sie das

Kind eines anderen Mannes getragen hatte. Alle schienen davon auszugehen, dass Louise wieder nach Hause kommen würde, wenn es ihr besser ging. Doch wie konnte er auch nur daran denken, wieder mit ihr zusammenzuleben? Was aber sollte er sonst tun? Gab es denn niemanden, mit dem er darüber sprechen konnte, der nicht schockiert sein würde, weil er sie hasste, sie nie wieder sehen wollte, sich nicht in der Lage fühlte, ihr zu vergeben?

»Es tut mir Leid«, wiederholte er sehr ruhig.

»Wir haben was wahnsinnig Aufregendes vor«, erzählte Dickon.

»Wirklich?« Ihre Stimme klang scharf. »Was denn?«

»Wir gehen zu einem Autorennen. Mit Octavia.«

»Zu einem Autorennen! Sandy?«

»Ach, irgend so ein Wohltätigkeitsding von Octavia. In Brands Hatch. Alle verkleiden sich und es gibt ein Oldtimer-Rennen.«

»Und Octavia hat dich eingeladen?«

»Ja. Ja, hat sie. Sehr nett von ihr.«

»Wie außergewöhnlich.« Louises Gesicht war gerötet. »Und wann soll das Ganze stattfinden?«

»Am siebten September«, erklärte Dickon. »Ich habe heute eine Postkarte von Poppy gekriegt. Sie kommt auch. Vielleicht geht es dir dann schon besser, Mama, dann kannst du auch mit.«

»Vielleicht«, sagte Louise. »Falls jemand die Freundlichkeit besitzt, mich abzuholen.« Ihr Tonfall war sehr aggressiv. Aber plötzlich änderte sich ihr Gebahren und sie lächelte Sandy an. Das sanfte, kokette Lächeln. »Sandy, ich würde so gern mal hier raus. Nächste Woche vielleicht, sagt der Arzt. Nur ein kurzer Ausflug. Vielleicht könnten wir irgendwo Tee trinken. Allein darf ich natürlich nicht weg, nur mit dir. Oder mit Vater. Aber ich würde viel lieber mit dir was unternehmen, mit dir und Dickon.«

»Ja, schön, Louise. Ich werde sehen, was sich tun lässt«, sagte Sandy.

Plötzlich war ihm ganz übel. Er wollte Louise nicht neben sich im Wagen sitzen haben. Er wollte sie nie wieder sehen müssen.

»Ich versuche es«, versprach er, um diese Gedanken wieder gutzumachen.

»Octavia? Dachte ich mir doch, dass du das bist!«

Gabriel blickte auf. Ein Mann lächelte auf Octavia herunter. Schlank, gebräunt, hoch gewachsen, sehr gewandt, sehr gut angezogen. Ungefähr so, wie er sich Octavias Mann vorstellte, nur war dieser Mann Amerikaner.

»Fergie! Was für eine nette Überraschung. Wo kommst du denn her?«

»Aus der ersten Klasse, Schatz. Du weißt, ich mische mich nie unters gemeine Volk.« Er lächelte Gabriel etwas unsicher an. »Ist Tom auch an Bord?«

»Äh – nein. Das ist ein Freund, Gabriel Bingham. Gabriel, das ist Fergus Payne. Unsere Väter waren zusammen in Harvard.«

»Hallo, Gabriel.« Fergus ließ kurz perfekte weiße Zähne aufblitzen.

»Guten Tag.« Gabriel wusste, es war lächerlich, diesem Menschen gegenüber feindselige Gefühle zu hegen, aber er tat es trotzdem.

»Wir werden ein paar Tage auf Mussaenda verbringen, Gabriel und ich. Wo wirst du absteigen?«

»In Cobblers Cove. Ihr müsst unbedingt mal auf einen Drink vorbeikommen.«

»Das wäre schön. Ich ruf dich an. Bist du allein unterwegs?«

»Ja und nein. Ich bin mit einer Freundin hier. Meine Scheidung ist gerade durch. Na, ich hoffe, das dritte Mal habe ich mehr Glück. Also, Schatz, dann werde ich mich mal wieder in die Sicherheit der ersten Klasse zurückziehen. Vielleicht sehen wir uns ja am Flughafen.«

Octavia sah Gabriel an. »Gabriel! Nun schau doch nicht so. Ehrlich, er ist sehr nett, wenn man ihn besser kennt.«

Bei diesem Tang bekam sie eine Gänsehaut. Sie waren allein im Studio, nur sie drei, und Romilly fühlte sich äußerst unbehaglich. Vor der Session hatte es wahnsinnigen Zoff zwischen Alix und Ritz gegeben, und sie und Serena waren aus dem Studio verbannt worden.

Frances, die Studioleiterin, lief mit den Polaroids hin und her und richtete die Kommentare von Ritz und Serena aus, die Alix ganz offensichtlich ignorierte. Einmal kam Frances herein, das kühle, kleine Gesicht amüsiert, und meinte, sie hätten gesagt, sie wollten Bilder von Romillys Gesicht, nichts unterhalb der Schultern. Er hatte sie angesehen, die Augenbrauen hochgezogen und gegrinst, dieses furchtbare Grinsen. »Na, da haben sie wohl den falschen Fotografen engagiert, was, Süße? Sag ihnen, ich mach die verdammten Bilder, wie ich es will, Süße«, und dann war er Romilly wieder mit der Kamera hautnah auf den Leib gerückt.

Sie hatte das weiße T-Shirt ausziehen müssen, das sie beim letzten Mal getragen hatte, und sich ein Stück Musselin umwickeln müssen, direkt über ihren Brüsten, so dass ihre Schultern bloß waren. Sie hatte es ziemlich hoch gebunden, aber er war gekommen und hatte den Stoff heruntergezogen, nicht sehr weit eigentlich, aber sie fand das Gefühl seiner Hände auf ihrer Haut eklig. Seitdem war sie verärgert und daher nicht mehr so furchtbar nervös.

Und eine Weile war alles ganz gut gelaufen.

»Das Problem ist die Stelle, wo sie den Pickel hatte. Man wird es sehen, siehst du, hier? Süße, kannst du irgendwas dagegen machen? Irgendwas?« Sie waren in die Maske gegangen und Alix lümmelte auf einem Hocker herum und sprach mit der Visagistin. Romilly setzte sich vor den Spiegel.

Jodi trat zurück und musterte sie. »Ja, ich sehe, was du meinst. Die Sache ist nur die, wenn ich jetzt noch mehr Make-up drauftue, wird es fleckig. Ich müsste eigentlich von vorne anfangen.«

»Dann fang noch mal von vorne an, Süße. Wir müssen versuchen, das Styling richtig hinzukriegen.« Es klang, als hielte er es für extrem unwahrscheinlich, dass es was werden würde.

Die redeten über sie, als wäre sie ein Cremetöpfchen oder ein Möbelstück, als wäre sie überhaupt nicht da. Es war schrecklich. Immer mit der Ruhe, Romilly, reg dich nicht auf, das bringt nichts.

»Schön, tu, was du kannst. Ich geh noch mal für eine Stunde weg, was trinken.«

Eine Stunde. Noch eine Stunde des Wartens, der Nervosität, der Übelkeit. Sie hatten vorhin schon drei Stunden auf ihn gewartet.

»Gut. Es wird eine Stunde dauern und dann kann die Haut sich ein wenig ausruhen. Sind die Haare okay?«

»Die Haare sind fantastisch. Ein Glück.«

Romilly wusste, was er meinte. Nichts sonst war gut genug.

»Wir hatten so viel Spaß«, rief Megan und strahlte ihre Mutter an. »Sandy war klasse. Wir haben ungefähr zehn Fotos geschossen, und dann kam die Heimleiterin und fragte, was wir da machten. Das sei Hausfriedensbruch. Und Sandy hat sich entschuldigt und gesagt, er hätte gedacht, das Haus sei der Öffentlichkeit zugänglich, er sei sehr an Architektur interessiert und ob wir noch ein paar Aufnahmen von der Rückseite des Hauses machen könnten. Nein, können wir nicht, hat sie gesagt. Und dann kam ihr Mann, der war echt grantig, und dann tauchte eine der alten Damen auf, das war Mrs Sanderson, wie sich herausstellte. Sie war unheimlich nett. Sie hat gesagt, sie würde die Fotos für uns schießen. Es war also ein großer Erfolg.« Megan lächelte Sandy an. »Und dann haben wir Cola getrunken, nicht, Dickon, im Coach and Horses, und ...«

»Tut mir Leid, dass es so lange gedauert hat«, unterbrach Sandy lächelnd diesen Monolog. »Aber sie waren einfach wunderbar, die Kinder, alle beide, und –«

»Das macht überhaupt nichts. Wie wär's mit einem Bier? Und ich habe einen großen Salat gemacht.«

»Klingt sehr verlockend. Beides. Megan, komm, ich heb dich aus dem Auto ...« Sie war ganz leicht, erschreckend leicht. Was für ein entzückendes Kind, dachte er, hochintelligent, lustig, klagte nie. Dickon betete sie an.

Später, als die Kinder Limonade tranken und Megan Dickon Kartentricks zeigte, erklärte er: »Pattie, ich habe einen sehr angenehmen Vormittag mit Ihrer charmanten Tochter verbracht. Das hat mich von meinen Sorgen abgelenkt.«

Also, warum hatte er das jetzt gesagt? Sandy neigte nicht dazu, über seine Probleme zu sprechen. Die gingen niemanden etwas an.

»Es tut mir Leid, dass Sie Sorgen haben.«

Das war alles, was sie sagte, mit ihrem hübschen, ziemlich müden Lächeln, und es war absolut richtig. Kein Drängen, kein übergroßes Mitgefühl, kein »Erzählen Sie mir doch davon«, kein »Kann ich helfen«, nur »Es tut mir Leid«.

»Tja, Sorgen haben wir alle, nicht wahr? Sie ganz bestimmt.«

»Ja. Aber ich habe mich daran gewöhnt.«

»Ich fürchte, an meine habe ich mich noch nicht gewöhnt«, entfuhr es ihm und wieder war er erschrocken über sich selbst.

»Hören Sie, wenn Sie gern darüber reden würden ... Ich meine, es wäre mir nicht peinlich oder so was. Wir kennen uns zwar noch nicht sehr gut, aber manchmal ist das sogar besser. Und Reden kann helfen.«

»Ich danke Ihnen. Ich werde es nicht vergessen.«

Es stimmte, vielleicht war es leichter, mit einem Menschen zu reden, der ihn nicht kannte, der nichts über ihn wusste, seine Freunde nicht kannte oder seine Geschichte. Wahrscheinlich würde er nicht mit ihr darüber reden. Aber der Gedanke, dass er es konnte, wenn er mal ganz verzweifelt war, war seltsam tröstlich ...

»Okay, kleines Baby.« Hör auf, hör auf, mich so zu nennen, dachte Romilly und biss die Zähne zusammen. »Versuchen wir mal was anderes. Dreh mir den Rücken zu. Nein. Nein, das ist nichts. Lehn dich zurück. Ja, so ist es besser. Eindeutig besser. Aber jetzt ist der Hals zu angespannt. Vielleicht lieber einen Stuhl statt dem Hocker. Tang, hol einen Stuhl. Dalli, dalli!«

Tang lief schweigend hinaus und kehrte mit einem der Lloyd-Loom-Stühle aus dem Empfangsbereich zurück.

»Doch nicht so, Romilly, hock nicht auf der Kante wie ein Huhn. Schieb deinen Hintern nach hinten. Ja, so ist es besser. Okay, jetzt die Arme herabhängen lassen. Ganz locker, Süße, ganz relaxt. Ich mach dir doch keine Angst, oder?«

Er beugte sich über sie und lächelte ihr in die Augen. Er hatte etwas getrunken und war leicht beschwipst. Sie musste sich überwinden, nicht den Kopf abzuwenden.

»Nein, natürlich nicht.«

»Gut. Langsam fängt es an, was zu werden.«

Also kein Ende in Sicht. Dabei war sie schon so müde. Ihr Kopf schmerzte unerträglich, aber sie wagte nicht, um ein Aspirin zu bitten.

Rückenschmerzen hatte sie auch, und sie musste mal, aber das zu sagen, traute sie sich auch nicht.

»Gut, lehn dich zurück. Schön. Ja, so ist's gut. Nur –

komm, ich zieh das noch ein bisschen runter.« Er meinte den Musselin.

»Ich mach es«, sagte Romilly hastig. Noch tiefer ging es kaum, sonst würde man die Brustwarzen sehen. Sie zog vorsichtig an dem Stoff und er bewegte sich einen Millimeter nach unten. Der Fotograf nickte und fing wieder an, Bilder zu schießen. Mittlerweile hatte er die Kamera vom Stativ genommen und bewegte sich um sie herum, fotografierte von oben, von der Seite, von hinten. »Also, Süße, dreh dich mal um, ja, ja, so ist es besser. Nein, nein, nein, nicht zu viel. Viel zu viel. Romilly, Süße, nun sei nicht albern. Nicht den Kopf, nur die Augen. Tang, ich kriege immer noch den Musselin aufs Bild.«

Tang zog den Stoff behutsam noch ein wenig herunter.

»Nein, noch weiter. So, ja. Also, Romilly, noch mal. Ja, ja, so ist es besser. Langsam wird es was. Aber nun benutz doch mal deinen Kopf, überleg dir, was du tust. Nein! Viel zu steif. Noch mal von vorn. Ganz locker. Tief atmen, Süße, beweg deinen Hintern, drück ihn gegen den Stuhl. Schön! Also, jetzt den Hals strecken, stell dir vor, du wärst ein Vogel, ein Schwan, ja, ja, so ist es gut, gut, ja ... Dieser Scheißmusselin! Süße, nimm ihn ab, ja? Nimm ihn einfach ab.«

»Aber ...«

»Süße, nun komm mir nicht jungfräulich. Ich hab schon öfters Brüste zu Gesicht bekommen. Man wird sie nicht sehen, aber ich kriege ständig den Schatten von dem verdammten Stoff aufs Bild. So geht das einfach nicht.«

Romilly stellte sich vor, wie es sein würde, mit bloßen Brüsten dazusitzen, in dem Wissen, dass er und Tang hinguckten, in dem Wissen, dass sie auf den Fotos sein würden, und sie versuchte, sich an den Gedanken zu gewöhnen. Selbstverständlich hatte er schon öfters Brüste gesehen. Es war – nun ja, wie beim Arzt, nichts weiter. Und auf den Fotos würde man ihre Brüste ja nicht sehen. Nicht in den Zeitschriften. Nur auf den Abzügen. Alle Models hatten sich schon mal mit nackten Brüsten fotografieren lassen. Sie hatte solche Bilder von Kate Moss und Naomi Campbell gesehen. Natürlich war nichts dabei. Natürlich würde sie es tun.

»Süße, nun mach schon. Nimm den Musselin ab. Komm schon.«

Sehr langsam, sehr kläglich, zog sie den Stoff herunter. Ganz herunter. Tang kam und streckte die Hand danach aus. Sie saß da, die Arme über den Brüsten gekreuzt, und plötzlich war ihr ganz heiß und sie hatte Angst.

»Schön. Lass die Arme herabhängen, wie eben.«

Ganz einfach. Sie musste nur die Arme herabhängen lassen, mehr nicht. Aber sie konnte es nicht. Sie brachte es nicht fertig. Sie schluckte und starrte Alix an.

»Süße, bitte. Ich habe es langsam satt. Komm schon. So, siehst du.«

Er kam zu ihr und versuchte, ihre Arme zu bewegen. Panik durchfuhr sie und sie zuckte zurück. »Nein! Nein, nicht. Ich – ich mache es.«

Sie schaffte es. Ihre Arme fühlten sich ganz steif an.

»Schön. Lass sie fallen. Also, schau mich an. Komm schon, komm schon. Gütiger Himmel, nun entspann dich doch einfach. Ganz locker.«

»Ich kann nicht«, sagte sie und brach in Tränen aus.

»Herrgott noch mal«, knurrte er und marschierte aus dem Studio. Sie konnte ihn herumbrüllen und die Tür zuknallen hören. Als Ritz und Serena hereinkamen, saß sie da, das Gesicht in den Händen vergraben, und weinte still vor sich hin.

Tang war ganz süß. Er stand neben ihr, bedeckte ihre Schultern mit dem Musselin und bot ihr sein Taschentuch an.

Gabriel war schon jetzt in leichter Panik und dabei waren sie erst auf der Flughafenrollbahn. Die Hitze war erdrückend. Wie sollte er das bloß aushalten?

Im Flughafengebäude war es ein wenig kühler. Octavia

winkte aufgeregt jemandem zu, der oben auf der Galerie stand.

»Und wer ist das?«, fragte Gabriel düster. »Noch ein Freund deines Vaters?«

Sie lächelte ihn an. Sie war merkwürdig munter und entspannt, trotz der Hitze und des langen Fluges. »Du bist ein alter Miesepeter. Nein, das ist Bob, Elviras Mann. Ich hab dir doch von Elvira erzählt, oder?«

»Nein, hast du nicht.«

»Elvira ist unsere Köchin, na ja, unsere Haushälterin.«

»Die Haushälterin! Aber ich dachte, wir würden allein im Haus sein.«

»Gabriel, das sind wir doch auch. Sie wohnt mit ihrem Mann in Holetown. Um Himmels willen, reg dich ab. Hallo, Bobby.«

»Hallo, Octavia. Schön, Sie zu sehen. Hier entlang, bitte.«

Bob war groß, dürr, angegraut und sehr entspannt. Gabriel gefiel es, dass er Octavia beim Vornamen nannte. Er folgte den beiden zu einem ziemlich verbeulten Wagen.

»Das ist Gabriel Bingham, Bob, ein englischer Politiker. Gabriel, setz du dich doch nach vorn, dann siehst du mehr.«

Draußen senkte sich die Hitze wie eine erstickende Decke auf ihn herab. Er hoffte, dass das Auto eine Klimaanlage haben würde, aber das war nicht der Fall.

»Wie geht's Ihrem Vater, Octavia?«

»Sehr gut. Aber er arbeitet zu viel.«

»Und Mrs Muirhead?«

»Auch gut«, sagte Octavia etwas hastig. »Und wie geht's Elvira?«

»Bestens. Sie ist sehr glücklich über das Baby. Es ist ein Prachtjunge.«

»Wie schön. Gabriel, schau mal, siehst du den Palast da drüben?«

Es schien in der Tat ein Palast zu sein: ein gewaltiger Palast im maurischen Stil, purpurrot und türkisgrün, mit glitzernden Minaretten. »Gütiger Himmel, wer wohnt denn da?«

»Das ist der Supermarkt. Fantastisch, was? Und guck mal, Gabriel, da drüben, das ist Zuckerrohr. Siehst du? Und da drüben –« Er versuchte zu lächeln, erfreut und interessiert zu erscheinen, aber die Fahrt schien überhaupt kein Ende zu nehmen. Es war brütend heiß, die Sonne schien blendend hell und das alte Auto ratterte über die holprigen Straßen. Es war nicht besonders schön hier, überhaupt nicht so, wie er es sich vorgestellt hatte. Ihm war leicht übel und er war deprimiert. Was machte er nur hier, warum war er bloß mitgekommen?

»Zoe? Hallo, hier ist Ritz. Ist Ihre Mutter vielleicht zu sprechen? Ach, ich verstehe. Also, Romilly ist ein wenig mitgenommen. Nein, nichts Ernstes. Ja, wenn Sie können. Ja, wir sind beide hier.«

»Es geht mir gut«, sagte Romilly zu ihrer Schwester. »Ehrlich. Es tut mir nur Leid, dass ich mich so dämlich aufgeführt habe.«

»Romilly, Sie haben sich nicht dämlich aufgeführt«, widersprach Ritz mit leicht zittriger Stimme.

»Doch, das habe ich. Nächstes Mal ...«

»Es wird kein nächstes Mal geben«, sagte Serena kühl. »Jedenfalls nicht mit Alix Stefanidis. Also, Romilly, was würden Sie jetzt gern machen? Noch irgendwo was trinken, nach Hause gehen, Ihre Mutter anrufen?«

»Na, das ganz bestimmt nicht.« Romilly brachte ein ziemlich wackeliges Lächeln zustande. »Genau wegen so was hat sie sich ja solche Sorgen gemacht! Sie würde sofort in den nächsten Flieger steigen. Furchtbarer Gedanke. Nein, ehrlich, mir geht's gut, machen Sie sich keine Sorgen. Ich –« Plötzlich klingelte ihr Handy und sie fischte es aus den Tiefen ihrer Tasche heraus. »Hallo. Oh, hallo, Fen. Ja. Was? Ach, ganz okay, ich bin nur ein bisschen müde. Was? Oh. Ja, verstehe. Nein, kein Problem. Ehrlich. Meine Schwester ist ja da.«

Zoes Magen krampfte sich zusammen. Also, was war das denn jetzt?

»Das war Fenella. Ihre Großmutter hat alle ins Ballett eingeladen. Eine Überraschung. Also kann ich heute Abend nicht bei ihnen übernachten. Wie wär's mit einem Video, Zoe?«

»Also, ich ...« Mist. Das hatte ihr gerade noch gefehlt. Ihr letzter Abend, bevor sie am Montag in die Staaten fliegen musste. Sie würde Ian wahrscheinlich nie wieder sehen.

»Was ist denn?«, fragte Ritz.

»Ach, Romilly kann schließlich nicht allein zu Hause bleiben und ich hatte Pläne für den Abend. Aber es ist nicht weiter wichtig.«

»Was für Pläne denn? Erzählen Sie uns doch etwas über Ihr aufregendes Nachtleben.« Ritz war offenbar erfreut über eine Ablenkung von den Schrecken des Tages.

»Ach, wir gehen nur ins Ministry of Sound. Mit – Freunden.«

»Oh, Londons hippester Laden! Klingt gut. Mittlerweile gehe ich nicht mehr gern dahin, ich komme mir dann so alt vor. Natürlich bin ich gelegentlich da, auf Talentsuche, aber sonst nicht mehr. Wie schade, Zoe. War es ein besonderer Anlass?«

»Abifeier«, erklärte Romilly.

»Oh, Zoe, das können Sie doch nicht verpassen. Romilly, hätten Sie nicht Lust, mit uns essen zu gehen? Wir wollten einen ruhigen Abend zusammen verbringen. Ehrlich, es wäre uns ein Vergnügen. Wir könnten in irgendein witziges Restaurant gehen, ins Hard Rock oder ins Fashion Café.«

»Nein«, sagte Zoe schnell. »Nein, ehrlich. Wir verbringen den Abend zu Hause. Viel zu feiern gibt es bei mir sowieso nicht!«

»Ich will aber nicht, dass du zu Hause bleibst und auf mich

aufpasst. Ich würde wirklich gern mit Ritz und Serena essen gehen. Das Fashion Café wär klasse, echt cool.«

»Rom, wenn ich ausgehe, bin ich nicht vor – na, so vier oder fünf Uhr morgens wieder da. Du kannst unmöglich ganz allein im Haus bleiben. Mama würde mir das nie verzeihen.«

»Wieso denn nicht? Ich bin doch kein Kind mehr. Aber ich hab eine Idee: Warum fragen wir nicht Mrs Blake, ob sie bei uns übernachtet? Sie hat es gestern schon angeboten, aber da dachte ich ja noch, ich würde bei Fenella bleiben. Was hältst du davon?«

Es war sehr verlockend.

»Gut, ich rufe Mrs Blake an«, sagte Zoe schließlich. »Vielleicht kann sie ja gar nicht.«

Mrs Blake erklärte, sie würde sehr gern kommen. Im Kabelfernsehen gab es *Magnolien aus Stahl,* und sie hatte schon zu Mr Blake gesagt, wie schade es wäre, dass sie den Sender nicht reinbekamen.

»Ich bestelle Ihnen ein Taxi, Mrs Blake. Meine Mutter bezahlt. Gegen halb neun, passt Ihnen das?«

Dann konnte sie Mrs Blake ins Haus lassen, bevor sie loszog. Romilly hatte ganz Recht, sagte sie sich, sie sollte wirklich aufhören, ihre kleine Schwester wie ein Baby zu behandeln. Mit sechzehn war Zoe ganz allein nach Sydney geflogen, zu ihrer Tante Bella, und dann war sie mit dem Zug nach Melbourne gefahren, um ihre Kusinen zu besuchen. Romilly hätten die Eltern das nie erlaubt. Der Fluch des jüngsten Kindes, Romilly beklagte sich ständig darüber. Und sie schien sich vollkommen von ihrem Schock erholt zu haben. Schließlich war auch gar nichts weiter passiert, sie war nur ein wenig in Verlegenheit gebracht worden. Es würde ihr gut tun, einen Abend unter Erwachsenen zu verbringen. Es gab wirklich überhaupt keinen Grund zur Sorge.

Es war einfach nicht fair von Sandy, sie so selten zu besuchen, dachte Louise. Sie brauchte Leute, mit denen sie reden konnte, ganz normale Leute, nicht die anderen Patienten, diese elenden Geschöpfe, oder die grässlichen Krankenschwestern oder den Arzt mit seiner endlosen Fragerei. Sie versuchte so angestrengt, mit allem fertig zu werden, und Sandy gab sich überhaupt keine Mühe. Natürlich war es nicht schön gewesen, was sie gemacht hatte, aber um Himmels willen, Sandy sollte das doch wohl begreifen. Niemand schien zu verstehen, wie groß ihr Schmerz war, was sie durchgemacht hatte. Zuerst ihr Kind zu verlieren und dann herauszufinden, was Octavia getan hatte. Abgetrieben hatte sie, ein Baby abgetrieben. Und das nach allem, was sie nach Juliets Tod gesagt hatte. Wie sehr sie Louises Mut doch bewundere, dass sie sich kaum vorstellen könne, wie ein solches Leid zu ertragen sei. Sie hätte nächtelang geweint, aus Mitgefühl, hatte sie behauptet. Und dann war sie eines Morgens einfach in die Klinik gefahren, hatte sich ihr Baby herausschaben und es wegwerfen lassen, um mit ihrem ach so arbeitsreichen Leben weiterzumachen, den wichtigen Sitzungen, ohne noch einen Gedanken an das tote Kind zu verschwenden. Nur, weil es ihr nicht perfekt genug war. Nicht perfekt genug für ihre perfekte Familie, für ihre perfekte Ehe.

Octavia hatte es verdient, ihren Mann zu verlieren. Sie würde es verdienen, ein Kind zu verlieren. Man musste ihr zeigen, wie sehr das schmerzte, wie groß Louises Schmerz gewesen war. Wie hatte sie Octavia je gern haben können, wie hatte sie sie je für ihre Freundin halten können? Louise hätte ihr Kind nicht abgetrieben, und wenn die Ärzte gesagt hätten, es habe zwei Köpfe. Man kümmerte sich um Babys, man brachte sie nicht um. Und dann hatte Octavia noch ein Kind bekommen. Einfach so. Kaum ein Jahr später. Ein gesundes, schönes Kind. Ihr Kind war noch am Leben. Man hatte es nicht eines Morgens tot in seinem Bettchen gefunden, weiß und kalt und still. Octavias Baby konnte schon sitzen, lachen und Pa-pa sagen. Juliet hatte gerade angefangen zu sprechen. Aber sie hatte nicht Pa-pa gesagt, sondern Ma-ma. Am Tag, bevor sie gestorben war, hatte sie zum ersten Mal Mama gesagt. Sie hatte auf ihrem Schoß gesessen, zu ihr aufgeblickt und sie angelächelt, dieses schöne, vollkommene Lächeln, mit ihrem dicken, kleinen Händchen Louises Haar berührt und Ma-ma gesagt. Es war das Erste und das Letzte, was sie je gesagt hatte. Mama. Und nun lag sie unter der Erde, in ihrem kleinen Sarg, mit ihrem Spielzeug, in ihre Decke gewickelt, und würde nie wieder etwas sagen oder tun. Und das andere Baby, das, was sie mit Tom gemacht hatte, war auch tot. Zwei kalte, tote Kinder, die sie doch so sehr gebraucht hätte. Und Octavia, die ihre Kinder überhaupt nicht brauchte, die alles hatte, was sie sich je hätte wünschen können, einschließlich Tom, hatte ein Baby. Sie hätte es verdient, dieses Baby zu verlieren. Für immer. Dann würde sie wissen, wie das war, wie der Schmerz sich anfühlte. Louise blickte in den Garten hinaus, in die dichter werdende Dämmerung, und überlegte, wie es sein würde, wenn Octavia die kleine Minty verlor. Der Gedanke linderte ihren eigenen Schmerz.

Romilly lehnte sich zurück und lächelte Serena und Ritz an. Sie saßen zusammen im Fashion Café, und das Glas Champagner, das sie ihr bestellt hatten – aber nur eins, danach gab es für sie Pepsi Max –, war ihr ziemlich zu Kopf gestiegen. Und Serena hatte ihr ein Geschenk überreicht. Einen schwarzen Pullover von Donna Karan, sehr sexy. »Als kleine Entschädigung. Mit den besten Wünschen von uns beiden.«

Romilly hatte sich nicht davon abbringen lassen, ihn gleich anzuprobieren; sie hatte sich in der Toilette umgezogen. Der Pulli passte perfekt und war sehr schick, ohne sie älter zu machen.

»Er ist wunderschön«, rief sie glücklich aus, setzte sich neben Serena, gab ihr ganz impulsiv einen Kuss und warf Ritz eine Kusshand zu. »Einfach super. Aber das wäre doch wirklich nicht nötig gewesen.«

»Nun, Sie haben einen scheußlichen Tag hinter sich und wir fühlen uns dafür verantwortlich. Na jedenfalls, Alix Stefanidis wird nicht wieder für Christie's arbeiten, das ist mal sicher. Nicht wahr, Ritz?«

»Ganz bestimmt nicht. Und wir haben noch eine gute Nachricht für Sie, Romilly. Eine sehr aufregende. Es sieht ganz so aus, als könnten wir stattdessen Mario Testino für die Kampagne gewinnen. Der wird Ihnen gefallen, er ist ein so lieber Kerl. Er hat diese wunderbaren Fotos von Diana gemacht, schauen Sie, in *Vanity Fair.* Hier, ich habe die Zeitschrift extra für Sie mitgebracht.«

»Sie sind hinreißend.« Romilly sah sich die Bilder einer neuen, vollkommen anderen Diana an, das Haar ungestylt, glatt zurückgestrichen, ein spitzbübisches Lächeln auf dem bildhübschen Gesicht. »Aber –«

»Aber was?«

»Ach, egal.« Wie konnte sie Ritz und Serena gestehen, dass ihr schon bei dem Gedanken, von einem weiteren Weltklasse-Fotografen fotografiert zu werden, ganz bänglich zumute wurde.

»Es ist nicht egal. Komm, erzähl es deinen alten Tanten.«

»Nicht!«, sagte Romilly scharf. »Reden Sie nicht mit mir, als sei ich ein kleines Kind. Wie alle anderen.«

»Oh, Romilly.« Serena warf Ritz einen schnellen Blick zu und sah dann sie an. »Wir halten Sie nicht für ein kleines Kind. Wir halten Sie für etwas ganz Besonderes. Eine echte Entdeckung. Wir sind sehr stolz auf Sie. Es ist nicht leicht, in diese Welt hineinkatapultiert zu werden. Anfangs haben alle Schwierigkeiten. Egal, wie alt sie sind.«

»Das glaube ich nicht.« Romilly stellte erschreckt fest, dass ihr die Tränen in die Augen stiegen. »Ich war so blöd. Als ob es eine Rolle spielte, dass ... dass das Stück Stoff herunter sollte.«

»Romilly.« Ritz setzte ihr Glas ab und sah sie sehr ernst an. »Natürlich spielt es eine Rolle. Ich will Ihnen mal was sagen. Als Kate Moss gerade anfing, versuchte irgendein dreckiger Lüstling von Fotograf, sie auf einer Session zu bewegen, den BH auszuziehen. Und wissen Sie was? Sie hat sich geweigert. Sie ist einfach gegangen. Sie müssen nichts tun, was Sie nicht wollen. Sie haben alle Karten in der Hand. Sie sind das Gesicht des Jahrhunderts. Bald werden Sie in aller Munde sein. Und wenn Sie Ihren BH nicht ausziehen wollen, kann Sie ganz bestimmt keiner dazu zwingen.«

»Wirklich?«, fragte Romilly.

»Wirklich. Noch Pommes?«

»Ja, bitte!«

Marie France Auguste saß in der ersten Klasse des Eurostars von Paris nach London, nippte an einem Glas Champagner und dachte selbstzufrieden, wie sehr Serena sich über diese Überraschung freuen würde. Sie war in letzter Zeit nicht sehr nett zu Serena gewesen und das tat ihr Leid. Gut, sie war nicht gerade rasend in Serena verliebt, aber sie hatte sie gern, sie schuldete ihr eine Menge. Und sie wollte sie ganz bestimmt nicht gegen sich aufbringen. Ansonsten könnte es mit ihrer Karriere schnell steil abwärts gehen. Leute in Serenas Position konnten viel für junge Frauen am Anfang der Karriereleiter tun, wenn sie wollten. Und bislang hatte Serena gewollt. Marie France blickte auf die Uhr. Fast neun. Um halb elf würde der Zug am Bahnhof Waterloo ankommen. Gegen elf konnte sie bei Serena sein. Und sie würden eine Wahnsinnsnacht zusammen verbringen.

Keinen Augenblick kam ihr der Gedanke, dass sie nicht willkommen sein könnte.

Magnolien aus Stahl näherte sich gerade dem tränenreichen Ende, als das Telefon klingelte. Mrs Blake fluchte und ging ran. Es war ihr Mann. »Entschuldige die Störung«, sagte er. »Aber deine Mutter ist im Krankenhaus. St. Thomas's. Es tut mir Leid, Schatz. Sie hatte einen Schlaganfall.«

»Einen Schlaganfall! Gütiger Gott, Phil. Ist es schlimm?«

»Weiß ich nicht. Weiß noch keiner, glaube ich.«

»Oh Gott, Phil. Meine arme Mutter. Du kommst doch auch hin?«

»Aber natürlich, Schatz. Was ist mit deinen Schützlingen?«

»Ach, ich rufe Zoe an. Sie sagte, sie würde notfalls früher zurückkommen.«

»Gut. Ruf dir am besten ein Taxi.«

Mrs Blake rief Zoe an, aber unter der angegebenen Nummer meldete sich nur die Mailbox. Verflixt. Was sollte sie jetzt machen? Sie schlug das Adressbuch auf dem Telefontischchen auf. Die unter »Notfall« eingetragenen Nummern waren nicht sonderlich hilfreich: Arzt, Zahnarzt, Klempner, Gasmann. Ah, da waren ja die Handynummern der Kinder. Auch Romillys. Zumindest würde sie dann wissen, dass keiner zu Hause war. Mrs Blake wählte die Nummer.

»Dann müssen Sie bei mir übernachten«, erklärte Serena. »Ich habe ein sehr schönes Gästezimmer, und ...«

»Serena«, unterbrach Ritz sie. »Vielleicht wäre es besser, wenn Romilly bei mir schläft.«

»Wieso denn?«, fragte Serena. »Du hast kein Gästezimmer.«

»Ja, ich weiß, aber –«

»Aber was, Ritz?« Die blauen Augen wurden eiskalt, der Mund schmal und hart. Romilly fühlte sich plötzlich sehr unbehaglich.

»Ach, ich kann ja auf Zoe warten, sie wird sicher bald kommen.«

»Nein«, erklärte Ritz. »Nein. Wir sind für Sie verantwortlich. Natürlich können Sie nicht nach Hause, wenn keiner da ist. Entschuldige, Serena, ich wollte nur nicht, dass du ... dir Umstände machst.«

»Es macht mir keine Umstände«, versetzte Serena kurz angebunden. »Ich bin überrascht, dass du das annehmen konntest. Sehr überrascht.«

Romilly fand, sie müsse dringend etwas zur Verbesserung der Stimmung tun.

»Warum trinken wir nicht noch ein Glas Champagner?«, schlug sie vor. »Ich gebe einen aus. Meine Mutter sagt immer, es wäre am besten, den Abend mit Champagner ausklingen zu lassen.«

»Ihre Mutter«, sagte Ritz lächelnd, »ist eine Frau nach meinem Herzen. Aber ich bin mit dem Wagen hier, ich trinke lieber nichts mehr. Fahren wir doch in deine Wohnung, Serena, und trinken da ein Glas Champagner.«

»Gut«, stimmte Serena zu.

Die Renovierungsarbeiten waren fast beendet. Das Schlafzimmer war in einem Stil eingerichtet, den Marianne als Hochzeitskuchen-Stil bezeichnet hätte: gerüschte Vorhänge, Lampenschirme mit Fransen, seidene Tapeten. Und das Bett, bezogen mit weißem und cremefarbenem, spitzenbesetztem Leinen, war eine absurde Tortenkreation, Bettvorhänge hingen von einem Kronleuchter darüber herab, und auf einem Berg von Spitzenkissen saßen diverse Teddybären.

»Teddybären!«, rief Ian voller Abscheu.

»Ich finde sie süß«, sagte Zoe. »Und die Vorhänge finde ich entzückend. Äh – Ian ...«

Beim Tanzen hatte sie beschlossen, ihm die Sache mit dem Geld zu beichten. Er würde wütend sein, aber er würde nicht umhinkönnen, ihr etwas zu leihen. Ansonsten stand nicht nur sein Job auf dem Spiel. Und sie hatte das Bündel Fünfzig-Pfund-Noten in seiner Brieftasche gesehen.

»Ja? Zieh dich aus, Prinzessin, wir haben nicht die ganze Nacht Zeit.«

Zoe lächelte nervös. Sie würde ihn eben hinterher fragen ...

Serenas Wohnung im ersten Stock eines modernen Hauses direkt hinter dem Lowndes Square war echt schön, dachte Romilly. Sehr cool, sehr minimalistisch. Ritz und Serena schienen Waffenstillstand geschlossen zu haben und plauderten in der Küche, die ganz in Weiß gehalten war, mit viel Chrom und Edelstahl. Sogar der Kühlschrank war silbern. Serena nahm eine Flasche Champagner heraus.

»Ach«, rief Romilly, »jetzt habe ich ein ganz schlechtes Gefühl. Ich wollte doch einen ausgeben.«

»Ein andermal«, sagte Serena leichthin. »Gehen wir ins Wohnzimmer.«

Sie machte Musik an, irgendeine seltsame, hohe, unirdische Musik. Romilly setzte sich neben Serena auf das Sofa und lächelte Ritz an. »Auf Romilly«, erklärte Ritz und hob ihr Glas. »Auf Romilly und – und ...«

»Auf uns«, sagte Serena.

»Ja, auf uns.«

»Fühlen Sie sich jetzt besser?«, fragte Serena.

»Ja«, erwiderte Romilly. »Viel besser.«

»Gut.«

Romilly fühlte plötzlich eine Welle der Zuneigung in sich aufsteigen. Sie waren alle beide so nett zu ihr gewesen, so rücksichtsvoll und geduldig. Sie rückte etwas näher an Serena heran und lächelte sie an.

»Sie sind beide so ...«

»Cool?«, fragte Ritz lächelnd.

»Ja, echt cool.« Romilly nahm einen großen Schluck Champagner und dann einen zweiten.

»Romilly! Entschuldigen Sie bitte, aber es gibt Grenzen, sogar für unsere Nachsicht. So trinkt man doch keinen

Champagner. Man nippt an seinem Glas. Das ist doch keine Cola!«

»Entschuldigung. Genau das sagt meine Mutter auch immer.« Romilly kicherte, und als sie erst mal angefangen hatte, konnte sie nicht wieder aufhören, teils wegen des Champagners, teils aus Erleichterung, weil der Tag fast vorbei und doch keine allzu große Katastrophe geworden war, und auch, weil sie nie mit dem Lachen aufhören konnte, wenn sie erst mal angefangen hatte. Bald liefen ihr die Lachtränen übers Gesicht.

»Hier«, sagte Serena, ebenfalls lachend, und reichte ihr ein Taschentuch. Romilly trocknete sich die Augen, gab es zurück und ließ sich kichernd gegen Serena fallen. Dann nahm sie übertrieben kleine Schlückchen Champagner und die anderen folgten ihrem Beispiel. Da klingelte es.

»Ich gehe«, erklärte Ritz.

Romilly, die aufgehört hatte zu kichern, wischte sich gerade die Lachtränen ab, immer noch an Serena gelehnt, als ein junges Mädchen hereinkam. Ein sehr hübsches Mädchen mit blauen Augen, gertenschlank, in Hosen und genau dem gleichen Pullover, den Romilly heute geschenkt bekommen hatte.

Sie schaute alle an, ein kühles Lächeln auf dem Gesicht. Romilly spürte, wie Serena ganz starr wurde.

»Also«, sagte das Mädchen mit starkem französischem Akzent. »Wie ich sehe, machst du gerade eine kleine Party. Komme ich zu spät?«

Marianne lag halb schlafend in Nicos Armen. Sie fühlte sich ganz leicht, in süßem Frieden. Sie konnte sich nicht erinnern, sich je so gefühlt zu haben. Liebe hatte für sie stets Düsternis, Kompliziertheit, Anspannung bedeutet. Nico, wurde ihr klar, war ein Mensch, der ganz mit sich im Einklang war. Sie machte sich keinerlei Illusionen über ihn: Er war eitel, arrogant, pragmatisch bis zur Amoralität. Aber genau diese Eigenschaften machten ihn zu einem so angenehmen Gesellschafter. Er war seiner selbst sicher und wusste, was er wollte. Selbstzweifel und Misstrauen gegen sich selbst waren ihm fremd; das Ergebnis war eine ungeniert gradlinige Persönlichkeit. Und es bereitete ihr solches Vergnügen, mit ihm zusammen zu sein. Von Mariannes vorigen Lebensgefährten konnte man das nicht gerade behaupten. Und er sagte, dass er sie liebte. Und schien es so zu meinen.

Sie war so dumm gewesen, so naiv. Das war fast das Schlimmste, dachte Romilly später. Sie hatte nicht begriffen, was los war; sie hatte gedacht, das Mädchen, das ihr als Kollegin aus Paris vorgestellt wurde, sei eben das: eine Kollegin oder eine Freundin. Ritz war peinlich berührt gewesen und hatte sofort gehen wollen, mit Romilly, aber das hatte sie nicht verstanden. Serena, die auch ganz verlegen gewesen war, hatte ihr Leid getan, und sie hatte angenommen, es sei wegen des Gästezimmers. Das Mädchen aus Paris brauchte es natürlich viel dringender. Selbstverständlich würde sie bei Ritz übernachten, hatte sie gesagt, aber das Mädchen, das Marie France hieß, hatte erwidert, ihretwegen müsse sie nicht gehen, sie könne sich ja notfalls ein Hotelzimmer nehmen. »Sei nicht albern, Marie France«, hatte Serena erwidert. »Wie wär's mit einem Glas Champagner? Ich habe genug Platz für alle. Wir waren aus, wir haben Romillys Erfolg gefeiert. Sie ist unser neues Gesicht, für die –«

»Ja, das sehe ich, dass sie dein neues Gesicht ist. Und so ein hübsches Gesicht.« Marie France schlenderte zu Romilly hinüber, hob ihr Kinn hoch und betrachtete sie aufmerksam. »Wie alt bist du, Romilly?«

»Sechzehn«, erklärte Romilly fest.

»Sechzehn! Serena, also wirklich!«

»Serena, ich glaube, Romilly und ich sollten jetzt wirklich gehen«, sagte Ritz.

»Nein, bleibt doch da«, rief Marie France. »Wir machen eine kleine Party. Wir alle. Was für ein hübscher Pullover, Romilly.«

»Ja, nicht wahr? Er ist ein Geschenk von –«

»Von Serena. Meiner auch. Offensichtlich bekommen alle ihre *jeunes filles* so einen.«

Romilly schwieg. Ihr fiel nichts ein, was sie hätte sagen können.

»Marie France, bitte komm mit in die Küche. Ich mache dir einen Kaffee«, sagte Serena.

»Danke, ich möchte keinen Kaffee. Ich bleibe bei Champagner. Setzen wir uns doch, trinken was und plaudern ein wenig, was, Ritz?«

»Ich finde, wir sollten jetzt gehen«, wiederholte Ritz entschieden. »Serena, rufst du uns bitte ein Taxi? Ich hol meinen Wagen morgen ab.«

»Könnte ich vielleicht mal bei Zoe anrufen?«, fragte Romilly. »Der Akku von meinem Handy ist fast leer. Vielleicht ist sie ja schon zu Hause.«

»Klar«, meinte Serena. »Da drin.« Sie wies mit dem Kopf in Richtung Arbeitszimmer. Romilly ging hinein und schloss die Tür hinter sich, dankbar, den Spannungen entronnen zu sein.

Sie wählte ihre eigene Nummer, aber dabei musste sie an die Playback-Taste des Anrufbeantworters gekommen sein. Und hörte plötzlich die Stimme von Alix Stefanidis.

»Ich werde mich nicht bei dir entschuldigen, Serena. Du solltest dich bei mir entschuldigen. Das Mädchen ist Mist. Hübsch ist sie ja, aber sie hat kein Talent. Und eine lausige Haut. Ich glaube, du hast einen Fehler gemacht, als du sie für die Kampagne ausgewählt hast. Im Grunde weißt du das auch. Das ist ein törichtes, unbeholfenes kleines Ding. Du solltest dir ein anderes Model suchen. Ich habe gerade mit Donna gesprochen und sie ist ganz meiner Meinung.«

Romilly spürte, wie ihr die Tränen in die Augen stiegen. Es

tat weh, ihn das sagen zu hören, eben weil es stimmte. Sie war ganz sicher, dass es stimmte. Sie war töricht und sie war unbeholfen gewesen, überhaupt nicht locker. Sie hatte kein Gefühl für die Kamera. Dass sie schlechte Haut hatte, war ihr nicht klar gewesen, aber offenbar war dem so. Serena hatte einen großen Fehler gemacht. Romilly atmete tief durch und versuchte, mit dem Schmerz und der Demütigung fertig zu werden. Dachten Ritz und Serena so über sie? Hatten sie sie nur ausgeführt und ihr Geschenke gemacht, um sie nicht zu verletzen? Gott, was war sie doch für eine Närrin gewesen! Unvermittelt ging die Tür auf und Marie France kam herein. Sie lächelte Romilly an, schloss die Tür und lehnte sich dagegen. Sie hielt ein großes Weinglas mit Champagner in der Hand und war mittlerweile ziemlich betrunken. Sie musterte Romilly abschätzig, den Kopf leicht auf die Seite gelegt.

»Wunderbare Beine hast du. Ich nehme an, das hat Serenas Aufmerksamkeit erregt. Sie mag schöne Beine, lange Beine. Meine sind ja ein wenig kurz, vielleicht liegt es daran.« Sie kam näher. »Du hast überhaupt eine wundervolle Figur, du Glückspilz. So schlank und doch so ... üppig. Macht es dir was aus, wenn ich –« Unvermittelt streichelte sie Romillys Brüste. Romilly stand wie erstarrt vor Schrecken. Dann schlug sie die Hand zur Seite, schob sich an Marie France vorbei und rannte aus der Wohnung.

»Oh mein Gott«, schrie Zoe. »Oh mein Gott!« Beim zweiten Mal kamen die Worte wie ein Wimmern heraus. Die tiefe Lust, die Ian ihr bereitete, war fast unerträglich. So hatte sie es noch nie erlebt, tiefer, länger, stärker, es war unerträglich, eine Qual ... Sie spannte sich an, wollte es festhalten, es verlängern. »Jetzt«, schrie sie, und: »Ja! Ja! Ja!«

»Still«, sagte Ian plötzlich. »Halt den Mund, Zoe.« Sie verstummte und erstarrte, erschreckt von der Dringlichkeit in seiner Stimme, und alle Lust war verflogen.

Und als sie so dalag, hörte sie die Haustür aufgehen, Gepäck wurde abgestellt und eine Frauenstimme sagte: »Liebling, diese Handwerker sind wirklich das Letzte. Oben in unserem Schlafzimmer brennt Licht und wieso ist die Alarmanlage nicht eingeschaltet? Die Tür war ja nicht mal abgeschlossen.« Und dann, unfähig, sich zu rühren, hörte sie Schritte auf der Treppe. Die Tür ging sehr langsam auf und eine Männerstimme rief: »Lindsay, ruf die Polizei. Sofort. Schnell.«

39. Kapitel

Gott wusste, wie spät es in England war, dachte Gabriel leicht konfus. Er hatte kaum geschlafen; ein außergewöhnliches Geräusch, schrill und unablässig, hatte die schwüle Nacht erfüllt, Pfeiffrösche, die »nach Sex verlangten«, wie Octavia erklärte. Jetzt war es abgelöst worden vom süßen Trällern und Schmettern der Vögel. Es war noch fast dunkel; Gabriel blickte auf die Uhr. Sieben. Octavia schlief fest, so entspannt, wie er sie noch nie gesehen hatte. Vorsichtig glitt er aus dem Bett, schob das Moskitonetz zur Seite und trat ans Fenster. Auch vor dem Fenster, das weit offen stand und die süße Morgenluft und das Rauschen des Meeres hereinließ, hing ein Moskitonetz. Das Meer war kaum hundertfünfzig Meter entfernt, direkt unterhalb des Gartens. Der steil abfallende Strand war mit Bäumen bestanden, nicht den Palmen, die er erwartet hatte, sondern großen Dingern mit ausladenden, herabhängenden Zweigen, die auch in einem englischen Wald hätten stehen können. Das Meer, das in den Farben Smaragd bis Türkis leuchtete, war hingegen eindeutig nicht englisch. Es war wunderschön, das war nicht zu leugnen.

Direkt nach ihrer Ankunft im Ferienhaus hatte er sich besser gefühlt. Das Ferienhaus, eine große Villa mit vier Schlafzimmern, weiß gestrichen, mit einem grauen Dach und einer langen Veranda, lag direkt an einer perfekt geschwungenen, kleinen Bucht, Gibbes Beach. »Wir gehen erst mal schwimmen«, hatte Octavia gesagt, nachdem sie Elvira begrüßt hatten. »Um uns abzukühlen. Danach wirst du dich besser fühlen, Gabriel.«

Und das hatte er. Das Wasser war wunderbar, seidenwarm, und es wurde schnell sehr tief. Sanfte Wellen liefen auf dem mattgoldenen Sand auf und brachen sich an einer kleinen Felsformation weiter draußen im Meer.

Octavia schwamm schnell hinaus und kehrte dann lächelnd um, das Haar glatt zurückgestrichen, die Wimpern besternt mit Wassertropfen. Sie sah unglaublich jung aus, fast wie ein Kind. Er sagte ihr das.

»Schon jetzt! Gütiger Himmel. Ich habe ja schon immer gewusst, dass dieser Ort magische Kräfte hat. Sieht das Haus nicht wunderschön aus von hier? Schau mal, die Bäume da im Garten, die aussehen, als würden Büschel pinkfarbener Taschentücher von ihnen herabhängen. Das sind Mussaendabäume, das Haus ist nach ihnen benannt.«

Sie schwammen lange, und danach saßen sie auf der Veranda und tranken einen köstlichen Planter's Punch, den Elvira für sie mixte. Später, bei einem köstlichen Essen, Fisch und Reis, erzählte Octavia ihm von der Insel, voller Zuneigung und mit Besitzerstolz, wie eine Mutter, die von ihrem Kind spricht.

»Barbados ist ungefähr so groß wie die Isle of Wight, aber hier leben eine halbe Million Menschen und nur ungefähr zwei Prozent von ihnen sind weiß. Die vornehmen weißen ›Bajans‹ schicken ihre Kinder auf Privatschulen und sind sehr snobistisch. Die hoch gestellten schwarzen Bajans sind ebenso große Snobs, sie haben Titel, die ihnen von der britischen Regierung verliehen wurden, und wichtige Posten.«

Er meinte, er könne Elviras Aussprache kaum verstehen.

»Du wirst dich daran gewöhnen. Es ist eine Art Mischung aus der Aussprache der amerikanischen Südstaaten und dem englischen West County. Hier gibt es eine Siedlung namens Chalky Mount, wohin Cromwell eine ganze Ladung englischer Aristokraten verbannt hat, die ganz unter sich geblieben sind. Heute sind sie bettelarm und sehen schrecklich aus, ganz bleich, fast wie Albinos, weil sie immer nur untereinander geheiratet haben. Aber der wahre Erbe des Herzogs von Marlborough könnte dort zu finden sein.«

»Meine Güte«, bemerkte Gabriel. »Da muss ich aber sofort hin.«

»Ja, dachte ich mir schon, dass dich das interessieren würde. Aber mal im Ernst, es ist faszinierend. Noch Wein?«

»Ja, gern.«

Sie schenkte ihm Wein nach und goss sich ein Glas ein.

Er schaute sie an. »Du trinkst ja! Einen Rum-Cocktail hattest du auch schon.«

»Ja, hier trinke ich immer was. Ich fühle mich hier so – ach, ich weiß nicht …«

»Sicher?«

Octavia zögerte. »Ja. Ja, das ist es vielleicht. Na, ich riskier's halt. Wollen wir am Strand spazieren gehen?«

Sie nahm seine Hand und sie gingen auf eine kleine Lichteransammlung zu ihrer Linken zu.

»Da hinten ist die Glitter Bay. Mit einem sehr teuren Hotel, sehr exklusiv, sehr schick. Echt was für dich.«

Sie blickte zu ihm auf und lächelte.

Er legte den Arm um sie und küsste sie auf den Scheitel.

»Ich könnte es ja mal versuchen. Vielleicht mache ich hier eine Persönlichkeitsveränderung durch.«

»Könnte sein.«

Riesige Krabben huschten davon und ein Mond wie aus dem Bilderbuch war aufgegangen und glitzerte auf dem Wasser. Das sanfte Rauschen des Meeres war sehr beruhigend, sehr wohlklingend. Urplötzlich war Gabriel sehr glücklich, glücklich und ungemein dankbar, dass sie ihn hierher gebracht hatte. Zärtliche Gefühle stiegen in ihm auf.

»Lass uns zurückgehen«, sagte er. »Ich würde gern mit dir schlafen.«

Er hatte zu viel von sich und auch von ihr erwartet, erkannte er. Die Hitze, der lange Tag, die starken Cocktails, der Wein, das Essen, verbunden mit einer gewissen Beklommenheit, all das kam zusammen und machte sie beide angespannt. »Und ein bisschen fantasielos, fürchte ich«, sagte Octavia, küsste ihn und versicherte, sie sei eigentlich gar nicht in Stimmung gewesen, es sei erstaunlich, dass er sie überhaupt hätte erregen können. Lieb von ihr, dachte er, aber sein Versagen quälte ihn trotzdem. Es war in Ordnung gewesen, aber nur gerade mal so eben. Morgen, dachte er, als er in einen unangenehm heißen Schlaf sank, morgen würde alles anders werden. Bestimmt.

Er saß auf der Veranda und aß eine Scheibe Ananas, als Octavia erschien, lächelnd, noch leicht benommen vom Schlaf. Sie streckte sich, gähnte und blickte aufs Meer.

»Wir könnten erst mal schwimmen und dann zur Glitter Bay fahren. Im Hotel gibt es ein tolles Frühstück.«

»Müsste ich da nicht ... gut angezogen sein?«, fragte er.

Es war als Witz gemeint, aber sie nahm die Frage ernst und musterte ihn nachdenklich.

»Nein, nicht zum Frühstück. T-Shirt und Shorts reichen. Dabei fällt mir ein, heute Abend fahren wir nach Cobblers Cove, um einen Drink mit Fergus zu nehmen.«

»Und warum erinnert meine Kleidung dich daran?«

»Na ja, es ist ein Luxushotel, da musst du wenigstens ein bisschen elegant aussehen. Nichts Übertriebenes, ein Hemd und anständige Stoffhosen genügen vollauf. Also, wollen wir jetzt schwimmen gehen?«

»Gern«, antwortete Gabriel, folgte ihr ins Haus, suchte seine Badesachen zusammen und versuchte, das Unbehagen zu ignorieren, das trotz des wundervollen blauen Morgens bei diesem Gerede über Kleidung und Drinks in Luxushotels in ihm aufgestiegen war.

Marianne tauchte langsam aus einem tiefen, schweren Schlaf auf und hörte Nico ins Telefon brüllen, es sei drei Uhr morgens, was zum Teufel sie sich dabei denken würden, um diese

Zeit einen Anruf durchzustellen? Und dann sagte er: »Oh, ich verstehe« und reichte ihr den Hörer. »Für dich. Die Polizei.«

Sie blickte auf die Uhr. Drei Uhr morgens. Das war kein gewöhnlicher Anruf, das war der Anruf, vor dem jede Mutter sich fürchtet. Ein geliebtes Kind war überfallen, vergewaltigt, verstümmelt worden. Sie schloss die Augen und schluckte.

»Ja?«

»Mrs Muirhead? Hier ist die Polizeiwache Kennington East. Wir haben Ihre Tochter hier, Zoe Muirhead.«

»Ist sie ... geht es ihr gut?«

»Ja, es geht ihr bestens. Aber sie wurde wegen Einbruchs festgenommen.«

»Einbruch? Zoe? Das muss ein Irrtum sein!«

»Ich fürchte nicht. Vielleicht würden Sie gern mit ihr sprechen, sie kann Ihnen alles erzählen.«

Marianne schloss die Augen. Vielleicht war es ja doch nur ein böser Traum.

»Mama?« Zoes Stimme, gedämpft, niedergeschlagen, sogar zittrig.

»Zoe, mein Schatz, was ist denn passiert? Es muss ein Irrtum sein, ich verstehe nicht –«

»Ach, Mama, bitte komm her. Ich – ach Gott. Ach, Mama, es tut mir so Leid. Es tut mir so furchtbar Leid.«

»Zoe, bist du wirklich festgenommen worden? Das ist offensichtlich ein Irrtum, ich werde –«

»Nein, nein, es ist kein Irrtum. Ich habe geklaut.« Marianne griff nach Nicos Hand. Sie war warm, stark, tröstlich.

»Aber Zoe, du musst doch nichts stehlen.«

Sie sah den Schock des Begreifens in Nicos Augen.

»Ich weiß, ich weiß, aber ...« Zoes Stimme stieg zu einem Wehklagen an, das zu einem Schluchzen wurde. »Bitte komm her. Ja?«

»Zoe, ist alles in Ordnung? Brauchst du einen Anwalt oder so was? Ich will noch mal mit dem Beamten sprechen.«

Stille, dann: »Mrs Muirhead?«

»Ja.«

»Tut mir Leid, Mrs Muirhead. Ihre Tochter wurde in einem Haus in Kennington aufgegriffen. Zusammen mit einem jungen Mann. Er ist ebenfalls hier bei uns auf der Wache. Ihre Tochter hat zugegeben, den Besitzern des Hauses hundert Pfund gestohlen zu haben. Und es scheint, dass noch andere Dinge entwendet wurden, von dem jungen Mann.«

»Aber was haben sie da gemacht? In diesem Haus? Ich verstehe nicht, das ist doch absurd.«

»Das sollte Ihre Tochter Ihnen vielleicht selbst sagen, Mrs Muirhead. Sie war zudem im Besitz von Drogen.«

»Oh mein Gott«, sagte Marianne.

»Ich könnte mir vorstellen, dass Sie so bald wie möglich herkommen wollen. Mir ist natürlich klar, dass es ein paar Stunden dauern kann.«

»Ja. Ja, selbstverständlich. Ich komme, sobald ich kann.« Aber wie sollte sie das zuwege bringen, mitten in der Nacht? Panik stieg in ihr auf und das Blut hämmerte in ihren Ohren. »Könnte ich – könnte ich noch mal mit ihr sprechen, bitte?«

»Sicher.« Sie hörte die Stimme sagen: »Ihre Mutter.«

Und dann hörte sie, wie in einem Alptraum, voller Verwirrung, Zoes Stimme, kindlich, verängstigt, zittrig, wieder und wieder sagen: »Mama, es tut mir so Leid. Bitte, bitte komm her ...«

Zoe lag zitternd in der Zelle auf ihrem Bett. Ihre Zähne klapperten. Alles Schlimme, was ihr von jetzt an passierte, würde sie mit dieser Nacht vergleichen: der panische Schrecken, als der Mann ins Zimmer getreten war, die Demütigung, so erwischt zu werden, mit Ian, beide splitternackt. Wie er von ihr herunterrollte, mit plötzlich zusammengeschrumpftem Penis, wie er versuchte, seine Blöße mit einem Laken zu bedecken. Und dann war die Frau gekommen und hatte gesagt:

»Es fehlt etwas, Tim, das Geld, das ich für Mrs Kendall dagelassen habe. Hundert Pfund. Sie hat einen Zettel geschrieben, auf dem steht, ich hätte vergessen, es in den Umschlag zu tun.« Und Zoe spürte Ians Blick auf sich, geschockt und anklagend.

Und dann der grauenhafte Alptraum, als die Polizei kam. Die Worte zu hören: »Sie sind wegen Einbruchs festgenommen.« Sie wurde in ein anderes Zimmer gebracht und von einer Polizistin durchsucht, ihre E-Pillen wurden gefunden. »Das ist nichts«, hatte Zoe behauptet, »nur Kodein.« Und dann, weil sie Angst hatte, alles nur noch schlimmer zu machen, wenn sie log, hatte sie zugegeben, dass es Ecstasy war. Wieder wurde sie auf ihre Rechte hingewiesen und festgenommen, diesmal wegen Drogenbesitzes.

Sie wurde zur Polizeiwache gefahren und vernommen. Adresse, Geburtsdatum, all so was. Und dann wurde es wirklich schlimm. Sie fragte, ob sie zur Toilette gehen dürfe, und erhielt zur Antwort, erst, wenn sie durchsucht worden sei. »Aber ich bin doch schon durchsucht worden«, hatte sie eingewendet. Nein, eine Leibesvisitation, hatten sie gesagt.

Sie wurde in eine Zelle gebracht, und ihr wurde befohlen, sich ganz auszuziehen. Jede Körperöffnung wurde untersucht. Es war furchtbar, aber sie weinte nicht.

»Jetzt können Sie auf die Toilette«, sagte die Polizistin und zog sich die Gummihandschuhe aus. Sie wies mit dem Kopf auf die Toilette hinten in der Zelle. Da weinte Zoe. Und bat, ihre Mutter anrufen zu dürfen.

Später wurden sie und Ian getrennt vernommen. Das Verhör wurde aufgezeichnet. Die Fragen nahmen überhaupt kein Ende: Was sie in dem Haus gemacht hätten, ob sie noch etwas gestohlen hätte, wofür sie das Geld ausgegeben hätte, ob sie Drogen damit kaufen wollte, von wem sie das E hätte, ob Ian ihr die Drogen beschafft hätte.

Zoe blieb eisern bei der Wahrheit. Das Gespräch mit ihrer

Mutter hatte sie einerseits erleichtert, aber andererseits fühlte sie sich jetzt noch schlimmer. Sie konzentrierte sich mit jeder Faser ihres Seins darauf, Ruhe zu bewahren, nicht zu schreien, keinen hysterischen Weinkrampf zu bekommen. Es war nicht leicht. Trotz ihres Elends dankte sie Gott dafür, dass wenigstens Mrs Blake bei Romilly war.

Romilly lag auf dem Bett, das Gesicht in ihrem Kopfkissen vergraben. Sie fühlte sich wie auf einer schauerlichen Fahrt mit der Geisterbahn, empfand Demütigung, Elend, Abscheu und Verwirrung. Eine Fahrt, die sie sich mit einer Mischung aus Arroganz und Dummheit selbst eingebrockt hatte und von der es kein Entrinnen zu geben schien.

Als sie aus dem Haus gerannt war, fuhr Gott sei Dank gerade ein Taxi vorbei, und sie war eingestiegen und direkt nach Hause gefahren. Die Rufe und das Gestikulieren von Ritz und Serena hatte sie ignoriert. Sobald sie das Hause betrat, begann das Telefon zu klingeln, und weil ihr das am einfachsten erschien, ging sie ran. Es war Ritz. Sie solle doch nicht albern sein, sagte sie, Romilly könne unmöglich ganz allein im Haus bleiben, sie solle zumindest zulassen, dass Ritz kam und bei ihr blieb.

»Das möchte ich nicht«, antwortete Romilly. »Bitte lassen Sie mich in Ruhe.« Sie legte auf, überprüfte, ob der Anrufbeantworter eingeschaltet war, ging ins Badezimmer und stand lange Zeit unter der Dusche. Sie fühlte sich dreckig und elend, und ihr tat alles weh. Das heiße Wasser war tröstlich, fast wie eine Läuterung. Sie hoffte, sie würde schlafen können, aber sie hörte die Standuhr im Flur drei schlagen, dann vier und fünf, und die Halb- und Viertelstundenschläge dazwischen hörte sie auch. Um sechs stand sie schließlich auf, machte sich eine Tasse Tee, saß in der Küche und hörte Capital Radio, seltsam tröstlich in seiner banalen Vertrautheit. Sie wartete auf Zoes Rückkehr, erfüllt von Dankbarkeit, dass sie ihrer Mutter jetzt nicht gegenübertreten musste. Erst brauchte sie eine rationale und das Gesicht wahrende Erklärung für ihren festen Entschluss, nie wieder ein Fotostudio zu betreten.

»Was um alles in der Welt soll ich bloß Donna sagen?« Serena und Ritz waren die ganze Nacht aufgeblieben. Die Kluft zwischen ihnen war durch die Ereignisse des Abends abrupt und vollständig geschlossen worden. Marie France lag in trunkenem Schlaf im Gästezimmer.

»Keine Ahnung«, seufzte Ritz. »Keine Ahnung.«

»Du meinst nicht – na, dass Romilly darüber hinwegkommen könnte? Vielleicht kommt sie ja zurück.«

»Offen gesagt glaube ich das kaum, Serena. Sie ist ein sehr unschuldiges, sehr sensibles Mädchen. Du hast doch selbst gemerkt, wie schockiert sie war. Und zudem hat sie die Nachricht gehört, die der verdammte Alix auf dem Anrufbeantworter hinterlassen hat.«

»Ich könnte den Mann umbringen«, stieß Serena hervor. »Langsam und qualvoll. Seine Eier abschneiden und dann ...«

»Serena«, sagte Ritz. »Gut, er hat sich ziemlich mies benommen, aber –«

»Ich weiß, ich weiß. Gott, was für ein Schlamassel. Oh Ritz, es tut mir so Leid.«

»Es war nicht deine Schuld. Gut, du könntest natürlich etwas mehr Sorgfalt bei der Auswahl deiner Freundinnen walten lassen ...«

»Die dämliche Pute.« Serenas Augen waren plötzlich sehr hart. Ganz offensichtlich war die Beziehung mit Marie France Vergangenheit. »Aber – ach Gott, Ritz, ich habe es vermasselt. Ach Gott.« Sie begann leise zu weinen. Ritz sah sie eine Weile unsicher an und nahm sie dann in den Arm.

»Sei nicht so hart mit dir selber, Serena. Es war nicht deine Schuld. Nur eine Verkettung unglücklicher Umstände. Und die Sache mit Alix Stefanidis kann man dir nicht in die Schuhe schieben. Donna hat auf ihn bestanden. Ich persönlich mache mir ja mehr Gedanken wegen Mrs Muirhead. Wie wird sie reagieren, wenn sie es erfährt? Und erst der Vater ...«

»Vielleicht sollten wir fluchtartig das Land verlassen«, meinte Serena mit einem ziemlich schwachen Lächeln.

Wenn man bedachte, dass ein lange geplantes und teures Wochenende ruiniert worden war, und nur wegen des Fehlverhaltens eines Kindes, das ihn im Grunde überhaupt nichts anging, benahm Nico sich wirklich großartig, fand Marianne. Er hatte eine private Fluggesellschaft angerufen, die er schon öfters in Anspruch genommen hatte, und einen Flug organisiert. Gegen sieben trafen sie in Heathrow ein, wo sein Fahrer sie abgeholt und direkt zur Polizeiwache gefahren hatte. Er verlor nicht einmal die Fassung, als sie dort erfuhren, dass Zoe bereits wieder zu Hause war, sondern drückte seine Erleichterung und Befriedigung darüber aus, dass sie mit einer Verwarnung davongekommen war. Dann setzte er Marianne vor ihrem Haus am Eaton Square ab und lehnte es ab, auch nur auf einen Kaffee mit hineinzukommen.

»Ihr habt viel zu besprechen, dabei würde ich nur stören. Ich ruf dich später an.«

Zoe begrüßte ihre Mutter auf der Türschwelle. Sie war sehr bleich.

»Hallo«, sagte sie.

»Hallo, Zoe. Geht es dir gut?«

»Ja, ich glaub schon. Danke, dass du gekommen bist. Es tut mir so furchtbar Leid.«

»Darüber reden wir später«, sagte Marianne. »Ich brauche erst mal einen starken Kaffee.«

»Ich setz welchen auf.«

»Ist Romilly da?«

»Ja. Ja, sie ist hier. Und – Mama, du wirst den Kaffee wirklich brauchen.«

»Warum?«

»Ich glaube, das erzählt sie dir besser selbst.«

»Gabriel.« Octavia rüttelte ihn sanft. »Gabriel, wach auf.«

Langsam tauchte er aus dem Schlaf auf und lächelte sie an. Er fühlte sich gut, auch wenn die Haut auf seinen Schultern ein wenig spannte. Es war ein sehr angenehmer Tag gewesen. Bislang. Sie waren zu dem kleinen Riff geschwommen, und Octavia hatte ihm gezeigt, wie man schnorchelte. Eine Ewigkeit war er herumgepaddelt, ohne an die Sonne zu denken, die auf seinen Rücken brannte, und hatte voll Staunen die gemächliche, friedliche Welt da unten betrachtet, die Fische mit ihren freundlich wirkenden Gesichtern und leuchtenden Farben, die in Schwärmen mit fast militärischer Präzision hierhin und dorthin schossen. Endlich meinte Octavia, sie sollten besser rausgehen, und sie hatten sich umgezogen. Sie trug irgendwas Schickes, Beiges, er eine seiner grellfarbenen Shorts und ein blaues T-Shirt, das ziemlich gut dazu passte, wie er fand. Sie waren zum Glitter Bay Hotel gefahren und hatten ein köstliches Frühstück aus tropischen Früchten, Joghurt, Weizentoast mit Honig und zahlreichen Gläsern Orangensaft eingenommen. Danach waren sie durch den Park spaziert, und sie hatte ihm die blauen Wasserlilien gezeigt, die im Zierteich wuchsen. »Das Haus hat einmal Emerald Cunard gehört. Ist es nicht entzückend?«

»Wer ist denn Emerald Cunard? Du weißt doch, wie ungebildet ich bin.«

»Kann mal wohl sagen«, versetzte sie lachend. »Emerald Cunard war in den dreißiger Jahren eine berühmte Schönheit, die eigentlich Maud hieß. Wahrscheinlich fand sie Emerald schicker.«

»Eine Frau ganz nach meinem Geschmack.«

Anschließend kehrten sie zum Ferienhaus zurück und saßen eine Weile unter den Bäumen, und dann hatte Octavia bemerkt, es sei Zeit für eine Siesta. Und kurz darauf lagen sie zusammen im Bett und hatten nicht geruht, sondern sich geliebt, und es war unendlich viel besser gewesen als gestern. Er hatte sich selbstsicher gefühlt, hatte gespürt, wie sie auf ihn reagierte, sich entspannte, sich anspannte und wieder löste, hatte sie vor Lust schreien hören, dann war er gekommen, und nun dösten sie. Er hielt sie fest und wachte über ihren Schlaf. Ihr Gesicht war weich, unbefangen, bereits von der Sonne gerötet, und ihr Körper vollkommen gelockert. Sie hatte einen Arm über ihn geworfen, ihre Beine waren miteinander verschlungen, und gelegentlich hob sie eine Hand, um sich das Haar aus dem Gesicht zu streichen. Ein ganz anderer Mensch als die methodische, auf Ordnung bedachte, sorgsam kontrollierte Frau, die er zu kennen geglaubt hatte. Was für eine Ironie, dachte er, dass dieser Ort, dessentwegen er solche Bedenken gehabt hatte, sie in einen Menschen verwandelte, bei dem er gar keine Vorbehalte hatte.

»Gabriel, nun wach doch auf. Bitte. Es ist schon fast vier, wir müssen was essen und uns dann fertig machen. Um sechs müssen wir in Cobblers Cove sein, wir treffen uns mit Fergus. Auf einen Drink.«

»Könnten wir das nicht morgen machen?«

»Nein, können wir nicht. Sie erwarten uns heute. Und ich möchte auch gern hin, ich möchte es dir zeigen.«

»Ich möchte es lieber gezeigt bekommen, wenn Fergus nicht da ist.«

»Gabriel, wirklich! Er ist echt nett. Komm schon, steh auf. Elvira hat uns einen wunderbaren Salat gemacht, den müssen wir essen.«

»Könnten wir ihn nicht heute Abend essen?«

»Nein, zum Abendessen gehen wir aus. Ich lade dich ein. Ich kenne ein entzückendes Restaurant direkt am Strand. Nun schau doch nicht so, nur wir zwei. Das Essen dort ist fantastisch und ...«

»Ich würde lieber hier essen.«

»Aber warum denn?«

»Ach, es wäre mir einfach lieber.«

»Gabriel, nun werd nicht schwierig. Es wird dir gefallen, das weiß ich. Komm schon, steh auf. Im Esszimmer ist es kühler.«

Im Esszimmer, wo der Deckenventilator sich mit Höchstgeschwindigkeit drehte, war es in der Tat kühler. Und der Salat war ausgezeichnet. Gabriel trank ein eiskaltes Bier und spürte, wie seine Gereiztheit nachließ.

»Also, was willst du anziehen?«, fragte sie.

»Anziehen? Keine Ahnung.«

»Na, was für Hosen hast du mitgebracht?«

»Nur die Flanellhose, die ich um Flugzeug anhatte. Du hast gesagt, wir würden im Ferienhaus, wie du es nennst, allein sein. Warum hätte ich da viel Garderobe mitschleppen sollen?«

»Aber du musst dir doch gedacht haben, dass wir mal ausgehen würden. In Restaurants und so. Die meisten Leute hätten sich darauf eingestellt.«

»Ich bin nicht wie die meisten Leute.«

»Nein, ich weiß.« Sie küsste ihn, offenbar bemüht, es als Witz aufzufassen. »Na gut, dann musst du eben deine Flanellhose anziehen. Wie steht es mit Hemden?«

»Ich habe nur das mit, das ich im Flugzeug getragen habe.«

»Was, das weiße? Das ist das einzige Hemd, das du eingepackt hast?«

»Ja. Und es liegt im Schlafzimmer. Im Wäschekorb.«

»Wahrscheinlich hat Elvira es schon gewaschen.« Octavia sprang auf. »Ich schau mal nach.«

Elvira hatte es gewaschen, aber es war noch nass.

»Verdammt. Dann musst du dir ein Hemd von meinem Vater borgen. Es wird dir wahrscheinlich etwas zu weit sein, aber das lässt sich nicht ändern.«

»Kann ich denn nicht einfach ein T-Shirt anziehen?«

»Nein, Gabriel, das kannst du nicht. Nicht ins Cobblers Cove.«

Plötzlich lief ihm die Galle über.

»Octavia, warum fährst du nicht einfach ohne mich? Ich habe sowieso keine Lust, ich bleibe viel lieber hier. Ich hatte keine Ahnung, dass ich meinen halben Kleiderschrank hätte mitbringen sollen. Zudem habe ich einen Sonnenbrand auf den Schultern.«

»Ich habe dir doch gesagt, du sollst beim Schnorcheln ein T-Shirt überziehen.«

»Ja, sicher. Ich habe gedacht, die Sonnencreme würde reichen.«

»Der Sonnenschutzfaktor ist längst nicht hoch genug. Du hättest mich fragen sollen.«

»Octavia, hör um Himmels willen auf, mich zu nerven. Fahr los und treff dich mit deinen Freunden. Ich will nicht mit.«

»Gabriel«, sie streckte die Hand aus und in ihren Augen glänzten Tränen. »Das ist doch furchtbar. Wir dürfen uns nicht streiten. Das sollten doch unsere gemeinsamen Tage werden. Damit wir uns besser kennen lernen.«

»Eben«, sagte er.

»Was soll denn das heißen?«

»Warum vergeuden wir die wenigen Tage dann damit, mit irgendwelchen dämlichen Typen etwas zu trinken? Obwohl dazu eine Garderobe erforderlich ist, die ich ganz offensichtlich nicht besitze?«

Sie schwieg einen Augenblick und sagte dann: »Ich gehe schwimmen. Ich finde, du bist außerordentlich unfair.«

Er machte noch eine Dose Bier auf und starrte wütend auf den Strand.

Etwa zehn Minuten später kam sie wieder und lächelte ihn verlegen an.

»Verzeih, Gabriel. Es tut mir furchtbar Leid. Ich habe ... einfach nicht nachgedacht.«

Er sah sie an. Es fiel ihr schwer, sich für irgendetwas zu entschuldigen, das wusste er; sie war so sehr darauf bedacht, immer alles richtig zu machen. Sie trug einen dunkelblauen, einteiligen Badeanzug und mit den zurückgestrichenen Haaren und dem ängstlichen Gesichtsausdruck wirkte sie wie ein kleines Mädchen. Er stand auf und küsste sie.

»Mir tut es auch Leid. Ich hätte mehr Sachen einpacken sollen. Ich habe nur nicht angenommen, dass ich so was brauchen würde. Außerdem besitze ich auch gar keine edlen Leinensakkos und Ähnliches«, fügte er grinsend hinzu.

»Nein, ich weiß.«

Plötzlich begehrte er sie. Ihre Brustwarzen zeichneten sich deutlich unter dem Badeanzug ab und Wassertropfen hingen an ihrem Mund. Er beugte sich herab und küsste sie auf den Mund. Ihre Lippen schmeckten salzig, erdig.

»Lass uns lieber wieder ins Bett gehen«, sagte er. »Ich schwöre, ich komme morgen mit zu deinen Freunden. Ich rufe Fergus sogar an, wenn du willst, und sage, dass du dich nicht wohl fühlst. Damit du nicht das Gefühl hast, ihn zu enttäuschen.«

Sie zögerte, lächelte dann und sagte langsam: »Nein, ich rufe ihn an. Gute Idee, Gabriel, so ist es viel schöner.«

Viel später, als sie endlich nebeneinander lagen, noch ganz aufgewühlt, lustgesättigt, meinte er: »Hör mal, wir könnten doch morgen nach Bridgetown fahren und ich kaufe mir dort ein paar Hemden. Wie findest du die Idee?«

Sie beugte sich über ihn und küsste ihn sehr sanft.

»Der Sex muss wirklich gut gewesen sein«, meinte sie nur.

Tom konnte sich nicht erinnern, sich je so einsam gefühlt zu haben. Er hatte das Wochenende ganz allein verbracht, und das Bewusstsein, alles verloren zu haben, wuchs zu einem Gefühl überwältigenden, niederdrückenden Jammers an.

Er dachte an die Zwillinge, die mit ihren Freunden an einem Swimmingpool in der Toskana spielten, an Minty, lächelnd und glucksend, verwöhnt von Carolines Eltern, an Octavia, die sich in Barbados auf dem goldenen Strand sonnte – mit ihrem Liebhaber. Seine Einsamkeit hatte er teilweise und seinen Schmerz zum größten Teil verdient, das wusste er, aber er wusste auch, dass andere Faktoren, rächende Furien, konnte man sie vielleicht nennen, ebenfalls eine Rolle gespielt hatten. Als er sich in den Schlaf trank und sich dabei einen erbärmlich schlechten Film im Fernsehen ansah, spürte er, wie Empörung und Wut auf diese Rachegötter in ihm aufstiegen. Vor allem auf den, der die wichtigste Rolle dabei gespielt hatte, der unmenschliche Mann, der sich mit voller Absicht darangemacht hatte, alles zu zerstören, was er für und mit Octavia aufgebaut hatte. Widerwillig erkannte Tom, dass er wahrscheinlich Erfolg damit gehabt hatte – wenn nicht noch ein Wunder geschah. Und Tom glaubte nicht an Wunder.

40. Kapitel

Es ist ein gefährliches Unterfangen für Sterbliche, Gott zu spielen. Es erfordert atemberaubende Arroganz, eiserne Nerven und eine unbedingte Entschlossenheit, es durchzuziehen, was es auch kosten möge, ungeachtet aller Konsequenzen. Felix Miller, der all diese Eigenschaften besaß, hatte mit einigem Erfolg Gott gespielt; jedoch mangelte es ihm an einer anderen entscheidenden Fähigkeit, die nur der Allmächtige besitzt – nämlich der, zu erkennen, welche Schritte noch unternommen werden müssen, falls dies erforderlich ist ...

Er war schlicht der Überzeugung, seine Arbeit wäre getan, und gut getan: Octavia war allein mit ihrem Liebhaber auf einer schönen, friedlichen Insel in der Karibik, in der Annahme, ihr Mann würde sich in der Toskana mit seiner Geliebten vergnügen. Das war sein Werk, dachte Felix, als er an diesem sonnigen Montagmorgen den Wirtschaftsteil der Zeitung studierte. Octavia hatte erkannt, dass ihre Ehe endgültig und unwiderruflich am Ende war, und zwar einzig und allein durch Toms Schuld. Dafür hatte er gesorgt. Unter diesen Umständen gab es keinen Grund mehr für sie, die Scheidung hinauszuzögern. Seine Tochter würde endlich wieder sicher sein.

»Morgen gehen wir ins Cave Shepherd«, verkündete Octavia, »und kaufen dir ein paar Hemden. Es ist ein wundervolles Geschäft, ein bisschen wie ... na ja, ein bisschen wie Harrods.«

»Wird mir sicher gefallen.«

Gabriel grinste sie an. Sie hatten den Tag am Crane Beach auf der Nordseite der Insel verbracht, einem herrlichen weißen Sandstrand mit mächtigen, schaumgekrönten türkisfarbenen Wellen. Sie hatten sich Surfbretter geliehen, und Octavia hatte versucht, ihm das Surfen beizubringen. Er hatte sich sehr ungeschickt angestellt, aber es hatte ihm nichts ausgemacht. Lachend hatte er vom Strand aus zugesehen, wie sie auf den Wellen ritt, und ihn überkam ein Gefühl, das der Liebe sehr nahe kam. Später lag sie ausgestreckt auf ihrem Surfbrett, halb schlafend, bereits überall goldbraun, und auf ihrer kleinen, wohlgeformten Nase hatten sich überraschenderweise Sommersprossen gebildet. Man hätte nicht vermutet, dass Octavia Sommersprossen bekommen würde, dachte Gabriel, sie waren irgendwie zu willkürlich für ihre gepflegte, adrette Schönheit. Aber sie passten zu ihr. Die Sonne bekam ihr, stellte Gabriel neidvoll fest. Er war mit roten, brennenden Schultern aufgewacht und hatte den ganzen Vormittag das T-Shirt anbehalten, selbst im Wasser, obwohl er sich dabei etwas dämlich und wie ein Teenager vorkam.

Das Mittagessen nahmen sie auf der Terrasse des Crane Beach Hotels ein, das auf den Klippen hoch über dem Strand stand. Sie bestellten Schwertfisch-Salat.

Danach schwammen sie wieder und dann hielt Octavia auf ihrem Surfbrett, im Schatten der Bäume, ein Nickerchen. Gabriel wanderte in der brütenden Hitze am Strand entlang und versuchte, seine immer heftiger werdenden Kopfschmerzen zu ignorieren. Die gefürchteten Cocktails waren auf morgen verschoben worden: Fergus und seine Freundin gingen heute Abend auf eine Dinnerparty. Wenigstens etwas, dachte Gabriel dankbar. Sie würden einen ruhigen Abend verbringen und morgen würde es ihm bestimmt wieder besser gehen.

Er weckte Octavia mit einem Kuss; sie setzte sich erfrischt auf und erklärte: »Heute Abend gehen wir ins Pisces. Das ist ein Restaurant direkt am Meer. Es wird dir gefallen.«

Er versuchte, erfreut zu wirken, aber seine Kopfschmerzen meldeten sich verstärkt zurück.

»Schön. Wollen wir jetzt zurückfahren?«

»Ja, sollten wir wohl besser. Du schaust aus, als wärst du lange genug in der Sonne gewesen. Dein Gesicht ist ganz rot, Gabriel. Ich wünschte, du würdest einen Sonnenhut aufsetzen.«

»Morgen«, versprach er. »Ich habe einen mitgebracht. Einen Panamahut.«

»Ehrlich? Ich liebe Männer in Panamahüten. So schön altmodisch. Na dann, sehen wir zu, dass wir zurückkommen. Wir könnten noch ein wenig – äh, ruhen, bevor wir losfahren.«

Er wusste, was sie meinte, und versuchte, Begeisterung zu zeigen, aber als sie das Haus erreichten, waren seine Kopfschmerzen so schlimm, dass er nur noch dankbar in Schlaf sinken konnte.

Das Pisces war ein sehr schönes Restaurant, und da ihm mittlerweile nicht mehr ganz so heiß war (obwohl er seine grauen Flanellhosen trug), gelang es Gabriel, der mehrere Schmerztabletten geschluckt hatte, zumindest so zu tun, als wisse er es zu würdigen. Er wollte eigentlich bei Mineralwasser bleiben, aber Octavia meinte, die Weinkarte sei einmalig, er müsse unbedingt etwas trinken, zumindest ein Glas. Als er so an dem Restauranttisch saß, direkt am Strand, an einem kalifornischen Chardonnay nippte und anerkennend die Speisekarte studierte, fühlte er sich fast wieder wie ein Mensch. Octavia, die ein weißes Leinenkleid trug, das gefährlich weit aufgeknöpft war und viel von ihren gebräunten Brüsten sehen ließ, lächelte ihn an, nahm seine Hand und küsste sie. »Ich genieße das alles so sehr. Ich hoffe, du tust es auch.«

»Aber ja«, sagte Gabriel. »Mehr als ich erwartet hätte«, fügte er hinzu.

»Wirklich? Ich finde das leicht kränkend, muss ich sagen.«

»Nur wegen der Hitze«, versicherte er hastig.

Er lächelte sie an und griff nach der Speisekarte. Es war wirklich fast wie im Märchen. Der Mond ging gerade auf und spiegelte sich im Wasser, die Sterne funkelten. Die Wellen, sanfte, schaumige Wellen, ganz anders als die donnernde Brandung in Crane Beach, plätscherten auf den Sand. Allein dieses Geräusch hatte eine kühlende Wirkung. Er hatte wirklich Glück, nur ein Narr würde einen solchen Augenblick verderben. Er würde Taschenkrebse nehmen, dachte er, und danach –

»Octavia! Meine Liebe, wie geht es dir?«

»Bertie! Was für eine angenehme Überraschung. Mir geht's sehr gut.«

Bertie war um die sechzig, groß, attraktiv, weißhaarig und sehr gebräunt. Gabriel verabscheute ihn auf den ersten Blick. »Und dein Vater? Was treibt der alte Gauner denn so? Wohl nicht hier, was?«

»Nein. Es geht ihm ausgezeichnet. Er wollte im Herbst hierher kommen.«

»Ich hoffe, er bringt die schöne Marianne mit. Ein anständiger Golfpartner wäre nicht zu verachten. Aber warum setzt ihr euch nicht zu uns? Clem, Liebling, schau mal, wer hier ist.«

Clem, ebenfalls groß, attraktiv, blond, sehr schlank und gut angezogen, trat zu ihnen. Sie beugte sich herab und gab Octavia einen Kuss auf die Wange.

»Mein Schatz. Wie schön.« Sie blickte etwas unsicher auf Gabriel.

»Das ist Gabriel Bingham, ein Freund aus England«, erklärte Octavia. »Gabriel, das sind Bertie und Clem Richardson, alte Freunde meines Vaters. Sie leben hier, in einem ganz wundervollen Haus.«

Gabriel erhob sich pflichtschuldig und schüttelte ihnen die Hand. Seine Reaktion war absolut übertrieben, das wusste er, aber er war empört über die Störung.

»Wollt ihr euch nicht zu uns setzen?«, fragte Clem, und mit Erleichterung hörte Gabriel Octavia sagen: »Gern, aber nur auf einen Drink, wenn es nicht furchtbar unhöflich ist. Wir sind ein bisschen – müde, es war ein langer Tag.«

»Ach, Unsinn. Müde! Junge Leute wie ihr«, setzte Bertie an, aber Clem unterbrach ihn. »Bertie, nun benutz doch mal deinen Kopf. Sie wollen natürlich allein sein.« Gabriel hätte sie küssen können. »Aber warum kommt ihr nicht Donnerstag zum Lunch?«, fügte sie mit einem strahlenden Lächeln hinzu. »Wir geben eine kleine Party.«

»Das wäre himmlisch«, rief Octavia. »Nicht wahr, Gabriel? Ihr Haus ist wunderschön, eines der alten Plantagenhäuser. Du musst es dir unbedingt ansehen.«

»Ja«, sagte er, »das klingt verlockend.« Er verspürte kein Verlangen mehr, Clem zu küssen. Selbst der Kauf eines neuen Hemdes würde für eine Lunchparty bei den Richardsons wohl kaum ausreichen, das sagte ihm sein Instinkt.

»Ich kann es einfach nicht begreifen«, sagte Alec. Marianne hatte den Entschluss gefasst, ihm alles zu erzählen, das schuldete sie ihren Kindern. Es durfte keine Täuschungen oder stillschweigende Duldung geben. Es hatte viel Mut erfordert, aber sie hatte es getan. Sie hatte ihm gesagt, es gebe Probleme mit den Kindern und ihn gebeten, nach London zu kommen, hatte ihn vom Flughafen abgeholt und ihm auf der Fahrt zum Eaton Place alles erzählt. Er hatte schweigend zugehört, mit zusammengekniffenen Lippen.

Danach nahm er seine Töchter nacheinander ins Gebet. Zoe kam zuerst dran. Sie erzählte ihrer Mutter nie, was er zu ihr gesagt hatte, aber sie kam zitternd und mit bleichem Gesicht wieder zum Vorschein und rannte hinauf in ihr Zimmer.

Romilly hingegen kam mit trotzig funkelnden Augen aus dem Wohnzimmer, lächelte ihre Mutter an und gab ihr einen Kuss. »Ich hab ihm gesagt, dass es nicht deine Schuld war. Nichts von alledem. Aber er scheint es anzunehmen, ich habe keine Ahnung, wieso.«

Marianne wusste es, war aber trotzdem empört, dass Alec das Romilly gegenüber geäußert hatte. Sie trat ins Wohnzimmer, und Alec bedeutete ihr, sich zu setzen.

»Ich stehe lieber, vielen Dank, Alec.«

Ohne Umschweife erklärte er ihr, dass er das Ganze nicht begreife. »Wie konntest du die beiden nur allein lassen? Und Romilly, die schließlich noch ein Kind ist, auf Gedeih und Verderb diesen furchtbaren Leuten ausliefern? Ich bin entsetzt, dass du diesen Model-Blödsinn überhaupt erlaubt hast, ich war ja von Anfang an dagegen, aber sie dann noch ganz allein ins Fotostudio zu schicken ... Und was Zoe angeht, da weiß ich mir gar keinen Rat. Scheinbar hat sie überhaupt kein eigenes Moralempfinden. Ganz offensichtlich muss sie ständig beaufsichtigt werden.«

»Alec, sie ist in schlechte Gesellschaft geraten, das ist alles.«

»Und wie konnte das passieren? Wie konntest du das zulassen?«

»Ich kann sie doch nicht jede einzelne Minute des Tages beaufsichtigen.«

»Aber ich fürchte, genau das braucht sie. Ansonsten wird sie noch im Gefängnis enden.«

»Also Alec, wirklich ...«

»Marianne, sie wurde von der Polizei festgenommen, sie war im Besitz von Drogen.«

»Zwei Ecstasy-Pillen! Alec, also wirklich!«

Er stand abrupt auf und trat zu ihr, das Gesicht rot vor Zorn. »Wie kannst du es wagen, so zu reden! Du, ihre Mutter, die für sie verantwortlich sein sollte, die das Sorgerecht bekommen hat. Gütiger Gott. Nur zwei Ecstasy-Pillen, was, Marianne? Ich kann kaum glauben, dass ich richtig gehört habe. Genau diese Haltung hat dazu geführt, dass sie in eine derartige Situation geraten ist. Als Nächstes wirst du noch sagen, was sind schon hundert Pfund!«

»Nein«, entgegnete Marianne sehr ruhig. »Nein, das werde ich nicht sagen.«

»Wie lange kennt sie diesen Jungen schon?«

»Das entzieht sich meiner Kenntnis. Ich wusste nichts von ihm.«

»Du wusstest nichts von ihm! Wie ist das möglich, Marianne? Wie ist es möglich, dass du keinen blassen Schimmer hast, mit wem deine Tochter ihre Zeit verbringt? Was hat dich denn in den letzten Wochen so in Anspruch genommen? Das Golfspiel?«

Tränen brannten ihr in den Augen, aber sie blinzelte sie weg. Wenn sie jetzt anfinge zu weinen, würde sie nicht wieder aufhören können.

»Weiß Felix Miller über diese Vorkommnisse Bescheid?«

»Nein, natürlich nicht. Ich habe ihn in letzter Zeit kaum gesehen.«

»Ach? Mit wem warst du dann in Glasgow?«

»Mit einem ... Freund. Aber ich glaube nicht, dass dich das etwas angeht.«

»Da bin ich ganz anderer Meinung. Es geht mich sehr wohl etwas an, solange du für unsere Kinder verantwortlich bist. Du warst also mit einem Mann in Glasgow, während deine minderjährige Tochter allein mit einer Situation zurechtkommen musste, deren potentielle Gefährlichkeit jeder Dummkopf hätte erkennen können.«

Marianne schwieg.

»Nun, ich glaube, ich werde die beiden trotzdem mit nach Martha's Vineyard nehmen. Romilly wird es gut tun, von hier wegzukommen, und Zoe hat zwar keine Ferien verdient, aber dort kann ich sie besser im Auge behalten. Segeln und so weiter wird viel besser für sie sein, als durch die Londoner Diskos zu ziehen. Ich rufe meine Sekretärin an, mal sehen, ob sie noch Flüge beschaffen kann.«

»Das kann ich doch machen«, sagte Marianne.

»Besser nicht. Es wäre mir lieber, wenn du zumindest in den nächsten Wochen überhaupt nichts mit den Mädchen zu tun hast. Du bist ja offenbar mit deinem Privatleben vollkommen ausgelastet. Beschränke deine Energien lieber darauf, davon würden sicher alle profitieren.«

An dieser Stelle verließ sie fluchtartig das Zimmer und schloss sich in der Gästetoilette ein, wo sie weinte wie ein unartiges Kind, das vom Schuldirektor gemaßregelt worden war.

Sie fuhren um vier Uhr nachmittags los, Zoe missmutig und niedergeschlagen, Romilly aufgeregt. Alec hatte Serena Fox kurz telefonisch mitgeteilt, dass er den Vertrag mit Romilly als aufgelöst betrachte; sie würde das Ganze noch schriftlich bekommen. Und Marianne sah, wie erleichtert Romilly darüber war.

Das hätte ich selbst erkennen müssen, dachte Marianne, ich hätte wissen müssen, wie verängstigt und bedroht sie sich fühlte. Ihr einziger Trost war, dass Zoe sich in letzter Minute in ihre Arme geworfen und gesagt hatte, es tue ihr alles furchtbar Leid und sie dürfe sich keine Schuld geben.

Aber genau das tat Marianne. Sie, die so stolz darauf gewesen war, eine gute Mutter zu sein, hatte ihre Kinder und deren Wohlergehen für ihre eigene Eitelkeit und ihre emotionalen Bedürfnisse geopfert. Sie konnte sich nicht erinnern, sich je so elend gefühlt zu haben.

Es gab nur wenig, was Nico Cadogans Selbstvertrauen erschüttern konnte, aber nach dem Gespräch mit seiner Exfrau starrte er volle fünf Minuten ins Leere, bevor er nach dem Telefonhörer griff und Tom Fleming anrief.

»Ich glaube, wir haben da ein Problem«, sagte er.

Pattie David hörte gerade ihre Lieblingsradiosendung, als das Telefon klingelte. Sie fuhr zusammen.

»Hallo?«

»Pattie? Hier ist Sandy Trelawny. Alles in Ordnung? Sie klingen ein bisschen ... komisch.«

»Oh ja, mir geht's gut, entschuldigen Sie. Ich habe nur gerade Radio gehört.«

»Also, am Samstag besuchen wir Louise, und ich dachte, Megan braucht vielleicht Hilfe bei dem Antrag. Dem Antrag auf Denkmalschutz. Ich muss ja sagen, dass ich keine allzu großen Hoffnungen hege, aber sagen Sie ihr das nicht weiter.«

»Natürlich nicht. Das Ganze hat ihr sehr gut getan. Der Antrag ist bereits abgeschickt. Aber Megan würde sich sicher sehr freuen, Sie und Dickon zu sehen. Warum kommen Sie nicht zum Essen?«

»Also«, er zögerte, »wir wollen nicht stören ...«

»Sie stören doch nicht. Ich würde mich auch freuen«, fügte sie zu ihrer eigenen Überraschung hinzu.

Octavia schaute Gabriel an und versuchte, ein Lachen zu unterdrücken. Er trug ausgebeulte Shorts, ein etwas zu kleines T-Shirt und einen viel zu großen Panamahut. Der Hut war ihm bis fast über die Augenbrauen gerutscht, was in Verbindung mit seiner roten, sich schälenden Nase und einem leicht gequälten Gesichtsausdruck ausgesprochen komisch wirkte.

»Der Hut ist ein bisschen groß«, meinte sie endlich. »Wir könnten versuchen, einen in der richtigen Größe zu kriegen. Im Cave Shepherd.«

»Octavia.« Ein eindeutig gereizter Ton schwang in seiner Stimme mit. »Ich habe nicht die Absicht, mir noch einen Hut zu kaufen. Dieser ist nagelneu, er hat mich fünfundzwanzig Pfund gekostet und er gefällt mir.«

»Ja, schon gut«, sagte sie hastig. »Also, wollen wir aufbrechen? Hast du deine Badesachen? Das Boot legt in Bridgetown ab.«

»Ja. Ja, danke, dass du diese Bootsfahrt organisiert hast.«

»Ist es nicht ein wunderbarer Tag? Als ich diese Fahrt das letzte Mal gemacht habe, mit meinem Vater, hat es die ganze Zeit geregnet. Im Wasser war es wärmer als in der Luft.«

»Klingt gut«, bemerkte er. Eine leichte Irritation durchfuhr sie. Er gab sich wirklich keine große Mühe, mit seiner Abneigung gegen die Sonne hinter dem Berg zu halten. Oder mit seiner Abneigung gegen ihre Bekannten. Zu Clem und Bertie war er nicht gerade charmant gewesen. Aber er hatte sich auf dem Nachhauseweg entschuldigt. Er hätte Kopfschmerzen, hatte er gesagt. Sie hatte zum Spaß gesagt, dass er sich wohl vor seinen sexuellen Pflichten drücken wolle, aber er hatte nicht darüber gelacht. Und geliebt hatte er sie in der Nacht auch nicht ...

»Wir müssen noch kurz bei den Anwälten meines Vaters vorbeischauen«, sagte sie. »Es soll irgendeine Gesetzesänderung wegen Grundbesitzes auf der Insel geben und er möchte alle Unterlagen und so weiter durchsehen.«

Gabriel zuckte die Achseln. »Gut.«

»Also dann los.«

Sie mochte Bridgetown, die Stadt war so lebendig. Ihr gefiel der geschäftige, zentrale Platz nördlich der großen Brücke mit der Statue von Admiral Lord Nelson, und besonders gefielen ihr die dicht besiedelten Vororte, Straße um Straße kleiner Holzhäuser, alle in verschiedenen Farben gestrichen, bestens instand gehalten, wie ein Spielzeugstädtchen.

Sie gingen ins Cove Shepherd, und sie merkte, wie Gabriel sich Mühe gab, sie nach ihrer Meinung fragte. Die Hemden, die er sich aussuchte, waren einfach grässlich. Er hatte wirklich einen grauenhaften Geschmack.

Im Bestreben, taktvoll zu sein, ließ sie ihm eines der grauenvollen Hemden – grell gemustert, kurzärmelig – und steuerte ihn dann zu einem pinkweiß gestreiften Hemd von Ralph Lauren.

»Sieh mal, das ist doch nicht übel. Gibt es auch in Blau. Da wir schon mal hier sind, wollen wir uns außerdem auch nach Hosen umsehen?«

»Octavia, ich habe nicht die Absicht, ein Vermögen für irgendwelche dämlichen Kleidungsstücke auszugeben, die ich sowieso nie wieder anziehen werde.«

»Aber warum solltest du sie denn danach nicht mehr anziehen?«

»Jedenfalls sind sie furchtbar teuer. Das ist doch lächerlich.«

»Alles hier ist teuer. Wegen der Einfuhrsteuer. Und der Urlaub hat dich doch sonst nichts gekostet«, fügte sie leichthin hinzu und merkte dann entsetzt, was sie da gesagt hatte. Er war feuerrot angelaufen.

»Es tut mir Leid. Bitte verzeih. Ich habe nicht gemeint – das kam ganz falsch heraus.«

»Kann man wohl sagen.«

»Es tut mir wirklich Leid. Bitte verzeih, Gabriel.«

»Ach, vergiss es. Gehen wir einfach, okay?«

»Nimmst du sie?«

»Was? Ach ja, die Hemden. Ja, ich nehme sie, wenn du unbedingt willst.«

Sie ließ ihn in einem Café zurück, während sie einen Besuch bei den Anwälten machte. »Ich bin in ungefähr einer halben Stunde zurück, ist das in Ordnung?«

»Sicher. Bleib, solange du willst.«

Er war offenkundig immer noch wütend. Wahrscheinlich mit gutem Grund. Es war schrecklich, was sie da gesagt hatte; ihr wurde ganz schlecht, wenn sie nur daran dachte. Es sah ihr gar nicht ähnlich, so taktlos zu sein, gewöhnlich achtete sie sehr darauf, was sie sagte. Aber andererseits – er war so ... schwierig. So ungnädig. Als sie zurückblickte, starrte er auf sein Glas mit Orangensaft. Wie ein schmollendes Kind. Sie seufzte.

Die Anwaltskanzlei befand sich in einer kleinen Seitenstraße hinter dem Trafalgar Square. Sie stieg die schmale Treppe zu Myers and Greenidge hoch, den Anwälten ihres Vaters. Nicholas Greenidge, ein großer, charmanter weißer Einheimischer, gab ihr einen Begrüßungskuss.

»Wie schön, Sie zu sehen, Octavia. Wie geht's denn so?«

»Bestens, Nicholas, danke.« Hoffte sie jedenfalls. »Und wie geht's Ihnen?«

»Ach, muss ja. Jedenfalls können wir uns nicht über einen Mangel an Arbeit beklagen.«

»Gut. Das freut mich für Sie. Mein Vater lässt Sie grüßen. Tja, es ist Ihnen ja bekannt, warum ich hier bin. Um die Unterlagen abzuholen. Haben Sie sie?«

»Ja, ich habe alles hier. Die Grundeigentumsurkunde, alle Fondsunterlagen. Also, wenn ich Ihr Vater wäre, würde ich es mir gut überlegen, ob ich das Haus hier in Barbados ins Grundbuch eintragen lasse. Und ich würde ihm raten, nicht so viel Geld in diesen Investmentfonds zu stecken. Im Augenblick ist ziemlich viel drauf, wissen Sie.«

»Wirklich? Na ja, ich nehme an, bei der positiven Entwicklung des Aktienmarkts ...«

»Das hat nichts mit dem Aktienmarkt zu tun, Octavia. Aber das zusätzliche Kapital, das er in den letzten Monaten dort deponiert hat, sollte er besser im Auge behalten.«

»Zusätzliches Kapital?«

»Ja. Eine ganze Menge. In den letzten zwei Monaten überwiesen.«

»Wirklich?« Sie war gerührt. Das sah ihrem Vater ähnlich, in aller Stille Geld in einen Investmentfonds einzuzahlen, dessen Nutzungsberechtigte sie war. Er wusste, dass sie nie Geld von ihm annehmen würde, und versuchte auf diese Weise, ihre finanzielle Sicherheit zu gewährleisten.

»Ja. Ungefähr zwanzigtausend Dollar.«

»Zwanzigtausend! Gütiger Himmel.«

»Ja. Also besser kein Risiko eingehen. Gut, Octavia, ich gebe Ihnen das alles mit. Sprechen Sie mit Ihrem Vater darüber. Es wird wohl noch ein bisschen dauern, bis das Gesetz verabschiedet wird. Aber es ist besser, immer einen Schritt voraus zu sein.«

»Ja. Ja, klar. Also, war schön, Sie mal wiederzusehen, Nicholas.«

»Hat mich auch gefreut, Octavia.«

Sie ging zu Gabriel zurück und hoffte, dass er mittlerweile in besserer Stimmung sein würde.

Wäre Felix Miller bei diesem Gespräch anwesend gewesen, hätte es ihn nicht wenig beunruhigt ...

George Shepherd lehnte sich in dem luxuriösen Chefsessel zurück, einer der Pluspunkte seiner Stelle beim Bauamt, und wählte Michael Carltons Durchwahlnummer.

»Klug von Ihnen, dass Sie auf die amtliche Untersuchung verzichtet haben, Mike. Das ist immer eine Versuchung, kostet aber verdammt viel Zeit. Übrigens, jemand hat mir heute Morgen geflüstert, dass es sehr gut aussieht. Bestens sogar.«

»Wirklich? Ich bin entzückt.«

»Klar. Nur eins: Ich hatte einen Anruf vom Denkmalschutzamt. Irgendeine dämliche Tussi versucht, das Haus unter Denkmalschutz zu stellen.«

»Herrgott noch mal, George. Das würde alles kaputtmachen. Ich kann da nicht bauen, wenn das Haus stehen bleiben muss.«

»Nein, natürlich nicht. Aber dazu wird es nicht kommen. Der zuständige Mann vom Denkmalschutzamt wird bereits Anfang nächster Woche hinfahren, um es sich anzusehen. Er tut mir damit einen persönlichen Gefallen. Aber ich bin ziemlich sicher, dass das Haus nicht unter Denkmalschutz gestellt werden wird. Und das ist deren letzte Karte, damit wären alle Möglichkeiten ausgeschöpft. Sie werden also, na, sagen wir, im März den Grundstein legen können.«

»Herr im Himmel«, sagte Tom und starrte Nico an. »Das ist ja furchtbar.«

»Nicht wahr? Er hat ganz offensichtlich vor, ein Übernahmeangebot zu machen. Portias Anteile sind bestimmt nicht die einzigen, hinter denen er her ist. Der Kurs ist seit Tagen ständig leicht gestiegen. Jetzt wissen wir warum. Ich hatte mir nicht viel dabei gedacht.«

»Und Sie sind vollkommen sicher, dass Miller hinter diesem Konsortium steht?«

»Oh ja. Portias Finanzberater haben ein wenig recherchiert, weil das hohe Angebot sie natürlich reizt.«

»Wie hoch?«

»Zwei Pfund fünfundachtzig.«

»Meine Güte. Er macht keine halben Sachen.«

»Nein.«

»Wie viele Anteile besitzt Ihre Exfrau denn?«

»Ach, fünf Prozent. Damals hat es eine Steuererleichterung bedeutet, und ich war jünger und weniger klug. Mein Anwalt hat mich damals schon gewarnt, ich könnte es mal bereuen, aber ich habe nicht auf ihn gehört. Sie hat die Anteile statt des Hauses genommen. Ebenso gerissen wie boshaft, meine Exfrau. Wie sich jetzt erweist. Sie ist ganz aufgeregt deswegen. Wird einen Riesengewinn dabei machen.«

»Er wird seine Absichten bald offen legen müssen. Wegen der Übernahme, meine ich. Wenn er genügend Anteile zusammenhat, muss er ein formelles Kaufangebot vorlegen. Das verlangt die Börsenaufsicht. Aber ...« Tom hielt inne.

»Ja?«

»Ach, ich wollte nur eine ziemlich törichte Frage stellen. Natürlich wissen wir, warum er Ihre Firma will.«

»Wegen Marianne?«

»Ja, schon. Aber noch mehr, würde ich sagen, weil Sie mir geholfen haben.«

»Was? Hat ihm das wirklich so zugesetzt?«

»Ich fürchte«, sagte Tom, »das war erst der Anfang.«

»Du siehst sehr gut aus«, lobte Octavia.

»Na, dann ist ja alles bestens. Das ist schließlich die Hauptsache, oder?«

»Gabriel, bitte! Bitte versuch doch, es zu genießen.«

Sie waren auf dem Weg zu der Lunchparty bei den Richardsons.

Gabriel fühlte sich elend. Er hatte gestern auf dem Boot einen Sonnenbrand bekommen, obwohl er ein T-Shirt getragen und sich mit Octavias Sonnenschutzcreme eingerieben hatte. Zudem hatte er zu viel Bier getrunken, um in bessere Stimmung zu kommen, denn nach dem Einkaufsbummel war er ziemlich schlecht gelaunt gewesen. Den Nachmittag hatte er schlafend auf Deck verbracht, und als er erwachte, hatte er wieder furchtbare Kopfschmerzen. Die Fahrt selbst hatte Spaß gemacht, es war eine wunderbare Brise aufgekommen und der Katamaran schien durch das leuchtend blaue Wasser zu fliegen. Octavia und er lagen auf den Netzen zwischen den beiden Auslegern, und es gelang ihnen, wieder Freunde zu werden. Das Schnorcheln war einfach sensationell gewesen. Octavia hatte eine Unterwasserkamera zutage gefördert und Unmengen an Bildern von blaugelb gestreiften und gepunkteten Fischen gemacht, und er hatte es genossen, mit den Schildkröten zu schwimmen, sanften Geschöpfen, die kleine Fische aus seiner Hand fraßen. Aber es war heiß. Brütend heiß und es gab kein Entkommen vor der Sonne.

Als sie wieder zu Hause waren, fühlte er sich einfach grässlich, und er hoffte, sie würde sagen, sie müssten sich ja nicht mit Fergus und seiner Freundin treffen. Aber sie rannte nur sofort unter die Dusche und rief ihm zu, er solle das andere Badezimmer benutzen und sich beeilen.

Er hatte die grauen Flanellhosen angezogen, die auf seiner gereizten Haut von Tag zu Tag mehr juckten, und das Hemd von Ralph Lauren. »Du siehst richtig gut darin aus«, sagte sie.

»Das scheint dich zu überraschen.«

»Überhaupt nicht. Ich dachte nur, du würdest es gerne hören.«

»Kann ich nicht behaupten.« Er band die Schnürsenkel seiner alten Turnschuhe zu.

»Gabriel, die willst du doch nicht etwa tragen?«

»Doch«, antwortete er.

Er hoffte so halb, sie würde sagen, das ginge nicht, denn dann konnte er sich weigern mitzukommen. Aber nach einem kurzen Zögern erklärte sie: »Komm, wir müssen los.«

Es war eine lange Autofahrt auf holprigen, kurvigen Straßen und das Hotel Cobblers Cove, mit rosafarbener Fassade und äußerst luxuriös, war ganz und gar nicht nach seinem Geschmack. Fergus und seine blonde Freundin saßen auf einer Terrasse am Meer, in der prallen Sonne. Nach diversen Begrüßungsküsschen erkundigte sich Fergus: »Na, gefällt Ihnen die Insel?«

»Ja, danke. Könnten wir nicht unter einen dieser Sonnenschirme gehen?«

»Ach, um diese Tageszeit ist das nicht nötig. Es wird hier schnell dunkel. Octavia, was trinkst du?«

Er hatte um Mineralwasser gebeten und verdrossen in die Sonne geblinzelt. Im Cobblers Cove könne er unmöglich Wasser trinken, hatte er zu hören bekommen, und sie hatten einen Bellini für ihn bestellt.

»Den kriegt man auf Barbados nur hier«, erklärte Fergus. »Erste Sahne, wird Ihnen gut tun. Octavia, kommt ihr morgen zufällig auch zu den Richardsons?«

Gabriel hätte nicht gedacht, dass seine Stimmung noch tiefer sinken könnte, aber da hatte er sich geirrt.

Nico Cadogans Zorn war normalerweise schwer zu entfachen, aber allmählich geriet er in Wut. Felix Millers deutliche Absicht, sich aus rein persönlichen Gründen, aus Rache, seiner Firma zu bemächtigen, machte ihn rasend. Und nachdem er den ganzen Tag mit Tom Fleming mögliche Strategien diskutiert hatte, fand er zu Hause einen kurzen Brief von Marianne vor, der seine Empörung noch verstärkte. Er hatte sich wegen des Wochenendes doch nun wirklich großartig verhalten, sich nicht beklagt, weil sie die Reise vorzeitig abbrechen mussten, hatte Flugzeuge und Autos organisiert, war geduldig mit Marianne gewesen und höflich zu der schwierigen Tochter – hübsches Ding, sie würde ihrer Mutter mal sehr ähnlich werden – und hatte sich dann taktvoll entfernt. Und was bekam er dafür? Einen Dankeschön-Brief, der von jemandem hätte stammen können, den er auf eine Cocktailparty eingeladen hatte, mit der Bitte, »ein paar Tage« in Ruhe gelassen zu werden.

Sofort rief er an und fragte, ein wenig kurz angebunden, ob sie mit ihm essen gehen wolle. »Entschuldige, Nico, aber ich kann nicht. Ich fühle mich so furchtbar wegen all dem.«

»Dann brauchst du erst recht eine Ablenkung«, meinte er mit etwas forcierter Lässigkeit.

»Nein. Nein, Nico, das gerade nicht. Ich brauche wirklich ein paar Tage für mich.«

Gereiztheit stieg in ihm auf. »Marianne, ich brauche dich. Und so schlimm war es doch nun auch wieder nicht.«

»Für mich schon.«

»Aber warum willst du mich nicht sehen?«

»Das würdest du nicht verstehen. Bitte, Nico, lass mich doch einfach ein paar Tage in Ruhe.«

Wut überkam ihn. Vollkommen unlogisch, das war ihm

klar. Sie hatte keine Ahnung, was Felix Miller vorhatte. Und er war hinter ihr her gewesen und hatte damit Felix' Rachefeldzug ausgelöst, nicht umgekehrt. Und trotzdem, fand er, schuldete sie es ihm, sich mit ihm zu treffen, wenn er das wünschte.

»Wie du willst«, sagte er und legte auf.

»Ist das nicht schön?«, fragte Octavia. »Mahagonibäume.« Sie fuhren durch einen langen Tunnel aus hohen Bäumen, die sich anmutig über die Straße neigten. »Erstaunlich, nicht wahr?«

»Ja. Erstaunlich.«

»Und diese fedrigen Bäume sind Kasuarinen. Prinz Albert hat sie in Barbados eingeführt. Es heißt, sie geben das beste Feuerholz der Welt ab.«

»Nützt hier ja eigentlich nicht so richtig viel«, bemerkte Gabriel.

Sie antwortete nicht. Sie hatten die Mahagonibäume hinter sich gelassen und fuhren auf einer geraden Straße durch erstaunlich grüne Felder, auf denen Kühe neben braunen Tieren mit Schlappohren weideten, die er für Ziegen hielt.

»Das sind tropische Schafe«, erläuterte Octavia. »Sind sie nicht süß? Ganz wie aus der Bibel. Sie sind alle angebunden, weil –«

»Octavia, ich glaube, im Moment habe ich genug von diesen Reiseführer-Informationen, wenn es dir nichts ausmacht.«

Sie schaute ihn an, die Augen dunkel vor Zorn, und schwieg für den Rest der Fahrt.

Das Haus der Richardsons war bemerkenswert. Der anmutige, dreistöckige Herrensitz, um 1700 erbaut, hätte eher nach Wiltshire oder Suffolk gepasst, dachte er. Es hatte schöne hohe Fenster, geschützt von hölzernen Fensterläden, wunderbare Stuckverzierungen an den Decken, Holzfußböden und erstaunlicherweise einen Kamin in allen größeren Zimmern.

»Sie dachten eben, man bräuchte einen Kamin«, sagte Clem lachend, als sie sein Gesicht sah – Octavia redete nicht mehr mit ihm. »Der Erbauer des Hauses ist aus England hergekommen, um eine Zuckerrohrplantage anzulegen. Er kannte nur Queen-Anne-Häuser.«

»Bauen Sie immer noch Zuckerrohr an?«, fragte er, um Höflichkeit bemüht.

»Gütiger Gott, nein. Die Zuckerindustrie auf Barbados existiert nicht mehr, fürchte ich. Nein, wir haben in den frühen sechziger Jahren alle Ländereien verkauft. Mein Mann ist Geschäftsmann. Bankier. Ein Glas Champagner, Gabriel?«

»Äh – ja, gern. Danke.«

»Kommen Sie.« Sie führte ihn in einen Raum, der aussah wie ein englischer Salon. Dort stand ein schwarzes Mädchen in einem schwarzen Kleid und einer weißen, gerüschten Schürze, ein Tablett mit Champagnergläsern in der Hand. Sie schenkte ihm ein knappes, höfliches Lächeln. Seine Gastgeberin nahm zwei Gläser und bedeutete ihm, ihr zu folgen.

»Vielen Dank«, sagte Gabriel nachdrücklich zu dem Mädchen. »Vielen herzlichen Dank. Ich bin Gabriel Bingham aus England. Leider kann ich Ihnen ja nicht die Hand geben, aber es freut mich, Sie kennen zu lernen.«

Das Mädchen wirkte peinlich berührt, Clem Richardson amüsiert.

»Kommen Sie, ich möchte Ihnen ein paar Leute vorstellen. Also, Fergus und Harriet kennen Sie ja schon. Das ist Lady Browning. Lady Browning, Gabriel Bingham. Er ist ein Gast von Octavia Fleming.«

Lady Browning war mollig, mittleren Alters, sehr schick angezogen – und schwarz. Sie lächelte Gabriel hoheitsvoll an.

»Und was tun Sie in England, Mr Bingham?«

»Ich bin in der Politik.«

»Ach, wirklich? Wie mein Mann, er ist im öffentlichen Dienst. Und mein Sohn Alistair, da drüben ...«, sie wies auf einen schlanken, auffällig gekleideten Mann, »arbeitet im Immobiliensektor. Das ist der Renner hier, wissen Sie. Überall schießen hier jetzt riesige Luxusvillen aus dem Boden – ist Ihnen vielleicht schon aufgefallen.«

Nein, wäre es nicht, sagte Gabriel.

»Regelrechte Paläste, zum Baupreis von vier bis fünf Millionen Dollar. Das wird noch Ärger geben.«

»Warum?«, wollte Gabriel wissen.

»Weil damit auch Wachleute kommen werden, Sicherheitstore, Wachhunde, all so was. Und das entspricht nicht der hiesigen Kultur. Wir waren immer eine sehr offene Gesellschaft und das wird zu einem Anstieg der Kriminalität führen. Wie ich höre, ist das in London ein großes Problem.«

»Ja, durchaus. Ich glaube, die Ursache ...«

»Maria, kommen Sie, ich möchte Ihnen Douglas Bird vorstellen.« Bertie Richardson strahlte sie beide an. »Ihnen auch, Bingham. Ein interessanter Mann, er hat eine Charterfluglinie. Guter Name dafür, Bird, was?«

Gabriel folgte ihnen pflichtbewusst. Er wollte niemanden kennen lernen, der eine Charterfluglinie besaß. Er wollte überhaupt niemanden von diesen Leuten kennen lernen, obwohl Lady Browning ganz interessant zu sein schien. Das hier erinnerte ihn an die schlimmsten Dinnerpartys in England. Wenn er Pech hatte, würde er beim Essen auch noch neben Harriet sitzen, Fergus' blonder Freundin ...

»Octavia, ich habe gesagt, es tut mir Leid.«

»Ja, das habe ich gehört. Aber ich fürchte, eine Entschuldigung kann deine eklatante Unhöflichkeit auch nicht wieder gutmachen. Mir ist es ja egal, aber die Richardsons sind alte Freunde meines Vaters und für sie war das Ganze sehr unangenehm. Und Fergus ist ein alter Freund von mir.«

»Ich war gar nicht in seiner Nähe.«

»Aber du hast neben Harriet gesessen und sie die ganze Zeit einfach ignoriert. Ich begreife nicht ...«

Sie verstummte. Fast wäre sie in Tränen ausgebrochen. Sie hatte Gabriel bei den Richardsons eingeführt und er hatte ihre Gastfreundschaft verletzt. Es war einfach nicht fair. Wider Willen dachte sie daran, wie es war, wenn sie mit Tom gesellschaftliche Veranstaltungen besuchte. Wie unangenehm die Leute auch sein mochten, wie müde er auch war, er blieb stets charmant, interessiert, bemühte sich um Konversation. Sie versuchte, den Gedanken zu verdrängen, aber es gelang ihr nicht.

»Ich werde noch mal versuchen, in der Toskana anzurufen«, sagte sie. »Bevor es zu spät wird. Dort ist es schon zehn.«

Gabriel zuckte die Achseln und ging auf die Veranda.

Sie hatte es gestern schon mal versucht, vergeblich. Dann hatte sie zu Hause angerufen, um von Caroline zu hören, wie es Minty ginge, aber es meldete sich niemand. Wahrscheinlich war Caroline noch bei ihren Eltern. Irgendwie hatte sie sich danach ganz wurzellos gefühlt, sich aus dem Gleis geworfen. Und das nach dem grauenhaften Abend in Cobblers Cove. Gabriel war so schwierig gewesen, war überhaupt nicht auf Fergus' Versuche eingegangen, freundlich zu plaudern, hatte früh aufbrechen wollen. Zu Hause angekommen, hatte sie sich wirklich danach gesehnt, freundliche Kinderstimmen zu hören.

Gabriel hatte sie lieben wollen, aber sie konnte nicht, sie war zu aufgebracht, und war mit der Ausrede, ihr sei zu heiß, ins Gästezimmer gegangen. Und dann konnte sie nicht einschlafen, sondern lag wach im Bett und fühlte sich miserabel. Schon wieder eine gescheiterte Beziehung. Vielleicht lag es an ihr, gar nicht an Tom, vielleicht war sie einfach nicht beziehungsfähig. Vielleicht musste sie wirklich alles beherrschen, hatte ständig Angst vor Kontrollverlusten, wie Tom ihr vorgeworfen hatte, war vielleicht sogar frigide. Kein Wunder, dass er sich einer Frau wie Louise zugewandt hatte, einer warmherzigen, unkomplizierten, lustigen Frau. Kein Wunder, dass er mit Lauren weggefahren war, andere Affären hatte. Panik überkam sie und plötzlich fand sie es erstickend heiß. Sie stand auf, holte sich etwas Kaltes zu trinken, setzte sich auf die Veranda, schaute auf das mondbeschienene Meer hinaus und versuchte sich zu beruhigen, doch es wollte ihr nicht gelingen. Was für eine Ironie, dachte sie, dass ein Urlaub, der ihr angeschlagenes Selbstvertrauen wieder stärken sollte, es nur noch weiter zerstörte ...

»Hallo? Hallo? Ist da die Villa Garcia?«

»Scusi?«

»Könnte ich mit – mit Signora Bartlett sprechen?«

»Signora nicht da.«

Gott sei Dank, dachte Octavia.

»Ich holen Signor Bartlett.«

»Danke.«

Nach einer Pause hörte sie Drew Bartletts tiefe, verbindliche Stimme. »Octavia! Wie schön, dass Sie anrufen. Wie geht's, wie steht's? Wie ist Barbados?«

»Oh, wunderbar, vielen Dank. Morgen ist der letzte Tag.«

»Wirklich? Eine kurze Reise also.«

»Ja, nun ja, ich muss wieder an die Arbeit. Benehmen die Kinder sich einigermaßen?«

»Ganz tadellos. Gideon ist wirklich ein Pfundskerl. Hat sich kein einziges Mal darüber beklagt, dass er nicht ins Wasser durfte. Heute war er zum ersten Mal schwimmen. Ist richtig ins Wasser gehechtet.«

»Sein Fuß ist also besser?«

»Alles wieder in Ordnung. Wir haben den Arzt hier einen Blick darauf werfen lassen, nur um sicherzugehen. Der Junge ist gesund wie ein Fisch im Wasser.«

»Das war sehr freundlich von Ihnen. Vielen Dank. Und Poppy?«

»Ein klasse Mädchen, wirklich. Also, die Frauen sind nicht da, fürchte ich. Sie sind heute nach Florenz gefahren. Lauren tut so, als ginge es ihr um die Kulturgüter, aber ganz unter uns, in Wirklichkeit wollten sie dort einkaufen gehen.«

»Oh, ach so. Ich verstehe.«

»Aber Gideon ist hier. Wollen Sie ihn sprechen?«

»Ja. Ja, bitte.«

Sie wartete, ganz weich in den Knien. Sie hatte solche Angst gehabt, dass Tom ans Telefon gehen würde. Ihr Herz hämmerte noch immer. Gideons muntere Stimme ertönte aus dem Telefonhörer, über Tausende von Kilometern hinweg.

»Hallo, Mama!«

»Hallo, Bärchen. Ist dein Fuß wieder besser? Amüsiert du dich gut?«

»Hier ist es echt toll. Ein bisschen heiß, aber seit heute darf ich schwimmen gehen. Es ist noch ein Junge hier, der ist total nett. Er hat mich mit seinem Nintendo spielen lassen, weil ich ja nicht ins Wasser durfte. Und Drew, Mr Bartlett, war sehr freundlich, er hat mir das Schachspielen beigebracht.«

Und was machte Tom so, dachte sie spitz. Ging wohl mit Lauren schwimmen.

»Was macht Poppy?«

»Die ist eine echte Nervensäge. Sie und Camilla kichern die ganze Zeit. Kaum auszuhalten. Aber sie ist jetzt nicht da. Sie werden erst spät zurückkommen, sie sind mit dem Zug nach Florenz gefahren. Ich hätte mitfahren können, aber es ist so heiß. Drew meinte auch, hier hätten wir mehr Spaß.«

»Ja. Und – und Papa?« Sie brachte das Wort mit Mühe heraus. »Wie geht's ihm?«

Schweigen. Dann: »Papa? Ganz gut, nehme ich an.«

»Ist er mit nach Florenz gefahren?«

»Was? Papa ist nicht hier, Mama.« Gideon klang verdutzt.

»Er ist in Florenz?«

»Nein, er ist überhaupt nicht hier. War er nie. Ich meine, er ist nicht mitgekommen. Ich weiß überhaupt nicht, wie du auf die Idee kommst ...«

»Er ist nicht mitgekommen?«, wiederholte sie wie betäubt. Der Boden schien unter ihren Füßen zu schwanken und ihr schwindelte.

»Nein. Er ist zu Hause. In London.«

»Aber ich dachte ...«

»Mama! Wie hätte er das denn machen sollen? Hier ist doch gar kein Platz. Poppy schläft in Camillas Zimmer und ich auf einem Feldbett im Esszimmer.«

»Oh«, sagte sie. »Ich verstehe. Ich dachte ... wie dumm von mir.«

»Na ja, ein bisschen. Aber erzähl, wie ist es auf Barbados? Noch heißer wahrscheinlich.«

»Ja, ziemlich heiß. Jedenfalls, Bärchen, bin ich am Sonntag wieder in London. Gib Poppy einen dicken Kuss von mir. Drew hat gesagt, ihr wärt beide sehr brav. Ich muss jetzt auflegen. Ich rufe euch wieder an, sobald ich zu Hause bin.«

Sie fühlte ein dringendes Bedürfnis aufzulegen, für sich zu sein. Ihre Gedanken wirbelten durcheinander. Alles schien sich verschoben zu haben, aus schwarz war weiß geworden und zwei und zwei ergaben nicht vier. Wie war sie nur zu dieser Schlussfolgerung gelangt, wieso hatte sie angenommen, dass Tom mit in die Toskana gefahren war? Wieso hatte er das nicht richtig gestellt? Hatte er ursprünglich fahren wollen, darauf gehofft, es vielleicht sogar vorgehabt? Oder war sie selbst einfach nur dumm gewesen? Gefährlich dumm in ihrer Wut?

Rasch, bevor sie den Mut verlor, rief sie zu Hause an.

»Hallo, hier spricht Tom Fleming.«

»Äh – Tom«, sagte sie. »Hallo. Ich bin's, Octavia.«

Sie kam sich vor wie ein Schulmädchen, töricht und nervös.

»Hallo, Octavia. Wie ist es auf Barbados?«

»Ach, ganz schön, vielen Dank. Ja, doch, recht angenehm.«

»Amüsierst du dich gut?«

»Ja, ja, bestens. Danke.«

»Gut. Hier ist alles in Ordnung. Ich habe gestern mit Caroline gesprochen, sie kommt morgen mit Minty wieder.«

»Tom ...«

»Ja?«

»Tom, ich hatte gedacht, du wärst – du wärst in Italien.«

»Tatsächlich?« Seine Stimme klang plötzlich kalt und feindselig.

»Ja, hatte ich gedacht. Ich weiß nicht, warum ich –«

»Das weiß ich auch nicht«, versetzte er.

Es folgte ein langes Schweigen. Offenbar hatte er nicht vor, ihr zu helfen.

»Ich muss da wohl etwas falsch verstanden haben.«

»In der Tat.«

»Warum hast du es dann nicht einfach richtig gestellt?«

»Hast du je versucht, einer Fliege zu erklären, dass sie gerade gegen das Glas der Fensterscheibe fliegt?«

Sie schwieg.

»Ich habe es ja versucht. Aber du hast nur wutentbrannt gesurrt und ich konnte einfach nicht zu dir durchdringen. Schließlich habe ich aufgegeben. Schade.«

»Ja. Schade. Aber ich dachte ... die Haushälterin der Bartletts hat doch gesagt, alle wären schon zum Flughafen gefahren, du auch ...«

»Ja?«

»Also, ich ...«

»Wir sind alle zum Flughafen gefahren. Ich habe die Kinder hingefahren und ihnen nachgewinkt.«

»Oh«, wiederholte sie, versuchte, das zu verarbeiten. »Ja, ich verstehe. Also – am Sonntag bin ich wieder zu Hause.«

»Gut. Bis dann, Octavia.«

»Bis dann, Tom.«

Sie legte auf. Ihr war ganz schlecht. Es war nicht nur schade, es war ein Jammer. Nur aus diesem Grund hatte sie doch Gabriel gefragt, ob er mit nach Barbados kommen wolle. Weil sie so verletzt gewesen war, so wütend. Wie dumm von ihr. Wie konnte man nur so furchtbar dumm sein? Natürlich war es im Grunde egal. Ihre Ehe war in jedem Fall am Ende. Zwischen ihr und Tom war es aus. Ein weiteres Missverständnis, ein weiterer Beweis für die fehlende Kommunikation zwischen ihnen, mehr nicht. Egal. Es zeigte nur, wie fremd sie sich schon geworden waren.

»Warum weinst du denn?«, fragte Gabriel. Zum ersten Mal seit Tagen sah er sie mit Freundlichkeit an, mit Besorgnis. »Ist etwas passiert?«

»Nein. Nein, eigentlich nicht. Nein, alles bestens.«

Aber sie konnte nicht aufhören zu weinen.

41. Kapitel

ER HATTE NICHT MEHR viel Zeit, dachte Felix Miller. Nein, das war zu negativ gedacht, um mal in dem grauenhaften modernen Jargon zu sprechen. Der Ankauf der Cadogan-Aktien lief so gut, dass er demnächst ein offizielles Kaufangebot würde unterbreiten müssen. Es würde ein reines Vergnügen werden. Er würde den Aktionären ein ziemlich hohes Angebot machen müssen, wahrscheinlich drei Pfund pro Aktie. Schließlich hatte er den Kurs selbst in die Höhe getrieben. Aber die Firma war es sehr wahrscheinlich wert. Alle seine Nachforschungen deuteten darauf hin, dass Cadogans Sanierungskonzept ein voller Erfolg war. Der Mann hatte ihm die Arbeit abgenommen. Bei dem Gedanken empfand Felix Genugtuung. Natürlich, Hotels lebten von geliehenem Kapital, aber schon der Grundbesitz allein war ein kleines Vermögen wert. Die Hotelkette würde sicherlich etwas abwerfen. Nicht, dass es eine Rolle spielte. Kein Preis war ihm zu hoch. Das Erste, das Allererste, was er tun würde, nachdem er Cadogan seine Hotels weggenommen hatte, die so sehr ein Teil von ihm waren wie sein Name – das hatte Cadogan ihm einmal anvertraut –, war, ihn aus dem Aufsichtsrat zu drängen. Natürlich könnte die Sache vors Kartellamt kommen, aber da Felix keine Hotels besaß, sollte das kein Problem sein. Er schuf kein Monopol. Nur einen arbeitslosen Hotelbesitzer. Dann würde Nico Cadogan wissen, was für ein Gefühl es war, etwas zu verlieren, woran man sehr hing. Es war wirklich eine sehr gute Idee von ihm gewesen. Ausgesprochen clever ...

Marianne bekam von Tag zu Tag ein schlechteres Gewissen wegen Felix. Sie hatte ihn abscheulich behandelt und das hatte er nicht verdient. Gut, sie nahm nicht den ersten Platz in seinem Herzen ein, das tat Octavia. Doch daran war sie gewöhnt. Auch in Alecs Herzen hatte nicht sie den ersten Platz eingenommen, sondern seine Karriere. Trotzdem schuldete sie Felix eine Menge, schließlich hatten sie eine Art Ehe geführt. Er war keine Zufallsbekanntschaft, die sie aus einer Laune heraus fallen lassen konnte, und sie empfand immer noch sehr viel für ihn. Gut, er war in den letzten Wochen besonders rücksichtslos und unaufmerksam gewesen, aber trotzdem hatte sie sein Vertrauen und ihre gemeinsame Vergangenheit vorschnell verraten. Sie hatte ihm den Rücken gekehrt, als er sie am meisten gebraucht hätte. Und im Grunde war er ein guter Mensch. Natürlich, es war empörend, dass er Toms Agentur ruinieren und die Ehe seiner Tochter zerstören wollte. Aber er war von dem bestmöglichen Motiv angetrieben, so fehlgeleitet seine Handlungen auch immer sein mochten: von der Liebe zu seiner Tochter. Und sie, zweifellos der Mensch, den er nach Octavia am meisten liebte, der Mensch, an den er sich auf seine unbeholfene, etwas grobschlächtige Art gewandt hatte, hatte ihn im Stich gelassen. Und so hatte er, ungehindert, ungezügelt, seinen Rachefeldzug führen können. Sie bekam Angst bei dem Gedanken, was er schon jetzt alles angerichtet haben mochte.

Natürlich hatte sie auch wegen Nico Schuldgefühle, aber sie liebte ihn nicht, das wusste sie jetzt. Er war einfach da gewesen, als sie jemanden gebraucht hatte. Doch trotz alledem, trotz aller Schwierigkeiten empfand sie für Felix immer noch Liebe. Es war höchste Zeit, ihren Verrat an ihm wieder gutzumachen.

»Also wann kommt Octavia nach Hause?«, fragte Caroline, die Minty gerade ziemlich energisch ihren Frühstücksbrei in den Mund schob.

»Ach, Samstag früh«, sagte Tom, der bemerkte, dass seine Tochter den Brei im ganzen Gesicht verschmierte. »Minty, dafür ist das Frühstück aber nicht gedacht.«

»Ach herrje, ich hol dir ein frisches Lätzchen«, rief Caroline. »Sie braucht dringend neue Lätzchen, die hier werden langsam zu klein. In der Schublade müssten welche sein. Du lieber Himmel, was ist denn das?«

»Was ist was?«, fragte Tom.

»Mrs Flemings Handy. Wie ist das denn hier hineingeraten? Es lag unter den Küchenhandtüchern.«

»Vielleicht hat Mrs Donaldson es da hingelegt.«

»Die kommt diese Woche gar nicht. Sie besucht ihre Tochter, die hat gerade ein Kind gekriegt. Na, ist ja auch egal.«

Es stimmte, dachte Tom, Mrs Donaldson war nicht gekommen. Im Haus herrschte nicht die gewohnte strahlende Ordnung und Sauberkeit. Von Octavia gut geschult, hatte er seine gebrauchten Kaffeetassen in die Spülmaschine geräumt, seine Wäsche in den Wäschekorb getan und sein Bett gemacht; aber die Laken waren nicht gewechselt worden und die Handtücher auch nicht. Deprimiert, wie er war, war ihm das bisher nicht aufgefallen. Ganz offensichtlich hatte also nicht Mrs Donaldson das Telefon unter die Küchenhandtücher geschoben. Aber wer dann?

»Ich gehe mit Minty an die frische Luft«, erklärte Caroline. »Wunderschöner Tag heute, nicht wahr?«

»Sie hat richtig Farbe bekommen, Caroline. Die Seeluft hat ihr offenbar gut getan. Vielen Dank, dass Sie sie zu Ihren Eltern mitgenommen haben. Also, ich muss los. Bis dann.«

»Bis dann, Tom. Soll ich was zum Abendessen besorgen?«

»Nein, danke, ich esse auswärts.«

Als er losfuhr, richtete er seine Gedanken auf den vor ihm liegenden Tag. Um zehn hatte er eine Besprechung mit Nico Cadogan, der wegen Felix Millers Übernahmeabsichten außer sich vor Sorge war und beruhigt werden musste. Diesmal würde ein optimistischer Brief an die Aktionäre zweifellos nicht ausreichen. Aber das unter den Küchenhandtüchern versteckte Handy ging ihm nicht aus dem Kopf. Aus irgendeinem Grund ließ es ihm keine Ruhe ...

»Hat nicht geklappt mit uns, was?«, sagte Gabriel.

Er streckte die Hand aus und streichelte sanft Octavias flachen, gebräunten Bauch. Sie verkrampfte sich zuerst, entspannte sich dann aber und lächelte ihn an. Sie lagen am Strand, im Schatten der gewaltigen Bäume. Nach einem langen, heftigen Streit und einer schlaflosen Nacht waren sie sich wieder seltsam nahe. Er hatte eingeräumt, dass sein Verhalten bei den Richardsons alles andere als höflich gewesen war und Octavia es in den letzten Tagen nicht leicht mit ihm gehabt hatte, und sie hatte zugegeben, dass sie Anforderungen an ihn gestellt hatte, die er unmöglich hatte voraussehen können.

»Nein«, sagte sie endlich. »Nein, es hat nicht geklappt, fürchte ich.« Das Eingeständnis fiel ihr schwer.

»Ich finde ja, die Sonne hat Schuld«, meinte er mit einem verlegenen Grinsen. »Die Sonne und Marks & Spencer.«

»Marks & Spencer? Wie kannst du Marks & Spencer für das Scheitern unserer Beziehung verantwortlich machen?«

»Sie hatten keine anständigen Sommerklamotten. Nur Ausverkaufsware. Und Wintersachen. Also konnte ich mich nicht angemessen ausstaffieren.«

»Oh. Ja, ich verstehe. Eindeutig teilweise die Schuld von Marks & Spencer.«

Sie lächelte ihn an. Die paar Tage, die sie in seiner Gesellschaft verbracht hatte, hatten sie gelehrt, nicht einmal vorsichtig anzudeuten, dass es ja auch noch andere Geschäfte gab.

»Es ist traurig«, sagte er. »Es tut mir Leid.«

»Na ja, so was kommt vor. Und vielleicht war es ja ganz gut so.«

»Wie meinst du das?«

»Na, jetzt wissen wir wenigstens, woran wir sind. Sonst hätte es sich vielleicht noch Monate hingezogen. Wir hätten es immer wieder versucht, erfolglos, hätten unser Leben durcheinander gebracht ...«

»Ja, und das wäre eine große Zeitverschwendung gewesen. Verstehe. Dein Pragmatismus ist einzigartig, Octavia. Ich muss wirklich versuchen, mir ein Beispiel daran zu nehmen.« Er stand auf. »Ich glaube, ich gehe ein bisschen am Strand entlang.«

»Gabriel, nun sei doch nicht albern.«

»Ich bin nicht albern. Ich finde deine Einstellung sehr kränkend. Unbegreiflich sogar. So eine Art ... Kosten-Nutzen-Rechnung für eine Liebesbeziehung aufzustellen. Ich finde das furchtbar.«

»Aber ich habe doch nur gemeint«, rief sie mit unterdrückter Panik in der Stimme, »dass wir einander nur noch länger unglücklich gemacht hätten.«

»Ach, und jetzt sind wir glücklich, wie? Wir gehen eine Beziehung ein, stellen fest, dass es nicht funktioniert, beenden die Sache – alles innerhalb einer Woche. Gut so, weder Zeit noch Energie verschwendet.«

»Hör mal«, sagte sie, nahm seine Hand und zog ihn zu sich herunter. »Bedenk doch, wie es hätte sein können. Es hätte Wochen gedauert, vielleicht sogar Monate, gelegentlich hätten wir eine Nacht miteinander verbracht und es wäre immer unbefriedigender geworden. Und schließlich hätte es dasselbe elende Ende gegeben. Es ist doch viel besser, es ... na ja, es jetzt herauszufinden. Mehr habe ich gar nicht gemeint, das wirst du doch begreifen.«

»Selbstverständlich begreife ich es. Aber ich fürchte, ich kann meine Gefühle nicht so fein säuberlich einteilen, Octavia, ich kann sie nicht zeitlich begrenzen. Wohl einer der Gründe, warum es mit uns nie etwas geworden wäre.«

»O Gott«, sagte sie und vergrub das Gesicht in den Händen.

»Octavia, es tut mir Leid, ich ...«

»Nein, nein, entschuldige dich nicht. Ich habe es verdient. Und du hast ganz Recht. Ich bin – ach, ich bin all das, was du mir gestern vorgeworfen hast. Immer müsse alles nach meinem Kopf gehen, hast du gesagt, ich sei rücksichtslos, manipulativ und arrogant.«

»Das habe ich gesagt?«

»Ja.« Sie schenkte ihm ein schwaches Lächeln. »Eine dickfellige, selbstherrliche Zicke hast du mich genannt. Mit Recht. Na ja, dickfellig bin ich nicht, aber der Rest stimmt. Immer muss ich alles kontrollieren, jedes kleinste Detail. Das ist mein Problem.«

»Na ja, in gewissem Maße. Du bist eine Perfektionistin, eine Ordnungsfanatikerin. Aber ist das wirklich dein Problem, wie du dich ausdrückst? Es hat dich immerhin zu einer ausgesprochen erfolgreichen Frau gemacht.«

»Oh, sehr erfolgreich«, versetzte sie bitter. »Meine Ehe ist gescheitert.«

»Ist sie das?«

»Natürlich! Ich habe meine Kinder vernachlässigt und mein Job steht auf der Kippe.«

»Das bezweifle ich doch sehr.«

»Ich fürchte, du hast überhaupt keine Ahnung. Melanie hat mich und mein Getue ziemlich satt. Nie bin ich da, immer völlig aufgelöst, ich verschwinde aus Besprechungen, lasse Kunden im Stich ... So kann man keine Firma leiten, das weiß ich schon.«

»Aber das war doch sicher alles nur vorübergehend. Mich bist du ja jetzt zumindest los. Und es stimmt schon, es wäre immer so weitergegangen, nie hätten wir Zeit füreinander gehabt, du wärst zu deinen Kindern zurückgeeilt, ich zu meinen Wählern ...«

»Und vielleicht zu der Verlobten auf Probe?«

»Oh nein«, sagte er. »Nein, nicht zu ihr. Nicht nach dir.«

»Danke, das war sehr nett gesagt.«

Ihre Stimme war plötzlich sehr leise, leise und zittrig. Er sah sie scharf an. »Octavia.«

»Ja?«

»Octavia, mit uns hat es nicht geklappt. Das hat nichts mit meinen Gefühlen für dich zu tun. Mit den Gefühlen, die ich für dich hatte.«

»Doch, natürlich hat es das.« Sie weinte jetzt und wühlte wild in ihrer Strandtasche herum, auf der Suche nach einem Taschentuch.

»Du betrachtest es als eine weitere Zurückweisung, nicht wahr? Ein Versagen deinerseits?«

»Ist es das denn nicht?«

»Nein!«

»Was ist es denn, deiner Meinung nach?«

»Es hat nichts mit dir zu tun. Mit dir als Frau, meine ich. Ich finde dich immer noch unglaublich sexy.«

»Gabriel, bitte nicht. Bitte versuch nicht, mir zu schmeicheln.« Ihre Augen standen voller Tränen. »Tatsache ist, ich habe alles verpfuscht, unsere Beziehung, unsere Ferien und – o Gott.«

Wieder vergrub sie das Gesicht in den Händen und Gabriel nahm sie in die Arme.

»Vielleicht hast du es verpfuscht«, sagte er sanft, »aber um Himmels willen, ich doch auch. Da fahre ich mit einer wunderschönen Frau in die Karibik und habe nichts Besseres zu tun, als dauernd rumzunörgeln. Die meisten Männer würden mich für völlig behämmert halten. Ich kann es ja selbst kaum glauben und ich bedaure es unendlich. Aber es hat nichts mit dir zu tun, mit meinen Gefühlen für dich.«

»Doch, Gabriel, natürlich hat es etwas mit mir zu tun. Außerdem hast du mich kaum geliebt, seit wir hier sind.«

»Äh, ja nun, dafür ist die Sonne verantwortlich. Ich habe mich einfach grässlich gefühlt: ständige Kopfschmerzen, Sonnenbrand, Übelkeit, Halsschmerzen.«

»Ja, schon gut. Ich verstehe, was du meinst.«

»Entschuldige. Und dass es mit uns nicht geklappt hat, bedeutet auch nicht, dass ich dich nicht mag.«

»Wie solltest du mich mögen? Wo du mich doch so klar siehst?«

»Ich habe dir nicht gesagt, was ich noch in dir sehe.«

»Will ich das wirklich wissen?«

»Ja. Du bist hochintelligent. Du hast die Gabe, Dinge voll und ganz genießen zu können. Du bist wissbegierig, an allem interessiert, großzügig, rücksichtsvoll, freundlich ...«

»Ach, hör auf«, unterbrach sie ihn lachend.

»Gleich. Und du bist wunderschön, wie ich schon sagte, und sehr, sehr sexy. Kein Mensch ist vollkommen, Octavia. Hör auf, Vollkommenheit von dir zu verlangen.«

»Wahrscheinlich weißt du nicht mehr, was ich über dich gesagt habe.« Sie lächelte unter Tränen.

»Doch. Egoistisch, selbstzufrieden, paranoid, unreif. Und noch ein paar vergleichbare Adjektive.«

»Äh, ja.«

»Jedenfalls ist klar, dass wir Schluss machen müssen. Wir sind nicht füreinander bestimmt, das wissen wir jetzt. Höchstens für ... na ja, ein paar Tage.«

»Wenn überhaupt«, warf sie lächelnd ein.

»Vielleicht hätte es in einem kälteren Klima besser geklappt. Aber das eigentliche Problem ist, nun ja ...«

»Ja? Was ist das eigentliche Problem, wie du es nennst? Abgesehen von der grundsätzlichen Unvereinbarkeit unserer Charaktere?«

»Das eigentliche Problem ist«, sagte Gabriel schlicht, nach einer langen Pause, »dass du deinen Mann immer noch liebst.«

»Marianne, hier ist Nico.«

»Oh«, sagte sie. »Hallo.«

Es tat gut, seine Stimme zu hören. Er hatte ihr mehr gefehlt, als sie zuzugeben bereit war. Sie hatte ihr gemeinsames Herumalbern vermisst, seine Aufmerksamkeit, seine Zuneigung. Sie hatte ihn vermisst. Aber ...

»Ich wollte fragen, ob du heute mit mir essen gehen willst.«

Er klang verändert, ziemlich niedergedrückt, weniger selbstsicher.

»Also, ich ... Nico, die Sache ist die ...«

»Ja?«

»Ich kann nicht.«

Er seufzte. »Eine heiße Verabredung mit den auf Abwege geratenen Kinderchen?«

»Nein. Nein, das ist es nicht.«

»Morgen also?«

»Nein. Nein, morgen auch nicht.«

Schweigen. Dann: »Soll ich daraus schließen, dass du mich nicht mehr sehen willst?«

»Ich –« Sie zögerte und nahm all ihren Mut zusammen. »Ja. Ja, ich fürchte.«

»Verstehe.« Seine Stimme klang plötzlich eisig, eine Veränderung, die sie nicht für möglich gehalten hätte. Plötzlich erinnerte er sie unangenehm an Alec. »Und hättest du die Güte, mir mitzuteilen, was diesen Sinneswandel bewirkt hat? Habe ich irgendwas falsch gemacht? Dich am Sonntagmorgen nicht schnell genug nach London gebracht? Nicht genug Mitgefühl für deine häuslichen Kümmernisse und Sorgen gezeigt?«

»Nico, nein, das ist es nicht. Du warst wunderbar. Aber ich habe nachgedacht.«

»Worüber?«

»Über ...« Sie zögerte. »Über Felix.«

»Felix!«

»Ja. Verstehst du, was ich auch gesagt haben mag, ich –«

»Ja, ich höre. Sprich weiter. Was immer du auch gesagt haben magst?«

»Ich finde, ich hätte ihm gegenüber loyaler sein müssen.«

»Loyaler? Sehr witzig. Lass mir dir eins sagen: Felix Miller hat keine Ahnung, was das Wort Loyalität bedeutet. Oder Anstand, oder Ehre. Der Mann ist ein Schwein. Ein hinterhältiges, skrupelloses Arschloch. Das in seine eigene Tochter verliebt ist.«

»Nico, hör auf! So darfst du nicht über Felix reden.«

»Ich rede verdammt noch mal über ihn, wie es mir gefällt! Ich finde es erschreckend und betrüblich, wie du deine Prioritäten setzt, Marianne. Nun, ihr habt einander verdient. Ich werde mich da nicht mehr einmischen. Guten Morgen.«

Er legte auf. Marianne brach in Tränen aus.

Octavia starrte Gabriel an. »Sei nicht albern.« Plötzlich war ihr ganz heiß und ihr Mund war trocken. »Natürlich liebe ich Tom nicht mehr. Ich hasse und verabscheue ihn.«

»Nein, das tust du nicht.«

»Gabriel. Ich hasse ihn. Jedes Mal, wenn ich an ihn denke, wird mir speiübel. Was er getan hat – eine Affäre zu haben – und nicht nur das, sondern eine Affäre mit meiner besten Freundin.«

»Die vollkommen plemplem ist.«

»Was hat das denn damit zu tun?«

»Eine Menge. Er saß in der Falle. In einer ziemlich üblen Falle.«

»Und damit ist es in Ordnung, was? Gabriel, ich bitte dich. Du als Mann musst ihn natürlich in Schutz nehmen. Der arme Kerl, er meinte es doch nicht böse.«

»Das habe ich nicht gesagt. Hör mal zu.« Er nahm ihre Hand. »Ich glaube, ich kann nachempfinden, wie du dich gefühlt hast. Es war ein doppelter Verrat. Eine hässliche Geschichte, schwer zu verwinden. Es hat dein Leben in ein Minenfeld verwandelt. Wo wird die nächste Mine hochgehen, hast du dich ständig gefragt, wer wird mich als Nächstes verraten?«

»Ja«, sagte sie langsam. »Genau so war es.«

»Aber das ändert nichts an der Tatsache, dass du ihn immer noch liebst. *Er* ist der Mann, den du wirklich willst, er ist der Richtige für dich. So furchtbar du auch findest, was er getan hat, du hasst ihn nicht.«

»Doch, Gabriel.«

Er zuckte die Achseln. »Gut. Ich will mich nicht mit dir streiten. Aber ich werde mit großer Spannung darauf warten, von dir zu hören. Also, was wollen wir mit unserem letzten Tag anfangen? Es wäre schön, wenn wir ihn genießen könnten.«

»Ach, und wie?«, versetzte sie gereizt. »Du findest es grässlich in der Karibik, du hasst die Sonne, du fühlst dich hundsmiserabel ...«

»Heute eigentlich nicht. Ich habe viel besser geschlafen. Nach unserer kleinen Unterredung. Vielleicht gewöhne ich mich langsam an die Hitze. Vielleicht, wenn wir noch eine Woche blieben –«

»Das ist unmöglich«, erklärte sie hastig.

»Warum denn? Zieht jemand anderes ins Ferienhaus?«

»Nein, aber ich muss arbeiten.«

»Ich wollte dich nur ein bisschen necken. Selbstverständlich müssen wir zurück.«

Gabriel sah sie nachdenklich an. Sie saß mit hochgezogenen Schultern da, ließ Sand durch die Finger rinnen und schaute ihn nicht an. Interessante Körpersprache: defensiv, auf der Hut, befangen.

»Du wirst also die Scheidung einreichen?«, fragte er leichthin.

»Ja, auf jeden Fall. Aber reden wir nicht mehr davon. Hat dir irgendwas hier Spaß gemacht? Gibt es irgendwas, was du gern machen würdest?«

»Einfach hier bleiben. Schwimmen, schnorcheln, in der Sonne dösen, reden. Vielleicht in diesem netten Restaurant am Strand essen. Das wäre schön.«

»Meine Güte«, bemerkte sie. »Wenn ich dich das jeden Tag hätte tun lassen, wären wir vielleicht noch zusammen. Schau nicht so, das war ein Scherz. Also gut, nehmen wir ihn in Angriff, unseren letzten glücklichen Tag in der Karibik. Soll ich die Schnorchelausrüstung holen?«

»Ja. Aber gib mir erst einen Kuss. Und wenn du mich nicht ganz und gar abscheulich findest – eine kleine Siesta wäre doch auch nett. Oder fändest du das anstößig?«

»Es tut mir Leid«, sagte sie schlicht und sah ihn sehr ernst an, »aber ich halte das für keine gute Idee. Nicht etwa, weil es anstößig wäre, aber ich könnte mich nicht voll und ganz darauf einlassen. Es ist schwer zu erklären, aber –«

»Schon gut«, sagte er. »Ich verstehe. Und ich bin nicht gekränkt. Jetzt geh und hol die Ausrüstung.«

Er sah ihr nach, wie sie zum Haus hinaufging. Er wusste, dass er Recht hatte. Sie liebte Tom Fleming immer noch. Es würde furchtbar für sie werden, wenn sie es sich eingestehen musste, aber die Tatsache blieb bestehen: Sie liebte ihren Mann.

42. Kapitel

»Sie müssen überglücklich sein«, sagte Pattie David. Ihr unscheinbares Gesicht war gerötet und ihr liebes Lächeln wirkte leicht gezwungen. »Weil es ihr so viel besser geht, meine ich. Und sie so bald schon wieder nach Hause kann.«

»Ja«, sagte Sandy. »Natürlich.«

Er sehnte sich danach, ihr anzuvertrauen, dass er sich überhaupt nicht freute, dass die Aussicht, Louise in weniger als zwei Wochen wieder zu Hause zu haben, ihn mit Entsetzen und Abscheu erfüllte. Aber das konnte er wohl kaum sagen. Es wäre wirklich nicht angebracht.

»Ja, also, wenn Sie nächste Woche nach dem Besuch kurz vorbeischauen wollen, würden wir uns sehr freuen.«

»Danke. Ja. Ja, das wäre schön. Wenn die Zeit reicht.« Er durfte es wirklich nicht zur Gewohnheit werden lassen, hierher zu kommen, ihre Gesellschaft zu genießen – ihre und Megans. Es würde bald genug aufhören müssen.

»Nein, natürlich, wenn Sie keine Zeit haben, verstehe ich das.«

Sie wirkte verletzt und das konnte er nicht ertragen. Er beeilte sich, sie zu beruhigen.

»Nein, nein, wir würden sehr gern kommen. Zum Tee, wenn es Ihnen recht ist. Wahrscheinlich werden wir Louise wieder zum Mittagessen ausführen, sie hat das heute sehr genossen.«

Es stimmte, sie hatte es genossen. Sie hatte lächelnd in der Sonne gesessen, im Garten des Pub, Dickon geknuddelt und mit Sandy geflirtet. Offenbar hatte sie beschlossen, dass er es war, den sie wollte – im Augenblick jedenfalls. Und sie arbeitete daran. Bemühte sich, sein Begehren zu wecken. Er dachte daran, wie es sein würde, wenn sie wieder zu Hause war. Er würde ihr nicht entfliehen können, und bei dem Gedanken, sie könne sein Bett teilen, Sex mit ihm haben wollen, wurde ihm physisch übel. Wie sollte er das nur ertragen, was sollte er bloß tun?

»Oh, hallo.« Octavias Stimme klang irgendwie sonderbar, ganz gezwungen und unsicher, überhaupt nicht so kühl und beherrscht, wie sie gehofft hatte. Sie fühlte sich überhaupt ziemlich kraftlos; ihre Hand zitterte so, dass sie Schwierigkeiten gehabt hatte, den Schlüssel in der Haustür herumzudrehen, und peinlicherweise hatte sogar die Zwanzig-Pfund-Note gezittert, die sie dem Taxifahrer reichte. Es war wirklich lächerlich, so nervös zu sein. Aber natürlich war es keine Nervosität, es war einfach der Stress. Sie hatte getan, was sie konnte, um einigermaßen passabel auszusehen, hatte sich im Flughafen die Zähne geputzt, ein frisches T-Shirt angezogen, ihr Make-up erneuert und sich mit Parfüm besprüht; aber sie fühlte sich immer noch ziemlich ungepflegt und ihr war übel. Und sie war furchtbar müde. Sie hatte so gut wie gar nicht geschlafen.

Natürlich war es ihr vollkommen egal, wie sie aussah. Jedenfalls bei Tom. Sie hatte nicht das Bedürfnis, ihn zu beeindrucken oder ihm zu gefallen. Sie wollte einzig und allein die Scheidung durchziehen. Auf dem Heimflug hatte sie lange darüber nachgedacht und es gab wirklich keine Alternative. Sie konnte nicht länger mit einem Mann zusammenleben, dem sie nicht vertraute; das war undenkbar.

Nein, sie wollte nur – passabel aussehen, weil ihre Stimmung stets von ihrem Aussehen beeinflusst wurde. Sie wollte sich selbstsicher fühlen, sobald sie zur Tür hereinkam, und das konnte sie nicht, wenn sie nicht wie aus dem Ei gepellt aussah. Das hatte sie nie gekonnt.

Und irgendwie brachte es sie vollkommen aus der Fassung,

im Flur auf Tom zu stoßen, der ein kragenloses weißes Hemd trug, dazu Jeans und Tennisschuhe und alles andere als ungepflegt wirkte. Sie hatte erwartet – gehofft –, dass er nicht da sein würde. Und wenn er zu Hause war, würde er sicher in seinem Arbeitszimmer bleiben, hatte sie gedacht. Nicht die Treppe herunterkommen, um sie zu begrüßen. Es war verwirrend.

»Hallo«, sagte er und nahm ihr die Tasche ab. »Gute Reise gehabt?«

»Ja, danke.«

Sie lächelte ihn an. Das war ganz in Ordnung. Sie sollten Freunde sein, schon wegen der Kinder. Keine engen Freunde, das war unmöglich, aber doch Freunde.

»Du siehst gut aus.«

»Tom, das kann nicht sein! Ich habe die ganze Nacht nicht geschlafen.«

»Also gut.« Er erwiderte ihr Lächeln. »Ich werde mich nicht mit dir streiten. Möchtest du etwas essen?«

»Ach nein, danke. Mir ist ein bisschen übel.«

»Einen Kaffee?«

»Gern. Wo ist denn Caroline?«

»Sie ist kurz mit Minty spazieren. Wir hatten dich nicht so früh erwartet. Das Flugzeug muss ausgesprochen pünktlich gewesen sein.«

»Ja, und natürlich ist noch kaum Verkehr.«

»Nein, stimmt.«

»Ich geh erst mal unter die Dusche und dann trinke ich einen Kaffee. Bist du noch ein bisschen hier?«

»Klar. Heute ist doch Sonntag.«

»Ich weiß, aber ...«

Irgendwie hatte sie gedacht, er würde wenigstens weggehen. Nicht zu Hause sitzen, als wäre alles ganz – na ja, ganz normal.

»Aber was?«

»Ach, nichts. Also, ich geh jetzt erst mal duschen.«

Müde stieg sie die Treppe hoch. Sie fühlte sich überhaupt nicht erholt, sondern im Gegenteil ziemlich ausgelaugt. Vielleicht würde es morgen anders sein ...

Nach der Dusche fühlte sie sich etwas besser. Sie zog ein weißes Polohemd und Shorts an, dann stopfte sie die Schmutzwäsche in den Wäschekorb. Dabei rieselte ein wenig Sand aus ihrer Reisetasche: Sand aus Barbados. Er war mit ihr zurückgereist, dieser Sand, wie ihre Enttäuschung, ihre Verzweiflung über sich selbst; ein trauriges Souvenir. Gestern hatte sie mit Gabriel am Strand gelegen, auf diesem Sand, und sie waren übereingekommen, ihre Beziehung zu beenden. Eine Beziehung, die ihr angeschlagenes Selbstvertrauen stärken und ihren Glauben an sich selbst hatte wiederherstellen sollen. Dieser traurige Schatten einer Liebesaffäre würde ihr nicht ermöglichen, Tom gegenüberzutreten und sich von ihm und ihrer Ehe zu verabschieden, sich wieder begehrenswert und furchtlos zu fühlen. Plötzlich, unsinnigerweise, fehlte Gabriel ihr, trotz allem, und sie wollte, dass er wieder bei ihr war. Sie hatten sich zärtlich und sogar fröhlich am Flughafen verabschiedet, und er hatte versprochen, sie in einigen Wochen anzurufen.

»Nicht zu früh, das könnte schmerzhaft sein. Aber ich hoffe, dass wir irgendwann Freunde werden können. Und natürlich ist da noch die Sache mit Bartles Wood.«

»Ja, natürlich.«

»Und eines Tages würde ich gerne deinen legendären Vater kennen lernen.«

»Er würde dir wahrscheinlich nicht gefallen.«

»Ich dachte, du verehrst ihn?«

»Ja, aber er ist – ein ziemlich schwieriger Mensch.«

»Also, viel Glück mit allem. Mit Tom ...«

»Du meinst mit der Scheidung?«

»Ja, gut. Mit der Scheidung.«

Albern, diese beharrliche Behauptung, sie würde Tom immer noch lieben. Lächerlich. Ein Beweis dafür, wie wenig sie und Gabriel doch zueinander passten.

»Also, vielen Dank, Octavia. Ich danke dir für die schöne Ferienwoche.«

»Das meinst du nicht ernst«, protestierte sie lachend.

»Doch. An jedem Tag gab es schöne Augenblicke. Und Barbados ist viel interessanter und schöner, als ich es mir vorgestellt hatte. So wie du«, fügte er hinzu.

Als sie sich jetzt an seine Worte erinnerte, wären ihr fast die Tränen gekommen. Nicht, Octavia, red dir nichts ein. Sei nicht albern.

Sie stopfte den Rest ihrer Wäsche in den Korb und ging nach unten. Tom wartete mit einer großen Kanne Kaffee und Orangensaft auf sie.

»Da bist du ja. Der Kaffee ist ziemlich stark. Deine Reise ist also gut verlaufen?«

»Ja, sicher«, versetzte sie, irritiert über die unterschwellige Andeutung. »Das Wetter war wunderbar und ich habe eine ganze Reihe Freunde getroffen.«

»Klingt gut. Warst du auch in Crane Beach?«

»Natürlich.« Crane Beach hatte Tom immer am besten gefallen. Einmal hatten sie sich dort geliebt, ganz am Anfang ihrer Ehe, an einer der kleinen Sandbuchten. Sie erinnerte sich daran, ganz klar, ganz deutlich. Sie hatten gesurft, auf den Wellen geritten und gelacht, wenn sie umgeworfen wurden, und danach, als sie erschöpft auf dem warmen weißen Sand lagen, hatte er sie begehrlich angesehen, sich über sie gebeugt und sie geküsst. »Komm, gehen wir ein bisschen spazieren«, hatte er vorgeschlagen; sie hatte gewusst, was er meinte, jäh war Freude in ihr aufgestiegen und sie hatte es gar nicht mehr erwarten können. Sie hatte seine Hand genommen und sie waren am Strand entlanggelaufen, über den Felsvorsprung mit den groben Stufen geklettert, hinter dem ein weiterer Strand lag, der glücklicherweise verlassen war. Mittlerweile ganz wild aufeinander, hatten sie sich die Kleider vom Leib gerissen und sich auf den feuchten Sand gelegt, im Schutz einer kleinen Höhle, und sie hatte ihn sofort in sich aufgenommen, nass und gierig, und der Geschmack und das Rauschen des Meeres vermischten sich mit dem Geschmack von Tom und den Lauten ihrer eigenen Lust. Danach blickte sie in den blendend hellen Himmel hinauf, sah zu, wie die Wellen sich türmten, sich überstürzten und brachen, genau wie ihr Orgasmus, und dachte, dass sie noch nie im Leben so glücklich gewesen war.

Als sie zu Tom aufblickte und seinem Blick begegnete, erkannte sie, dass er es im Geiste ebenfalls noch einmal durchlebt hatte. Sie wurde verlegen, geriet in Verwirrung durch die geteilte, so lebhafte Erinnerung an ihre Lust, ihr Glück, ihr Begehren füreinander. Auch seine Worte danach hatten sich ihr eingeprägt, und sie wusste, dass auch er sich an sie erinnerte. »Das werde ich nie vergessen«, hatte er gesagt und ihre Brüste geküsst, »niemals, so lange ich lebe, ganz egal, was mit uns geschieht.« Und es war, als läge sie nackt vor ihm, beglückt von ihm, als wäre sie nie von ihm betrogen worden, stände nicht hier in der Küche, voller Hass auf ihn.

»Freut mich, dass es dir gefallen hat. Wie geht's Elvira?«

»Gut. Sie lässt dir liebe Grüße ausrichten.« Sie war wieder in der Küche, beim Sonntagsfrühstück, und verabscheute ihn. Sogar ihm liebe Grüße auszurichten, fiel ihr schwer.

»Danke.«

»Also was hast du gemacht? Da du ja nicht in der Toskana warst, wie ich törichterweise angenommen hatte.«

»Es war wirklich töricht«, sagte er.

»Natürlich spielt es im Grunde keine Rolle.«

»Nein?«

In seiner Stimme lag etwas, was sie überraschte, etwas Raues, Wütendes. Aber die Wut schien nicht gegen sie gerichtet zu sein.

»Mir ist es nicht egal, Octavia. Mir ist es nicht egal, dass du denken konntest, ich würde – also, das hat mir doch ziemlich zugesetzt.«

»Tut mir Leid.« Ihre Stimme klang hart. Unglaublich, dass er ihr vorwerfen konnte, ihn zu Unrecht verdächtigt zu haben, wo er doch –

»Ich weiß immer noch nicht genau, wie das passieren konnte«, sagte er. »Ich habe versucht, dich anzurufen, am Morgen deiner Abreise.«

»Und wo bitte warst du?«

»In einem Hotel.« Sein Blick war fast amüsiert. »Mit Bob Macintosh und dem schlimmsten Kater meines Lebens.«

»Also Tom, wirklich.«

»Ich habe mich betrunken, weil alles so schrecklich war. Es war so furchtbar, sie ohne mich abfliegen zu sehen.«

»Wen, Lauren?« Das war kleinlich und gemein, aber sie konnte nicht anders.

»Nein, nicht Lauren, Octavia. Wie ich dir immer wieder gesagt habe, ich mag Lauren nicht mal.«

»Du warst mit ihr zusammen. An dem Abend, bevor du ... bevor sie weggefahren ist.«

»Ja, ich weiß, ich weiß, aber wir waren nur schwimmen, Herrgott noch mal.«

»Schwimmen! Das ist wirklich keine besonders gute Lüge. Überrascht mich, dass dir nichts Besseres einfällt.«

»Ach, hör doch auf«, sagte er müde. »Das ist einfach lächerlich.«

»Ja, da stimme ich dir zu. Vollkommen lächerlich. Und im Grunde ist es mir egal, was du mit Lauren treibst. In jedem Fall ist es nicht mit der Geschichte mit Louise zu vergleichen, nicht wahr? Meiner besten Freundin.«

»Nein, Octavia, durchaus nicht. Mein Gott, müssen wir das wirklich alles noch einmal durchkauen? Du bist doch gerade erst zurückgekommen, und ich hatte gehofft, wir könnten wie zivilisierte Menschen miteinander umgehen.«

»Nichts wäre mir lieber«, versicherte sie. »Leider ...«

Er seufzte. »Octavia. Aber eine Sache würde ich gerne noch klären. Ich habe immer wieder versucht, dich vor deiner Abreise anzurufen. Wo warst du?«

»Ich habe bei meinem Vater übernachtet. Wir waren nur ungefähr zehn Minuten hier.«

»Ja«, sagte er. »Ja, das ist mir mittlerweile klar.«

»Ja?«

»Ja. Ich habe mit ihm gesprochen.«

»Du hast mit ihm gesprochen?«

»Ja. Und er sagte, du wärst schon weg.«

»Das stimmte dann sicherlich.«

»Ja. Aber danach habe ich versucht, dich auf dem Handy zu erreichen, auf dem Weg zum Flughafen. Um dich wissen zu lassen ... na ja, ist ja wahrscheinlich auch egal.«

»Mein Handy! Aber das hatte ich gar nicht mit.«

»Das weiß ich. Das hat das dämliche Ding mir ja ständig mitgeteilt. Oder vielmehr, dass es ausgeschaltet ist. Octavia, ohne dein Handy gehst du doch nirgendwohin. Warum um alles in der Welt hast du es nicht mitgenommen?«

»Ich konnte es nicht finden und das Taxi wartete.«

»Du konntest es nicht finden.« Seine Stimme war plötzlich ganz ruhig. »Verstehe. Das ist natürlich etwas anderes.«

»Ja. Ich muss es jetzt unbedingt finden. Ich hoffe, ich habe es nicht in Hampstead gelassen.«

»Hast du nicht. Es ist hier. Caroline hat es gefunden. In der Küchenschublade, unter den Geschirrhandtüchern.«

»Das ist doch lächerlich. Da hätte ich es nie reingelegt!«

»Nein. Nein, das habe ich auch nicht angenommen. Jedenfalls, so konnte ich dich an dem Morgen nicht erreichen.«

»Nein. Aber es spielt ja keine Rolle, oder? Ich wäre ohnehin gefahren.«

»Ja, natürlich«, sagte er. »Natürlich.«

Er sah sie an, mit einem sehr sonderbaren Ausdruck in den Augen. Traurigkeit, Verzweiflung waren da und noch etwas: Zorn. Aber dieser Zorn schien nicht gegen sie gerichtet zu sein. Ein merkwürdiges Schweigen entstand. Sie wollte es brechen und konnte es nicht, saß nur da und schaute ihn an, versuchte seine Stimmung zu verstehen, versuchte zu begreifen, was er ihr damit sagen wollte. Sie hatte gerade tief Luft geholt und genug Mut gefasst, um ihn zu fragen, als die Tür aufging und Caroline hereinkam, mit Minty auf dem Arm. Die Kleine rief freudig »Ma-ma«.

Octavia riss das Kind an sich und für mehrere Stunden waren alle anderen Gedanken aus ihrem Kopf verbannt.

»Papa! Wie schön, dass du gekommen bist.«

»Es ist schön, dich zu sehen, Liebes. Du siehst wirklich schon viel besser aus.«

Louise lächelte ihren Vater an und umarmte ihn. Er war ein wichtiger Teil ihres Plans; es war notwendig, dass er ihr vollkommen vertraute. »Ich fühle mich auch schon viel besser. Die Ärzte sagen, in einer Woche kann ich vielleicht wieder nach Hause.«

»In einer Woche! Ich hätte nicht gedacht, dass du so bald schon entlassen wirst.«

»Na ja, jedenfalls sehr bald. Gestern war ich mit Sandy und Dickon zum Essen in einem Pub, einem richtigen Pub. Es war einfach wunderbar.«

»Wie schön. Und was meint dein Arzt?«

»Dass es mir viel besser geht. Die Tabletten schlagen offenbar gut an und ich schlafe gut. Ich mache jeden Tag einen Spaziergang mit einer der Schwestern. Papa, ich möchte so wahnsinnig gern wieder nach Hause, zu meinem Mann und meinem Kind.«

»Liebes, du darfst nichts überstürzen.«

»Nein, ich weiß. Aber ich würde so gern wieder ein ganz

normales Leben führen. Ich mache mir solche Sorgen um Dickon. Für ihn ist das alles sehr schwer.«

»Ja. War sehr tapfer, der kleine Kerl. Und Sandy war auch großartig. Er ist ein guter Mann, Louise. Du kannst wirklich von Glück sagen.«

»Ja, ich weiß. Soll ich dir sagen, was ich wirklich gerne tun würde?«

»Was denn, Liebes?«

»Ich würde so gern mal zu dir nach Rookston kommen. Zum Mittagessen. Irgendwann nächste Woche. Glaubst du, das ginge?«

»Ich würde mich natürlich sehr freuen, aber ich müsste erst mal den Arzt fragen.«

»Er ist sicher einverstanden. Könntest du ihn mal fragen?«

»Ja, Liebes, natürlich.«

»Ich danke dir. Aber wie geht es dir denn überhaupt?«

»Ich komme zurecht. Ich habe meinen kleinen Teilzeit-Job wieder aufgenommen.«

Louise lächelte. Er war der Aufsichtsratsvorsitzende einer der größten Wertpapiermaklerfirmen des Landes.

»Wahrscheinlich sind Mamas Sachen mittlerweile alle ausgeräumt«, sagte sie wehmütig.

»Eigentlich nicht.«

»Ihre Kleider ...?«

»Sind alle noch da, fürchte ich. Ich konnte es nicht ertragen, sie auszusortieren.«

»Und – ihr Schmuck?« Louise bemühte sich sehr, mit gleichmütiger Stimme zu sprechen, voller Angst, sie könnte sich verraten.

»Ach, Liebes, ich weiß nicht, was ich damit machen soll. Die weniger wertvollen Sachen sind alle noch in ihrer –«

»In ihrer Schmuckschatulle?« Louises Stimme zitterte leicht, aber es fiel ihm offenbar nicht auf.

»Ja. Alles noch da.«

Gott sei Dank! Sie hatte schon befürchtet, ihr Vater könnte das viktorianische Holzkästchen ausgeleert haben, in dem sich Annas Ohrringe befanden, Dutzende davon. Sie war eine richtige Elster gewesen, meist waren es Perlen- oder Goldstecker, sehr teurer Modeschmuck, ein Kruzifix von Chanel, Creolen von Saint Laurent. Und Sachen, die ihr am Herzen lagen, die sie sicher aufbewahren wollte: erste Zähne, erste Armreifen, Ringe von Woolworth, die die Kinder ihr zu Weihnachten geschenkt hatten. Und noch etwas. Etwas, das Louise brauchte, das Wertvollste von allem.

»Ich würde es gern für dich durchsehen«, sagte sie. »Ihre Kleider natürlich auch. Vielleicht wenn ich zum Mittagessen komme.«

»Liebes, das würdest du tun? Ich wäre dir sehr dankbar. Und es würde dich nicht zu sehr belasten?«

»Ich mache es gern, ich würde dir gerne helfen. Du hast so viel für mich getan ...«

Marianne klingelte und wartete. Sie hatte all ihren Mut zusammennehmen müssen, um Felix anzurufen und sich selbst einzuladen. Er war freundlich gewesen, aber nicht mehr, und hatte einen Drink vor dem Lunch vorgeschlagen. Am Sonntag. Keine Einladung zum Essen. Ermutigend war das nicht gerade.

»Guten Morgen, Marianne.«

»Hallo, Felix.« Er wirkte vollkommen normal. Sie hatte halb erwartet, dass er abgehärmt aussehen würde, abgemagert und bleich, aber er wirkte so munter, wie sein düsteres Gesicht es zuließ. Ganz offensichtlich hatte sie sich da etwas eingebildet.

»Nett, dass du vorbeigekommen bist«, sagte er steif.

»Es ist schön, dich zu sehen, Felix.«

»Komm doch rein. Möchtest du etwas trinken?«

»Nichts Alkoholisches, ich bin mit dem Wagen hier. Aber einen Kaffee hätte ich gern.«

»Selbstverständlich. Ich hole dir einen. Geh doch schon mal ins Wohnzimmer.«

»Ja. Danke.«

Die Zeitungen lagen auf dem Couchtisch. Die *Sunday Times* und der *Observer* waren beim Wirtschaftsteil aufgeschlagen. Über irgendeinem Artikel war ein Bild von Felix, aber das war nichts Ungewöhnliches. »Fünf-Sterne-Übernahme?«, lautete die Schlagzeile. Marianne fragte sich, worum es wohl ginge, wollte den Artikel aber nicht lesen, aus Angst, er könnte hereinkommen und denken, sie spioniere ihm nach. Sie fühlte sich unbehaglich, unwillkommen. Sie setzte sich ans Fenster und schaute in den Garten hinaus. Felix kam mit einem Tablett herein.

»Hier, dein Kaffee. Du siehst gut aus, Marianne.«

»Danke. Es geht mir auch gut.«

»Octavia kommt gleich vorbei. Sie war auf Barbados, weißt du.«

»Ja. Ja, ich weiß.«

»Wirklich? Hast du mit Tom gesprochen?«

Die Augen unter den buschigen Brauen funkelten grimmig.

»Nein, Felix, ich habe mit dir gesprochen. Du selbst hast es mir erzählt.«

»Ach, wirklich? Das hatte ich vergessen. Jedenfalls hat sie eine wunderbare Zeit verlebt. Sie ist mit ihrem neuen Freund hingefahren.«

»Ich wusste gar nicht, dass sie einen hat.«

»Oh, doch. Sie scheint ihn sehr zu mögen. Genau das, was sie braucht: eine glückliche, unkomplizierte Liebesbeziehung, mit einem anständigen Mann, der sie gern hat. Nichts allzu Ernstes.«

»Es freut mich, dass sie ihren Urlaub genossen hat«, sagte Marianne vorsichtig.

»Ja. Sie hatte den Urlaub auch dringend nötig. Ich hoffe, sie wird eine Weile zu mir ziehen, mit den Kindern. Ihr Mann scheint ja keine Anstalten zu machen, das Haus zu verlassen. Sie kann unmöglich dort bleiben und für die Kinder ist Hampstead ja praktisch ein zweites Zuhause. Sie sind sehr gern hier.«

»Ja. Ja, bestimmt.«

»Also, was kann ich für dich tun? Tut mir Leid, wenn ich mich gestern etwas schlecht gelaunt angehört habe, aber ich war gerade zu Bett gegangen.«

Sie hatte ziemlich spät angerufen, da sie den größten Teil des Abends damit zugebracht hatte, all ihren Mut zusammenzuraffen. »Ja, entschuldige. Ich dachte, du wärst noch auf. Gewöhnlich gehst du doch gegen elf ins Bett. Ich wollte nur ... ich wollte mich nur vergewissern, dass es dir gut geht.«

»Hast du gedacht, ich würde mich nach dir verzehren? Nein, es ist alles bestens, Marianne. Tut mir Leid, dich enttäuschen zu müssen.«

»Ich habe keineswegs angenommen, dass du dich nach mir verzehrst. Aber ich habe mir Sorgen um dich gemacht.«

»Wie nett von dir.« Seine Stimme war sehr hart. »Nein, dazu besteht keinerlei Grund. Ich kann sehr gut auf mich selbst aufpassen. Wie du dich vielleicht erinnerst, habe ich das viele Jahre lang getan.«

»Natürlich, Felix, ich weiß. Aber ich ... ich fühlte mich schuldig. Wegen der Art und Weise unserer ... Trennung.«

»Von *unser* kann hier keine Rede sein, Marianne. Das ging einzig von deiner Seite aus. Ich will ja gar nicht behaupten, dass ich nicht ein wenig ... Bedauern empfinde. Wir waren schließlich ziemlich lange zusammen. Aber es ist ja nicht so, als wären wir verheiratet gewesen. Und wir haben noch jede Menge Zeit vor uns, wie ich auch immer zu Octavia sage. Sie hat alle Zeit der Welt, ihre Karriere zu verfolgen, sich zu amüsieren.«

»Ja, natürlich. Aber ...«

»Ich hoffe, er hat dich nicht geschickt«, sagte er.

»Wer?«, fragte sie verständnislos.

»Cadogan. Mein einstiger Freund. Mein Judas.«

»Natürlich hat er mich nicht geschickt. Er weiß überhaupt nicht, dass ich hier bin. Warum sollte er auch? Aber jedenfalls, wir –«

Er unterbrach sie. »Bist du da auch ganz sicher? Er hat dich nicht etwa gebeten, dich bei mir einzuschmeicheln und in Erfahrung zu bringen, ob ich wirklich seine Firma kaufen will? Mich vielleicht sogar zu überreden, es nicht zu tun?«

»Seine Firma zu kaufen? Wovon redest du überhaupt?«

»Marianne, so naiv bin ich nicht. Und du zweifellos auch nicht. Es gibt Gerüchte, es stand heute sogar in der Zeitung. Ich würde ja gerne glauben, dass du nichts davon weißt, aber es fällt mir schwer. Besonders, da du gerade jetzt kommst. Vorher hast du kein allzu großes Interesse an meinem Wohlergehen gezeigt.«

Sie war ernsthaft gekränkt.

»Ich versichere dir«, sagte sie und hörte, wie ihre Stimme zitterte, »ich bin nur aus Sorge um dein Wohlergehen gekommen. Ich hatte keine Ahnung, dass du Nicos Hotels übernehmen willst.«

»Ich habe nicht gesagt, dass ich das will. Vielleicht sind es ja nur Gerüchte.«

»Schön, ich hatte keine Ahnung, dass es diese Gerüchte gibt. Sind sie wahr?«

»Du wirst doch wohl nicht im Ernst erwarten, dass ich das ausgerechnet dir erzähle?«

»Und warum nicht? Glaubst du, ich würde gleich damit zu Nico rennen? Du scheinst eine sehr geringe Meinung von mir zu haben, Felix. Ob du seine Firma kaufen willst oder nicht, ist mir vollkommen schnuppe. Wie ich schon sagte, ich bin nur aus Sorge um dich gekommen. Aber das war offenbar ziemlich dumm von mir.«

»Da kann ich dir nur zustimmen.« Er musterte sie finster.

»Dumm und arrogant, wenn du mir die Bemerkung erlaubst.«

»Du kannst sagen, was immer du willst, Felix. Das hast du doch immer getan.«

»Dann erlaube mir, noch etwas hinzuzufügen. Es wäre mir lieber, wenn du jetzt gingst. Zwischen uns ist es aus. Das Wichtigste in meinem Leben, Marianne, sind mir meine Tochter und meine Firma. Octavia hat mich immer gebraucht und jetzt braucht sie mich mehr denn je.«

Es gelang Marianne, ins Auto zu steigen und loszufahren, bevor sie in Tränen der Demütigung und der Wut ausbrach. Sie war zutiefst verletzt. Sie wusste nicht, dass Felix Miller in seinem Arbeitszimmer saß, hinter verschlossenen Türen, den mächtigen Kopf in den Armen vergraben, und Elgars Cellokonzert sehr laut gestellt hatte, um sein Weinen zu übertönen.

43. Kapitel

»MEIN VATER IST IN Bestform, danke«, sagte Octavia kurz. Tom hatte sie begrüßt – zum zweiten Mal an diesem Tag –, als sie mit Minty aus Hampstead zurückkam.

»Schön. Habt ihr ... über Geschäftliches gesprochen?«

»Wenn du damit meinst, ob er mir erzählt hat, dass er Nico Cadogans Firma kaufen will«, erwiderte sie brüsk, »nein, das hat er nicht. Er hat nur gemeint, es sei eine interessante Idee. Aber er genießt den ganzen Wirbel. Er gibt wahnsinnig gerne Zeitungsinterviews.«

»Hat er es vor? Was glaubst du?«

»Ich weiß es wirklich nicht. Wenn, dann wahrscheinlich aus Rache, weil Nico ihm seine Freundin weggeschnappt hat, meinst du nicht auch?«

»Ich weiß nicht, was ich sagen soll, fürchte ich, wenn es um deinen Vater geht.«

Sie ignorierte die Bemerkung. »Ich werde jetzt Minty baden. Du entschuldigst mich.«

»Natürlich.«

Octavia brachte eine lange Zeit im Kinderbadezimmer zu, teils, weil sie es genoss, Minty wiederzuhaben, teils, weil sie nicht wieder nach unten gehen wollte. Wahrscheinlich würde sie früh ins Bett gehen, dachte sie.

Sie war todmüde, konnte aber nicht einschlafen. Ihr Körper war ruhelos, voller Energie. Octavia überlegte, ob sie eine Schlaftablette nehmen sollte, entschied sich dann aber dagegen. Es war zu früh; so würde sie nur gegen vier mit einem dicken Kopf aufwachen. Sie setzte sich auf und schaute in den immer noch hellen Garten hinaus. Was sie brauchte, war körperliche Bewegung, aber zum Joggen oder Spazierengehen hatte sie keine Lust.

Der Fitness-Club. Ja, das war eine Idee. Sie konnte an den Geräten trainieren, sich eine wohlige Schlaffheit erarbeiten und danach vielleicht noch schnell schwimmen. Das war die Lösung.

Sie zog Leggins und ein T-Shirt an und lief nach unten.

Im Fitness-Club herrschte gähnende Leere, wie immer im August. Gut, so musste sie mit niemandem reden. Sie trainierte am Rudergerät, am Laufband, radelte, bis sie spürte, wie sie sich entspannte. Jetzt wollte sie noch schnell schwimmen.

Sie ging ins Schwimmbad hinunter, tauchte ins Becken, schwamm zehn Längen, zielstrebig und voller Kraft, und kletterte dann aus dem Wasser. Plötzlich fühlte sie sich ziemlich schwach. Da sie großen Durst bekommen hatte, wie so oft, wenn sie müde war, ging sie zur Bar und bestellte sich einen Fruchtsaft.

»Sie sehen erholt aus, Mrs Fleming«, sagte der junge Mann hinter dem Tresen. »Waren Sie irgendwo, wo es schön ist?«

»Ja, auf Barbados. Leider nur eine Woche.«

»Ich hoffe, Mr Fleming hat sich auch erholt.«

»Äh, ja, ich glaube schon.« Es war einfacher so.

»Er sah sehr müde aus, als ich ihn das letzte Mal gesehen habe«, bemerkte James und ließ eine Zitronenscheibe und Eis in ihren Fruchtcocktail gleiten.

»Wirklich? Wann denn?«

»Ach, so genau weiß ich das nicht mehr. Die Zeit vergeht so schnell, nicht wahr?« Er wirkte plötzlich etwas verlegen, denn ihm musste klar sein, dass er eine der Hauptregeln des Clubs gebrochen hatte. Man sprach nicht über Clubmitglieder, nicht mal mit ihren Ehegatten. Vor allem nicht mit den Ehegatten.

»Schon gut, James.« Octavia versuchte zu lachen, ganz gelöst und entspannt zu klingen. »Ich weiß, dass er vor ungefähr zehn Tagen mit Mrs Bartlett hier war. Sie liefern mir damit keinen Scheidungsgrund oder so was. Sie waren auf dem Weg zu uns, zum Dinner.« Wieder lachte sie und sah, wie er sich entspannte.

»Ja«, sagte er, »ja, es muss ungefähr vor zehn Tagen gewesen sein.«

»Und Sie fanden, dass er müde aussah? Armer Tom, er arbeitet einfach zu viel.«

Sie nahm diese neue Information in sich auf. Also waren Tom und Lauren Bartlett wirklich schwimmen gewesen, wie er gesagt hatte. Gott. Es war ihr fast unwillkommen, denn jetzt kam sie sich ziemlich töricht vor. Natürlich konnten sie danach noch woanders hingegangen sein. Aber er war gegen neun nach Hause gekommen. Vorher? Nein, Aubrey hatte ja gesagt, er wäre im Connaught. Mit einem Kunden. Aubrey würde nicht lügen. O Gott, ihre Paranoia. Sie erinnerte sich, wie sie Tom an diesem Abend geschlagen hatte, und zuckte zusammen. Das war nicht gerade klug von ihr gewesen. Überhaupt nicht klug.

Auch Lucilla Sanderson konnte nicht schlafen. Es war sehr heiß, und obwohl sie das Fenster offen hatte, regte sich kein Luftzug. Alles war still; selbst die Vögel waren erschöpft verstummt. Die einzige Bewegung am reglosen, dunkelblauen Himmel kam von ihren kleinen Freunden. Sie schossen durch die Luft, lautlos, anmutig, schnell. Angeblich gaben sie Geräusche von sich, aber so hoch, dass das menschliche Ohr sie nicht hören konnte. Nora Greenly verabscheute Fledermäuse, sie machten ihr Angst. Von denen bekomme ich eine Gänsehaut, sagte sie immer. Nachts ließ sie nie das Fenster offen, weil sie befürchtete, eine Fledermaus könnte sich in ihrem Haar verfangen. So ein Unfug. Nun, Nora Greenly war eben ein ziemlich schwächliches Geschöpf, dachte Lucilla. Manchmal hatte sie den Eindruck, sie selbst sei der einzige Mensch in Bartles House, der ein wenig Schneid besaß. Besonders im Augenblick. Alle Bewohner machten sich schreckliche Sorgen, aber keiner traute sich, gegenüber der Heimleitung auch nur ein Wort zu sagen. Lucilla sprach das Thema beharrlich immer wieder an, und die Fords erklärten immer wieder, es bestände überhaupt kein Grund zur Sorge. Mrs Ford wurde langsam nervös, das konnte sie sehen, aber Mr Ford blieb ruhig, aalglatt und herablassend.

»Ich weiß überhaupt nicht, wie Sie auf diese Ideen kommen, Mrs Sanderson«, hatte er erst gestern erklärt. »Wirklich, es ist mir ein Rätsel.«

Aus den Zeitungen, hatte sie erwidert. Woraufhin er entgegnet hatte, nur sehr törichte Leute glaubten, was in der Zeitung stehe. »Wenn wir einen Umzug planten, wären Sie die Erste, die es erfährt, das verspreche ich Ihnen. Aber wie ich immer sage, das hier ist Ihr Zuhause. Wie auch unseres. Und jetzt muss ich wieder an die Arbeit. Wenn Sie mich also entschuldigen würden ...«

Er log, das wusste sie. Sie wusste, dass sie alle in großer Gefahr waren. Und bald würde es keine Nächte wie diese mehr geben, keine lieblichen Sommerabende, an denen der Mond über Bartles Wood aufging, die Sterne am Himmel funkelten und das raue Gebell der Füchse aus dem Tal heraufdrang. Und keine Fledermäuse mit ausgestreckten Flügeln, die freudig über den Abendhimmel schossen. Nur das grässliche Neon-Zwielicht der Städte und eine zentralgeheizte Zelle mit Klimaanlage, von der aus man es beobachten konnte. Es war unerträglich, dachte Lucilla. Sie musste sich etwas einfallen lassen. Aber sie fürchtete allmählich, dass sie es nicht würde verhindern können.

Octavia stand lange vor der Tür von Toms Arbeitszimmer und fragte sich, warum sie sich dem aussetzte; es war schließlich nicht notwendig, sie konnte es einfach auf sich beruhen lassen. Aber das wäre nicht richtig, es widersprach ihrem Gefühl für moralische Ordnung, ihrem Gewissen. Endlich klopfte sie.

»Ja?« Seine Stimme klang gereizt.

»Könnte ich kurz mit dir sprechen?«

»Na schön.«

Er sah sie an. Seine Erschöpfung war offensichtlich; er wirkte abgehärmt und seine Stimme klang bedrückt, fast heiser.

»Ich wollte mich nur entschuldigen. Ich ... ich habe dich falsch beurteilt«, erklärte sie hastig. »Ich habe dir nicht geglaubt, als du sagtest, dass du mit ... mit Lauren schwimmen warst. An jenem Abend. Ich ... habe mich geirrt.«

»Und wie bist du zu dieser Erkenntnis gelangt?«

»Ich war gerade im Harbour Club. Jemand hat erzählt, du wärst dort gewesen. Mit ihr. Zum Schwimmen. Ich habe mich geirrt«, wiederholte sie. »Ich hätte dich nicht schlagen dürfen.«

»An diesem Abend nicht«, sagte er ruhig.

»Nein. Na jedenfalls, das wollte ich dir nur sagen.« Sie wandte sich ab und wollte das Zimmer verlassen.

»Octavia«, rief er leise.

»Ja?«

»Sieh mich an.«

Zögernd tat sie es und stellte erstaunt fest, dass er lächelte. Es war ein richtiges Lächeln, belustigt, freundlich, voller Zuneigung.

»Du bist wirklich erstaunlich«, erklärte er. »Was ich dir angetan habe, war ziemlich unschön. Nein, ich berichtige mich: Ich habe dir absolut schreckliche Dinge angetan. Und dennoch hältst du es für nötig, dich für irgendein geringfügiges Fehlverhalten bei mir zu entschuldigen.«

Sie erwiderte nichts. Er stand auf und ging zu ihr. Sie trat rückwärts in den Flur hinaus; sie wollte nicht, dass er ihr so nahe kam.

»Das ist einer der Gründe«, fuhr er fort und ließ den Blick über ihr Gesicht gleiten, »warum ich dich immer geliebt habe.«

»Sag das nicht! Bitte!«

»Das ist einer der Gründe, warum ich dich immer geliebt habe«, wiederholte er. »Deine unbedingte Ehrlichkeit. Dein Gefühl für Gerechtigkeit. Das ist etwas ganz Besonderes. Du bist etwas ganz Besonderes.«

Octavia erwiderte nichts. Sie war verwirrt, vollkommen durcheinander. Plötzlich streckte er die Hand aus und berührte sehr sanft ihre Wange. Sie schrak zurück und schob seine Hand weg.

»Nicht!«

»Entschuldige.«

Und plötzlich wollte sie seine Hand auf ihrer Wange spüren, wollte von ihm berührt werden. Es war bestürzend, wie sehr sie das wollte.

»Octavia«, sagte er sehr langsam, und sie erkannte, dass er es gesehen hatte, und war entsetzt über sich selbst und ihre törichte Reaktion. Aber noch immer rührte sie sich nicht.

»Du siehst sehr müde aus«, meinte er sanft und dann beugte er sich herab und küsste sie auf den Mund. Ganz kurz und sehr zart. »Geh ins Bett. Du brauchst Schlaf.«

»Gute Nacht, Tom.« Und dann küsste er sie noch einmal, immer noch zart, aber sehr viel inniger. Und sie konnte nichts dagegen tun, es war, als sei sie wieder sie selbst geworden, das Ich, das sie vergessen hatte, das Tom geliebt und begehrt hatte, und ihre Lippen öffneten sich. Sie spürte, wie er innehielt, wie er zögerte, und dann fühlte sie, wie sein Mund sich sanft bewegte, mit unendlicher Zartheit, während er sonst vollkommen reglos blieb. Sie kannte diese Reglosigkeit, sie erinnerte sich daran, ihr Körper erinnerte sich. Bei ihm war das der Vorbote einer starken sexuellen Erregung. Und dann spürte sie einen Widerhall darauf in sich, spürte, wie sich seine Wärme, seine Sanftheit auf sie übertrug, und fast erschrocken entzog sie ihm ihren Mund.

»Gute Nacht«, sagte sie schnell, rannte halb in ihr Zimmer, schlug die Tür zu und lag schwer atmend auf dem Bett, entsetzt über die Macht ihres Körpers, sie zu verraten, ihn zu begehren. Und noch entsetzter über die Tatsache, die erschreckende Tatsache, dass sie allmählich anfing, so sehr sie es auch leugnen mochte, in Erwägung zu ziehen, Tom zu vergeben.

44. Kapitel

»Ich will die Scheidung«, sagte Octavia. »So bald wie möglich. Kannst du mir helfen?«

Melanie grinste sie an. »Als Mitbeklagte? Das muss ich mir noch mal überlegen.«

»Nein. Ich brauche einen Anwalt.«

»Ja, dabei kann ich dir bestimmt helfen.«

Sie hatte ja gewusst, dass es richtig sein würde, Melanie zu fragen. Als sie in der Nacht wach gelegen hatte, voller Angst, sie könnte wieder schwach werden und alles hinnehmen, hatte sie plötzlich an Melanie gedacht. Wenn jemand bei einer Scheidung anwaltlich hervorragend beraten worden war, dann sie.

Melanie lächelte Octavia an. »Heißt das, du und der Engel Gabriel seid jetzt zusammen?«

»Äh ... nein«, erwiderte Octavia etwas hastig.

»Oje. Erzähl mir nicht, dass es alles andere als himmlisch mit ihm war.«

»Also, ich ... Eigentlich doch. Ich meine, er ist nett und witzig und wir sind gut miteinander ausgekommen. Wir hatten eine Menge Spaß, aber wir ... passen nicht so recht zusammen, fürchte ich.«

»Wie schade. Das tut mir wirklich Leid.«

Melanie schaute sie an und ihre großen, leuchtenden Augen blickten plötzlich weicher.

»Ach, ist nicht so wichtig, ehrlich. Ich meine, ich habe sowieso nie gedacht, das wäre jetzt die große Liebe.«

»Nicht? Ich hatte schon den Eindruck, dass es dich ziemlich erwischt hatte. Was ist denn schief gelaufen?«

»Ich habe es vermasselt«, erklärte Octavia ruhig. »Ich war einfach grässlich. Herrschsüchtig, bestimmend, ich habe meine schlimmsten Eigenschaften hervorgekehrt. Ich habe von ihm erwartet, dass er sich anpasst, mit unseren Bekannten auskommt, alles mitmacht. Als wäre er – als wäre er –«

»Tom?«, warf Melanie hilfreich ein.

»Also ... nein, nicht Tom. Aber mit allem vertraut, als müssten ihm unsere Freizeitbeschäftigungen zusagen, als müsste er gut mit den Leuten dort auskommen.«

»Wie Tom?«

»Nein, Melanie, nicht wie Tom. Was soll denn das jetzt?«

»War nur ein Test.«

»Ach, lass das. Ich bin dem nicht gewachsen.«

»Wohnt dein Mann immer noch bei dir?«

»Äh, ja.«

»Du musst ihn rauswerfen.«

»Ich weiß.«

»Octavia, ich meine es ernst. Fiona, meine Anwältin, wird zu diesem Thema einiges zu sagen haben, das garantiere ich dir.«

»Nicht! Du hörst dich an wie mein Vater. Er hat praktisch schon die Scheidungspapiere für mich vorbereitet.«

»Schön für ihn. Also, ich gebe dir jetzt Fionas Nummer. Und jetzt steck deine kleine, gebräunte Nase gefälligst wieder in unsere Planungen, wir haben da ein paar Riesenprobleme am Hals. Vor allem mit dem gefürchteten Tag in Brands Hatch. Eins kann ich dir sagen, dabei machen wir einen Riesenverlust.«

»Mells, das tut mir Leid.«

»Nicht deine Schuld. Du warst ja dagegen. Aber die Publicity und die Verbindung zu CHILDREN IN CRISIS werden das mehr als wettmachen. Ich habe bereits zwei Anfragen von anderen Kinderhilfsorganisationen erhalten. Natürlich hauptsächlich wegen Diana.«

»Ich nehme an, es ist noch nicht geklärt, ob sie nun kommt oder nicht?«

»Erraten. Im Augenblick tummelt sie sich noch mit Dodi Fayed an den Gestaden des Mittelmeers. Hast du das Bild heute in der Zeitung gesehen? Bei der Pose hatte sie ganz offensichtlich die Farbbeilagen der Zeitungen im Kopf.«

Das Foto zeigte die Prinzessin, die in einem hellblauen Badeanzug allein auf dem Bug von Dodi Fayeds Yacht saß und mit den Beinen baumelte. Sie wirkte sehr einsam, eine schöne, tragische Gestalt.

»Was um alles in der Welt soll nur aus ihr werden?«, meinte Octavia. Als sie in ihr Büro zurückging, dachte sie, dass man diese Frage auch in Bezug auf sie selbst hätte stellen können.

»Er hat eine Pressekonferenz einberufen. Am Donnerstagvormittag«, sagte Tom. »Ich nehme an, damit haben wir die Bestätigung.«

»Haben Sie mit ihm gesprochen?«

»Natürlich nicht. Aber ich habe meine Spione ausgeschickt. Noch leugnet er, klar. Aber ich kann mir nicht vorstellen, worum es dabei sonst gehen sollte.«

»Scheiße!«, stieß Nico Cadogan hervor. »Das gefällt mir gar nicht.«

»Mir auch nicht. Noch etwas Kaffee?«

»Danke. Tja, ich habe es mir wohl selbst zuzuschreiben.«

»Nein«, widersprach Tom. »Nein. Einen Großteil der Verantwortung trage ich.«

»Na, mir scheint, ich bin der Hauptschuldige. Schließlich habe ich ihm die Freundin ausgespannt. Obwohl –«

»Obwohl?«

»Ach, nichts.« Nico Cadogan seufzte. »Ach, ich sollte es Ihnen wohl besser erzählen. Marianne ist ... also, sie ist zu ihm zurückgegangen.«

Tom starrte ihn an. »Wirklich? Aber –«

»Ich weiß, was Sie jetzt denken. Wenn er Marianne zurückhat, was will er dann noch mit den Hotels?«

»Ich hatte also Recht. Es geht um mich. Um mich und Octavia und den Umstand, dass Sie mir geholfen haben. Der Mann ist verrückt. Er ...« Er hielt unvermittelt inne und sah Nico an. »Gütiger Himmel!«

»Tom, alles in Ordnung? Sie sind ganz bleich geworden. Was ist denn los?«

»Ach, mir ist nur gerade etwas eingefallen. Spielt keine Rolle. Gehen wir noch mal die Zahlen durch. Schließlich besteht immer noch die Möglichkeit, dass die Aktionäre zu Ihnen halten werden, oder?«

»Möglich ist es«, erwiderte Nico Cadogan. »Aber ich würde kein Geld darauf wetten.« Er schaute Tom an. Der PR-Berater wirkte älter, erschöpft; seine höflich-geschmeidige Selbstgewissheit war so gut wie verschwunden. »Es geht mir schon an die Nieren, das muss ich sagen. Ich kann mir ein Leben ohne die Cadogan-Hotels überhaupt nicht vorstellen.«

»Vielleicht müssen Sie das auch nicht«, sagte Tom.

Nach dem, was die Zeitungsleser an diesem Abend aus dem *Evening Standard* erfuhren, würde Nico Cadogan sich mit großer Wahrscheinlichkeit sehr wohl ein Leben ohne seine Hotelkette vorstellen müssen.

Auf der für Donnerstagvormittag von dem Finanzier Felix Miller von der London Wall Bank einberufenen Pressekonferenz würde fast mit Sicherheit ein Übernahmeangebot vorgelegt werden. Einem Konsortium unter Führung der London Wall Bank und der Maklerfirma George Martindale standen offenbar beträchtliche Mittel zur Verfügung. Die Aktien wurden mittlerweile mit über drei Pfund gehandelt. Das frühere Übernahmeangebot der Egerton Hotels wurde damit übertrumpft. Mr Miller hatte vor Journalisten erklärt, er habe zwar nicht die Absicht, seiner Pressekonferenz vorzugreifen, gebe aber gerne zu, dass er im Prinzip nichts dagegen hätte, eine Hotelkette zu besitzen: »Ich bin viel unterwegs, und es wäre sehr praktisch, überall eine Unterkunft zu haben.«

»Der Mistkerl!«, brüllte Nico Cadogan und schleuderte die Zeitung durch den Raum. »Dieses Schwein!«

Nico dachte an das erste Cadogan Royal in Bath, das das Vorbild für all seine anderen Luxusherbergen darstellte. Er hatte alle baulichen Besonderheiten des schönen Herrenhauses erhalten: jedes der durch Pilaster getrennten Fensterpaare mit dem steinernen Sprossenwerk, jeden Bandfries, die Treppenaufgänge, die schmiedeeisernen Verzierungen. Es hatte ihn ein Vermögen gekostet und Jahre in Anspruch genommen, aber er hatte es geschafft. Trotz des Umbaus war das Hotel ein schöner, eleganter Landsitz geblieben. Bis zu vierzig Gäste fanden Platz darin, aber man konnte es sich auch jetzt noch als Heim einer zivilisierten, privilegierten Familie vorstellen. Das Interieur galt immer noch als musterhaft für ein exklusives Hotel; in sämtlichen Design-Zeitschriften war es fotografiert und beschrieben worden. Und es war sein Lieblingshotel geblieben, an dem er so hing wie an seinem Privathaus. Und seine Firma lag ihm mehr am Herzen als alles andere. Da er keine Familie hatte, war sie ein Teil von ihm, seit vielen Jahren. Seine Firma nahm all seine Aufmerksamkeit in Anspruch und befriedigte seinen Stolz. Ohne sie würde er sich absolut verloren vorkommen.

Was für eine Ironie, dass die Frau, die ohne eigenes Zutun diesen Verlust verursacht hatte, ebenfalls aus seinem Leben verschwunden war ...

Marianne gehörte zu den zahlreichen Lesern des *Standard,* die den Artikel über das Übernahmeangebot lasen. Das verlieh ihr endlich den Mut, Tom anzurufen, der entzückt schien, von ihr zu hören.

»Ich hatte dich auch schon anrufen wollen. Ein Kunde von

mir, ein leidenschaftlicher Golfspieler, kommt für ein paar Tage nach London, zu einer Konferenz. Welche Plätze würdest du empfehlen?«

Marianne schlug ein paar Golfclubs vor und fragte dann: »Tom, ist es wahr? Felix will ein Übernahmeangebot für Nicos Hotels abgeben?«

»Ich fürchte schon. Wir haben noch keine Bestätigung, aber alles deutet darauf hin. Wusstest du nichts davon?«

»Nein. Nein, ich habe Nico seit ein paar Tagen nicht gesehen. Ich habe es in der Zeitung gelesen, und –«

»Verstehe. Ja, der Arme ist in einem schrecklichen Zustand.«

»Kein Wunder. Oje, wie furchtbar. Ich fühle mich irgendwie ...«

»Was?«, fragte Tom.

»Ich fühle mich irgendwie verantwortlich.«

»Nun sei nicht albern«, erklärte Tom. »Du solltest Felix doch gut genug kennen, um zu wissen, dass er ein zu cleverer Geschäftsmann ist, um so etwas nur aus einer persönlichen Laune heraus zu tun. Die Hotelkette ist eine hervorragende Investition und er will sie haben. So einfach ist das.«

»Ja, natürlich«, sagte Marianne. Aber sie wusste sehr wohl, dass Tom nur die halbe Wahrheit gesagt hatte.

Tom rief Nico an.

»Falls es Sie interessiert, Marianne scheint nicht in allzu engem Kontakt mit Felix zu stehen. Sie hat mich angerufen, um zu fragen, ob an dem Übernahmegerücht etwas dran ist.«

»Das interessiert mich nicht«, antwortete Nico kurz angebunden.

»Gut. Tut mir Leid. Ich faxe Ihnen nachher die Zahlen über das Umlaufvermögen.«

»Danke.«

Felix hatte ein paar Mal versucht, Marianne das Schachspielen beizubringen. Es war eine Katastrophe gewesen. Dafür sei sie eben nicht intelligent genug, hatte sie gemeint. Ihre Intelligenz sei mehr als ausreichend, hatte Felix entgegnet, nur mit ihrem Konzentrationsvermögen hapere es.

»Octavia spielt sehr gut Schach. Aber nur, weil sie die Fähigkeit besitzt, sich voll und ganz auf eine Sache zu konzentrieren.«

Sie hätte keinerlei Bedürfnis, diese Fähigkeit zu entwickeln, hatte Marianne brüsk erwidert, und das war das Ende der Schachstunden gewesen. Aber sie erinnerte sich, wie faszinierend sie das Schachmatt gefunden hatte: eine Position, aus der es keinen Ausweg mehr gab, wo absolut kein Zug mehr möglich war. Jetzt war sie schachmatt. Sie war der König, schachmatt gesetzt von der mächtigen Königin. Nur war die Königin kein anderer Mensch, sondern ihre eigenen Gefühle, ihre eigene Dummheit. Sie hatte Nico Cadogan verlassen, der ihr jetzt furchtbar fehlte, um zu Felix zurückzukehren, weil sie das als ihre Pflicht empfunden hatte, und weil sie geglaubt hatte, ihn trotz allem noch zu lieben. Doch Felix hatte sie abgewiesen. Sie konnte jedoch schlecht wieder zu Nico zurückkehren und sagen, sie habe es sich anders überlegt. Die Zurückweisung durch Felix hatte ihr immerhin gezeigt, wie sehr sie sich wegen ihm getäuscht hatte. Er wollte sie nicht, er liebte sie nicht mehr, wenn er das denn je getan hatte, er kam sehr gut ohne sie zurecht. Und er war noch weit skrupelloser, als sie gedacht hatte. Sie hatte einen furchtbaren Fehler gemacht und das Spiel war aus. Alle ihre Figuren waren geschlagen.

Auf der Fahrt nach Rookston dachte Louise an nichts als an die Schmuckschatulle. Am liebsten wäre sie sofort nach ihrer Ankunft hochgestürmt, aber Dickon wartete auf sie, rot vor Aufregung, und Janet hatte Kaffee und selbst gebackene Kekse bereitgestellt. Und sogar, als sie nach oben auf die Toilette ging, kam der Kleine mit und wartete laut singend vor der Tür.

Erst als Charles sich zurückzog, um einige Telefonate zu erledigen, erklärte sie, sie wolle kurz einen Blick auf die Sachen ihrer Mutter werfen, um abzuschätzen, was noch alles getan werden müsse.

Natürlich kam Dickon mit, er hing wie eine Klette an ihr. Sie versuchte, nicht gereizt zu werden, ihn nicht abzuschütteln. Es war ja auch egal, sie konnte trotzdem danach suchen. Er würde es ohnehin nicht verstehen.

Im Zimmer ihrer Mutter herrschte makellose Ordnung und alles war noch an seinem Platz. Ihr Wecker, ihre silbernen Haarbürsten, die zahlreichen Fotos von ihnen als Kinder. Ihr Briefbeschwerer und das Briefpapier auf dem kleinen Schreibtisch, ihre kostbare Sammlung von Staffordshire-Porzellanhunden auf dem Kaminsims. Alles da. Bis auf die Schmuckschatulle.

Angst erfasste Louise, sie zog Schubladen auf, riss den Kleiderschrank auf. Keine Schmuckschatulle. Auch nicht unter dem Bett oder im Schuhschrank. Nichts. Sie spürte, wie ihr die Tränen in die Augen stiegen, und merkte, dass Dickon sie anschaute. Sie blinzelte und versuchte zu lächeln.

»Was suchst du denn, Mama?«

»Ach, etwas, das deiner Oma gehört hat. Ich dachte, es wäre hier.«

»Was denn?«

Vielleicht würde er es wissen.

»Das Holzkästchen, in dem sie ihren Schmuck aufbewahrt hat. Erinnerst du dich?«

Er nickte ernst.

»Wirklich! Sehr gut, Dickon. Wo ist es?«

»Das weiß ich nicht. Ich kann mich nur daran erinnern.«

»Oh. Oh, ich verstehe. Also ...«

Da kam Janet herein.

»Alles in Ordnung, Louise?«

»Oh ja, danke, Janet. Alles bestens. Äh, haben Sie schon etwas aussortiert?«

»Ganz bestimmt nicht. Mr Madison sagte, er wünsche, dass alles so bleibt, wie es ist. Wonach suchen Sie denn?«

»Nach gar nichts«, antwortete Louise hastig. »Ich habe ihm nur versprochen – meinem Vater, meine ich –, dass ich heute mit dem Aussortieren anfangen würde.«

»Sie sucht ...«, setzte Dickon an. Louise unterbrach ihn schnell. Sie wollte nicht, dass Janet auf den Gedanken kam, die Schmuckschatulle sei wichtig. Zwar würde sie sich ohnehin keinen Reim darauf machen können, aber man wusste ja nie. Besser, man ging auf Nummer sicher.

»Es spielt weiter keine Rolle. Komm, Dickon, gehen wir in den Garten. Es ist ein so schöner Tag.«

Als sie draußen im Garten saß, überfiel sie die Panik, die entsetzliche Panik, die sie von Zeit zu Zeit zu überwältigen drohte, das Herzrasen, das Gefühl, ersticken zu müssen, die heiße schweißtreibende Übelkeit. Würde es ihr je wieder besser gehen, würde sie jemals wieder ...

»Mama, geht es dir nicht gut?«

»Doch, mein Schatz, alles in Ordnung.« Sie lächelte Dickon an und gab ihm einen Kuss. Es half, wenn man anderen etwas vormachen musste, das hatte sie in der Klinik gelernt. Aber sie musste die Schatulle finden. Unbedingt.

Octavia wählte Fiona Michaels Nummer. Ihr fiel auf, dass ihre Hand leicht zitterte, und sie ärgerte sich über sich selbst. Denn schließlich tat sie das Richtige. Den erschreckenden Anfall von Wahnsinn, der sie am Sonntagabend bedroht hatte, hatte sie vollkommen überwunden. Es war nur die Erschöpfung gewesen, die sie hatte annehmen lassen, sie wolle Tom noch immer. Dabei hasste sie ihn. Auf Misstrauen, Angst, Lügen und Betrug konnte man keine Ehe aufbauen, oder vielmehr, wieder aufbauen. Es ging einfach nicht. Sie musste die Ehe beenden und von vorn anfangen. Heute Abend würde sie ihm mitteilen, dass sie die Scheidung einreichen wollte, sie würde ihn auffordern auszuziehen ...

Die Stimme der Anwältin war leise und beruhigend, nicht barsch, wie Octavia halb erwartet hatte. Überhaupt war die Frau sehr nett und sehr entgegenkommend. Ihre Kanzlei sei in The Strand. Wann könne Octavia vorbeischauen? Es müsse nach der Arbeit sein, sie hätte im Augenblick so viel zu tun, sagte Octavia, ginge es auch abends?

Sie einigten sich auf Freitag um neunzehn Uhr.

Ihr Vater war erfreut, sogar entzückt. Das letzte Mal hatte seine Stimme so geklungen, als sie ihr Examen bestanden hatte. Warm, fast anerkennend.

»Gut gemacht, mein Herzblatt. Ich freue mich sehr. Ich bin stolz auf dich. Ich weiß, dass du das Richtige tust, selbst wenn es schwer ist.«

»Ich hoffe es.«

»Octavia, natürlich tust du das Richtige.«

»Ja. Ja, sicher. Also, du brauchst Bernard deswegen nicht zu bemühen.«

»Nein. Ich nehme an, die Frau ist kompetent?«

»Sehr. Sie war Melanies Scheidungsanwältin. Nun denn, ich habe es getan, du brauchst mir deswegen nicht mehr zuzusetzen.«

»Ich verspreche es dir. Da fällt mir ein, Greenidge sitzt mir im Nacken wegen der Unterlagen, die du mitgebracht hast, und ich habe noch keinen Blick hineingeworfen.«

»Ach, und das erinnert mich daran, Vater, dass ich dir sagen wollte, du solltest nicht so viel Geld in den Fonds einzahlen. Aber es war sehr lieb von dir, ich danke dir.«

»Aber das habe ich gar nicht getan. Nicht in letzter Zeit. Das müssen die Zinsen sein.«

»Nein, glaube ich nicht. Na ja, möglich wäre es natürlich. Ich dachte ... ach, egal. Spielt keine Rolle.«

Als Felix auflegte, war er plötzlich sehr glücklich. Seine Wut und seine Trauer wegen Marianne schienen plötzlich unwichtig. Er würde Octavia zurückbekommen. Bald wäre sie frei, würde wieder ihm gehören. Sie und ihre Kinder. Bestimmt würde sie allein viel glücklicher sein. Obwohl sie das gar nicht sein würde, sie hatte ja ihn. Und natürlich die Kinder. Hoffentlich sorgte diese Anwältin dafür, dass Tom Fleming die Kinder so wenig wie möglich zu sehen bekam. Er musste Octavia bei ihrem nächsten Gespräch noch einmal darauf aufmerksam machen. Sie musste da ganz fest bleiben.

Ihre Erwähnung von Einzahlungen in den Fonds verwirrte ihn allerdings etwas. Keine Ahnung, was das sollte. Nun, er würde die Kontoauszüge heute Abend durchsehen. Es gab sicher eine vollkommen logische Erklärung.

Er war noch da. Sicher auf dem Boden des Kästchens, wo Anna ihn hingelegt hatte, unter das Seidenfutter geschoben. Ein Glück, sonst hätte ihr Vater ihn vielleicht bemerkt. Er hatte die Schmuckschatulle gehabt, sie in seinem Safe eingeschlossen.

»Manche der Sachen sind durchaus wertvoll«, hatte er erklärt, als sie ihn endlich danach gefragt hatte, wobei ihr so übel war, dass sie kaum schlucken konnte. »Ich hole dir die Schatulle nach dem Mittagessen.«

Sie holte ihn heraus und ließ ihn in ihre Handtasche gleiten, in das abgetrennte, mit einem Reißverschluss verschlossene Fach. Niemand hatte es gesehen, nicht einmal Dickon. Der Junge war draußen im Garten und spielte fröhlich Kricket mit Janet. Charles war in die Küche gegangen, um ihr Tee zu holen. Niemand wusste, dass sie ihn hatte, niemand wusste von seiner Existenz. Jetzt war sie gerettet. Sie konnte es durchziehen. Es gab einen Ort, an den sie gehen konnte ...

»Octavia! Octavia, hier ist Lauren Bartlett. Können Sie mich hören?«

Die leise, kehlige Stimme war sehr deutlich.

»Ja«, sagte sie. »Ja, ich kann Sie gut hören, Lauren, vielen Dank.«

Sofort fühlte sie sich schuldig. Hatte Lauren mit Tom gesprochen, rief sie an, um Octavia vorzuwerfen, sie sei neurotisch, paranoid, würde sie sie auslachen, würde sie –

»Ihre Kinder sind einfach wundervoll. Sie waren beide so brav und Gideon war ja so tapfer. Die Wunde ist vollkommen verheilt, kein Grund zur Sorge, wir haben einen Arzt geholt, damit er es sich mal anschaut, nur zur Sicherheit ...«

Meine Güte, dachte Octavia, sie ist gar kein hinterhältiges Miststück, ich habe sie vollkommen falsch eingeschätzt.

»Octavia, sind Sie noch da?«

»Ja, ja, sicher. Entschuldigen Sie. Freut mich, dass die Kinder so brav waren.«

»Doch, das waren sie wirklich. Und Gideon ist ein kleiner Charmeur. Ganz der Vater. Camilla ist vollkommen hin und weg.«

Tja. Nun, sie durfte das sagen. Wenn sie denn wollte.

»Jedenfalls kommen wir am Freitagabend zurück.«

»Lauren, vielen Dank, dass Sie die beiden mitgenommen haben. Ich bin Ihnen wirklich sehr dankbar.«

»Ach, ehrlich gesagt, es war sogar eine Hilfe. Sie wissen ja, was für eine Plage Kinder im Urlaub sein können. Ständig wollen sie, dass man mit ihnen spielt. So hatte ich jede Menge Zeit, in der Sonne zu liegen und etwas für meine Bräune zu tun. Wie war es auf Barbados? Sie Glückliche. Ich bin wahnsinnig gern dort. Übrigens, noch ein paar Worte zum siebten September. Offenbar läuft ja alles ganz gut. Aber die Menüvorschläge, die Melanie mir zugefaxt hat, sagen mir gar nicht zu. Ich hatte mir etwas Fantasievolleres vorgestellt. Und etwas Leichteres. Und ich will keinen Sekt, Octavia. Ich will Champagner, das habe ich mir von Anfang an ausbedungen. Wenn das mit Ihrem Budget nicht zu machen ist, ist das Ihr Problem, fürchte ich. Sie müssen das Geld eben irgendwo auftreiben. Poppy ist schon ganz aufgeregt, sie und Camilla überlegen bereits, was sie anziehen sollen. Ich kann es gar nicht erwarten, Tom in einem Prince-of-Wales-Anzug zu sehen. Mein Kostüm ist wundervoll, von Bermans, gelbe Seide, und der Hut ist einfach göttlich. Was? Nein, natürlich muss Tom kommen. Schon wegen Oliver Nichols. Ein neuer Kunde von Tom, wissen Sie. Ich habe ihn vermittelt. Er hat ein Mr-Toad-Kostüm, ungemein originell, und kommt mit seinem eigenen Wagen, einem entzückenden 1935er BMW. Also, Sie melden sich wegen des Menüs, nicht wahr? Und dem Champagner. Montag treffen wir uns dann bei Ihnen im Büro.«

Octavia hörte sich sagen, sicher würde Tom nach Brands Hatch kommen und sie würde Lauren morgen ein paar Menüvorschläge faxen ...

Sie hatte Tom heute Abend eigentlich mitteilen wollen, dass sie mit einer Anwältin gesprochen hatte und die Scheidung vorantreiben wolle. Aber zuerst musste sie ihn fragen, ob er bereit war, nach Brands Hatch zu kommen. »Outfit im Stil der dreißiger Jahre.«

Er sah sie an, als hätte sie von ihm verlangt, sich als Huhn zu verkleiden.

»Octavia, ich habe nicht die geringste Absicht, da hinzugehen. Schon gar nicht in irgendeinem dämlichen Kostüm. Ich begreife wirklich nicht, warum du solchen Wert auf meine Gesellschaft legst. Es ist dein Tag, deine Show. Wann sind wir denn zuletzt gemeinsam irgendwo erschienen?«

»Vor einigen Wochen«, sagte sie, dankbar, dass sie sich damals noch anders besonnen hatte. Es war schließlich ein viel größeres Zugeständnis gewesen. »Bei dem Essen mit Bob Macintosh. Ich war bereit, das für dich zu tun.«

»Und für Fleming + Cotterill.«

»Ja. Und wenn du mitkommst, tust du es für mich und Capital C. Und Lauren möchte gern, dass du kommst.«

»Es erstaunt mich, dass dir Mrs Bartletts Wünsche so am Herzen liegen«, bemerkte er leichthin.

Sie kam sich plötzlich dumm vor. »Tun sie ja gar nicht. Eigentlich. Aber sie ist, tja, sie ist eben ...«

»Der Kunde. Plötzlich müssen wir den Kunden zufrieden stellen. Gemeinsam. Ganz wie in alten Zeiten, was?«

»Tom?«

»Ja, Octavia?«

»Nur dieses eine Mal. Es wäre eine große Hilfe für mich. Und Oliver Nichols soll auch kommen«, fügte sie hinzu.

»Ja, schon gut, Octavia, ich komme mit. Um unserer beider geschäftlichen Zukunft willen. Na, wie hört sich das an?«

»Sehr gut«, sagte sie. »Ich danke dir.« Irgendwie schien es danach nicht ganz passend, ihm mitzuteilen, dass sie einen Termin bei einer Scheidungsanwältin vereinbart hatte ...

»Liebes, nun wein doch nicht. Komm, nicht weinen.«

»Ich kann nicht anders«, sagte Louise und das stimmte. »Ich hasse dieses Krankenhaus. Ich will nach Hause. Ich begreife nicht, warum sie mich nicht nach Hause lassen.«

»Die Ärzte werden ihre Gründe haben.«

»Ja. Sie wollen dir noch mehr Geld entlocken.« Sie putzte sich die Nase und versuchte, ihren Vater anzulächeln.

»Unsinn! Ich habe zu viel Respekt vor ihnen, um so was auch nur anzunehmen. Dr. Bishop ist ein hoch qualifizierter und sehr angesehener Psychiater. Er würde dich nicht hier behalten, wenn er es nicht für notwendig erachten würde. Du warst schließlich ziemlich ... krank, Liebes.«

»Ja. Ja, ich weiß. Ich habe nur solches Heimweh. Vielleicht könntest du noch mal mit Dr. Bishop sprechen. Oder mit Sandy. Ich glaube, der will gar nicht, dass ich wieder nach Hause komme.«

»Aber was redest du da! Du fehlst deinem Mann natürlich sehr. Hör zu, morgen rufe ich Dr. Bishop an. Mal sehen, was er sagt. Wie findest du das?«

»Das wäre schön«, hauchte Louise. »Wirklich schön.«

Die Zeit wurde knapp. Sie musste unbedingt bald entlassen werden ...

»Ich möchte dich etwas fragen«, sagte Tom. Es war schon spät, als er in der Tür ihres Arbeitszimmers erschien.

»Ja?«

Er wirkte nervös, und Octavia stellte schon die kühne Überlegung an, ob er es ihr leicht machen würde, ob er ihr gleich offenbaren würde, dass er die Scheidung wollte und einen Anwalt beauftragt hatte. Sie lehnte sich in ihrem Stuhl zurück. Das wäre wunderbar. Einfach wunderbar.

»Es ist noch einmal wegen ... also, wegen des Morgens deiner Abreise nach Barbados. Ich weiß, es klingt albern, aber bist du sicher, dass du dein Handy mit zu deinem Vater genommen hattest?«

»Ja, ganz sicher, ich bin direkt vom Büro aus hingefahren. Warum um alles in der Welt willst du das denn wissen?«

»Ach, ich gehe nur gerade die Rechnung durch. Sie ist gekommen, während du weg warst.«

»Gut, da hast du die Antwort. Aber ich habe keine Ahnung, wo das Handy danach abgeblieben ist. Auf Barbados habe ich nicht damit telefoniert und am Morgen meiner Abreise auch nicht. Kann ich jetzt bitte weitermachen?«

»Ja«, sagte Tom. »Du kannst weitermachen.«

»Ich habe einen Brief bekommen«, erklärte Nico Cadogan. »Gerade eben. Per Bote.«

»Von wem?«

»Von Miller.«

»Und?«

»Ach, nichts Wichtiges. Er kündigt nur an, dass er morgen ein Kaufangebot abgeben wird. Er hat eine Pressekonferenz einberufen, in seiner Bank, um zwölf Uhr mittags. Es würde mir ja nicht ganz so viel ausmachen, wenn er die Hotels wirklich haben wollte. Aber er will sie gar nicht. Er will meinen Kopf auf einem Silbertablett. Ach, Tom, ich könnte das Schwein umbringen.«

»Aber bitte nicht vor morgen«, sagte Tom.

Felix Miller wollte gerade zu Bett gehen, als es an der Tür klingelte. Verflixt. Mrs Harrington hatte schon wieder ihren Schlüssel vergessen. Das passierte ihr ständig, obwohl sie mindestens drei von den verdammten Dingern hatte. Dämliche Person.

Er hievte sich aus dem tiefen Ledersessel in seinem Arbeitszimmer und durchquerte die Diele.

»Ich komme, Mrs Harrington«, rief er und hantierte an den beiden Schlössern herum. »Wir müssen unbedingt irgendwo einen Schlüssel für Sie aufbewahren. Ah, endlich.«

Aber es war nicht Mrs Harrington. Es war Tom Fleming, adrett in Schale geworfen, wie immer, und recht munter.

»Abend, Felix. Kann ich reinkommen?« Er streckte ihm die Flasche Rotwein entgegen, die er in der Hand hielt. »Bitte. Für dich.«

Felix musterte ihn finster. »Ich habe nicht die Absicht, dich hereinzubitten, und ganz bestimmt werde ich keine Geschenke von dir annehmen.«

»Wie bedauerlich. Denn ich habe vor, hereinzukommen, ob du mich nun dazu aufforderst oder nicht. Ich habe dir ... einen Vorschlag zu unterbreiten. Und ich dachte, dabei könnten wir die Flasche leeren.«

»Ich habe keinerlei Interesse an irgendwelchen Vorschlägen von deiner Seite. Und diese Information ist alles, was du von mir bekommen wirst. Gute Nacht.«

»Felix, es geht um Octavia. Ich würde dir eindringlich raten, mich anzuhören, denn es geht um dich und deine Tochter. Und um ein gewisses Missverständnis vor ihrer Abreise nach Barbados. Nun lass mich rein. Ich versichere dir, du wirst nicht den Wunsch haben, dir meine Worte auf der Türschwelle anzuhören.«

Panik durchfuhr Felix und ihm schwindelte. Er streckte die Hand aus und hielt sich am Türrahmen fest. Tom war das natürlich aufgefallen und Felix verfluchte dieses Zeichen seiner Schwäche.

»Gut«, sagte er endlich. »Dann komm rein.«

»Es ist ganz einfach«, erläuterte Tom und stellte zwei von Felix' edlen Rotweingläsern auf den Tisch des Speisezimmers. »Wirklich ganz einfach. Wo ist denn der Korkenzieher? Ach ja, da. Also, ich schenk uns erst mal ein, und dann – nein? Schade, es ist ein recht guter Jahrgang. Dir entgeht etwas. Margaux 1996. Also, wo war ich? Ach ja. Die Übernahme der Cadogan-Hotels.«

»Ich dachte, es ginge um Octavia.« Echte Panik stieg in Felix auf und er fühlte einen Kloß im Hals. Gegen seinen Willen nahm er einen kleinen Schluck von dem Margaux. Wirklich ein hervorragender Wein; obwohl er halb krank vor Angst war, wusste er ihn zu würdigen.

»Tut es auch. Und um die Übernahme.«

»Ich fürchte, ich kann da keinerlei Zusammenhang erkennen.«

»Das wird sich bald ändern. Also, ich kann wohl davon ausgehen, dass du deine Absicht morgen bei der Pressekonferenz bekannt geben wirst?«

»Ich fürchte, ich habe nicht die Absicht, diese Frage mit dir zu erörtern. Also wenn –«

»Schade, Schwiegervater, du willst es mir offenbar nicht leichter machen. Oder dir. Und jetzt hör mir bitte mal gut zu.« Tom beugte sich vor und seine dunkelblauen Augen funkelten plötzlich bedrohlich. Felix konnte sein Herz hämmern hören und seine Hände wurden feucht.

»Also«, sagte Tom. »Ich will nicht, dass du morgen bei der Pressekonferenz ein Kaufangebot für die Cadogan-Hotelkette abgibst. Du wirst die Pressekonferenz entweder absagen oder dir irgendeinen Vorwand dafür ausdenken, sie einberufen zu haben.«

»Ach, wirklich? Und wie bitte willst du mich dazu bewegen, das zu tun?«

»Ach, ganz einfach. Du kannst die Cadogan-Hotelkette nicht haben, Felix, bedaure.«

»Und wieso nicht? Wie wollt ihr mich davon abhalten, Cadogan und du?«

»Oh, Cadogan hat gar nichts damit zu tun. Er weiß nicht, dass ich hier bin. Niemand weiß es. Zu deinem Glück.«

»Willst du mir drohen?«

»Ja. Also, Felix, entweder du gibst deinen Übernahmeversuch auf und erfindest morgen auf der Pressekonferenz irgendeinen glaubwürdigen Vorwand, oder ich erzähle Octavia, was du getan hast, bevor sie an jenem Morgen das Haus verließ. Am Morgen ihrer Abreise nach Barbados.«

»Wovon redest du überhaupt?« Felix war ganz übel.

»Du weißt genau, was ich meine. Zuerst hast du mich angelogen und mir erzählt, sie sei bereits abgereist, obwohl das nicht stimmte. Und dann hast du ihr Handy versteckt – damit ich ihr nicht erzählen konnte, dass ich keineswegs mit einer neuen Freundin in der Toskana war, wovon du sie so geschickt überzeugt hattest, sondern in London, und verzweifelt versuchte, sie zu erreichen. Was, glaubst du, würde sie von dir halten, wenn sie das wüsste, Felix? Glaubst du, dann wärst du für sie noch immer ihr Ritter in schimmernder Rüstung, ihr vollkommener, geliebter Vater, der Quell alles Guten, der nichts falsch machen kann und sie vor allem Bösen bewahren wird? Häh? Glaubst du, sie würde dich dann noch so lieben wie jetzt?«

45. Kapitel

»Spatz, nun sei doch nicht so traurig. Ich bin sicher, wir können noch was tun.«

»Können wir nicht.« Megan blickte zu ihrer Mutter auf und die Tränen strömten ihr über das Gesicht. »Das war unsere letzte Chance.«

Der Brief teilte unmissverständlich mit, nach Ansicht des Denkmalschutzamtes sei Bartles House zwar ein interessantes Beispiel des Gotizismus, aber nicht von echtem architektonischem Wert. Das Haus unter Denkmalschutz zu stellen, käme daher nicht in Frage.

»Sie werden das Haus abreißen und den Wald abholzen und ihre grässlichen Häuser samt Einkaufszentrum bauen. Das ist doch nicht richtig. Das ist einfach nicht richtig.«

»Rufen wir Octavia an«, schlug Pattie vor, um Megan von ihrem Kummer abzulenken. »Sie wird wissen, was zu tun ist.«

»Ich glaube nicht, dass wir noch irgendwas tun können. Uns wird nichts anderes übrig bleiben, als uns an die Bäume zu ketten. Wir müssen es Sandy sagen. Auch er wird es sehr bedauern.«

»Sandy kommt morgen zum Tee. Dann kannst du es ihm erzählen.« Sie lächelte ihre Tochter an.

»Mama! Du wirst ja ganz rot. Du magst ihn sehr, oder?«

»Ja. Ja, ich mag ihn.«

»Er sieht sehr gut aus. Überrascht mich gar nicht.«

»Also Megan, nun sei nicht albern«, versetzte Pattie steif. »Ich mag ihn doch nicht auf diese Weise. Außerdem ist er verheiratet.«

»Selbstverständlich will ich, dass sie wieder nach Hause kommt«, erklärte Sandy und zwang sich, dem leicht vorwurfsvollen Blick seines Schwiegervaters standzuhalten. »Aber erst, wenn es ihr wirklich wieder besser geht.«

»Ich habe mit Dr. Bishop gesprochen, und er ist der Ansicht, sie könnte Anfang nächster Woche entlassen werden. Aber ich glaube, ein Anruf von dir wäre hilfreich. Damit sie in der Klinik wissen, dass du der Lage gewachsen bist und dir eine Woche freinehmen kannst, um ihr die Eingewöhnung zu erleichtern. Offenbar hast du Louise den Eindruck vermittelt, dass das schwierig wäre. Was sie ... gekränkt hat, fürchte ich.«

»Das tut mir Leid«, brachte Sandy mit einiger Mühe hervor.

»Sie ist im Moment furchtbar verletzlich«, fuhr Charles fort. »Und ihr fehlt ihr so sehr, du und Dickon. Sie braucht alle Liebe und Unterstützung, die wir ihr geben können. Also, ruf doch bitte bei Dr. Bishop an und sag ihm, wie gern du deine Frau wieder zu Hause haben würdest. Es ist das Beste für sie, das weiß ich.«

»Haben Sie was von Felix Miller gehört?«, fragte Tom beiläufig.

»Nein«, sagte Nico. »Warum um alles in der Welt sollte ich? Ausgerechnet heute.«

»Ach ...« Tom spürte eine leichte Enttäuschung. Diese dramatische Wendung wäre das Beste gewesen, aber überrascht war er eigentlich nicht. »Ach, ich dachte nur.«

Nico Cadogan sah furchtbar aus, dachte Tom, weiß im Gesicht, erschöpft, von seiner üblichen Vitalität war nichts zu spüren. Tiefes Mitgefühl überkam ihn.

»Nico, wenn Sie mich kurz entschuldigen würden, ich muss ein paar Anrufe tätigen.«

Er ging in sein Büro, und nach Telefonaten mit der Wirtschaftsredaktion der *Times* und der *Mail* wusste er, dass Felix Miller die Pressekonferenz nicht abgesagt hatte.

Er empfand wachsendes Unbehagen. Vielleicht würde es doch nicht klappen. Er hatte wirklich gedacht, Felix würde schweigen, aus Angst, vor seiner Tochter als Bösewicht enttarnt zu werden. Aber das war keineswegs sicher, erkannte Tom plötzlich. Felix könnte lügen. Er konnte sich aus allem herausreden. Und dennoch – würde er nicht befürchten, dass Octavia zumindest Zweifel kämen? Toms Handyrechnung belegte, wie oft er sie an diesem Morgen angerufen hatte. Und sie war nicht dumm, sie war nicht blind, auch nicht gegenüber den Fehlern ihres Vaters. Dazu kam noch, dass Felix es war, der sie auf den Gedanken mit der Toskana-Reise gebracht hatte. Es war ein ungeheures Risiko. Das würde er sicher nicht eingehen. Oder doch?

Tom spürte, wie ihm der Schweiß ausbrach. Es würde ein langer Vormittag werden.

Pat Ford war sehr müde. Müde und ziemlich mitgenommen. Das Ganze begann sie zu zermürben. Die Anspannung, das Warten, die Geheimhaltung – insbesondere vor Lucilla Sanderson. Langsam begann sie zu fürchten, es würde nie etwas werden und sie würde den Rest ihres Lebens in diesem alten Gebäude mit den veralteten sanitären Anlagen und ohne Fahrstuhl verbringen müssen. Und es war unmöglich, Arbeitskräfte zu bekommen. Mrs Tims, eine der beiden Reinmachefrauen, hatte heute Morgen gekündigt. Das war der letzte Tropfen gewesen, der das Fass zum Überlaufen gebracht hatte. »Ich will nicht länger bleiben, Mrs Ford. Die Arbeit ist mir zu schwer und dazu noch der lange Anfahrtsweg und alles. Tut mir Leid, aber in Staughton krieg ich 'nen besser bezahlten Job und brauch weniger dafür zu tun.«

Als die Reinmachefrau das Büro verlassen hatte, war Pat in Tränen ausgebrochen. Sie war müde, so müde, dass es schmerzte. Plötzlich entschied sie, dass sie es wissen musste. Egal, wie es ausgegangen war. Alles war besser als diese Unsicherheit.

Sie stand auf und machte die Bürotür zu, und dann tat sie das, was ihr Mann ihr immer verboten hatte – sie rief Michael Carlton an. Er war ein so netter Mann, so gefällig und vernünftig. Es sprach doch sicher nichts dagegen, ihn zu fragen, ob er schon etwas erfahren hatte. Ob sie bald umziehen könnten. Wenn überhaupt.

Mr Carlton sei nicht im Hause, erklärte seine Sekretärin, ob sie helfen könne?

»Nein, ich glaube nicht.« Eine Woge der Müdigkeit und der Verzweiflung überkam Pat Ford und sie spürte ein Schluchzen in der Kehle aufsteigen. »Nein, ich muss mit ihm persönlich sprechen.«

»Könnten Sie mir dann wenigstens sagen, worum es geht? Damit ich dafür sorgen kann, dass er die notwendigen Informationen hat, wenn er Sie zurückruft.«

»Es geht um ... Bartles House. Ich wollte fragen, ob aus der Sache etwas wird. Ich – ich muss es einfach wissen. Bald.«

»Aber sicher«, sagte die Sekretärin mit beruhigender Stimme. »Selbstverständlich.«

»Könnte er mich bitte zurückrufen? Ich gebe Ihnen die Nummer.«

Sheila Edwards, Michael Carltons Chefsekretärin, legte den Hörer auf. Die arme Frau hatte ja vollkommen verzweifelt geklungen. Kein Wunder, schließlich musste sie sich um all die alten Leute kümmern. Was für ein erbärmliches Leben. Aber nach dem, was sie heute Morgen erfahren hatte, würde die Heimleiterin bald erfreuliche Nachrichten erhalten.

Sie kritzelte eine Telefonnotiz für ihren Chef. »Mrs Ford, die Heimleiterin von Bartles House, hat angerufen. Sie klang ganz verzweifelt. Sollten wir sie nicht besser wissen lassen, dass die Sache durch ist, um die arme Frau aufzuheitern? Sheila.«

Dann schaute sie auf die Uhr. Schon fast elf. Um halb zwölf musste sie auf der Baustelle sein, Michael Carlton hatte dort einen Termin mit dem Stadtbaurat. Sie griff nach Mantel und Handtasche und eilte aus dem Büro, wobei sie Sharon Parker, der Schreibkraft, noch zurief, sie solle alle Anrufe sorgfältig notieren und die Baupläne für das Warminster-Bauprojekt kopieren; sie wäre gegen eins zurück. Ach, und könne sie noch ein paar Sandwiches für Mr Carlton und Sheila machen?

Ja, sagte Sharon, sicher, aber um eins hätte sie einen Termin beim Zahnarzt. Die Chefsekretärin erwiderte, bis dahin wäre sie längst zurück. »Versprochen. Aber es wäre mir lieber, wenn Sie nicht vor meiner Rückkehr weggehen würden.«

Tom rief eine Journalistin an, zu der er einen besonders guten Draht hatte, Jenny Angus vom *Daily Sketch,* und bat sie um einen großen Gefallen. Ob sie ihn wohl sofort anrufen könnte, sobald die Pressekonferenz in der London Wall Bank zu Ende war, um ihn über das Vorgefallene zu informieren?

»Ja, klar«, sagte sie. »Worum geht's denn?«

»Sagen wir einfach, es ist mir sehr wichtig.«

Nico und er waren in seinem Büro und Nico lief unruhig auf und ab.

»Sie wirken wie ein werdender Vater«, bemerkte Tom in dem Versuch, ihn aufzuheitern.

»Soweit ich weiß, sind werdende Väter heutzutage bei der Geburt dabei«, erwiderte Nico düster, »sie warten nicht mehr, bis der Arzt so freundlich ist, ihnen zu sagen, was rausgekommen ist. Gott, was für eine verdammte Quälerei.«

Pat Ford blickte auf die Uhr. Zwanzig vor eins. Donald musste jede Minute zurückkommen, und wenn er den Anruf von Carlton entgegennahm, würde er furchtbar wütend werden. Dumme Pute, würde er sagen, wie kann man nur so dämlich sein? Nein, das wollte sie nicht riskieren.

Sie griff nach dem Hörer und wählte erneut die Nummer von Michael Carltons Büro.

Sharon war allmählich ziemlich verärgert. Sheila Edwards hatte angerufen und gesagt, die Besprechung würde sich hinziehen und es könne etwas später werden.

»Der Zahnarzt ist doch gleich um die Ecke, oder? Und Sie würden bestimmt sowieso warten müssen. Es tut mir Leid, Sharon, aber ich erwarte den Anruf eines wichtigen Kunden, und ich möchte nicht, dass das Telefon unbesetzt ist. Bitte warten Sie, bis ich komme.«

Das Telefon klingelte. Sicher der wichtige Kunde. Sharon nahm den Hörer und sprach mit ihrer schönsten Sekretärinnenstimme hinein.

»Sekretariat Mr Carlton. Sharon Parker am Apparat, was kann ich für Sie tun?«

»Oh – hallo. Hier ist noch mal Mrs Ford. Ist Sheila Edwards nicht da?«

»Nein, sie ist außer Haus, Mrs Ford. Vielleicht kann ich Ihnen ja helfen.«

»Nun, ich hatte vorhin schon mal angerufen. Wegen Bartles House. Ich wollte wissen, ob es etwas Neues gibt. Aber ...«

»Bartles House. Ja?«

»Wir ... wir warten auf einen Bescheid. Ich wollte nur wissen ...«

Sie hörte sich nett an. Und ebenso angespannt und nervös wie Sharon selbst. Plötzlich fiel ihr Blick auf einen Zettel. »Hier liegt eine Notiz wegen Bartles House, Mrs Ford«, sagte sie. »Würde Ihnen das weiterhelfen?«

»Könnte sein. Was – steht denn da?«

»Da steht ... Ah ja. Offenbar erfreuliche Neuigkeiten für Sie. Die Sache ist durch, steht hier, und das sollte Sie aufheitern. Sagt Ihnen das was?«

»Oh ja!«, rief Pat Ford. »Das tut es ganz bestimmt.«

Donald Ford kam herein. Sie wandte ihm ihr strahlendes Gesicht zu.

»Wunderbare Neuigkeiten. Rat mal, was ich gerade gehört habe.«

»Was denn?«

»Das war Michael Carltons Sekretariat. Der Antrag ist durch. Es ist alles in Ordnung. Das heißt, wir können dieses grässliche Gebäude verlassen und in das neue Haus einziehen. Oh, Donald, ich kann es noch gar nicht glauben. Kein endloses Treppensteigen mehr, keine Kämpfe mehr mit den Abflussrohren und diesem schrecklichen Zug überall.«

Sie lief zu ihm hin und küsste ihn. Und plötzlich sah sie über seine Schulter hinweg Lucilla Sanderson, die reglos dastand, ganz erschüttert. Offenbar hatte sie jedes Wort mitbekommen.

»Gütiger Gott«, stöhnte Tom, »was treiben die denn so lange? Feiern die eine Party?«

»Wahrscheinlich. Hören Sie, warum geben wir es nicht einfach auf und gehen zum Lunch? Ich brauche dringend was zu trinken.«

»Nein, ich finde, wir sollten warten.« Tom war ganz übel. Er hatte Nico, den Retter seiner Firma, bitter enttäuscht. Es war kein angenehmes Gefühl. »Ich will nur ganz sichergehen ...«

Das Telefon auf seinem Schreibtisch klingelte. Er riss den Hörer hoch.

»Tom Fleming.«

»Hallo. Hier ist Jenny.«

»Ja?«, sagte Tom. »Ja?«

»Okay. Also, erst hat er sich lang und breit über die London Wall Bank verbreitet, was für eine großartige Bank das doch sei, wie ihr gutes Management, ihre guten Investionen und der wirklich erstklassige Kundenservice sie zu einer der besten und beliebtesten Investmentbanken des Landes gemacht haben. Und dann ließ er seine Ankündigung folgen.«

»Und?«

Er war so sicher, dass sie »Cadogan Hotels« sagen würde, dass er tatsächlich glaubte, die Worte zu hören. Erst ganz langsam wurde ihm klar, dass sie gar nicht gefallen waren. Dass sie etwas ganz anderes sagte. Er versuchte, sich zu konzentrieren, es zu begreifen.

»Die Bank will in Zukunft auch das Onlinebanking betreiben. Das ist doch echt langweilig, oder? Danach wurde ganz guter Champagner serviert und dann sind wir alle gegangen.«

»Jenny«, sagte Tom, »Jenny, ich liebe Sie. Ich danke Ihnen. Kommen Sie vorbei und Sie kriegen noch mehr. Guten Champagner, meine ich.«

Er sah Nico an, der aus dem Fenster starrte. Jede Linie seines Körpers verriet qualvolle Anspannung.

»Nico«, sagte er. »Nico, wir müssen uns an die Arbeit machen. Die Bruttoertragslage muss noch weiter verbessert werden.«

Nico wandte sich um, das Gesicht abgehärmt.

»Er hat das Übernahmeangebot vorgelegt?«

Tom wartete eine Sekunde, dann lächelte er.

»Nein! Der alte Mistkerl hat die Hotels nicht mal erwähnt. Sie sind sicher. Jedenfalls vor ihm.«

»Großer Gott!«, stieß Cadogan hervor. »Ich glaube es einfach nicht. Da haben Sie doch was gedreht, Fleming, oder? Wie zum Teufel haben Sie das angestellt? Was haben Sie gemacht?«

»Ach, nichts weiter«, antwortete Tom bescheiden. »Nicht der Rede wert.«

46. Kapitel

»Haben Sie sich die Sache auch gründlich überlegt? Eine Versöhnung mit Ihrem Partner kommt nicht in Frage?«

»Nein«, sagte Octavia. »Ich meine, ja. Ich habe es mir überlegt. Und ich – also, da besteht keine Chance.«

»Sind Sie sicher?«

»Ja. Ja, natürlich. Ich meine ...«

»Weil es wichtig ist, dass Sie sich ganz sicher sind. Haben Sie es mit Ihrem Mann durchgesprochen?«

»Ich bespreche gar nichts mit meinem Mann«, versetzte Octavia energisch.

»Das sollten Sie aber. Eine Scheidung ist eine komplizierte Angelegenheit, und es ist am besten, wenn sie im beiderseitigen Einvernehmen erfolgt.«

»Oh. Ja, verstehe. Ich dachte, Sie würden das alles regeln.«

»Das meiste«, sagte Fiona Michael. »Nicht alles.«

Sie lächelte Octavia kühl an und schlug ein langes Bein über das andere. Sie war eine sehr attraktive Frau, groß und sehr schlank, mit dunkelrotem Haar und sehr weißer Haut. Ihr Büro erinnerte eher an ein Wohnzimmer; sie saßen auf Sofas, auf dem niedrigen Tischchen zwischen ihnen stand eine Vase mit Blumen und daneben lag eine große Schachtel Kleenex.

»Also«, fuhr die Anwältin fort. »Erzählen Sie mir so viel wie möglich über die Vorgeschichte. Wann begann es in der Ehe zu kriseln, warum sind Sie sich so sicher, dass keine Aussicht auf Versöhnung besteht? Weiß Ihr Mann, dass Sie mich aufsuchen?«

»Nein. Nein, noch nicht.«

»Nun, das ist der erste Schritt. Sie müssen es ihm unbedingt sagen. Es sei denn, Sie wollen, dass es wirklich unerfreulich wird.«

»Oh. Nein, das will ich natürlich nicht.«

»Nun, dann gehen wir am besten alles von Anfang an durch.«

Eine Stunde später begleitete Fiona Michael ihre Mandantin zur Tür, trat zum Fenster und sah ihr nach, wie sie langsam die Straße hinunterging. Sie fand Octavia sympathisch, aber es war unwahrscheinlich, dass sie das Scheidungsmandat übernehmen würde. Wenn je eine Frau noch in ihren Mann verliebt gewesen war, dann Octavia Fleming.

Es war alles arrangiert. Am Sonntag würde Louise nach Hause kommen. Jedes Mal, wenn er daran dachte, wurde Sandy übel. Den Freitag hatte er damit zugebracht, das Haus zu putzen und das Bett im Gästezimmer zu beziehen – er konnte unmöglich mit Louise in einem Zimmer schlafen. Er hatte ihr Blumen ins Schlafzimmer gestellt.

Er würde es aushalten. Ganz bestimmt. Und schließlich war es nicht für immer.

»Tom, ich muss mit dir reden.«

Tom, der am Küchentisch saß, eine halbe Flasche Chardonnay vor sich, blickte vom Wirtschaftsteil der *Times* auf. Er wirkte müde, aber ausgesprochen fröhlich.

»Klar. Möchtest du ein Glas Wein?«

»Nein. Nein, danke. Aber ein Fruchtsaft wäre schön.«

»Gut. Setz dich doch, du siehst müde aus.«

»Ich bin nicht müde«, versetzte Octavia kühl.

»Gut.«

»Ich nehme an, du bist erfreut wegen der Übernahme.

Oder vielmehr darüber, dass es keine Übernahme gegeben hat.«

»Ja. Ja, bin ich. Hat dein Vater dich deswegen angerufen?«

»Nein, ich habe nichts von ihm gehört. Ich hab es in der Zeitung gelesen. Ist Post gekommen?«

»Ja. Da drüben.«

Er stand am Kühlschrank, mit dem Rücken zu ihr. Sie sah die Briefe durch; einer war aus Barbados. Zweifellos von Nicholas Greenidge. Er hatte ihr versprochen, wegen der mysteriösen Einzahlungen zu schreiben.

Liebe Octavia,

ich bin der Sache nachgegangen, und es scheint, dass in den vergangenen sechs Wochen zwei Zahlungseingänge von je zehntausend Dollar in Ihrem Investmentfonds zu verzeichnen sind. Einzahler unbekannt. Wahrscheinlich als nette Überraschung für Sie gedacht! Ich habe mit Ihrem Vater über das Haus gesprochen. Es ist alles in Ordnung, aber das hat er Ihnen sicherlich schon erzählt.

Wie schön, dass Sie Ihre Ferien hier genossen haben. Kommen Sie bald mal wieder. Nicholas Greenidge.

»Wie merkwürdig!«, rief Octavia.

»Was denn?«

»Jemand hat zwanzigtausend amerikanische Dollar in den Investmentfonds eingezahlt. Den Fonds mit Sitz in Barbados, den mein Vater vor vielen Jahren für mich eingerichtet hat. Es ist wirklich merkwürdig. Ich meine, Vater war es nicht, ich habe ihn gefragt. Also wer könnte –«

»Sehr seltsam. Aber ich würde mir deswegen keine Gedanken machen.«

Etwas in seiner Stimme erweckte plötzlich ihren Argwohn.

»Tom?«

»Ja, Octavia?«

»Tom – du weißt nicht zufällig etwas darüber, oder? Über das Geld?«

»Ich habe es dorthin überwiesen«, sagte er ruhig.

»Du? Aber warum, wieso –«

»Ich wollte, dass dir ein bisschen Geld bleibt. Wenn ich Bankrott gegangen wäre, hättest du ebenfalls sehr viel verloren.«

»Aber du hattest doch gar kein Geld! Du seist vollkommen blank, hast du mir erzählt.«

»Ich weiß. Aber ich habe ein paar Versicherungspolicen zu Geld gemacht und den Erlös in diesen Fonds eingezahlt. Viel war es ja nicht, aber mehr konnte ich nicht für dich tun. Ich dachte, lieber bekommst du es als der Gerichtsvollzieher oder sonst jemand.«

»Oh«, sagte sie. Sie war sonderbar erschüttert; warum, hätte sie nicht sagen können. »Aber warum hast du mir das nicht erzählt?«

»Du warst damals nicht gerade erpicht darauf, mit mir zu reden«, erwiderte er kurz. »Und dein Nichtwissen hätte auch seine Vorteile gehabt. Wenn es tatsächlich zum Bankrott gekommen wäre.«

»Oh. Verstehe. Also ... ich bin dir sehr ... sehr dankbar. Vielen Dank.«

»Schon gut. Schließlich hast du es ja dann doch nicht gebraucht, klopf auf Holz. Vielleicht hole ich es mir sogar wieder zurück.« Er lächelte sie an und wandte sich wieder seiner Zeitung zu.

»Ja, natürlich bekommst du es zurück.«

Und dann würde sie es sich zurückholen, im Rahmen der Scheidungsvereinbarungen. Plötzlich war sie ganz verwirrt, verwirrt und aus der Fassung gebracht.

»Ich schau mal nach Minty«, sagte sie.

Als sie schon halb oben war, fiel ihr ein, dass sie Tom eigentlich hatte sagen wollen, dass sie die Scheidung einreichen würde. Ach, das konnte warten. So sehr eilte es ja nun auch wieder nicht.

»Hi!«

Marianne blickte auf. In der Tür ihres Wohnzimmers stand ein hoch gewachsener, magerer junger Mann in abgerissenen Jeans und Batikhemd. Sein ziemlich langes, glattes Haar war aschblond und sein Körper war braun gebrannt und brauchte dringend eine Dusche. Aber ein breites, freudiges Lächeln enthüllte strahlend weiße, unverkennbar von amerikanischen Zahnärzten gepflegte Zähne.

»Marc! Oh, mein Liebling!«

Sie flog zu ihm hinüber, umarmte und küsste ihn. Dann trat sie einen Schritt zurück, wischte sich die Tränen ab, lachte und weinte gleichzeitig.

»Hey«, sagte er. »Nun mach mal halblang.«

Das war einer seiner Lieblingsausdrücke.

»Aber was machst du hier? Ich dachte, du wärst im Himalaya.«

»War ich auch. Aber ich wollte mal wieder ein Bad nehmen und was Anständiges essen. Und dich sehen, klar. Ich dachte, ich überrasch dich einfach.«

»Die Überraschung ist dir gelungen. Oh, ich bin ja so froh, dich zu sehen, du kannst dir gar nicht vorstellen, wie froh, es ist fast zu schön, um wahr zu sein.«

Später, als sie zuschaute, wie er eine riesige Portion Brathähnchen mit Pommes vertilgte, sagte sie: »Wenn mich heute Abend jemand gefragt hätte, was ich mir am meisten wünsche, hätte ich gesagt, ich wünsche mir, dass du nach Hause kommst.«

»Das ist gut.« Er grinste sie an. »Ich hatte auch nicht angenommen, dass du vor meinem Anblick schauernd zurückweichen würdest. Obwohl ich schon befürchtet hatte, du könntest beim alten Felix sein.«

»Äh ... nein. Heute nicht. Und auch sonst nie mehr.«

»Ach? Mit Felix ist es aus? Na, ich kann nicht gerade behaupten, dass mich das tief trifft, aber es tut mir natürlich Leid, wenn es dich mitnimmt.«

»Danke schön«, sagte Marianne. »Doch, das tut es. Sogar sehr.«

Octavia ging in die Küche, um sich ein Sandwich zu machen.

Tom saß immer noch da und las die Zeitung. Sie musterte ihn etwas argwöhnisch.

»Und was hast du für Pläne für heute Abend?«, fragte er höflich.

»Ach, ich wollte arbeiten. Aber ...« Sie zögerte. Eigentlich war der Zeitpunkt sehr geeignet: Die Zwillinge waren noch nicht zurück, so könnten sie leichter miteinander reden, das unvermeidlich unangenehme Gespräch hinter sich bringen, Pläne machen.

»Aber was?«

»Also, ich ... ich wollte etwas mit dir besprechen.«

»Gut.«

»Ja. Ich ... also, ich ...«

»Ich wollte wissen, ob ich heute Abend ausgehen kann.« Caroline, die in die Küche getreten war, trug einen leicht aggressiven Gesichtsausdruck zur Schau.

»Caroline, aber natürlich können Sie das.« Octavia lächelte die Nanny an. »Warum nehmen Sie sich nicht morgen auch frei?«

»Nun, es war ursprünglich vereinbart, dass ich das ganze Wochenende freihaben könnte. Aber vielleicht haben Sie das ja vergessen.«

»Ach je. Ja, das hatte ich in der Tat vergessen.«

»Sie waren nicht da und –«

»Ja, ja, Caroline, natürlich können Sie freihaben. Wollen Sie heute Abend schon losfahren?«

»Dafür ist es jetzt zu spät«, erwiderte die Kinderfrau. »Ich hatte es eigentlich gehofft, aber –«

»Aber Caroline, ich war doch hier«, warf Tom ein. »Seit fünf. Sie hätten ohne weiteres losfahren können. Sie hätten nur Bescheid zu geben brauchen.«

»Ich weiß, dass Sie hier waren«, entgegnete Caroline würdevoll, »aber Minty hat geschrien. Vielleicht ist es Ihnen nicht aufgefallen.«

»Doch, natürlich ist es mir aufgefallen. Aber ich wollte mich nicht einmischen ...«

»Ja, das war zweifellos der Grund, dass Sie nicht mal hochgekommen sind. Und im Grunde hat das Kind auch geschrien, weil es zu seiner Mutter wollte. Es braucht seine Mutter. Wie ich schon zu Ihnen sagte, Octavia, Ihre Abwesenheit hat das Kind vollkommen aus der Bahn geworfen. Bedauerlich, dass Sie sofort wieder zur Arbeit mussten, ein ganzer Tag daheim mit der Kleinen wäre –«

»Ja, das ist mir bewusst, Caroline. Aber ich hatte sehr viel Arbeit im Büro und wir haben ja den Sonntag zusammen verbracht.«

»Sicher. Und morgen kommen ja die Zwillinge zurück, sie heitern Minty immer auf. Hoffentlich wird das Wochenende mit der ganzen Familie die Kleine wieder beruhigen. Und die Zwillinge haben ihre Eltern bestimmt vermisst. Ich nehme an, Sie werden dieses Jahr keinen richtigen Familienurlaub machen?«

»Nun«, erwiderte Tom munter, »am Sonntag ist ja schon der erste September. Der Sommer ist vorbei.«

»Na, zumindest hatten die Zwillinge Gelegenheit, mal ordentlich auszuspannen. Das brauchen wir alle von Zeit zu Zeit, nicht wahr?«

»Gewiss, Caroline«, erwiderte Octavia. »Dabei fällt mir ein, was ist mit Ihrer Urlaubsplanung? Sie nehmen Ihren Urlaub gern Ende September, nicht wahr?« (Besser, sie brachten das hinter sich, bevor der Aufruhr wegen der Scheidung losging, dachte sie.)

»Ja, das ist richtig. Also, ich muss los. Ich wollte eigentlich ins Kino gehen, aber dafür ist es jetzt ein bisschen spät.«

»Aber überhaupt nicht«, sagte Tom. »Es ist erst kurz nach acht. Soll ich Sie schnell hinfahren, damit Sie keinen Parkplatz suchen müssen?«

»Nein, nein, schon gut. Ich gehe vielleicht einfach in den Kensington Gardens spazieren, es ist ein so schöner Abend.«

»Gut. Bis dann, Caroline.«

Als die Haustür sich endlich hinter der Kinderfrau schloss, sah Octavia Tom an, und er erwiderte den Blick, atmete tief aus und begann zu lachen.

»Gott«, bemerkte er, »das war hart. Die hat's uns aber gegeben, was?«

Auch Octavia musste lachen. »Und wir beide saßen da wie abgekanzelte Schulkinder. Ich habe nicht gewagt, in deine Richtung zu schauen, als sie davon anfing, wie die Zwillinge uns vermissen würden. Schön wär's!«

»Das Beste war, als sie sagte, es sei mir gleichgültig, wenn Minty schreit.«

»Hat sie das gesagt?«

»Nicht direkt, aber es stand an der Wand geschrieben. Mit Riesenbuchstaben.«

»Wir schreiben am besten hundertmal: Wir dürfen unsere Kinder nicht vernachlässigen«, lachte Octavia.

»Gut, mach es und leg es auf den Tisch. Wetten, du traust dich nicht?«

»Tu du es doch.«

Er stand auf, holte Papier und Stift, setzte sich neben sie und begann zu schreiben.

»Tom, sie wird kündigen! Das darfst du nicht. Tom, nicht ...«

Sie lehnte sich leicht gegen ihn, gelöst, gar nicht mehr wachsam und kontrolliert, und sah zu, wie er den Zettel voll schrieb. »Hier. Du brauchst zwei Stifte, dann kannst du zwei Zeilen gleichzeitig schreiben.«

»Tatsächlich?«

»Ja, das habe ich früher immer gemacht.«

»Octavia, jetzt kenne ich dich schon so lange, und ich hatte keine Ahnung, dass du Strafarbeiten aufbekommen hast. Warst du jemals so unartig?«

»Doch, klar.«

»Was war das Schlimmste, was du angestellt hast?«

»Ach Gott, es war furchtbar. Es war in meiner Tagesschule. Ich und meine Freundin.«

»Ich dachte, du hättest keine Freundinnen gehabt. Ich dachte, die konnten dich alle nicht ausstehen.«

»Doch, eine Freundin hatte ich. Ein grässliches Mädchen, genauso fett wie ich. Wir haben uns im Klo immer gegenseitig hochgehoben und über die Trennwand in die Nachbarkabine gespäht. Es war so witzig, hat wirklich Spaß gemacht.«

»Was für ein anstößiges Verhalten. Ich bin entsetzt.«

»Na jedenfalls, eines Tages war es eine Aufsichtsschülerin. Sie zog sich die Hosen runter und wollte sich gerade mit ihrem fetten weißen Hintern auf dem Toilettensitz niederlassen, als ich loskicherte. Sie blickte auf, und – das war's dann. Wir mussten hundertmal schreiben: ›Ich darf nicht zusehen, wie andere Leute auf die Toilette gehen.‹ Ein bisschen mulmig war mir schon, aber ich musste trotzdem bei jeder Zeile kichern.«

»Na, das ist ja eine ganz neue Seite an dir, muss ich schon sagen. Ich bin mit einer Voyeurin verheiratet. Ich hatte ja keine Ahnung.«

»Entschuldige, ich hätte es dir nicht verheimlichen dürfen.«

Und dann sah er sie an, plötzlich ganz ernst, und sagte: »Es ist schön, dich mal lachen zu sehen. Wirklich schön ...«

Und ihr wurde bewusst, wie dicht sie neben ihm saß, und sie rückte ein wenig von ihm ab, wobei sie merkte, wie schwer ihr das fiel, dass sie die Wärme nicht aufgeben wollte, das tröstliche, angenehme Gefühl seiner Nähe. Und dann beugte er sich zu ihr hinüber und küsste sie, und, entspannt von ihrem gemeinsamen Lachen, entzog sie sich ihm nicht sofort. Und als sie es dann tat, nahm sie seine Reglosigkeit wahr, diese gespannte, hungrige Reglosigkeit, und irgendwie rührte sich als Antwort darauf in ihr ein verräterisches Verlangen, und es war, als würde ihr Mund, ihr ganzer Körper nicht mehr zu ihr gehören, sie beobachtete ihren Körper, spürte ihn, registrierte, wie ihr Mund seinen Kuss erwiderte, sanft zuerst, dann dringlicher. Toms Mund auf ihrem wurde härter, drängender, und sie spürte das Echo tief in ihrem Körper, warm, brennend; und sie wusste, dass sie es nicht tun durfte, es war Wahnsinn, ein Verrat an sich selbst, aber ihre Arme legten sich um seinen Hals, und sie zog sein Gesicht zu sich herunter und küsste ihn heftiger, gieriger, und als er sich ein ganz klein wenig von ihr löste und sagte: »Gehen wir nach oben?«, sah sie seine leuchtenden Augen auf sich gerichtet, und vielleicht, ja, doch, es standen wirklich Tränen in ihnen. »Ja«, sagte sie und spürte, wie ihr ebenfalls die Tränen in die Augen stiegen. Und dann, benommen und verwirrt, schockiert über ihr eigenes Tun, nahm sie seine Hand und folgte ihm nach oben, obwohl sie die Gefahr sehr wohl erkannte, denn sie wollte ihn, sie konnte sich nicht erinnern, wann sie ihn das letzte Mal so sehr begehrt hatte.

Als sie sich auszog – halb amüsiert über die Hast, die Dringlichkeit –, wusste sie, dass sie eigentlich aufhören musste, und wusste gleichzeitig, dass sie es nicht konnte, dass sie den Bedürfnissen und Forderungen ihres Körpers hilflos ausgeliefert war; und ebenso unfähig war sie eine Weile später, die gewaltige Woge ihres Orgasmus aufzuhalten. Sie lag da, völlig außer Kontrolle, bewegte sich mit ihm und über ihm, küsste ihn gierig, fiebrig, spürte seine Hände auf ihr, nahm sie und führte sie dorthin, wo sie sie haben wollte, ließ ihre Hände über seinen Körper gleiten, erinnerte sich, mit dem Körper ebenso wie mit dem Kopf, wie vollkommen, wie kontrolliert das Liebesspiel mit ihm oft gewesen war. Und als das Strahlen begann, das helle Leuchten, als sie sich wieder zurückzog, um es zu verlängern, als sie endlich den Gipfelpunkt der Lust erklomm, geräuschvoll und dankbar, hörte sie ihn, kurz bevor er ebenfalls kam, sagen »Ich liebe dich«, und ihr wurde bewusst, wie schrecklich gefährlich das war, was sie da getan hatte ...

47. Kapitel

DER DREISSIGSTE AUGUST WAR ein sehr schöner Tag gewesen. Nun, wir haben schließlich August, sagten alle, wenn der Monat auch schon fast zu Ende war. Das ist doch erst recht ungewöhnlich, erwiderten andere. In den letzten Augusttagen kam schließlich fast immer mit peitschenden Regengüssen der Ausklang des Sommers. Aber es war wundervoll, und alle waren sich einig, dass man es genießen sollte.

In London saß die Familie Fleming im Garten, die Zwillinge aufgeregt und stolz, weil sie zum ersten Mal ohne Eltern in Urlaub gefahren waren – gleichzeitig froh, wieder mit ihnen vereint zu sein und quengelig wegen des Verlusts ihrer Freiheit, des Pools und ihrer Spielgefährten. Minty, die sich von der ersten stürmischen Wiedersehensfreude erholt hatte, machte die Hitze reizbar und unruhig. Tom, verhalten entspannt, stand am Grill, und Octavia, nervös und auf der Hut, beobachtete ihn und fragte sich besorgt, wie sie das nur hatte tun können, ob es ihre Position im Scheidungsverfahren geschwächt hatte und wann und wie sie Tom beibringen sollte, dass sie die Scheidung einreichen würde. Denn scheiden lassen wollte sie sich natürlich immer noch.

Louise Trelawny packte ihre Sachen und dachte mit grimmiger Wut an ihr letztes Gespräch mit Dr. Bishop. Er war der Ansicht gewesen, dass es ihr sehr viel besser ginge. Was bewog ihn zu dieser Annahme? Warum sah er nicht, wie verletzt sie immer noch war und wie groß ihr Zorn war? Aber im Grunde war sie ihm dankbar, dass er es nicht erkannte. Zumindest würde sie dieser grässlichen Klinik entkommen. Sie würde ihren Racheplan in die Tat umsetzen. In wenig mehr als einer Woche, in acht Tagen, würde sie sich gerächt haben, oder vielmehr wäre sie gerade dabei. Und erst dann würde sie sich wirklich besser fühlen.

Sandy Trelawny saß mit Dickon, Megan und Pattie David im Garten, verspeiste die leckere Lasagne, die Pattie zubereitet hatte, und dachte daran, dass er sie viele Wochen oder sogar Monate nicht würde sehen können – sie und Megan. Und dass er das letzte Mal Ruhe und Frieden hatte. Morgen würde er bei Louise sein und versuchen, seinen Zorn zu unterdrücken, seine Abneigung gegen sie, und sich dabei möglichst gut um sie zu kümmern. Denn erst wenn es ihr wirklich wieder besser ging, konnte er daran denken, von ihr wegzukommen. Pattie hatte bereits versichert, wie sehr sie ihn und Dickon vermissen würde. Wenn sie irgendwas für ihn tun könne, müsse er unbedingt Bescheid sagen, hatte sie hinzugefügt. Aber er wusste, dass keine Aussicht darauf bestand, sie zu sehen, und ganz bestimmt würde sie ihm nicht helfen können.

Aber als sie endlich widerstrebend aufbrachen, gestattete er sich, ihr einen leichten Kuss zu geben – nur auf die Wange – und zu erklären, er sei ihr dankbarer für ihre Hilfe, als sie es sich vorstellen könne.

Mehr konnte er unmöglich sagen, hatte er gedacht, aber als sie meinte: »Sie müssen sich sehr darauf freuen, Ihre Frau wieder zu Hause zu haben«, hörte er irgendwie seine eigene Stimme in harschem Tonfall entgegnen, nein, er freue sich überhaupt nicht. Pattie, der eine leichte Röte ins Gesicht gestiegen war, hatte erwidert, es würde natürlich eine große Belastung für ihn sein, und als er sagen wollte, nein, das sei überhaupt nicht der Grund, kam Dickon angelaufen und rief: »Guck mal, Megans Kaninchen hat gerade Junge bekommen.«

Und danach gab es keine Gelegenheit mehr, etwas zu sagen.

Lucilla Sanderson beobachtete, wie ihre Freunde, die Fledermäuse, durch die Dämmerung schossen, und fragte sich, was sie nun tun sollte. Sie hatte die Davids angerufen; sie würden morgen herkommen. Ihren Abgeordneten hatte sie auch informiert, Gabriel Bingham, der ein sehr netter junger Mann zu sein schien und sich überhaupt nicht anhörte wie ein Sozialist. Aber heutzutage wusste man ja nie, man brauchte nur an Tony Blair zu denken. Wenn die Baugenehmigung erteilt sei, könne man kaum noch etwas tun, hatte er gesagt. In dem Fall müsse alles seinen demokratischen Gang gehen, und er hoffe sehr, dass Mrs Sanderson nicht plane, künftig in den Wipfeln der Bäume oder in einer Erdhöhle zu leben. Es war als Scherz gedacht, aber Lucilla hatte erwidert, wenn die Bulldozer in Bartles Park einträfen, habe sie vor, genau das zu tun.

»Ich bin schon sehr alt«, hatte sie erklärt, »und ich finde, das ist eine gute Art zu sterben.«

Gabriel Bingham hatte gelacht und entgegnet, er würde sich melden, sobald er etwas Definitives wüsste.

Plötzlich kam vom Tal her Wind auf, der Vorbote eines Sturms, und die Fledermäuse verschwanden.

In London saß Marianne Muirhead allein zu Hause, vor sich eine Flasche Sancerre, und dachte über Nico Cadogan, Felix Miller und das unglaubliche Chaos nach, das sie aus beiden Beziehungen gemacht hatte. Oben hörte Marc ziemlich laut irgendeine grässliche Musik. Es war erstaunlich, wie die jungen Leute es schafften, bei diesem Lärm zu schlafen, sich zu unterhalten und sogar zu arbeiten.

Plötzlich stand er in der Wohnzimmertür. Er sah anders aus, sauberer und nicht mehr ganz so braun, aber immer noch mager und außerordentlich gut aussehend. Marianne wäre eher gestorben, als es zuzugeben, aber tief in ihrem Herzen wusste sie, dass Marc ihr Lieblingskind war. Sie hatte einmal eine Freundin sagen hören: »Ich liebe meine Töchter mehr als alles auf der Welt, aber meinen Sohn liebe ich mehr als mehr als alles auf der Welt.« Das beschrieb sehr genau ihre eigenen Empfindungen für Marc.

»Ich kann nicht schlafen«, erklärte er. »Ich wollte ein wenig mit dir plaudern, wenn du nichts dagegen hast. In Nepal haben wir uns oft nachts unterhalten. Unter den Sternen. Die Sterne waren unglaublich. Einfach riesig.«

Marc plauderte gern, lieber als die Mädchen. Es war eines der Dinge, die sie am meisten an ihm liebte; es war so angenehm leicht, sich mit ihm zu unterhalten.

»Habt ihr sonst noch was gemacht?«, erkundigte sie sich.

»Ja, viel Karten gespielt. Und Schach.«

»Ah. Schach. An Schach habe ich in letzter Zeit oft denken müssen.«

»Ich dachte, du spielst nicht.«

»Tue ich auch nicht. Aber die Lage, in der ich mich befinde, könnte man am besten mit ›schachmatt‹ beschreiben.«

»Möchtest du darüber reden?«

Sie zögerte, aber nach dem dritten Glas Sancerre begann sie zu sprechen. Als sie geendet hatte, schwieg Marc eine Weile; dann sagte er: »Das würde ich nicht direkt als Schachmatt bezeichnen. Wenn man schachmatt ist, kann man gar nichts mehr tun. Ich würde sagen, du stehst im Schach.«

»Und was tut man in einem solchen Fall?«

»Man ergreift defensive Maßnahmen.«

»Marc, das habe ich getan. Ich bin zu Felix gefahren. Es hat nicht geklappt.«

Er starrte sie an. »Und dieser Cadogan? Was empfindest du für ihn?«

»Wenn Felix nicht wäre, würde ich ihn vermutlich ...« Sie

zögerte. »Würde ich ihn vermutlich lieben. Aber so – ach, es darf einfach nicht sein.«

Marc schaute sie nachdenklich an. »Ja«, sagte er langsam. »Ja, vielleicht ist es doch ein Schachmatt.«

In Bath saß Gabriel Bingham in seinem winzigen Hinterhofgärtchen und dachte traurig an Octavia, dankbar dafür, dass es langsam kühler wurde. Der Tag war sehr heiß gewesen, obwohl die Hitze längst nicht so schlimm war wie auf Barbados. Es war Wind aufgekommen, ein ziemlich starker Wind für August, und der Himmel bezog sich. Es sah aus, als würde es sogar regnen. Das wäre wirklich angenehm. Die ganze Woche über war es eindeutig zu heiß gewesen.

Er vermisste Octavia, hatte sich aber rasch zu ihrer pragmatischen Sichtweise durchgerungen. Es war wirklich gut, dass sie so früh entdeckt hatten, wie wenig sie zueinander passten. Allein deswegen hatte die Woche auf Barbados sich gelohnt. Er hoffte allerdings, dass sie sich trotzdem gelegentlich sehen würden; er war gern in ihrer Gesellschaft, er mochte ihren klaren, scharfen Verstand und ihre bezaubernde Ernsthaftigkeit. Ob es wohl schon zu der unvermeidlichen Versöhnung mit dem Gatten gekommen war? Er hoffte es (und bewunderte sich gleichzeitig dafür, dass er das hoffen konnte). Vielleicht würde er sie nächste Woche anrufen, unter dem Vorwand, sich nach Bartles House zu erkundigen. Er sah wenig Hoffnung für die Rettung des Waldes – und seiner Ansicht nach sprach auch vieles für den Bau dringend benötigten Wohnraums, die zudem Arbeitsplätze für die Region schaffen würde. Und das Begegnungszentrum mit den Einrichtungen für Behinderte wäre eine echte Bereicherung. Diese Sankt-Florian-Typen waren doch alle gleich. Zugeben würden sie es natürlich nie, aber es stimmte. Wenn Michael Carlton beschlossen hätte, sein Bauprojekt auf der anderen Seite von Bath durchzuziehen, hätte keiner von denen auch nur einen Finger gerührt …

In Martha's Vineyard lag Zoe Muirhead an Deck eines Segelbootes, beobachtete die Wolken, die über ihr hinzogen, und lächelte gelegentlich den außerordentlich gut aussehenden Jungen am Ruder an. Die Ferien waren längst nicht so schlimm geworden, wie sie befürchtet hatte. Nachdem sie sich ihrem Vater sozusagen demütig zu Füßen geworfen hatte, war er lammfromm gewesen und hatte sie jeden Abend losziehen lassen, solange er die Eltern ihrer Begleiter kannte – Gott, waren Erwachsene naiv. Auch Romilly hatte viel Spaß, sie war mit nahezu der Hälfte der Sechzehnjährigen auf der Insel ausgegangen. Das kurze Intermezzo als Model hatte sie von ihrer schlimmsten Schüchternheit kuriert. Zoe hatte ihrem Vater gegenüber sogar angedeutet, sie würde vielleicht auf ein amerikanisches College gehen, sobald sie ihren Schulabschluss in der Tasche hätte. Wirklich ein kluger Schachzug. Ian und die Polizeiwache erschienen kaum mehr als ein schlechter Traum ...

In Edinburgh saß Felix Miller, der auf der Hochzeit des Sohnes eines Freundes gewesen war, in seinem Hotelzimmer, trank Whisky und trauerte um das Ende seiner Beziehung zu Marianne. Denn es war zu Ende, das wusste er. Durch seine Schuld. Sie war zu ihm gekommen, hatte ihren Stolz heruntergeschluckt, weil sie sich Sorgen um ihn gemacht hatte. Und er hatte sie abgewiesen, unnötig schroff noch dazu. Er war ein Narr, ein vollkommener Narr. Jeden Tag fehlte sie ihm mehr, körperlich, emotional, intellektuell. Er fühlte sich sehr allein. Und irgendwie furchtsam. Dass er fast ertappt worden wäre, bloßgestellt vor Octavia, dem Menschen, den er am meisten auf der Welt liebte, hatte ihn schwer getroffen. Er hatte sich für unverwundbar gehalten und erkannte jetzt, dass das keineswegs der Fall war. Es war eine außerordentlich heilsame Erfahrung gewesen.

Und noch etwas lag ihm auf der Seele. Das Zusammentreffen mit Tom an jenem Abend hatte etwas bewirkt, was sein Schwiegersohn sicher nie für möglich gehalten hätte. Felix hatte seine Meinung über ihn geändert, ein klein wenig jedenfalls; fast empfand er Respekt vor ihm. Natürlich, Tom war sehr clever gewesen, ja sogar gerissen. Aber er hatte auch Octavia Schmerz ersparen wollen. Es wäre ihm ein Leichtes gewesen, ihr alles zu erzählen, ihr zu sagen, sieh nur, was dein Vater mir angetan hat, was er dir angetan hat, ihr ihre Illusionen über ihren Vater zu nehmen. Aber er hatte es nicht getan. Auch nicht, bevor er wusste, dass er ein Druckmittel benötigte. Nein, Felix musste zugeben, dass sein Schwiegersohn nicht nur schlechte Seiten hatte.

In Paris traf Diana, Prinzessin von Wales, in Begleitung von Dodi Fayed im Ritz ein. Die Paparazzi, die das Paar vom Flughafen Le Bourget aus verfolgt hatten, sammelten sich an der Place Vendome, gegenüber dem Hoteleingang, und warteten ab, wohin ihre Beute sie heute noch führen würde.

Ob es Diana gefiel oder nicht, sie hatte ihnen einen wunderbaren Sommer verschafft ...

48. Kapitel

LOUISE GING LEISE VOR sich hin trällernd zum Frühstück. Die letzte Mahlzeit, die sie in der Klinik einnehmen würde. Es war fast zu schön, um wahr zu sein.

Sie schenkte sich Orangensaft und eine Tasse Kaffee ein und setzte sich an einen der leeren Tische. Jetzt brauchte sie keine Freundlichkeit mehr vorzuspielen. Eine Frau am Nachbartisch, die Louise immer besonders verabscheut hatte, blickte auf.

»Ist es nicht furchtbar?«, sagte sie.

»Was denn?«, fragte Louise unbekümmert.

»Das mit Diana.«

»Welcher Diana?«

»Prinzessin Diana natürlich. Sie ist tot. Bei einem Autounfall ums Leben gekommen.«

Louise fühlte sich, als hätte sie ein sehr schweres Gewicht in die Magengrube getroffen. Es schockierte sie, wie bestürzt sie war. Es war fast, als hätte sie nicht nur eine Freundin, sondern einen wichtigen Bestandteil ihres Lebens verloren. Sie und die Prinzessin waren ungefähr gleichaltrig, und Louise hatte verfolgt, wie Diana sich von einem dicklichen, hübschen Mädchen erst in eine Prinzessin, dann in eine Göttin und schließlich in eine neurotische geschiedene Frau verwandelt hatte. Dianas Erscheinung hatte sie beeinflusst, ihre Macht über die Medien hatte sie fasziniert, ihre offenkundige Einsamkeit ihr Mitgefühl erweckt. Es schien, als sei sie auf der Welt gewesen, um Klatsch, Interesse und Bewunderung auf sich zu ziehen. Und jetzt war sie tot. Es war unfassbar.

»Kann ... kann ich mal sehen?«, fragte Louise.

Die Frau reichte ihr die Zeitung. »Die armen Kinder«, sagte sie. »Die armen, armen Jungen.«

Der Artikel enthielt wenig Einzelheiten: Man erfuhr nur, dass Diana in den frühen Morgenstunden im Krankenhaus La Pitié in Paris gestorben war. Auch Dodi war tot und der Fahrer des Wagens. Schuld waren offenbar die Paparazzi, die sie regelrecht gejagt hatten. Sie hatten den Fahrer gezwungen zu beschleunigen und ihn mit ihren Scheinwerfern geblendet.

Louise las den Artikel, dachte an die bildhübsche Frau, deren tragisches Leben viel zu früh beendet worden war, und begann zu weinen. Als Sandy kam, hatte sie sich schon wieder etwas gefasst, aber sie war immer noch blass und hatte geschwollene Augen.

»Ist es nicht furchtbar? Ich bin so traurig deswegen.«

»Ja«, sagte er. Er wusste sofort, was sie meinte. »Ja, es ist sehr, sehr traurig. Verabschiede dich doch schon mal von Dr. Bishop, ich bringe das Gepäck zum Wagen.«

Sogar Dr. Bishop schien aufgewühlt. Was für eine schöne junge Frau Diana doch gewesen sei, sagte er, was für ein furchtbarer Verlust. Auf der Fahrt nach Hause hörten sie Radio. Immer neue Einzelheiten wurden bekannt. Kein einziger Kanal spielte Musik, nicht einmal die Pop-Sender.

Louise war überrascht, dass Sandy gewillt schien, sich das alles anzuhören. Normalerweise reagierte er mit Ungeduld, wenn jemand Interesse an der königlichen Familie bekundete. Erst später wurde ihr klar, dass er dankbar für alles war, was das lastende Schweigen ausfüllte, das eintrat, sobald sie miteinander allein waren.

Irgendwann nickte Dickon ein.

»Wahrscheinlich ist ihm langweilig«, sagte Sandy knapp. »Außerdem ist es gestern ziemlich spät geworden.«

»Wieso denn?«

»Ach, wir haben bei Freunden gegessen.«

»Welche Freunde? Davon hast du gar nichts erzählt.«

»Ach, Pattie David und ihre kleine Tochter Megan.«

»Warum um alles in der Welt habt ihr bei denen gegessen?«

»Beide waren sehr freundlich zu uns. Wir haben sie öfters besucht, wenn wir von dir kamen.«

»Oh ja, jetzt erinnere ich mich. Dickon hat von ihnen gesprochen. Die Frau muss ziemlich langweilig sein.«

»Sie ist überhaupt nicht langweilig«, entgegnete Sandy.

»Und Megan ist schön«, warf Dickon schläfrig ein.

»Aha«, bemerkte Louise. Eifersucht durchfuhr sie. »Ich sehe schon, es wird etwas dauern, bis ich auf dem neuesten Stand bin. Ihr habt euch ja offenbar ohne mich bestens amüsiert. Welche neuen Freunde habt ihr denn noch gewonnen?«

»Keine. Sei doch nicht albern.«

Sandy schenkte ihr das knappe Lächeln, das sie allmählich sehr gut zu kennen begann.

»Liebling«, rief sie aus, als sie endlich zu Hause angekommen waren. »Das sieht ja alles tadellos aus. Wie hart du gearbeitet haben musst. Und erst die wunderbaren Blumen in unserem Schlafzimmer.«

Sie wollte ihm einen Kuss geben, aber er wich zurück.

»In deinem Schlafzimmer«, verbesserte er etwas hastig. »Ich dachte, du würdest lieber für dich sein wollen. Ungestört. Ich bin ins Gästezimmer gezogen.«

»Aber Sandy! Ich will nicht alleine schlafen. Das Zusammensein mit dir gehört zu den Dingen, auf die ich mich am meisten gefreut habe.«

»Also ...«, erwiderte er zögernd. »Ich halte es für besser.« Er lächelte sie an – wieder dieses knappe Lächeln. »Dr. Bishop meinte, du brauchst noch viel Ruhe.«

Panik durchfuhr sie; so hatte sie sich das nicht vorgestellt. Aber es war besser, jetzt keine Einwände zu erheben. Sie würde ihn schon ins Bett kriegen, wenn sie es wollte. Und sie wollte.

Eine Weile sah sie fern. Es war unendlich traurig: endlose Aufnahmen von der königlichen Hochzeit, von Diana mit ihren Söhnen, der herzzerreißenden Szene, wo sie auf der königlichen Jacht eintrifft und die Arme nach dem winzigen Harry ausstreckt. Vor dem Kensington Palace und dem Buckingham Palace wurden immer mehr Blumen abgelegt. Ganz gewöhnliche Leute weinten vor der Kamera und sagten, sie hätten das Gefühl, eine Freundin verloren zu haben. Der Premierminister gab eine sehr emotionale Erklärung vor der Presse ab. Königin der Herzen, so nannte er Diana. Wieder Bilder von Diana mit ihren Söhnen. Noch mehr feierliche Stellungnahmen, noch mehr Blumen. Schließlich ertrug Louise es nicht länger. Ihr eigenes Glück, das selbst so zerbrechlich war, wurde dadurch bedroht, geschädigt. Sie bekam Angst, spürte einen Panikanfall irgendwo in ihrem Kopf lauern. Sie stellte den Fernseher aus und beschloss, mit Dickon einen Spaziergang zu machen, während Sandy Mittagessen kochte.

»Erzähl mir doch von euren neuen Freunden, Pattie David und ihrer Tochter«, forderte sie ihren Sohn auf.

»Königin der Herzen, bah!«, sagte Tom. »Welcher Redenschreiber sich den Spruch wohl ausgedacht hat?«

»Sei nicht so zynisch«, versetzte Octavia. Dianas Tod war ihr nahe gegangen. »Und selbst wenn, er ist besser als der des Oppositionsführers.«

»Ja, das ist wahr. Gott, das geht ja ewig so weiter. Ich glaube, ich mache einen Spaziergang. Will jemand mitkommen?«

»Können wir Inliner fahren?«

»Ja, wenn ihr wollt.«

»Mama, kommst du auch mit?«

»Nein, ich glaube nicht«, antwortete sie hastig. Sie brauchte unbedingt etwas Zeit für sich. Fiona hatte ihr ein langes

Formular mitgegeben, das sie ausfüllen sollte; und sie musste nachdenken. Was sollte sie nur tun, wie und wann sollte sie Tom erzählen, dass sie die Scheidung einreichen wollte? Sie hatte es ihm immer noch nicht gesagt. Bevor sie am Freitagabend zusammen eingeschlafen waren, hatte er noch gefragt: »Worüber wolltest du denn mit mir reden?«

»Ach, über nichts Wichtiges«, hatte sie erwidert. Da hätte sie es ihm doch unmöglich sagen können, oder? Sie brauchte dringend Rat, aber wen konnte sie fragen? »Äh, Fiona ... Ich habe Freitagabend mit meinem Mann geschlafen. Macht das was?«

Oh Gott. Was hatte sie nur getan, warum hatte sie das nur gemacht? Mit diesem Augenblick der Tollheit hatte sie ihrer Sache sehr geschadet. Und ihre Beziehung zu Tom viel komplizierter gemacht. Seitdem strahlte er stille Zuversicht aus. Mit gutem Grund. Gott, was für eine Konfusion. Sie konnte auch kaum behaupten, dass er sie gezwungen hatte. Nein, sie war mit ihm ins Schlafzimmer gerannt und hatte sich die Kleider vom Leib gerissen. Und danach war sie glücklich an ihn geschmiegt eingeschlafen, zutiefst befriedigt. Aber als sie erwachte, empfand sie Reue, Angst und Verwirrung.

Es war das Geld gewesen. Natürlich nicht das Geld an sich, sondern die Art, wie er es ihr hatte zukommen lassen. Wie hieß es noch mal in der Bibel? Sorge dafür, dass dein Opfer in der Verborgenheit geschieht. Aber machte das ungeschehen, was Tom an Schlechtem getan hatte, in der Verborgenheit? Es war sehr schlimm gewesen, was er getan hatte, heimlich. Sie war noch immer verletzt, zutiefst verletzt und gedemütigt. Sie konnte ihm nicht anders begegnen als mit Misstrauen. Die Grundlagen ihres Lebens waren erschüttert worden, von einem Beben, das fast ihr Leben zerstört hätte. Sie fast zerstört hätte. Und wie sollte sie wissen, dass er sie nicht erneut betrügen würde, wenn die Reue verschwand, der Schmerz nachließ? Sie konnte ihm nicht anders begegnen als mit Misstrauen. Und sie glaubte nicht, dass sie damit würde leben können. Es war besser, viel besser, einen klaren Schnitt zu machen, so klar und sauber, wie es eben ging. So hatte sie sich entschieden und im Grunde hatte sich auch nichts geändert. Nur dass sie sich wirklich erschreckend dumm verhalten hatte ...

»Einfach entsetzlich, nicht wahr?«, seufzte Lucilla. »Schrecklich traurig. So eine bildhübsche junge Frau. Was für ein Verlust. Und die armen, armen Kinder. Wie sollen die das nur verkraften?«

»Ja«, stimmte Pattie zu. »Und der arme Prinz Charles. Er muss sich furchtbar schuldig fühlen.«

»Mit gutem Grund«, versetzte Lucilla energisch. »Die haben alle guten Grund, sich schuldig zu fühlen. Sicher, sie war ein schwieriger Mensch, aber sie hätten ihr den Ehrentitel einer königlichen Hoheit nicht aberkennen dürfen. Und ihr zudem ihre Leibwächter wegnehmen. Ich denke, wenn sie einen ordentlichen englischen Leibwächter gehabt hätte, wäre das nicht passiert. Wirklich rücksichtslose Bestien, diese Fotografen.«

»Haben Sie die Bilder von den Blumenbergen gesehen?«, fragte Megan.

»Ich habe gar nichts gesehen, Liebes. Der Fernseher ist kaputt. Den ganzen Tag wurde deswegen herumgejammert, statt an die arme Diana zu denken. Natürlich, ein paar der alten Leute« – sie nannte ihre Mitbewohner immer alte Leute, als wäre sie selber jung – »haben einen eigenen Fernseher. Aber mit denen komme ich nicht besonders gut aus, also habe ich nur Radio gehört. Oh, Nora. Wollen Sie sich nicht zu uns setzen? Das ist eine Freundin von mir, Mrs David, und ihre Tochter Megan. Sie haben sich auch bemüht, Bartles House zu retten, und den Wald natürlich. Aber ich fürchte, wie ich gerade sagte, dass wir geschlagen worden sind. Der Fortschritt und die Gier haben mal wieder triumphiert. Und noch ein Stück England wird zubetoniert.«

»Noch ist es nicht vorbei«, widersprach Pattie. »Wir planen Protestkundgebungen und wir werden vors Verwaltungsgericht ziehen.«

»Reine Zeitverschwendung, fürchte ich«, erklärte Lucilla. »Die Entscheidung wurde getroffen und wir haben keinerlei Einfluss darauf. Sehr demokratisch. Ungefähr so demokratisch wie Stalins Säuberungen!«

»Lucilla, übertreiben Sie da nicht ein wenig?«

»Keineswegs. Es ist erschreckend, was diese Gemeinderäte so alles anrichten. Alle wirtschaften sie in die eigene Tasche, Bestechung und Korruption, wohin man schaut – Nora, würden Sie vielleicht gerne etwas trinken? Die Sonne geht schon unter. Nicht, dass viel von der Sonne zu sehen wäre. Ganz anders als gestern.«

»Nein, danke. Ich bin furchtbar müde. Zurzeit kann ich überhaupt nicht schlafen. Ich weiß, Sie mögen die Fledermäuse, Lucilla, aber ich fürchte mich vor ihnen. Und sie machen einen furchtbaren Lärm da oben im Dachstuhl. Direkt über mir, wissen Sie. Ich hasse die Viecher.«

»Fledermäuse sind doch süß«, meinte Megan. »Eben kleine fliegende Mäuse.«

»Ganz recht«, verkündete Lucilla. »Ein Mädchen ganz nach meinem Herzen. Es sind süße, kleine Geschöpfe. Ich finde sie wunderbar und betrachte sie als meine Freunde, als meine Hausgenossen.«

»Also, ich wünschte, ich hätte keine Fledermäuse als Hausgenossen«, bemerkte Nora. »Ich wünschte, sie würden irgendwo draußen leben.«

Es war wie an einem Sonntag in den fünfziger Jahren, dachte Nico Cadogan bei sich, als er durch die wie ausgestorben daliegenden Dörfer Wiltshires fuhr. Es war sehr sonderbar. Alles war still, das ganze Land war in Trauer. Alle saßen drinnen vor dem Fernseher und sahen sich Bilder von ihrer geliebten Prinzessin an. Selbst das Wetter war umgeschlagen, wie aus Mitgefühl mit der Tragödie. Es war bewölkt und windig, der warme goldene Sonnenschein des Vortages verschwunden. Nico Cadogan fühlte sich ebenfalls seltsam. Die Hochstimmung wegen Felix Millers Rückzieher, die Freude darüber, dass seine Hotels sicher waren, hatte nachgelassen und war von einer leichten Melancholie überschattet worden, weil er diese Freude mit niemandem teilen konnte. Natürlich, Tom Fleming hatte sein Bestes getan, aber das war nicht dasselbe. Marianne fehlte ihm ganz furchtbar, er hätte nie gedacht, dass er sie so vermissen würde. Schließlich waren sie nur ganz kurz zusammen gewesen. Aber es waren sehr intensive, glückliche Tage gewesen und das Zusammensein mit ihr hatte ihn unwiderruflich verändert.

Sie anscheinend nicht. Sie zog Felix Miller vor. Und ob das mit den beiden nun klappte oder nicht, war unerheblich. Nico hatte nicht die Absicht, die zweite Geige zu spielen. Das würde sein Stolz nie zulassen.

»Ich kann es einfach nicht glauben.« Laurens Stimme klang dumpf, nicht vor Trauer, wie man es von einer Frau hätte erwarten können, die angeblich mit Diana befreundet gewesen war, sondern vor Wut. »Was sollen wir nur machen? Wir können doch jetzt unmöglich unseren Spaßtag abhalten wie geplant. Oder was meinen Sie?«

»Ich weiß es nicht«, sagte Octavia langsam. »Wenn die Beerdigung am Samstag stattfindet, wird das natürlich einen Schatten darauf werfen. Aber andererseits, wenn wir die Sache absagen, verlieren wir sehr viel Geld.«

»Es ist eine verdammte Katastrophe«, stieß Lauren hervor. Dann, als sie merkte, wie Octavia sie ansah, fügte sie hastig hinzu: »Natürlich zerreißt es einem das Herz. Ich bin ganz niedergedrückt. Und die Kinder. Die armen, armen Jungen. Wie sie gestern gezwungen wurden, zur Kirche zu gehen, einfach schrecklich.«

»Ja, es ist alles sehr traurig. Aber wie Sie schon sagten, wir stehen vor einem ganz praktischen Problem. Warten wir ab, was Melanie meint. Sie wird in ungefähr zehn Minuten hier sein.«

»Schön. Den Zwillingen geht es gut?«

»Ja, bestens. Sie haben eine wunderbare Zeit verlebt. Ich danke Ihnen nochmals.«

»War mir ein Vergnügen. Was hält Tom denn von der Sache? Findet er, wir sollten alles absagen?«

»Ich weiß es nicht«, sagte Octavia. Sie hatte nicht daran gedacht, ihn zu fragen. Früher, in einem anderen Leben, hätte sie das als Allererstes getan. Das war ja so schön an ihrer Beziehung gewesen, dass sie einander immer um Rat fragen, die sachkundige Meinung des anderen hatten einholen können. Es würde ihr fehlen. Nun ja, noch war es nicht vorbei.

»Ich werde ihn fragen«, erklärte sie.

Tom, der offenkundig erfreut war, nach seiner Meinung gefragt zu werden, fand, sie sollten die Veranstaltung wie geplant stattfinden lassen. »Am Samstag wäre es natürlich unmöglich. Ich meine, sie haben sogar Fußballspiele abgesagt und die Supermärkte schließen früher. Aber am Sonntag ... Ideal ist es zwar nicht, aber zu diesem Zeitpunkt werden die Leute froh sein, irgendwo hingehen zu können. Sie werden es allmählich leid sein. Ich glaube, ihr könnt trotzdem mit einer großen Anzahl von Besuchern rechnen.«

»Danke«, sagte Octavia.

»Bist du heute Abend zu Hause?«

»Nein, ich komme sicher erst spät.«

Sie hatte eine Besprechung mit Melanie und danach würde sie sich in ihr Büro setzen und Fionas Formular ausfüllen. Das war einfacher, es gab weniger Unterbrechungen. Und wenn sie es ausgefüllt hatte, wenn alles ... offizieller war, würde es auch leichter sein, es Tom zu sagen.

»Schade. Ich wollte eigentlich mit dir reden. Und du wolltest mir doch auch etwas sagen, oder?«

»Oh, ja. Aber nicht heute. Später.«

Sie legte den Hörer auf.

»Liebes, du siehst müde aus. Ich hoffe, du überanstrengst dich nicht.«

»Nein, natürlich nicht. Es geht mir gut. Es war nur ein bisschen mühsam, die Rückkehr ins wirkliche Leben. Und ich schlafe nicht besonders gut.«

»Wieso denn nicht?«

»Ach, ich weiß nicht. Vielleicht liegt es an den Tabletten.«

Wie sollte sie ihrem Vater erzählen, ausgerechnet ihrem Vater, dass sie stundenlang wach gelegen hatte, voller Zorn, ja sogar rasend vor Zorn; dass sie zwei Nächte hintereinander zu Sandy gegangen war, sich neben ihn ins Bett gelegt hatte, versucht hatte, ihn zu erregen, mit allen Mitteln. Sie hatte ihren nackten Körper an seinen geschmiegt, ihre Hände eingesetzt, ihren Mund, sogar ihre Stimme – ohne jeden Erfolg. Er hatte sie abgewiesen. Zuerst hatte er einen Scherz daraus gemacht und gemeint, sie solle ihre Energien doch nicht an ihn verschwenden, doch dann, als sie beharrlich geblieben war, hatte er sich von ihr abgewandt und mit dieser müden, distanzierten Stimme, die sie allmählich so gut kannte, gesagt: »Louise, bitte. Bitte lass mich in Ruhe.«

Sie war aus dem Gästezimmer gestürzt, den Flur heruntergeeilt, die Arme vor den Brüsten gekreuzt. Niemand sollte sie sehen – lächerlich, es war ja gar niemand da. Sie hatte sich schrecklich gefühlt, verwundbar, nicht begehrenswert, sogar hässlich, war ins Schlafzimmer gelaufen, hatte sich aufs Bett geworfen und geweint, traurig erst, dann wütend, hatte sich beschämt selbst befriedigt, um sich von dem schmerzenden, hungrigen Begehren zu befreien, und war endlich in einen unruhigen Schlaf gesunken, nur um sich beim Aufwachen an das Vorgefallene zu erinnern, erneut die Demütigung zu fühlen ...

»Du wirst dich bestimmt bald wieder eingelebt haben«, tröstete sie ihr Vater. »Ich hatte gedacht, wir gehen irgendwo essen, du, Dickon und ich, damit Sandy mal zum Arbeiten kommt.«

»Oh ja, schön. Gute Idee.«

Es war Mittwoch und die Stimmung im Land wurde langsam unangenehm. Die Boulevardzeitungen als selbst ernannte Sprecher der Nation heizten den Zorn der Bevölkerung auf die königliche Familie an, die in Balmoral blieb und nicht nach London kam, um öffentlich zu trauern, wie es (nach Ansicht der Boulevardblätter) ihre Pflicht gewesen wäre. Bilder von Blumenbergen und Trauernden füllten die Zeitungen. Es war alles sehr düster und trug nicht gerade dazu bei, Louises Stimmung zu heben.

Im Garten des Pubs studierte sie die *Daily Mail*, während ihr Vater drinnen das Essen bestellte, und dachte über Diana nach, die von ihrem Mann und ihrem Liebhaber zurückgewiesen worden war. Nun, sie hatte sich gerächt. Es war eine andere Rache gewesen als die, die Louise plante, aber gerächt hatte sie sich. Sie hatte Charles schlecht gemacht, seinem Image geschadet und im Fernsehen darüber gesprochen, wie James Hewitt sie im Stich gelassen hatte. Es hatte ihr geholfen, ganz offensichtlich hatte es das.

»Könnte ich dich am Samstag besuchen und auch bei dir übernachten, was meinst du?«, fragte sie leichthin, als ihr Vater zurückkehrte.

»Aber natürlich, Liebes. Das wäre schön. Kommt ihr alle?«

»Nein, nur ich. Sandy und Dickon wollen am Sonntagmorgen früh los, zu diesem Benefiztag in Brands Hatch. Und ich würde ungern allein zu Hause bleiben.«

»Warum fährst du denn nicht mit?«

»Es wäre ein bisschen viel für mich, glaube ich. Nein, ich bleibe lieber bei dir.«

»Ach komm doch mit«, warf Dickon ein. »Alle gehen hin. Auch die Zwillinge und ihre neuen Freunde, mit denen sie im Urlaub waren.«

»Und Minty?«

»Ja, die nehmen sie auch mit, das hat Poppy mir gestern erzählt.«

»Und die Mama der Zwillinge und ihr ... ihr Papa?«

»Ja. Alle.«

Also hatte Tom sein Vergnügen gehabt und trotzdem alles behalten. Er und Octavia waren noch zusammen, führten weiterhin ihre perfekte Ehe, waren die perfekte Familie. Und sicherlich schliefen die beiden noch immer zusammen, Octavia musste sich nicht gedemütigt wegschleichen, von ihrem Mann abgewiesen. Und ein Baby hatte sie auch noch ...

»Es wird bestimmt lustig. Bitte komm mit.«

»Nein, Schatz, diesmal nicht. Es würde mich zu sehr anstrengen. Vielleicht nächstes Mal.«

»Gut«, sagte Dickon mit einem Seufzer.

»Wie außerordentlich ... liberal du doch bist«, sagte Louise am Abend zu Sandy.

»Was meinst du damit?«

»Es überrascht mich, dass du am Sonntag zu dieser Veranstaltung fährst. Zu Octavias Benefiztag. Wirst du dich dabei nicht ein wenig ... nun ja, sagen wir, unbehaglich fühlen?«

»Ich hoffe nicht«, versetzte Sandy. »Und Octavia war sehr nett zu mir.«

»Ja, das höre ich ständig. Geht Mrs David auch hin?«

»Nein, das wäre viel zu weit für Megan.«

»Und wie wirst du dich wohl fühlen, wenn du höflich Konversation mit Tom treiben musst?«

»Tom kommt nicht.«

»Doch. Frag Dickon, wenn du mir nicht glaubst.«

»Oh. Verstehe.« Sandy schwieg eine Weile, dann sagte er: »Ich muss noch arbeiten, bevor ich zu Bett gehe. Bitte entschuldige mich. Lass nur, ich räume ab.«

Louise ging ins Wohnzimmer, um zu sehen, was es im Fernsehen gab. Natürlich jede Menge über Diana. Zwei Tage vor dem Begräbnis war die königliche Familie von Balmoral nach London gekommen und die Queen würde sich mit einer Fernsehansprache ans Volk wenden. Die Boulevardpresse wurde etwas gnädiger: Charles war mit den Jungen vor die Tore von Balmoral getreten und ihnen war nichts als Sympathie und Mitgefühl entgegengebracht worden. Die Prinzen Andrew und Edward hatten einen Spaziergang über The Strand gemacht und waren nicht belästigt oder angegriffen worden. Die letzten Einzelheiten eines Staatsbegräbnisses, so eindrucksvoll wie das von Churchill, wurden geregelt.

Louise schaute sich das eine Weile an und dann überkam sie plötzlich der Wunsch nach Schokolade. Seit sie ... krank gewesen war, hatte sie einen Heißhunger auf Schokolade; es beruhigte und tröstete sie auf eine Weise, die sie nie für möglich gehalten hätte. Im Schrank war keine mehr. Verdammt. Sie hatte sie aufgegessen. Also würde sie gehen und neue kaufen müssen. Der Laden an der Ecke hatte noch auf.

Sie griff nach ihrer Börse, aber die war leer. Egal, Sandy hatte immer Geld in der Tasche. Seine Brieftasche lag auf dem Küchentisch und sie suchte darin herum und fand eine Fünfpfundnote. Das würde reichen. Damit konnte sie mehrere Riegel Nuss-Rosinen-Schokolade kaufen, die sie am liebsten mochte.

Als sie den Schein hervorzog, fiel ein Foto heraus. Louise starrte es an. Es war ein Foto von Sandy, eines lächelnden, sehr glücklich wirkenden Sandy – glücklicher, als sie ihn seit langer Zeit gesehen hatte – und dieser Frau, die in der Zeitung abgebildet gewesen war. Einer unscheinbaren, langweiligen Person. Pattie David. Sie strahlte in die Kamera und ihre Hand lag auf Sandys Arm. Großer Gott. Wie kläglich. Wie absolut erbärmlich.

»Louise! Louise, ich ...«

Sie drehte sich um und sein Blick fiel auf das Foto.

»Meine Güte, Sandy«, sagte sie. »Wie süß. Also wirklich, sobald man dir den Rücken zukehrt ... Eine neue Freundin. Nicht gerade hübsch, aber wahrscheinlich wird sie dir dafür keine Hörner aufsetzen. Vielleicht gelingt es dir, wenigstens die zu halten. Sie sieht nicht so aus, als hätte sie sehr viel Erfahrung im Bett.«

Sandy lief dunkelrot an. »Gib das her«, sagte er sehr ruhig.

»Sicher. Du kannst es dir wieder unters Kopfkissen legen. Kein Wunder, dass du mit mir nicht viel anfangen konntest. Warst wohl ganz ausgelaugt. Übertrieben viel Testosteron hattest du ja nie.«

»Halt den Mund. Halt einfach den Mund.«

Sie schwieg, lehnte sich an den Küchentisch, schaute sich das Foto an und musterte ihn dann mit einem Lächeln.

»Eins muss ich dir lassen, Sandy. Du hast keine Zeit verschwendet. Nun ja, sie muss ziemlich einsam sein, und frustriert. War sicher leicht zu haben.«

»Louise!« Er kam zu ihr, mit erhobener Hand, und eine Sekunde lang dachte sie, er würde sie schlagen. Aber er packte sie nur am Handgelenk, griff nach dem Foto und verließ schweigend die Küche. Louise sah ihm nach. Sie fühlte sich sehr elend.

Zwei Männer waren auf der anderen Seite des Tals aufgetaucht. Durch das Fernglas konnte Lucilla sie deutlich erkennen. Wenn ihr verstorbener Mann Douglas, der so gerne Vögel beobachtet hatte, wüsste, als wie nützlich sich sein

Fernglas jetzt erwies! Die Männer hatten etwas dabei, das aussah wie eine Kamera auf einem Stativ. Nein, es war kein Stativ, dachte Lucilla traurig, sie wusste genau, was es war: ein Vermessungsgerät, und sie machten keine Fotos, sie vermaßen das Tal. Damit sie es besser zerstören konnten, damit sie wussten, wo sie ihre Fahrzeuge abstellen sollten, die Kettensägen, die Bagger, welche Bäume zuerst gefällt werden sollten, wo die Fundamente in den Waldboden versenkt werden sollten. Das Bild verschwamm ihr vor den Augen und sie setzte das Fernglas ab und wischte sich die Tränen fort. Die harmlos wirkenden Männer mit ihren unschuldig aussehenden Instrumenten waren die Vorboten von Chaos, Lärm und Zerstörung. Diese Männer waren alles andere als harmlos.

»Sandy? Sandy, hier ist Megan. Ich wollte nur wissen, ob du schon etwas gehört hast.«

»Nein, Megan, leider nicht.«

Er klang etwas ungeduldig. Sie war verletzt.

»Oh. Na gut. Lucilla hat morgen ein Interview mit einem Reporter. Ich dachte, du würdest vielleicht gerne ... herkommen.«

»Megan, es tut mir Leid. Ich würde kommen, wenn ich könnte, das weißt du. Hat es Lucilla sehr mitgenommen?«

»Ja. Sie hat gesagt, sie wird sich an die Bäume ketten. Im Wald.«

»Gut für sie. Wirst du mitmachen?«

»Klar. Ihre Freundin Nora vielleicht auch, aber sie ist ein bisschen schwach auf den Beinen. Sie kann schlecht schlafen, wegen der Fledermäuse. Damit ist sie natürlich keine große Hilfe.«

Es folgte ein kurzes Schweigen. »Fledermäuse?«, wiederholte Sandy dann. Seine Stimme klang plötzlich ganz anders, aufgeregt, überhaupt nicht mehr gereizt. »Hast du Fledermäuse gesagt, Megan?«

»Ja. Sie nisten auf dem Dachstuhl. In Bartles House. Sie sind wirklich süß, ich habe am Sonntag welche gesehen.«

»Allmächtiger«, sagte Sandy. »Fledermäuse. Großer Gott!«

»Also, wer ist der Rechtsbeistand Ihres Mannes in der Scheidungssache?«, fragte Fiona Michael.

»Ach, ich weiß es nicht genau.«

»Mrs Fleming ...«

»Bitte nennen Sie mich Octavia.«

»Danke. Octavia, Sie haben es Ihrem Mann doch hoffentlich inzwischen mitgeteilt.«

»Oh – ja, er weiß Bescheid. Ja.«

»Und wie hat er reagiert?«

»Ach, ich glaube ... das heißt, er ist ja nicht blöd.«

»Freut mich, das zu hören«, sagte die Anwältin.

»Sandy? Danke für deinen Anruf. Ist es wirklich wahr? Pattie hat vorhin angerufen und es mir erzählt. Es klang wie ein Märchen.«

»Nein, das ist kein Märchen, Octavia. Nein, ich glaube, wir haben, äh, ihr habt sie. Zumindest darf das Haus nicht abgerissen werden, und nach dem, was Pattie sagte, heißt das wohl, dass das ganze Bauprojekt gestorben ist.«

»Sie sagt, sie hat mit der Lokalzeitung gesprochen und die Reporter sind gerade auf dem Weg zu Lucilla. Um sie wegen ihrer kleinen Freunde zu interviewen, wie sie die Fledermäuse nennt. Freunde, also ehrlich. Wer hätte das gedacht. Pattie klang überglücklich, du hättest sie hören sollen.«

»Das würde ich gerne«, gestand Sandy.

»Na, dann ruf sie an. Sie würde so gern mit dir sprechen. Sie ist dir so dankbar.«

»Das ist etwas ... schwierig, im Augenblick.«

»Oh, natürlich. Wie dumm von mir. Wie – wie geht es Louise?«

»Ach, sie macht Fortschritte. Du weißt schon. Sie fühlt sich noch etwas erschöpft, aber es geht ihr eindeutig besser.«

»Schön.« Octavias Stimme klang energisch und dann wechselte sie entschlossen das Thema. »Sandy, du bist ein Held. Ein echter Drachentöter. Ich – wir sind alle absolut begeistert. Hoffentlich steht viel darüber in den Lokalzeitungen, das wäre eine unbezahlbare Werbung für dein Geschäft. Du kommst doch am Sonntag, oder?«

»Nein. Nein, ich glaube, lieber doch nicht.«

»Warum denn nicht?«

»Ich habe gehört, dass Tom auch da sein wird. Ich möchte wirklich nicht ...«

»Oh, Sandy! Meine Güte, daran habe ich gar nicht gedacht. Entschuldige, das war dumm von mir. Aber ich verstehe es natürlich. Dickon wird sehr enttäuscht sein.«

»Ich weiß. Ich dachte – ich dachte, ihr könntet ihn vielleicht mitnehmen.«

»Ja, klar. Kannst du ihn hierher bringen? Er wird mit Caroline und den Kindern fahren müssen. Ich muss spätestens um neun in Brands Hatch sein, es sind Stände aufzubauen, Flaggen, Sticker anzubringen und alle möglichen Vorbereitungen zu treffen ...«

»Ja, natürlich. Danke, Octavia.«

»Nein, ich danke dir. Du bist der Held der Stunde. Der Artikel wird am Samstag erscheinen. Ich bin ja so gespannt.«

Diesmal war es bestimmt ein Herzanfall. Er war ganz rot im Gesicht und ihm war der Schweiß ausgebrochen.

»Setz dich, Michael«, befahl sie. »Setz dich um Himmels willen hin. Tief durchatmen. Ich hole dir ein Glas Wasser. Soll ich den Arzt rufen?«

»Ich brauche keinen Arzt! Du wirst es nicht glauben, Betty, du wirst es nicht glauben. Ich kann es ja selbst kaum fassen. Verdammte alte Schachtel, was musste die sich da einmischen! Und warum ist es dem Kerl vom Denkmalschutzamt nicht eingefallen? Gott, ich komme mir vor wie der letzte Trottel.«

»Michael, wovon in aller Welt redest du?«

»Von Bartles House, Betty, von Bartles House. Ich fürchte, sie haben uns. Und man kann absolut nichts dagegen machen, wie es scheint. Wenn das wieder diese verdammte Journalistin ist, sag ihr, ich will nicht mit ihr sprechen, klar?«

»Gut, mein Lieber. Aber könntest du nicht zumindest mir erklären, was eigentlich los ist?«

Zoe und Romilly kamen nach Hause, gebräunt, strahlend, erfüllt von ihren Ferien, und erzählten von den Leuten, die sie kennen gelernt hatten, und den Partys, auf denen sie gewesen waren. Sie waren hocherfreut, ihren Bruder anzutreffen. Zoe schien besonders froh, wieder zu Hause zu sein.

»Es war schön«, sagte sie auf Mariannes ziemlich besorgte Nachfrage hin. »Sehr nett. Rom hatte einen Riesenspaß.«

»Und dein Vater?«

»Er war ganz okay. Direkt menschlich. Offenbar könnte es mit Australien doch was werden.«

»Und, freust du dich?«, fragte Marianne in heiterem Ton. In Wahrheit graute ihr davor, ihre Tochter ein Jahr lang nicht sehen zu können.

»Ja, sehr. Ach ja, und an einem Wochenende kam eine Frau zu Besuch. Offenbar ist es ernst mit den beiden.«

»Wie ... wie war sie denn so?«

Eine Welle des Schreckens ging plötzlich über sie hin; warum, hätte sie nicht sagen können. Als ob sie das etwas anginge.

»Ach, du weißt schon. Eine typische New Yorkerin. Gertenschlank, sehr gut angezogen, kulturbeflissen, sozial engagiert.«

»Hübsch?«

»Ja, war sie wohl mal.«

Marianne hatte gelächelt. Sie vergaß immer wieder, wie alt sie alle den Kindern vorkommen mussten, wie abwegig sie die Vorstellung fanden, eine Frau über vierzig könne als hübsch bezeichnet werden.

»Wie hieß sie denn?«

»Marcia. Mama, das scheint dich ja sehr zu interessieren. Bist du eifersüchtig oder was?«

Nein, hatte sie entgegnet, natürlich nicht, es interessiere sie eben nur. Und ganz sicher war sie nicht eifersüchtig. Aber ein unbehagliches Gefühl war zurückgeblieben: Einsamkeit und die Angst vor dem Älterwerden.

»Mama wirkt ein bisschen niedergeschlagen«, sagte Zoe später zu ihrem Bruder.

»Ja, ist sie auch.«

»Hast du schon ihren neuen Freund getroffen? Ist echt cool.«

Nein, sagte Marc, hätte er nicht. »Der ist Vergangenheit. Wie Felix.«

»Oh nein! Was ist denn passiert? Er hat ihr wirklich gut getan, Marc. War ganz anders als Felix.«

Marc erzählte ihr, was geschehen war. »Aber unter dem Siegel der Verschwiegenheit, Zoe.«

»Klar.«

»Sie sagt, sie hätte sich ins Schachmatt manövriert.«

»Was?«

»Wie beim Schach.«

»Vielleicht prescht ja noch ein Ritter zu Pferde aufs Brett.«

»Ich wüsste nicht, was der ausrichten sollte. Die Sache ist ziemlich hoffnungslos. Sie liebt den alten Knacker, Zoe, Gott weiß, warum. Oder vielmehr, sie glaubt, dass sie ihn liebt.«

»Liebe hat wenig mit Logik zu tun. Das habe ich in diesem Sommer selbst festgestellt.«

»Klingt interessant. Willst du es mir erzählen?«
»Hast du ein paar Stunden Zeit?«, fragte Zoe zurück.

In der Nacht vor Dianas Beerdigung machte Octavia einen Spaziergang. Sie hatte es nicht vorgehabt, aber als sie in den Neun-Uhr-Nachrichten die Menschenmengen sah, die ungewöhnlichen Szenen, die sich abspielten, und einer der Kommentatoren von einer historisch bedeutsamen Stunde sprach, hatte sie plötzlich das Gefühl, nicht zu Hause bleiben zu dürfen. Tom war nicht da, die Kinder schliefen und so sprach nichts dagegen.

Es war eine denkwürdige Erfahrung. Die Blumen vor dem Kensington Palace, die Menschenmenge davor, die Schlange vor den Kondolenzbüchern hatte sie schon gesehen, der Palast war ja nicht weit von ihrem Haus entfernt. Aber dies war noch etwas anderes. Sie fuhr mit der U-Bahn bis zum Embankment, überquerte die Straße und bog in den Parliament Square ein. Er war bereits überfüllt, auf jeder kleinen Grasfläche und allen Bürgersteigen lagerten Leute, manche in provisorischen Zelten oder unter einer Plane, andere in Schlafsäcken und Silberfolien zum Warmhalten. Viele Rollstuhlfahrer waren dabei, die ganz offensichtlich planten, bis weit in den nächsten Tag hinein zu bleiben. Alle wollten sich von ihrer Prinzessin verabschieden. Der Königin der Herzen. Die grässliche Bezeichnung war hängen geblieben; sie war sogar seltsam passend, fand Octavia.

Alle waren ruhig, höflich, hilfsbereit. Die Autos warteten geduldig, bis die Passanten die Straße überquert hatten, und Polizisten patrouillierten zu zweit, entspannt und freundlich.

Sie ging auf Westminster Abbey zu. Der Lichtbogen, bereits für den morgigen Tag installiert, strahlte hell. Die riesige Pressetribüne gegenüber dem Hauptportal schien bereits voll besetzt zu sein. Ein endloser Strom von Leuten zog an ihr vorüber, Blumen in der Hand, unter ihnen viele junge Männer mit Lilien. Sie folgte ihnen. Auch sie hatte einen Strauß mitgebracht.

Die ganze Mall hinunter lagerten Menschen. Zu zweit oder zu dritt saßen oder lagen die Leute auf dem harten Pflaster der breiten Prachtstraße. An fast jedem Laternenpfahl war ein Schrein errichtet worden, Bilder von Diana, umgeben von Blumen und flackernden Nachtlichtern. Über den ganzen St. James Park hin sah sie noch mehr Kerzen in der Dunkelheit leuchten. Zum hundertsten Mal dachte Octavia, wie sehr Diana das alles genossen haben würde, wie bestätigt sie sich gefühlt haben würde, und dachte, obwohl das völlig absurd war, wie schade, dass sie nicht hier sein konnte ...

Sie ging weiter in Richtung Palast. Das Victoria Monument war von Schreinen übersät. Die Schlange der Menschen, die ihre Blumen an der Stelle ablegen wollten, die sie für angemessen hielten, vor den Toren des Buckingham Palace, war so lang, dass man zwei Stunden warten musste, wie ihr mitgeteilt wurde. Die Leute warteten ruhig und ernst. Polizisten nahmen ihnen die Blumen ab und legten sie behutsam hin. Octavia blickte zum Palast auf, wo die Fahne auf halbmast gesetzt war, blickte auf die erleuchteten Fenster und dachte an die beiden jungen Prinzen, die ihre geliebte Mutter verloren hatten und wohl jetzt all ihren Mut für die Prüfung zusammennahmen, die morgen vor ihnen lag. Sie spürte, wie ihr die Tränen in die Augen stiegen.

Der süße Duft der Blumen war ungeheuer stark und Octavia begann sich sehr seltsam zu fühlen. Sie legte ihren Strauß auf den Stufen des Victoria Monuments ab, da sie nicht zwei Stunden lang Schlange stehen wollte, und ging sehr langsam zurück. Die Zusammensetzung der Menge faszinierte sie: Es waren viele junge Leute dabei, viele Farbige, drei- oder vierköpfige Familien, die eingehakt, sehr ernst einhergingen, und eine ganze Reihe junger, offenbar schwuler Männer. Eine gewaltige, bunte Menschenmenge, die nur an eins dachte: an Diana. Sie hatte ihrer aller Herzen gewonnen. In dieser Woche wurde der kitschig sentimentale Ausspruch Realität.

Als sie nach Hause kam, war Tom in der Küche. Er schaute sie an. »Wo warst du?«

Sie sagte es ihm, zu müde, zu emotional aufgewühlt, um sich darum zu scheren, was er dachte.

Er hatte sich sehr zynisch über die ganzen Geschehnisse geäußert, war ganz auf Charles' Seite gestanden, hatte ihn verteidigt und das Verhalten der Boulevardpresse beklagt.

»Ich war auch dort«, sagte er erstaunlicherweise.

»Tatsächlich?« Sie war erstaunt.

»Ja. Ich konnte schließlich doch nicht widerstehen. Ganz außerordentlich, nicht wahr? Sehr bewegend. Geradezu geschichtsträchtig.«

»Genau das habe ich auch gedacht. Ich wünschte, ich hätte die Kinder mitgenommen.«

»Ja, so ging es mir auch. Wir hätten alle zusammen gehen sollen. Na, gute Nacht, Octavia.«

Er schlief wieder im Schlafzimmer, ohne Diskussionen. Ganz offensichtlich wartete er auf ihren nächsten Zug.

Sie musste es ihm unbedingt sagen.

Aber sie tat es nicht. Sie ging nach oben, und bevor sie einschlief, dachte sie über das nach, was er gesagt hatte, und wünschte, sie wären wirklich alle zusammen gegangen, um die Menschenmenge zu sehen, die um Diana trauerte ...

Es war wegen der Blumen der Jungen. Das weiße Gesteck auf dem Sarg, mit der Schärpe, auf der schlicht »Mummy« stand.

Bis dahin hatte sie sich tapfer gehalten, ganz beherrscht.

Sie hatte damals ebenfalls weiße Blumen auf Juliets Sarg gelegt, mit einer Schärpe, auf der stand: »Juliet. Von Mama.«

Es war mehr, als sie ertragen konnte. Sie schaltete den Fernseher aus, ging ins Schlafzimmer, zog die Vorhänge zu und lag lange weinend auf dem Bett, überwältigt von der Erinnerung.

Sandy hörte ihr Weinen und klopfte an die Tür.

»Louise? Kann ich dir helfen?«

Sie antwortete nicht. Er drückte die Klinke herunter, aber sie hatte abgeschlossen.

»Louise. Bitte lass mich rein.«

»Nein. Mir geht's gut. Lass mich in Frieden.«

Später brachte er ihr eine Tasse Tee und sie ließ ihn ein und trank den Tee, sprach aber nicht mit ihm, sondern saß nur da, tränenlos, erschöpft vor Trauer.

Dickon verbrachte den Tag bei einem Freund; er war gleich nach dem Frühstück aufgeregt losgezogen. Sie wusste, dass sie ihn enttäuschte mit ihrer ständigen Müdigkeit und ihrer Gereiztheit. Aber was sollte sie dagegen tun? Wenn sie doch nur schlafen könnte.

Zur Teezeit erschien ihr Vater, ängstlich und besorgt.

»Liebes, geht es dir gut? Sandy sagte, die – Dianas Beerdigung hätte dich aufgewühlt.«

»Ja, ein wenig. Aber es geht schon wieder.«

Sie hatte ja ihren Plan, an den sie sich klammern konnte. Sie musste daran festhalten. Danach würde sie sich besser fühlen.

Felix Miller hatte eigentlich vorgehabt, sich das Begräbnis nicht anzusehen, weil er wusste, dass er sich dann nur noch unglücklicher und einsamer fühlen würde. Aber als er den Ablauf des Trauergottesdienstes in der *Times* überflog, stellte er fest, dass die dafür ausgesuchte Musik ganz nach seinem Geschmack war. Vielleicht sollte er sich die Trauerfeier einfach im Radio anhören, dabei einen Kaffee trinken und die Post durchsehen.

Als Mrs Harrington den Kaffee brachte, sah sie, dass er vor dem Fernseher saß. Sie hielt das für keine sonderlich gute

Idee. Er war die ganze Woche über sehr niedergeschlagen gewesen, und sie fand, dass er schlecht aussah, irgendwie aufgedunsen, und sehr blass. Aber vielleicht würde der Trauergottesdienst ihn von seinen geschäftlichen Sorgen ablenken, der gescheiterten Übernahme. Und dann war da noch die Sorge um Octavia mit ihrer Scheidung. Und wie sehr er sich auch bemühte, es sich nicht anmerken zu lassen, er musste Mrs Muirhead schrecklich vermissen.

Als die Übertragung zu Ende war, machte er einen Spaziergang über die Heath. Der weitläufige Park war verlassen, was sein Gefühl der Isolation noch verstärkte. Octavia hatte ihn angerufen, selbstverständlich, um zu plaudern und zu fragen, wie es ihm gehe; aber sie würden sich erst nächste Woche sehen können, sie hatte so viel mit der großen Benefizveranstaltung morgen zu tun. Sie war so klug, seine Tochter, so erfolgreich. Stolz lächelnd dachte er an sie, als ihn plötzlich ein Schmerz im linken Arm durchfuhr. Es war nicht das erste Mal; in den letzten Tagen hatte er das öfters gehabt. Er wusste, woher es kam. Er hatte sich verhoben, als er die Kartons aus dem Zimmer geschleppt hatte, in dem die Nanny wohnen sollte, wenn Octavia zu ihm zog. Zimmer für die Kinder waren selbstredend bereits vorhanden, schon seit ihrer Geburt. Oft benutzt wurden sie nicht, aber sie standen bereit. Obwohl sein Anwalt gesagt hatte, es käme gar nicht in Frage, dass Octavia mit den Kindern bei ihm einziehen würde, die Frau solle nie die eheliche Wohnung verlassen. »Es sei denn, der Mann ist gewalttätig. Ich weiß ja nicht, ob –«

»Nein«, hatte Felix ihn scharf unterbrochen. »Gewalttätig ist er nicht.«

Obwohl das, was Tom getan hatte, natürlich einer Gewalttat gleichkam.

Wieder meldete sich der Schmerz, schärfer diesmal. Vielleicht sollte er lieber zurückgehen und etwas Paracetamol schlucken. Und dann ein wenig arbeiten. Er hatte schließlich am Wochenende sonst nichts vor.

»Ist es nicht wunderbar?«, rief Megan. Ihre großen blauen Augen strahlten. »Ist es nicht einfach wunderbar?«

»Ja. Schau mal, es steht sogar etwas über dich drin. Dass du im Umweltweltministerium angerufen hast, um nachzufragen.«

»Fledermäuse retten das Herrenhaus«, las Megan vor. »Stell dir bloß mal vor, was passiert wäre, wenn Nora nicht diese Bemerkung über die Fledermäuse gemacht und ich nicht Sandy davon erzählt hätte. Hör zu, hier steht auch was über Sandy. ›Erfolgreicher Geschäftsmann aus Gloucestershire‹, heißt es. Das wird ihm gefallen.«

Das Telefon klingelte. Es war Octavia.

»Wie ich höre, steht die Geschichte in der Zeitung. Gabriel hat mich gerade angerufen.«

»Ich hole Megan, sie kann Ihnen den Artikel vorlesen«, sagte Pattie.

»Octavia? Ist es nicht einfach großartig? Also: *Das Naherholungsgebiet Bartles Wood ist mit hoher Wahrscheinlichkeit vor der Zerstörung gerettet. In dieser Woche entdeckte die kleine Megan David zufällig, dass im Dachstuhl der nahe gelegenen Seniorenresidenz Bartles House Fledermäuse nisten – eine Entdeckung, die sich für Baulöwe Michael Carlton als ausgesprochen nachteilig erweisen könnte. Fledermäuse stehen auf der Roten Liste der bedrohten Tierarten und alle Fledermausquartiere sind automatisch geschützt. Mr Carlton wollte keinen Kommentar zu der neuesten Entwicklung abgeben. Die Heimleiterin Mrs Ford sagte, sie hätte keine Ahnung gehabt, dass Fledermäuse unter Naturschutz stehen, obwohl ihr natürlich bekannt gewesen sei, dass welche im Dach nisten. Lucilla Sanderson, eine Bewohnerin der Seniorenresidenz, erklärte, die Entscheidung sei ein Sieg der Vernunft und leiste einen Beitrag zur Erhaltung der schönen englischen Landschaft, die immer mehr dahinschwinde.*«

»Schön formuliert«, bemerkte Octavia.

»Ja. Dann steht da noch, Sandy Trelawny, ein erfolgreicher Geschäftsmann aus Gloucestershire, hätte die Bürgerinitiative auf die Bedeutung der Fledermäuse aufmerksam gemacht, und – na, das war's eigentlich.«

»Es steht alles drin, was nötig ist. Gut gemacht, Megan. Ich finde, ihr solltet eine Flasche Champagner aufmachen.«

Die freudige Nachricht hatte sie wieder aufgemuntert, nachdem das Staatsbegräbnis ihre Stimmung naturgemäß gedämpft hatte. Sie bereitete gerade das Mittagessen vor, ganz heiter, als Caroline hereinkam.

»Octavia, ich mache mir Sorgen wegen Minty. Sie hat leicht erhöhte Temperatur. Ich glaube, sie zahnt nur, aber sie fühlt sich unwohl.«

»Ich sehe mal nach ihr. Ist sie in ihrem Bettchen?«

»Ja. Sie hat gerade ihr Nickerchen gemacht, aber das hat auch nicht geholfen.«

Minty war fiebrig und quenglig und ihre rechte Wange glühte.

»Es ist der Zahn, so wie es aussieht. Arme Kleine. Wenn es ihr bis morgen nicht besser geht, kann sie unmöglich mit. O Gott ...« Hastig ging sie gedanklich durch, was für Auswirkungen das haben würde. »Caroline, könnten Sie vielleicht – könnten Sie vielleicht bei ihr bleiben? Ich weiß, Sie haben morgen frei, aber ...«

»Octavia, ich mache mit Freunden einen Ausflug. Es ist alles arrangiert.«

»Ich weiß, aber der morgige Tag ist so wichtig für mich.«

»Für mich auch. Meine älteste Freundin hat Geburtstag. Ich kann da unmöglich fehlen.«

»Ach je. Ja, ich verstehe.« Es gelang ihr, die Kinderfrau anzulächeln. »Na, vielleicht kommt es ja gar nicht so weit. Vielleicht geht es ihr morgen wieder besser.«

»Kann Ihr Mann denn nicht bei ihr bleiben?«

»Nein, ich glaube nicht. Auch für ihn ist es ein wichtiger Tag. Schauen wir mal, wie es ihr nachher geht. Wir können mit der Entscheidung nicht bis morgen warten. Dann wäre es zu spät.«

»Ja, in der Tat.«

»Louise, Liebes, geht es dir gut? Du bist ganz rot im Gesicht.«

»Mir geht's gut, Vater, danke. Ich fühle mich schon viel besser. Ich glaube, ich mache mal eine kleine Spazierfahrt, wenn es dir recht ist. Kann ich Mamas Wagen nehmen?«

»Aber natürlich. Ich wollte dich sowieso fragen, ob du ihn nicht haben willst. Es ist eine Verschwendung, den Wagen ungenutzt rumstehen zu lassen.«

»Oh, Vater, das wäre wunderbar! Ich nehme ihn natürlich wahnsinnig gern. Ich habe ja nie was zu Sandy gesagt, aber es macht mein Leben nicht gerade einfacher, dass wir nur ein Auto haben. Mit dem immer er unterwegs ist.«

»Sicher. Nein, nimm ihn nur, es würde mich freuen.«

Es war ein spritziger kleiner Renault. Als sie mit ihm die Landstraße hinunterfuhr, fühlte sie sich plötzlich ganz anders, frei, aufgeregt. Und ja, ein wenig fiebrig. Sie hatte es fast geschafft. Zumindest stand es unmittelbar bevor.

Es war nur noch wenig Benzin im Tank und sie hielt bei einer Tankstelle und tankte ihn voll. Unter anderem deshalb hatte sie den Wagen schon heute haben wollen. Morgen früh konnte sie keine Verzögerungen brauchen. Sie würde sowieso sehr zeitig losfahren müssen. Ihrem Vater hatte sie erzählt, dass sie Freunde besuchen wolle. Sie hoffte inständig, dass sie heute Nacht würde schlafen können, morgen würde sie eine weite Strecke am Steuer zurücklegen müssen. Erst nach Kent und dann ganz nach Cornwall. Es würde sie furchtbar ermüden. Und wenn sie ankam, würde es auch nicht einfach werden. Alles im Dunkeln hinzubringen. Das war auch ein Grund, weshalb sie den Wagen brauchte – um alles zu verstauen. Sie hatte es seit Tagen gehortet: Lebensmittel, Getränke, Windeln, Babynahrung. Ein paar Kinderdecken und Kinderbettwäsche hatte sie auch ausgegraben. Glücklicherweise hatte alles in ihren Koffer gepasst. Sie hatte schon befürchtet, Sandy, der sie hergefahren hatte, würde fragen, warum sie einen so großen Koffer mitnahm, aber er hatte es nicht getan. Er redete ohnehin so wenig wie möglich mit ihr, besonders seit ihrem Streit wegen dieser Pattie David. In Rookston war eine Babytrage, die gerade noch in den Kofferraum passen würde. Und der Kindersitz, den ihre Mutter für Dickon angeschafft hatte, stand noch in der Garage. Sie würde ihn einbauen, sobald es dunkel geworden war. Ihre Mutter war eine so wunderbare Oma gewesen, liebevoll, engagiert und begeistert. Louise spürte, wie ihr wieder die Tränen in die Augen stiegen, und wischte sie ungeduldig fort. Weinen und Gram konnte sie sich nicht mehr leisten. Von jetzt an würde sie einen klaren Kopf bewahren müssen.

Sie hatte die Karte studiert, um zu sehen, welche Route sie nach Brands Hatch nehmen musste. Eigentlich ganz einfach: nur die M4 hinunter und dann auf die M25. Sie wusste, wo die Rennstrecke lag, sie war schon einmal dort gewesen. Wenn sie erst einmal dort angelangt war, würde es natürlich schwieriger werden. Vielleicht würde sie scheitern, auf diese Möglichkeit war sie vorbereitet. Aber sie glaubte es eigentlich nicht. Sie hatte ihre Tarnung überprüft, die dunkle Sonnenbrille, die Kurzhaarperücke, die sie einmal beim Modeln getragen hatte, die billigen, geschmacklosen Synthetikhosen und die Hemdbluse, die sie aus einem Katalog hatte. Niemand würde erwarten, dass sie so etwas anzog. Als sie in dieser Verkleidung in den Laden an der Ecke gegangen war, wo sie Stammkundin war, hatte keiner sie erkannt. Sie hatte sich zuerst Sorgen gemacht, dass Sandy oder Dickon sie erkennen könnten, aber Sandy kam ja nun nicht mit und Dickon würde aufgeregt mit den Zwillingen herumtoben. Zudem hatte er keine Ahnung, dass sie hinfahren wollte, er würde nicht mit ihr rechnen, und in ihrer Verkleidung ... Und es war nicht schwer, in einer Menschenmenge unterzutauchen. Vor vielen Jahren hatte sie einmal ihrem damaligen Freund nachspioniert, weil sie dachte, er würde sich mit einer anderen Frau treffen, und er hatte sie nicht bemerkt. Natürlich, es würde schwierig sein. Sie musste ihnen einfach folgen und den richtigen Moment abwarten. Irgendwann würden zwangsläufig alle abgelenkt sein, und es würde nur eine Sekunde dauern, sich Minty zu schnappen. Niemand würde besonders auf der Hut sein, niemand würde sie beachten. Sie konnte es schaffen, das wusste sie. Sie musste nur beharrlich bleiben und die Nerven behalten. Es mochte Stunden dauern, vielleicht den ganzen Tag, aber sie konnte es schaffen. Und dann würde sie wieder ein Baby haben. Ein Baby, fast genauso alt wie Juliet, als sie starb. Ein kleines Wesen, das sie lieben konnte, für das sie verantwortlich war, das sie halten konnte und ins Bettchen bringen. Und Tom und Octavia würden wissen, was es hieß, ein Kind zu verlieren.

49. Kapitel

»Ich glaube wirklich nicht, dass wir Minty morgen mitnehmen können«, sagte Octavia. »Es geht ihr nicht gut. Ich weiß, sie zahnt nur, aber sie hat immer noch leicht erhöhte Temperatur ...«

»Na, dann lassen wir sie eben hier«, entgegnete Tom. »Es wäre sowieso eine ständige Sorge gewesen.«

»So einfach ist das nicht. Caroline kann nicht auf sie aufpassen.«

»Oje.«

»Ich habe es bei der Agentur versucht, aber Mrs Thorpe, die Einzige, der ich vertraue, hat keine Zeit. Könntest du nicht ... ich meine –«

»Jetzt nicht mehr, Octavia, nein. Ich habe Oliver Nichols versprochen, dass ich da sein werde, und Nico Cadogan kommt auch. Ich kann wirklich unmöglich –«

»Ja, schon gut, schon gut.«

»Was ist mit Mrs Donaldson?«

»Sie kann nicht. Ich habe sie natürlich schon gefragt.«

»Was ist mit Mariannes Töchtern? Sie sind zuverlässig und Minty kennt sie.«

»Ach, ich weiß nicht. Was ist, wenn es ihr schlechter geht?«

»In dem Fall muss eben einer von uns zurückfahren. Meine Güte, sie zahnt doch nur.«

»Schön, mal sehen, ob Zoe oder Romilly Zeit haben. Wenn Minty morgen nur noch ein bisschen quengelig ist, könnte es gehen.«

Zoe hatte morgen nichts weiter vor und war gern bereit, auf Minty aufzupassen.

»Aber nur, wenn es ihr morgen wieder besser geht«, sagte Octavia.

»Gut. Aber ich war auch nicht überfordert, als der kleine Sohn deiner Freundin Windpocken hatte. Du kannst sie fragen.«

»Ja, stimmt, das hatte ich vergessen. Gut, Zoe, du bist engagiert. Ich rufe morgen früh noch mal durch, sicherheitshalber. Könntest du um acht hier sein?«

Ein Stöhnen am anderen Ende der Leitung. »Ja, wahrscheinlich.«

»Danke.«

»Octavia, hast du mal eine Minute Zeit? Ich möchte kurz mit dir reden.«

»Jetzt nicht, Tom. Ich habe noch tausend Dinge zu erledigen. Und ich muss noch mal schnell rüber zu Melanie, um Sammelbüchsen zu holen. Nur für den Fall, dass sie morgen nicht vor den Damen auftaucht. Sie werden Punkt zehn vor den Toren stehen.«

»Gut. Dann vielleicht später?«

»Ja, vielleicht. Ich bin ziemlich in Hektik.«

Er lächelte sie an. »Ich hoffe wirklich, dass morgen alles gut läuft. Du hast es verdient, du hast geschuftet wie ein Berserker.«

»Danke«, sagte sie schnell. »Und vielen Dank, dass du mitkommst.«

»Na, mittlerweile bleibt mir ja gar keine andere Wahl. Ganz wie in alten Zeiten, was?«

»Ein bisschen, ja.«

Sie lächelte ihn an, sorgsam auf Distanz bedacht. Es stimmte, sie hatten den ganzen Tag zusammengearbeitet, die Gästeliste besprochen, geklärt, um wen man sich nach dem Sektempfang würde kümmern müssen, der Tischordnung den letzten Schliff gegeben: »Nicht neben den. Hast du vergessen, die Agentur ihres Mannes hat letztes Jahr den Etat verloren und sie hat das sehr persönlich genommen ... Warum setzen wir nicht Drew Bartlett neben Veronica Stepford, sie ist Beteiligungshändlerin ... Nico Cadogan kommt an ihre andere Seite, er kann ihr Geschichten über Übernahmen erzählen ...« Er hatte Octavias Dankesrede gekürzt (»viel zu lang«) und sie gefragt, welche Krawatte er zu seinem karierten Prince-of-Wales-Anzug mit den überfallenden Hosenbeinen tragen sollte (es standen zwei zur Auswahl). Und sie hatte versprochen, dafür zu sorgen, dass Oliver Nichols' Frau dem Rennfahrer aus Neuseeland vorgestellt wurde ...

Sie aßen eine Pizza mit den Zwillingen und brachten sie dann ins Bett. Minty schlief friedlich, aber nur dank einer großzügigen Dosis Calpol.

»Mach dir keine Sorgen«, sagte Tom, der sie über das Kinderbettchen gebeugt vorfand. »Es geht ihr gut. Und bei Zoe ist sie gut aufgehoben.«

»Ja ... ja, wahrscheinlich. Aber wenn es ihr morgen entscheidend besser geht, nehme ich sie mit.«

»Klar.«

»Aber es bleibt eine Sorge.«

»Ja. Und du hast schon genug um die Ohren. Hör zu, warum treffen wir die Entscheidung nicht jetzt. Wir lassen sie hier. Eine Sache weniger, um die wir uns morgen früh Gedanken machen müssen.«

Octavia zögerte, erklärte sich dann aber einverstanden. »Ja, gut. Ich glaube auch, das wäre besser. Ich tue es ungern, aber ich rufe Zoe an.«

Felix Miller ging früh zu Bett. Er war furchtbar müde und sein Arm schmerzte immer noch. Er hatte sich ein klassisches Konzert auf Radio Drei angehört, die Lasagne gegessen, die Mrs Harrington für ihn vorbereitet hatte, eine große Portion

Mousse au Chocolat verspeist und einige Brandys getrunken. Da er fürchtete, er würde keinen Schlaf finden können, wie schon die ganze letzte Woche nicht, nahm er eine Schlaftablette. Morgen lag eine Menge Arbeit vor ihm und abends war ein Treffen der »Arbeitsgemeinschaft Musik für Kinder im Krankenhaus«. Normalerweise würde Marianne anwesend sein, sie war die Schriftführerin, er der erste Vorsitzende; vielleicht würde sie ja trotzdem kommen ... Felix spürte den heftigen Schmerz in seinem Arm, bevor die Schlaftablette ihn davontrug.

Louise brachte kaum einen Bissen herunter, so aufgeregt war sie. Sie fühlte sich wie damals als Kind vor einem lang erwarteten Ausflug. Morgen war es so weit! Nur noch eine Nacht. Sie war bereit, der Wagen war voll getankt, der Kofferraum beladen. Sie hatte jede Menge Bargeld aus dem Automaten gezogen, schließlich wollte sie keine Spur aus Kreditkartenquittungen hinterlassen. All ihren Kram, Schminkzeug, Geldbörse, Haarbürste und, natürlich, den kostbaren Schlüssel – wie oft hatte sie schon überprüft, ob er noch da war – hatte sie in eine alte Handtasche ihrer Mutter gepackt. Eine große, anonyme schwarze Ledertasche, nicht ihre eigene unverwechselbare Tasche von Mulberry. Nein, sie hatte an alles gedacht. Ihre Gedanken wanderten zu Tom und Octavia, die wohl gerade zu Abend aßen und keine Ahnung hatten, was sie morgen erwartete. Die planten nur ihre alberne Großveranstaltung. Und dann dachte sie an Minty, die friedlich in ihrem Bettchen schlief und ebenfalls keine Ahnung hatte, was auf sie zukam; und einen kurzen Augenblick lang fühlte sie sich schuldig. War es wirklich richtig, sie zu erschrecken, zu beunruhigen, sie von allem wegzuholen, was ihr vertraut war?

Dann rief sie sich zur Ordnung. Minty würde sich bald eingewöhnen, schließlich war sie noch sehr klein. Sie hatte Louise immer gern gemocht und sie war ein süßes, ruhiges kleines Ding. Und vielleicht würde es nicht für lange sein. Es würde schon nicht so schlimm für sie werden.

Während Octavia die Sammelbüchsen holte, ging Tom in sein Arbeitszimmer, um an der Rede zu arbeiten, die er Dienstagabend halten sollte. Er fühlte sich heiter und beschwingt. Es war eine gute Woche gewesen. Er hatte einen neuen Etat gewonnen – und Oliver Nichols schien der ideale Kunde zu sein, begeisterungsfähig, aufgeschlossen, umgänglich –, Felix Miller gezähmt, Nico Cadogan zur Dankbarkeit verpflichtet. Er schien wieder über Wasser gehen zu können, wie vor dieser ganzen Geschichte. Und er wollte ja nicht übertrieben optimistisch sein, aber er begann zu hoffen, die Sache zwischen ihm und Octavia könnte sich bereinigen lassen. Sie war eindeutig weniger feindselig ihm gegenüber, selbst wenn man ihre außerordentliche Darbietung im Bett am Montagabend nicht mitrechnete. Sie war auf der Hut, aber das war unvermeidlich. Er war nicht so naiv, anzunehmen, Octavia würde ihm so bald vergeben oder gar vergessen. Aber sie schien gewillt, die Kluft zwischen ihnen zu überbrücken. Sie hatte nichts mehr von Scheidung gesagt, sie hatte ihn nicht einmal aufgefordert, auszuziehen. Der Urlaub mit Bingham war ganz offensichtlich kein großer Erfolg gewesen. Natürlich hatte sie es nicht zugegeben, aber er kannte sie so gut, er wusste, was diese vage, leicht defensive Haltung bedeutete. Er war ziemlich sicher, dass sie Bingham seitdem nicht mehr gesehen hatte, und gleich am Abend ihrer Rückkehr aus der Karibik hatte sie sexuell auf ihn reagiert, hatte – fast – seinen Kuss erwidert, sich losgerissen und war nach oben gerannt. Das war nicht das Verhalten einer Frau, die am Anfang einer befriedigenden Liebesaffäre stand.

Gott, er hoffte, dass er Recht hatte. Sie fehlte ihm, in jeder nur denkbaren Weise, sie fehlte ihm ganz furchtbar, mehr, als er es je für möglich gehalten hätte.

Es war ein sonderbarer Tag gewesen. Sie hatten wieder gemeinsam ihr Wissen eingesetzt, ihren Instinkt, ihre Fähigkeiten. Er hatte beobachtet, wie ihr Kopf arbeitete, diese seltsame Mischung aus Selbstvertrauen und nervöser Hochspannung, die sie so erfolgreich machte. Sie war sehr gescheit, und nicht nur das, sie war außerordentlich fähig. Und das fand er faszinierend, charmant, attraktiv. Es gehörte zu den Dingen, die er immer so anziehend an ihr gefunden hatte, die sie so begehrenswert machten. Es war seltsam, wie arbeitsorientiert ihre Beziehung stets gewesen war. Er konnte sich nicht vorstellen, sie ebenso sexy zu finden, wenn sie nur Hausfrau wäre, so inständig er sich das manchmal auch wünschte. Vor Louise hätte er nie gedacht, eine Frau attraktiv finden zu können, die keinen ordentlichen Beruf hatte. Er hätte es für unmöglich gehalten, dass eine solche Frau seinen Geist fesseln, seine Bewunderung gewinnen und ihn nicht nur gefühlsmäßig ansprechen könnte. Louise hatte alle Regeln gebrochen: in jeder Hinsicht. Gott sei Dank waren sie jetzt sicher vor ihr.

Da er ein Zitat für seine Rede brauchte, suchte er nach dem Zitatenlexikon und stellte fest, dass es fehlte. Sicher hatte Octavia es sich genommen, sie lieh sich ständig seine Bücher aus, ohne sie zurückzubringen. Er ging in ihr Arbeitszimmer. Ja, da war es, es lag auf dem Schreibtisch. Vor sechs Monaten hätte er ihr deswegen Vorhaltungen gemacht; jetzt wusste er, dass er das nicht tun konnte.

Mit einem Lächeln blickte er sich in ihrem Arbeitszimmer um. Alles war picobello. Keine unordentlichen Stapel von Rechnungen und unbeantworteten Briefen wie auf seinem Schreibtisch. Selbst die Zettel an der Pinnwand waren perfekt im rechten Winkel angebracht. Er verriet so viel über die wahre Octavia, dieser Raum; nicht nur ihre Tüchtigkeit und ihre Ordnungsliebe, sondern auch ihren glühenden Stolz auf ihre

Arbeit und ihren Erfolg. Verschiedene Auszeichnungen hingen an der Wand, sorgfältig gerahmt: ihr Diplom, ein persönlicher Dankesbrief von Lord Denning wegen irgendeiner Arbeit für eine Rechtsberatungsstelle, die sie geleistet hatte. Daneben hingen zahllose Fotos der Kinder und deren selbst gemalte Bilder. Und Fotos von ihrem Vater. Tom stand davor und betrachtete sie. Der alte Mistkerl, wie der daran gearbeitet hatte, ihre Ehe zu zerstören. Falls ihre Ehe scheiterte, würde das zumindest zum Teil auf die Machenschaften seines Schwiegervaters zurückzuführen sein.

Nein, ihre Ehe würde nicht scheitern. Er war entschlossen, es zu verhindern, und langsam erwachte die Zuversicht in ihm, dass er es auch schaffen würde.

Die oberste Schreibtischschublade stand leicht offen und ein Stück Papier ragte heraus. Ein Affront in diesem Schrein der Ordnung. Tom lächelte und wollte die Schublade schließen, aber sie steckte fest, und als er daran rüttelte, fiel das Stück Papier heraus.

Es war eine Kopie, oder vielmehr, mehrere zusammengeheftete Kopien.

»Vertraulicher Mandanten-Fragebogen« stand da, unter dem Briefkopf von »Fisher Lewin Francis«. Er kannte die Anwaltskanzlei, eine angesehene Kanzlei, spezialisiert auf Familienrecht. In dem Fragebogen wurden viele Informationen über Octavia, ihren Mann und ihre Kinder abgefragt. Er war sorgsam ausgefüllt, offenbar am sechsundzwanzigsten August 1997. Vor kurzem. Nach dem Urlaub mit Gabriel Bingham.

Tom starrte auf den Fragebogen und las, was seine Frau geschrieben hatte. Nach einer Weile stellte er fest, dass er nicht mehr gut genug sehen konnte, um weiterzulesen, und er legte ihn sorgfältig in die Schublade zurück und schob sie zu.

50. Kapitel

Alles war gut gelaufen, außerordentlich gut. Louise lächelte in sich hinein. Die sorgfältige Planung, etwas, worin sie sich normalerweise nicht gerade auszeichnete, hatte sich bezahlt gemacht. Um halb sechs war sie aus dem Haus geschlüpft. Ihrem Vater hatte sie einen liebevollen Zettel hingelegt, auf dem stand, sie hätte nicht schlafen können und beschlossen, nach Hause zu fahren, um noch etwas im Haushalt zu tun, bevor sie ihre Freunde besuchte. Um sechs raste der Kleinwagen bereits die M4 hinunter. In der Raststätte in Reading würde sie ihre Verkleidung anziehen und danach auf die M25 fahren. Es bestand die Gefahr, wenn auch keine große, dass sie von Bekannten auf dem Weg nach Brands Hatch erkannt wurde. Natürlich bestand diese Gefahr überall, aber in Reading war sie am geringsten. Sie würde den Wagen in letzter Minute auftanken müssen, aber das wäre weniger gefährlich. Sie hatte ausgerechnet, dass sie mit einem vollen Tank bis Cornwall kommen müsste. Ganz bestimmt hatte sie nicht vor, mit Minty auf dem Rücksitz irgendwo zu tanken.

Sie fuhr auf die Raststätte und trank einen Kaffee, bevor sie in die Damentoilette ging. Sie würde viel Koffein brauchen, um den Tag durchzustehen.

Sie schlüpfte aus Leggins und T-Shirt und zog die Hose und die Hemdbluse an. Dann setzte sie die Perücke auf, eine dunkle Kurzhaarperücke, gar nicht mal so schlecht, in dem Sassoon-Kochtopfschnitt, den Joanna Lumley derzeit berühmt gemacht hatte. Aber trotz aller Aufgeregtheit fiel es ihr schwer, sich im Spiegel zu betrachten. Grauenhaft, diese Sachen, absolut grauenhaft. Nun, es war ja nicht für lange. Nur bis sie entkommen war, danach konnte sie sich wieder umziehen. Musste sie sogar, Minty sollte sie schließlich erkennen.

Ihre Nervosität hatte sich gelegt, sie war nur noch aufgeregt. Aufgeregt, zuversichtlich und ganz heiter. Wenn sie nur wüssten. Wenn Tom und Octavia nur wüssten ...

Um sieben war Octavia bereits auf der M25. Sie würde viel zu früh da sein, aber das war besser, als Angst zu haben, zu spät zu kommen, in einen Stau zu geraten. Tom würde später mit den Zwillingen und Dickon nachkommen. Sie machte sich immer noch Sorgen, weil Minty zurückbleiben musste. Würde Zoe es auch schaffen? Plötzlich hatte sie eine Idee. Sie griff nach dem Autotelefon, rief zu Hause an und hörte zu, wie es minutenlang klingelte. Tom musste wieder eingeschlafen sein.

Er war ganz sonderbar gewesen, als sie gestern Abend nach Hause kam. Kalt, sehr distanziert. Er war in seinem Arbeitszimmer gewesen, und als sie den Kopf durch die Tür steckte, um zu sagen, dass sie ins Bett gehen wolle und alles für morgen bereitlag, die Kostüme der Kinder, die Instruktionen für Zoe, hatte er sie angesehen, als wüsste er kaum, wer sie war. Na ja, er war manchmal so, wenn er arbeitete. Schließlich spielte es auch keine Rolle, was kümmerte es sie. Im Gegenteil, eigentlich war es positiv. Sie wollte gar nicht, dass er freundlich war. Es würde leichter sein, ihm zu sagen, dass sie die Scheidung einreichen wollte, wenn er unfreundlich war. Heute Abend würde sie es ihm sagen. Wenn sie den heutigen Tag überstanden hatte.

Endlich meldete er sich. »Tom Fleming.«

»Tom, hör zu, ich habe eine Idee ...«

»Zoe? Hier ist Tom Fleming.«

»Oh, hallo, Tom. Schon gut, ich bin auf, angezogen, ganz nüchtern. Keine Sorge. Wie geht's Minty?«

»Viel besser.«

»Wollt ihr sie doch mitnehmen?«

»Ja, aber ich hätte gern, dass du auch mitkommst und dort auf sie aufpasst, ihre Kinderfrau spielst. Wärst du damit einverstanden?«

»Ja, gut.«

»Schön. Soll ich dich abholen?«

»Nein, schon gut. Meine Mutter hat ein Taxi bestellt. Sie fürchtet, ich würde sonst zu spät kommen. Du weißt ja, wie sie ist.«

»Gut, dann also bis gleich.«

Als Felix Miller erwachte, fühlte er sich viel besser, abgesehen von einer leichten Magenverstimmung. Seine eigene Schuld, warum hatte er auch gestern eine zweite Portion von Mrs Harringtons Lasagne gegessen! Aber sein Arm schmerzte weniger, der Muskel erholte sich offenbar. Und der lange Schlaf hatte ihn erfrischt. Gut so, er hatte heute einiges vor.

Er beschloss, ein paar Stunden zu arbeiten und dann in seinen Fitness-Club zu fahren, ins Swiss Cottage, und vor dem Essen ein paar Bahnen zu schwimmen. Das machte er häufig am Sonntag. Kein allzu anstrengendes Training, aber danach fühlte er sich immer besser, und seinem Arm würde es wahrscheinlich gut tun. Allerdings war es vielleicht besser, das Frühstück ausfallen zu lassen, wegen der Lasagne gestern. Er hatte ohnehin keinen großen Appetit.

Octavia stand am Fenster der Suite des John-Foulston-Gebäudes und genoss den atemberaubenden Ausblick auf die Rennstrecke Brands Hatch, eines der großen Zentren des internationalen Motorrennsports. Alles war noch leer und geordnet; nur wenige Leute waren unterwegs und gelegentlich schoss ein Rennwagen über die Strecke. Einen Augenblick lang legte sich ihre Nervosität und sie hatte kein Lampenfieber mehr, sondern dachte nur, was für ein Spaß es werden würde. An guten Tagen kamen bis zu fünfundachtzigtausend Besucher; wegen Diana würden es heute sicher nicht ganz so viele werden. Aber die Zuschauer würden trotzdem in Scharen nach Brands Hatch strömen. »Und weil es ein Oldtimer-Renntag ist«, hatte der Marketing-Manager gesagt, »kommt das, was wir den Tweed-Set nennen: Leute mit Geld. Sie sollten jede Menge für Ihren wohltätigen Zweck zusammenbekommen.«

Alle dreihundert geladenen Gäste würden der Einladung folgen. Eine Telefonkette, von der nervösen Lauren in Gang gesetzt, hatte das bestätigt. Ab halb zwölf gab es einen Champagnerempfang, danach wurde das Essen serviert und die Rennen begannen um zwei. Für zahlreiche Gelegenheiten zum Spenden war gesorgt, von der Tombola vor dem Lunch bis zur Mitfahrgelegenheit in einem Rennwagen. Zehn Prozent des Erlöses würden an CHILDREN IN CRISIS gehen, was sehr großzügig von der Rennstreckenleitung war. Damen mit Sammelbüchsen waren überall und CHILDREN IN CRISIS hatte einen großen Stand auf der Straße zwischen dem Gebäude und den Boxen aufgebaut.

Das Restaurant sah eindrucksvoll aus. Der Blumenschmuck war von einer Freundin Melanies gestaltet worden, die im Gegenzug für eine großzügige Werbebotschaft im Programm mit dem Preis sehr heruntergegangen war. Und der liebe Bob Macintosh hatte es irgendwie geschafft, einen seiner Zulieferer zu bewegen, den Champagner zu einem Spottpreis zu liefern – ebenfalls gegen eine Erwähnung im Programm. Also hatten sie längst nicht so viel verloren, wie sie befürchtet hatten. Als Octavia ihn angerufen hatte, um sich bei ihm zu bedanken, hatte er gesagt: »Meine liebe Octavia, das ist nur ein kleines Dankeschön für Ihren Rat neulich. Unschätzbar. Ich weiß nicht, was ich ohne Sie und Tom getan hätte.«

Sie wusste, was er meinte: den Fototermin. Aber in Zukunft würde er sich damit abfinden müssen, nur von Tom beraten zu werden ...

Nachdem Marianne Zoe verabschiedet hatte, setzte sie sich hin, um die Sonntagszeitungen zu lesen. Marc und Romilly schliefen noch. Wahrscheinlich würden sie erst in ein paar Stunden aufstehen. Sie hatte Zoe fast darum beneidet, nach Brands Hatch fahren zu dürfen; sie war sehr versucht gewesen, ebenfalls hinzufahren. Aber dann war ihr eingefallen, dass Nico dort sein könnte, und sie hatte sich dagegen entschieden. Felix würde bestimmt nicht kommen; er würde ein Zusammentreffen mit Tom vermeiden wollen.

Dabei kam ihr das Treffen der Arbeitsgemeinschaft heute Abend in den Sinn. Sie hatte den Entschluss gefasst, hinzugehen. Sie konnte jetzt nicht anfangen, wegen ihrer persönlichen Schwierigkeiten irgendwelche Verpflichtungen zu vernachlässigen. Das war falsch, wie sie ihren Kindern immer zu vermitteln versucht hatte. Ohne viel Erfolg allerdings.

Sie würde Felix anrufen und es ihn wissen lassen. Vielleicht beschloss er dann, lieber nicht hinzugehen ... Sie seufzte und wählte seine Nummer. Mrs Harrington meldete sich.

»Oh, hallo, Mrs Muirhead. Wie schön, von Ihnen zu hören.«

»Ich freue mich auch, Mrs Harrington. Ist Mr Miller da?«

»Leider nein. Er ist im Fitness-Club.«

»Ach so, na schön. Könnten Sie ihm etwas ausrichten?«

»Selbstverständlich.«

»Sagen Sie ihm, ich werde heute Abend dort sein. In Sadlers Wells.«

»Gut, Mrs Muirhead, ich richte es ihm aus. Er wird sich freuen.«

Wird er nicht, dachte Marianne und legte auf. Freuen wird er sich wohl kaum ...

»Mama! Was für ein Spaß, was? Mensch, was für ein Ausblick! Ist Camilla schon da?« Das war Poppy, das Gesicht vor Aufregung gerötet, in einem gesmokten Blümchenkleid, einen Christopher-Robin-Hut auf die dunklen Locken gedrückt.

»Noch nicht. Du siehst toll aus, Poppy! Wo ist Papa?«

»Da drüben, schau. Er redet mit Lauren.«

Octavia schaute hin. Tom redete nicht nur mit Lauren. Er stand sehr dicht bei ihr und lächelte auf sie hinunter, und in diesem Augenblick stellte sie sich auf die Zehenspitzen, zog seinen Kopf zu sich herunter und flüsterte ihm etwas ins Ohr. Sie sah umwerfend aus in ihren weiten marineblauen Marlene-Dietrich-Hosen, einer tief ausgeschnittenen Seidenbluse, die ein gebräuntes Dekolleté enthüllte, und einem kleinen Hut, den sie schräg auf dem gesträhnten blonden Haar trug. Blöde Zicke, dachte Octavia, dämliche Pute, und fragte sich dann, warum um alles in der Welt sie das eigentlich so störte.

»Morgen, Octavia.« Das war Drew Bartlett, gänzlich unkostümiert und erfrischend normal in seinem Leinenanzug. »Sie schauen hinreißend aus! Einfach phänomenal, was Sie uns da bieten. Also, wo ist die schöne Anthea? Ich kann es gar nicht erwarten, ihr ein, zwei Tombola-Lose zu verkaufen.«

Octavia brachte es fertig, ihn anzulächeln, und ging zu Lauren und Tom hinüber. Die lächelnden, koketten Züge der Frau verhärteten sich, als sie Octavia erblickte.

»Octavia! Was für ein entzückender Hut. Aber ich war eigentlich der Ansicht, die Damen mit den Sammelbüchsen sollten im Kostüm erscheinen.«

»Es hat uns tausend Pfund erspart, von diesem Plan abzuweichen«, sagte Octavia kühl. »Ich glaube ehrlich gesagt nicht, dass es so wichtig ist, Lauren, sie haben schließlich ihre Schärpen um.«

»Ich weiß, ich weiß, aber sie erwecken den Eindruck, als würden sie vor irgendeinem Supermarkt sammeln. Nun, das ist nicht mehr zu ändern. Also, ab wann wird der Champagner serviert?«

»Ab halb zwölf. Wie vereinbart.«

»Ich finde, das ist zu spät. Es sind doch schon zahlreiche Gäste eingetroffen. Ich muss ihnen doch irgendwas anbieten.«

»Wir haben nur dreißig Flaschen. Es liegt bei Ihnen. Auf dem Programm steht deutlich: Champagnerempfang ab halb zwölf. Jede weitere Flasche geht auf Ihre Kosten, fürchte ich.«

»Das weiß ich«, versetzte Lauren kühl. »Aber mal ehrlich, wenn die Gäste sich – nun, nicht richtig betreut fühlen, werden sie einfach nicht wieder kommen. Oder keine Veranlassung sehen, tief in die Tasche zu greifen. Ich finde, wir sollten früher anfangen.«

»Schön«, stimmte Octavia mit einem Seufzer zu. »Fangen wir früher an. Wir müssen allerdings erst ein paar Kellner auftreiben, sie –«

»Könnten Sie das übernehmen, Octavia? Ich habe schon genug um die Ohren, so viele unserer Freunde treffen gerade ein, ich muss mich um die Nichols kümmern ...«

»Ich werde sehen, was ich tun kann.«

Octavia schaute Tom an und lächelte leicht nervös.

»Wo sind Minty und Zoe?«

»Zoe schiebt sie in ihrem Buggy herum«, sagte er, ohne das Lächeln zu erwidern. »Komm, Gideon, willst du mit zu den Boxen und zum Parkplatz für die Rennwagen?«

»Ja, bitte!«

»Gut. Poppy?«

»Nein, Camilla und ich wollen hier bleiben und uns die Kleider ansehen.«

»Wie langweilig!«, rief Gideon aus.

»Nicht so langweilig wie alte Autos.«

»Doch.«

»Gar nicht!«

»Ach, haltet den Mund«, sagte Tom. »Willst du mitkommen, Dickon?«

»Ja, gern!«

Der Junge wirkte ziemlich nervös, dachte Octavia. Armes Kind. Er hatte in letzter Zeit Schreckliches durchgemacht.

»Bleib nicht zu lange, Tom«, warnte sie. »Du hast gehört, was Lauren gesagt hat. Dein Freund Oliver Nichols wird bald eintreffen.«

»Ich glaube, ich weiß, wie ich mich um meine Kunden zu kümmern habe«, versetzte er und ging davon, die Jungen an der Hand. Sie schaute ihm nach und fühlte sich, als hätte sie etwas verloren.

Zoe schob Minty in Richtung der Boxen. Der Weg war gesäumt mit Läden, in denen Dinge verkauft wurden, an denen sie nicht das geringste Interesse hatte: teuer aussehende Anoraks, Picknickkörbe, Reisedecken. Hinter einem riesigen Stand mit dem Schriftzug CHILDREN IN CRISIS standen seriös wirkende Damen, die fröhlich lächelten. Sonst schien nicht viel los zu sein.

Zoe hoffte, sie würde großzügig entlohnt werden, denn sie konnte nicht gerade behaupten, dass sie sich gut amüsierte. Minty war quengelig und sie hatte ihr die Windel wechseln müssen. Widerlich. Während der Fahrt hatte das Kind nicht geschlafen, sondern ständig seinen Becher zu Boden geworfen und dann so lange gejammert, bis jemand ihn wieder aufsammelte. Zoe hatte auf dem Vordersitz neben Tom gesessen, versucht, nicht hinzuhören, und sich geschworen, nie Kinder zu bekommen.

Langsam wurde es voller. Größtenteils kamen Familien, aber auch zahlreiche junge Männer trafen ein. Einige waren offensichtlich auf der Rennstrecke angestellt, sie liefen mit großen Funkgeräten umher, und sie sah auch ein paar Rennfahrer in Overalls. Einige trugen Ausrüstungen im Stil der dreißiger Jahre, Lederhelme und Schutzbrille. Das mussten wohl Lunchgäste sein. Sie hoffte, sie würde den berühmten Kit Curtis treffen. Sie hatte mal ein Foto von ihm gesehen. Echt cool, der Mann.

Minty begann zu schreien. Zoe seufzte und versuchte, sie mit ihrem Trinkfläschchen abzulenken. Das Kind schleuderte es zu Boden. Das würde ein langer Tag werden ...

Louise fuhr kurz nach elf am Eingang zur Rennstrecke vorbei. Es war viel zu früh, noch war kaum jemand da. Sie fuhr ein paar Meilen weiter, hielt auf einem Rastplatz und versuchte, eine halbe Stunde lang Zeitung zu lesen. Alle Artikel handelten von Diana und dem Begräbnis; sie konnte sich nicht konzentrieren. Um zwölf wendete sie und fuhr zurück. Jetzt hatte sich in beiden Richtungen eine Schlange gebildet. Viel besser. Ihr Herz hämmerte so sehr, dass sie kaum atmen konnte. Sie stellte Klassikradio ein, um sich zu beruhigen, aber es lief irgendeine grauenhafte Sendung über die Romanzen anderer Leute. Es ging ihr auf die Nerven. Im Wagen neben ihr saß eine große Familie mit einem Baby ungefähr in Mintys Alter; alle schauten zu ihr und lächelten. Wie schrecklich, wenn sie auf Bekannte treffen würde. Hier gab es kein Versteck. Endlich auf dem Parkplatz angelangt, fühlte sie sich sicherer: wunderbar, Hunderte von Autos. Das bedeutete Tausende von Leuten.

Sie parkte umsichtig ein, blieb noch ein wenig sitzen, rückte ihre Perücke zurecht und trug einen grellrosa Lippenstift auf, eine Farbe, die sie sonst nie tragen würde. Solche Details waren wichtig.

Sie holte tief Luft und zog den Autoschlüssel aus dem Zündschloss. Jetzt, wo der Augenblick gekommen war, fühlte sie sich elend, und sie war einen Moment lang versucht, einfach wieder nach Hause zu fahren. So stark war die Versuchung, dass sie sogar den Schlüssel wieder in das Schloss steckte. Aber dann erhaschte sie einen Blick auf sich selbst im

Rückspiegel. Sie hätte sich selbst kaum erkannt. Sie zog den Schlüssel wieder heraus. Nein, sie war nicht umsonst so weit gekommen.

Louise stieg aus und schlug die Tür zu. Sie musste sich genau merken, wo sie geparkt hatte, denn sie konnte es sich nicht leisten, später Zeit mit der Suche nach ihrem Auto zu verschwenden. Am Ende der Reihe stand ein großer Bentley; daran konnte sie sich orientieren. Zudem hatte sie – ein alter Trick ihres Vaters – ein rotes Band um ihre Antenne geknotet. Das war schon von weitem zu erkennen.

Dann griff sie nach ihrer Tasche und ging langsam – aber nicht zu langsam – auf den Eingang zu. Im Handumdrchen war sie in der Menge untergetaucht.

Felix zog rhythmisch seine Bahnen in dem kleinen Schwimmbad des Fitness-Clubs. Er schwamm gerne; viele Leute sagten, sie fänden es langweilig, aber er hatte immer gefunden, dass es eine gute Methode war, Probleme zu lösen. Beim Schwimmen blieb das Gehirn nahezu, aber nicht gänzlich unbeschäftigt und konnte so, auf leicht abgehobene Weise, Lösungsmöglichkeiten suchen und prüfen; oft war das effektiver als ein intensives Brainstorming. Und die Einrichtung der Direktbank, ursprünglich eine Notlüge zur Wahrung seines Gesichts, die tatsächlich Realität geworden war, warf noch jede Menge Probleme auf. Er schwamm ungefähr zwanzig Minuten und stieg dann aus dem Becken. Sein Arm schmerzte jetzt weniger und er hatte mindestens zwei der Probleme gelöst, aber die Magenverstimmung hatte sich nicht gebessert. Eigentlich war es schlimmer geworden. Na gut, also nur ein leichtes Mittagessen, und vielleicht würde er sich vor der Sitzung noch etwas hinlegen ...

Louise trat auf einen der Ordner zu. »Ich suche Freunde von mir«, sagte sie. »Sie sind bei irgendeinem Benefiz-Lunch.«

»Ah ja«, sagte er. »Da drin, im John-Foulston-Gebäude. Oberster Stock. Gehen Sie ruhig hinauf.«

»Danke.« Nachdenklich betrachtete sie das Gebäude. Sie hatte sich vorgestellt, dass das Ganze in einem Festzelt stattfinden würde, vielleicht sogar nur in einem abgetrennten Bereich am Rande der Rennstrecke, und dass die Gäste viel herumwandern würden. Sie hatte nicht damit gerechnet, ein Gebäude betreten und wieder verlassen zu müssen. Dumm von ihr, wirklich. Trotzdem, irgendwann mussten sie ja herauskommen, um die Autos in Augenschein zu nehmen, sich die Rennen anzusehen. Und dann würde sie ihnen folgen. Und improvisieren.

Plötzlich stieg Panik in ihr auf. Zwei Bekannte aus Gloucestershire, bei denen sie sogar schon einmal auf einen Drink eingeladen worden waren, kamen direkt auf sie zu. Was sollte sie nur tun? Wenn sie wegliefe, würde sie erst recht die Aufmerksamkeit auf sich lenken. Sie holte tief Luft, blieb still stehen und studierte das Programm. Die beiden kamen plaudernd näher. »Hallo«, rief der Mann plötzlich. »Wie geht's?«

Louise hob den Kopf und lächelte gezwungen. Viel schien ihre Verkleidung nicht zu taugen. Und dann stellte sie fest, dass sie an ihr vorbeigingen und jemandem hinter ihr zuwinkten. Sie begann sich sehr viel zuversichtlicher zu fühlen.

»Du siehst fantastisch aus«, bemerkte Melanie.

»Du auch«, sagte Octavia lachend. Melanie, pervers bis zum Letzten, trug Männerkleidung, einen Tweedanzug mit Jagdkappe. »Absolut großartig.«

»Danke. Läuft alles gut?«

»Ich denke schon. Aber Lauren hat darauf bestanden, schon eine halbe Stunde früher Champagner zu servieren.«

»Schön. Wenn er alle ist, ist das ihr Problem.«

»Das habe ich auch gesagt. Es schien sie nicht zu kümmern.«

»Unten am Stand ist der Bär los. Mehrere Leute haben sich schon als Fördermitglieder eingetragen. Wir müssen Lauren erinnern, das in ihrer Rede zu erwähnen.«

»Mach du das. Ich will nicht mehr mit ihr reden als unbedingt nötig.«

»Allmächtiger«, rief Tom. »Wo ist das verdammte Kind hin?«

»Ich habe keine Ahnung«, erwiderte Gideon.

»Aber du musst doch – o Gott, das hat mir gerade noch gefehlt. Himmel. Bleib da stehen, Gideon, rühr dich nicht von der Stelle.«

»Okay«, sagte Gideon gleichmütig.

Eine Minute zuvor war er doch noch da gewesen, hatte seine Hand fest umklammert. Er schien furchtbar nervös zu sein, der arme kleine Kerl. Na, das war nicht weiter verwunderlich.

Und jetzt war er verschwunden.

Tom blieb oben auf dem Abhang stehen, direkt vor dem Eingang zu den Boxen, wo sich zahlreiche Läden befanden, und versuchte, Dickon in der Menge auszumachen. Das Problem war nur, er war noch so klein. Er konnte ihn nirgends entdecken.

Er ging wieder hinunter zu Gideon. »Keine Spur von ihm.« Er versuchte, ruhig zu bleiben, aber es fiel ihm schwer.

»Wir könnten es mal bei SEGA versuchen. Er wollte da rein.«

»Wirklich? Du bleibst hier, Gideon, falls er wieder auftaucht.«

Er betrat den Modellbauladen, in dem es von kleinen Jungen nur so wimmelte. Aber keiner war so klein wie Dickon. Tom bahnte sich einen Weg durch das Gewühl und verließ den Laden. Vor dem Eingang stand ein Ordner.

»Haben Sie ein Kind verloren?«

»Ja. Ja, habe ich.«

»Gehen Sie am besten zum BBC-Tower und lassen Sie eine Durchsage machen. Keine Sorge, Sir, das passiert öfters. Das Kind taucht schon wieder auf.«

Tom fühlte sich ganz krank. Es war noch nicht einmal Mittag und schon hatte er ein Kind verloren, noch dazu in aller Öffentlichkeit, zumindest, wenn er eine Durchsage machen lassen musste. Und nur mal angenommen, der Junge tauchte nicht wieder auf? Vielleicht war er entführt worden. Man hörte doch ständig, dass so was an solchen Orten passierte.

»Papa! Papa, hier ist er!«

»Was?« Er eilte hinüber, packte den Jungen und schüttelte ihn ziemlich unsanft. »Dickon, wo zum Teufel hast du gesteckt?«

»Tut mir Leid«, stotterte Dickon. »Entschuldigen Sie.« Seine großen braunen Augen standen voller Tränen.

»Na, schon gut, ich habe mir nur Sorgen gemacht. Wo warst du?«

»Im Modellbauladen. Ich habe ihn herauskommen sehen«, berichtete Gideon selbstgefällig.

»Gut. Wir kehren besser um, es gibt gleich Essen«, sagte Tom. Atem und Herzschlag hatten sich beruhigt. Furchtbar, wie schnell man in solchen Situationen in Panik geriet. Entführt! Einfach lachhaft.

»Läuft es nicht hervorragend?«, rief Lauren glücklich. Sie war ganz aufgeregt und die blauen Augen leuchteten in ihrem gebräunten Gesicht. Sie sah umwerfend aus. Er hätte doch mit in die Toskana fahren sollen, dachte Tom düster. Letzten Endes hatte es wenig Sinn gehabt, treu und brav zu Hause zu bleiben.

»Ja, das tut es wirklich.«

»Und wir haben schon jede Menge Tombola-Lose verkauft.«

»Hervorragend.«

»Schade ist ja, dass Anthea Turner offenbar nicht kommen kann. Sie ist krank. Also wird Kit Curtis die Ziehung machen.«

»Er ist sicher fast genauso attraktiv wie Anthea«, bemerkte Tom lächelnd.

»Vielleicht sollten Sie es tun. Sie sehen noch besser aus als beide zusammen. Oh – Oliver. Wie schön, Sie zu sehen. Tut mir Leid, meine Kinder haben mich in den SEGA-Laden geschleppt.«

»Nach dem Essen gehe ich da auch hin«, meinte Oliver Nichols mit einem Grinsen. »Und, machen Sie auch eine Fahrt in einem Rennwagen, Tom?«

»Weiß ich noch nicht. Klingt ziemlich verlockend. Und Sie?«

»Aber Sie müssen«, rief Lauren. »Ich mache es jedenfalls ganz bestimmt.«

»Octavia! Hallo, meine Liebe. Entschuldigen Sie die Verspätung.« Nico Cadogan drückte ihr einen Kuss auf die Wange und hob sein Glas Champagner. »Sie sehen einfach wundervoll aus.«

Octavia lächelte ihn an. Genau das, was sie im Augenblick brauchte. Er war selbst wie ein Glas Champagner, hob die Stimmung und die Moral.

»Sie kommen nicht zu spät. Es ist schön, dass Sie es einrichten konnten. Es tut mir Leid wegen Marianne.«

»Oh«, seufzte er. »Ja. Nun ja, wie das Leben eben so spielt.«

»Sie müssen froh sein über – tja, wegen der Übernahme, zu der es nicht kam.«

»Bin ich. Eine ziemliche Kehrtwendung von Ihrem Vater, vollkommen unerwartet, aber ja, höchst erfreulich. Tom hat wohl nicht mit Ihnen über die Sache gesprochen?«, fügte er gewollt beiläufig hinzu.

»Nein, wieso?«

»Ach, ich dachte nur. Egal.« Er lächelte sie an und nahm sich ein paar Canapés. »Wo steckt er denn eigentlich?«

»Da drüben, bei Lauren Bartlett.«

»Ah ja. Die habe ich doch schon mal gesehen ... ach ja, in Ascot. Sehr hübsch, trägt allerdings ein bisschen dick auf.«

Octavia lächelte ihn wieder an. Er war tatsächlich noch besser als Champagner. Marianne musste verrückt sein. So sehr Octavia ihren Vater auch bewunderte und verehrte, Nico passte eindeutig besser zu ihr.

Sie gingen zu Tisch. Tom, der zwei Gläser Champagner heruntergestürzt hatte, stellte fest, dass er sich bereits ein wenig benebelt fühlte. Zudem bemerkte er, dass er neben Lauren saß.

»Sie haben die Tischordnung geändert«, sagte er.

»Ja. Ich wollte neben Ihnen sitzen und Ihnen von den wunderbaren Ferien erzählen, die Ihnen entgangen sind. Und ich wollte gern, dass Sie meine Rede noch mal durchsehen. Dafür sind Sie doch Experte, nicht wahr?«

»Aber sicher.« Sie trug wieder dieses schwere, blumige Parfüm und ihr Dekolleté war tief und gefährlich wie immer. Tom ließ sich ein großes Glas Rotwein einschenken und beschloss, zumindest während dieses Essens die Erotik seiner Tischpartnerin zu genießen.

Louise hatte sich einen Hot Dog gekauft und verspeiste ihn, durch den Erfolg ihrer Verkleidung ermutigt, vor dem Eingang zum John-Foulston-Gebäude. Vorhin hatte sie Tom hineinhasten sehen, Dickon an der Hand. Ihr Sohn sah ziemlich ängstlich und verstört aus, und am liebsten wäre sie besorgt hingeeilt und hätte ihn in die Arme genommen. Aber das ging natürlich nicht. Er hatte sogar in ihre Richtung geschaut und sie hatte den Atem angehalten und ihr Programm studiert. Aber er hatte sie nicht erkannt.

Ob Minty wohl da drinnen war? Musste sie wohl. Sie würden jetzt beim Lunch sein. Wie um alles in der Welt sollte sie da reinkommen? Oder wieder raus. Nein, es ging nicht. Es war unmöglich. Aber schließlich war Tom mit den Jungen herausgekommen, also würde sicher auch irgendwann jemand mit Minty erscheinen. Keine Panik, Louise, bleib ruhig. Dir fällt sicher was ein.

Und da entdeckte sie Minty. Sie saß in ihrem Buggy und schrie lauthals. Und nicht die grässliche Caroline schob den Wagen – wie Octavia diese Frau beschäftigen konnte, hatte Louise nie begriffen, so eine herrische und grobe Person –, sondern Zoe Muirhead.

Einer der Ordner half Zoe, den Wagen die Stufen hinaufzutragen. Fast konnte Louise hören, was sie sagte, fast, aber nicht ganz. Sie schob sich näher, an ihrem Hot Dog kauend, und tat so, als suchte sie etwas in ihrer Tasche.

»Nein, es ist nicht mein Kind«, erklärte Zoe gerade mit ihrer schleppenden, ziemlich lauten Stimme. »Gott bewahre. Ich bin nur das Kindermädchen für heute.«

Das Kindermädchen. Zoe Muirhead, mit der Louise immer sehr gut ausgekommen war. Interessant. Wirklich sehr interessant.

Es war ihr egal. Es war ihr vollkommen egal. Sollte Tom doch in Laurens Bartletts Bluse kriechen, in ihre Hose, sollte er mit ihr durchbrennen, sie heiraten. Warum nicht? Sie würde sich schließlich scheiden lassen. Lauren konnte ihn gerne haben. Dämliche Ziege. Octavia sah, wie sie in ihre Richtung blickte und Tom etwas ins Ohr flüsterte; er schaute zu ihr hin und dann lachten beide. Ein unmögliches Benehmen bei solch einem Anlass, dachte sie. Warum hatte sie nur gewollt, dass Tom mitkam? Sie funkelte das Paar böse an. Tom bemerkte es, schaute weg und wandte sich hastig Mrs Nichols zu seiner Linken zu. Sie hätte ihn zu Hause lassen sollen, mit Minty.

Minty benahm sich im Augenblick ganz anständig. Sie hatten einen Hochstuhl beschafft und Zoe löffelte recht erfolgreich Obstsalat in sie hinein. Zoe sah einfach wundervoll aus in ihren Jeans, dem weißen T-Shirt und dem stacheligen Blondhaar, braun wie eine Nuss. Erotik pur. Octavia konnte schon gar nicht mehr zählen, wie viele der männlichen Gäste sie schon gefragt hatten, wo sie denn ihr Kindermädchen herhabe.

Also, wer hatte mehr Sex-Appeal, Zoe oder Lauren? Gute Frage. Ihre fruchtlosen Grübeleien wurden unterbrochen, als um Ruhe gebeten wurde, Mrs Lauren Bartlett würde ein paar Worte sprechen. Begeisterter Applaus. »Und danach wird Mr Kit Curtis die Ziehung übernehmen.« Stürmischer Applaus.

Lauren erhob sich, plötzlich, erstaunlicherweise, ganz kühl und nüchtern. Nach einer respektvollen Erwähnung Dianas, durch deren Tod ein Schatten auf den Tag gefallen sei, dankte sie allen Gästen, dass sie trotzdem gekommen waren, »wie sie es sicher gewünscht hätte«, dankte dem Spendenausschuss, den Organisatoren und »den wunderbaren Frauen von Capital C, Octavia Fleming und Melanie Faulks, die so viel zum Erfolg dieses Tages beigetragen haben«. Sie war ruhig, tüchtig und vollkommen beherrscht. Also, wie macht sie das nur, dachte Octavia. Und dann begriff sie, dass die kichrige Beschwipstheit nur Tarnung war, hinter der sie flirten konnte, so viel sie wollte. Mit Octavias Mann. Miststück. Dämliche Pute.

Kit Curtis, der neuseeländische Rennfahrer, war in der Tat sehr attraktiv. Groß, dunkel, schlaksig, mit wunderbaren nussbraunen Augen und Sommersprossen. Vielleicht würde Lauren ja ihre Aufmerksamkeit ihm zuwenden.

Er sprach ein paar ziemlich nichts sagende Worte in seinem rollenden neuseeländischen Akzent und fing dann an, Lose herauszufischen. Gott, das würde ewig dauern. Und danach sollte sie ihre Rede halten. Wobei Lauren und Tom sie beäugen und über sie lachen würden. Es war nicht fair. Es war einfach nicht fair!

Kurz bevor sie sich erhob, um ihre Rede zu halten, begann Minty zu schreien und wollte gar nicht wieder aufhören. Zoe schob den Buggy vor und zurück und machte »Schsch«, doch ohne jeden Erfolg. Warum hatte sie das Kind nur mitgebracht, warum hatte sie Minty nicht zu Hause gelassen?

Octavia stand auf und ging rasch zu Zoe hinüber. »Geh besser mit ihr spazieren, Zoe, dann schläft sie wahrscheinlich ein.«

»Okay.«

Zoe ging mit Minty hinaus. Alle Männer im Raum blickten von ihren Tombolalosen auf.

Louise hatte draußen gewartet. Was sollte sie auch sonst tun? Sie musste warten, bis Minty wieder herausgebracht wurde. So einfach war das. Sie hatte das Gefühl, schon sehr lange vor dem Eingang zu stehen. Es war ausgesprochen öde und die Untätigkeit ließ sie wieder nervös werden. Es würde ja doch nicht klappen. Vielleicht sollte sie einfach nach Hause fahren und einen netten Abend mit ihrem Vater verbringen. Sandy konnte ihr nachher Dickon vorbeibringen, der arme Junge verbrachte offenbar keinen allzu angenehmen Tag. Das war doch hoffnungslos.

Und dann sah sie Minty. In ihrem Wagen angeschnallt, halb schlafend, den Daumen im Mund. Geschoben von Zoe, die sowohl gestresst als auch gelangweilt aussah. Ins dichteste Gewühl hinein.

Louise folgte ihr.

Mrs Harrington hatte gerade die Geschirrspülmaschine eingeräumt und dachte, dass Mr Miller nicht eben viel gegessen hatte, als die Küchentür aufgerissen wurde, so heftig, dass sie einen Eindringling befürchtete. Sie wirbelte herum und überlegte wild, wo das Tranchiermesser wohl sein könnte.

Aber es war kein Eindringling. In der Tür stand Felix Miller, aschfahl im Gesicht, die Hand auf die Brust gepresst und nach Luft ringend.

Seine Stimme war heiser und keuchend. »Bitte rufen Sie einen Krankenwagen, Mrs Harrington. Ich fürchte, ich habe einen Herzanfall.«

Und damit stürzte er zu Boden, der massive Körper wirkte plötzlich ganz zerbrechlich und wehrlos.

Nachdem sie die Notrufnummer gewählt hatte, schob Mrs Harrington, die einmal einen Erste-Hilfe-Kurs gemacht hatte, ihm ein Kissen unter den Kopf und machte es ihm so bequem wie möglich. Obwohl er offensichtlich starke Schmerzen hatte, hob er die Hand, tastete nach ihrer.

»Octavia ...«, flüsterte er mit großer Mühe.

»Ich rufe sie an, Mr Miller. Machen Sie sich keine Sorgen.«

»Nein, nein, rufen Sie sie nicht an. Sie ist nicht zu Hause. Wichtiger Tag für sie ...«

Und dann verlor er das Bewusstsein.

Die Rede war gut gelaufen. Alles war gut gelaufen. Die Damen vom Ausschuss hatten Lauren Blumen überreicht, und es wurde verkündet, dass die Tombola über viertausend Pfund eingebracht hatte. Alle applaudierten. Octavia begann allmählich, sich wieder besser zu fühlen.

Sie sah, wie Drew auf Tom zutrat, wie Tom aufstand, ihm die Hand schüttelte, ihn offenbar beglückwünschte – wozu? Zur Wahl seiner Ehefrau? Vielleicht sollte sie ihn warnen und ihm sagen, was passierte, wenn Tom sich zu eng mit den Frauen anderer Männer anfreundete. Dann merkte sie, dass Tom zu ihr hinschaute.

Er kam zu ihr herüber.

»Ich werde eine Fahrt in einem Rennwagen machen. Sie machen das jetzt, bevor die Rennen losgehen. Drew und Oliver Nichols sind ganz scharf darauf. Kann ich dir die Kinder hier lassen?«

»Aber sicher«, versetzte sie kühl. »Mach, was du willst. Wird Mrs Bartlett ebenfalls mitfahren? Oder hast du ihr schon eine heiße Fahrt verschafft?«

»Oh, gütiger Himmel. Das ist doch erbärmlich, wie du dich aufführst.«

»Was willst du damit sagen?«

»Ich meine, deine Eifersucht ist erbärmlich.«

»Das glaube ich kaum. Ich komme mir ziemlich albern vor, wenn ich hier sitzen und zusehen muss, wie ihr zwei euch praktisch abknutscht.«

Er packte sie am Arm, ziemlich fest. Es tat weh. Sie zuckte zusammen.

»Lass das!«

»Komm mit«, stieß er hervor, die Stimme gefährlich ruhig. Er schob sie durch die Schwingtüren, die in den Servicebereich führten. Sie standen in einem Raum voller Tische, Servierwagen und Tabletts mit Kaffeetassen. Die Kellner schauten sie neugierig an. Dahinter war eine weitere Schwingtür und er zerrte sie hindurch, auf einen kleinen Treppenabsatz.

»Wie kannst du es wagen, mein Verhalten zu kritisieren!« Er sprach leise, aber seine Stimme zitterte vor Wut. »Wie kannst du es wagen! Welches Recht hast du, dich zu meinem Verhalten zu äußern, wenn deine Scheidungsanwältin schon bereitsteht?« Sie starrte ihn an.

»Du bist doch zu einer Scheidungsanwältin gegangen, oder?«

Sie schluckte.

»Ja. Ja, das bin ich. Ich will die Scheidung, und zwar bald. Das wird dich wohl kaum überraschen. Und sprich mir nicht von Rechten. Nach dem, wie du dich aufgeführt hast.«

»Du bist wirklich eine Kuh«, stieß er hervor. »Eine selbstgerechte Kuh.«

»Tom, das ist doch lächerlich. Wir müssen uns um unsere Gäste kümmern, jetzt ist wohl kaum der Augenblick –«

»Nein, wahrscheinlich nicht. Es hat viel passendere Gelegenheiten gegeben, aber das lässt sich jetzt nicht ändern. Gott, ich kann gar nicht glauben, dass du das getan hast. Zu einer Scheidungsanwältin zu gehen, ohne es mir zu sagen. Was immer ich auch getan haben mag, das warst du mir doch wohl schuldig. Oder nicht? Antworte mir.«

»Ja. Ja, das war ich.« Reue überkam sie. »Ich wollte es ja auch, aber ...«

»Aber du hast es nicht getan. Warum zum Teufel hast du es nicht getan?«

»Weil, also, weil ...«

»Gott, bist du erbärmlich. Also nicht nur eine Kuh, sondern auch noch feige. Eine feige Kuh. Hast du übrigens deiner Anwältin erzählt, was letzte Woche passiert ist?«

»Was meinst du damit?«

»Du weißt genau, was ich meine. Deine bemerkenswerte Darbietung im Bett. In unserem Bett.«

Sie blickte zurück. Im Vorraum war niemand mehr. Dahinter beendeten die Gäste gerade ihren Lunch, darauf wartend, was als Nächstes kommen würde. Wahrscheinlich fragten sie sich, wohin sie gegangen waren, wo sie wohl steckten. Sie versagte, und das am wichtigsten Tag ihrer Karriere. Gott, was für ein Alptraum. Mittlerweile donnerten Autos über die Rennstrecke, sie konnte sie hören, hörte das rhythmische Dröhnen der Motoren.

»Nein. Nein, natürlich habe ich ihr das nicht erzählt. Das war, also, das war –«

»Ich sag dir, was das war, Octavia. Das Ende jeder Hoffnung auf eine schnelle Scheidung.«

»Ach, mach dich doch nicht lächerlich!«

»Es ist so. Wenn ich es will. Juristisch, du magst das wissen oder auch nicht, bedeutet es, dass du eigentlich gar keine Scheidung willst.«

»Das würdest du nicht tun!«, stieß sie hervor. »Das kannst du doch nicht machen!«

»Doch, ich könnte. Es wäre vielleicht ganz – amüsant. Offenbar willst du mich ja schnellstmöglich loswerden.«

»Ja«, sagte sie. »Ja, das will ich. Es ist doch auch dein Wunsch, oder?«

»Ich weiß nicht, was ich will.« Seine Stimme klang plötzlich müde. »Ich weiß es wirklich nicht. Ich wünschte, ich wäre mir im Klaren darüber. Ich – o Gott, da ist Oliver Nichols. Ich muss gehen und diese dämliche Fahrt im Rennwagen hinter mich bringen. Ich – wir sehen uns später, Octavia.«

»Leider wird sich das nicht vermeiden lassen«, sagte sie.

Jetzt, dachte Louise. Es war vielleicht ihre letzte Chance. Alle anderen waren noch oben, niemand konnte sie beobachten. Niemand, der Verdacht schöpfen konnte. Der Plan formte sich rasch, mit erstaunlicher Klarheit. Sie zog die Perücke vom Kopf, stopfte sie in ihre Handtasche, fuhr sich kurz mit einem Kamm durch das Haar und wischte sich den grellrosa Lippenstift ab. Dann beschleunigte sie den Schritt, holte Zoe ein und tippte ihr auf die Schulter. »Zoe! Dachte ich mir doch, dass du das bist! Was für eine nette Überraschung.«

Der Rettungswagen war gekommen und die Sanitäter hatten Felix auf eine Bahre gehoben und ihn vorsichtig aus dem Haus getragen. Er hatte kurz das Bewusstsein wiedererlangt; sie hatten ihn gefragt, ob er starke Schmerzen habe, und als er bejahte, hatten sie ihm eine Sauerstoffmaske angelegt und ihm eine Spritze gegeben, irgendein Schmerzmittel. Mrs Harrington schaute hilflos zu. Er hatte furchtbare Schmerzen gelitten, während sie auf die Ambulanz gewartet hatten. Er hatte versucht, tapfer zu sein, hatte jedoch laut gestöhnt und ihre Hand umklammert (so fest, dass es wehtat, aber um nichts in der Welt hätte sie ihm ihre Hand entzogen), und zweimal, zutiefst gequält und gedemütigt, hatte er sich übergeben müssen.

Mrs Harrington verfolgte verstört, wie er in den Rettungswagen geladen wurde wie ein Möbelstück. Der Arme. Er hatte eine schreckliche Zeit hinter sich. Kaum überraschend, dass er einen Herzanfall bekommen hatte, dachte sie. Erst die Sorge um seine Tochter, dann die Sache mit Mrs Muirhead, dazu die ganzen geschäftlichen Sorgen. Sie fühlte sich schuldig wegen der Lasagne gestern. Furchtbar viel Cholesterin, das hatte bestimmt dazu beigetragen. Normalerweise versuchte sie ja, auf seine Diät zu achten, aber die Lasagne hatte sie ihm eigens zum Trost gemacht. Schöner Trost!

Mrs Harrington machte sich erst einmal eine Tasse starken, süßen Tee und setzte sich. Sie fühlte sich schrecklich. Sie warf einen Blick auf die Uhr: fast drei. Es schien ihr falsch, Octavia nicht zu benachrichtigen. Sie würde es sicher wissen wollen, egal was ihr Vater gesagt hatte. Andererseits wollte sie ihn nicht aufregen. Ganz falsch bei Herzpatienten, das wusste sie. Und es stimmte natürlich, sie steckte irgendwo auf dem Lande, bei diesem Autorennen. Mr Miller hatte es ihr erzählt. Er war so stolz auf seine Tochter gewesen.

»Ihre Agentur läuft mittlerweile bestens«, hatte er berichtet.

Jedenfalls konnte Mrs Harrington sie nicht benachrichtigen, selbst wenn sie es gewollt hätte. Bestimmt besaß sie ein Handy, aber Mrs Harrington wusste die Nummer nicht. Vielleicht hatte Mr Miller sie irgendwo notiert. Sie ging ins Arbeitszimmer, wo sie sein Adressbuch fand. Alle anderen Nummern standen da, Octavias Büronummer, die Nummer ihres Ferienhauses. Aber nicht die Handynummer. Vielleicht war das ein Zeichen.

Aber andererseits – sie dachte daran, wie bekümmert Octavia sein würde, wenn ihrem geliebten Vater etwas zustoßen sollte und sie nicht bei ihm war. Und sie dachte daran, wie er allein im Krankenhaus lag und niemand sich um ihn kümmerte, niemand, der für ihn zählte. Wenn nur Mrs Muirhead nicht – und dann fiel es ihr wieder ein. Mrs Muirhead hatte doch vorhin angerufen und gesagt, sie würde Mr Miller heute Abend treffen. Offenbar hatten sie sich wieder vertragen, jedenfalls bis zu einem gewissen Grade. Sie würde Mrs Muirhead anrufen und es ihr mitteilen. Die würde wissen, was wegen Octavia zu tun war. Wahrscheinlich würde sie sogar ins Krankenhaus fahren wollen ...

Tom saß in dem Rennwagen und umklammerte den Griff direkt über seinem Kopf. Es war sehr eng; er wurde gegen Kit gepresst. Der Helm, den er trug, war ebenfalls sehr eng; es fühlte sich an, als würde er ihm den Schädel eindrücken. In der Stimmung, in der er sich befand, war ihm das fast willkommen. »Okay«, sagte Kit. »Los geht's. Ich drehe erst mal zwei Runden, um zu sehen, wie wir zurechtkommen, dann beschleunige ich. Wir werden ungefähr hundertneunzig fahren, hundertfünfzig in den Kurven. Es wird Ihnen allerdings schneller vorkommen, weil wir so dicht am Boden sind.«

Sie starteten. Kit fuhr auf der langen Tribünengeraden langsam an und beschleunigte, als es bergauf ging. Dann kam die erste Kurve, eine verhältnismäßig sanfte Kurve, nach einer kurzen Geraden sausten sie bergab und danach folgte eine äußerst enge Haarnadelkurve: Es war ein unbeschreibliches Gefühl, die Geschwindigkeit, der Druck, die Aufregung und – im Grunde lächerlich, denn was konnte schon passieren – die Angst. Der Wagen vibrierte, Tom wurde bis in die Knochen hinein durchgerüttelt; er packte den Griff fester und schluckte. Es war überhaupt nicht wie fahren, es war eher wie fliegen, fliegen durch die Erde, und er selbst war ein Teil davon geworden, ein Teil der Geschwindigkeit und des Asphalts und der Spannung. Fünf Runden. Er blickte auf den Tacho. Fast hundertsechzig fuhren sie in der engen, riskanten Linkskurve, hundertundneunzig auf der Geraden. Ihm schwindelte und ihm wurde übel; er versuchte, nur auf die Strecke zu schauen, nicht nach links oder rechts. Dann endlich verlangsamte sich die Geschwindigkeit auf hundertdreißig, hundertzehn, achtzig, fünfzig. Grinsend zog er den engen Helm ab, kletterte hinaus, stand auf schwachen, wackeligen Beinen und hielt nach Oliver Nichols Ausschau, seinem Partner in diesem Abenteuer. Doch Nichols war nicht da, Octavia war da, aschfahl im Gesicht, mit riesigen, in den Höhlen eingesunkenen Augen, sie rannte auf ihn zu und zerrte an seinem Arm und rief, Hysterie in der Stimme, panisch vor Entsetzen: »Tom, Tom!«

»Was ist denn los?«, fragte er, »was um alles in der Welt ist denn los?«

»Minty«, stammelte sie heiser, »Minty ist weg. Louise hat sie.«

Es dauerte eine Weile, bis er begriff, was passiert war – dass Louise Minty tatsächlich entführt hatte. Gekidnappt. Jedenfalls stieß Octavia das unter Schluchzern hervor. Es erschien unmöglich. Er fühlte sich wie eben im Rennwagen, auf der Rennstrecke, schwindelig, verwirrt und ihm war übel. »Zoe muss irgendwo mit ihr unterwegs sein«, sagte er zu ihr; er weigerte sich, diesen neuen Schrecken zu glauben, diese neueste Episode seiner Liebesaffäre, die zu einer Horrorgeschichte geworden war. »Das ist doch kein Problem, gehen wir zum BBC-Tower, sie machen eine Durchsage, irgendwo wird sie schon sein, sei doch nicht albern, beruhige dich.«

»Nein, nein, nein«, rief sie, »du verstehst nicht. Louise ist hier, sie hat Minty, sie hat sie Zoe weggenommen.«

»Wie soll denn das angehen«, entgegnete er, »wie sollte sie

hier sein, sie ist doch krank, sie ist doch in einer Klinik in Bath.«

Aber langsam wurde die närrische, hysterische Lüge nüchterne, schreckliche Wahrheit. Louise war hier gewesen, war noch immer hier. Sie hatte mit Zoe gesprochen, ganz freundlich, hatte gefragt, was sie denn hier mache, wo Dickon sei, sie müsse ihn suchen, sie hätte plötzlich beschlossen, doch herzukommen; aber vielleicht sollten sie erst mal einen Tee trinken, sie und Zoe, und Zoe hatte geantwortet, ja, warum nicht, und sie waren in ein Café gegangen, und Louise hatte gesagt, sie wolle hier mit Minty warten, Zoe solle doch den Tee holen, und Zoe war zur Theke gegangen und hatte zwei Tassen Tee besorgt, und als sie zurückkam, waren Minty und Louise fort.

»Ich dachte zuerst, sie müssten irgendwo anders sein«, warf Zoe ein, ein paar Schritte hinter Octavia stehend, bleich und am ganzen Körper zitternd. Sie waren, sie alle drei, wie erstarrt vor Furcht. »Ich dachte, sie hätte sich ins Gras gesetzt oder so was, also habe ich nach ihr gesucht und wohl noch Zeit verschwendet. O Gott, es tut mir so Leid, es tut mir so furchtbar Leid, ich fühle mich so furchtbar deswegen ...«

»Nein, das darfst du nicht«, sagte Tom ernst. »Du hast nur getan, was alle getan hätten, ich ebenfalls. Du wusstest nicht, dass sie – krank war?«

»Nein, nicht so richtig. Ich wusste, dass es irgendein ... Problem gab.« Sie warf einen verlegenen Seitenblick auf Octavia. »Meine Mutter hat so was angedeutet, aber ich hatte keine Ahnung, dass sie krank war. Psychisch krank, meine ich. Sie wirkte ganz normal, sie war so nett, sie hat mich gefragt, ob ich immer noch nach Australien will, und hat erzählt, dass sie Freunde in Sydney hat. Ich fand zwar, dass sie komische Sachen trug, aber – o Gott. Ich wünschte, meine Mutter wäre hier ...«

Sie begann zu weinen und Octavia legte den Arm um sie. »Schon gut, Zoe. Es ist nicht deine Schuld.«

»Doch, das ist es. Ich komme mir so dumm vor, so –«

»Wir müssen eine Durchsage machen. Sie müssen die Eingänge sperren. Sofort.«

»Wir haben die Polizei bereits verständigt«, sagte Octavia tonlos. »Sie machen eine Durchsage. Eigentlich – ja, da, hör zu.«

»Meine Damen und Herren, wenn ich um Ihre Aufmerksamkeit bitten dürfte. Ein Kleinkind wird vermisst. Es heißt Araminta Fleming, genannt Minty, ist neun Monate alt, hat dunkles Haar, blaue Augen und trägt ein rosa Kleidchen. Wahrscheinlich sitzt sie in einem Buggy. Falls Sie das Kind gesehen haben, es gefunden haben oder auf es aufpassen« – auf das Kind aufpassen, dachte Tom, was für eine absurde Art, es auszudrücken, aber wahrscheinlich wusste die Polizei, was sie tat, sie wusste, dass man vorsichtig sein musste, taktvoll; und vielleicht passte Louise ja tatsächlich nur auf Minty auf, vielleicht war es tatsächlich ein Irrtum, vielleicht suchte sie gerade nach Zoe –, »bringen Sie es bitte umgehend zum Kontrollturm.«

Sie standen direkt unter dem Kontrollturm und blickten jetzt hilflos um sich, als erwarteten sie, Minty würde jeden Moment wieder auftauchen. Ein hochgewachsener Polizist kam bedächtig auf sie zu. Das verhieß nichts Gutes, dieser langsame Gang. Es bedeutete, sie war nicht gefunden worden.

»Das sollte reichen, Mrs Fleming. Wenn sie tatsächlich hier ist.«

»Ja. Ja, danke.«

»Versuchen Sie, sich keine allzu großen Sorgen zu machen. Die Leute sind im Allgemeinen sehr nett. Bestimmt hat sich die Kleine nur ein Stück entfernt und jemand hat sie gefunden und bringt sie gleich hierher.«

»Sie kann noch gar nicht laufen«, erwiderte Octavia tonlos. »Sie ist noch zu klein.«

»Können Sie nicht die Eingänge sperren?«, fragte Tom. »Damit sie nicht herauskann?«

»Die Kontrolle an den Eingängen ist sehr scharf, Sir. Wir haben die Beschreibung des kleinen Mädchens und der Dame, mit der es zuletzt gesehen wurde, durchgegeben. Aber sperren können wir die Eingänge nicht, nein.«

»Und warum nicht?«

»Das ist praktisch unmöglich, Sir, es sei denn, in einem Notfall.«

»Das ist doch wohl ein Notfall!«

Der Polizist ging nicht darauf ein. »Es kommen immer noch mehr Besucher.«

»Und inzwischen wird meine Tochter verschleppt. Ich warne Sie, ich werde Sie persönlich zur Verantwortung ziehen, wenn ...«

»Lasst uns alle nach ihr suchen«, sagte Octavia. Sie war immer noch sehr blass, aber seltsam ruhig. »Es ist wahr, wir wissen noch nicht, ob es tatsächlich ein Notfall ist. Tom, du bleibst besser hier, für alle Fälle. Zoe, du gehst dort herum, ich gehe in die andere Richtung.«

»Unsere Leute suchen ebenfalls nach ihr«, sagte der Polizist. »Die Polizei und die Wachleute von Brands Hatch sind in Alarmbereitschaft.«

»Ja. Ja, schön«, knurrte Tom. »Wo sind eigentlich die anderen Kinder?«

»Bei Lauren und Drew.«

»Dickon auch?«

»Ja«, sagte Octavia sehr ruhig.

Sie kehrte zum Restaurant zurück, ging zuerst vorwärts, dann rückwärts, damit sie besser sehen konnte. Es herrschte dichtes Gedränge und sie stieß ständig mit irgendjemandem zusammen. Anfangs entschuldigte sie sich, dann wurde sie wütend, weil diese Leute ihr im Weg waren, sie daran hinderten, nach ihrem Kind zu suchen, es zu finden. Der Tag war zu einem Alptraum geworden: das Kreischen der Rennwagen, die endlosen Durchsagen, unverständlich und laut, die Menschenmenge, der Geruch nach Motoröl, Benzin, Hot Dogs und Pommes. Ihr war übel und sie fühlte sich vollkommen verlassen. Sie begann zu halluzinieren, fing an, Minty zu sehen, Louise zu sehen, auf sie zuzugehen. Zweimal sah sie Mintys dunkle Locken in einem Kinderwagen, stürzte hin und rief »Minty«, nur um ein verblüfftes Gesicht zu sehen, ein fremdes Baby. Und sie sah Louise, sah helles, fließendes Haar, einen gertenschlanken, anmutigen Körper, lange, schlanke Beine, rannte zu ihr hin, um sie zu schütteln, zu schlagen, ihr Minty zu entreißen, aber jedes Mal war es nicht Louise, nur eine andere blonde Frau, ohne ihr schönes Gesicht, ohne ihren verrückten, bösen Geist.

Sie hatte es geschafft. Sie hatte den Parkplatz hinter sich gelassen, war auf der Straße und fuhr in Richtung Autobahn. Minty hatte protestiert und laut geschrien, als sie sie aus dem Wagen nahm, in den Kindersitz setzte und anschnallte. Jetzt saß sie da, mit einem Schluckauf, den Daumen im Mund, die Augen vor Angst weit aufgerissen. Nun, das ließ sich nicht ändern. Sie würde sie später trösten, sich später um sie kümmern.

Auf dem Weg zum Auto hatte sie jeden Augenblick erwartet, dass sich eine Hand auf ihre Schulter legen, jemand sie anrufen würde. Sie hatte nicht gewagt zu laufen, das hätte verdächtig gewirkt; aber sie war sehr schnell gegangen, hatte den Buggy durch das Gewühl manövriert. Ihren Wagen hatte sie sofort gefunden, aber jemand hatte zu dicht neben ihr geparkt, und es war nicht leicht gewesen, Minty in den Kindersitz zu hieven. Sie hatte sie seitlich hineinquetschen müssen, woraufhin Minty protestierend aufgeheult hatte. Und dann hatte Louise von der anderen Seite hereinklettern müssen, um sie anzuschnallen. Da sie gerade dabei war, hatte sie gleich das grässliche Nylon-Oberteil ausgezogen; das T-Shirt darunter hatte sie anbehalten. So entsprach sie weniger der Beschreibung. Aber es dauerte alles furchtbar lange. Sicher würde bald jemand kommen. Zoe hatte vermutlich längst Alarm geschlagen. Aber es kam niemand, und als sie auf die Uhr schaute, sah sie, dass tatsächlich erst dreieinhalb Minuten vergangen waren, seit sie den Tisch im Café verlassen hatte.

Sie sprang auf den Fahrersitz und startete den Motor. Am meisten Angst hatte sie, als sie vom Parkplatz fuhr; bestimmt wurde mittlerweile nach ihr gesucht, bestimmt würde sie angehalten werden. Aber es fuhren gerade sehr viele Autos auf den Parkplatz und der Wachmann war beschäftigt. Sie fuhr vorsichtig, nicht zu schnell, um keine Aufmerksamkeit zu erregen, aber sobald sie auf der A20 war, würde sie aufs Gaspedal drücken. Natürlich würde sie nicht zu schnell fahren – sie wollte nicht wegen Geschwindigkeitsübertretung angehalten werden – aber so schnell, wie es eben erlaubt war. In der Gegenrichtung war jede Menge Verkehr, alles strömte nach Brands Hatch, aber sie hatte die Straße praktisch für sich.

Immer wieder schaute sie das Kind im Rückspiegel an, das immer noch mit weit aufgerissenen Augen dasaß, voller Angst. »Tut mir Leid, Minty«, wiederholte sie immer wieder, sanft, mit beruhigender Stimme. »Tut mir Leid, Mäuschen. Wird nicht mehr lange dauern.«

Ob Minty wohl Durst hatte? Sie hatte ein paar verschließbare Kinderbecher mit Saft gefüllt, wagte aber nicht anzuhalten, um ihr etwas zu trinken zu geben. Vielleicht an der Tankstelle ... Nein, das wäre zu riskant, möglicherweise suchten sie dort nach ihr. Sie würde einfach in eine Nebenstraße einbiegen.

Marianne hatte nach dem Essen einen kurzen Spaziergang gemacht, es war ein so schöner Tag. Romilly war mit Freunden nach Richmond gefahren, Marc traf sich mit irgendeinem Mädchen. Der Anrufbeantworter blinkte. Wahrscheinlich

Romilly, die Bescheid sagen wollte, dass sie bei einer ihrer Freundinnen war. Aber es war nicht Romilly. Es war Mrs Harrington.

Sandy saß halb schlafend vor dem Fernseher und sah sich ein Fußball-Spiel an, das er aufgenommen hatte, als das Telefon klingelte. Er seufzte. Hoffentlich war das nicht Louise, die früher abgeholt werden wollte.

Er erwog sogar, nicht ranzugehen, es dem Anrufbeantworter zu überlassen, aber dann dachte er, nein, das kann ich nicht machen, das wäre verantwortungslos. Vielleicht war es ja auch Dickon. Oder Megan, oder Pattie. Er nahm ab.

»Sandy Trelawny.«

»Ich habe mit Louises Vater gesprochen«, sagte Octavia. »Er konnte es nicht glauben, er meinte, es müsse ein Irrtum sein.«

Wie unwichtig einem doch alles andere vorkommt, dachte Tom, wenn ein Kind in Gefahr ist. Und Minty war in Gefahr, möglicherweise sogar in tödlicher Gefahr. Wie hatte er sich nur so über all die vergangenen Geschehnisse aufregen können, über die Abtreibung seiner Frau, ihre Absicht, sich von ihm scheiden zu lassen, die Abneigung seines Schwiegervaters, den drohenden Konkurs seiner Agentur, den Selbstmordversuch seiner Geliebten. Wie hatte er das nur für wichtig halten können. Nichts davon spielte auch nur die geringste Rolle.

»Sie ist in Annas Wagen unterwegs.«

»Verstehe.«

»Ich habe die Nummer, ich habe sie der Polizei gegeben. Ich wünschte, sie würden das Ganze etwas ernster nehmen, sie scheinen überhaupt nicht zu –«

»Ich weiß, ich weiß. Aber du darfst nicht vergessen, hier gehen ständig Kinder verloren und in neunundneunzig von hundert Fällen tauchen sie wieder auf. Und unsere Geschichte über Louise muss sich wie irgendein fantastisches Märchen anhören. Um fair zu sein, ich dachte vorhin auch, ich hätte Dickon verloren.«

»Ja, aber Tom, Dickon ist fünf Jahre alt. Er kann herumlaufen, irgendwo hingehen. Der Polizei muss doch klar sein, dass Minty das nicht kann.«

»Ja. Ich weiß.«

»Louise ist wahrscheinlich längst über alle Berge.« Octavias Stimme wurde lauter, zitterte vor Panik.

»Vielleicht auch nicht. Es ist erst –« Er blickte auf seine Uhr. Was war nur mit der Zeit los, wie war es möglich, dass dieser endlose Alptraum erst zwanzig Minuten dauerte?

»Wo könnte sie nur hinwollen? Mit Minty. Ich meine, sie kann ja wohl kaum nach Hause oder nach Rookston ...«

»Vielleicht doch. Wer weiß, was sie vorhat. Octavia, sie ist verrückt.«

»Verrückt und sehr gerissen. Mit Zoe über Australien zu plaudern, ihr Vertrauen zu gewinnen. Sie hat es offenbar von langer Hand geplant, sie wusste, dass wir hier sein würden, dass Dickon mitkommen würde.«

»Ja, natürlich. Die arme Zoe ist vollkommen hysterisch. Nico war großartig. Er hat es tatsächlich geschafft, sie zu beruhigen.«

»Es ist nur so furchtbar, so ... paradox«, sagte Octavia leise, »dass Minty entführt wurde, während wir uns gestritten haben. Wenn ich stattdessen draußen gewesen wäre, um nach ihr zu sehen, oder wenn du gerade zu den Boxen gegangen wärst – o mein Gott.«

»Ach, Octavia«, erwiderte er schwerfällig. »Wenn wir sie nur zu Hause gelassen hätten, wenn Caroline doch hier gewesen wäre – diese Wenns können einen in den Wahnsinn treiben. Ich sollte es wissen.«

»Ja«, sagte sie und sah ihn ernst an. »Ja, das stimmt wohl.«

»Also, was machen wir? Suchen wir weiter nach ihr? Fahren wir nach Hause? Vielleicht sollte einer von uns zu Hause sein, falls – falls sie versucht, Kontakt mit uns aufzunehmen.«

»Warum sollte sie das tun? Das ist das Letzte, was sie tun würde.«

»Man weiß nicht, was sie anstellen wird. Sie ist verrückt. Vollkommen verrückt.«

»Sag das doch nicht immer! Es macht mir Angst.«

»Entschuldige.«

»Jedenfalls will ich, dass wir zusammenbleiben. Alleine könnte ich es nicht durchstehen.«

Er schaute sie einen Moment sehr ernst an. Dann traten sie gemeinsam ans Fenster des Kontrollturms und starrten auf das Menschengewühl unter ihnen; hilflos, schwach, panisch.

Marianne rannte in die Anmeldung des St. Matthews Hospitals in Hampstead.

»Ich möchte mich nach Mr Felix Miller erkundigen.«

»Auf welcher Station liegt er?«

»Ich weiß nicht. Er ist gerade eingeliefert worden.«

»Wegen?«

»Er hatte einen Herzanfall.«

»Dann ist er wahrscheinlich noch in der Notaufnahme.«

»Aber das kann nicht sein. Das war vor fast zwei Stunden.«

»Hat nicht viel zu bedeuten«, sagte die Frau. »Heutzutage.«

»Es war ein schwerer Herzanfall.«

»In dem Fall wird er auf der kardiologischen Station sein. Wie war noch mal sein Name?«

»Miller. Felix Miller.«

»Warten Sie.«

Die Frau wandte sich ihrem Computer zu und es folgte das unvermeidliche endlose Geklicke. Marianne versuchte nicht loszuschreien, als die Frau tippte, auf den Bildschirm starrte, etwas eingab, wieder auf den Bildschirm starrte, mit der Zunge schnalzte, »Mal sehen, ob er da ist« vor sich hin murmelte und wieder etwas eingab.

Endlich drehte sie sich zu Marianne um. »Ja, er ist auf der kardiologischen Station.«

»Kann ich zu ihm?«

»Sind Sie eine Verwandte?«

»Nicht direkt, das heißt –«

»Normalerweise werden nur die nächsten Angehörigen zugelassen. Aber Sie können es ja mal versuchen. Dritter Stock, Hauptgebäude. Wenden Sie sich nach rechts, wenn Sie aus dem Fahrstuhl kommen, und fragen Sie dort.«

Im Schwesternzimmer, das »Pflegestation« genannt wurde, fragte eine Schwester, die kaum älter wirkte als Romilly, ob sie ihr helfen könne.

»Ich wollte Mr Miller besuchen«, sagte Marianne mit entschiedener Stimme.

»Mr Miller. Mal sehen ...« Wieder Geklicke. »Ja, er liegt hier. Ich werde die Oberschwester fragen müssen. Sind Sie eine Verwandte?«

»Ich –« Marianne hielt inne, denn ihr war klar, wie wichtig es war, die richtige Antwort zu geben. »Ich bin seine Frau«, sagte sie fest. Es war wahrscheinlich ihre erste größere Lüge seit zwanzig Jahren.

Felix lag in einem kleinen Bett in einem winzigen Zimmer, umgeben von zahllosen piepsenden Maschinen. Er war an einen Tropf angeschlossen. »Einfach Flüssigkeitszufuhr«, erklärte die Schwester, »damit sein Körper besser mit dem Schock fertig wird.« Er hatte eine kleine Sauerstoffmaske auf.

»Wir nehmen sie von Zeit zu Zeit ab, um zu sehen, ob er noch Sauerstoff braucht, aber das scheint der Fall zu sein.«

»Wie geht es ihm?«, fragte Marianne.

»Ach, schwer zu sagen. Sein Zustand ist einigermaßen stabil. Entschuldigen Sie mich.«

Sie trat vor einen der Monitore, studierte ihn und stellte etwas ein.

»Und –«

»Er hat Herzkammerflimmern, fürchte ich. Aber er bekommt Antirhythmika und Beta-Blocker, um eine weitere Schädigung des Herzmuskels zu verhindern. Der Doktor wird bald kommen, um ihn noch mal zu untersuchen, dann wissen wir mehr.«

»Kann ich hier bleiben?«

»Natürlich. Sie können leise mit ihm reden, wenn Sie wollen. Wäre wahrscheinlich ganz gut; er ist bei Bewusstsein. Sie werden ja sicher nichts tun, das ihn aufregen könnte.«

»Ich werde keinen hysterischen Anfall bekommen, wenn Sie das meinen«, sagte Marianne.

Sie stand an Felix' Bett und blickte auf ihn hinunter. Seine Augen waren geschlossen und er war grau im Gesicht. Sie nahm seine Hand und streichelte sie sanft. »Felix«, sagte sie sehr ruhig.

Nach langer Zeit drehte er den Kopf, öffnete sehr langsam die Augen und schaute sie an. Es schien einen Moment zu dauern, bis es ihm gelang, den Blick auf sie zu richten, und noch länger, bis er sie erkannte; dann drückte er leicht ihre Hand und versuchte zu lächeln.

»Ich bin hier«, sagte sie unnötigerweise. Er nickte schwach und schloss wieder die Augen.

Sie setzte sich aufs Bett und sprach mit ihm, ruhig und sanft, wie man es tun sollte. Sie erzählte ihm, es ginge ihm schon viel besser, die Ärzte seien sehr zufrieden mit ihm, alles sei in Ordnung, Octavia hätte keine Ahnung, dass er im Krankenhaus sei – Mrs Harrington hatte ihr eingeschärft, dass sie diesen Punkt betonen sollte –, berichtete, dass Zoe mit nach

Brands Hatch gefahren sei, um auf Minty aufzupassen, dass alles wunderbar laufe. »Wenn es dir besser geht, kann deine Tochter dir ja alles erzählen.« Dann fiel ihr nichts mehr ein und sie fing wieder von vorne an. Es beunruhigte sie, dass Octavia nicht benachrichtigt worden war, aber er hatte so erfreut gewirkt, als sie das gesagt hatte, sogar ein schwaches Lächeln zustande gebracht. Sobald die Veranstaltung vorbei war, würde sie Octavia anrufen. Vielleicht sollte sie Tom anrufen, es ihm sagen –

Ein Arzt erschien. Er nickte ihr zu, ohne sich vorzustellen, überprüfte die Monitore und blickte auf Felix hinunter.

»Wie geht es ihm?«, fragte sie.

»Sein Zustand ist einigermaßen stabil«, sagte er kurz. »Es ist noch zu früh, um etwas zu sagen.«

»Werden Sie ihn operieren?«

»Hoffentlich nicht. Im Augenblick bestimmt nicht.«

»Was – was hatte er denn genau?«

»Einen Myokardinfarkt. Einfacher ausgedrückt, einen Herzinfarkt. Das heißt, es ist zu einem Absterben von Herzmuskelanteilen gekommen, so dass das Herz nicht mehr richtig funktioniert. Aber die Medikamente, die wir ihm geben, werden das hoffentlich ausgleichen. Mehr kann ich Ihnen zurzeit wirklich nicht sagen. Nur dass die nächsten Stunden entscheidend sein werden.«

»Kann ich – bei ihm bleiben?«

»Ja. Selbstverständlich. Aber ermüden Sie ihn nicht.«

Marianne fragte sich, wie er sich das vorstellte. Nahm er an, sie würde Felix eine politische Diskussion aufzwingen oder ihn zum Singen bewegen?

»Das werde ich nicht«, versicherte sie demütig.

Minty schlief jetzt. Sie hatte gierig getrunken und dann einen Keks gegessen. Danach hatte sie wieder angefangen zu weinen. Louise hätte am liebsten mit ihr gekuschelt, um sie zu trösten, aber sie wagte es nicht. Sie fuhr auf die Autobahn und der Fahrtrhythmus ließ das Kind bald einschlafen.

Die Windel musste gewechselt werden; Louise konnte es riechen. Aber das würde warten müssen. Erst wollte sie von der M25 herunter und auf der Landstraße sein, wo sie weniger auffiel. Dann konnte sie an irgendeiner Tankstelle halten, auf der Toilette die Windel wechseln, Minty etwas Milch geben und versuchen, sie zu beruhigen. Aber sie konnten keine lange Pause machen, sie hatten noch sehr weit zu fahren. Sie plante, über Dorking und Guildford zu fahren, dann auf die M3 und schließlich über Newbury auf die M4. Es war ein Umweg, aber sicherer.

Die Versuchung, schneller zu fahren, war ungeheuer groß, aber sie wagte es nicht. Sie musste sich einfach mit hundertzehn begnügen und beten. Der Gedanke, Gott um Hilfe bei einer Entführung zu bitten, amüsierte sie. Fast hätte sie gekichert. Sie war immer noch in Hochstimmung, absolut klar im Kopf, ruhig und überhaupt nicht müde. Und sie war sehr zufrieden mit sich. Mittlerweile musste ihnen klar sein, was sie getan hatte. Aber sie hatten keine Ahnung, konnten nicht ahnen, wohin sie unterwegs war.

Das war ihre Trumpfkarte. Niemand wusste es.

51. Kapitel

Felix schien es etwas besser zu gehen. Er hatte ein wenig mehr Farbe im Gesicht und atmete etwas leichter. Die Schwester hatte die Sauerstoffmaske abgenommen.

Er hatte geschlafen; jetzt schlug er die Augen auf und sah Marianne an.

»Hallo, Marianne ...« Seine Stimme war sehr schwach und er sprach undeutlich.

»Hallo, Felix. Wie fühlst du dich?«

Sie hoffte, dass das nicht unter Ermüden fiel.

»Es geht. Ja. Danke. Danke, dass du gekommen bist.«

»Schon gut, Felix. Ich bin so froh ... ich bin froh, dass ich hier bin.«

Nach einem langen Schweigen sagte er: »Es tut mir Leid.«

Marianne fühlte sich, als hätte sie selbst einen Herzanfall erlitten. In den ganzen Jahren, die sie zusammen gewesen waren, hatte Felix sich nicht ein einziges Mal für etwas entschuldigt.

»Wegen neulich, als du gekommen bist. Verzeih.«

»Felix, schon gut. Ich habe es verstanden.«

»Mmm ...« Er nickte und schloss die Augen. »Du hast mir gefehlt«, sagte er. »Sehr.«

»Oh, Felix.« Sie spürte, wie ihr ein Schluchzen in die Kehle stieg. »Felix, du hast mir auch gefehlt.«

Wieder Schweigen und dann sagte er: »Heute Abend. Du musst hingehen.«

»Natürlich gehe ich hin.« Wohin, um Himmels willen? Dann fiel es ihr ein. Die Arbeitsgemeinschaft. »Ja, Felix, ich werde hingehen.«

»Gut. Ich bin ziemlich – müde.«

»Ja, du musst dich ausruhen. Sprich lieber nicht mehr.«

Und er schwieg, über eine Stunde lang. Marianne entschied, dass sie es unmöglich länger hinausschieben konnte. Sie musste Tom anrufen.

Es war noch immer sehr heiß, zumindest im Auto. Die Spätnachmittagssonne knallte gegen die Scheiben und fiel schräg durch den Sonnenschutz, sie fuhren ja westwärts. Minty war aufgewacht, es ging ihr schlecht und sie schrie wieder. Ihre Windel roch schauderhaft. Louise würde anhalten müssen.

Sie fuhr auf eine Tankstelle und hob Minty aus dem Auto. Die Kleine fühlte sich sehr heiß an, schweißnass. Die dunklen Locken klebten ihr am Kopf. Sie schaute Louise an und begann zu schreien.

»Schsch, Liebling, schsch. Nicht weinen. Hier, da hast du etwas zu trinken.«

Minty schüttelte heftig den Kopf, hob ihre kleine Faust und stieß die Tasse zu Boden.

»Schon gut. Du bekommst etwas anderes. Vielleicht ein Eis? Ein Eis am Stiel, wie wär's damit?« Juliet hatte Eis am Stiel wahnsinnig gern gemocht, besonders wenn sie zahnte.

Sie trug das Kind in die Damentoilette, ausgerüstet mit einer frischen Windel, Babycreme und Tüchern zum Abwischen, alles in einer ordentlichen Wickeltasche. Wie schön es war, das wieder tun zu können. Selbst in ihrer Angst, ihrer Furcht, fühlte sie sich glücklich, getröstet.

»Komm, Püppchen.« Sie gab Minty einen Kuss.

»Was für ein entzückendes Kind«, sagte die Frau, die vor ihr in der Schlange stand. »Warten Sie, ich lasse Sie vor. Ich weiß nur zu gut, wie das ist. Wie alt ist sie denn?«

»Neun Monate«, sagte Louise. Sie lächelte die Frau an. Das war schön. Genau davon hatte sie geträumt. Allein dafür hatte es sich gelohnt.

»Minty ist was? Entführt worden? Wie denn, wieso ... O mein Gott, Tom. War Zoe – oh nein. O Gott. Kann ich mal mit ihr sprechen?«

Zoe war sehr bedrückt, aber ruhig. »Es war meine Schuld, ich weiß es. Aber Octavia und Tom waren sehr nett, alle beide, sie haben mir keine Vorwürfe gemacht. Und Nico war klasse. Er bringt mich gleich nach Hause. Er ist nett, Mama. Wirklich nett.«

»Kann ich – mal mit ihm sprechen?«

»Klar.«

Das war wirklich ein Alptraum. Was sollte sie denn jetzt tun? Wie sollte Octavia noch mehr schlechte Nachrichten verkraften, noch eine Tragödie?

Nico hörte konzentriert zu. Er war vollkommen ruhig, als sei zwischen ihnen alles ganz normal, als seien sie zwei Freunde, die ein Problem besprachen. Nicht, als hinge das Leben des Mannes, der zwischen sie getreten war, an einem seidenen Faden.

»Ich rede mit Tom«, sagte er schließlich. »Mal sehen, was er meint. Und dann rufe ich zurück. Du sagst, im Augenblick ginge es ihm einigermaßen gut?«

»Das nicht. Aber es besteht keine unmittelbare Lebensgefahr, soweit die Ärzte das sagen können. Sein Zustand ist verhältnismäßig stabil. Er bekommt Medikamente.«

»Gut, ich rufe dich zurück.«

»Das geht nicht. Ich rufe dich wieder an, sagen wir in fünf Minuten.«

Als sie wieder anrief, war Tom dran. Er hörte sich furchtbar an, seine Stimme klang niedergeschlagen, leblos.

»Nico hat mich in Kenntnis gesetzt. Ich weiß nicht, was ich tun soll, ich weiß es wirklich nicht. Ich habe keine Ahnung, ob Octavia das verkraften kann. Was meint denn der Arzt?«

»Ach, du weißt schon, sie sagen ja nie was. Können sie

auch nicht. Nur dass sein Zustand verhältnismäßig stabil ist.«

»Ich glaube, ich muss es ihr sagen«, erklärte Tom endlich. »Ich kann es ihr nicht verschweigen. Vielleicht könnte sie selbst mal mit dem Arzt sprechen. Ginge das?«

»Ja, bestimmt.«

»Gut, gib mir mal die Nummer. Ich würde ja gern nach London kommen, aber Octavia will hier bleiben. Sie richten hier so eine Art Einsatzzentrale ein. Befragen Zeugen, die was gesehen haben könnten, und so. Und sie durchsuchen die Wälder.«

»Oh, Tom, es tut mir so Leid. Wie furchtbar. Ihr müsst außer euch sein. Aber ...«

»Ja?«

»Also, ich glaube wirklich nicht, dass Louise dem Kind etwas antun will. Auf die Gefahr hin, mich anzuhören wie eine Amateurpsychologin – ich bin sicher, sie will nur einen Ersatz für ihr Baby. Deshalb hat sie Minty entführt.«

»Ich hoffe, du hast Recht. Ich hoffe wirklich, dass du Recht hast.«

Die Polizei hatte ihre Einsatzzentrale in einem Nebenraum des Restaurants eingerichtet. Octavia und Tom waren befragt worden, Zoe ebenfalls. Die Bevölkerung war um Hilfe gebeten worden, und es hatten sich zahlreiche Personen gemeldet, die etwas gesehen haben wollten: Louise mit dem Baby, Louise ohne das Baby, Louise beim Wegfahren. Die meisten Hinweise waren wahrscheinlich unbrauchbar, hatte einer der Polizisten gemeint: »Aber wir müssen jeden Tipp sehr ernst nehmen.«

»Ja, natürlich«, hatte Octavia erwidert. Sie saß in dem Raum, in dem sie vorhin gegessen hatten, und zerknüllte ein Taschentuch zwischen den Fingern. Sie sah furchtbar aus.

Tom fühlte sich ganz krank.

»Octavia?«, sprach er sie behutsam an. »Ich muss dir etwas sagen.«

»Gibt es etwas Neues, haben sie – wurde Minty ...«

»Nein! Es hat nichts mit Minty zu tun. Es geht um deinen Vater.«

»Meinen Vater?«, wiederholte sie völlig verblüfft. »Was ist mit meinem Vater?«

»Er ... also, er hatte einen Herzanfall.«

Sie starrte ihn an, scheinbar ohne zu begreifen.

»Einen Herzanfall?«

»Ja. Aber er lebt. Es geht ihm sogar verhältnismäßig gut. So gut, dass er nicht will, dass du es erfährst. Er will nicht, dass du dir Sorgen machst.«

Gott, hoffentlich stimmte das.

»Das kann er nicht«, sagte sie. »Er kann nicht krank sein. Nicht heute. Das ist unmöglich.«

»Octavia, ich fürchte, es ist so.«

Sie starrte ihn an und die Röte stieg ihr ins Gesicht. Plötzlich blitzten ihre Augen vor Zorn.

»Also, das ist einfach nicht fair«, stieß sie hervor, die Stimme harsch vor Zorn. »Das ist furchtbar. Was soll ich denn machen: nach London zurückfahren, Minty einfach ihrem Schicksal überlassen? Ich kann nicht, das ist absolut unmöglich, das wirst du ihnen sagen müssen, Tom. Ich kann nicht kommen, das kann niemand von mir erwarten.«

»Octavia, das tut doch auch keiner. Genau das ist der Punkt, sie –«

»Doch, sicher erwarten sie das. Alle werden erwarten, dass ich komme, einfach so. Und das ist einfach nicht fair. Ich begreife einfach nicht, ich verstehe nicht – o Gott, Tom ...« Und dann begann sie zu weinen, leise zuerst, dann immer lauter, bis sie tobte, gegen ihn wetterte, gegen ihren Vater, die Ärzte. Er versuchte sie zu trösten, sie festzuhalten, aber sie stieß ihn weg und stand einfach da, mit hängenden Armen, die Fäuste geballt, und weinte. Und dann hörte sie plötzlich auf, brachte sich gewaltsam wieder unter Kontrolle. »Es tut mir Leid«, sagte sie. »Bitte entschuldige.«

»Schon gut, das ist nur zu verständlich.«

»Ist er im Krankenhaus?«

»Ja. Würdest du gerne selbst mit dem Arzt sprechen? Oder mit der zuständigen Schwester?«

»Ja. Ja, das wäre gut.«

Sie wischte sich die Augen und putzte sich die Nase.

»Ich kann nicht zu ihm fahren«, erklärte sie. »Ich kann nicht.«

»Natürlich nicht. Ich habe es dir doch schon gesagt: Er will nicht, dass du es erfährst, er will nicht, dass du dir Sorgen machst. An deinem großen Tag.«

Was für eine Ironie, dachte er, aber ihr schien nichts aufzufallen.

»Das sieht ihm ähnlich«, meinte sie vage. »Typisch für ihn, dass er zuerst an mich denkt. O Gott ...« Plötzlich lächelte sie fast. »Stell dir nur vor, es wäre nicht passiert, Tom. Wir würden jetzt nach Hause fahren, wir alle, Minty und die Zwillinge, im Auto singen und uns erzählen, was für ein Spaß es war, was für ein Erfolg ...« Sie begann wieder zu weinen. »Ach Tom, ich ertrage es nicht, ich ertrage es nicht. Und jetzt Vater ...«

Da legte er die Arme um sie, hielt sie fest, strich ihr über das Haar, gab beruhigende Geräusche von sich, wie bei den Kindern, wenn sie weinten. Sie blieb lange Zeit so und dann löste sie sich von ihm.

»Ich rufe jetzt besser im Krankenhaus an«, sagte sie, plötzlich ganz ruhig. »Mal hören, wie schlimm es steht.«

»Ja. Hier ist die Nummer. Nimm mein Handy.«

»Ich glaube, ich kann es verantworten«, meinte sie langsam, nachdem sie das Gespräch beendet hatte. »Es klingt wirklich, als gehe es ihm einigermaßen gut. Das war die

Schwester, sie war sehr hilfsbereit. Ich – habe es ihr erklärt, ich habe gesagt, wir hätten eine Krise wegen einem unserer Kinder und könnten noch nicht nach London zurück. Sie meinte, sein Zustand sei im Augenblick stabil, er spräche gut auf die Behandlung an und er sei sehr kräftig. Sie hat für nichts garantiert, aber – ich meine, normalerweise würde ich natürlich sofort zu ihm fahren, aber – ich kann einfach nicht, Tom. Ich kann hier nicht weg, noch nicht. Ich würde das Gefühl haben, Minty im Stich zu lassen. Es ist verrückt, ich weiß, aber hier habe ich sie zuletzt gesehen und sie könnte doch ... man weiß ja nie. Louise könnte sie doch hier irgendwo auf dem Gelände festhalten, und vielleicht hat sie vor, sie später zurückzugeben. Ich gehe hier nicht weg. Die Polizei ist hier, und solange wir nichts Näheres wissen, sollten wir bleiben, glaube ich.«

»Aber was ist, wenn Louise sich meldet, bei uns anruft? Das wäre doch möglich.«

»Falls sie das tut, ist Caroline ja da. Sie müsste bald zurück sein. Es ist jetzt –« Sie blickte auf die Uhr. »Gott, schon halb sieben.«

»Ja, aber – aber die Zwillinge, sie sind ganz verstört. Glaubst du nicht ...«

»Gut, dann fahr du«, entschied sie endlich. »Ja, das ist am besten. Ich bleibe noch hier.«

»Ich dachte, du sagtest, du wolltest bei mir bleiben«, sagte er ruhig.

»Ja, das habe ich. Das will ich auch. Aber du hast Recht, die Kinder sind vollkommen verstört. Sie brauchen ihren Vater. Du fährst. Dann könntest du auch ... nein.« Sie brachte ein schwaches Lächeln zustande. »Fast hätte ich gesagt, dann könntest du ja gleich meinen Vater besuchen.«

»Ich glaube auch nicht, dass das zu seiner Genesung beitragen würde.« Er rang sich ein Lächeln ab.

»Aber du bist bereit, nach Hause zu fahren?«

»Ja, ich fahre. Ich wünschte, du würdest mitkommen.«

»Nein. Nein, ich will noch ein bisschen bleiben. Nur für alle Fälle.«

Er war zu erschöpft und zu verwirrt, um ihr zu widersprechen, obwohl er fand, es spiele keine Rolle, wo sie sich aufhielten. Oder was sie taten. Was irgendjemand tat.

Alle waren fort. Sie war allein mit der Polizei. Die Zwillinge waren mit Tom gefahren, ohne großen Protest, so besorgt waren sie um ihre kleine Schwester. Dickon, der am Daumen nuckelte und zwar begriffen hatte, dass Minty entführt worden war, aber nicht wieso und von wem, war ebenfalls mitgefahren. Sandy würde ihn auf einer Autobahnraststätte übernehmen. Nico hatte die vollkommen geschockte Zoe mitgenommen, die mittlerweile über Tränen hinaus war. Nur Melanie war geblieben, um ihr Gesellschaft zu leisten.

Octavia war der Eintritt in die Einsatzzentrale nicht gestattet; sie saß draußen, mit Melanie, abwechselnd zwanghaft redselig und schweigsam. Die Wälder um die Rennstrecke herum wurden durchsucht, von Polizisten und Hunden. Das klang irgendwie unheilvoll, fand sie, es gefiel ihr nicht, obwohl sie natürlich dankbar war.

»Minty wird solche Angst haben«, sagte sie zu Melanie. »Sie wird ängstlich und müde sein. Und sie muss doch gefüttert werden, ihre Windeln müssen gewechselt werden. Ihr Zahn wird ihr wehtun, sie wird eine Dosis Calpol brauchen. Glaubst du, dass Louise ordentlich für sie sorgen wird, dass sie weiß, was das Kind braucht?«

»Aber natürlich«, erwiderte Melanie beruhigend. »Sie hat doch selbst Kinder. Sie wird wissen, was zu tun ist.«

»Eine leichte Magenverstimmung hat sie auch noch, ihre Windeln müssen häufig gewechselt werden und zudem hat sie einen furchtbaren Ausschlag. O Gott, Melanie, wie konnte ich das nur zulassen?«

»Du hast das doch nicht zugelassen!«

»O doch, doch. Ich habe mich mit Tom gestritten, weil ich auf Lauren eifersüchtig war. Ich hätte Zoe nicht alleine mit ihr hinausschicken dürfen, ich hätte mitgehen sollen. Ach Melanie, wo kann sie nur sein, wo hat Louise sie nur hingebracht?«

»Ich – ich weiß nicht, Octavia. Ich weiß es wirklich nicht.«

»Ich meine, sie wird ja kaum in ein Hotel gehen. Die Polizei hat gesagt, es sind Suchmeldungen rausgegangen, im Radio, im Fernsehen, überall. Wir hatten doch Recht, dem zuzustimmen, oder?«

»Aber natürlich.«

»Also, wo ist sie? Wo kann sie hin? Zu Freunden kann sie nicht. Wie sollte sie erklären, dass sie ein Baby dabeihat? Wo kann sie sich verstecken, Melanie? Wo würdest du hingehen mit einem Baby, von dem niemand etwas wissen darf?«

»Ich weiß es nicht. Keine Ahnung. An irgendeinen Ort, von dem niemand weiß, wahrscheinlich.«

»Ja. Ja, klar, aber wo, was für einen Ort?«

»Hat die Familie irgendwo ein Ferienhaus?«

»Ja, ein Haus in Spanien. Vielleicht könnte sie versuchen, da hinzukommen. Aber sie weiß, dass uns das als Erstes einfallen würde. Nein, das glaube ich nicht. Und wie sollte sie nach Spanien kommen? Mit dem Zug vielleicht. Wie wäre es mit einem Zug? Ein Zug ist ein gutes Versteck, man kann den Sitzplatz wechseln, sich in der Toilette verstecken. Oder sie fährt mit dem Wagen, durch den Kanaltunnel, das wäre kein Problem. Dann werden wir sie nie finden.«

»Sie würde Minty nie durch die Passkontrolle bekommen.«

»Nein, das stimmt. Die Polizei meinte, sie würden alle Bahnhöfe, Häfen und Flughäfen überwachen.«

»Nun, also. Sie haben die Nummer des Wagens und eine Beschreibung von Louise und Minty. Also –«

»Sie könnte sich verkleiden.«

»Ja. Aber Minty nicht. Oder das Auto.«

»Sie könnte sich leicht einen anderen Wagen besorgen. Oder Minty im Kofferraum verstecken. Sicher macht sie das. O Gott, das Kind könnte ersticken. Und stell dir vor, sie baut einen Unfall. Oh, Mells, ich ertrage es nicht, ich ertrage es nicht!«

Melanie schwieg.

»Ich werde Charles anrufen, Louises Vater. Du hast Recht, vielleicht gibt es irgendein Ferienhaus oder eine Hütte, von der ich nichts weiß. Charles? Charles, hier ist Octavia. Nein, noch nichts. Du? Nein. Charles, hast du eine Ahnung, wo Louise hinwollen könnte? Würde irgendeine Freundin ihr helfen, ihr eine Wohnung zur Verfügung stellen oder ein Auto leihen? Nein. Nein, ich weiß, aber – ja. Ja, melde dich, wenn dir etwas einfällt. Könntest du die Jungs anrufen, vielleicht haben sie ja etwas von ihr gehört oder ihnen fällt etwas ein. Ach, verstehe. Ja. Ja, bitte, mach das, Charles. Sofort, wenn dir etwas einfällt, irgendetwas. Unter dieser Nummer, es ist meine Handynummer. Ja, natürlich. Ja, vielleicht. Bis dann, Charles.

Armer alter Kerl«, sagte sie sanft und legte das Telefon hin. »Er ist am Boden zerstört. Er sagt immer wieder, es sei ganz bestimmt ein Irrtum, Louise würde so etwas niemals tun.«

»Aber er weiß nicht, wo sie hinwollen könnte?«

»Nein. Ihm ist auch nur das Haus in Spanien eingefallen. O Gott, es ist schon spät, sieh nur, fast halb acht. Minty wird furchtbar müde sein, sie wird weinen. Was ist, wenn Louise zu schnell fährt, wenn sie mit einem anderen Wagen zusammenstößt? Melanie, ich ertrage es nicht, ich ertrage es einfach nicht.« Sie begann wieder zu weinen und Melanie legte den Arm um sie.

»Es ist schwer, ich weiß«, sagte sie, »aber du musst versuchen, Ruhe zu bewahren. Um Mintys willen. Denk nach. Es muss eine Lösung geben. Es muss irgendetwas geben, an das wir noch nicht gedacht haben.«

»Ja.« Octavia wischte sich die Augen und putzte sich die Nase. »Ja, du hast Recht. Ich muss Ruhe bewahren. Ich muss nachdenken. Sie wird ihr nicht wehtun, sie wird ihr keinen Schaden zufügen, auch damit hast du Recht. Sie hat Minty entführt, weil sie ein Baby haben will. Ich muss mir das immer wieder sagen. Schließlich hat sie zwei Kinder verloren.«

»Zwei?«

»Ja, Juliet und neulich das – also, das Baby. Sie hatte eine Fehlgeburt. Und sie war so zornig auf mich, wegen der – wegen der –«

»Wegen was?«

»Ich – ich hatte eine Abtreibung, ein Jahr bevor Minty kam. Louise hat es herausgefunden. Sie hat mir vorgehalten, mein Baby einfach auf den Müll geworfen zu haben.«

»Ah ...«

»Also, ich vermute, in ihrer verrückten Logik ist sie überzeugt, ein Recht auf Minty zu haben. Aber sie ist verrückt, Melanie. Und Verrückte können nicht richtig für Babys sorgen, das können sie einfach nicht. Vielleicht hat sie vor – o Gott, o Gott.«

»Nein«, sagte Melanie streng. »Nein, Octavia, das darfst du nicht einmal denken.«

Arme Kleine. Endlich war sie eingeschlafen, ganz erschöpft. Louise hatte Fertignahrung in eine Flasche gefüllt und sie in einer Autobahnraststätte warm machen lassen. Es war ein Risiko, aber sie konnte sie dem Kind unmöglich kalt geben. Dann hatte sie Minty im Auto gefüttert. Die Kleine hatte sich lange schreiend hin- und hergeworfen und mit den Ärmchen gerudert, aber endlich hatte der Hunger sie überwältigt und sie hatte alles ausgetrunken und auch ein paar Schokoladenkekse gegessen. Nicht gerade die beste Ernährung für ein

Kind, aber sie würde es morgen wieder wettmachen. Wenn sie angekommen waren, wenn sie in Sicherheit waren. In der Kühltasche hatte sie frisches Gemüse. Und Obst. Minty liebte Obst. Als Louise sie zuletzt gesehen hatte, an jenem Tag in Octavias Ferienhaus, als sie ihren reichlich sonderbaren, schlecht angezogenen Freund kennen gelernt hatte, hatte die Kleine ungefähr drei Bananen, einen Apfel und ein paar Erdbeeren verzehrt. Louise erinnerte sich sehr gut an jenen Tag. Fast wäre sie bei einer Lüge ertappt worden, der Lüge mit dem Zahnarzt. Sie hatte die leichte Verwirrung in Octavias Gesicht gesehen und erkannt, dass sie vorsichtiger sein musste.

Aber die Fahrt verlief gut. Sie war mittlerweile auf der M4, fast schon in Bristol, was hieß – sie rechnete schnell nach –, dass sie noch drei Stunden zu fahren hatte. Mindestens. O Gott. Und das letzte Stück würde schwierig werden. Sie war so lange nicht dort gewesen. Und dann musste sie alles fertig machen, was im Dunkeln nicht einfach sein würde. Wahrscheinlich würde alles verdreckt sein. Sie hatte Taschenlampen und Nachtlichter mitgebracht, aber es würde trotzdem schwierig werden. Na ja, ließ sich nicht ändern. Es wurde ja noch immer sehr früh hell. Sie würde eben alles auf morgen verschieben. Sie würde Minty noch einmal die Flasche geben, kalt, wenn es sein musste, und dann konnten sie sich einfach zusammen auf eines der Betten legen, in einen Schlafsack eingepackt. Das Kind war so müde, es würde sicherlich schlafen.

»Ich bleibe hier«, erklärte Nico, »bis deine Mutter zurückkommt.«

»Nein, ehrlich, das ist nicht nötig.«

»Ich weiß, ich würde es aber gerne tun. Ich könnte auch gleich deine Schwester kennen lernen und – ah, hallo, Sie müssen Marc sein.« Er streckte die Hand aus. »Nico Cadogan. Schön, dass wir uns mal treffen.«

»Guten Tag, Sir. Gibt es schon etwas Neues?«

»Nein, nichts. Aber ich bin sicher, es wird alles gut werden. Zoe, warum machst du uns nicht eine Kanne Kaffee? Das könnten wir jetzt brauchen.«

»Ja, gut.« Zoe war ganz weiß im Gesicht und wie betäubt. »Was Neues von Mama, Marc?«

»Sie bleibt noch ein bisschen im Krankenhaus. Sie meinte, sie wäre gegen neun wieder zu Hause.«

»Ich wünschte, sie wäre hier«, sagte Zoe und brach wieder in Tränen aus.

»Also komm«, sagte Nico streng. »Ich werte das als persönliche Kränkung. Ich bin immerhin hier und das sollte doch eine echte Alternative sein. Für den Augenblick jedenfalls. Komm, Zoe, lass dich drücken. Ich hoffe, das ist nicht allzu anmaßend, schließlich kennen wir uns noch nicht sehr lange; aber ich weiß, was weinende Mädchen brauchen. Hier, mein Taschentuch. Marc, mach du doch den Kaffee, sei so nett. Und du musst Romilly sein. Ich bin Nico. Nett, dich kennen zu lernen. Hast du noch Papiertaschentücher, Romilly? Ich glaube, wir werden sie brauchen.«

Jeder, der in diesem Augenblick die Küche der Muirheads betreten hätte, wäre überzeugt gewesen, dass Nico ein erfahrener Familienvater war.

»Noch Kaffee?«, fragte Melanie.

»Ja. Danke.«

Octavia saß schweigend da und starrte aus dem Fenster in die dichter werdende Dämmerung.

»Vielleicht sollte ich noch mal im Krankenhaus anrufen«, meinte sie und stellte die Tasse ab.

Es gab nichts Neues.

»Armer Papa. Wie schrecklich für ihn, ganz allein da liegen zu müssen. Zumindest ist Marianne bei ihm. Das ist wirklich sehr lieb von ihr. Ich frage mich, ob ...«

»Erzähl mir von Marianne«, sagte Melanie.

»Interessiert dich das wirklich?«

»Ja, schon. Irgendwie.«

Octavia lächelte sie an. »Du bist mir eine gute Freundin«, sagte sie.

»Ich tue mein Bestes. Und ich bin durchaus interessiert an Marianne. Und an deinem Vater. Guck mal, dieser alte Caravan da auf der Wiese. Wir hatten auch so einen, als ich klein war. Wir sind damit durch ganz England gefahren. Ich liebe Wohnwagen, sie sind so – Octavia, geht es dir gut?«

»Was hast du eben gesagt?«, fragte Octavia. Irgendwie war es wichtig gewesen. Es hatte eine alte Erinnerung wachgerufen. Was war es nur? Sie kam nicht darauf.

»Marianne ist ein wunderbarer Mensch«, erzählte sie. »Schade, dass sie heute nicht dabei sein konnte. Sie ist so lebenslustig, so ...« Sie hielt inne. Irgendwas war da gewesen. »Melanie, was hast du eben gesagt? Abgesehen von deiner Frage nach Marianne.«

»Ich sagte, dein Vater würde mich interessieren.«

»Nein, nicht das. Irgendwas anderes.«

»Ich habe nichts weiter gesagt, nur dass meine Eltern einen Caravan hatten. Fesselnd, was? Aber du wolltest mir von Marianne erzählen. Sie ist sehr schön, ich erinnere mich an sie, von einer Feier bei euch.«

Einer der Polizisten kam herein.

»Leider noch nichts«, sagte er. »Wir brechen die Suche für heute ab. Es wird langsam dunkel.«

»Ja«, sagte Octavia. Die zunehmende Dunkelheit hatte sie geängstigt. Die alten Kindheitsängste, dass es im Dunkeln Dinge gab, vor denen man sich fürchten musste, Bedrohungen, die man nicht sehen konnte. Und Minty hasste die Dunkelheit ...

»Aber gleich morgen früh machen wir weiter«, beruhigte sie der Polizist, der ihr Gesicht gesehen hatte. »Und wir gehen von Tür zu Tür und befragen die Leute. Den Ehemann haben wir natürlich schon befragt und –«

»Sandy! Wieso, er ist doch Hunderte von Kilometern entfernt, er kann nicht –«

»Aber er ist ihr Mann. Vielleicht weiß er etwas, was wir nicht wissen.«

»Sie verstehen nicht«, protestierte Octavia. »Er ist der netteste Mensch der Welt, er hätte es mir bestimmt gesagt, wenn –«

»Mrs Fleming, niemand hat behauptet, er wüsste, wo Ihr Kind ist. Aber es ist möglich, dass seine Frau irgendwas gesagt hat, er irgendwas gehört oder mitbekommen hat. Sie wären überrascht, wie wichtig die kleinste Kleinigkeit sein kann.«

»Ja. Ja, wahrscheinlich.« Octavia seufzte. »Und sonst gibt es nichts Neues?«

»Nein, keine konkreten Hinweise. Ich würde Ihnen raten, sich etwas auszuruhen, Mrs Fleming. Es ist schwer, ich weiß, aber warum nehmen Sie sich nicht ein Zimmer im Thistle Hotel, es ist sehr komfortabel, und Sie wären trotzdem erreichbar.«

»Gut. Ja, das könnte ich wohl.« Er war nett; er schien zu begreifen, warum sie hier bleiben wollte – wo Minty zuletzt gewesen war.

»Ich bleibe bei dir«, sagte Melanie.

»Nein, das brauchst du nicht.« Plötzlich wollte sie allein sein, ganz allein. Um nachzudenken, um an Minty zu denken. Sie wollte nicht mehr reden.

»Ich werde dich nicht stören.« Melanie hatte ihre Gedanken erraten.

»Nein, natürlich würdest du das nicht. Aber – nein, Mells, du musst zurückfahren. Morgen ist Montag, da sind die Nachbesprechungen wegen heute.«

»Fleming! Du glaubst doch nicht, dass mich das im Moment interessiert!«

»Also ...«

»Nein, ich bleibe. Ich kann den Gedanken nicht ertragen, dass du hier ganz allein bist. Wenn du nicht willst, brauchen wir auch nicht zusammen zu essen, ich bleibe einfach in meinem Zimmer.«

»Melanie! Es ist in Ordnung, ich schwör's. Wenn es zu schlimm wird, rufe ich Tom an. Er könnte in einer Stunde hier sein, um diese Zeit ist ja kaum Verkehr.«

»Na gut, wenn du dir sicher bist ...«

»Ganz sicher. Ich weiß dein Angebot zu schätzen, aber ich würde gern etwas für mich sein.«

»Nun, ich werde versuchen, es nicht persönlich zu nehmen«, bemerkte Melanie. »Nach dieser Zurückweisung werde ich bestimmt auf der ganzen Fahrt nach London still vor mich hin weinen.«

Octavia lächelte sie an.

»Du bist wirklich eine gute Freundin.«

Aber als Melanie gegangen war, fühlte sie sich in der Tat sehr allein. Allein und beklommen. Bilder von Minty stiegen in ihr auf, Minty weinend und verängstigt, irgendwo vor ihr versteckt, Minty bedroht, Minty ... An diesem Punkt war es ihr bislang gelungen, hastig an etwas anderes zu denken.

Sie nahm sich ein Zimmer im Thistle Hotel, ging hinauf und starrte eine Weile aus dem Fenster. Was sollte sie jetzt nur anfangen? Es war erst halb neun, schlafen konnte sie also noch nicht, essen wollte sie nicht, zu lesen hatte sie nichts mit, und außerdem würde sie sich sowieso nicht konzentrieren können. Panik überkam sie. Warum hatte sie bloß Melanie weggeschickt?

Melanie. Sie war wirklich eine gute Freundin, nicht anspruchsvoll, kameradschaftlich, loyal, witzig. Und ziemlich zäh, wenn es darauf ankam.

Melanie. Was war das nur gewesen? Sie hatten sich unterhalten und eine Erinnerung hatte sich in ihr geregt; verhalten, kaum wahrnehmbar und sofort wieder verschwunden, wie das allererste Einsetzen der Wehen. Sie hatten über Marianne gesprochen. Und ihren Vater. Und – ja, was? Nein, es fiel ihr nicht ein.

Sie wühlte in ihrer Tasche nach ihrem Handy, als die Erinnerung wieder an ihr zerrte, etwas stärker, beunruhigend, entschlossen.

Sie setzte sich aufs Bett. Denk nach, Octavia, denk nach. Was war es nur, was hatte Melanie gesagt und warum war es so wichtig?

Ihr Telefon klingelte. Es war Tom. Sie waren zu Hause, die Kinder hatten sich etwas beruhigt und guckten *Star Wars*. »Sie sind erschöpft, glaube ich.« Dickon hatte er seinem Vater übergeben, der sehr niedergedrückt schien.

»Er tat mir so Leid«, sagte Tom. Die Ironie, dass ausgerechnet er das sagte, der immerhin die unmittelbare Ursache für den größten Teil von Sandys Sorgen war, entging Octavia keineswegs. Aber sie schwieg.

»Und dein Vater? Ich habe nicht in der Klinik angerufen. Gibt es etwas Neues?«

»Nein. Sein Zustand ist unverändert. Marianne ist noch bei ihm. Es ist wirklich sehr nett von ihr, dass sie ins Krankenhaus gefahren ist.«

»Ich bin da, wenn du mich brauchst«, sagte er. »Ich könnte binnen kürzester Zeit bei dir sein.«

»Ja, ich weiß. Ich danke dir.«

»Also, bis dann. Ich rufe wieder an.«

Sie stellte den Fernseher an, da sie sonst nichts zu tun hatte. Ein grauenhafter Film ging gerade zu Ende und dann wurden die Nachrichten gesendet. Endlose Aufnahmen von dem Begräbnis, der Prozession nach Althorp. Mutter Teresa war gestorben. Nach einem Rückblick auf ihr Leben folgten endlose

Filmmeter von Dianas Besuch in ihrer Klinik in Kalkutta. Weitere Reaktionen auf ihren Tod, sehr wenig sonst. Und dann kamen die Lokalnachrichten.

»Ein kleines Mädchen wird vermisst. Zuletzt gesehen wurde sie auf der Rennstrecke Brands Hatch. Minty Fleming, neun Monate alt ...« Auf dem Bildschirm erschien das Bild von Minty, das Octavia der Polizei gegeben hatte, Minty, die lachend in ihrem Hochstuhl saß, das einzige neuere Foto, das Octavia bei sich gehabt hatte. Sie starrte es an, wie gelähmt vor Schrecken, vor Entsetzen, obwohl sie doch von der Suchmeldung gewusst hatte. »Minty war mit ihren Eltern in Brands Hatch, wo sie verschwand, offenbar mit einer Freundin der Familie ... Die Polizei hat das Gelände der Rennstrecke und die Umgebung abgesucht, bislang ohne Erfolg.«

Nichts hätte Octavia auf dieses Entsetzen vorbereiten können, auf diesen Moment. Wie oft hatte sie an dieser Stelle in den Nachrichten eine Meldung über ein vermisstes Kind gehört, und normalerweise schnalzte sie dann mitfühlend mit der Zunge und bemerkte: »Wie furchtbar, die armen Eltern, ich weiß nicht, wie sie das ertragen«, und sehr oft hatte sie hinzugefügt: »Ich weiß ja nicht, wieso die Leute ihre Kinder einfach so unbeaufsichtigt lassen.« Und jetzt ging es um sie, um ihr Kind, ihr vermisstes Kind, ihr unbeaufsichtigtes Kind. Nein, sie wusste nicht, wie sie es ertrugen, diese Eltern; sie wusste nicht, wie sie es ertragen sollte. Sie wusste ja noch nicht einmal, was sie würde ertragen müssen.

Ihr wurde übel und sie stürzte ins Badezimmer und übergab sich heftig. Danach wusch sie sich das Gesicht und kehrte langsam ins Schlafzimmer zurück. Sie setzte sich auf einen Stuhl vor dem Fenster und schaute hinaus. Es war jetzt fast dunkel, eine schrecklich schöne Sommernacht, warm und sternenübersät, und eine schmale Mondsichel stand am Himmel. Louise hatte das nicht verdient, sie verdiente eine stürmische, unwirtliche, bedrohliche Nacht. Aber dann dachte Octavia, dass die kleine Minty eine schöne Nacht verdiente, ja brauchte, so warm und balsamisch wie nur möglich.

»Oh, Minty«, sagte sie laut und fügte hinzu, wie sie es jede Nacht tat, wenn das Kind sicher eingepackt in seinem Bettchen lag: »Mein Liebling, Gott schütze dich. Schlaf gut. Ich hoffe, du bist in Sicherheit.«

Ihre eigenen törichten Worte brachten sie wieder zum Weinen. Nein, Octavia, nicht. Versuch, dich zu erinnern, dich an das zu erinnern, was Melanie sagte. Bleib ruhig, versuch, klar zu denken.

Wieder das Ziehen; etwas Wichtiges wollte sich in ihr Bewusstsein durchkämpfen. Was war es nur, was? Es war irgendwas, das Melanie gesagt hatte. Etwas entscheidend Wichtiges.

Marianne. Ihr Vater. Und etwas über Reisen durch ganz England, als sie klein gewesen war. Mit einem Caravan. Ja. Das Ziehen wurde stärker. Das war es, eindeutig.

»Herrgott«, rief Octavia laut. »Was ist es, was?«

Sie stand auf und ging im Zimmer auf und ab. Ein Caravan. Etwas mit einem Caravan. Das Ziehen wurde heftiger und dann hatte sie ein Bild vor ihrem geistigen Auge. Einen Sekundenbruchteil lang, dann war es wieder verschwunden. Wie bei diesen psychometrischen Einstellungstests für Top-Positionen, der modernen Entsprechung des Rorschachtests. Man zeigte den Kandidaten ganz kurz ein Bild, und wenn sie sagten, es erinnere sie an ihre Mutter oder ähnlich wenig smarte und flexible Personen, wurden sie nicht eingestellt. Oder vielleicht gerade. Es war sowieso reiner Humbug.

Konzentrier dich, Octavia, konzentrier dich.

Im Land herumreisen. In einem Caravan. Noch ein verschwommenes Bild.

Und dann tauchte es in ihrem Kopf auf, strahlend hell – ein richtiges Bild. Anna. Anna bei Octavias letztem Besuch, kurz vor ihrem Tod. Anna, die besorgt zu Louise sagte: »Dein Vater darf nichts davon erfahren, er wäre sehr wütend!«

Und als sie Louise gefragt hatte, worüber sich ihr Vater denn so ärgern würde, hatte sie achtlos erwidert: »Ach, ihre Eltern hatten einen alten Caravan.« Und dann – ja: »Er steht irgendwo auf einer Wiese. Mein Vater hat gesagt, sie müsste ihn verkaufen, aber sie konnte und wollte es nicht.«

»Gütiger Himmel«, flüsterte Octavia. Sie stand auf und starrte in die Dunkelheit hinaus, als könne sie dort mehr erfahren. »O mein Gott.«

Da war Louise hingefahren. Zu dem Caravan. Wer würde ahnen, dass sie in einem alten Caravan war, irgendwo auf einer Wiese? Ja, dort würde sie sein, in dem Caravan, mit Minty, und sich in Sicherheit wiegen. Octavia fühlte sich ganz schwach und ihr Kopf drehte sich. Sie ließ sich aufs Bett sinken. Sie merkte, dass sie die Fäuste geballt hatte und ihre Handflächen schwitzten. Aber ja. Sie war sich ganz sicher. Da würde Louise hinfahren. Es wäre vollkommen anonym, geheim, ganz sicher. Während alle Hotels, Flughäfen und Wohnhäuser überwacht wurden. Ein alter Caravan irgendwo auf einer Wiese. Perfekt. Sie musste dorthin, und zwar schnell. Aber wo stand er? Wo stand der Caravan, wo war die Wiese?

Charles würde es wissen. Es wäre furchtbar, ihn zu fragen, sie scheute davor zurück, aber er würde es wissen. Sie griff nach dem Telefon, holte tief Luft und wählte. Es klingelte lange und dann meldete Janet sich.

»Oh, hallo, Octavia.« Die Stimme mit dem schönen rollenden Akzent klang bedrückt. »Das tut mir alles so Leid. So furchtbar Leid.«

»Ja. Danke, Janet. Äh – ist Mr Madison da?«

»Ja, ist er. Soll ich ihn holen?«

»Ja, bitte. Das heißt ...« Sie zögerte. Die Haushälterin würde es vielleicht wissen. Sie war seit Louises Geburt bei den Madisons.

»Janet, könnte ich Sie etwas fragen? Äh – vertraulich. Ich meine, ich würde Mr Madison lieber nicht damit belasten, wenn ich es vermeiden kann.«

»Aber selbstverständlich, Octavia. Ich erspare ihm liebend gern jede zusätzliche Sorge, dem Ärmsten.«

»Es gab da doch einen alten Caravan. Er gehörte Mrs Madisons Eltern.«

»Ja, das stimmt. Aber er ist längst verkauft worden.«

»Äh – ja. Aber wissen Sie, wo er stand?«

»Sicher. Ich war ein- oder zweimal mit, als Louise noch ganz klein war. Bevor die Jungs geboren wurden. In einem wunderschönen Fleckchen, in Cornwall.«

»In Cornwall!«

So weit weg. Unmöglich weit. Nein, unmöglich war es nicht. Nichts war unmöglich.

»Ja, in einer kleinen Bucht in der Nähe von Constantine Bay. Der Ort hieß Tresilith. Wenn man eines der kleinen Sträßchen zum Meer herunterfuhr, kam man zu einem Bauernhof. Wie hieß er noch mal, ach ja, Plenty Farm. Und die Straße hieß Plenty Lane. Jedenfalls, der Caravan stand ein ganzes Stück vom Bauernhaus entfernt, ganz für sich, wunderschönes Fleckchen. Man konnte das Meer sehen. Wahrscheinlich ist es mittlerweile ein Parkplatz.«

»Ja, wahrscheinlich.«

Nach einem Schweigen sagte Janet: »Octavia, Sie glauben doch nicht etwa, dass Louise – dass sie da hingefahren ist?«

»Ich weiß es nicht, Janet. Möglich wäre es. Aber ich vertraue darauf, dass Sie nichts sagen. Es ist wichtig.«

»Ich werde nichts sagen, Octavia. Sie werden es mich doch wissen lassen, oder?«

»Natürlich, Janet. Danke. Gute Nacht.«

Sie ging zur Rezeption hinunter und fragte nach einem Straßenatlas. Sie fand Cornwall, sie fand Constantine Bay. Und ja, da war Tresilith. Gott, was für eine lange Fahrt. Die arme kleine Minty, durch halb England geschleift, in einem stickigen, fremden Auto.

Aber zumindest wusste sie jetzt, wo sie war. Sie war sich ganz sicher. Um diese Zeit sollte sie nicht mehr als vier oder fünf Stunden brauchen. Nicht der Rede wert.

Octavia nahm die Karte und verließ das Hotel. Sie stieg in ihren BMW, tankte auf und fuhr auf die M20.

Fast da. Nun, zumindest im richtigen County. Endlich in Cornwall. Louise, die über das Bodmin Moor fuhr, war entsetzlich müde. Sie hatte zweimal anhalten müssen, war ausgestiegen und hatte tief die frische Luft eingeatmet, um wach zu bleiben. Sie hatte ausreichend Süßigkeiten dabei, die sie pausenlos kaute, das half immer. Am liebsten hätte sie das Radio laut aufgedreht, noch ein alter Trick, aber das wagte sie nicht, da Minty endlich wieder eingeschlafen war. Sie hatte lange geschrien, und vorher hatte Louise noch einmal die Windel wechseln müssen, diesmal auf dem Rücksitz des Wagens; es war furchtbar schwierig gewesen, Minty hatte so heftig mit den Beinchen gerudert, dass Louises Jeans und ihr T-Shirt ganz schmutzig waren. Und Mintys rosa Kleidchen war verdreckt und roch. Hoffentlich waren sie bald da, damit sie das Kind waschen und ihm saubere Sachen anziehen konnte. Allerdings hatte sie kein Wasser. Die feuchten Tücher würden reichen müssen, bis sie morgen den Wassertank auffüllen konnte. Und dann würde sie das Kind in den Schlaf wiegen.

In Bodmin fuhr sie in Richtung Padstow. Die Namen, diese schönen Ortsnamen, die damals für sie bedeutet hatten, dass sie bald da waren, Land's End, Washaway; dann ging es durch Wadebridge, ein schlafender, stiller Ort, viel größer, als sie es in Erinnerung hatte, und dann endlich St. Issey Little Petherick. Ah, endlich, der Wegweiser nach Constantine Bay und Tresilith. Sie hatte es geschafft. Sie war allein, ganz allein in der Nacht, niemand war ihr gefolgt, niemand wusste, wo sie war ...

Sie hielt kurz an und blickte hoch zu den Sternen. Hinter ihr wachte Minty auf, und es sah aus, als würde sie wieder zu weinen anfangen, aber dann sah sie Louise und lächelte zum ersten Mal, ein schläfriges Lächeln.

Bestimmt ein gutes Omen.

Felix erwachte ganz plötzlich und ganz offensichtlich hatte er starke Schmerzen. Es tat weh, ihn anzusehen. Marianne hatte halb gedöst und warf jetzt einen ängstlichen Blick auf die Monitore. Sie sagten ihr nichts.

Dem medizinischen Personal allerdings schon. Irgendwo war ein Alarm ausgelöst worden; die Schwester kam eilig herein, sah Felix an, kontrollierte die Maschinen und überprüfte den Tropf. Der Arzt folgte.

»Tut mir Leid«, sagte er zu Marianne. »Sein Zustand hat sich verschlimmert. Ich muss Sie bitten, einen Augenblick draußen zu warten.«

Sie ging hinaus und setzte sich auf den Flur. Sie war seltsam ruhig. Zumindest war sie bei ihm, zumindest wusste er, dass sie bei ihm war. Für den Moment schien nur das wichtig zu sein.

»Mrs Miller?«

Marianne fuhr zusammen. Sie war fast eingeschlafen, auf dem Stuhl draußen auf dem Krankenhausflur.

»Ja?«

»Mrs Miller, ich fürchte, Ihr Mann hatte noch einen Herzanfall. Keinen so schweren diesmal, aber so dicht hintereinander ... Sie können jetzt wieder zu ihm.«

Felix hatte die Augen geschlossen. Wieder nahm sie seine

Hand und wieder schlug er die Augen auf. Es war wie in einem schauerlichen, oft geprobten Theaterstück.

Er zerrte mit beiden Händen an der Sauerstoffmaske und sie beobachtete ihn ängstlich. Die Schwester kam herein.

»Offenbar will er die Maske abnehmen.«

»Vielleicht möchte er etwas mitteilen. Sagen Sie etwas zu ihm.«

»Ja. Könnte ich – nur für einen Augenblick?«

»Ich mache es.«

Die Schwester nahm ihm die Sauerstoffmaske ab. Felix fuhr sehr langsam mit der Zunge über die trockenen Lippen und öffnete den Mund.

»Felix, willst du etwas sagen?«

»Ja. Ja ... bitte.« Er griff nach ihrer Hand und küsste sie. Sie blickte auf ihn hinab und dachte: Ich ertrage es nicht. Sie strich ihm zitternd über das Haar, das dichte, weiße Haar, so bezeichnend, hatte sie immer gedacht, für seine Vitalität und Kraft.

»Octavia ...«, brachte er hervor.

Eine Welle der Enttäuschung durchfuhr Marianne.

»Ja? Ja, was ist mit Octavia? Möchtest du, dass sie kommt?«

»Nein. Nicht heute. Aber sag ihr – sag ihr ...« Eine lange Pause; er war offenkundig erschöpft. Er schloss die Augen.

»Ja, Felix, was soll ich ihr sagen?«

»Sag ihr, Tom ... Tom liebt sie.«

»Tom?« Sie war so erstaunt über diese Worte, dass sie selbst ganz kurzatmig wurde. Felix, der seinen Schwiegersohn hasste, dessen höchstes Ziel es war, Octavias Ehe zu zerstören, sagte so etwas!

»Liebt sie ... sehr ...«

Und dann ging ein großer Schauder durch ihn und ein Seufzen, und das regelmäßige Piepsen des Herzmonitors hörte auf. Stattdessen kam ein leises, hohes Summen und die ordentliche Zickzacklinie auf dem Bild wurde flach. Und so starb Felix, bevor Marianne ihm – wie sie es vorgehabt hatte – sagen konnte, wie sehr sie ihn liebte. Octavia hatte ihn ihr gestohlen, im Augenblick seines Todes ebenso wie im Leben.

52. Kapitel

Octavia blickte auf die Uhr am Armaturenbrett: halb zwölf. Sie war zügig vorangekommen, mittlerweile war sie fast am Autobahnkreuz, wo sie auf die M5 fahren würde. An der nächsten Raststätte würde sie halten, tanken und einen Kaffee trinken. Sie war ganz ruhig und sehr zuversichtlich.

Das Handy hatte sie ausgeschaltet. Sie wollte nicht, dass irgendjemand erfuhr, wohin sie unterwegs war, nicht einmal Tom. Was sie auch sagen mochte, was er auch versprechen mochte, die Gefahr bestand, dass er es der Polizei erzählte. Was er auch sollte; was sie auch sollte. Aber sie konnte es nicht. Das war eine Sache zwischen ihr und Louise, niemandem sonst. Wenn sie Minty heil und gesund zurückhaben wollte, musste sie ganz ruhig mit Louise sprechen und ihr zuhören. Das war unmöglich, wenn Unmengen von Polizisten den Caravan umzingelten. Alle hatten ihr versichert, Louise würde Minty nichts antun, doch sie war nicht davon überzeugt. Louise war verrückt. Sie war zu allem fähig.

Aber sie war einmal ihre beste Freundin gewesen. Das musste doch auch etwas zählen.

»Wir müssen es ihr sagen«, erklärte Tom. »Sie hat ein Recht, es zu erfahren. Vielleicht sollte ich lieber selbst runterfahren, statt es ihr am Telefon zu sagen. Was meinst du?«

»Ja. Das wäre vielleicht besser.« Marianne klang schwer erschüttert.

»Du solltest lieber nach Hause fahren, Marianne. Du kannst jetzt doch nichts mehr für ihn tun.« Himmel, was für eine absurde Bemerkung. Wie doch der Tod zu Klischees führte.

»Nein. Ja, natürlich.«

»Bist du mit dem Wagen da?«

»Nein, ich bin mit dem Taxi gekommen. Ich werde mir ein Taxi rufen. Oder vielleicht könnten Marc oder Zoe mich abholen. Ich fühle mich doch etwas mitgenommen.«

»Das mache ich für dich. Ich rufe sie an. Bis dann, Marianne. Du warst einfach wunderbar heute. Danke für alles.«

Eine Viertelstunde später, als Marianne, zittrig vor Schock und Trauer, in der Anmeldung saß, kam Nico Cadogan. Irgendwie war sie nicht im Entferntesten überrascht, ihn zu sehen; es schien vollkommen natürlich, entgegen aller Logik, es war das, was sie erwartet hatte. Sie brauchte ihn und er war gekommen. So einfach war das.

»Sag nichts.« Er setzte sich neben sie und nahm sie in die Arme. »Sag nichts. Ich sorge dafür, dass du sicher nach Hause kommst. Nicht mehr.«

»Oh, Nico«, stieß Marianne hervor und vergrub ihr Gesicht an seiner Schulter, versuchte vergebens, das Bild von der leeren Hülle auszulöschen, die einmal Felix gewesen war, umgeben von verstummten Maschinen, all seine Kraft aufgebraucht, seine Vitalität für immer erloschen. »Nico, du hast ja keine Ahnung, wie froh ich bin, dich zu sehen.«

»Vielleicht wirst du es mir eines Tages erzählen können«, sagte er und küsste sie auf den Scheitel. »Jetzt komm. Ich bringe dich heim.«

Tom wählte Octavias Handynummer. Sie hatte es ausgeschaltet. Verdammt! Warum hatte sie das nur getan? Schlafen würde sie doch wohl kaum. Wahrscheinlich ein Versehen. Gut, dann würde er eben im Hotel anrufen.

»Es meldet sich niemand, Mr Fleming.«

»Sind Sie sicher? Versuchen Sie es noch einmal.«

Lange Pause.

»Tut mir Leid, Sir. Es meldet sich niemand.« Die Stimme klang allmählich gelangweilt.

»Vielleicht – könnte jemand hochgehen? Vielleicht schläft sie oder sie ist krank. Sie hat einen sehr leichten Schlaf, es sieht ihr gar nicht ähnlich.«

Sie würde doch nicht, sie konnte doch nicht – Himmel, sie hatte doch keine Überdosis genommen? Sie war so aufgelöst gewesen und sie hatte immer Schlaftabletten dabei. Möglich war alles. Nein. Nein, das hätte sie nie getan. Das würde wirklich nicht zu ihr passen ...

»Das Zimmer ist leer, Sir. Es ist niemand da.«

»Allmächtiger. Aber den Schlüssel hat sie noch?«

»Er ist nicht abgegeben worden, Sir.«

»Vielleicht ist sie im Speisesaal oder sonst irgendwo. Könnten Sie sie nicht ausrufen lassen?«

»Der Speisesaal ist geschlossen, Sir.«

»Verstehe. Ist ihr Wagen denn noch da?«

»Das kann ich Ihnen nicht sagen, Sir.«

»Und warum nicht? Sie müssen doch einen Hotelparkplatz haben. Gehen Sie um Gottes willen hin und sehen Sie nach. Es handelt sich um einen Notfall. Sie fährt einen BMW, Autokennzeichen N459 AGR.«

»Gut, Sir. Warten Sie, ich hole jemanden.«

Wieder eine endlose Wartezeit. Dann: »Nein, der Wagen steht nicht auf dem Parkplatz. Bedaure.«

Allmächtiger! Was war nur mit ihr passiert? Wo konnte sie nur sein?

»Danke«, sagte Tom. »Bitte lassen Sie es mich wissen, wenn meine Frau zurückkommt.«

»Gewiss, Sir.«

Da war er. Obwohl ihre Mutter ihr erzählt hatte, dass er noch wetterfest war, immer noch auf der Wiese stand – sie hätte Mr Briggs vor ein paar Monaten angerufen, um ihn vorzuwarnen, dass sie den Caravan vielleicht verkaufen würde –, hatte Louise sich zunehmend Sorgen gemacht, je näher sie kamen. Vielleicht hatte der Bauer nicht die ganze Wahrheit gesagt, aus Angst, den monatlichen Scheck für den Stellplatz zu verlieren. Ziemlich viel Geld, hatte sie festgestellt, für ein winziges Stückchen Land, das längst niemand mehr besuchte. Er musste mittlerweile ein ziemlich alter Mann sein und die Bauern hatten es heutzutage nicht leicht. Aber der Caravan schien einigermaßen in Ordnung zu sein, Gott sei Dank. Er stand ganz hinten auf der Wiese und sah aus, als hätte er Wurzeln geschlagen. Ein bisschen in den Boden eingesunken, ein wenig rostig, aber immer noch da und das Dach war intakt. Hoffentlich würde es drinnen trocken sein. Wenn der Mond nur ein wenig heller scheinen würde. Aber sie hatte eine sehr starke Taschenlampe mitgebracht. In ihrem Lichtstrahl konnte sie den Caravan unter dem Apfelbaum deutlich erkennen. Ja, alles in Ordnung. Es waren keine Kühe auf der Wiese, nur ein paar Schafe. Das machte nichts, sie würden nicht viel Lärm machen.

Es war erstaunlich, wie lebhaft sie sich erinnert hatte. Es gab einen anderen Weg, den man nehmen konnte, damit man nicht über den Hof fahren musste, noch nicht einmal daran vorbei, so dass die Hunde nicht anschlagen würden. Mrs Briggs hatte ihre Mutter damals gebeten, diesen Weg zu nehmen. Es war ein furchiger Feldweg, und wenn es geregnet hatte, blieb das Auto oft im Matsch stecken. Aber heute war es trocken. Kein Matsch.

Sie hatte vor dem Gatter der ersten Wiese geparkt. Minty schlief. Ob sie das Kind wohl allein lassen konnte, während sie kurz das Terrain erkundete? Nun, es musste sein. Sie verriegelte alle Türen und kletterte über das Gatter.

Glücklicherweise war die Wiese trocken. Sie grenzte an einen Wald und dahinter lag das Meer. Es war ein wunderschönes Fleckchen; sie hatte nur selten die Ferien hier verlebt, aber sie konnte sich noch genau daran erinnern. Es war etwas ganz Besonderes gewesen, sehr aufregend, wie in einer Geschichte von Enid Blyton. Sie hatten Milch und Eier vom Bauernhof geholt und das Wasser aus dem Hahn für die Schafstränke – das war ein Glück, da konnte sie bestimmt immer noch Wasser kriegen. Sie hatten Picknicks gemacht, die Strände und Höhlen erkundet, waren die Steilküste hinauf- und heruntergeklettert. So rostig war der Caravan eigentlich gar nicht, er wirkte bemerkenswert solide. Louise holte den Schlüssel hervor und steckte ihn ins Schloss. Bitte, bitte, lass es nicht verrostet sein. Sie musste ein bisschen drücken, aber dann ging die Tür auf. Sie leuchtete mit der Taschenlampe hinein: ganz verdreckt, überall Spinnweben, aber trocken. Auf einem der Betten lagen Schlafsäcke, ordentlich gestapelt; zweifellos voller Spinnen. Die Töpfe standen noch auf dem Herd, ein paar alte Postkarten waren in die Fensterrahmen geklemmt, auf dem Tisch standen eine Vase und ein Toastständer, verziert mit cornischen Elfen. Selbst die alten Vorhänge hingen noch vor den Fenstern und in der Ecke stand ein ramponiertes Kinderklappbett. Wunderbar. Minty war viel zu groß für die Kindertrage, sie hatte sich schon Sorgen deswegen gemacht. Und auf einem Regal entdeckte sie ein gerahmtes Foto von ihrer Mutter mit ihr, Benjy und Dominic, als sie noch ganz klein waren.

»Oh, Mama«, sagte sie laut und ihre Stimme brach. »Oh, Mama, ich wünschte, du würdest zurückkommen.«

Nun, das würde sie nicht. Sie war fort, für immer. Louise musste ohne sie zurechtkommen. Und sie war für Minty verantwortlich.

Sie warf einen Blick zurück aufs Auto. Wahrscheinlich war es am besten, erst den ganzen Kram herzuschaffen und dann das Kind zu holen. Sie würde das zusammenklappbare Kinderbett beziehen und Minty hineinlegen, während sie ihr ein Fläschchen machte, und dann ihre Windel wechseln und so weiter.

Eine Welle des Glücks überkam Louise. Genau so hatte sie es sich vorgestellt. Eigentlich war es sogar noch besser.

Ab Exeter würde sie die A30 nehmen, das war die beste Route. Es war eine gute, schnelle Straße und um diese Nachtzeit war kaum Verkehr. Octavia fühlte sich fast glücklich. Sie war immer gern nachts gefahren. Gott wusste, wie sie den Caravan finden sollte. Oder den Bauernhof. Aber sie würde ihn finden. Sie konnte alles schaffen. Sie würde sich Minty zurückholen.

»Vielleicht sollten Sie es mal bei Mr Trelawny probieren«, schlug Caroline vor. »Vielleicht hat er ja was von Octavia gehört.« Sie war sehr still, ganz erschüttert.

»Ja, könnte sein.«

»Ich habe ein furchtbar schlechtes Gewissen«, sagte sie unvermittelt.

»Caroline, aber warum denn, um Himmels willen?«

»Wenn ich hier geblieben wäre und auf Minty aufgepasst hätte, wäre das alles nicht passiert. Es tut mir so Leid ...«

»Kommen Sie«, sagte Tom, »das ist doch lächerlich. So einen Unfug habe ich noch nie gehört. Wenn es irgendjemandes Schuld ist, dann unsere, weil wir nicht ordentlich auf Minty aufgepasst haben. Aber Sie haben Recht. Ich werde Sandy Trelawny anrufen. Und Charles Madison, vielleicht weiß der was.«

Sandy, der ganz offensichtlich neben dem Telefon gesessen hatte, ging sofort an den Apparat. Er hatte nichts gehört. »Aber ich melde mich dann sofort.«

»Danke«, sagte Tom.

Er rief in Rookston Manor an. Es klingelte lange und dann meldete sich Charles Madisons höflich-verbindliche Stimme, gedrückt vor Sorge.

»Charles, hier ist Tom. Tom Fleming.«

»Tom! Gibt es etwas Neues?«

Das klang nicht gerade ermutigend.

»Nein. Ich wollte nur fragen, ob Sie zufällig etwas von Octavia gehört haben.«

»Von Octavia? Nein, leider nicht. Warum?«

»Sie ist verschwunden. Wir haben keine Ahnung, wo sie steckt. Und ich muss unbedingt mit ihr sprechen. Ihr Vater ist gestorben.«

»Ihr Vater? Mein Gott, wie furchtbar. Woran ist er gestorben?«

»Es war ein Herzanfall«, sagte Tom kurz.

»Ich habe immer viel von ihm gehalten. Es war wirklich sehr nett von ihm, zu Annas Beerdigung zu kommen.«

»Ja. Aber verstehen Sie, wir müssen Octavia unbedingt finden.«

»Gewiss, selbstverständlich. Ich werde Janet morgen fragen. Sie ist schon zu Bett gegangen.«

»Könnten Sie sie nicht jetzt fragen?«

»Tom, es ist schon spät. Sie hat eine eigene Wohnung, über den Ställen. Und sie hätte es mir gesagt, wenn Octavia sich gemeldet hätte. Oder Louise. Ganz bestimmt.«

»Ja, natürlich. Danke, Charles.«

»Keine Ursache, keine Ursache. Ich fühle mich ganz furchtbar. Ich habe das Gefühl – ach, ich weiß nicht.«

Seine Stimme klang sehr müde, die Stimme eines geschlagenen Mannes.

»Charles, das dürfen Sie nicht. Niemand hätte das verhindern können.« Außer mir, dachte Tom. Außer mir. Wenn ich keine Affäre mit ihr angefangen hätte, die diese zerbrechliche Psyche noch weiter geschädigt hat ...

»Haben Sie schon mit der Polizei gesprochen? Wegen Octavias Verschwinden?«

»Nein. Nein, noch nicht.« Er sollte die Polizei benachrichtigen, das war ihm klar. Aber das machte alles so amtlich.

Zunächst lief alles ganz gut. Minty ließ sich von Louise wickeln – Gott, wo sollte sie nur die ganzen dreckigen Windeln lassen? Es gab doch vieles, an das sie nicht gedacht hatte. Sie würde morgen eine Lösung finden müssen. Und das Kind trank ein Fläschchen leer, ein kaltes Fläschchen, aber es war schließlich eine warme Nacht, und ließ sich sogar Gesicht und Hände mit feuchten Babytüchern abwischen. Louise konnte nicht mitten in der Nacht nach dem Wasserhahn bei der Schafstränke suchen. Aber als sie versuchte, Minty das Kleidchen auszuziehen, begann sie zu schreien. Es war, als sei das Kleid ihre letzte Verbindung zu einer vertrauten Umgebung, zu den Menschen, die sie kannte. Sie schrie und schrie und hörte überhaupt nicht wieder auf.

Louise geriet in Panik. Die Nacht war sehr still, jemand könnte sie hören und nachsehen kommen. Sie hatte das Auto versteckt, so gut es ging, ein Stück weiter den Feldweg entlang. Morgen früh würde sie es woanders hinstellen müssen, vielleicht im Ort, wo ein fremdes Auto nicht weiter auffallen würde.

Sie wiegte das Kindchen, versuchte, es zu beruhigen, es an sich zu drücken. Vergebens. Minty wehrte sich, zappelte und stieß mit den Ärmchen. Gelegentlich wurde das Schreien durch panischen Schluckauf ersetzt und dann ging es wieder los. Arme Kleine. Was für einen schrecklichen Tag sie hinter sich hatte. Nun, morgen würde alles ganz anders sein. Minty konnte unter einem Apfelbaum liegen, während Louise aufräumte und den Caravan bewohnbar machte. Sie würden spazieren gehen, hinunter zum Strand – sie erinnerte sich gut, es war ein entzückender, gewundener Pfad, der durch Felder und Wiesen zum Meer hinabführte. Sie konnten am Strand spielen, vielleicht konnte Minty sogar die Zehen ins Wasser halten. Das würde ihr gefallen. Juliet hatte das geliebt, sie hatte vor Entzücken gekreischt und mit den fetten, kleinen Beinchen gestrampelt. Minty würde es sicher auch gefallen.

Aber Juliet hatte aufgehört zu weinen, wenn Louise sie hielt und mit ihr sprach. Minty wollte nicht kuscheln und schrie so laut, dass sie nicht hören konnte, was sie sagte. Louise begann zu verzweifeln. Sie war müde, so müde. Sie wollte nur noch schlafen.

Sie legte Minty in das Bettchen, aber das Kind stand prompt wieder auf, rüttelte an den Stäben und schrie. Louise knipste alle Taschenlampen aus. Vielleicht würde sie sich beruhigen, wenn es dunkel war. Sie würde ihr zehn Minuten geben, das war die typische Zeitspanne. Nach zehn Minuten schliefen sie immer ein. Aber Minty schrie weiter, in eine Ecke des Bettchens gedrückt.

Vielleicht hatte sie Angst vor der Dunkelheit. Louise hatte Teelichter mitgebracht, vielleicht sollte sie ein paar anzünden. Mal sehen, ob das half.

Sie wühlte in ihrer Tasche herum, stellte die Teelichter auf Untertassen und zündete sie an. Sie gaben ein sehr sanftes Licht und warfen weiche Schatten. Die Wirkung war magisch. Minty lag im Bettchen und starrte fasziniert auf die Schatten und das Schreien ließ nach.

Gott sei Dank, dachte Louise. Gott sei Dank. Endlich würde sie schlafen können ...

Janet konnte nicht schlafen. Sie hatte Kopfschmerzen und machte sich furchtbare Sorgen. Und sie fühlte sich – nun, nicht direkt schuldig, aber verantwortlich. Je mehr sie darüber nachdachte, desto unbehaglicher wurde ihr zumute. Octavia hätte nicht mitten in der Nacht losfahren dürfen, um nach Louise zu suchen. Louises Verhalten war unberechenbar geworden; wer weiß, wozu sie imstande war.

Sie stand auf. Derek schnarchte, wie üblich. Sie sah auf die Uhr: halb drei. Noch sehr lange bis zum Morgen. Und Stunden seit Octavias Anruf.

Sie warf einen Blick auf das Herrenhaus, das still und dunkel dalag. Hoffentlich war es Mr Madison gelungen, ein wenig Schlaf zu finden. Der Ärmste, er musste im Augenblick wirklich viel durchmachen.

Dann sah sie, wie in der Küche das Licht anging und Charles, vollständig angezogen, zur Spüle ging, um Wasser in den Kessel zu füllen.

Janet traf eine Entscheidung. Sie warf sich ihren alten Schlafrock über und ging nach drüben.

Drei Uhr. Es war eine lange Nacht. Sie war jetzt seit fast vierundzwanzig Stunden auf den Beinen, wurde Octavia klar. Gestern war sie um fünf aufgestanden. Aber sie fühlte sich gut, wach, energiegeladen, zu allem bereit.

Sie war jetzt fast am Ziel, schon hatte sie den Wegweiser nach Constantine Bay passiert. Irgendwie hatte sie ein malerisches kleines Dorf erwartet, aber es war eher eine Ansammlung von Bungalows. Ein Schild wies nach St. Tresiliths Bay: nur noch fünf Meilen. St. Tresilith hingegen war ein winziges Fischerdorf, ein paar Häuser, ein Laden, mehr nicht. Und was jetzt? Wie um alles in der Welt sollte sie in der pechschwarzen Dunkelheit diesen Bauernhof finden? Gott sei Dank hatte der BMW sehr starke Scheinwerfer.

Der Hof musste in Richtung Meer liegen. Janet hatte gesagt, er läge am Meer. Sie würde einfach alle Straßen abfahren müssen, die zur See führten. Es stellte sich heraus, dass es nur drei waren. Zwei waren Sackgassen. Die dritte Straße schlängelte sich eine Weile dahin, führte aber schließlich doch wieder ins Landesinnere. Aber als Octavia wendete, sah sie es: Ein Sträßchen ging davon ab, kaum mehr als ein Feldweg, und ein Straßenschild war in die Böschung der Hecke geklemmt. Plenty Lane.

Mit hämmerndem Herzen bog Octavia in das Sträßchen ein.

Nach ungefähr einer Drittelmeile sah sie ein Gehöft vor

sich liegen. Ein Hund bellte wütend und sie fuhr wieder ein Stück rückwärts, hielt an und wartete, wartete lange Zeit, bis der Hund sich wieder beruhigt hatte, voller Angst, die Lichter könnten angehen und ein wütender Bauer würde zu wissen verlangen, was sie hier zu suchen hatte. Aber es blieb alles still.

Sie stieg aus, nahm die Taschenlampe aus dem Handschuhfach und ging vorsichtig den Feldweg hinunter. Hier waren so viele Wiesen und Felder, woher sollte sie wissen, wo der Caravan stand?

Sie würde einfach überall nachschauen müssen. Im Dunkeln. In pechschwarzer Finsternis.

Auf der Wiese zu ihrer Rechten waren Kühe. Sie hoffte, der Caravan würde nicht dort stehen. Kühe machten immer so einen Heidenspektakel und außerdem mochte sie Kühe nicht besonders. Sie waren so furchtbar groß. Louise hatte sie deshalb immer geneckt und sie eine Großstadtpflanze genannt, einen Angsthasen. Sie war immer zu den Kühen hingegangen, hatte sie umarmt und Octavia zu überreden versucht, es ihr gleichzutun. Sie hatte es nie getan. Aber sie konnte keinen Caravan entdecken. Gott sei Dank.

Sie ging weiter. Plötzlich rutschte sie aus und wäre fast hingefallen; sie taumelte, griff nach der Hecke und konnte sich gerade noch an einem Ast festhalten. Matsch wahrscheinlich. Oder – nein, kein Matsch, ein Kuhfladen. Ihre schönen Schuhe, ihre neuen blassrosa Wildlederschuhe. Sie hatten ein Vermögen gekostet und jetzt waren sie ruiniert ...

Um Himmels willen, Octavia. Dein Kind wurde entführt, es ist wahrscheinlich in Gefahr und du machst dir Sorgen um deine neuen Schuhe. Aber dann rutschte sie wieder aus, und wieder. Der Feldweg schien zunehmend unebener und steiniger zu werden. Es war hoffnungslos. Sie würde zum Wagen zurückgehen müssen und warten, bis es hell wurde.

Draußen war etwas. Es hatte sie aufgeweckt. Louise saß aufrecht in ihrem Schlafsack, schwer atmend und mit hämmerndem Herzen. Doch dann entspannte sie sich. Es waren nur die Schafe. Dummerchen. Die Teelichter waren ausgebrannt. Vielleicht sollte sie neue anzünden, sonst würde Minty wieder Angst bekommen, falls sie aufwachte. Was für ein Glück, dass sie die Teelichter gekauft hatte. Kerzen hatte sie auch mitgebracht, aber die wollte sie nicht anzünden. Viel zu gefährlich. Die Vorhänge würden im Nu in Flammen aufgehen.

Vorsichtig, damit das Kind nicht aufwachte, zündete sie noch drei Teelichter an und legte sich wieder in ihren Schlafsack. Sie blickte auf die Uhr. Halb sechs. Bald würde es hell werden. Und der erste schöne Tag würde beginnen.

Inzwischen konnte Octavia durch den Frühnebel, der grau über der Landschaft lag, den Caravan erkennen. Genau wie Janet gesagt hatte, stand er ganz hinten auf einer Wiese. Dahinter sah sie das Meer, ebenfalls grau. Die Möwen kreischten, ein irgendwie unheilvolles, bedrohliches Geräusch.

Weit und breit kein Auto. Das war beunruhigend. Vielleicht hatte sie sich doch geirrt und Louise war gar nicht hier?

Aber war es nicht möglich, dass es noch einen anderen Weg gab? Vielleicht war der Caravan von der anderen Seite zu erreichen und Louise hatte den Wagen dort abgestellt. Nun, egal, wichtig war nur der Caravan. Octavia holte tief Luft und kletterte mühsam über das Gatter.

Als Louise wieder erwachte, war ihr kalt. Wie kalt musste es Minty erst sein! Sie stand auf und sah nach dem Kind. Es lag auf dem Rücken und schlief friedlich, einen Arm zurückgeworfen. Unglaublich, wie friedlich sie aussah, und das nach dem langen, furchtbaren Tag, den sie hinter sich hatte. Vielleicht würde sie sich doch rasch eingewöhnen. Sie hatte immer wie ein ruhiges kleines Ding gewirkt. Genau wie Juliet, die immer gelächelt hatte, immer freundlich und fröhlich gewesen war. Und wie Dickon. Der arme kleine Kerl; sie hoffte, das alles würde ihn nicht allzu sehr belasten. Vielleicht würde sie ihn ja zu sich holen können, wenn sich alles ein bisschen beruhigt hatte. Sie wusste noch nicht genau, wie sie das bewerkstelligen sollte, aber sonst hatte ja auch alles geklappt, und sie war sicher, dass sie es schaffen würde. Seltsam, wie sich ihre Gefühle für Dickon nach Juliets Tod geändert hatten. Sie hatte ihn nicht mehr so geliebt, denn irgendwie hatte sie ihm nicht verzeihen können, dass er noch lebte, während Juliet tot war. Als Dr. Bishop so etwas angedeutet hatte, hatte sie es geleugnet, weil sie von diesem Trottel nicht durchschaut werden wollte. Aber es stimmte.

Sie schaute Minty an. Wenn sie aufwachte, würde sie Hunger haben. Und ein Fläschchen würde diesmal nicht genügen. Juliet hatte schon Frühstücksflocken gegessen, Toast, Joghurt, alles Mögliche. Louise hatte Getreideflocken und Joghurt gekauft, aber sie wusste nicht genau, ob die Sachen noch im Auto waren oder nicht. Sie war so müde gewesen, so verwirrt, hatte sich so nach Schlaf gesehnt. Vorsichtig stand sie auf und wühlte in den Kartons herum. Draußen raschelten die Schafe im Gras. Offenbar mochten sie den Caravan, betrachteten ihn als ihr Zuhause. Eins kam sogar die Stufen herauf und – nein. Kein Schaf. Gütiger Gott. Vielleicht der Bauer oder ein anderer Einheimischer, dem das Auto aufgefallen war. Jemand klopfte vorsichtig an die Tür und dann ging sie auf, ganz langsam. Vielleicht war es ja ein Psychopath, ein –

»Hallo, Louise«, sagte Octavia, steckte den Kopf durch die Tür und lächelte sie an. »Ich bin gekommen, um Minty abzuholen.«

Louise wirkte vollkommen normal. Müde, aber keineswegs verrückt. Octavia musterte sie. Sie saß auf dem Bett, in einem angeschmuddelten T-Shirt und Leggins. Ihr Haar war zerzaust, aber ihre Miene war entspannt und die schönen blauen Augen blickten ruhig. Sie schien nicht einmal sonderlich erstaunt über Octavias Anblick.

»Hallo«, sagte sie. »Du musst die ganze Nacht gefahren sein.«

»Den größten Teil der Nacht, ja.«

»Woher wusstest du, wo ich bin?«

»Ach, ich konnte schon immer gut zwei und zwei zusammenzählen.«

»Scheint so.«

»Tut mir Leid, wenn ich dich eben erschreckt habe.« Was für eine dämliche Bemerkung. Wo Louise ihr einen größeren Schrecken eingejagt hatte als irgendjemand zuvor in ihrem Leben. »Was macht Minty?«

»Es geht ihr gut. Bestens. Sie schläft, schau.«

»Ja, sie sieht ... gut aus. Das Kleid ist ein bisschen schmutzig.«

»Sie wollte es sich nicht ausziehen lassen.«

»Sie lässt sich ungern ausziehen«, bemerkte Octavia im Plauderton. Ihre Stimme klang ganz ruhig, sogar in ihren eigenen Ohren, als befände sie sich bei einem Kaffeeklatsch oder im Wartezimmer des Kinderarztes. »Wann bist du angekommen?«

»Gegen zwölf.«

»Und seitdem schläft sie?«

»Ach, du weißt schon. Es hat ein bisschen gedauert. Aber sie war sehr müde.«

»Ja, das denke ich mir. Du aber auch.«

»Mir geht's gut, danke.«

»Könnte ich vielleicht einen Tee haben?«

»Nein, tut mir Leid. Ich habe noch kein Propangas. Wasser, Orangensaft –«

»Wasser, bitte. Ja, danke. Also – prost, Louise. Schön, dich zu sehen.«

Dämliche Ziege. Stand da in ihren perfekt geschnittenen Hosen, der perfekt geschnittenen Jacke. Wenigstens waren die Schuhe ruiniert. Und dachte, sie könnte die Sache schon deichseln, alles wäre in bester Ordnung, sie könnte sie behandeln wie eine Verrückte, wie sie es in der Klinik getan hatten, sie austricksen und sie überreden, ihr Minty zu überlassen. Nun, das würde ihr nicht gelingen. Louise hatte nicht so viel auf sich genommen, um jetzt auf das Kind zu verzichten.

»War sie brav auf der Fahrt?«

»Ja, sehr. Sie hat kaum geweint.«

»Da hast du Glück gehabt. Manchmal wird ihr im Auto schlecht.«

»Nein, es ging ihr gut.«

»Und sie hat eine leichte Magenverstimmung. Du musstest wohl häufiger die Windeln wechseln?«

»Ein paar Mal.«

»Dachte ich mir. Louise ...«

»Ja?«

Sie hatte diesen selbstgefälligen Ausdruck im Gesicht, den Louise seit ihrer Schulzeit gehasst hatte, so, als wolle sie sagen: »Ich bin klüger als du, auch wenn du andere Trümpfe haben magst.«

Damals hatten diese anderen Trümpfe in einem hübschen Gesicht, vielen Freundinnen und Schlankheit bestanden; diesmal war es Minty.

»Louise, ich würde Minty jetzt gern mitnehmen. Bitte gib sie mir.«

»Warum?«

»Nun – sie ist mein Kind. Mein Baby. Meins, nicht deins.«

»Du hast doch die Zwillinge.«

»Ja, natürlich habe ich die Zwillinge« – geduldig, wieder der Ton, in dem man mit Verrückten redet. »Aber Minty ist mein Kind. Bitte gib sie mir jetzt.«

Das war eine Kommunikationsmethode, die sie in irgendeinem Seminar gelernt hatte; sie hatte Louise mal davon erzählt. Es klappte wunderbar, hatte Octavia gesagt, keine Aggressivität, kein unnötiger Lärm, man wiederholte nur immer wieder ganz ruhig, was man haben wollte, und schließlich bekam man es.

»Bedaure, aber das kann ich nicht. Ich will Minty behalten. Du hattest sie ja lange genug. Genau so lange, wie ich Juliet hatte.«

»Louise, ich weiß. Aber dir muss doch klar sein, dass du sie nicht behalten kannst.«

»Und wieso nicht?«

»Das habe ich dir doch gesagt. Sie ist mein Kind. Mein Baby.«

»Nein, Octavia. Nicht mehr.«

Allmählich wurde es schwieriger; Louise wurde schwieriger. Sie sah auch weniger normal aus, sehr angespannt, ziemlich rot im Gesicht. Aber das war wahrscheinlich zu erwarten gewesen. »Lulu ...«

»Nenn mich nicht so.« Louises Gesicht war plötzlich hart. Hart und hektisch. »Ich habe diesen dämlichen Namen immer gehasst. Du kannst Minty nicht haben, weil du sie nicht verdienst. Du hast ein Baby abgetrieben. Du bist darüber hinweggekommen. So wird es auch diesmal sein.«

»Louise, das ist doch etwas ganz anderes. Nun komm doch mal zur Vernunft.«

»Sehr vernünftig war das alles nicht, Octavia. Meine Affäre mit Tom. Meine Schwangerschaft. Die Überdosis, die ich geschluckt habe. Es kümmert mich auch nicht sonderlich, ob es vernünftig war oder nicht, muss ich sagen. Ich werde Minty behalten, Vernunft hin oder her. Mehr gibt es dazu nicht zu sagen.«

»Ja. Ja, ich verstehe.«

Octavia versuchte nachzudenken. Sie sah Minty an, die

wundersamerweise immer noch schlief; sie hatte einen leisen Seufzer ausgestoßen und sich umgedreht, den Daumen im Mund, und ihr kleiner Po ragte in die Luft. Sie wirkte vollkommen normal, vollkommen gesund. Das war zumindest etwas.

Sie könnte das Kind packen und mit ihm fortlaufen, aber auf der holprigen Wiese wäre das schwierig, und Louise, nicht mit einem schweren Baby belastet, würde schneller sein als sie. Sie könnte weiter versuchen, Louise mit Vernunftgründen zu überzeugen, aber es wurde immer deutlicher, dass das wenig Sinn hatte. Sie könnte so tun, als würde sie aufgeben, und Hilfe herbeitelefonieren oder zum Gehöft gehen. Aber jetzt, wo sie Minty gefunden hatte, hatte sie Angst, sie allein zurückzulassen. Andererseits war das wahrscheinlich ihre einzige Chance.

»Gut«, sagte sie. »Gut, Louise, du kannst sie haben. Einstweilen. Ich gehe.«

»Oh nein«, sagte Louise. »Du wirst nicht gehen. So blöde bin ich nun auch wieder nicht. Du wirst allen erzählen, wo ich bin, und dann werden sie kommen und mir das Kind wegnehmen. Nein, du bleibst hier und ich fahre.«

»Sei doch nicht albern. Wo willst du denn hin? Für ein paar Tage ist dieser Caravan der beste Unterschlupf. Sehr klug, wirklich. Niemand außer mir weiß, dass du hier bist, selbst dein Vater nicht. Er denkt, deine Mutter hätte den Caravan verkauft.«

»Ich wette, du hast es jemandem erzählt.«

»Nein. Nein, das habe ich nicht. Glaubst du etwa, Tom hätte mich allein hierher fahren lassen, wenn er Bescheid wüsste? Oder die Polizei? Ich schwöre dir, Louise, ich habe es niemandem erzählt.«

Louise zögerte. Dann sagte sie: »Nein, ich glaube dir nicht.«

»Gut, du wirst mir eben vertrauen müssen. Oder, ich mach

dir einen Vorschlag: Nimm mein Handy. Ruf Sandy an. Frag ihn, ob er weiß, wo du bist.«

Louise sah sie an, sah das Telefon an, zögerte kurz, starrte auf das Tastenfeld. Gerade lange genug. Octavia packte Minty, die abrupt aufwachte und zu schreien begann.

Sie hatte gedacht, sie könnte es schaffen, aber Louise war schneller. Sie stellte sich zwischen Octavia und die Tür, und dann griff sie nicht nach Minty, sondern nach einer der Kerzen, die auf dem Tisch lagen, neben einem noch brennenden Teelicht, und zündete sie an. Mit der anderen Hand griff sie hinter sich und verriegelte die Tür.

»Gib mir das Kind. Sofort, Octavia.«

»Louise, nein. Denk doch mal nach. Du kannst sie unmöglich behalten, wie soll das denn gehen? Die Polizei weiß, dass Minty bei dir ist, und lange wirst du hier nicht bleiben können. Die Leute aus dem Dorf würden etwas merken. Und wenn du woanders hinfährst, erwischen sie dich. Es tut mir so Leid für dich, ich verstehe ja, warum du sie haben willst, aber –«

»Ich will dein Mitleid nicht, Octavia, und du verstehst überhaupt nichts. Du kannst nicht wissen, wie groß meine Trauer war, als ich Juliet verlor. Du begreifst nicht, wie glücklich ich mit Tom war, wie glücklich ich war, von ihm schwanger zu sein, wie sehr es mich schmerzte, sein Kind zu verlieren. Du verstehst nicht, wie es war, meiner Mutter beim Sterben zuzusehen. Du hast keine Ahnung, wie gern *ich* sterben wollte. Sei nicht so herablassend. Du verstehst überhaupt nichts.«

»Nein, vielleicht nicht«, sagte Octavia ruhig. »Du hast Recht. Aber es tut mir Leid, was du durchmachen musstest, furchtbar Leid. Und was immer du mir angetan haben magst, du bedeutest mir noch etwas. Sehr viel sogar.« Sie wollte nicht mehr clever sein, die andere Frau überlisten; sie meinte jedes Wort ernst. Louises Gesicht wurde ein klein wenig weicher, weniger argwöhnisch. »Man kann fünfzehn Jahre Freundschaft, so eine Freundschaft, wie wir sie hatten, doch nicht einfach vergessen. Na, ich kann es jedenfalls nicht, und ich glaube, du kannst es auch nicht.«

Plötzlich füllten sich Louises Augen mit Tränen. »Also«, sagte sie und ihre Stimme klang vollkommen anders, »vermutlich ...«, und in dem Augenblick dachte Octavia, sie könne es schaffen, und Zuversicht stieg in ihr auf.

Aber dann stieß Minty einen Jammerlaut aus und instinktiv drückte Octavia sie fester an sich. Und Louise sah es, sah es als Bedrohung, und ihr Gesichtsausdruck veränderte sich, wurde wieder härter, verschlagener. »Gib sie mir«, drohte sie. »Wenn du es nicht tust, setze ich den Wohnwagen in Brand. Ich werde lieber alles verbrennen, als die Kleine jetzt wieder herzugeben.« Und sie hielt die Flamme dicht an einen der alten Vorhänge.

Plötzlich wurde Octavia sehr ruhig und die Zeit schien fast stehen zu bleiben. Sie hatte genug Zeit, nachzudenken und klar zu erkennen, dass Louise in der Tat dazu fähig war, dass sie extrem gefährlich war. Die Vorhänge waren trocken wie Zunder, sie würden im Handumdrehen in Flammen aufgehen. Und die alten Schlafsäcke, die auf der Koje unter einem der Fenster aufgehäuft lagen, würden ebenfalls sofort Feuer fangen. Vielleicht würde es ein wenig länger dauern, bis der Holztisch und die beiden Stühle brannten. Aber der Caravan war eine potentielle Todesfalle.

Aber wenn Louise das Kind bekam ...

»Gut.« Ihre Stimme klang erstaunlich fest. »Gut, Louise. Du kannst sie nehmen.«

Aber Minty wollte nicht. Sie schrie und versuchte, sich an ihrer Mutter festzuklammern.

»Komm, Liebling«, sagte Octavia ruhig, besänftigend, erstaunt über sich selbst, erstaunt darüber, dass sie so gefasst bleiben konnte. »Es ist alles in Ordnung, geh zu Louise. Hier,

Louise, nimm du sie.« Louise nahm Minty auf den Arm und hielt sie fest. Sie pustete die Kerze aus.

»Und jetzt verschwinde.«

»Ja, ich gehe.«

»Und komm ja nicht zurück. Wenn du mit jemandem zurückkommst, lasse ich den Caravan in Flammen aufgehen. Mit mir und Minty.«

»Ich werde niemanden holen«, versprach Octavia.

»Lass das Handy hier.«

»Ja.«

»Und geh nicht zum Hof.«

»Ich werde nicht zum Hof gehen.«

»Dann raus hier.«

Octavia verließ den Caravan.

Minty schrie wie am Spieß. Sie schrie, seit Louise sie ihrer Mutter abgenommen hatte, und das schien schon lange her zu sein. Das Gebrüll hallte von den Metallwänden des Caravans wider, sie verstärkten es noch. Louise versuchte immer wieder, Minty zu beruhigen, sie zu trösten, aber sie brüllte weiter. Es war ein schreckliches Geräusch, so grell, so schrill, dass es schmerzte. Wie gestern Nacht, nur viel schlimmer; der Lärm bohrte sich in ihren Kopf. Zwanzig Minuten, eine halbe Stunde ging es jetzt schon so und Louise begann langsam zu verzweifeln. Was sollte sie nur tun? Vielleicht einen kleinen Spaziergang machen, nur über die Wiese. Aber sie wagte es nicht. Noch nicht. Octavia war fort, sie war über das Gatter geklettert und den Feldweg hinuntergegangen, Louise hatte ihr nachgesehen. Aber wenn sie zurückkam, wenn irgendjemand kam, mussten sie und Minty im Caravan sein, sonst konnte sie ihre Drohung nicht wahr machen.

»Schsch, Minty, bitte«, flehte sie, und dann lauter: »Bitte! Minty, hör bitte auf damit.«

Das kleine Gesicht war scharlachrot und die Löckchen

klebten ihr am Kopf. Sie fühlte sich sehr heiß an. Langsam wurde es beängstigend. Louise versuchte, ihr zu trinken zu geben, aus einem Becher, aber Minty spie alles aus. Das Kind wurde ganz steif vor Angst und Elend, weniger menschlich, war nur noch ein starrer, bretthharter kleiner Körper, zwei wild fuchtelnde Ärmchen, zwei strampelnde Beinchen. Louise konnte es nicht halten, nicht einmal mehr versuchen, mit ihm zu kuscheln. Schließlich legte sie die Kleine ins Bettchen, wo sie weiterschrie, ganz starr, rot im Gesicht, schwitzend. Louise schaute sie fast furchtsam an.

Wieder versuchte sie, ihr etwas zu trinken zu geben, aber Minty wandte den Kopf ab, schob den Becher weg, brüllte noch lauter. Es war schrecklich. Wenn sie nicht trank, würde sie austrocknen. Sie würde krank werden.

Daran hatte sie nicht gedacht, dass das Kind krank werden könnte. Wie sollte sie es zu einem Arzt bringen, damit der es wieder gesund machte?

Sie versuchte wieder, sie aufzunehmen, aber Minty versteifte sich, warf den Kopf zurück, wölbte sich von Louise weg. Louise ging im Caravan auf und ab, das Kind auf dem Arm, und kämpfte gegen die Panik an, die in ihr aufstieg. Es konnte nicht ewig dauern, sagte sie sich, irgendwann würde Minty müde werden. Sie blickte aus dem Fenster, in den immer noch grauen Morgen hinaus, den aufsteigenden Nebel. Einige Krähen hatten sich auf der Viehtränke niedergelassen und schienen sie anzustarren. Es war wie in einem Alptraum. Sie blickte auf die Kleine hinab und sah, dass sie fast blau im Gesicht war, die Adern auf beiden Seiten der kleinen Stirn traten hervor. Es war ein schrecklicher Anblick. Louise, überkommen von schierer, blinder Panik, rannte zum Bettchen und ließ sie fast hineinfallen. Der Schock ließ Minty verstummen. Es wurde still, schrecklich still.

Lousie starrte das Kind an. Es lag da und rührte sich nicht.

»Nein«, schrie sie, »nein, Minty, nein.« Das Kind starrte zu ihr hoch, leblos, die blauen Augen absolut leer. Louise brach in Tränen aus.

Octavia konnte sich später nie erinnern, über die Wiese gegangen und über das Gatter geklettert zu sein. Sie hätte jeden Eid geschworen, sich nicht von der Stelle gerührt zu haben. Aber sie musste sich bewegt haben, denn sie fand sich auf der anderen Seite des Gatters wieder, auf dem Boden sitzend, den Kopf in den Armen vergraben, und hoffte, dass Louise sie nicht sehen konnte. Sie überlegte verzweifelt, was sie denn jetzt tun sollte, schockiert über ihre eigene Arroganz. Wie hatte sie nur annehmen können, eine solch gefährliche Situation allein bewältigen zu können, ohne Hilfe oder den Rat von Fachleuten. Da hörte sie Louise schreien, lauthals, markerschütternd, heiser vor Entsetzen. Sie rief um Hilfe. Die Stimme kam näher, und als Octavia aufstand, sah sie Louise über die Wiese stolpern, ohne Minty, ganz weiß im Gesicht, mit mahlenden Kiefern, die Augen dunkel und weit aufgerissen vor Entsetzen, und als sie Octavia sah, rannte sie zu ihr hin, packte sie am Arm und stieß hervor: »Bitte, bitte komm, Octavia, ich habe etwas Schreckliches getan. Ich glaube, Minty ist tot.«

53. Kapitel

»Da hinten ist es«, sagte Charles. »Ich war nur einmal hier, habe Camping jeder Art immer gehasst, furchtbar unbequem, aber – ah, da ist es ja. Plenty Lane. Dahinten liegt das Gehöft. Also, soweit ich mich erinnere – ja, biegen Sie nach links ab. In diesen Feldweg. Der Caravan steht auf der Wiese dort. Ganz hinten.«

Tom konnte den Wohnwagen gerade so eben ausmachen. Er war halb von einem Hügel verborgen und der Nebel war ziemlich dicht. »Aber wo ist Octavias Wagen? Gott, ich hoffe, wir sind nicht wegen nichts und wieder nichts hierher gerast.«

»Wahrscheinlich auf der Straße, die am Hof vorbeiführt. Aber da ist Annas Wagen. Dort, schauen Sie. Einen Augenblick ...« Er stieg aus und spähte hinein. Als er zurückkam, konnte er Tom nicht in die Augen blicken. »Ja. Sie hat einen Kindersitz da drin. Gütiger Gott. Es tut mir so Leid.«

Plötzlich sah er alt aus, alt und gebrechlich. Offensichtlich hatte er sich verzweifelt an die Hoffnung geklammert, dass das alles ein Irrtum war, dass Louise irgendwo anders war, weit weg, dass Minty, wenn sie denn entführt worden war, von jemand anderem entführt worden war.

»Ja«, sagte er endlich. »Ja, Louise scheint hier zu sein. Mit dem Kind.«

Tom war zu erschöpft und hatte zu große Angst, um etwas Taktvolles oder Beruhigendes zu erwidern. Er parkte den Wagen vor dem Gatter, kletterte darüber und rannte über die Wiese. Seine Beine fühlten sich ganz komisch an, fast taub; er war erstaunt, dass irgendein Teil von ihm noch funktionierte.

Mittlerweile konnte er den Caravan sehen. Die Wiese, auf

der er stand, war eigentlich eher ein Obstgarten, voller Apfelbäume und Schafe. Der Caravan war sehr alt, sehr mitgenommen, leicht eingesunken, wirkte aber noch bewohnbar.

Ein paar Schafe wanderten darum herum. Direkt dahinter, auf der geschützten Landseite, befanden sich eine Viehtränke und eine verrostete Heuraufe. Der Caravan gehörte ganz offensichtlich zum Leben der Schafe dazu.

Es war ein wunderschöner Platz, dachte Tom, erstaunt darüber, dass ihm so etwas auffallen konnte. Die Wiese lag in einem kleinen Tal, dahinter war ein Wald, der sich zum Meer hinabzog, auf die Steilküste zu, und über die Baumwipfel hinweg konnte er das Meer sehen. Es glitzerte in der Morgensonne, die jetzt durch den Nebel brach.

Mit dem Nebel löste sich die Stille auf; er konnte die Hunde auf dem Gehöft bellen hören, die Schafe blökten, als er sich näherte, in der Ferne muhten Kühe, die Möwen kreischten und am Strand weit unter ihm schäumten die Wellen. Er konnte sogar Charles hinter sich herkeuchen hören. Aber aus dem Caravan drang kein Laut.

Es war unheimlich, Unheil verkündend. War doch niemand hier? Aber sie mussten hier sein. Louise jedenfalls ganz bestimmt. Louise und Minty.

Tom ging die Stufen hoch und klopfte an die Tür des Caravans. Sehr leise, sehr behutsam. Keine Antwort. Er wartete und klopfte erneut, und dann schob er vorsichtig die Tür auf.

Louise saß auf dem Bett, sehr bleich und still, und starrte auf den Boden, Octavia hatte einen Arm um sie gelegt. Ihr anderer Arm umschloss eine angeschmuddelt, aber bemerkenswert munter aussehende Minty, die auf dem Schoß ihrer Mutter saß und dabei war, eine ganze Packung Schokoladenkekse zu verspeisen.

Minty lächelte. »Pa-pa«, sagte sie und streckte ihm eine schokoladenbeschmierte Faust entgegen.

»Das war Tom«, sagte Marianne und legte auf. Tränen strömten ihr über das Gesicht. »Sie sind in Sicherheit.«

»Und Minty?«

»Minty geht es blendend.«

»Gott sei Dank«, rief Zoe und brach in Tränen aus.

»Aber jetzt muss die arme Octavia das von ihrem Vater erfahren«, sagte Romilly und begann ebenfalls zu weinen.

Nico schaute die Muirheads an. »Ich glaube«, meinte er, »das war das Stichwort für meinen Abgang. Für's Erste.«

Der Tod ihres Vaters, obwohl selbstverständlich unvermeidlich, war für Octavia immer etwas gewesen, das weit in der Zukunft lag. Hin und wieder hatte sie sich gefragt, was sie dann wohl empfinden würde, was sie tun würde, wie sie es ertragen sollte.

Und jetzt empfand sie fast gar nichts, anfangs jedenfalls. Sie war zu erschöpft, zu ausgelaugt, zu überströmend dankbar dafür, Minty wiederzuhaben. Sie hörte zu, als Tom es ihr sagte, nickte, als er ihr versicherte, Felix sei immer noch bestrebt gewesen, sie nicht zu belasten, es sei sein ausdrücklicher Wunsch gewesen, dass sie nicht kam. Sie bemerkte höflich, wie schön es sei, dass zumindest Marianne bei ihm gewesen war, stimmte pflichtgemäß zu, natürlich, es sei das Beste für ihn, viel besser als eine lange Krankheit, fragte, wo er jetzt war und ob sie ihn sehen könne. Und dann, nachdem sie eine kurze Pressekonferenz durchgestanden hatte und Zeugin geworden war, wie die vollkommen stumme, seltsam ruhige Louise verhaftet wurde, schlief sie auf der ganzen Fahrt nach London, auf dem Rücksitz neben Minty zusammengerollt, und hielt ihre kleine Hand.

Als sie zu Hause anlangten, drängte die stürmische Begrüßung der Zwillinge alle anderen Gefühle in den Hintergrund. Zuvor waren sie noch einigen Journalisten ausgesetzt, die vor der Haustür lauerten. Tom hatte sie weggeschickt und erklärt, sie hätten heute Morgen in Cornwall alles gesagt, was sie zu sagen beabsichtigten, aber die Reporter wollten das nicht akzeptieren und mussten zur Seite gedrängt werden, und als sie Minty hineintrug, flammten die Blitzlichter auf. Es war eine Plage. Danach saß sie mit ihren drei Kindern in der Küche, während Minty eine gewaltige Portion Fischstäbchen, Pommes und Mais verzehrte. Zwischendurch wurde die Kleine immer wieder von ihren Geschwistern umarmt, die es nicht lassen konnten, sie zu berühren, sie in den Arm zu nehmen, zu küssen und zu knuddeln. Sie stritten sich darüber, auf wessen Schoß sie zuerst würde sitzen dürfen, wo sie am Nachmittag mit ihr hingehen wollten, was sie wohl gern machen würde. Zwischendurch umarmten sie Octavia und fragten sie, wie sie Minty gefunden hatte, woher sie gewusst hatte, wo sie war, was Louise gesagt und getan hatte.

Als Octavia sagte, dass Louise furchtbar gelitten hätte, dass sie nicht voll verantwortlich sei für das, was sie getan hatte, gingen die Zwillinge fast auf sie los und erklärten, natürlich sei sie das, sie bekämen immer erzählt, es sei keine Entschuldigung für Fehlverhalten, wenn man außer sich sei, und dass Louise ins Gefängnis gehöre, damit sie es nicht noch mal versuchen würde.

»Aber Poppy«, wandte Octavia vorsichtig ein. »Es geht ihr nicht gut. Du weißt doch, dass ihre kleine Tochter gestorben ist, die arme Juliet, und das hat sie nie so richtig verwunden. Es ist alles sehr kompliziert.«

»Finde ich nicht«, widersprach Poppy. »Dass sie ihr Baby verloren hat, gibt ihr noch lange nicht das Recht, unsere Minty zu stehlen. Du bist einfach zu nett, Mama, das ist dein Problem.«

»Nein, bin ich nicht. Aber sie war sehr lange meine beste Freundin, wisst ihr. Das kann ich nicht einfach vergessen.«

»Sie hat Minty entführt.« Gideons Miene war vorwurfsvoll. »So was tut man doch seinen besten Freunden nicht an. Das ist ein Verbrechen.«

»Es war eigentlich keine richtige Entführung und es war kein richtiges Verbrechen. Nun ja – fast ein Verbrechen.«

»Also ich finde, es war ein Verbrechen«, stellte Gideon fest.

»Ich auch«, bekräftigte Poppy.

Es kam so selten vor, dass die Zwillinge sich über irgendwas einig waren, dass Octavia müde beschloss, es einfach dabei bewenden zu lassen.

»Es gibt noch etwas, das ihr erfahren müsst«, erklärte sie, und dann legte sie den Arm um die Kinder und sagte ihnen, dass ihr Großvater gestorben war.

Tom fuhr sie zum Haus ihres Vaters in Hampstead, wo er auf ihren Wunsch hingebracht worden war.

»Möchtest du, dass ich mitkomme?«, fragte er, als sie vor der Treppe stehen blieb und zum ersten Stock hinaufblickte, wo Felix aufgebahrt lag.

»Nein. Nein, danke. Ich würde lieber allein sein.«

»Selbstverständlich.«

Oben stand sie da und schaute ihn an, den Menschen, den sie mehr als die Hälfte ihres Lebens mehr geliebt hatte als irgendjemanden sonst, der sie zu dem gemacht hatte, was sie war, und der Schmerz überwältigte sie. Ein so heftiger Schmerz, dass sie dachte, sie könne es nicht ertragen; sie musste sich auf die Faust beißen, um nicht zu schreien. All die Klischees, die sie gehört und gelesen hatte, dass es nicht mehr der Mensch war, den man kannte, sondern nur noch eine leere Hülle, schienen ihr vollkommener Blödsinn zu sein: Es war ihr Vater, der dort lag, ihr brillanter, liebevoller, inspirierender, anspruchsvoller, wunderbar unvollkommener Vater. Nur ganz machtlos und hilflos, und er konnte nicht mehr brillant, liebevoll oder anspruchsvoll sein, weil er tot war. Er war fort, für sie verloren, und sie würde ihn niemals zurückbekommen. Nie wieder würde sie ihn um Rat fragen können, nie wieder mit ihm streiten, mit ihm Musik hören, mit ihm essen, mit ihm spazieren gehen, ihn necken. Niemals wieder würde sie die Freude in seiner Stimme hören, wenn sie ihn zu sich einlud, niemals wieder würde sie sich in seiner Bewunderung sonnen oder über seine Sorge um sie lachen können. Es war vorbei. Mit ihm war es vorbei, er war für immer für sie verloren. Und sie hatte sich nicht einmal von ihm verabschiedet.

Zuletzt miteinander gesprochen hatten sie vor dem Benefiz-Tag in Brands Hatch. Er hatte angerufen, um ihr viel Glück zu wünschen. Er wünschte, er könnte mitkommen, hatte er gesagt, aber Autorennen sei nicht so sein Ding. Sie wusste, dass das nicht der eigentliche Grund war, oder jedenfalls nicht die ganze Wahrheit. Er hatte einer für ihn unangenehmen Begegnung mit Tom, Nico Cadogan und Marianne ausweichen wollen. Sie fühlte grimmigen Hass auf diese Leute in sich aufsteigen, die ihren Vater von ihr fern gehalten hatten, als er sie am meisten gebraucht hätte. Marianne hasste sie am meisten, weil die bei ihm hatte sein dürfen, seine Hand gehalten hatte, ihn getröstet, mit ihm gesprochen hatte. Sie wusste noch sehr gut, was ihre letzten Worte zu ihm gewesen waren: »Bis dann, Vater«, hatte sie gesagt, »wir sehen uns demnächst.« Sie war absichtlich vage geblieben, hatte es vermieden, eine feste Verabredung zu treffen, obwohl er sich das gewünscht hätte. Und er hatte erwidert: »Bis dann, mein Herzblatt, ich hoffe, es läuft alles gut. Geh bloß früh ins Bett, du hast einen anstrengenden Tag vor dir.« – »Ist ja gut, Vater«, hatte sie gesagt, gelacht und den Hörer aufgelegt. Und das waren die letzten Worte, die allerletzten Worte, die er von ihr gehört hatte, die er mit in die Ewigkeit nehmen würde. Nicht: »Danke für alles«, »Pass auf dich auf« oder »Ich hab dich lieb«. Nein: »Ist ja gut, Vater.«

»Es tut mir Leid«, sagte sie laut, tränenerstickt. »Ich habe dich furchtbar lieb.« Und dann küsste sie ihn auf die kalte Stirn, sagte »Lebe wohl« und rannte halb aus dem Zimmer, so voller Zorn und Jammer, dass sie kaum wusste, wo sie sich befand.

Sie verbrachte den Abend am Telefon, benachrichtigte Bekannte, plante die Beerdigung. Sie fühlte sich fiebrig und energiegeladen, der Gedanke an Schlaf lag ihr ganz fern. Sie lehnte das Essen ab, das Tom ihr anbot, schaffte es, den Zwillingen etwas vorzulesen und Minty ins Bett zu bringen, aber die ganze Zeit über fühlte sie sich völlig abgetrennt von der Realität, als würde sie sich selbst in einem Film oder einem Theaterstück beobachten. Nach einer Weile begannen die Kondolenzanrufe von Leuten, die von Felix' Tod gehört hatten, die ihr ihr Beileid aussprechen wollten. Sie nahm sie mechanisch entgegen, hörte sich die Plattitüden an, erwiderte Plattitüden.

Irgendwann nach Mitternacht kam Tom herein. »Komm doch ins Bett«, sagte er.

»Ich kann nicht«, erwiderte sie. »Ich kann unmöglich ins Bett gehen, schlafen könnte ich sowieso nicht.«

»Ich dachte, wir könnten vielleicht ... über deinen Vater sprechen«, begann er hilflos und verstummte.

»Tom«, sagte sie, »du bist der letzte Mensch auf Erden, mit dem ich über meinen Vater sprechen würde. Bitte geh und lass mich in Ruhe.«

Auf ihn war sie besonders wütend: auf ihn und natürlich auf Marianne. Die Gefühle, die in ihr aufgewallt waren, als sie ihn im Caravan stehen sah, Erleichterung, Wärme, Staunen, dass er solch ein Wunder bewirken konnte, aus dem Nichts erscheinen, als sie ihn so sehr brauchte, waren bereits abgeebbt, und er war wieder jemand geworden, dem sie nicht vertrauen konnte, den sie nicht brauchte – und der zwischen sie und ihren Vater getreten war. Bevor sie Tom begegnet war, dachte sie in dieser Nacht mit wachsendem Elend, mit wachsender Reue, waren Felix und sie vollkommen glücklich miteinander gewesen. Sie hatten einander die Welt bedeutet. Aber Tom war zwischen sie getreten, Tom hatte sie entzweit.

Wäre die Ehe glücklich gewesen, würde Tom sie noch lieben, wäre das vielleicht gerechtfertigt gewesen. Aber Tom hatte sich als treulos und wertlos erwiesen, alles war umsonst gewesen. Ihr Vater hatte Recht gehabt. Sie hätte auf ihn hören sollen, sie hätte bei ihm bleiben sollen, wo sie sicher gewesen wäre, seiner Liebe sicher.

Am nächsten Tag ging sie zur Arbeit; sie fühlte sich dazu verpflichtet. Später hatte sie Termine mit dem Pfarrer, dem Beerdigungsinstitut, den Anwälten; die ganzen schrecklichen Zwangsrituale, die auf einen Todesfall folgen. Aber zumindest am Vormittag würde sie so tun können, als sei alles ganz normal; sie konnte lächeln und reden und so tun, als sei alles wie immer.

Melanie, die das erkannte, die erkannte, dass Arbeit eine Therapie für sie war, stapelte Memos, Berichte und Etats auf ihren Schreibtisch, die gelesen, gründlich studiert und verstanden werden wollten. Nichts Schwieriges, nichts Gefährliches, nichts, was sie in Kontakt mit der Presse bringen würde, die nichts über Hilfsorganisationen und karitative Einrichtungen wissen wollte, aber alles über ihr Baby, das von ihrer besten Freundin gekidnappt worden war. Sarah Jane war großartig. Sie wimmelte alle Anrufer ab, log, stritt ab, verbreitete Verwirrung. »Schon gut«, sagte sie, als Octavia ihr gegen Mittag müde dankte. »Es wird ihnen bald langweilig werden.«

Sandy rief an und erklärte, wie Leid ihm das alles tue, unbeholfen und um Worte verlegen. Sie dankte ihm und erkundigte sich nach Dickon.

»Er ist ziemlich durcheinander. Aber Charles ist hier, das ist eine große Hilfe.«

»Und Louise?«

»Es geht ihr gut«, sagte Sandy kurz. »Sie ist in Holloway, im Krankenhausflügel. Aber wahrscheinlich kann sie in die Klinik zurück, gegen – gegen eine Kaution.«

»Arme Louise«, sagte Octavia und sie meinte es so.

Auch Gabriel rief an, sprach ihr sein Beileid aus, erkundigte sich nach Minty. Sie dankte ihm ziemlich förmlich und wusste nichts weiter zu sagen. Er erschien ihr seltsam unwirklich; es kam ihr unmöglich vor, unglaubhaft, dass sie diesen Mann überhaupt kannte, ganz zu schweigen davon, dass sie mit ihm geschlafen haben sollte, mit ihm gelacht, mit ihm gestritten, dass sie sich eingebildet hatte, in ihn verliebt zu sein, und das erst vor so kurzer Zeit.

Marianne rief mehrmals an, aber Octavia weigerte sich, mit ihr zu sprechen. Sie konnte den Gedanken nicht ertragen, im selben Raum zu sein wie diese Frau, die dort gewesen war, wo sie hätte sein sollen, die Dinge gesagt hatte, die sie hätte sagen sollen, die ihr die letzten Stunden ihres Vaters gestohlen hatte. Es war absurd, völlig unlogisch, hysterisch, das wusste sie, aber sie konnte es nicht ändern. Ebensogut hätte sie auf dem Grab ihres Vaters tanzen können wie Marianne anlächeln und sich höflich anhören, was sie zu sagen hatte.

Auch mit Tom konnte sie nicht sprechen. Seine Geduld, seine Entschlossenheit, nichts als Kränkung zu nehmen, machten sie nur wütender, steigerten ihre Empörung noch. Endlich, kurz bevor sie das Büro verließ, um nach Hampstead zu fahren, erreichte er sie unter ihrer Durchwahlnummer.

»Tom«, sagte sie. »Tom, warum kannst du mich nicht einfach in Ruhe lassen?«

»Was ist mit heute Abend? Was möchtest du, dass ich tue?«

»Ich will nur, dass du gehst. Es ist vorbei, Tom, daran hat sich nichts geändert.«

»Octavia ...«

»Tom, du warst großartig wegen Minty. Du meinst es gut, das weiß ich jetzt. Aber ich will nicht mehr mit dir zusammen sein. Ist das wirklich so schwer zu begreifen?«

»Nein, eigentlich nicht«, sagte er und legte ohne ein weiteres Wort auf.

Um halb sechs war sie zu Hause, früh genug, um Minty zu baden, mit ihr zu spielen, sie ins Bett zu bringen. Die Kleine wirkte völlig unbelastet von der Tortur, die sie durchgemacht hatte; sie wirkte sogar außerordentlich fröhlich und munter. Ihr Zahn war durchgebrochen, sie hatte einen enormen Appetit und sie fing an zu krabbeln. Sie schlängelte sich auf dem Bauch vorwärts, mit tatkräftiger Hilfe der Zwillinge, die sie an Hand und Knöchel gepackt hielten und halb vorwärts schoben, halb zogen. Normalerweise hätte sie entrüstet gebrüllt, jetzt kicherte sie und versuchte mitzumachen.

»Es ist, als wüsste sie, dass sie von Glück sagen kann, heil und gesund wieder zu Hause zu sein«, bemerkte Caroline und lächelte nachsichtig auf die Kinder herab. Erleichterung und Schuldgefühle hatten sie, die normalerweise brüsk und reizbar war, weich, fast sentimental gemacht. Es würde wohl kaum lange anhalten, dachte Octavia.

»Ja, kann sein. Ging es ihr heute gut?«

»Ja, vollkommen. Wirklich. Man könnte meinen, ihr wäre nie etwas zugestoßen. Ach, bevor ich es vergesse, Mr Fleming hat angerufen. Es wird spät werden, er kommt wahrscheinlich erst nach Mitternacht zurück. Ein Essen mit einem Kunden, im Savoy, glaube ich. Ja, im Savoy.«

»Gut«, entgegnete Octavia munter und fragte sich, warum sie sich so trostlos fühlte, so verloren bei der Aussicht, den

Abend ganz allein verbringen zu müssen, obwohl sie doch genau das von Tom verlangt hatte.

»Und Mr Cadogan hat angerufen. Er möchte mit Ihnen sprechen.«

»Aber ich nicht mit ihm«, entgegnete Octavia.

Um halb acht, als die Zwillinge gerade ihr Abendbrot aßen, rief Nico wieder an. Poppy ging ans Telefon, und bevor Octavia sie daran hindern konnte, erklärte sie: »Ja, sie ist hier, einen Augenblick bitte.«

Innerlich fluchend ergriff Octavia den Hörer.

»Octavia? Hier ist Nico Cadogan. Es tut mir Leid wegen Ihres Vaters.«

»Danke.«

»Es muss Sie sehr mitgenommen haben.«

»In der Tat, Nico, in der Tat.«

Es war doch wohl nicht zu verkennen, wie feindselig ihre Stimme klang. Aber er schien es nicht zu bemerken.

»Hören Sie, Marianne würde gerne mit Ihnen sprechen, aber Sie weigern sich aus irgendeinem Grund, ihre Anrufe entgegenzunehmen.«

Plötzlich war Octavia sehr wütend. Und fühlte sich seltsam mutig. Es war, als hätte sich die weiß glühende Wut durch ihre sorgfältige Selbstkontrolle gefressen und sie befreit, zu sagen und zu tun, was sie wollte.

»Ich weigere mich nicht, ihre Anrufe entgegenzunehmen. Ich will einfach nicht mit ihr reden.«

»Schon gut«, erwiderte Nico Cadogan ruhig. »Sie müssen kein Wort sagen. Aber hören Sie mir zu. Sie hat Ihnen etwas Wichtiges mitzuteilen. Ich weiß nicht was, sie hat es mir nicht erzählt. Aber es hat etwas mit Ihrem Vater zu tun.«

»Ich will nicht mit Marianne über meinen Vater reden. Und ich wäre Ihnen dankbar, Nico, wenn Sie sich da raushalten würden. Es geht Sie nichts an.«

»Ich fürchte, da irren Sie sich. Es geht mich etwas an, weil Ihre Weigerung, mit Marianne zu sprechen, sie sehr belastet. Und das wiederum belastet mich.«

»Ich fürchte, das ist mir ziemlich gleichgültig«, versetzte Octavia. »Ich wüsste auch nicht, was da so belastend gewesen sein soll. Ich meine, ich habe gerade meinen Vater verloren. Und ich habe mich nicht einmal von ihm verabschieden können. Während Marianne den Großteil des Tages damit zugebracht hat, genau das zu tun. Und alles zu sagen, was man in solchen Situationen noch sagen möchte. Missverständnisse ausräumen, Unrecht wieder gutmachen. Glückliche Marianne. Soweit ich erkennen kann, hat sie wenig Grund, sich aufzuregen.«

»Octavia ...«

»Und wenn Sie keine Affäre mit Marianne angefangen hätten, Nico, wäre er gestern wahrscheinlich bei uns gewesen. Haben Sie mal darüber nachgedacht?«

»Ja, das habe ich«, sagte Nico Cadogan ruhig. »Das ist einer der Gründe, weshalb mich die Sache tatsächlich belastet.«

»Pech für Sie. Wurden Sie irgendwie in die Beziehung zu Marianne hineingezwungen? War das Ganze irgendwie weniger freiwillig, als Sie es sich vorgestellt hatten?«

Keine Antwort. Octavia merkte plötzlich, dass die Zwillinge in der Tür standen und mit weit aufgerissenen Augen lauschten.

»Ich muss Schluss machen«, erklärte sie. »Bitte richten Sie Marianne aus, ich will nichts mehr mit ihr zu tun haben. Leben Sie wohl, Mr Cadogan.«

Sie war ziemlich stolz auf dieses »Mr Cadogan«. Kindisch stolz. Nachdem sie den Hörer aufgelegt hatte, fühlte sie sich besser. Ungefähr fünf Minuten lang. Dann stellte sie fest, dass sie hilflos weinte; die kleine Poppy hatte den Arm um sie gelegt und sagte: »Arme Mama. Ich habe darüber nachgedacht. Du bist doch jetzt Waise, oder?«

»Gratuliere«, sagte Bob Macintosh und hob sein Glas. Sie saßen im River Room des Savoy am Fenster. Draußen spiegelten sich Hunderte, Tausende von Lichtern im Wasser. Normalerweise liebte Tom den Blick auf den lieblichen, zeitlosen Fluss und den Kontrast der Gebäude unterschiedlichster Baustile, die seine Ufer säumten, die Kuppel der Royal Festival Hall, der Betonklotz des National Theatre, der hohe Oxo-Tower, bei dem er immer an einen Jahrmarkt denken musste. Heute Abend schien das Ganze reizlos, keinen Blick wert. Seinetwegen hätten sie auch unter der Erde sein können. Er wünschte, er wäre unter der Erde. Mehrere Fuß tief.

Er sah Bob an. »Bitte, was haben Sie gesagt?«

»Ich meinte, Sie müssen doch froh sein, dass alles so gut ausgegangen ist.«

»Oh – ja. Sicher, in gewisser Weise«, erwiderte er vorsichtig. Er hatte längst aufgegeben, seine Gefühle zu analysieren, so schnell waren Erleichterung und Euphorie durch Verletztheit und Verwirrung ersetzt worden.

»Wie geht es Octavia?«

»Ach, sie ist sehr bekümmert wegen ihres Vaters, wissen Sie.«

»Aber natürlich. Sie hatte ihn sehr gern, nicht wahr?«

»Ja. Sie standen sich sehr nahe.«

»Einfach furchtbar, dass beides am selben Tag geschehen musste. Aber zumindest ist die Kleine in Sicherheit. Es war sicher ein Alptraum.«

»Ja. Ja, das war es.«

»Sie könnten beide einen längeren Urlaub brauchen, was? Aus diversen Gründen. Schon irgendwas geplant?«

»Nein«, sagte Tom.

Bob schaute ihn an. »Äh, entschuldigen Sie, aber – es steht doch jetzt besser zwischen Ihnen beiden, oder? Jedenfalls hatte ich den Eindruck. Tut mir Leid, es geht mich nichts an ...«

»Aber natürlich geht es Sie etwas an, Bob«, sagte Tom.

»Ich entsinne mich deutlich, Sie vor ein paar Wochen voll gequatscht zu haben, stundenlang, ohne Ihnen eines der grässlichen Details zu ersparen.«

»Na, wofür sind Freunde denn da? Aber wie ist es denn nun, haben Sie sich wieder vertragen?«

»Nein. Nein, Bob, das ist es nicht. Die Sache ist die, Octavia und ich – also, wir sind übereingekommen, uns scheiden zu lassen. Ich fürchte, es gibt keine Alternative.«

»Ich muss mit ihr reden«, jammerte Marianne. »Ich muss unbedingt mit ihr reden, es ist furchtbar wichtig. Nico, was soll ich nur tun?«

»Schreib ihr doch einen Brief«, schlug er vor.

Marianne starrte ihn an. »Das ist eine hervorragende Idee. Warum bin ich bloß nicht drauf gekommen? Aber vielleicht zerreißt sie ihn einfach.«

»Aber vielleicht auch nicht. Einen Versuch ist es wert. Andere Alternativen hast du im Moment sowieso nicht.«

»Ja, du hast Recht. Ich werde es versuchen. Oh, Nico, was würde ich nur ohne dich tun?«

»Zurzeit zumindest, mein Liebling, wirst du das kaum herausfinden.«

Marianne lächelte ihn schwach an. Sie konnte sich kaum vorstellen, wie sie die letzten vierundzwanzig Stunden ohne ihn hätte durchstehen sollen. Es war erstaunlich.

Octavia war gerade heruntergekommen, nachdem sie mit den Zwillingen eine halbe Stunde lang *Aladin* geguckt hatte, als es an der Tür klingelte. Verdammt. Die Presse konnte es nicht sein, der letzte Journalist war heute Morgen abgezogen, nachdem Tom ihn davon überzeugt hatte, dass es keinen Sinn hatte, hier zu bleiben. Keine Story. Vielleicht einer dieser verelendeten jungen Leute, die für teures Geld Staubwedel verkauften. Es fiel ihr immer schwer, sie wegzuschicken, sie versuchte jedes

Mal, sich vorzustellen, wie sie sich in zehn Jahren fühlen würde, wenn Gideon von zu Hause weggelaufen war und auf der Straße lebte und irgendeine reiche Zicke sich weigerte, ihn auch nur anzuhören. Sie besaß eine riesige Sammlung dieser Staubwedel, sämtlich dünn und nutzlos, und von Geschirrtüchern, die beim Waschen hoffnungslos einliefen.

Sie spähte durch die Milchglasscheibe. Niemand zu sehen; wohl weitergegangen, Gott sei Dank.

Es klingelte wieder. Nun los, Octavia, mach schon. Du hast Minty zurückbekommen, da wirst du doch wohl einen Fünfer erübrigen können. Sie öffnete die Tür.

Es war kein Jugendlicher, der auf der Straße lebte. Das junge Mädchen, das vor der Tür stand, hatte sehr wohl ein Obdach. Es war Zoe.

»Schick mich nicht weg, Octavia«, sagte sie. »Bitte schick mich nicht weg, nur weil du wütend auf meine Mutter bist.«

»Zoe, wenn sie –«

»Sie hat mich nicht geschickt, ich schwör's. Sie weiß nicht mal, dass ich hier bin. Niemand weiß es.«

»Also was –«

»Ich bin gekommen, um dich zu bitten, mit ihr zu sprechen. Ich verstehe ja, dass du sauer auf sie bist –«

»Wirklich?«

»Ja, klar.« Zoe schien überrascht über die Rückfrage. »Sie war bei deinem Vater, als er starb, und du nicht. Ich an deiner Stelle wäre ziemlich sauer.«

»Komm doch rein«, sagte Octavia. Seit dem Tod ihres Vaters hatte sie das Gefühl gehabt, durch ein fremdes Land zu ziehen, in dem niemand ein Wort von dem verstand, was sie sagte. Und jetzt war Zoe gekommen, die offenbar fähig war, als Dolmetscherin zu fungieren.

»Danke.« Zoe folgte ihr ins Haus.

Marianne hatte gerade die dritte Fassung ihres Briefes an Octavia begonnen, als Zoe in der Tür auftauchte.

»Mama –«

»Oh, hallo, Schatz. Ich dachte, du wärst weg.«

»War ich auch. Aber jedenfalls, ich dachte, du würdest vielleicht gerne –«

»Zoe, Schatz, jetzt nicht. Ich bin beschäftigt.«

»Aber Mama –«

»Zoe, bitte –«

»Zoe will nichts von dir, Marianne«, sagte Octavia. »Sondern ich.«

»Ich habe dir gerade einen Brief geschrieben. Oder vielmehr, ich habe versucht, dir einen Brief zu schreiben«, sagte Marianne.

Sie saßen im Wohnzimmer und beäugten sich argwöhnisch über einer Kanne ziemlich starken Kaffees, den Zoe gebracht hatte.

»Wirklich?«

»Ja.«

»Über meinen Vater?«

»Ja. Du wolltest ja nicht mit mir sprechen, also –«

»Bitte entschuldige, wenn ich ... unhöflich war«, sagte Octavia mühsam. »Aber ich war so durcheinander.«

»Octavia, das ist schon in Ordnung. Natürlich hat dich das alles sehr mitgenommen. Ich verstehe es, glaube ich. Nicht alles, aber – also, hör zu. Wir sollten uns nicht zu tief in Schuldgefühle verstricken. Wir beide nicht. Wichtig ist jetzt nur, dass dein Vater mir aufgetragen hat, dir etwas zu sagen. Kurz bevor – kurz bevor er starb.«

»Ach ja?«, fragte Octavia höflich. »Bitte erzähl mir doch davon.«

Ein unbeteiligter Zuhörer hätte annehmen können, sie spräche über einen Ferienort oder eine wirklich erstklassige Modistin.

»Ich soll dir sagen ...«

»Ja?«

Sie hatte panische Angst. Fast so sehr wie gestern, als sie die Tür des Caravans aufgeschoben hatte, voller Angst vor dem, was sie erwarten mochte. So voller Angst wie damals, als sie zugesehen hatte, wie der Orangensaft in Annas Taschentücher sickerte. Sie räusperte sich, schluckte, trank einen Schluck Kaffee und überlegte dann, ob das ein Fehler gewesen war, ob sie sich gleich übergeben würde. »Was sollst du mir sagen, Marianne?«

Dass sie eine Enttäuschung für ihn gewesen war? Dass er gebrochenen Herzens starb, weil sie nicht gekommen war? Dass er ihr die Heirat mit Tom nie vergeben würde?

»Er sagte – also, ich soll dir sagen, dass Tom dich liebt. Sehr liebt.«

»Was?« Octavia war plötzlich ganz heiß, ihr war übel, und sie hatte das Gefühl, gleich in Ohnmacht fallen zu müssen. »Was hast du – was hat er gesagt?«

»Dass Tom dich liebt. Sehr liebt. Genau so hat er sich ausgedrückt.«

»Oh. Oh, verstehe.«

Sie saß da und starrte Marianne an und die Übelkeit und das Schwächegefühl ließen langsam nach. Sie wartete, wartete auf die Entdeckung, dass sie sich verhört hatte, es sich eingebildet hatte, diese Worte zu hören, sie vielleicht sogar geträumt hatte, aber das geschah nicht. Alles wirkte ganz normal, vollkommen real. Marianne saß ihr gegenüber, der Kaffee war immer noch zu stark und über ihren Köpfen hämmerte unterschwellig Teenie-Musik. »Äh, hat er noch was gesagt?«, fragte sie schließlich. »Über Tom, meine ich?«

»Nein, gar nichts. Er hat nicht mehr viel gesagt. Aber das war es, was ihm wichtig war. Am Ende. Dass du es erfährst. Du warst seine einzige Sorge, all seine Gedanken waren bei dir.«

»Ja, ich verstehe«, wiederholte Octavia. Also hatte Marianne ihr nicht den Vater gestohlen. Das Wissen war wohltuend, heilsam. »Danke, Marianne. Danke, dass du es mir gesagt hast. Ich – ich weiß nicht recht, was ich davon halten soll.«

»Nein. Nein, das ist verständlich. Ich konnte es auch nicht.«

»Heißt das, dass du es jetzt kannst?«

»Nein. Nein, eigentlich nicht. Aber es scheint mir, dass er irgendwie seine Meinung geändert haben muss. Über Tom. Ziemlich radikal.«

»Ja. Ja, wahrscheinlich. Und du weißt nicht – du weißt nicht wieso?«

»Nein. Aber du siehst, wie wichtig es war, dass du es erfährst.«

»Ja, sicher. Es ändert einiges. Ich meine, vorher – bis vor kurzem hielt er Tom für den Teufel in Menschengestalt. Hat er schon immer. Er war so eifersüchtig auf ihn, verstehst du.«

»Ja«, meinte Marianne mit dem Anflug eines Lächelns, »ja, das war mir schon klar.«

»Und nach dieser Geschichte mit Louise ...«

»Ja. Ich weiß.«

»Danach konnte er kaum den Gedanken an ihn ertragen. Er hat ihn gehasst, richtig gehasst. Er fand, Tom sei das Schlimmste, was mir hätte passieren können. Er war finster entschlossen, ihn zu ruinieren. Auf jede nur erdenkliche Weise. Besonders meine gute Meinung von ihm.«

»Ich weiß. Ich kannte deinen Vater ziemlich gut, weißt du.«

»Ja, natürlich.« Octavia sah Marianne verlegen an. »Mir ist klar, dass er ... einen Großteil seines Missmuts wegen Tom und mir an dir ausgelassen hat.«

»Also, wer hat dir denn das erzählt? Wenn es Zoe war –«

»Nein, Zoe war es nicht. Nico auch nicht, falls du das angenommen haben solltest. Aber niemand kannte meinen Vater besser als ich. Er konnte ziemlich ... schwierig sein.«

»Ein wenig.« Ihre Blicke trafen sich. Mariannes Augen leuchteten plötzlich und ihr Mundwinkel hob sich leicht. Octavia erwiderte das Lächeln.

»Es tut mir so Leid«, sagte sie. »Dass ich so feindselig war. Es war sicher nicht einfach für dich. Mit meinem Vater, meine ich.«

»Nein«, pflichtete Marianne ihr mit einem Seufzer bei. »Aber ich habe ihn geliebt. Lange Zeit. Nun ja, bis zu seinem Tod.«

»Und Nico?«

»Nico hat mich getröstet. Und abgelenkt. Bis zu einem gewissen Maße war ich verliebt in ihn, glaube ich.« Sie lächelte. »Bin ich immer noch. Aber ich hatte trotzdem das Gefühl, zu deinem Vater zu gehören. Ich konnte mich nicht von ihm lösen. Obwohl er mich schon lange nicht mehr glücklich gemacht hat. Obwohl er nicht mehr das war, was ich brauchte. Oder wollte.«

»Manchmal habe ich ebenso empfunden.« Octavia lächelte nicht ganz mühelos. »Aber er konnte große Liebe in anderen hervorrufen.«

»Ja, das ist wahr. Große Liebe.«

Beide schwiegen und erinnerten sich an diese Liebe, diese schwierige, anspruchsvolle Liebe. Und beide waren sie nun davon befreit, konnten weitergehen, von Felix fort.

»Marianne«, fragte Octavia nach einer Weile, »was, glaubst du, könnte Tom getan haben? Was hat diese Meinungsänderung bei meinem Vater bewirkt?«

»Ich weiß es nicht. Aber was auch immer es war, es muss schon ziemlich bemerkenswert gewesen sein.«

»Dann gehe ich mal besser und finde es heraus«, sagte Octavia. »Du entschuldigst mich, Marianne, ich habe eine Verabredung im Savoy.«

»Tom! Hallo! Der Held der Stunde. Ich habe Sie im Fernsehen gesehen. Wie schaffen Sie es nur, so gut auszusehen, und das nach einer vierundzwanzigstündigen Verfolgungsjagd?«

Es war Lauren, die an Drews Arm hing und auf ihn herablächelte. Sie trug einen scharlachroten Hosenanzug aus Crêpe de Chine. Das Rot strahlte kurz durch den Nebel der Depression, der Tom umhüllte.

»Hallo, Lauren«, erwiderte er. »Eine natürliche Fähigkeit. Ich stehe kurz vor einem Vertragsabschluss als Model. Kennen Sie Bob Macintosh schon? Ein Kunde von mir. Bob, das sind Lauren und Drew Bartlett. Alte Freunde.«

Lauren lächelte Bob kurz an; weiterer Aufmerksamkeit hielt sie ihn ganz offensichtlich nicht für würdig. »Wo steckt denn Octavia?«, fragte sie.

»Ach, zu Hause. Sie ist ziemlich geschafft. Und sie will natürlich bei Minty sein.«

»Nur zu verständlich. Wie geht es der Kleinen? Hat sie alles gut verkraftet?«

»Wenn sie schon sprechen könnte, würde sie jetzt zurückfragen: ›Was verkraftet?‹ Ich glaube ernsthaft, dass sie ihr Abenteuer genossen hat.«

»Gut für sie. Offensichtlich fällt der Apfel nicht weit vom Stamm. Was habt ihr zwei denn noch so vor? Wir wollten ins Annabel's, mit ein paar Freunden. Warum kommen Sie nicht mit?«

»Ach nein, ich ...« Tom hielt inne. Warum sollte er nach Hause fahren, um wieder von dem Nebel eingehüllt zu werden, um von einer feindseligen Octavia begrüßt zu werden? Wenn sie denn vorhatte, ihn zu begrüßen. Ebenso gut könnte er mit den Bartletts ins Annabel's gehen. Vielleicht munterte ihn das ja etwas auf.

»Das wäre nett«, sagte er.

»Schön. Und Sie, Bob?«

»Ach, ich nicht«, antwortete Bob Macintosh. »Ich muss

morgen sehr früh raus. Aber vielen Dank für die Nachfrage.«

»Ach, Bob!«, rief Tom. Er hatte das Gefühl, einen Mitstreiter für diese unpassende Extratour zu brauchen. »Kommen Sie doch mit, es macht Ihnen bestimmt Spaß. Es hat Ihnen doch letztes Mal so gefallen, als wir mit Ihnen und Maureen da waren.«

»Also«, Bob zögerte. »Ach, na gut. Warum nicht? Nur für eine Stunde oder so.«

»Großartig«, sagte Lauren. »Wir treffen unsere Freunde in der Hotelhalle, sie sind hier abgestiegen. Wir sehen uns in – na, fünf Minuten. Ich muss mir noch die Nase pudern.«

Sie schenkte Tom ein betörendes Lächeln und verließ das Restaurant; die Männer folgten ihr langsam.

Octavia saß im Taxi, auf dem Weg ins Savoy. Sie fühlte sich immer noch ganz komisch. Das Eingeständnis ihres Vaters – sicher doch mit einer Beichte auf dem Totenbett gleichzustellen – hatte alles verändert. Sie konnte jetzt Dinge erkennen, die sie vorher nicht hatte erkennen können, über Dinge nachdenken, die sie vorher nie in Erwägung gezogen hätte. Was immer Tom auch getan oder gesagt haben mochte, es musste ungeheuer bedeutsam gewesen sein, wenn ihr Vater nicht nur seine Meinung über ihn geändert hatte – das war vielleicht gerade noch vorstellbar –, sondern sich veranlasst gesehen hatte, es zuzugeben. Und, was noch unvorstellbarer war, darauf bestand, dass sie es erfuhr. Damit war er zu Kreuze gekrochen, hatte erkannt und eingestanden, dass sein Urteil falsch gewesen war; ein Zugeständnis, das ihm wahrscheinlich nur der Tod hatte abringen können. Beim Nachsinnen darüber empfand Octavia nicht nur Erstaunen, sondern Ehrfurcht. Es war, als ob – trotz allen Nachdenkens fiel ihr kein passender Vergleich ein. Es war, als ob Darwin gesagt hätte: Tut mir Leid, ich habe mich geirrt, es fing doch alles in Garten Eden an. So außerordentlich war es, so erstaunlich, so weit jenseits aller Erwartung und Vernunft.

Der Gedanke ließ sie lächeln, so absurd war er. Aber die Tatsache blieb bestehen. Ihr Vater hatte widerrufen, bereut, gebeichtet. Und sie würde die Absolution empfangen. Eine Absolution von Demütigung, Jammer, Feindseligkeit. Im schlimmsten Fall würde sie aufhören können, Tom zu hassen, im besten Fall zugeben, dass sie ihn möglicherweise immer noch liebte ...

»Furchtbarer Verkehr«, bemerkte der Taxifahrer, als sie in den Birdcage Walk einbogen. »Keine Ahnung warum. Sie räumen die Blumen weg, beim Palast, wissen Sie, vielleicht hat es was damit zu tun. Ich muss andersrum fahren, über Piccadilly. Einverstanden?«

»Oh – ja«, sagte Octavia, die nur mit Mühe aus ihren Überlegungen über Charles Darwin und ihre Ehe in die Wirklichkeit zurückkehrte. »Ja, sicher. Wie Sie meinen.«

»Also, da wären wir«, bemerkte Lauren. »Ich sehe jetzt wieder fast wie ein Mensch aus, was? Tom, wollen wir es so machen, dass Sie und Bob mit mir fahren und Marcia und David mit Drew? Was haltet ihr davon?«

»Hören Sie«, Bobs Unbehagen über die geplante Unternehmung wuchs offenbar zusehends. »Ich glaube, ich komme doch lieber nicht mit.«

»Oh, wie schade«, rief Lauren. Sehr enttäuscht wirkte sie allerdings nicht. »Können wir Sie irgendwo absetzen?«

»Nein, vielen Dank, ich gehe zu Fuß. Dann kriege ich wieder einen klaren Kopf. Tom, wir sehen uns. Grüßen Sie Octavia.«

»Nun, wenn Sie sicher sind ... aber ich wünschte, Sie würden mitkommen. Gut, ich rufe dann morgen früh an. Wegen der Presseinformation.«

»Schön. Bis dann, Tom. Wiedersehen, Lauren, Drew. War nett, Sie kennen zu lernen.«

Er ging durch den Vorhof des Savoy davon. Tom sah ihm nach und wünschte mehr als halbherzig, er könnte ebenfalls gehen. Aber jetzt war es zu spät; Lauren hatte sich bei ihm untergehakt und wies eben den Portier an, ihnen zwei Taxis zu besorgen.

»Sind nicht viele unterwegs, Madam. Irgendwo muss ein Stau sein.«

»Ach, verdammt. Drew, ich habe dir doch gesagt, wir hätten den Wagen nehmen sollen.«

»Das hast du«, bestätigte ihr Mann lächelnd. Das muss ich mir merken, dachte Tom, viel besser, als sich mit seiner Frau herumzustreiten. Und dann fiel ihm ein, dass er bald keine Frau mehr zum Herumstreiten haben würde. Lauren drängte sich dichter an ihn.

»Es wird Herbst«, meinte sie. »Schon ziemlich frisch, finde ich. Drew, warum versuchst du nicht mal, ob du auf der Strand ein Taxi kriegst?«

»Der Portier weiß schon, was er tut«, versetzte Drew.

»Schon besser«, meinte der Taxifahrer. »Wir nehmen den Schleichweg über den Chandos Place und fertig ist der Lack.«

»Schön«, sagte Octavia geistesabwesend.

Plötzlich fiel ihr ein, dass sie nicht geschminkt war, dass sie geweint hatte und ihre Mascara wahrscheinlich verschmiert war. Zudem hatte Minty ihr Eigelb auf die Hose gekleckert und ihr Seidenhemd war furchtbar zerknittert. Nicht mal einen Kamm hatte sie dabei, wie sie bemerkte, als sie ihre Handtasche durchwühlte. Verdammt. Na, egal. Innerhalb von achtundvierzig Stunden hatte sie ihr entführtes Kind gerettet, ihren Vater zurückbekommen, metaphorisch gesprochen, und jetzt würde sie ihren Mann von den Scheidungsanwälten zurückfordern. Wenn man das bedachte, dürfte eine leicht in Unordnung geratene Frisur und ein

Fleck auf der Hose auf einer Skala von eins bis zehn auf eins rangieren.

»Ein Taxi hätten wir schon mal«, sagte Lauren. »Drew, am besten fahrt ihr schon mal vor und besorgt uns einen anständigen Tisch.«

»Gut«, sagte Drew.

Das Taxi fuhr davon und Lauren legte sich Toms Arm um die Schultern. »Mir ist kalt«, erklärte sie. Tom stand da und wünschte halb, er könnte seinen Arm zurückziehen, und halb genoss er ihre Wärme, den schweren, blumigen Duft. Geistesabwesend dachte er, wie kompromittierend dieser Anblick wirken musste. Nicht, dass es eine Rolle spielte. Es war ja jetzt vollkommen egal.

»Ach, verdammt«, rief Lauren plötzlich. »Ich habe mein Parfüm in der Damentoilette vergessen. Ich muss es holen, Tom, tut mir Leid. Dauert keine Sekunde. Schnappen Sie sich das Taxi, wenn es kommt, ja?«

»Klar.«

Und so kam es, dass Octavia, als ihr Taxi in den Vorhof des Savoy einbog, ihren Mann ganz allein da stehen sah. Sie stieg aus, warf dem Fahrer einen Fünfer zu und ging langsam auf Tom zu.

»Hallo«, sagte sie. »Ich – können wir reden?«

»Reden?«

»Ja. Ja, wenn es dir – nichts ausmacht.«

»Nein. Nein, es macht mir nichts aus.« Seine Augen leuchteten, als er sie ansah, und er lächelte. Sie lächelte ein wenig scheu zurück.

»Ich bin froh, dass ich dich noch erwischt habe«, bemerkte sie. »Ich bin offenbar gerade noch rechtzeitig gekommen.«

»Ja, gerade noch rechtzeitig«, sagte Tom.

Epilog

PATTIE DAVID GAB EINE Party zur Feier der endgültigen Rettung von Bartles House und damit des Waldes.

Es sollte eine Gartenparty werden. Eine leicht gewagte Idee, da das schöne Wetter des Altweibersommers vielleicht nicht anhalten würde. Obwohl sie, wenn es zu regnen begann oder wirklich kalt wurde, ja immer noch reingehen konnten. Sie und Megan, Meg Browning und Mrs Johnston hatten schwer geschuftet, Käsestangen gebacken, Sandwiches gemacht, Blätterteigpasteten, Quiches, marinierte Hähnchenkeulen. Zudem hatten sie alle, jede für sich, ernsthaft um schönes Wetter gebetet. Bislang schien es, dass sie erhört worden waren.

»Ich freue mich so auf Dickon«, sagte Megan, blickte von dem Margarinetopf und den abgeschnittenen Brotkrusten auf und strich sich das Haar aus dem Gesicht. »Und ich wette, du freust dich auf Sandy. Stimmt's?«

»Ja, natürlich«, erwiderte Pattie etwas steif. »Er ist uns ein sehr guter Freund geworden.«

Sie hoffte, sie war nicht allzu sehr errötet. Sie hatte Bedenken gehabt, Sandy einzuladen, wegen seiner Frau und der schrecklichen Geschichte mit Octavias Baby. So unsicher war sie gewesen, dass sie sogar Octavia nach ihrer Meinung gefragt hatte. Die hatte energisch erwidert, Sandy würde sicher liebend gern kommen, und als sie Dickon das letzte Mal gesehen hätte, hätte er ununterbrochen über Megan und das Fledermaus-Haus, wie er es nannte, geredet. »Beiden könnte etwas Ablenkung nicht schaden. Und das Herrenhaus wäre zweifellos mittlerweile abgerissen, wenn Sandy nicht gewesen wäre. Er sollte der Ehrengast sein. Selbstredend müssen Sie die beiden einladen.«

Und als sie Sandy angerufen hatte, hatte er nicht nur erfreut gewirkt, sondern geradezu begeistert. Er hatte sogar angeboten, früher zu kommen, um die Gartenstühle aufzustellen und den Grill anzuzünden, falls sie grillen wolle. Pattie hatte gesagt, es wäre schön, wenn er früher käme, ob er nun half oder nicht, und dann, da sie Angst bekam, das könnte allzu dreist klingen, hatte sie hastig hinzugefügt, Megan sehne sich so nach Dickon.

Sandy hatte versprochen, spätestens um elf da zu sein.

Lucilla Sanderson stand früh auf. Mittlerweile brauchte sie lange, um sich fertig zu machen, und sie wollte auf der heutigen Feier möglichst gut aussehen. Da es ein so schöner Tag war, würde sie das blau-weiße Nachmittagskleid aus Seide anziehen, das sie zuletzt bei einer Gartenparty im Buckingham Palace getragen hatte. Dazu den Hut, den sie damals auch aufgehabt hatte, einen breitkrempigen marineblauen Strohhut, sowie ihre neue Jacke von Jaeger, falls es kalt wurde. Damit war sie für alles gerüstet. Nora Greenly, die auch eingeladen war, zusammen mit ein paar anderen alten Leuten, war in einer formlosen, alten Strickjacke und einem alten Rock erschienen; das müsse reichen, hatte sie gesagt.

Die Fords würden Bartles House in ein paar Wochen verlassen. Letzten Sonntag hatten sich die neue Heimleiterin und ihr Mann vorgestellt, Mrs und Mr Duncan, ein ganz reizendes Paar, das ein Pflegeheim in Schottland geleitet hatte; und sie hatten gemeint, sie würden nach dem Lunch vielleicht für eine Stunde vorbeischauen, wenn sie willkommen seien. Sie würden sicher herzlich willkommen sein, hatte Lucilla versichert. Sie könnten dann gleich den hiesigen Abgeordneten kennen lernen, hatte sie hinzugefügt.

»So ein charmanter Mann, hat ganz offensichtlich eine anständige Schule besucht. Man würde nicht im Traum darauf kommen, dass er ein Sozi ist.«

Gabriel hatte bei Capital C angerufen, um festzustellen, ob es Octavia recht wäre, wenn er kam. Sie freue sich darauf, ihn wiederzusehen, hatte sie gesagt, natürlich müsse er kommen. »Gideon brennt darauf, mit dir Kricket zu spielen.«

»Und – Mr Fleming?«

»Mr Fleming wird nicht da sein. Also, weil – Sandy, Louises Mann, kommt, eine etwas unangenehme Situation, deshalb bleibt Tom zu Hause. Außerdem ist der Wald immer noch ein ziemlich heikles Thema zwischen uns.« Zögernd hatte sie hinzugefügt: »Er fährt ins Ferienhaus, wo wir dann auch hinkommen. Nach der Party.«

Gabriel erwiderte, er sei entzückt zu hören, dass die Beziehungen zwischen den Eheleuten sich so entscheidend gebessert hätten, dass sie sich in ihrem Zweitwohnsitz trafen, auch wenn Letzteres, vom sozialen Standpunkt aus gesehen, natürlich wenig wünschenswert sei.

Später beschloss er, noch einmal anzurufen, um sie mit der Frage auf die Schippe zu nehmen, was für Kleider er denn tragen solle, aber sie war nicht da, und Melanie nahm das Gespräch entgegen.

»Der Engel Gabriel, wie nett. Wie geht's? Kann ich was für Sie tun?«

»Ach, eigentlich nicht. Ich wollte nur Octavia fragen, was ich zu der Party anziehen soll.«

»Bitte? Ist das wichtig?«

»Nein, selbstredend nicht. Es ist eine Art Insider-Witz.«

»Engelsgewand und Flügel reichen doch vollkommen.«

»Schön. Werden Sie auch kommen?«

»Ich hatte es erwogen, ja. Eigentlich habe ich ja gar kein Recht auf eine Einladung, mir hat die ganze Sache lediglich viel Ärger eingebracht, aber –«

»Ach, bitte kommen Sie doch«, sagte Gabriel. Es war ein verlockender Gedanke, auf einer bestimmt ziemlich steifen Gartenparty dieser Frau mit ihrer wilden Schönheit und ihrem ziemlich derben Humor zu begegnen.

»Gut denn. Ich komme. Bis dann.«

»Bis dann«, sagte Gabriel. Die Party hatte plötzlich stark an Reiz gewonnen.

Charles war ebenfalls eingeladen, hatte sich aber anfangs geweigert.

»Ich habe kein Recht, da hinzugehen, ich habe nichts zur Rettung des Waldes beigetragen. Und außerdem kenne ich keinen.«

»Du kennst doch uns«, widersprach Dickon. »Und du kannst Megan kennen lernen, und Pattie. Sie ist sehr nett.«

»Bitte, komm doch mit, Charles«, sagte Sandy.

Charles schaute seinen Enkel und seinen Schwiegersohn an. Dickon war fröhlicher und redseliger als seit Wochen und Sandy war offenbar sehr an Charles' moralischer Unterstützung gelegen. Er dachte an den einsamen Samstag, der vor ihm lag, voller Erinnerungen an Anna, Mitleid für Louise und Zerknirschung, und stimmte zögernd zu. »Aber ich komme mit meinem eigenen Wagen. Dann gibt es keine Probleme, wenn ich früher los will.«

»Wirst du nicht wollen«, versprach Dickon. »Wir wollen da nie früher weg, was, Papa?«

»Kommt Octavia auch?«, fragte Charles beiläufig.

»Ja. Mit den Kindern. Aber Tom bleibt zu Hause«, erklärte Sandy.

Sie schauten einander an und lächelten kurz, zwei zurückhaltende, reservierte Männer, die unfähig waren, ihre Gefühle auszudrücken, besonders ihre Gefühle für das traurige, schreckliche Gespenst, das so sehr ein Teil ihrer beider Leben war und für das sie sich beide verantwortlich fühlten. Es sagte viel über beide aus, dass sie immer noch so große Zuneigung füreinander empfanden.

Keinem der Männer fiel auf, dass Dickon rasch den Raum verlassen hatte.

Marianne, die keinerlei Verbindung mit Bartles House hatte, hatte nicht vorgehabt, die Party zu besuchen, aber zufällig wollten sie und Nico sich an dem Tag ein Haus in der Nähe von Bath ansehen – kein so großer Zufall, wie es schien, sagte sie zu Octavia, sie brächten im Augenblick jedes Wochenende damit zu, sich Häuser im Westen anzusehen. Als Octavia das hörte, meinte sie, dann könnten sie doch auf eine Tasse Tee oder so vorbeischauen.

»Melanie sagte gerade neulich, wie gern sie dich mal wieder sehen würde, und Gabriel, du weißt schon, mein – ein Freund, der Labour-Abgeordnete, wird dort sein und ich würde Nico zu gern auf ihn ansetzen.«

»Vielleicht«, sagte Marianne, »wenn alles gut läuft und das Haus schön ist, denn wenn nicht, wäre Nico so schlechter Laune, dass ich ihn niemandem zumuten möchte.«

»Ich kann mir nicht vorstellen, dass Nico je übellaunig ist«, meinte Octavia und beließ es dabei.

Marianne war angenehm überrascht über die Leichtigkeit, mit der sie die Beziehung zu Nico wieder aufgenommen hatte. Oder vielmehr, mit der sie eine neue Beziehung eingegangen waren, die nicht durch Schuldbewusstsein oder Reue verdunkelt wurde. Was sie für Nico empfand, ließ sich nicht mit dem vergleichen, was sie für Felix empfunden hatte, aber es war deswegen nicht weniger kostbar, nicht weniger besonders. Manchmal erschien es ihr traurig, sogar schockierend, dass Felix hatte sterben müssen, damit sie Nico lieben konnte. Aber so war es, und gleichzeitig war sie glücklich darüber und zutiefst dankbar. Auch dafür, dass der pragmatische Nico kein Problem damit zu haben schien, sich nicht als zweite Wahl empfand. Sie hatte versucht, ihm zu erklären, dass sie es auch keinesfalls so sah, dass er jetzt einfach einen anderen Platz in ihrem Leben einnahm, dass sie selbst sich verändert hatte.

»Schon gut«, hatte er gesagt. »Das verstehe ich. Ich bin außerordentlich anpassungsfähig. Du wirst mir da sicher zustimmen.«

»In der Tat«, sagte Marianne.

Zoe steckte den Kopf zur Tür herein. »Viel Spaß heute. Grüß Nico.«

»Mach ich.«

»Er ist echt cool. Du solltest ihn heiraten.«

»Zoe«, sagte Marianne, »ich will niemanden heiraten. Nicht einmal Nico.«

»Klar willst du. Bald wirst du ganz allein hier hocken. Ich werde in Australien sein, Marc wieder in Yale und Romilly macht auch bald Abitur.«

»Deshalb heiratet man doch nicht. Nur damit man nicht so allein ist.«

»Ich finde, dass ist ein ziemlich guter Grund«, stellte Zoe fest. »Besonders, wenn der Betreffende attraktiv und nett ist. Und zudem reich. Du bist verrückt, echt. Na, bis heute Abend.«

»Bis heute Abend«, sagte Marianne.

Nico erschien in bester Laune. »Ich habe bei Fortnum's ein Picknick erstanden. Es wäre eine nette Abwechslung, dachte ich. Wir können im Garten essen. Hier, sieh mal, ist das Haus nicht schön?«

Es war wunderschön. Ein kleines, vollkommenes Juwel von einem Haus, im Queen-Anne-Stil, soweit sie sehen konnte, von einem wunderbaren Park umgeben, zu dem sogar ein kleiner See gehörte. Die Gärten waren von einem Schüler Capability Browns gestaltet worden, wie sie dem Infomaterial des Immobilienmaklers entnahm.

»Stell dir nur mal vor, Herrin dieses Hauses zu sein. Wer könnte da ablehnen?«

Marianne erwiderte nichts, sondern lächelte ihn nur müde an.

Octavia, die zu spät dran war, fuhr über die M4, wie gewöhnlich zu schnell. Minty schlief, und die Zwillinge stritten sich darüber, wer bei ihrem ersten Ausflug hierher zuerst den Wald gesehen hatte. Es war ungehörig von ihr, zu spät zu kommen. Pattie verließ sich auf sie, sie sollte eine kleine Rede halten. Sie war zu spät aufgestanden. Nein, natürlich war sie rechtzeitig aufgestanden; sie hatte den Tag mit der Präzision eines Uhrwerks durchgeplant: Aufbruch spätestens um halb elf, schließlich war Samstagmorgen, da war mit starkem Verkehr zu rechnen. Aber als sie schläfrig vor dem Badezimmerspiegel stand und gerade dachte, dass sie dringend mal wieder zum Friseur musste, war Tom hinter sie getreten und hatte sie angelächelt, dieses leicht schiefe, reuige Lächeln, das bedeutete – also, das bedeutete, dass sie wahrscheinlich wieder ins Bett gehen würde. Dass sie ganz bestimmt wieder ins Bett gehen würde. Vor ein paar Monaten hätte sie das noch nicht getan, da hätte sie stur an ihrer Planung festgehalten, aber jetzt, wo sie sich leicht schmerzlich wieder verliebte, ihre Disziplin ein ganz klein wenig lockerte, erkannte sie, was sie tun musste. Was sie tun wollte. Und sie hatte es getan, mit großer Begeisterung, und es war langsam und süß gewesen. Und jetzt war sie eine Stunde zu spät dran. Einfach furchtbar, das sah ihr gar nicht ähnlich. Aber war es wirklich so wichtig? Beim Blick in den Rückspiegel erhaschte sie einen Blick auf sich selbst: Sie war noch leicht gebräunt und sah gut aus, sehr entspannt. Nein, es war nicht wichtig. Es war ganz egal.

Megan machte sich Sorgen um Dickon. Er war ganz verändert. Sie wusste, dass er eine schreckliche Zeit durchgemacht hatte, aber er war sehr still und schreckhaft, und er schien sich weniger über das Wiedersehen zu freuen, als sie erwartet hatte. Er wich nicht von der Seite seines Vaters, anstatt zu ihr gerannt zu kommen und auf ihren Schoß zu klettern. Zweimal hatte sie schon herauszufinden versucht, was denn los war, und beide Male war er davongehastet, als hätte er Angst oder so was. Nun gut. Vielleicht war er einfach schüchtern, wegen der ganzen fremden Leute. Sicher würde er nachher von ganz allein ankommen, wie Mrs Johnston sich ausdrücken würde. Megan beschloss, sich keine Gedanken mehr zu machen und sich zu amüsieren. Sie war noch nicht auf sehr vielen Partys gewesen.

Es schien alles gut zu laufen. Pattie blickte über ihren Garten hin. Sandy war tatsächlich früher gekommen und hatte die Rasenkanten um die Blumenbeete geschnitten, wozu sie meistens nicht kam. Wie reizend der Garten aussieht, dachte sie, so voller Leute, und nahm sich vor, in Zukunft öfters Gäste einzuladen. Es gab gar keine Entschuldigung, es nicht zu tun, jetzt, wo Megan größer wurde; aber es war immer so schwierig, alles allein zu machen, dafür zu sorgen, dass jeder genug Wein hatte, und gleichzeitig die letzten Essensvorbereitungen zu treffen. Es war einfach wunderbar, Sandy hier zu haben. Er ging herum und schenkte allen nach, sogar zu oft; wenn er so weitermachte, würde der Wein nicht reichen. Offenbar hatte sie nicht genug gekauft; die Leute schienen mehr zu trinken als früher.

»Hallo.« Er lächelte sie an und schwenkte die Flasche, die er in der Hand hielt. »Darf ich Ihnen noch etwas nachschenken?«

»Oh nein, danke. Sandy, ist mit Dickon alles in Ordnung? Er ist sehr still.«

»Alles bestens, was, alter Junge?« Sandy blickte seinen Sohn an, der wieder aufgetaucht war und sich an seiner Hand festklammerte. »Wahrscheinlich ist er nur etwas müde. Vorhin im Auto ist ihm ein bisschen übel geworden, hat er gesagt.«

»Hm. Hoffentlich fühlt er sich bald besser. Sandy, ich fürchte, der Wein könnte uns bald ausgehen. Vielleicht sollten wir noch etwas dazukaufen. Wenn es Ihnen nichts ausmacht, vielleicht könnten Sie mal kurz in die Weinhandlung fahren, ich –«

»Ich werde mal kurz in den Schuppen gehen. Ich hoffe, es macht Ihnen nichts aus, aber ich habe eine Kiste Weißen und eine Kiste Roten mitgebracht, nur für alle Fälle ... Ich habe ganz vergessen, es zu erwähnen, bei all der Aufregung wegen des Rasenschneidens. Der Weißwein ist gekühlt, sollte also trinkbar sein.«

»Das hätten Sie nicht tun dürfen«, stammelte sie errötend. »Es ist mir peinlich, bitte lassen Sie mich –«

»Keinesfalls, wenn Sie sagen wollten, dass Sie ihn bezahlen möchten. Ich bin im Weinhandel, haben Sie das vergessen? Die Handelsspanne ist enorm, vierundzwanzig Flaschen kosten mich weniger als ein paar Bier.«

Pattie war sicher, dass das nicht ganz stimmen konnte, fand aber, dass es unhöflich wäre, die Sache weiter zu verfolgen.

»Vielen Dank. Sie sind wahnsinnig nett«, sagte sie. Und plötzlich überkam sie etwas, wahrscheinlich hatte sie zu viel Wein getrunken, und sie küsste Sandy sanft auf die Wange. Er errötete, trat rasch einen Schritt zurück und versuchte zu lächeln. Oh Gott, dachte sie entsetzt, jetzt habe ich ihn in Verlegenheit gebracht. Ganz offensichtlich liebt er seine Frau noch, und jetzt denkt er, dass ich hinter einem Mann her bin, wie all diese allein stehenden Frauen.

»Entschuldigen Sie mich«, sagte sie hastig, wandte sich ab,

entdeckte Meg Browning und eilte zu ihr hinüber. Sie war den Tränen nahe. Der Tag war für sie ruiniert.

»Sieh an, der Engel Gabriel. Hallo!« Melanie sah umwerfend aus in ihrem langen, fließenden Kleid und offenbar einer halben Tonne Silberschmuck um Hals und Handgelenke, dachte er. Die wilde Mähne hatte sie mit einem roten Stirnband gebändigt.

»Hallo«, erwiderte er. »Wie geht's?«

»Besser, nachdem ich Sie getroffen habe«, entgegnete sie mit einem breiten Grinsen. Und fügte leise hinzu: »Haben Sie jemals so viele schreckliche Leute auf einem Haufen gesehen?«

Oft, sagte Gabriel, oft, sie müsse ein sehr behütetes Leben geführt haben.

»Aber da drüben, im Geräteschuppen, steht ein gewaltiger Weinvorrat. Ich habe es gerade entdeckt. Wir könnten uns dahin zurückziehen und uns daranmachen, ihn aufzubrauchen. Ich nehme nur schnell ein paar von diesen Würstchen mit. Das Essen ist sehr gut.«

»Fast wäre ich drauf reingefallen.«

»Ja, nun, wir Abgeordneten verbringen nicht all unsere Tage im Ritz. Sie sollten mal die Gummihähnchen bei den Wahlveranstaltungen probieren. Ich kann Sie gern mal mitnehmen.«

»Nein, danke«, wehrte Melanie mit einem Schaudern ab.

»Also?«, fragte Nico. »Was hältst du davon?«

»Es ist traumhaft. Einfach ein Traum.«

»Gut. Ich bin froh, dass es dir gefällt. Du findest nicht, dass es zu groß ist?«

»Nun ...«

»Sechs Schlafzimmer. Ziemlich viel für eine Person.«

»Ja, kann man nicht leugnen.«

»Aber das bringt mich auf eine bestimmte Frage. Marianne –«

Und da wusste sie, dass sie es nicht tun konnte. Dass sie dazu noch nicht bereit war. So weit von Felix entfernen konnte sie sich denn doch noch nicht.

»Nico ...«

Octavia hatte eine sehr gute Rede gehalten, »die Rettung eines kleinen Stückchen Englands« gefeiert und Megan, Pattie und Sandy, »der ganz offensichtlich mehr über Fledermäuse weiß, als wir alle je zu fragen gewagt haben«, auf charmante Weise gewürdigt.

Alles applaudierte. Gabriel gratulierte ihr. »Wenn Sie je in die Politik gehen wollen, Mrs Fleming, wäre ich entzückt, Sie zu unterstützen.«

»Vielen Dank.«

»Und ich habe extra für dich meinen Hut aufgesetzt, siehst du.«

Octavia lächelte ihn an. »Hier sieht er viel besser aus«, sagte sie. »*Du* siehst hier viel besser aus. Barbados passte nicht zu dir. Einer meiner vielen Fehler.«

»Aber überhaupt nicht. Ich war ein undankbares Schwein. Jedenfalls, du siehst toll aus. Wirklich außerordentlich gut.«

»Oh Gott«, rief Octavia. »Ich weiß, was das heißt; das heißt es immer, wenn die Leute das sagen.«

»Was denn?«

»Dass ich zugenommen habe.«

»Nun, es steht dir«, bemerkte Gabriel. »Wenn es denn so sein sollte. Du siehst großartig aus. Nicht wahr, Melanie?«

»Ganz annehmbar«, versetzte Melanie mit einem Grinsen. »Doch, natürlich, du siehst großartig aus. Warum kommst du nicht mit, Octavia? Wir feiern eine kleine Privatparty im Geräteschuppen, weit weg von den ganzen Weltverbesserern. Wir haben unsere eigenen Essenvorräte und alles.«

»Nein, danke. Ich muss sofort aufhören zu essen. Ich fand schon heute Morgen, dass meine Hosen ein bisschen kneifen.«

»Ach, um Himmels willen, vergiss es«, stöhnte Melanie. »Es gibt noch andere Kleidergrößen auf der Welt als sechsunddreißig, weißt du. Hier, iss ein Würstchen im Schlafrock. Sie sind hervorragend. Komm schon, Fleming, lass dich mal gehen.«

Octavia nahm sich ein Würstchen und biss hinein. »Ich bin dabei, es zu lernen«, sagte sie ganz ernsthaft. »Glaube ich wenigstens.«

»Hallo, Dickon«, sagte Poppy.

»Hallo«, antwortete Dickon. Er schaute sie ziemlich unsicher an, ohne ihr Lächeln zu erwidern.

»Schön, dich zu sehen.«

Keine Antwort.

»Alles okay?«, fragte sie.

»Ja.« Er lächelte immer noch nicht. »Ja, mir geht's gut.«

»Willst du mitspielen? Kricket?«

»Nein, im Augenblick nicht.«

Er drehte ihr den Rücken zu und ging weg. Poppy zögerte, dann rannte sie ihm nach und packte ihn bei der Hand.

»Es ist nichts«, sagte Dickon, schüttelte ihre Hand ab, blickte wild um sich, entdeckte seinen Großvater, rannte zu ihm hin und umklammerte seine Beine. Poppy schaute ihm nachdenklich hinterher und ging Megan suchen.

»Weißt du, was mit Dickon los ist?«

»Nein. Aber er benimmt sich schon komisch. Ich habe ihn gefragt, was er hat, aber er wollte nicht mit mir reden.«

»Mit mir auch nicht. Schönes Top«, fügte sie hinzu. »Wie das von Mel B. Ich wollte auch so eins, aber meine Mutter hat gemeint, ich sei noch zu klein.«

»So sind sie, die Mütter«, meinte Megan mit einem Seufzer.

»Wie geht es Louise?«, fragte Octavia.

»Ach. Sie hatte einen kompletten Nervenzusammenbruch. Sagen sie jetzt. Aber ich glaube, die neue Klinik ist viel besser. Dieser Arzt in The Cloisters war ja wirklich ein absoluter Trottel. Ich habe ein furchtbar schlechtes Gewissen, schließlich habe ich darauf bestanden, dass sie in diese Klinik kommt. Ich dachte, es wäre das Beste für sie.«

»Charles«, sagte Octavia sanft, »du musst aufhören, dir die Schuld zu geben. Das müssen wir alle. Louise war immer...«, sie zögerte, »übernervös. Das hat mein Vater immer gesagt, und im Rückblick erkenne ich, dass wir viele Warnsignale übersehen haben. Und ihr wurde so viel aufgeladen. Mehr, als ein Mensch ertragen kann.«

»Glaubst du wirklich?«

»Ja. Und wenn ich das sagen kann, muss es wahr sein«, fügte sie mit einem raschen, verlegenen Lächeln hinzu.

»Du bist sehr großzügig.« Impulsiv gab Charles ihr einen Kuss auf die Wange. »Zu großzügig, würden manche sagen. Aber ich fühle mich jetzt viel besser. Vielen Dank, Liebes. Und wenn ich das bemerken darf, du siehst viel besser aus. Außerordentlich gut.«

»Nimm's mir nicht übel, Charles«, bemerkte Octavia, »aber wenn mir noch jemand erzählt, dass ich außerordentlich gut aussehe, schreie ich.«

Charles hatte sich recht gut amüsiert. Er hatte ein sehr nettes, interessantes Gespräch mit einer schönen alten Dame geführt, die den Großteil ihrer Jugend in Indien verbracht hatte. Lucilla hatte ihn Iris Duncan vorgestellt, der neuen Heimleiterin von Bartles House. Nach ein oder zwei Gläsern von dem exzellenten Wein und einer Diskussion über die Stiftung Bartles House, deren Existenz die Duncans entdeckt hatten, hörte er sich seine Dienste als professioneller Fundraiser anbieten.

»Das wäre wunderbar«, sagte Iris Duncan vorsichtig, »aber Sie werden sicher sehr viel Geld dafür verlangen, nicht wahr? Ich habe einige ziemlich unerfreuliche Erfahrungen mit professionellen Fundraisern gemacht. Selbstverständlich würde ich Sie nie mit denen in einen Topf werfen, aber ...«

»Nein«, sagte Charles. »Das sollten Sie auch nicht. Ich würde es umsonst machen.«

»Umsonst? Und wieso das?«

»Nun«, erwiderte er langsam und blickte zu Octavia hinüber, die gerade mit Pattie David plauderte, »sagen wir – aus Liebe. Und Dankbarkeit. So etwas in der Art.«

»Das klingt wirklich großartig.« Iris Duncan war sensibel genug, nicht nachzuhaken.

Dickon stand hinter einem Busch, aß ein Würstchen im Schlafrock und fragte sich, wieso er sich eigentlich so auf diese Party gefreut hatte, als jemand ihn rief. Zwei Jemande. Poppy und Megan. Zwei Menschen, denen er nicht begegnen wollte.

Er duckte sich, damit sie ihn nicht entdeckten, und wollte sich ins Haus zurückschleichen, als er feststellte, dass der Weg von Megans Rollstuhl blockiert wurde. Er drehte sich um und wollte weglaufen, aber Poppys starker, kleiner Arm schoss vor und er war gefangen.

»Lasst mich in Ruhe«, sagte er böse.

»Nein«, sagte Poppy. »Erst wenn du uns erzählst, was los ist.«

»Nichts.«

»Na, dann komm und spiel mit uns.«

»Nein, ich will nicht.«

»Dickon«, sagte Megan sanft. »Dickon, komm mal her.«

»Nein!«

»Dickon, bitte«, sagte Poppy.

Dickon blickte von einer zur anderen und brach in Tränen aus.

»Dickon, was ist denn los?«, fragte Poppy bestürzt.

Er schluckte und wischte sich mit der Hand die Augen ab.

»Seid ihr denn nicht wütend auf mich?«, wollte er wissen.

»Aber warum denn?«

»Weil – weil meine Mutter Minty gestohlen hat. Das – das war falsch von ihr.«

Seine großen, dunklen Augen füllten sich mit Tränen. Poppy zögerte. Dann legte sie den Arm um ihn und drückte ihn an sich.

»Meine Mutter hat gesagt, sie hätte sie nicht entführt. Nicht richtig.«

»Das hat mein Vater auch gesagt. Aber sie hat es getan, ich weiß es.«

»Nun, sie hat sie mitgenommen, ja. Aber das war nur, weil sie so durcheinander war. Krank.«

»Sag das nicht!«, rief Dickon heftig. »Sie ist nicht krank.«

»Doch, Dickon, das ist sie. Deshalb hat sie –«

»Sie ist nicht krank, sie ist nicht krank! Sie ist ganz gesund, sie ist nur für eine Weile fortgegangen!«

Er riss sich los und rannte weg.

Megan schaute Poppy an, schnitt eine Grimasse und fuhr mit ihrem Rollstuhl zu ihrer Mutter.

»Mama ...«

»Ja, Spatz?«

»Wo ist Sandy?«

»Keine Ahnung«, erwiderte Pattie etwas steif.

Megan seufzte. Es war ein so schöner Tag, aber irgendwie schien alles schief zu laufen.

»Also«, sagte Nico. »Du hattest deinen Lunch. Hervorragend, da wirst du mir hoffentlich zustimmen. Fortnum's hat uns verwöhnt.«

»Ja, sehr«, pflichtete Marianne bei. Eigentlich war ihr leicht übel.

»Gut, dann reden wir über die Zukunft. Ich habe dir einen Vorschlag zu machen.«

»Nico –«

»Lass mich ausreden.«

»Nico, ich kann dich nicht ...«

»Was kannst du nicht?«

»Ich kann dich nicht heiraten.«

»Ich wollte dich gar nicht bitten, mich zu heiraten«, erwiderte er.

»Was?«

»Selbstredend wollte ich dir keinen Heiratsantrag machen. Hältst du mich für derart unsensibel? Es wäre viel zu früh, das verstehe ich doch.«

»Oh«, sagte sie. »Oh, ja. Gut.« Sie kam sich ganz komisch vor, irgendwie beunruhigt. Sie wollte ihn nicht heiraten, dazu war sie noch nicht bereit. Und trotzdem fühlte sie sich, als sei ihr etwas genommen worden.

»Sieh mich an«, sagte er.

Sie schaute ihn an und lächelte strahlend.

»Du bist doch nicht etwa – enttäuscht?«

»Nein. Nein, natürlich nicht.«

Jetzt kam sie sich zudem ziemlich dumm vor. Die Tränen, die ihr momentan ziemlich locker saßen, stiegen ihr in die Augen.

»Jetzt habe ich dich traurig gemacht. Es tut mir Leid.«

Sie schwieg und spürte zu ihrem Entsetzen, wie ihr eine Träne über das Gesicht lief. Gereizt wischte sie sie weg.

»Weinst du?«, fragte er.

»Nein. Nein, natürlich nicht.« Was war bloß los mit ihr? Sie war sich völlig sicher, dass sie ihn nicht heiraten wollte. Noch nicht mal ernsthaft in Erwägung ziehen wollte sie es.

»Schau mich an«, sagte er.

Sie rührte sich nicht.

»Schau mich an, Marianne.«

Sie hob zögernd den Kopf. Und sah in seine Augen, leuchtende, amüsierte Augen. Sie kam sich noch dämlicher vor. Er nahm ihre Hand, küsste sie und wischte ihr die Tränen ab.

»Fangen wir noch mal von vorne an«, sagte er. »Marianne, ich wollte dich fragen, ob du –«

»Nico, ich will dich nicht heiraten. Wirklich nicht.« Irgendwie musste sie sich ja ihre Würde bewahren.

»Nein, ich weiß. Aber – ich liebe dich, Marianne. Ich liebe dich von ganzem Herzen. Wie ich dir jetzt seit Monaten begreiflich zu machen versuche. Und ich war ziemlich geduldig, findest du nicht auch?«

»Ja. Sehr geduldig sogar. Du warst großartig, Nico. Es ist nur, dass ...«

»Ich weiß. Ich verstehe.«

»Nein, tust du nicht.«

»Doch. Du willst jetzt noch nicht heiraten. Obwohl deine Reaktion eben mich ermutigt hat. Also, könnte ich meinen außerordentlichen Pragmatismus und meine Großmut dadurch beweisen, dass ich dich bitte, dich mit mir zu verloben? Wir werden verlobt sein, bis du bereit bist, das Datum für die Hochzeit festzusetzen. Vielleicht in fünf Jahren, vielleicht in zehn. Also, was hältst du davon? Ich habe einen Ring im Auto. Ich glaube, er würde dir gefallen.«

Marianne sah ihn sehr ernst an, lächelte dann zögernd und endlich begann sie zu lachen. Ihr lautes, ausgelassenes Lachen.

»Das wäre absolut wundervoll!«, rief sie. »Ja, ich will. Solange es nur eine Verlobung ist.«

»Alle mal herhören!« Gabriel Bingham stand in der Mitte des Rasens und klatschte in die Hände. »Wer will Kricket spielen?«

Die Kinder jubelten begeistert, die Zustimmung der Erwachsenen war gedämpfter, auch Stöhnen war zu hören.

»Pech. Ist obligatorisch«, bemerkte Gabriel. »Also, wir bilden zwei Mannschaften. Ich und Gideon sind die Kapitäne. Also, eine vollständige Mannschaft kriegen wir vielleicht nicht zusammen, aber –«

»Dickon«, rief Poppy. »Dickon, komm, wir wollen, dass du in unserer Mannschaft spielst.«

Sie schaute ihn an. Er versteckte sich wieder hinter einem Busch und er hatte geweint. Sie legte den Arm um ihn. »Dickon, nun wein doch nicht. Bitte. Hör mal – oh, hallo, Pattie.«

»Hallo. Dickon, was ist denn los?«

»Er ist ein bisschen durcheinander«, erklärte Poppy. »Vielleicht sollten Sie ...« Ihre Stimme ging in ein Flüstern über.

»Aber natürlich«, sagte Pattie. »Geh schon mal vor, ich komme gleich nach.«

Sie setzte sich auf den Rasen und zog Dickon auf ihren Schoß. »Komm, Schätzchen. Bitte sag mir doch, was dich bedrückt.«

Einige Minuten später schoss Dickon auf Gideon zu. »Kann ich in eurer Mannschaft mitspielen?«

»Klar. Du kannst Megan helfen, sie ist der Dreistabhüter. Komm, mach schnell, es geht gleich los.«

»Was hast du zu ihm gesagt?«, erkundigte sich Megan später.

»Gar nichts«, sagte Poppy. »Deine Mutter hat mit ihm gesprochen. Sie war klasse.«

»Sie ist klasse. Nur nicht, wenn es darum geht, sich anzuziehen.«

Lucilla schaute beifällig zu. Was für eine nette Gesellschaft. Reizende Gäste, wohlerzogene Kinder, ein echtes Gemeinschaftsgefühl. Und Mrs Duncan war einfach entzückend. Der einzige Wermutstropfen war Nora gewesen, die urplötzlich gesagt hatte, ihr sei heiß, und als sie ihre Strickjacke auszog, kam eine grauenhafte, durchsichtige Nylonbluse zum Vorschein, die sie aus einem Katalog hatte, wie sie Mrs Duncan stolz mitteilte. Aber Lucilla und die neue Heimleiterin hatten sich über Noras Kopf hinweg einen Blick zugeworfen. Ganz ohne Zweifel hatte sie eine Bundesgenossin gefunden. Wie schön das Leben doch werden würde. Und dann dieser reizende Mr Madison, der angeboten hatte, ihnen beim Spendenauftreiben zu helfen ... Sie bemerkte, dass die beiden anderen Gäste aus der Seniorenresidenz auf ihren Stühlen eingeschlafen waren und ihr Mund leicht offen stand. Wie unattraktiv alte Leute doch sein konnten. Vielleicht sollten sie besser zurückfahren. Sie selbst war nicht müde, aber in einer Minute würde Mrs Spencer zu schnarchen anfangen, und das wäre einfach zu viel. Sie gab Bert Brand, der sie im Mini-Bus hergefahren hatte, ein Zeichen.

»Zeit zum Aufbruch, Bert«, erklärte sie und drehte sich wieder zu Charles um, den sie gerade mit einer langen Geschichte über ihren Tango mit Nehru in der Residenz des Hochkommissars von Kalkutta ergötzt hatte. »Ich fürchte, wir müssen los. Die armen alten Seelen da drüben sind eindeutig bettreif. Sie werden so leicht müde, wissen Sie.«

»Scheint so«, erwiderte Charles mit einem Lächeln. Von Pattie David wusste er, dass Lucilla selbst mindestens sechsundachtzig war, wahrscheinlich älter. Er liebte alte Leute, die lebendige Verkörperung der Geschichte; er fand sie überhaupt nicht langweilig. Oh, er würde Freude an seiner neuen Aufgabe haben, ganz bestimmt.

»Marianne! Wie schön. Und Nico.« Octavia drückte beiden einen Kuss auf die Wange. »Kommt und trinkt etwas.«

»Wir haben schon viel zu viel getrunken«, erwiderte Marianne. »Aber eine Tasse Tee wäre nett.«

»Sprich für dich selbst«, sagte Nico. »Ein Glas gut gekühlter Weißwein wäre wunderbar, Octavia.«

»Ich hole euch was. Wie schön, dass ihr kommen konntet. Wie war das Haus?«

»Ein Kleinod«, antwortete Marianne. »Einfach wunderschön.«

»Fantastisch«, sagte Nico.

»Wirst du es kaufen, Nico?«

»Ja, das werde ich. Es wird dir bestimmt gefallen. Ich werde viele Partys feiern und du wirst immer der Ehrengast sein.«

Marianne nahm eine Tasse Tee und winkte ab, als ihr Sandwiches angeboten wurden. Octavia starrte auf ihre linke Hand. Auf einen entzückenden Saphirring mit Brillanten am Ringfinger.

»Marianne«, rief Octavia, »du bist doch nicht – also ihr werdet – ich meine ...«

»Sie will wissen, ob du mich heiraten wirst«, erläuterte Nico und lächelte Octavia an. »Nein, wird sie nicht.«

»Oh.« Octavia errötete. »Tut mir Leid. Wie peinlich, ich ...«

»Aber wir sind verlobt«, fuhr Nico fort. »Ganz offiziell verlobt.«

»Ah«, bemerkte Octavia und gab beiden einen Kuss. »Das verstehe ich zwar nicht ganz, aber ich hoffe, ihr werdet glücklich.«

»Da bin ich ganz zuversichtlich«, sagte Nico Cadogan.

»Ich weiß überhaupt nicht, wie ich nach Hause kommen soll«, klagte Melanie, »ich bin betrunken wie – eine Dame.«

»Ich fahre dich nach Hause«, sagte Gabriel. »Ich bin nüchtern wie ein Richter.«

»Das geht doch gar nicht. Ich lebe in London.«

»Ich meinte, zu mir nach Hause. Du kannst bei mir übernachten und dein Auto morgen hier abholen.«

»Engel Gabriel, willst du mich kompromittieren?«

»Keineswegs. Ich habe ein ganz reizendes Gästezimmer. Aber ich möchte hinzufügen, jeder Frau, die wie du einen Kricketball werfen kann, ist ein Platz in meinem Herzen sicher.«

»Abgemacht.« Melanie, die ziemlich unsicher auf den Beinen war, hielt sich an seinem Arm fest, während sie über den Rasen gingen und sich verabschiedeten. »Bis morgen, Fleming«, murmelte sie schwach. »Der Engel Gabriel nimmt mich mit nach Hause. In sein irdisches Heim, wie ich hoffe.«

Octavia schaute den beiden amüsiert nach. Und fand plötzlich, dass sie sehr gut zusammenpassten.

Sie rief die Zwillinge und holte Minty, die hinten im Garten in Megans altem Laufstall schlief.

»Bis dann, Pattie. Es war ein wunderschöner Tag. Wir hatten wirklich Glück mit dem Wetter. Gut gemacht. Ein großer Erfolg, Ihre Party. Meine Güte, wir sind die Letzten. Wie peinlich.«

»Aber überhaupt nicht«, erklärte Pattie. »Ich finde es schade, dass es vorbei ist.«

Sie winkte ihnen vom Gartentor aus nach. Dickon lief ihnen nach, rief: »Bis bald« und eilte zu Megan zurück. Sie vertilgten gerade die Reste des kalten Büfetts.

»Der Junge ist ja wie ausgewechselt«, sagte Sandy zu Pattie. »Ich habe gesehen, wie Sie mit ihm gesprochen haben. Was um alles in der Welt haben Sie zu ihm gesagt?«

»Ach«, erwiderte sie hastig, »ich habe ihn nur ein bisschen in den Arm genommen und mich mit ihm unterhalten. Er hat große Angst davor, dass Menschen sterben könnten, die ihm nahe stehen, nicht wahr? Er denkt, wenn sie krank sind, sterben sie.«

»Ja, ich fürchte. Er hat das in letzter Zeit ziemlich oft erlebt. Aber was sollte ich sonst über – seine Mutter sagen? Das ist doch besser, als wenn er sie für eine Verbrecherin hält.«

»Aber natürlich. Na jedenfalls, ich habe ihm erklärt – ach, es klingt so albern.«

»Kommen Sie, sagen Sie es mir, ich möchte es hören. Er war vorher so bedrückt. Ich weiß wirklich nicht, wie Sie das geschafft haben.«

»Also, ich habe ihm erklärt, es gebe verschiedene Arten von Krankheit. Und seine Mutter sei krank im Kopf und daran sei noch nie jemand gestorben. Ich hoffe, das war in Ordnung. Es schien ihm einzuleuchten.«

»Ich bin Ihnen sehr dankbar. Ich wäre nicht auf die Idee gekommen, es ihm so zu erklären. Ziemlich schwierig für einen Fünfjährigen.«

»Ja, ich weiß. Aber mit Megan habe ich auch immer gesprochen, als sei sie viel älter, als sie ist. Ich habe – na ja, so habe ich es immer gehalten. Sie scheinen ganz gut damit umgehen zu können. Kinder, meine ich.«

»Ja. Ich kann Ihnen gar nicht genug danken, Pattie, wirklich.«

»Schon gut«, sagte sie schnell. Nach einem angespannten Schweigen fuhr Sandy fort: »Dann gehe ich mal und hole den Rest von dem Wein. Viel ist nicht übrig, fürchte ich, Gabriel Bingham und diese Geschäftspartnerin von Octavia haben ganz schön gebechert. Ganz zu schweigen von meinem Schwiegervater. Ich hoffe, er kommt heil nach Hause.«

»Er ist nach Bartles House gefahren«, erklärte Pattie. »Lucilla hat ihn eingeladen, sich ihre alten Fotoalben anzusehen. Die aus Indien.«

»Ach, wie nett. Na, dann hole ich mal den Wein.«

Pattie war plötzlich ganz trostlos zumute. Der schöne Tag war vorbei und der Altweibersommer war in einen kühlen Herbst umgeschlagen. Wolken zogen auf und ein dramatischer Sonnenuntergang kündigte eine stürmische Nacht an. Die Party war vorbei und das Haus würde wieder ruhig und still werden, halb leer. Keine Bürgerinitiative mehr, kein Bartles House. Es würde ihr fehlen. Natürlich, da war immer noch FOOTHOLD, die Arbeit hatte sie in letzter Zeit vernachlässigt, aber ...

»Ich helfe noch beim Aufräumen«, bot Sandy an.

»Nein, schon gut«, sagte sie schnell. »Sie haben noch eine lange Fahrt vor sich.«

»Aber ich würde es gern machen«, beharrte er.

»Nein, wirklich nicht. Ich räume in aller Ruhe auf. Ich will Sie nicht aufhalten.«

»Sie halten mich nicht auf. Ich habe nichts Wichtiges vor.«

Sie schwieg und dann erklärte sie: »Sie müssen mir noch sagen, was ich Ihnen schulde. Für den Wein.«

»Pattie, Sie schulden mir gar nichts.«

»Doch, natürlich. Ich kann das nicht annehmen.«

»Also, Pattie, ist irgendwas?«

»Nein. Nein, natürlich nicht. Wieso sollte es?«

»Habe ich Sie irgendwie gekränkt?«

»Nicht im Mindesten«, verwahrte sie sich. »Ich bin nur ein bisschen müde. Ist doch wohl verständlich.«

»Ja, klar. Also, wenn Sie es vorziehen, dass wir gehen ...«

»Ja. Und vielen Dank für Ihre Hilfe.«

»War mir ein Vergnügen.« Er rief Dickon. »Komm. Wir müssen nach Hause.«

»Ach, Papa, Megan hätte aber gern, dass wir noch bleiben.«

»Nun, das geht nicht«, erklärte Sandy. »Es wird langsam spät. Komm schon. Verabschiede dich von Megan und Pattie.«

»Es ist noch gar nicht spät. Es ist noch nicht mal dunkel.«

»Aber ich würde gern zu Hause sein, bevor es dunkel wird.«

»Aber warum –«

»Nun komm schon, Dickon. Bis dann, Megan. Pattie.«

Keine Rede davon, dass sie sich doch mal wieder treffen könnten. Sein Wagen bog um die Ecke. Sie hatte Recht gehabt, sie musste ihn furchtbar in Verlegenheit gebracht haben. Offenbar konnte er es gar nicht abwarten, von ihr wegzukommen.

In diesem Augenblick setzte der Regen ein. Ein sintflutartiger Guss prasselte auf den Garten nieder, füllte die leeren Gläser, weichte die Papiertischtücher auf. Sandwichreste, Chips, halb gegessene Würstchen schwammen trostlos auf den Tellern. Pattie schaute sich das an und begann zu weinen. Sie sank am Küchentisch nieder und vergrub den Kopf in den Armen.

»Mama«, rief Megan und schob ihren Rollstuhl dichter an sie heran, »Mama, was ist denn? Was ist denn los? Bitte, wein doch nicht ... Oh, hallo, Sandy. Ich dachte, ihr wärt schon weg.«

»Waren wir auch«, sagte Sandy. »Aber wir konnten euch doch nicht bei diesem Regen mit der ganzen Arbeit allein lassen. Äh«, er schaute Pattie an, die den Kopf abgewandt hatte und sich die Nase putzte.

Megan verließ unauffällig die Küche.

»Was ist denn los?«, fragte er sanft.

»Nichts. Ich ...«

»Doch, da ist doch etwas. Kommen Sie, sagen Sie es mir. Ich werde keine Ruhe geben, bis Sie es mir sagen.«

»Es tut mir Leid, dass ich Sie vorhin in Verlegenheit gebracht habe«, sagte sie steif.

»Mich in Verlegenheit gebracht? Aber wovon reden Sie denn?«

»Als ich – also, als ich ...«

»Als sie mich geküsst haben, meinen Sie?«

»Ja«, sagte Pattie abrupt. »Das war dumm von mir. Bestimmt zu viel Wein.«

»In dem Fall«, sagte Sandy sanft, »hätte ich gern, dass Sie noch ein Glas trinken. Sofort. Es war mir nicht peinlich, Pattie. Ich war überwältigt. Ich wollte – also, ich wollte Ihnen schon seit Wochen sagen, dass ich Sie gern öfter sehen würde. Aber – unter den Umständen ... Ach, verdammt. Da sind die Kinder.«

Dickon und Megan kamen in die Küche und Dickon lief zu Pattie und umarmte sie.

»Ich finde, neben meiner Mama bist du die schönste Frau auf der Welt«, sagte er. »Findest du nicht auch, Papa?«

»Ja«, erklärte Sandy entschieden. »Das ist sie wirklich.« Ihre Blicke trafen sich und er lächelte. »Langt das erst mal als Erklärung?«, fragte er.

Sie lächelte ihn an. »Aber natürlich. Erst mal und für lange, lange Zeit.«

Octavia fuhr sehr vorsichtig und langsam in Richtung Ferienhaus. Heute war einer der guten Tage gewesen. Nicht alle Tage waren gut; wie bei einem Rekonvaleszenten nach langer Krankheit gab es immer noch Zeiten, in denen sie sich schrecklich fühlte. Verletzt, verwirrt, voller Angst.

Aber es wurde langsam besser. Und sie wusste, dass es mit der Zeit immer besser werden würde.

Tom hatte sich geweigert, es ihr zu sagen. Ihr zu sagen, was den drastischen Sinneswandel ihres Vaters bewirkt hatte.

»Halten wir einfach fest, dass ich ihn beeindruckt habe. Was nicht, wie ich hinzufügen könnte, in meiner Absicht lag. Ganz im Gegenteil, genau genommen. Aber ich werde es dir nicht verraten. Niemals.«

»Aber Tom, warum denn nicht?«

»Weil es nichts bringen würde. Keinem von uns. Und außerdem, wenn ich es täte, würde dein Vater seine Ansicht über mich wieder ändern, und er würde zurückkommen wie ein rächender Engel.«

»Also werde ich mich weiter fragen müssen, was es gewesen sein könnte.«

»Ja. Aber es stimmt, was dein Vater gesagt hat. Ich –«

»Nicht«, sagte sie leise. »Nicht. Bitte. Nicht jetzt.«

Dazu war sie noch nicht bereit. Sie konnte es nicht ertragen, das von ihm zu hören. Und das stand zwischen ihnen wie ein dunkler Schatten.

Sie konnte ihn diese Worte nicht aussprechen lassen. Dass er sie liebte. Warum, wusste sie nicht so recht, wahrscheinlich hatte sie Angst, dass sie es ihm nicht glauben würde, wenn er es artikulierte. Aber sonst kam langsam alles wieder in Ordnung.

Sie fand es schwer zu erklären, sogar sich selbst gegenüber, wieso sich dadurch, dass ihr Vater Tom vergeben und ihn als Schwiegersohn akzeptiert hatte, alles verändert hatte, wieso ihr das möglich machte, ihm ebenfalls zu vergeben. Wenn ihr Vater das konnte, trotz seines blinden Hasses, konnte sie es auch. Er konnte sich nicht geirrt haben, ihr Vater, er irrte sich nie. Ihr Vertrauen in ihn, im Tod wie im Leben, war absolut: Wenn er sagte, dass Tom sie liebte, dann musste Tom sie lieben. Was immer er auch getan haben mochte.

Sie konnte an seine Liebe glauben, und da sie das tat, konnte sie auch andere Dinge tun. Sie konnte mit ihm reden, ihn anlächeln, über seine Witze lachen. Bei der Beerdigung ihres Vaters hatte er neben ihr gestanden und ihre Hand gehalten und sie hatte Kraft aus seinem Beistand geschöpft.

Sie konnte wieder Pläne mit ihm machen, über die Arbeit sprechen, die Kinder, das Haus. Weihnachten würden sie alle nach Aspen fahren, zum Skilaufen.

Wenn sie ihn anschaute, bei einem Dinner oder einer Party, konnte sie stolz sein auf seinen Charme und seinen Witz, anstatt Zorn und Empörung zu empfinden. Die absurde Bedeutung, die er seiner Kleidung beimaß, betrachtete sie mit amüsierter Nachsicht; sie bewunderte seinen Geschäftssinn und seine Fähigkeiten als PR-Unternehmer, sie stellte anerkennend fest, was für ein guter Vater er war.

Aber vor allem erkannte sie jetzt, dass Louise in der Tat verrückt gewesen war, dass sie ihn bestrickt hatte, in ihr Netz gelockt. Und obwohl es noch lange dauern würde, bevor sie ihm ganz vergeben konnte, erschien ihr sein Verrat nicht mehr ganz so schrecklich wie am Anfang.

Aber sie konnte es nicht ertragen, wenn er sagte, dass er sie liebte. Noch nicht. Und sie konnte ihm nicht sagen, dass sie ihn liebte.

Der Regen war furchtbar, es schüttete wie aus Kübeln.

Auf den Hauptstraßen war es nicht so schlimm, obwohl sie nach der langen Trockenheit glatt waren, aber die Seitenstraßen waren überflutet und matschig. Sie ließ die Scheibenwischer mit doppelter Geschwindigkeit laufen und blendete voll auf. Der Sommer war eindeutig vorbei. Die Zwillinge stritten sich über das Kricketspiel, ob es fair gewesen sei. »Wir hatten alle Mädchen in unserer Mannschaft«, beklagte sich Gideon.

»Und, was ist dabei? Schau dir nur Melanie an. Sie war fabelhaft.«

»Sie kann nicht schlagen.«

»Doch. Und werfen kann sie jedenfalls.«

»Werfen ist nicht dasselbe wie schlagen.«

»Habe ich auch nie behauptet.«

»Doch.«

»Nein.«

»Kinder«, rief Octavia gereizt, »hört bitte sofort auf. Ich muss mich auf die Straße konzentrieren.«

Als sie das Ferienhaus erreichten, war sie ganz erschöpft. Sie drückte auf die Hupe und nach einer Weile erschien Tom, leicht gereizt.

»Was soll das Gehupe?«

»Wahrscheinlich ist dir nicht aufgefallen, dass es regnet. Dass wir Hilfe brauchen könnten.«

»Tut mir Leid. Ich habe gelesen.«

»Herrgott noch mal, Tom, du hast ja nicht mal Feuer gemacht. Hier ist es eiskalt.«

»Blödsinn. Gib mir Minty, ich bringe sie nach oben.«

»Was gibt es zum Abendbrot?«

»Was?«

»Ich fragte, was es zu essen gibt.«

»Nichts. Wieso?«

»Tom! Du hast gesagt, du würdest das Essen fertig haben, wenn wir kommen.«

»Wirklich?«

»Ja, verdammt. Das ist doch nun wirklich nicht zu viel verlangt.«

»Klar, du hast ja auch einen furchtbar harten Tag hinter dir.«

»Habe ich, ja. Ich bin beinahe von der Polizei angehalten worden, wegen zu schnellen Fahrens, Pattie war in Panik wegen des kalten Büfetts, ich musste eine Rede halten, wir haben stundenlang Kricket gespielt, es regnet in Strömen –«

»Klingt ja einfach furchtbar. Ich habe gearbeitet, Octavia, ich habe –«

»Ach, wie beeindruckend. Ein Besuch dieser Party wäre schon eher Arbeit gewesen, das kann ich dir sagen. Was ist das schon, ein paar Memos schreiben, ein paar Marketing...«

»Verdammt!«, brüllte er. »Das Kind hat Schokolade auf mein Hemd geschmiert!«

»Wie schrecklich für dich!«

»Es ist ein neues Hemd. Von Paul Smith. Ich habe es erst gestern gekauft. Hat mich ein Vermögen gekostet –«

»Nun fang nicht mit deiner dämlichen Kleidung an«, zischte sie. »Ich habe es so satt, mir das anzuhören. Ich rede nicht halb so viel über Mode wie du.«

»Ach, halt doch die Klappe«, knurrte er. »Du bist so verdammt selbstgerecht, Octavia, wirklich, man ...«

Und dann hielt er inne, mitten im Satz, und schaute sie an.

»Gütiger Gott«, sagte er.

»Also, was ist denn jetzt?«

»Wir streiten uns.«

»Ach, tatsächlich.«

»Wir streiten uns, wie früher, wir haben einen ganz normalen, gewöhnlichen Ehekrach.«

»Und?«

»Findest du das nicht sehr positiv?«

»Nein«, versetzte sie mürrisch. »Was soll denn daran bitte gut sein?«

»Es heißt, dass alles wieder normal ist.«

»Großartig!«, sagte sie. »Wir streiten uns und du findest das positiv. Also wirklich, Tom –«

Er setzte Minty ab, kam zu ihr, strich ihr die Haare aus dem Gesicht und nahm ihr Gesicht zwischen seine Hände.

»Tut mir Leid, dass das Essen nicht fertig ist«, sagte er. »Tut mir Leid, dass ich kein Feuer gemacht habe. Und dass ich nicht rausgekommen bin, um dir mit den Kindern zu helfen. Also, ist das nicht nett?«

»Tom, was soll das? Was soll nett sein?«

»Dass ich mich für solch ganz gewöhnliche Sachen entschuldigen kann. Da fühle ich mich doch wie der ganz normale schlechte Ehemann.« Er grinste sie an. Und zögernd, sehr zögernd, erwiderte sie das Grinsen.

»Tut mir Leid, dass ich so sauer deswegen war«, sagte sie und küsste ihn. Plötzlich war sie sehr glücklich.

»Schon gut. Ich gehe jetzt und mache Feuer.«

»Danke.« Minty schrie, und die Zwillinge stritten sich heftig darüber, welches Video sie gucken wollten. Sie drehte sich um, schon halb die Treppe hoch, und sah, dass er ihr nachschaute, das Gesicht sehr ernst.

»Octavia –«

»Ja?«

»Darf ich – darf ich es jetzt sagen?«

»Ja«, antwortete sie schließlich, nach langem Schweigen. »Ja, Tom, jetzt darfst du es sagen.«